有爱的青春陪伴者

十七日神明未眠

一日时光 著

江苏凤凰文艺出版社
JIANGSU PHOENIX LITERATURE AND ART PUBLISHING

图书在版编目（CIP）数据

十七日神明未眠 / 一口时光著. -- 南京：江苏凤凰文艺出版社，2025.2. -- ISBN 978-7-5594-9391-0

I. I247.5

中国国家版本馆CIP数据核字第20256AE856号

十七日神明未眠
一口时光 著

责任编辑	王昕宁
特约编辑	周 贝
出版发行	江苏凤凰文艺出版社
	南京市中央路165号，邮编：210009
网　址	http://www.jswenyi.com
印　刷	长沙鸿发印务实业有限公司
开　本	880mm×1230mm 1/32
印　张	11
字　数	418千字
版　次	2025年2月第1版
印　次	2025年2月第1次印刷
书　号	ISBN 978-7-5594-9391-0
定　价	42.80元

江苏凤凰文艺版图书凡印刷、装订错误，可向出版社调换，联系电话025-83280257

—— 目　　录 ——

- 第一章 -
开学 / 001

- 第二章 -
军训 / 030

- 第三章 -
悸动 / 054

- 第四章 -
暧昧 / 090

- 第五章 -
约会 / 125

- 第六章 -
惊变 / 162

目 录

- 第七章 -
告白 / 193

- 第八章 -
同居 / 216

- 第九章 -
风暴 / 253

- 第十章 -
寒假 / 291

- 第十一章 -
黎明 / 320

- 番 外 -
情敌 / 342

/ 第一章
开学

九月的太阳温柔了几分,炎热却丝毫未减。

618寝室里,两个女孩子围在一张床前,仰着脑袋,你一言我一语地游说着趴在上铺的人。

窗外知了越鸣越欢,伴随着两人说话的声音,吵得让人头疼。

"我不去,真不去。"

宋安如揉了揉太阳穴,吃力地从枕头上抬起脑袋。头发遮住了她大半张脸,难掩疲惫。

"凌晨一点半,我起来上厕所的时候,你还抱着电脑没睡,你到底背着我们看什么呢?"

夏桐伸手将宋安如的头发拨到耳后,露出那张过于小巧的脸,阳光洒在上面,皮肤白得发光,五官精致,像个洋娃娃一样,美中不足的是眼下乌青明显。

夏桐"啧"了一声,在那张脸上捏了一把:"你这黑眼圈也太明显了,到底几点睡的?"

宋安如比了个"二",又将脑袋埋进枕头里。

"睡了六个小时,够了。"陈舒看了一眼时间,将她身上的被子掀起来,"三三啊,老大刚熬出头,当了个正主席。这次志愿者报名的人少,你昨天拍着胸脯说要亲临现场支持她工作的壮志呢?快起来,距离志愿者签到还有十五分钟。"

"赶过去十分钟就够了。"宋安如将脸在枕头上使劲蹭了蹭,"我再睡五分钟。"

"五分钟能让你睡饱吗?并不能。"

夏桐朝着陈舒仰了仰下巴。两人配合默契,一拉一拽,下一刻,便将宋安如从被子里拉起来,还没缓过神,她又被拎进了卫生间。

半个小时后,宋安如左边胳膊上戴着一个大红色袖章,上面印着显眼的"云京公安大学"字样,出现在了学校东门。

门口被车辆堵得水泄不通，新生们身边陪着家长，皆拿着大包小包，在烈日下满头大汗，也丝毫不影响脸上兴奋又好奇的神色。

许多与宋安如一样戴着红袖章的学生热情地迎上去，帮新生拿包裹引路，开学的氛围十分浓郁。

宋安如拧开矿泉水瓶盖，倒了些水在手心里，往脸上拍了拍，精神才算好了许多。

她穿着常服，慵懒地靠在校门口，身材纤长匀称，银色的绶带坠在胸口，给人一种神圣又严肃的美感。

云京公安大学为了这次迎新，展开了一次志愿者服饰投票。在几套制服中，常服的票数一骑绝尘，被网友称为帅进二次元界的服饰。

她本就生得好看，常服穿在她身上，更是将她衬托得惹眼。来往的人不免多看她几眼，却又因为她浑身的低气压，没人敢上前搭讪。

宋安如原本是想找个女孩帮其拿行李，然而志愿者中男生居多，新生中寥寥几个女孩子几乎刚出现在视线范围内，就被男志愿者们热情地接走了。就在她准备随便找个人开始接待工作时，校门口缓缓停下一辆黑色的车。西装革履的中年男人从驾驶室下来，走到后排拉开车门，一条穿着灰色休闲裤的腿迈了出来。

宋安如原本耷拉着的眼皮掀了掀，目光落在那条腿穿着的板鞋上，微微发亮。

这款以军绿和白色为主色调的鞋子，是X家限量款。她一直想买女版的，在专卖店预约很久了，可到现在都没货。

从车上下来的少年身上穿着简单的宽松白色短袖，戴着墨镜，露出来的半张脸轮廓十分优越，鼻梁高挺，鼻子左侧有一颗小小的痣，看起来很性感。宽肩窄腰大长腿，即便在男性扎堆的云京公安大学，站在人群中也很显眼。

沈霄关上车门，从车后备厢拿出两个特大的行李箱，推着走到少年的身边："您在咖啡厅坐会儿吧，我去办理入学手续。"

沈南辰接过行李箱："不用，我自己去办。"

沈霄不太赞同道："您没有住校经验，也没来过这所学校，还是我去吧。"

"不是有志愿者吗？"沈南辰将墨镜取下来，漫不经心地用下巴点了点离两人最近且带着红袖章的人，"我先走了。霄叔，你回去吧。"

宋安如见着心仪的鞋子离得越来越近，直到停在面前。她顿了顿，抬起头，撞入一双带着笑意的桃花眼里。

眼睛的主人笑起来很漂亮，多了几分阴柔美，浑身清爽，和周围满头大汗的男生比起来显得格格不入，像一个来度假的人。

两人刚站在一处，就有许多视线扫来。宋安如被他直勾勾地盯着，不自觉地往后退了一步："有事？"

"宋安如？"沈南辰指着她的姓名牌，"是师姐对吧？请问可以帮忙带一下路吗？"

慵懒随性的声音，在这炎热的天气里，给人一种沁人心脾的感觉，很舒服。

"嗯。"宋安如点头，"哪个专业？"

"法医学。"

"跟着。"

宋安如没什么表情地丢下这句话，接过他手里的行李箱往校内推。明明看起来十分沉重的两个大箱子，被她推着仿佛轻松不已。

让女孩子给自己拿行李这种事情，沈南辰觉得不妥，他拦下她："师姐，我自己来吧。"

"我是志愿者。"

宋安如看了他一眼，一副肩不能扛手不能提的少爷模样，让他自己拿还不知道要耽误多少时间。她推着箱子转个弯绕开他，继续往前走。

沈南辰总觉得那一眼颇有点小瞧他的意味。

入学通知书上有详细的校园地图，去报到并不是难事。他原本只是为了让沈霄安心回去才借口找人带路，没想到对方这样尽职尽责。少女步伐越来越快，并不如看起来那般羸弱。沈南辰挑了挑眉，将墨镜戴回脸上，悠闲地跟在她的身后。

周围正好有两位男性拿着大包小包，身后跟着腼腆的女孩子。对比之下，两人的行为与大家恰恰相反，却都很心安理得。

法医学专业负责办理入学手续的人是学生会新上任的主席秦知意。宋安如领着沈南辰到登记台的时候，人还极少。

秦知意刚办理完一个入学手续就看到他们。她眼前一亮，来回打量两人的表情，却在对上宋安如带点烦躁的眼神以及少年如常的神色后，叹了口气。

秦知意从抽屉里拿出一块巧克力，递给宋安如："没吃早饭吧？"

"夏桐说中午吃好吃的。"

宋安如接过巧克力，撕开包装，将巧克力塞进嘴里，下一秒，香浓的味道填满味蕾，将睡眠不足的疲惫都驱散了。

"所以你就预谋着中午把她吃破产？"秦知意说着，对她身后的少年招呼道，"同学，把通知书给我吧。"

"通知书。"宋安如朝沈南辰伸出手，目睹他从包里掏出一块被折叠得变形的纸。她有些嫌弃地展开那张纸，放在秦知意面前，"今天可以出学校，火锅比食堂的好吃。还有巧克力吗？"

"有。"秦知意含笑又打量了两人一眼，深觉养眼。

很快，她将学生信息录入电脑，把剩下的两块巧克力连带着校园卡和钥匙一并递给宋安如，眨眨眼，嘱咐道："这位同学的寝室在四楼，行李看起来挺重的,你看着他一点吧。"

"好。"宋安如迟疑片刻点头,记住了钥匙上贴的寝室地点后,连带着校园卡一起递给沈南辰。

她又撕开一块巧克力放进嘴里。原本就有点婴儿肥的脸颊,因为含着巧克力,看起来更加鼓鼓囊囊,像只藏食的小松鼠,光是看着就让人极有食欲。

沈南辰把玩着校园卡,问:"师姐,请问食堂在哪里?"

他微微偏着脑袋看着她,说话间,扫了眼她手里抓着的巧克力。

宋安如没有要分享的自觉,她慢条斯理地把最后一块吃掉才道:"你的寝室在槐禾苑,对面就是二食堂。"

沈南辰脸上的笑意未变:"师姐,你是什么专业的?"

"禁毒学。"

公安大学的男性本来就比女性多,禁毒学专业更是。沈南辰怎么也没想到她是这个专业的,诧异片刻后,由衷道:"师姐很厉害。"

宋安如赞同地点头:"嗯。"

一般人受到夸奖都会谦虚,她却过分实诚。沈南辰不禁失笑,跟上她的步伐,与她并排走。

"师姐是哪里人?"

"南苏市。"

"南苏是个好地方,靠海,景色不错,一年四季也都很暖和。"

南苏是个离云京很远的海边城市。当地景色比国内很多热门的旅游景区都好,但居民的生活节奏很慢,政府也没有将其开发成旅游景区的意思,以至于景色虽美,却不怎么热门。

宋安如想到刚才见过的那辆不下千万的豪车。这样的人旅游不是一般都出国或是去热门旅游城市的吗?她难得有些好奇:"你怎么知道?"

似乎提起了比较惬意的事情,沈南辰神态舒适:"我们家每年都会过去住一段时间。"

宋安如的步子顿了一下。她侧过头,正好对上少年眼里还未褪去的愉悦神色。这种对于自己家乡的认同,让她心里很舒服。送他来的车的车牌号是本地的,他应该也是云京人。她问:"我们那儿不是热门旅游城市,离云京市也挺远,你们为什么每年都去?"

"我爷爷有几个朋友是南苏人。爷爷去过一次就喜欢上了。"

少年说话的时候不急不缓,给人一种专注又温柔的感觉。

宋安如心情很好:"你爷爷眼光好。"

两人一路上有一搭没一搭地说着话,几乎都是沈南辰询问有关学校的话题。宋安如看起来并不热络,倒也有问必答。十几分钟后,两人到了槐禾苑。因为新生报到的缘故,寝室大楼不像平日里那般禁止女生入内。

宋安如领着沈南辰到了寝室楼。站在楼梯口,她试了试两个行李箱的重量,将较轻的一个推到沈南辰面前:"你拿这个。"

话落,她拎着重的行李箱往楼上走。

沈南辰本打算让她帮忙在楼下盯着,然后自己跑两趟搬上去,没想到她会亲自帮他拎行李箱上去。

在男生堆里衬得更加白净纤细的少女,拿着个大行李箱,无疑让很多人都看不下去。离楼梯口最近的一名男生阴阳怪气地道:"白瞎了长这么高,居然让女孩帮忙搬东西。"

沈南辰摸了摸鼻子没说话,那个男生跟上宋安如,很热心地说道:"我帮你拿吧?"

"行。"宋安如回头指了下沈南辰脚边的箱子,"你拿那个。"

"啊?"那男生愣在原地,没反应过来。

宋安如疑惑:"不是要帮忙?"

那男生拿着行李箱冲在最前面。他也是这一届的新生,入学没有师姐接送,就连学长也没有,此刻还被迫帮着另一个新生搬行李。

沈南辰悠闲地走在最后,每上一层楼,还惹火般说声"加油"。宋安如没当回事,那"见义勇为"的男生却越想越气。三人到了寝室门口后,那男生将行李箱放下,离开前,喘着气嫌弃地嘀咕了一句:"小白脸,吃软饭。"

沈南辰嘴角笑意依旧,丝毫没有被骂的人该有的反应,甚至还说了句"谢谢"。他从背包里拿出一瓶水递给那男生,被无视后也不见尴尬,心态很好地又递给宋安如。

宋安如挑眉,什么也没说,接过水拧开盖子还回去。

她又打量了一下沈南辰,只看五官的话,这人的确精致得罕见,被称作"小白脸"三个字倒是不冤,具体吃不吃软饭,那就不清楚了。

自觉做好了工作,宋安如打算离开,问:"还有什么需要帮忙的吗?"

"可以请师姐……"

"你努点力自己搬进去。"宋安如打断他的话,指了指寝室内,"我刚就客气一下。"

她转身就走,没给沈南辰再说一句话的机会。

沈南辰出于礼貌,打算请她吃顿饭,没想到对方是这个反应。生平第一次受到这种待遇,他收回视线,盯着被拧松的瓶盖,唇角微勾,好一会儿后,慢条斯理地揭开盖子喝了一口。

夏桐中午在学校附近最贵的火锅店订了包间。四人碰面后,除了秦知意,皆是满头大汗,一副被掏空的模样。服务员刚倒好茶水,那三人就端起来一饮而尽。

秦知意拆了一包湿纸巾递给她们："怎么弄得这么狼狈？"

夏桐从服务员手里拿过茶壶，给几人又满上茶水："老大，你也不看看今天多热。咱们学校的常服好看是好看，但在这个天气下穿，真的让人有点受不住啊。"

陈舒跷着二郎腿，懒洋洋地靠在椅子上："我刚才回去换私服的时候，背上都冒烟了。明年能别搞什么迎新队服装投票吗？"

秦知意笑了笑："我觉得还好啊。"

"你早上几乎都在报到处，我们三个可是在外面到处跑，这能比吗？"陈舒说着，像是想到了什么，一脸八卦地朝宋安如挑眉，"啊，不对。我和老四还是没咱们三三累的。"

"那确实比不上，差得可就太远了。"夏桐笑得贼兮兮的。

宋安如没理她们的调侃，端起杯子又开始喝茶。

"三三今天做什么了？"秦知意很好奇，眼神在两人身上转来转去。

夏桐捂着嘴，笑得肩膀不停地抖动："我们三三今天可是出尽了风头。"

见她笑得没几分钟停不下来，秦知意更是好奇："到底怎么了？"

陈舒语气里满是揶揄："老大，这一次你们学生会要是不给三三颁一个助人为乐奖，我定要当第一个揭竿起义的。"

"助人为乐奖就算了，可以来点实际的。"宋安如放下杯子，声音淡淡的，听起来不近人情，"不要叫我三三。"

"谁让你排行第三呢，不叫三三叫什么？"陈舒捏了把她的脸，"老大刚扶正，你就想要实际的了？"

"叫我名字。"宋安如一把拍开她的手，"再摸收费。"

"就早上一会儿不见，你就变得这般物质了。"陈舒朝她"啧啧"两声，憋着笑看向秦知意，"你是不知道她今天有多出风头，你早上那么忙，肯定还没来得及看校园网，咱三三今天成了京公大最火的人。"

"三三确实容易引起讨论。"

秦知意一点也不意外，毕竟大一入学不久，宋安如就因为一张在图书馆被偷拍的照片，以压倒性的优势被校友们评为校花，至今没有下来过。

"不是。"

夏桐好不容易缓过来，憋着笑将手机往前放了些，几人围过来看向手机页面。

只见校园网首页上，有一张高清动图。宋安如扛着个巨大的行李箱，步伐轻快地爬楼梯。她本就生得纤细，在行李箱的衬托下更加娇弱。隔着屏幕都让人担心那细胳膊细腿被压折了。她的身后跟着一个长得很高的少年，动图上即便只有小半张侧脸，光看那流畅的脸部线条以及慵懒又矜贵的气质，就能感觉出来不是凡人。

这个帖子的标题可以说十分引人注目：急！新生想问一下师兄师姐们，图上这位戴红袖章的金刚 baby 有人认识吗？

评论区里就像是被丢了一颗炸弹，帖子发出时间仅仅一个小时，回帖数量都已经超过两千条了。

大家讨论的内容还严重偏离了楼主的问题。

校友1：我没看错吧？宋安如？究竟是什么档次的男妖精，居然出动她亲自去男生寝室帮人扛行李？

校友2：话说回来，楼主到底是多直的直男，能指着咱校花说她是金刚啥啥的？

校友3：三分钟之内，我要知道这个男妖精所有的信息。

校友4：宋安如，你清醒点。你可是我们全校学生一票一票送上校花宝座的掌中娇，谁允许你去给人扛行李的？

校友5：弱弱地说一句，我竟然觉得这两人同框好配啊！虽然……这男的看不见正脸，但是侧脸就很绝好吧！而且好高啊，都快一米九了吧？

…………

校友1086：男妖精的鞋子好好看！想给男朋友买同款，搜了一下，十万！而且最低还得是钻石会员才有机会买得到。好吧，是我男朋友不配。

宋安如微微蹙眉，叹了口气。

陈舒以为她在不高兴被人议论，揽住她的胳膊调侃："怎么，只准你疼爱新生小妖精，还不准别人说了？"

"不是。"宋安如摇摇头。

陈舒："那你在不高兴什么？"

宋安如指着那条评论："难怪我买不到，居然要钻石会员。"

陈舒："什么钻石会员？"

三人一脸莫名地看着宋安如在手机屏幕上划拉了好几下，最后放大了这个帖子配的那张动图，指着正在被校友们火热议论身份的男妖精脚上那双鞋子，语气里满是落寞："这双鞋。"

陈舒见她羡慕地盯着别人的鞋子，不知道该夸她心大还是傻："你今天在校园网都爆帖了，就只想发表这句看法？"

夏桐掰过她的脸："关于那个男妖精，你就没什么想解释的？"

和宋安如同班同寝已有两年，期间追求过她的人数都数不过来，不乏帅哥，夏桐却从来没有见宋安如对谁动过哪怕一丁点心思。明明年龄不大，却总是一副看破红尘、随时都可以去出家的状态。

这样的人突然给一个新入学的男生扛行李送到寝室……如果不是看到了动图，打死夏桐也是不信的。

宋安如坐回位置："解释什么？我就迎个新。"

007

秦知意没忍住笑了出来。

三人不解地盯着她。夏桐问:"老大你笑什么?"

秦知意敛住笑意,沉吟片刻道:"就是回想了一下,觉得用'男妖精'来形容沈南辰,还挺符合的。"

夏桐:"这个男妖精叫沈南辰?"

陈舒:"你怎么知道?"

秦知意:"我今天在法医学专业帮忙接待了一会儿,三三带他来报到的时候,我给他办的入学手续。"

夏桐和陈舒震惊不已:"宋安如,你还带这男妖精去看老大了?为什么不带来看我们?"

宋安如无语:"哪条校规定我迎新还得把新生带给你们看了?"

夏桐肯定:"你这是普通的迎新吗?你要说对这个男妖……沈南辰没意思,你会帮人家扛行李,积极地爬了四层楼,把人送到男生寝室?"

宋安如用筷子拨了一下调料碗,里面连辣椒都没有,她眉头微皱:"你脑子里成天都在想些什么没营养的东西?"

陈舒:"其实我也有这个疑问。"

秦知意:"好吧,我也有。"

宋安如无语地盯着秦知意:"不是你说他寝室在四楼,让我看着他点吗?你还拿巧克力贿赂我。"

"就因为这?"

秦知意其实都不太记得说过这话。她回想了一下,当时看两人站在一起,颜值都很高,般配又养眼,便觉得是宋安如脱单的一个机会,才想让两人能多接触。没想到,宋安如把服务做得这般到位。

"平时也不见你这么听话。"

"对啊。"陈舒赞同,"而且那么多新生,你怎么就偏偏挑中了这个沈南辰。你敢拍着胸脯发誓不是看人家的脸吗?"

"从动图上看,他的侧脸和身材确实高级。"夏桐坏笑着用肩膀撞了撞她,"以前老大在学生会的一个得力部下追你,老大叫你拒绝人家的时候温和点,也没见你听话啊。原来是人家长得不符合你胃口?"

"我站在校门口,他自己来找我的。"宋安如不感兴趣,"他确实长得好看,我以为老大看上他了,所以叫我帮他拿行李。"

夏桐语塞。

陈舒:"合着……老大应该感谢你?"

秦知意无奈地揉揉额角:"谢谢,我可不喜欢这种长得比我还好看的人,会自卑。"

宋安如:"那你不说清楚。"

"都怪我，让咱家三三像猴儿一样被发到校园网受围观。"秦知意拍了一下她的脑袋，"人都送了，绯闻也闹了，最主要是你也觉得沈南辰长得好看，就当做好事了吧。"

陈舒"啧啧"称奇："我可还记得，去年运动会林校草跳高封神，女生狂呼的时候，三三冷漠地说人家像猴一样蹿得真高，被校草一众粉丝翻白眼的事。连她这种没有慧眼的人都说好看，那得多好看？"

夏桐也聚精会神地道："老大，快详细说说。"

"嗯……"秦知意支着脑袋想了想，"身材很好，照片冲击没有本人大，本人给人一种漫画人物走进现实的感觉。脸是我见过最好看的，很有特色……韩佳人知道吧？鼻侧的痣算女娲毕设，沈南辰在差不多的位置也长了一颗。"

"嘶，我小时候看她演的电视剧，动过想法去种同款痣，差点被我妈打死。"夏桐戳了戳宋安如，"有联系方式吗？"

宋安如："没有。"

夏桐恨铁不成钢："人家长得那么好看，你就没动点想法？"

宋安如漠然："他好关我什么事，不过那双鞋确实好看，我很喜欢。"

另外三人纷纷"问号脸"，包间里一时只听得到汤锅沸腾的声音。秦知意叹了口气："你看到那张脸，脑子里就只有鞋？"

她自认为是一个不爱好美色的人，可是看到沈南辰的第一眼，依旧被狠狠触动了。

宋安如支着下巴，沉思片刻道："我都帮他拿行李了，请他代购一下，他应该不会拒绝吧？"

几人无语好一会儿后，夏桐捂着脸，恨铁不成钢："完了，我仿佛看到三三孤独终老一辈子的结局了。"

秦知意和陈舒皆叹了口气。

宋安如舀了点火锅的原汤进味碟，搅了搅依旧觉得不满意。云京市本地人不太能吃辣，红味火锅汤底看起来都很清淡。她准备去调料台加点自己喜欢的，离开前，意味深长地看了一眼夏桐："孤独终老有钱养老，恋爱脑就不一定了。"

夏桐被她的眼神刺激到了，撸起衣袖就要追出去，说："她那眼神是在内涵我吧？"

陈舒拉住夏桐，说："别气别气，三三还没开窍，你和她计较什么。对吧老大？"

"二十岁了，说小也不小。"秦知意笑道，"不过她也没说错，你确实是恋爱脑。"

陈舒笑得直不起腰，夏桐气呼呼地抓了抓头发："我才不是！"

宋安如直奔调料区，目标明确地往碗里舀了两勺辣椒，转身要回包间，发现背后站着一个人，她离得近，刚好能看见对方的喉结，性感且不说，还怪白的。她垂眸错开位置时，瞥到那双熟悉的鞋子。

"师姐，又见面了。"

慵懒随性的声音从头顶传下来，宋安如看过去，火锅店暖色调的灯光下，沈南辰仿佛被蒙上了层滤镜，本就好看的脸越发让人挪不开眼。

她不咸不淡地"嗯"了声，想起一些事，脸上的表情很是纠结。

沈南辰主动问："怎么了？"

"你……"她朝他的碗点了点，"你先添佐料吧。"说完就站在原地，一副要等他一起走的模样。

早上接触虽不多，沈南辰大概还是能猜出她的性子。他探究地打量她两眼，有些好奇从"我和你不熟"到"我等你"这中间有什么阴谋。

他往碗里加了些麻酱后，走到她的身边："放这么多辣椒，不觉得辣吗？"

"还行。"宋安如看着他调料碗里仅有的麻酱，觉得索然无味，"你就加这个？"

"我不太能吃辣。师姐有事找我？"

宋安如没有直接回答他的问题，指了指他的鞋，夸奖道："很好看。"

"谢谢。"

沈南辰想到早上她时不时往他脚上瞟的视线，大概知道她想说什么了，看破不说破地等着她的后话。

宋安如家里条件宽裕，母亲毕韵初给钱一向大方，但还没有大方到让她一个学生有钱去 X 家消费出一个钻石会员。她状似不经意地问："你这双鞋是要 X 家钻石会员才能买吗？"

"限量，但是钻石以上会员可以享受优先购买权。"

宋安如在这一刻想到校园网那个帖子。虽然她不是故意的，但眼前的人因为她的缘故上了爆帖，"荣"获外号"男妖精"。也不知他是否知情，如果知道了，会不会影响找他帮忙。

就在她纠结间，沈南辰打量着她。京公大的常服被换成了一条白色的棉质连衣裙，多了几分女孩子的柔软与乖巧，纤细的胳膊让人很难联想到早上轻松扛行李箱的模样。沈南辰莫名想笑，主动问："你也喜欢这款鞋子？"

"喜欢。"

宋安如决定了，校园网的事情，不管他知不知情，反正当他不知情，先下手为强再说。

"能不能麻烦你一件事情？"

"好。"沈南辰点头，一副很好说话的模样。

宋安如愣住："你都不问是什么吗？"

沈南辰答应得太快，以至于她憋了半天才想出来的台词，忽然没了用武之地。

"那……师姐想让我帮什么忙？"他的声音里带着戏谑。

宋安如的心思全在买鞋上，也没注意，说："你能帮我订一双你这款鞋子的女鞋吗？我给你转钱。"

沈南辰笑了笑，依旧很好说话："乐意为师姐效劳。"

宋安如的眼睛瞬间就亮了，拿出手机，调到微信界面："我加你吧，一会儿转钱给你。"

火锅店离学校很近，迎新当天，学生们也不像平时不能随意出入校门。以至于店内客人几乎都是京公大的学生。大厅很吵，四下聊天的声音都比平时大了不少。两人交换微信的时候，宋安如隐约听到角落里有声音在讨论。

"看宋安如。"

"她旁边那个人，不就是校园网和她一起上爆帖的那个男妖精吗？"

"我还是第一次看到宋校花主动找异性要联系方式。"

"这男生也长得好绝！两人站在一起好配啊！也难怪宋安如春心萌动。"

宋安如无语。

如果沈南辰也听见了这些话，会不会也产生误会？不过她的耳朵比很多人灵敏，都只能勉强听见角落里的讨论声，那沈南辰应该是没听见吧？

宋安如不太确定地看了眼沈南辰，见他表情没什么异样，问道："你今天逛校园网了吗？"

"没有。"

"嗯，挺好的。"她面上毫无波澜，"大家没事做的时候，喜欢在上面发一些没有营养的帖子。"

沈南辰眼里闪过促狭，脸上的表情却比谁都纯良："的确。师姐明明看起来很瘦很漂亮，和金刚这些字眼根本就没有共性。"

宋安如："你不是没有逛吗？"

"早上听室友在说我们学校的校花叫宋安如，我听到你的名字，就认真听了一下。"

宋安如不动声色地直视他："你还听到了什么？"

沈南辰似是不好意思地笑了下："就听到这个。也不知道为什么，他们今天还一直叫我男妖精。"

宋安如难得心虚。本着夜长梦多的道理，她立马给沈南辰转了钱，语气生硬地道："你长得很好看，他们应该是在夸你。"

"哦。"沈南辰点头，看起来脾气又好又乖。

宋安如很少说谎，没想到他这么轻易就信了。她刚松了一口气，就见他指了指角落里某处。

"他们好像也在说。"沈南辰一脸疑惑,"可是他们为什么还说师姐对我……"

"这里很吵,你听错了。"宋安如的心都吊起来了,担心被退钱,她面不改色地将他拉出了大厅区域。

沈南辰没反抗,在她冷脸的衬托下,看起来格外好欺负。两人都没发现大厅里看到这一幕的学生们讨论得更欢了。

到了包间的走廊,四下安静许多。宋安如选择性忘记刚才的事情,放开他转移话题:"你在哪里吃饭?"

"就在这里。"沈南辰指着两人面前的包间,"今天还没有感谢师姐帮我拿行李。我们的菜已经煮好了,如果不嫌弃的话,要不要吃点?"

包间中原本吃得热火朝天的三个人听到声音,都看了过来。

江喻白收回视线继续吃。苏彦愣了一下,八卦地招呼道:"宋师姐?进来一起吃啊!"

托了校园网的福,寝室几人都被科普了沈南辰和校花的八卦。苏彦一度以为是高年级学生过度吹捧了所谓校花的颜值,可看到宋安如的第一眼,却觉得本人比动图上好看多了,不愧是传闻中的京公大门面。

刘昱推了推眼镜,也跟着附和:"宋师姐来坐。"

沈南辰原本只是客气,室友将气氛烘托到了这个地步,他便顺势问:"去坐会儿?"

"不用,我又不认识你们。"

宋安如想都没想就拒绝了。考虑到某人要帮自己买鞋子,她颇懂人情世故地补充了一句:"我只认识你。"

这补救要多僵硬有多僵硬。沈南辰撇开脸,嘴角明显压着笑。苏彦和刘昱的热情邀约被她这一脸的冷漠给弄得收不住场。

"你们慢慢吃,我先走了。"宋安如没理会其他人的心情,和沈南辰说了句话后就要走。

"怎么跑这么快?"

秦知意从转角走过来,打量着站在一起的两人。

宋安如疑惑:"你出来做什么?"

"拿点水果。"

宋安如将碗递给她,转身就去拿水果。

秦知意朝沈南辰点点头,往包间里看去,打了个招呼:"好巧,几位师弟也在这里聚餐啊。"

她的态度让人如沐春风,和宋安如形成了两个极端,苏彦从刚才的尴尬中恢复过来,兴奋道:"师姐进来一起吃?"

"谢谢,不过不用了,我们寝室也在聚餐,下次有机会再一起。"

即便是拒绝的话，听起来也让人很舒服，苏彦顿时对她的好感值拉满了："师姐你还记得我吗？今天你帮我办的入学。"

秦知意早上办理了很多入学手续，对眼前的少年几乎没印象，嘴上却丝毫没有心虚地道："名字记不清了，但是小师弟你长得好看，我对你这个人印象挺深。"

苏彦听了她的话笑得很开心，旁边的刘昱也跟着问："师姐，那你记得我吗？"

秦知意："当然记得，银框眼镜很适合你，斯斯文文很好看。"

"那他呢？"苏彦托住江喻白的脑袋，将他转了个方向，正对着秦知意的脸。

少年清瘦，一身黑衣黑裤，头上还戴着一顶黑色的鸭舌帽，浑身就差将"生人勿近"写在脸上了。被室友突如其来地转过脸，他嘴里还叼着一颗肉丸子，表情有那么点呆萌。

宋安如端着水果回来，就看到秦知意在称职地充当"交际花"，她接过调料碗："走吧。"

秦知意在她的胳膊上捏了一下。

沈南辰发现两人的小动作，只见宋安如被捏后，就站在她旁边等着，完全没刚才此地不宜久留、迫切要离开的态度，给人一种乖巧得不可思议的感觉。

秦知意看向被迫转过脸的少年，脸上笑意更浓，就连声音也带着一点笑："江喻白？"

江喻白"嗯"一声，继续埋头吃肉丸子。

气氛有些尴尬，苏彦戳了戳他："小白，你和师姐认识？"

少年声音清冷："不认识。"

苏彦怕秦知意尴尬，又开始活跃气氛："师姐，你怎么记得小白的名字，却不记得我们？难道就因为小白比我们帅？你说实话，我受得住。"

宋安如很少见到秦知意热脸贴别人冷屁股，好奇地多观察了江喻白两眼。肚子饿，耐心也耗尽了，她拉住秦知意就要走："不建议你这样刨根问底。"

"你们都很帅。江喻白同学的名字和我一个高中同学一样，就记住了。"秦知意眼疾手快，捂住宋安如的嘴，怕她没个把门，再说出些让人尴尬的话，"你们慢慢吃，我们先走了。"

两人走后，苏彦指着自己的脸："宋师姐的意思是我没有小白好看？"

沈南辰悠闲地坐回位置："她说得对，就不要刨根问底了。"

刘昱小声说："人家也不能昧着良心说你比小白好看啊。"

苏彦将筷子拍到碗上："小白板着一张脸，哪有我俊？"

江喻白没有灵魂地附和："嗯，没有你俊。"

沈南辰似笑非笑道："别气了，我请客，你们随意点。"

江喻白眼睛发光，挣开苏彦的手，吃得更专心了。

四个男生胃口本来就大，即便学校附近的火锅店实惠，一顿也能吃掉好几百。这对于普通大学生来说，是一笔不小的开支。苏彦偃旗息鼓，用公筷给沈南辰夹了一块牛肉："金主爸爸请吃，金主爸爸才是最帅最好看的。"

宋安如被拉着走到包间门口的时候，秦知意将她拦在门口，有那么些八卦："你刚才怎么和沈南辰一起的？你俩站一起是真的赏心悦目。"

"找他代购。"宋安如理所当然，"他长得好看，和我站在一起赏心悦目也是应该的。"

秦知意习惯了她说话直接，嘴角抽了抽问："你觉得他怎么样？"

宋安如诚实道："乐于助人，很白，很好看。我刚才发现你和他站在一起有些显黑。"

秦知意看了眼自己露出来的胳膊，一时语塞，好一会儿才道："谁问你这个了？你这样也不知道是好还是不好。"

宋安如一脸疑惑，秦知意拉开门，将她推进包间："没什么，一会儿给你煮点猪嘴巴补补，以后说话好听点。"

一顿火锅下来，几人拍着圆鼓鼓的肚子去结账时，却被服务员告知账已经结过了。

夏桐疑惑地盯着几个室友："不是说我请客吗，你们谁悄悄付钱了？今天怎么这么有良心，知道给我省钱？"

陈舒"哟"了一声，好笑道："让我猜猜这个雷锋是老大还是三三。"

被点名的两人对视一眼，还没来得及否认，收银员在柜台上翻找出一张字条递过来："结账的是个帅哥，他留了一张字条，说是给一个叫宋安如的女生。"

宋安如接过字条，上面龙飞凤舞的字迹十分好看。几人围上来，夏桐捏着嗓子开始读上面的字："谢谢师姐，沈……沈什么？三三，这该不会是你早上帮过的男妖精沈南辰吧？"

身后又来了结账的人，几人自觉让出位置。

出了饭店，秦知意给其他三人递口香糖："应该是，刚才他就想请三三吃火锅来着。"

夏桐挺意外："你出去拿水果也碰到了？"

秦知意懒洋洋地吹了个泡泡："嗯。"

陈舒可惜地跺了下脚，说："你怎么不偷偷让我们两位家属也去给三三把把关？"

眼见谈话内容要变质，宋安如撕开口香糖，放进嘴里："什么把关，鬼扯，没有的事。"

"大人说话,小孩子别插嘴。"陈舒嫌弃地把她挤到边上,和夏桐站在秦知意两边,八卦个没完。

夏桐:"那男妖精真就这么好看?"

秦知意:"嗯,很好看。"

"他请我们吃饭,看来是对三三有想法。这个懂事,知道讨好家属团。"陈舒坏笑道,"话说回来,你还记得那师弟是哪个班的吗?我以后留意一下。"

秦知意:"今年的法医学专业就一个班,最好看的那个。"

夏桐补充道:"那颗韩佳人同款痣就很好认出来。"

看她们越说越离谱,宋安如抿了抿唇,摸出手机开始玩消消乐,也不管了。

云京公安大学每学期开学,除了已经出去实习的学生,其余全部要被拉去部队。开学时间比起其他学校提前了一周,新生报名结束后,这一周的时间用于学生调整状态,然后进入高强度的军训生活。

平时能锻炼体能的课不少,在校期间,学生们的身体素质也是比较好的。暑假放了差不多两个月,大部分学生都懒了,体能远远不如上学的时候。这一周里除了刚入学的新生,有经验的高年级学生几乎都会自觉做一些适应军训的训练。

618寝室里,宋安如最爱睡懒觉,经历了第一天被拉起床参与寝室集体训练后,她买了一副隔音耳塞,任由其他三人怎么叫都不起,于是寝室里只有她在晚上锻炼。

军训的前一天,吃完晚饭,宋安如雷打不动地玩了一个小时游戏后,被秦知意丢出了寝室。

她打着游戏,慢悠悠地散步去了操场。操场上有不少人在跑步,一眼望去,大多累得上气不接下气,一看就是临时抱佛脚。

暑假期间,她每周都会去三次健身房,军训对她而言问题不大,热身训练什么的并不着急。她找了个角落,准备把手上的一局游戏打完。

沈南辰和寝室几人到操场的时候,苏彦眼尖地看到了树下的宋安如。他很想上前打个招呼,可一想到那张冷脸以及没什么情绪波动的眸子,他又有点怵,用胳膊撞了一下身边的人:"男妖精,你漂亮师姐在那儿。"

沈南辰侧过头,就看到宋安如蹲在树下,满脸严肃甚至还带着点火气地玩着手机,十有八九是打游戏碰到了带不动的队友。她穿着京公大的黑色作训服,齐脖子的头发上半部分挽了个丸子,整个人看起来青春又干练,与穿常服和私服给人的感觉很不同。

他没说话,苏彦不甘寂寞地又说道:"你都请人家吃饭了,不去打个招呼吗?"

沈南辰:"要去你自己去。"

015

云京公安大学出了名的占地面积大，标准化操场都有十二个，对于两个不熟且不同专业的人而言，一周要碰上一面都很难。他和她开学那两次加上今晚，也算碰到了三次，不知道该不该说有缘。

苏彦直摇头："不去。师姐的脸色看起来不好，肯定不会理我。"

"不好？"沈南辰倒是觉得她这种气鼓鼓的样子顺眼。

苏彦汗颜道："我总觉得我要是去打搅她，下一刻那手机就会砸我脸上。"

沈南辰摩挲着手指，低笑出声："其实她挺好相处的。"

店家将他帮忙订购的鞋子寄给她后，她收到后还很有礼貌地给他转了所谓的代购费，并且发消息说有机会请他吃饭，以示感谢。

"你真的觉得她好相处？不是因为人家给你扛过行李箱？"

苏彦眼神古怪地看向沈南辰。自从在火锅店直面了宋安如的高冷和不好相处后，他逛校园网，被科普了很多她的事迹。

作为京公大的校花，宋安如在人际交往这块有个硬伤，为人冷淡就不提了，那张嘴什么得罪人的话都敢说。各项专业能力爆表，据说格斗课班里的男同学都是被她打着玩的存在，是个人人皆知的暴力美人，也是学校公认的不好相处的存在之一。

江喻白不冷不热地评判道："情人眼里出西施？"

刘昱目瞪口呆："都已经到这个地步了吗？"

"乱说什么。"沈南辰推了他一下，"快跑吧。"

宋安如这把游戏因为队友输了，又开了一把赢了后，满意地听着音乐进入了跑步人流里。

她定的量是五公里，因为出来的时间很晚，一半的路程都没跑完，操场上的人就肉眼可见少了许多。

她一向是默默跑外圈，不怎么关注别人，今天却几次看到内圈四个奇怪的人。

个子最高的那位轻松地跑在最前面，后面跟了个有些吃力的，最后两个一路喘得像狗一样，还边跑边碎碎念。

其实操场上也不只有他们是这种状态，让人记忆犹新的是，跑在最前面的那个时不时倒退着跑一会儿，等身后三人，姿态悠闲得不像是在跑步，反而像是在遛狗。

几人给人的感觉怪熟悉的。离得远，操场上灯光很暗，看不清脸。宋安如没多想，跑完五公里后，她又慢走了一会儿，直到心跳恢复正常频率，她到单杠下面坐着，按揉小腿肚子。刚放松完一条腿，就感觉对面有其他人坐下来。她垂着脑袋，正准备背过身换个方向，对面的人却出声喊了她。

"宋安如。"

楚凡递给她一瓶水。

宋安如循声看去，两人头顶的位置正好有一盏灯，灯光下，楚凡那张刚毅的脸以及耳朵都隐隐透着红，似乎很局促地在挑起话题："我早上跑步碰到主席她们了，你怎么晚上才出来锻炼啊？"

宋安如平时来操场路过小卖部都会买水，今天来的时候，在打游戏就忘记了。跑完步又热又渴，此刻看到水很想喝。

"早上起不来。"她应了一句，接过水，然后在裤子口袋里掏出十块钱递过去。

"是假期的作息还没调整过来吧？"楚凡刚在心里暗暗庆幸她接受了水，下一刻看见面前的十块钱，整个人都是愣的，"你给我钱做什么？"

宋安如理所当然："买水。"

楚凡摆手："不用，我请你喝的。"

"我都不知道你叫什么，为什么要请我喝水？"

两人同是大三的学生，楚凡在学生会当了个部长。宋安如去找秦知意的时候，撞见过几次，但顶多算几面之交，在她看来，没有熟到会请喝水的程度。

"我叫楚凡，在学生会做事，我们见过几次的。"被宋安如没什么情绪的眸子盯着，楚凡说话都结巴，"请你喝水是因为正、正好买多了。钱就……"

"正好我没买。"宋安如见他结巴着，一副不好开口的样子，顿悟，"没零钱找我？我微信扫给你。"

她说着就拿出手机，丝毫没有开玩笑的意思。

楚凡在她的注视下，脑袋一片空白，掏出手机打开了收款码。

"百岁山，三块？"

"嗯嗯。"

"噗！"一道压抑的笑声突兀地响起，交易的两人沉浸在自己的思绪里都没注意。

"嘀——收款到账3元。"机械的女声响起。

宋安如收回手机："好了。"

完事后，她转了个方向背对着楚凡，拧开矿泉水瓶盖，将水喝完后继续按着另外一条腿。楚凡目瞪口呆许久，反应过来后，满脸通红尴尬地走了。

离她几米远的地方，四个少年围坐在地上休息。苏彦捂着肚子，憋笑憋得仿佛要抽过去了似的。

江喻白躲开他压过来的身体："好笑？"

苏彦实在忍不住，声音没控制好："哈哈哈，这宋师姐真的有毒吧？人家一看就是要追她才给她送水的，她倒好，直接给人家钱。怕人家不能给她找零钱，还改成了扫码付款。她是不是对浪漫过敏啊？难怪是公认的不好相处，

017

就这脑回路,和谁也处不好啊,哈哈哈哈!"

沈南辰将额前湿润的刘海往后捋,露出额头。他的眼尾狭长,微眯起来的时候,给人一种不怀好意的感觉。他朝着宋安如所在的地方,扬了扬下巴,压低声音:"她过不过敏我不知道,但她好像听到你说她了。"

苏彦顿时噤声,心虚地看过去,正好对上宋安如的视线。

她什么也没说,一只手托着瓶底,一只手对着瓶口,脸上的表情都没变,瓶子就被挤压成了一团,然后盖上盖子,随手一丢,砸进了不远处的垃圾桶里,并且发出很大的动静。

苏彦默默地往江喻白身后挪了挪。

沈南辰扬起一抹笑,挥手打了个招呼:"师姐,晚上好。"

"嗯,你也好。"宋安如认出沈南辰,对着他颔首问好。随后她又看苏彦一眼,起身走了。

等她走远后,苏彦拍了拍胸口:"实不相瞒,她刚刚挤瓶子的时候,我有种她把那个当我脑袋的错觉。"

江喻白:"不是错觉,她的眼神很不友好。"

苏彦搞怪地做了个抹脖子的动作,问道:"南辰,她为什么只跟你打招呼啊?难道就因为你长得好看?"

沈南辰收回视线,将手中的瓶子朝着某人刚丢过的垃圾桶轻轻一抛,一声轻响过后,懒洋洋道:"或许吧。"

"什么或许啊,肯定是因为你长得好看。你这张脸要是放在古代,最次也是那种能引得君王不早朝的存在。"

沈南辰嗤笑着,踢了他一脚:"回去了。"

"小白,你扶我一把,我这腿一直抖,走不稳。"苏彦将手肘搭在江喻白的肩膀上,"话说回来,你是不是也被南辰的盛世美颜迷住了?你这种半天挤不出一句话的性格,开学第一天就很黏他。"

江喻白两手插在兜里,没打算扶他:"这都被你发现了。"

"你看上他了?"苏彦仿佛吃了个"惊天大瓜"。

"你戏太多。"江喻白嫌弃地推开他,"我和他一个高中的。"

早上八点钟,学校进来了几十辆客运车,将学生全部拉去了部队。为了让人员配置分布均匀,锻炼学生的适应能力和团队协作能力,每个军训班四十个人,由各年级各班以抽签的方式组成。这样组成的新班级,除了余下的人合成的最后一个班,会有大量同班的学生,其余的班四十个人几乎每个都来自不同的班级。

在操场上抽完签后,总教练下指令按照新的分班站队。宋安如捏着手上写着"13"的字条,看了眼指示牌,发现自己离指定集合的地方特别远。秦知意抽的"7",两人离得比较近,便一起往目的地走。

操场里几千个人,都在找自己的队伍,又吵又乱。两人走了好一会儿,才到七班的聚集地。分开时,秦知意余光看到班里已经集合的队伍,最后那排有个人好看得鹤立鸡群。她从宋安如手中抽出她的分班字条,然后将自己的塞给她。

宋安如被秦知意的行为弄了个措手不及:"怎么了?"

"七班这个位置的风水和我不太合,我去十三班,你留在这里吧。"秦知意高深莫测地拍了下她的肩膀。

寝室里四个人,除了夏桐,全是无神论者。所谓事出反常必有妖,宋安如打量秦知意的眼神越来越怪异:"你什么时候信这些了?"

"最近。"秦知意不给她多问的机会,将她往七班的位置推,"和新同学们好好相处,好好享受。"

宋安如只得拿着字条去报到。班级队伍是一排男生一排女生交叉站位,她在女生中属于比较高的个头,教练直接将她分在了倒数第二排。

归队的时候,要从最后一排与倒数第二排中间的空隙穿进去,她走到空隙排头,就撞进了一双含着浅浅笑意的眸子里。

少年头上的帽子遮住了额头,阴影打在脸上,丝毫不影响那张脸的美貌程度,大部分人穿着都不太合身甚至还挽裤腿的军装,被他穿成了秀场高定。

宋安如明白秦知意为何反常的同时,想起了她形容沈南辰的话:在人群中只需要看一眼就知道。

的确是人群中最靓的人。穿私服的时候就很高挑帅气,此刻穿上军装,身上不仅多了严肃感,还有几分禁欲感。

沈南辰无声道:"师姐,又见面了。"

宋安如看懂了他的口型,她的步子顿了下,压低嗓音"嗯"了一声,站到属于自己的位置上。

他在最后一排第一个,她在倒数第二排第五个,微微侧眸,余光就能看到他。

军训的第一天,强度并不是特别大,宋安如所在的七班却有一个大一男生晕倒。

男生站在最后一排,个子很高,脸色苍白没有血色,直挺挺地砸下去的时候,动静不小。因为情况看起来比较严重,教官给大家放了二十分钟的休息时间。

一松懈下来,所有人都往树荫下挤。

宋安如热得烦躁,她找了棵没人乘凉的树,一屁股坐下去,取下帽子一边给自己扇风,一边喝水。

今天的太阳格外大,操场被烘烤得站在上面就能感觉到源源不断的热意。

宋安如身上的衣服被晒得很烫，即便是在树荫下，帽子扇的风也是热风。她不喜欢热，因此很不喜欢夏天。

这一片聚集了三个班，十三班在最边上，一眼望过去，根本分不清谁是谁。宋安如有心想看秦知意都看不到。没有手机，也没有娱乐项目，她无聊地拨弄着面前的草打发时间。

余光里，渐渐走近一双修长的腿，她抬眸看过去，沈南辰把玩着帽子，背着光停在树荫交错的界线。汗湿的头发被他梳在后面，偶有几缕搭在额头上，明明很随意，看起来却十分性感，和他那一身军装有些违和。

法医系的学生没有发型上面的要求，不像他们系，男生全是寸头，没有新意。

宋安如脑海里浮现出了娱乐圈当下最红的"小鲜肉"的模样。陈舒特别喜欢那位，收集了很多好看的海报。她贴在衣柜内门的那一张，便是"小鲜肉"湿发造型的性感照片。宋安如看到过几次，此刻却觉得眼前这位更好看。

"师姐。"

阳光耀眼，宋安如盯着他看了好一会儿，直到他出声，她才反应过来。

"嗯。"她的视线依旧落在沈南辰身上，不闪不避。

"我可以在这边坐吗？"沈南辰温和有礼地询问，也没等她回答，就坐在了离她半米远的地方。斑驳的树影落在他那张精致的脸上，又平添了几分意境。他双手撑在身后，神色慵懒地任由她看。

两人中一个没有被别人偷看而害羞的觉悟，另一个也没有偷看被抓到的尴尬，气氛诡异又和谐。

宋安如时不时点一下头，毫无表情的脸上带着些许探究，却又不含杂质。

在这般炙热的打量下，沈南辰嘴角保持着浅笑，神情却又漫不经心："师姐为什么一直盯着我看？"

"你长得好看。"

自从两人一起上了校园网热帖后，只要有人提起他，都说男妖精。宋安如被"男妖精"洗脑了一周，下意识就想去观察到底"妖"在哪里。

沈南辰单腿屈起，身体坐直，将下巴搁在膝盖上，侧过头看着她："你倒是诚实。"

"不好吗？"宋安如答得理所当然。

他怔住片刻，轻笑出声，一副愉悦的模样。

宋安如被他笑得莫名其妙，挑眉："长得好看还不能说？"

他收起笑意："能说。"

"那你笑什么？"

"师姐夸我好看，我很开心。"

宋安如看不出来他哪里因为夸奖开心，她也不想探究。原本还算安静的角落,忽然响起一阵嘈杂。两人朝着声源处看过去,不远处的一棵树下,三个男生毫无形象地躺在草地上,身上的作战服宽且长,其中一个脸上还有几颗青春痘。

"哎哟,累死了。"

"军训一个月,这才过了三个小时,我真的是不想活了。"

"教官也是,都不给点缓冲时间,一上来就是高强度训练。"

"太累了……"

他们嘴里不停抱怨着,声音听起来又糙又厚。明明经历的是同样的训练,身边这位却一副游刃有余的贵公子模样。这样一对比下来,宋安如不自觉就肯定了"男妖精"这个称号,对他莫名有了几分好奇:"你为什么学法医学?"

她还记得两人第一次见面的那个早上,送他来的那辆车,如果她没记错,是全球限量款,有钱也不一定能买到。能开上这种车的家庭,已经不能用"大富大贵"来形容了。云京公安大学法医学专业是全国同类专业中分数最高的。他这种家庭出来的孩子,极少会有来做这行的,更别说高考分数还这么高。

沈南辰抬手挡住树叶缝隙落下的光。他眯了眯眼,纤长的睫毛遮住了眼底的情绪。就在宋安如以为他不会回答这个问题时,他说道:"想为逝者寻求一个真相。"

"哦。"宋安如点头,法医专业的座右铭——"为生者权,替死者言",是一个十分高尚的专业。他这样家境的人能来做这个,目标还那么纯粹,极为难得。

简短的对话后,两人谁也没再挑起话题,直到不远处,那三个男生议论的内容从累到了饿。

宋安如原本没觉得饿,听他们提起来,肚子忽然就饿了。她从衣服口袋里掏出一块草莓味奶糖,剥了包装将糖塞进嘴里,迟疑了好一会儿,又掏了一块朝身边的人递过去。

"请我吃?"

沈南辰看着面前粉粉嫩嫩的糖纸包装,也没接。宋安如干脆将糖抛到他的腿上。

"谢谢。"

沈南辰不喜欢吃甜食,想到开学那天某人吃独食的模样,鬼使神差地拆开奶糖放进嘴里。香浓的奶味在嘴里蔓延开来,刺激着味蕾。他不太习惯地眯了眯眼,眼底的神色柔和了几分。

"七班集合!以我为圆心,围坐成一个圆圈。"

教官的声音忽然传开,两人沉默着,一前一后起身往聚集地赶。

宋安如随意找了个地方坐下,沈南辰要坐在她的旁边时,一个男生和同学打闹着退过来，一屁股坐在两人中间。

宋安如瞅了那男生两眼，指着沈南辰道："可以和他换个位置吗？"

她的帽子拿在手上还没戴，头发梳在脑后扎了个丸子，那张脸完全暴露出来，迎着阳光，白皙精致得耀眼。那男生怔愣片刻，耳朵微微发红。顺着她的视线，看到同样好看的沈南辰，他一脸秒懂的模样，慌张地起身让开了位置："不好意思，我刚才没注意。"

"谢谢。"沈南辰朝那男生道了谢，盘腿坐在他让出来的位置。

眼见那男生跑到离两人很远的地方坐下，他好奇地问宋安如："师姐为什么让他给我挪位置？"

"我想挨着你坐。"

宋安如觉得他长得好看，如果坐在身边，多看看也赏心悦目，算是给这难熬的军训增加点乐趣。听他这样问，她的回答很诚实。

然而这过分直接的答案，倒是让沈南辰有那么点受宠若惊。她的眼睛很清澈，没有以往总是在别的女孩子那里看到的欢喜。

沈南辰用舌尖将奶糖抵到唇齿间，一口咬开，草莓流心弥漫开来，他的喉结不自觉地上下动了动："那是我的荣幸。"

不到一分钟，七班的同学基本上都坐好了，教官教大家唱了一首《军中绿花》。

唱的时候，大一的学生几乎都带着哽咽，甚至一些人泪流不止。高年级的反而大多很淡定，毕竟早已经历过背井离乡。

宋安如左边的女生是个大一新生，哭得眼泪鼻涕直流，沈南辰旁边的男生含蓄了许多，但眼睛也红红的。这两人将他们夹在中间，直接衬得他们一副没心没肺的样子。

四目相对，宋安如问："你为什么不哭？"

明明也是大一新生，眼睛一点不红就不说了，看着她的时候，嘴角甚至还露出一抹笑意。

沈南辰不答反问："师姐不也没哭？"

宋安如想起了大一时候的自己。从小到大，她就没有离开毕韵初女士超过一周，南苏市和云京市相隔1546公里，两地气候大不相同，刚来的时候，她一点也不适应。

毕韵初女士把她送到学校离开后，当天晚上她就藏在被子里偷偷哭过。那时候京公大的军训和现在一样，报到后七天进部队，教官也教了《军中绿花》。当时唱到"亲爱的战友你不要想家，不要想爸妈"的时候，她也不比左边的女生好多少。

想到这里，她再看沈南辰，颇有种他铁石心肠的感觉。

她说："我大一时哭过。"

沈南辰想不出来她边唱边哭的模样，很好奇她会不会流鼻涕。收到她谴责的眼神，他解释道："我家离学校开车就十几分钟。"

宋安如噎住。

那要他生出背井离乡的愁绪，实属强人所难。

好在唱歌的时间不长，为了活跃气氛，教官找人搬来了鼓和花，组织大家玩击鼓传花："接到花的上来表演节目。为了公平起见，我背对大家敲鼓。"

教官敲了两下，抱着花的女生迫不及待地把花丢给旁边的人。军训的第一天，大家都还处于陌生的阶段，对于这种当众表演节目的事情多少有些尴尬，每个人丢花就像丢烫手山芋一样。即便是这样，每一轮还是有一个人中招。

第一个接到花的是个比较外向的男生。他在大家的掌声中跳了一段舞，算是将游戏的氛围点燃了。后来接到花的人逐渐放得开，唱歌、跳舞、模仿秀、讲笑话、诗歌朗诵、变魔术……表演什么的都有，气氛越来越融洽。

宋安如还挺喜欢看别人表演节目，每个人表演完，她还会认真地鼓掌。

沈南辰时不时看她一眼，总觉得她比那些节目更有意思。第一次见到有人能全程面无表情，与周围的氛围格格不入，实际上眼底放光，比很多人都更感兴趣。这种反差就还……挺可爱的。

如果不是坐在她旁边，只是看她的表情，他或许会觉得她并不喜欢这些。

游戏再一次开始后，花传到沈南辰手上，他望着宋安如伸过来的手，头一次觉得自己缺乏点成人之美的美德。

她既然这么感兴趣，那应该会喜欢接住花吧。沈南辰这样想着，单方面决定成人之美这种高尚的品德，就从帮助宋安如开始。

他注意过教官每一次敲鼓节奏时长虽然不一样，但叫停时往前第三个鼓点都会稍微重点。

花到他手上的时候，正好是那个重音，沈南辰的手很是时候地抽筋，一个不稳，花掉了。等他捡起来刚把花丢给宋安如，鼓声就停了。

宋安如捧着花，人都是愣的。她在学校知名度很高，又因为开学的爆帖事件，就连大一新生都知道她。众人的视线集中在她身上，爆发出了热情的掌声。

游戏玩了这么久，宋安如没有中招，一是因为坐在上位的沈南辰给力，二是因为她手快。刚刚要不是沈南辰掉链子，这朵花怎么也不会停在她的手里。她抿唇冷冷地看了他一眼。

沈南辰压住嘴角的笑意，带着歉意道："真的对不起，我刚才手抽筋，不是故意的。"

宋安如肯定道："你是故意的。"

沈南辰被当面拆穿，没有尴尬，反而坦然承认："你长得这么漂亮，我很好奇你会表演什么节目。"

说得明明白白,宋安如甚至不知道怎么骂他。

两人长相都特别出众,本就有许多人时不时偷看他们。此刻,他俩靠近说悄悄话,惹得大家更兴奋了。

教官一副看好戏的模样:"这位同学,你打算表演什么节目?还要和旁边的同学商量吗?来,大家掌声响起来,给她鼓气。"

宋安如长这么大,最拿得出手的是自己的脸,第二拿得出手的就是学习成绩。在这种场合既不能去表演秀脸,更不可能给大家做张试卷。

她沉默着,想自己能表演什么,本就没什么表情,在别人看来脸色越来越沉。起哄声也渐渐小下来。宋安如没察觉到变化,好一会儿后,眸子微亮:"有了。"

她拧开矿泉水瓶盖,将剩余的水一口喝了,往周围看一圈,目光落在一位女生手里的空矿泉水瓶上:"可以借我用一下吗?"

"可以,你用。"女孩把瓶子递给她。

宋安如拿着两个空瓶子,尝试着敲了几下,自言自语:"凑合。"

沈南辰一直注意着她,原本以为她是在为难,打算帮她的时候,就见她有想法了。看着她手里的空瓶子,他脑海里浮现出之前她拍瓶子恐吓苏彦的场景。

总不会是给大家表演空手暴力拍扁矿泉水瓶吧?

沈南辰问:"打算表演什么节目?"

宋安如正要回答,一旁的教官突然问道:"这位同学是想到表演什么节目了?"

"嗯。"宋安如扫了沈南辰一眼,不急不缓地走到圆圈中间。

大家的起哄又开始了,掌声不断。她胸有成竹地比了个安静的手势,像个女王在发号施令一样。

众人仿佛被她按了暂停键,目光炯炯地盯着她。

只见她两只手上拿着的水瓶交叠在一起,开始了有节奏的敲打。她清了下嗓子开口:"打竹板,新春到,喜气洋洋真热闹。挂红灯,过大年,千家万户大团圆。人人过年长一岁,吃饱喝足看晚会,欢欢喜喜过大年。"

宋安如面无表情,就连声音都没什么起伏,将节目表演完了。

大家看着她那副模样,似乎比刚才还不好惹。烈日当空,四下安静,一阵夹着热意的风吹过,众人莫名有点背后发凉的感觉。

宋安如没等到掌声,很疑惑,毕竟之前每一个人演完节目,大家都会热情鼓掌。

她小时候不爱说话,毕韵初女士一度担心她变成个哑巴。某天无意间看见少儿频道有个小孩说快板,活泼又可爱,心思一动,第二天将她送去学快板了。在特长班待了两天，宋安如刚学了两段，就被老师退学费送回家了。

"你们为什么不鼓掌？"宋安如问。

正当她自我怀疑的时候，一道掌声响了起来，是始作俑者。

这一刻，沈南辰想了许多烦心事，才忍住没笑出来。随着他的掌声，同学们也开始陆续鼓掌起哄。

"宋师姐可以啊！"

"节目别出心裁！"

"特别有趣！是目前为止最好的节目！"

掌声持续了好一会儿，教官笑着打断："好了，游戏继续。"

宋安如这才满意地走回自己的位置。

鼓声响起，她把花抛给旁边的人。肩膀被人戳了一下，她回过头，沈南辰问："师姐，你刚才表演的节目是快板吗？"

周围太吵，宋安如没听清，往他的方向凑近了一些："什么？"

沈南辰盯着对方忽然放大的脸。五官精致又小巧，睫毛很长，眼皮微微下敛时，多了几分温柔。他忽然明白了京公大为什么那么多人吹捧她的长相。

"你表演的节目是说快板吗？"

节目都表演完了，问她是不是说的快板。宋安如不悦地道："我以为很明显。"

"嗯。很明显。一听就知道是快板。"沈南辰垂眸，掩下眼底的笑意，"你喜欢这个？"

宋安如："我妈喜欢。"

她提起往事，嘴唇轻轻报着，一副郁闷的样子。结合她的性格，沈南辰稍稍一想，就知道宋母为什么会送她去学快板。他赞扬道："演出挺不错。"

宋安如点点头："我知道。"

"别人经常夸你？"

"嗯。"

宋安如还小的时候，过年亲戚聚在一起吃饭，总喜欢让孩子表演节目。她只会说快板，会的数量还很有限，但每次演完，那些亲戚都将她夸得飘飘然。以至于她从小就觉得自己快板说得好。

不知道是不是老天想考验沈南辰那所谓"成人之美"的精神，这一轮花传到他手上，差一拍到停点。他特别迅速地抛给了宋安如，花还在半空中，鼓声就停了。于是众人反应过来时，花已落在宋安如怀里。

起哄声比上一场更大了。教官转身看到这一幕，都不由得惊讶："怎么这么巧，又是你？"

宋安如也很想知道，为什么又是她。她直勾勾地盯着沈南辰，神色很不好。

沈南辰无奈地举了举双手："这次我手没抽筋，捡到花，刻不容缓就丢

025

给你了。"

宋安如再次表演了一段快板。待她表演完，回来的时候就看到沈南辰额头抵在膝盖上，肩膀微微抽动，就差在脑门上写着：对！我就是在笑你。

她冷飕飕地道："你笑什么？"

他的肩膀依旧在抽动，好一会儿，那张脸才抬起来，嘴角的笑意仍未散去："没什么。"

"你在笑我？"

"没有。"

沈南辰否认，脸上的笑意更浓了。

宋安如笃定道："你就是在笑我。"

"师姐不是教育我们，不要刨根问底吗？"

沈南辰见她眼神越来越凶，这才收敛笑意，轻咳一声："有没有人说过你很可爱？"

宋安如并不想理他，很想将花还回去，奈何游戏传花是顺时针，沈南辰坐在她的上位。即便她有心想"回报"他，都没机会。她会的快板就那么两段，要是再接一次花，连表演什么都不知道。

宋安如勉强压住火气："你不要再故意丢给我了。"

"第二次真不算故意的，能抛给你，我总不能留在手里吧？师姐你换位思考一下，要是在你手里，你刚好能丢出去，难不成你还好心留给自己？"

沈南辰拿过她放在两人中间的空矿泉水瓶，将表演过程中按瘪的部分修复好，一副给下场表演做准备的模样。

"游戏结果谁也不能保证，但是你的节目挺好的，无论去表演几次，大家都会喜欢。"

"我就会这两段。"宋安如抢过瓶子，把他修复好的位置狠狠地按瘪，"你要再故意丢给我……"

她把手指捏得"咔咔"作响，一副要打人的模样。

沈南辰又一次在脑海中过了一遍人生中不顺利的事情，回忆到一半，终究没忍住笑。

不可否认，他笑起来很好看，可在宋安如眼里，却成了赤裸裸的挑衅。

下午七点，所有学生吃完饭才解散。第一天军训在大部分同学的哀号下落幕。

七班散得很快，宋安如站在操场口等秦知意时，十三班的教官还在激情四射地做今日总结。

第一天的训练对宋安如而言虽说强度不大，可在太阳下晒一天，出了很多汗，衣服黏在身上一点也不舒服。她靠在树上，无聊地盯着自己的影子。

没一会儿，另一道影子缓缓靠近，停在了她面前。

这场景熟悉得诡异。宋安如抬眸，果不其然是沈南辰的脸。她又将头低下，冷漠至极，与早上的反应截然不同。

沈南辰像是没感受到她的转变，十分自然地问："在等人？"

自打今天被沈南辰捉弄了一番后，两人点头之交的关系直接被宋安如单方面恶化成了不顺眼对象。至于为什么是单方面？沈南辰就像是找到了什么乐趣，这一天有机会就惹一下她，不知道的人还以为两人关系多么好。

面对宋安如的冷脸，沈南辰也不恼，走到她的旁边，明知故问："师姐为什么不理我？"

他在她的影子上虚拍了一下，又道："你头上有东西。"

宋安如不理睬。

"有一条绿色的毛毛虫。"

对于这种搭讪方式，宋安如嗤之以鼻，依旧盯着影子发呆，没理他。

沈南辰的影子慢悠悠地落到她的头上，修长的手指做出揪她头发的动作："都要拔秃了，也不理我吗？"

宋安如的专业不能留长发，好不容易能扎起来了，她十分爱惜。即便是扯她影子的头发也不可饶恕。她一把拍开他的手："再扯剁了。"

沈南辰调侃："总算理我了。上午游戏过后，你都没和我说过话。"

宋安如看他漫不经心的模样，浑身不舒服，总有种他在逗她的感觉。

"我为什么要和你说话？还有，不要跟着我。"

沈南辰往十三班的方向示意了一下："我在等人。"

宋安如："那你靠其他的树去。"

"我不想去靠其他的树。"沈南辰说着，就靠在了她的旁边。

虽然这棵梧桐树看起来有些岁月，树干很粗，但两个人靠在上面，依旧显得窄小，两只手肘不可避免地撞在一起。

宋安如起身双手抱胸，抬起下巴看他。她矮了他一个头，气势倒一点不弱："你缠着我，是想追我？"

没等沈南辰说什么，她斩钉截铁地道："别追了，没结果。"

两人对视着，谁也没挪开视线。

沈南辰的脸色看起来没什么变化，依旧带着浓浓的笑意。宋安如正觉得他心态好，就听他问："你就这么肯定没结果？"

"呵。"她冷哼。

沈南辰没忍住，抵着额头，低笑出声。

宋安如被他笑得莫名其妙，正要发作的时候，肩膀被人拍了下。秦知意伸手从她头上捉了一条毛毛虫，甩在草丛里。

"掉了毛毛虫在头上，怎么也不知道？"

与此同时，跟在秦知意身后的江喻白走到沈南辰面前："走吧，笑什么？"

宋安如额角不自觉抽了抽。

沈南辰促狭地朝她眨了下眼睛，对江喻白道："没什么，走吧。"

两个长相出众的少年一前一后离开了，宋安如整个人都不好了。

秦知意打量着她的脸色，在心里有些佩服沈南辰。才相处一天，就把宋安如这个对外人不闻不问更不知尴尬为何物的人惹急了。要知道她们寝室四人，在大一刚认识的时候，宋安如一个月和她们说的话还没有夏桐或者陈舒一天的话多。大家甚至很难见到她生气或者笑，一度以为她面部发育不完全。

"怎么了？"秦知意捏了捏她的脸，鼓鼓的，明显还在生气。

"没什么。"宋安如抬手拽了一片树叶，拿在手里撕。

"树招惹你了？"秦知意挽住她的胳膊，状似不经意地问："和沈南辰同学相处得好吗？我走过来的时候，看见你们在聊天。"

"谁和他聊天了。"宋安如十分嫌弃地皱了皱眉。

秦知意将她手里的树叶夺过扔进垃圾桶："别不承认啊。我今天还几次看到你们坐一处休息。"

"这么远，你都看得见？"

"我视力好。他刚才怎么惹你了？我好久没看到你生气了。"

"我没有生气。"

"我还不了解你？你是不知道你刚刚的样子多可爱。平时叫你好好学习说话的艺术，你不听，被人家气着了，回嘴都不行。"秦知意笑道，"所以他到底做什么了？"

宋安如眯了眯眼，没说话，她沉默了好一会儿："你怎么和那个江喻白在一起？"

"出息，还学会转移话题了。"秦知意故意调侃："为什么和他一起，这个问题问得好。当然是因为他长得好看，还很可爱，很对我胃口。"

宋安如越听越愣："他可爱？"

江喻白那张面瘫脸，和可爱差着十万八千里吧？

"挺可爱的。"秦知意憋着笑，又揉了把她的脸，"怎么，就准你可爱，不准别人可爱了？"

宋安如表情一言难尽："挂个号，军训后你去看看眼睛吧。"

"去你的。"秦知意在她胳膊上捏了一把，"话说回来，沈南辰穿军装真不错。我刚一路走过来，见你俩站一起，就像在发光一样。真的很配，不枉我特意和你换了个班。"

宋安如很不想理她，更不想承认早上休息的时候，确实被沈南辰的皮相吸引了那么一会儿。

秦知意眨眨眼："你什么表情？难道你不觉得他好看吗？"

宋安如下意识就想说不好看。她几乎不说谎，要真说不好看，又觉得有些此地无银三百两的感觉，随即道："好看顶什么用。"

"那就是很好看的意思。"秦知意揽住她的肩膀，"至于好看顶什么用……赏心悦目算吗？我可听说了，某人今天特意让别人腾位置，给某个妖精坐哦。"

宋安如再一次鄙视了一下鬼迷心窍的自己，以及一点鸡毛蒜皮都到处乱传的同学。

第二章 / 军训

军训没几天，学生们基本都适应了训练强度，又累又乏味的基础训练也慢慢加入了一些其他的项目。宋安如所在的七班在一周后加了射击课。除了大一的学生，其余人都经历过这些项目，心情还算平淡。

射击课上用的虽然不是真枪实弹，却也是极其仿真的，枪支重量以及射击时的后坐力都和真枪没什么差别。大一刚入学的学生从来没有摸过部队里的枪，进靶场的时候，那种外露的兴奋堪比刘姥姥进大观园。

方教官讲完注意事项，扫视了一遍所有的学生："禁毒学专业的出列。"

七班里包含宋安如在内的学生，有五个是禁毒学专业的，其中只有宋安如是女生。

"可以啊，还有一个巾帼英雄。"方教官脸上带着明显的赞赏，"好，听指令。向左转，齐步走，立定。"

五人听从方教官的指令，停在了一排靶位前。

"就位，听指令，五次单发射。"

该场地的靶位全是卧姿有依托的，宋安如按顺序去了第三个靶位。五人刚站好，方教官便下了指令："卧倒。"

五人听令，整齐趴下后迅速调整位置。

"持枪。"

"顶肩。"

"瞄准。"

"扣发。"

在方教官的指令下，枪支发射的声音响起。

五枪全部打完，围观的学生爆发出一阵掌声和欢呼。

沈南辰看完全程，眸子里的困意逐渐散去。他盯着第三个全是十环的靶子，眼底带着一丝讶异与欣赏。

明明有五枪，靶子却只有两个孔，说明有三枚子弹直接打进了之前的位置。那两个孔距离甚至都极近。不说在校生了,这种程度的射击准度,在部队里也是佼佼者。

对于这个结果,方教官也是极其惊讶的。他走到宋安如面前,拍拍她的肩膀:"大几了?"

宋安如:"大三。"

军训已经快一周了,方教官虽对大家还不是完全熟悉,但宋安如他还是印象深刻。最初是因为第一天玩游戏的时候,她面无表情地给大家说了两段快板。毕竟带了几年大学生军训,他还是第一次见到学生表演这个,还那么一本正经。之后便是因为宋安如的个人能力。不管军训多苦多累,她始终很冷静,没有个人情绪,保持在最好的状态,完成所有的指令。一个军人该有的气魄,在她身上体现得淋漓尽致。

"后生可畏。"方教官说,"大家要向这位同学好好学习。"

方教官将所有人分成了五组,排在做示范的五位同学的靶位上。他把控大局,让五位同学在靶位前做详细指导。

沈南辰原本是被分在第四组。他无意间扫到宋安如站在靶位前,一脸不情愿的表情,很想知道她什么时候会绷不住。

他走到三排最末位的男生旁边:"可以换个位置吗?"

明明是征求意见的口吻,从他嘴里说出来,就像是笃定了会换,只是来告知一下。

"啊?我……"那男生显然不愿意。看完刚才那场示范,大家热血澎湃,全班几乎所有人都想分在宋安如这一列。

那男生还没找好借口,沈南辰又道:"你看她的表情。"

方教官背对着大家,在给刚才示范的五个人叮嘱细节。宋安如本来认真在听,余光扫到自己队伍里面多出来的某人,皱了皱眉。

那男生正好看到了她这个表情变化,还没想明白这位"神枪手"为什么对自己变了脸色,就听沈南辰解释道:"想必你也听到别人说过我和她关系好吧?其实是她怕生,想让我来这个组。"

宋安如听不见两人的话,但并不妨碍她看沈南辰的眼神越来越不友好。

沈南辰站在那男生的后下方,位置离得近,以至于那男生有一种宋安如在不满意自己的感觉。

沈南辰叹了口气:"她又要生气了。"

那男生立马换到了第四列,沈南辰毫不心虚地站在他的位置,迎上宋安如的目光,沈南辰甚至还好心情地朝她笑了笑,无声问:"我就这么好看?"

宋安如看懂了。想到军训第一天,自己一直盯着他看,被问起原因时,还大言不惭地夸他好看。

往事不堪回首,她冷哼一声,收回视线。

宋安如虽然不太喜欢方教官安排的事情，但正式训练开始后，指导得倒是比谁都认真。他们队伍第一位是个女生，因为宋安如看起来高冷，女生很紧张，有时候一个动作需要纠正很多次。

宋安如脸上没有不耐烦，女生错一次，她就给她讲正确的做法，顺带帮忙调整，渐渐地，三组的人也都没那么紧张了。

第三位也是个女生，还是大一的，没有接触过射击，一直学不会，一直犯错。方教官路过看了一会儿，都忍不住说了两句，宋安如依旧该做什么就做什么，没有抱怨。

沈南辰没想到她会这么有耐心，很好奇如果对上的是自己，她是不是也这样。这几天每次看到她无视自己的模样，他都会忍不住去逗她一下，以至于她看他的眼神越来越凶。

排在沈南辰前面的男生是大二的学生，轮到他的时候，他走到靶位前，眼神里带着明显的崇拜："师姐，你好！你还记得我吗？我是大二的简皓，我们之前在秦主席的办公室里见过几次！"

宋安如经常去秦知意的办公室找她，也在她的办公室里见过不少人。她看了简皓一眼，想不起什么时候见过，诚实地道："我不记得了。"

"啊？"

简皓一脸尴尬，原本一肚子话，被她堵得不知道说什么。

一声轻笑传来，将这种尴尬又加深了不少。两人回过头，就见沈南辰一只手挡在唇前，眼睛微微眯着，笑得很开心。对上两人的视线，他似乎想止住笑意，却又没成功。他挥了挥手，声音愉悦："没什么，你们继续。"

宋安如回过头继续指导。简皓面红耳赤、一言不发，让做什么就做什么。他大一的时候经历过军训，也上过射击课，几乎只要宋安如口头上提点一下就能做好。

简皓完成射击后，宋安如将目光落到沈南辰身上，下巴点了点垫子，示意他趴上去。

沈南辰观察过，在他之前的每一个人，她都会下指令。

被差别对待，他假装看不懂，站在原地疑惑地盯着她，一副不谙世事的模样问："怎么了师姐？"

要不是这几天一起军训，很清楚他有点东西在身上，宋安如还真信了。明明每次竞争类的训练内容，这人都能拿男生中的第一名。

她现在看到他似笑非笑的眼神都想抽他，大概有的人天生就有这种欠揍的特性。

方教官正好巡视过来，宋安如抬了下拳头道："卧倒。"

沈南辰很听话地卧下去。帅是帅，就是姿势没太对。前面几个看了示范，虽说每一个多多少少需要些指导，但几乎都是在持枪顶肩这两个步骤上，卧位姿势目前没有一个人犯错。

宋安如:"两腿再分开点,要么伸直,要么右膝稍弯曲点。"

沈南辰很配合,稍微调整了一下姿势就合格了。

宋安如继续道:"持枪,顶肩。"

过去的几天训练里,方教官对两个人的印象都很深。此刻见沈南辰要射击,他停在两人身后打算看完再离开。

卧姿射击托枪时,下护木要通过虎口压在掌心与大鱼际之间。顶肩时,枪底部抵于右肩靠近锁骨处。贴腮时,头部正直,便于瞄准。

三个关键点,沈南辰就错了两个:枪的底部没有放在正确的位置,贴腮的时候头也是偏的。

宋安如:"不对,枪底部抵在靠近锁骨的地方,头摆正。"

"是这样吗?"沈南辰偏了偏脑袋,抬了一下锁骨。

宋安如说:"回到刚才的位置,头摆正,用枪来靠锁骨,不要用锁骨去贴枪。"

沈南辰的头又往另一个方向歪,枪直接搭上了靠近脖子的地方。

"靠近锁骨外端,不是里端,头往右偏10度左右。"

沈南辰又调整了一下,看起来更糟糕。

云京公安大学的学生因为毕业后很多都会从事警察相关职业,军训有大半项目是很专业的。

在这种情况下,沈南辰每一次的项目都能力压高年级学生,就不难看出他接受过相关训练。就她参观的几次项目里,对于这种有关调整姿态的口令,他几乎瞬间就能做好,从来没有出现过类似于这种不开窍的情形。

那种"这人在找碴儿"的想法越来越明确,碍于方教官盯着,宋安如还不能发作。

她皱了皱眉,没等她说什么,沈南辰反而真诚又愧疚地道:"对不起师姐,我没有射击课的经验,学习能力也不是特别好,你别生气。"

方教官还是第一次看到沈南辰遇到难题,两位学生都是他七班的好苗子,他笑道:"宋同学,我没记错的话,沈同学是大一新生对吧?大一新生没上过射击课,不会这个倒也正常。你帮他纠正一下姿势吧。"

"好。"

宋安如顶着沈南辰的注视,走到他面前蹲下。她花了很大的自制力,才控制住腿没踢他。

"偏着是要射4号靶吗?"

宋安如戳了下他的脑袋,手指触到了他帽檐下露出来的头发,意外的干爽。这么大的太阳,她指导的前几个人帽子外面的头发都是湿的,他看起来干净又清爽,还真是造物主的偏爱。

"那个角度我努力一点，或许能打到4号靶。"

"放松。"宋安如冷笑一声，拍了下他的肩膀，将枪底从他靠近脖子的位置拿下来，她又拍了一下他靠近锁骨的位置，"是放这里。"

沈南辰把枪放在了她说的位置，偏过脑袋盯着她，说："感觉比刚才轻松许多。师姐真厉害。"

他的嘴角微微翘着，侧脸对着她，阳光打在上面，让人移不开眼。宋安如有一种中邪的感觉，扫了一眼他的腿，满脑子都是一句"宽肩窄腰大长腿"。她沉默了两秒，捏住他的下巴，将他的脸转回去："头摆正，准备瞄准。"

"好。"沈南辰压着笑，声音闷闷的。

趁他专注地瞄靶位，宋安如将手背在身后，指尖仿佛还残留着那滑滑的触感。所以一个男生皮肤为什么那么滑？手感为什么那么好？

她觉得自己有点像个变态。正当她试图将刚才中邪的行为驱逐出脑海的时候，沈南辰又偏过头看向她："师姐，我瞄准了。"

"瞄准了转头做什么？"

沈南辰回过头："你一直没说下一个指令。"

宋安如绷着脸："扣发。"

沈南辰直接连开了五枪。宋安如和方教官一同看向靶子。

三组的大家打得都不错，中十环的子弹却只有四枚，但那四枚子弹都在十环的最边上。居中的只有宋安如打出来的那两个弹孔。只见此刻靶子上十环居中心的位置多出了三个孔，每个孔离得特别近。可见射击者高超的控枪技术以及高心理素质。

宋安如心里坐实了沈南辰在捉弄自己的想法，明明该生气的，她却有些钦佩。还记得刚读大一的时候，她在射击课上的成绩是不如他的。

方教官兴奋地拍了一下他的背："你小子可以啊！第一次射击居然全部十环，天生就该吃这碗饭。话说你哪个专业的？"

"法医学专业。"

方教官和沈南辰的视线都转到了宋安如的脸上。她才反应过来，自己无意间帮沈南辰回答了问题。这种事情如果发生在别人身上，或许很正常。她不爱说话不管闲事的德行，即便是在这个组建没几天的军训班，几乎每个人都知道。

"对，法医学专业的。"沈南辰的声音听起来漫不经心，宋安如却明显能感觉到他的揶揄。

方教官来回扫视两人，恍然大悟似的点点头："法医学专业？你是不是填错专业了？你这样的条件以后不干其他的？"

宋安如只觉得教官误会了什么，想解释，又觉得自己突然说这个更奇怪。她往沈南辰的方向看了眼，对方也正在看她。

宋安如心虚地收回视线。

沈南辰:"经过认真思考填的。"

"我记得你们学校的法医专业很出名,想想都是为这一行效力,也就觉得不错。"教官拍了下他的肩膀,"沈同学,你以后肯定会成为一名出色的法医。对吧,宋同学?"

宋安如皱着眉点头。夸人就夸人,为什么还带上她?

一堂射击课上完,宋安如和沈南辰更受瞩目了,两人成为七班的定海神针。

当天方教官趁着七班学生跑步的时候,晃悠到了十三班。

当时十三班正在训练携枪通过100米障碍的项目。方教官围观了两分钟,忍不住朝十三班的魏教官炫耀了一下七班男女生的最高纪录。不知道两人你一句我一句说了些什么,只知道十三班的学生当天一直在抱怨方教官。两个教官还约定第二天把两个班聚起来比赛,并且给自己班的学生都下了诱饵——

"赢了休息半天。"

这个诱饵对于已经连续军训好几天的学生们来说,简直是末日曙光,个个像打了鸡血似的,抱着"只准成功不准失败"的信念。

下午解散,宋安如到操场入口的时候,秦知意和江喻白已经等了许久。

秦知意的脾气看起来虽然好,实际上边界感很强,也不知道她做了什么,那个江喻白总是屁颠屁颠地跟着她。

他俩走一起,沈南辰也在,于是两人行变成四人行。

秦知意的手搭在宋安如的肩膀上:"你们教官有点话痨。今天我们班携枪通过100米障碍的训练不是特别好,托他的福,过来阴阳怪气了一会儿,我们教官把强度加了一倍。"

秦知意从口袋里拿出湿纸巾,扯出第一张的时候,宋安如自觉地伸手去接,那张纸巾却被递给了旁边的江喻白。她接了个空,定在原地,盯着两人。眼见着那个冷脸少年乖巧地接过纸巾擦脸。

三人走开好几步,才发现宋安如没跟上。秦知意回头对上她的视线,自己取出一张湿巾纸,将剩余的全给了沈南辰:"你和三三分。"

沈南辰:"三三?"

"2002年8月的,在我们寝室排第三。"秦知意朝宋安如挥挥手,带着江喻白走了。

这几天几人一起回寝室,秦知意总是有意无意给他俩制造相处机会。不知道沈南辰是什么想法,反正宋安如觉得,这些相处让她越来越理解"黑心汤圆"这个词。这人性格恶劣,压根就没有看起来那么良善。

"过来。"沈南辰取出纸,朝她挥了挥,"不是想要吗?"

见她依旧不动,沈南辰又道:"那都是我的了?"

他擦了下脸,有些感叹:"挺凉快的,都是我的,真好。"

宋安如走上前夺过袋子,将里面的最后一张湿巾纸扯出来,很不讲究地胡乱抹了一把脸。

她的动作非常粗鲁,那张白净的脸因为这个动作红了一片。

军训了这么多天,班里许多人都肉眼可见地变黑了,她却和第一次见到的时候没什么差别,不得不提天生丽质的好处。

"师姐,你的枪法真准。"沈南辰忽然夸奖道。

宋安如一时摸不准这句话有没有嘲讽的含义。作为一个会上射击课的禁毒学专业大三学生,她的射击成绩和他这个法医系大一学生差不多,就很打击人。

宋安如往秦知意的方向加快脚步。

"或许你朋友更想和我室友单独走,你确定还要追上去?"沈南辰按住她的肩膀揶揄道。

他的骨相和皮相都特别好,笑起来的时候眼睛有些弯,像极了狐狸。宋安如想到校园网里同学们调侃他是男妖精的事情,现在看来,妥妥是一只男狐狸精。

"看来师姐真的很喜欢我的脸。"沈南辰坦然地接受她的打量。

宋安如移开视线,将帽子扣回头上,压低帽檐,拒绝沟通。

沈南辰跟上她:"你在冷暴力我吗?"

"冷暴力"这词,一向用在关系亲近的两个人身上,和他们八竿子打不着。宋安如的帽子被掀起来了一些,随后被反扣在头上。

她瞪着肇事者:"你做什么?"

沈南辰将手肘压在她的肩膀上:"你室友把我室友拐走了。"

"关我什么事?"宋安如又把帽子盖回去。

沈南辰叹了口气:"我连个说话的人都没了。"

虽说两人认识的时间不长,宋安如倒也知道,他不是个多话的人。有时候四个人一起回寝室,他和江喻白经常一句话都没有。秦知意和沈南辰会聊一些专业上的事情,可两人对话简洁,给人一种公事公办的感觉。

然而他面对她的时候,有点像个无赖。宋安如扒开他的胳膊,道:"平时回去也没见你和他聊天。"

沈南辰歪着身子与她对视:"我和小白共同话题少,但是我觉得我和你共同话题会很多。"

"你错了。"他说这话的时候离她很近,宋安如甚至感觉到有热意洒在脖子上。她喝着水,往旁边挪了一大步。

"还在因为那天的事情生气吗?"沈南辰惆怅地叹了口气。

"什么?"

宋安如一下没想到他在指什么,毕竟最近这人惹她的事情一只手都数不过来。

沈南辰表情诚恳,说:"好吧,我向你道歉。你说我喜欢你的时候,我不该否认。像你这样人见人爱的人,我怎么会不喜欢,对吧?"

宋安如还未吞下去的水猝不及防地喷了出来。她不明白,沈南辰是怎么做到语气真诚,又字字插进她心窝的。

"不会说话,你可以闭嘴。"宋安如使劲朝着他的脚踩下去,却被他轻松避开。好在两人已经到了寝室楼,她瞪了他一眼,加快脚步走进了女生寝室大门。

沈南辰看着她的背影消失在转角,感慨道:"是真凶啊!"

第二天早上十点。七班和十三班的"宿命对决"开始了。魏教官和方教官特意请来了十班的吴教官当见证人。

为公平起见,吴教官随手写了十个项目,让两方抽三个当作这次的比赛内容。

因为是单数,两个教官都绷着,谁都不想去当抽两项的那一方,就怕对方输了会以此为借口。

最后,还是吴教官主张两班各出一个学生抽选一个项目,第三个项目由他来抽。

十三班的魏教官选了秦知意,企图从气势上压七班一头。方教官反手选了宋安如,毕竟她的冷脸在气势这一块就没输过。

两人被点名来到队伍前面,表情都没有剑拔弩张的感觉。

教官让两人互放狠话,学生们开始起哄。

秦知意比了个噤声的手势,全场立马就静下来了。她并没有放什么狠话,只是朝着十三班问:"同学们,下午休息时间想好做什么了吗?"

十三班的同学爆发出一阵笑声,震耳欲聋的声音响起:"想好了!"

秦知意笑道:"那就好。现在十点钟,还有两个小时就该我们休息,大家准备一下。"

这下不仅十三班,就连围观的十班都连连鼓掌欢呼。全程没有硝烟,却又无处不是暗涌。不得不承认,学生会主席在调动气氛上有一手。

十三班士气大涨。七班的学生包括方教官反而都捏了一把汗——宋安如的性格摆在那儿,大家都想不出她放狠话或者是鼓舞人心的画面。

方教官很后悔没选个会说话的上去带动士气。

就在大家以为她会很冷漠地说句加油的时候,宋安如朝七班的同学道:"我们先感谢一下十三班的陪跑。"

七班的同学都愣住了,没人预料到,她会突然说这话。

一道慵懒随性的声音打破了寂静："感谢魏教官和十三班同学的陪跑。"

宋安如看过去，对上沈南辰的眼睛。

七班同学也反应过来，比十三班声音更有力地喊道："感谢魏教官和十三班同学的陪跑！"

喊完后，大家又开始笑，宋安如比了个收声的手势，场内顿时静了下来。

"你们做的计划到时候可以给我们七班用，就当帮我们节省想的时间。"

她微微抬起下巴，看向十三班的方向，声音和表情过于冷淡，气场强大到给人一种睥睨天下的感觉。

秦知意将她的脸推回去朝着七班："够了啊，别威胁我们班同学。"

放狠话环节在夹着笑意的巴掌声中结束。抽选出来的三个项目分别是400米障碍跑、手榴弹投准，以及一个掺水的三人四足。

看到这个结果，两个班的人都笑不出来了。军营里一直流传着这么一句话，"宁跑五公里也不跑400米障碍。"短短的400米看似不长，但需要的爆发力、耐力和速度根本不是大部分大学生能完成的。

魏教官踹了吴教官一脚："你搞事啊。班级比拼，你给我混个400米障碍跑进去。且不说有那么多大一新生，大二大三练过这个的专业也不多。"

吴教官躲到方教官身后，说："要不这样吧，看看两个班有哪些学生能比这个，然后选出来比一比呗。"

"也不是不行。"方教官问身边的宋安如，"你们学校有哪些专业的练过？"

"不清楚。但我们专业练过。"

"有练过的就行。"方教官看向七班和十三班的同学，"大二以上有哪些专业的同学练过400米障碍的？举个手我看一下。"

最后统计下来，十三班有七个，七班有六个。于是第一场比赛就定为两班各出六人，六人连续通关接力，加起来用时少的班级获胜。

三个班进入400米障碍训练场，方教官和魏教官分别将各班即将比赛的人召集在一起，分享一些平时训练的技巧，企图临时抱佛脚战胜对方。

在了解完大家最好的成绩后，方教官给六个人排了顺序，却在第一和最后一个位置上有些犹豫。

第一位需要成绩不错的选手来振奋士气，而最后一位则需要好心态兼备最强实力的人。提到心态好，方教官想到的第一个人便是宋安如，但六个学生中，有一个男生的最好成绩比她要好一些。

方教官犯难，索性直接问两人："你们觉得你俩谁压轴好一点？"

那男生尴尬地抓了抓头发："我心态没宋师姐好，不太适合最后一个。"

"宋安如，你压轴可以吗？我看他们那边压轴的是成绩最好的男生。那小伙子看起来那么壮，体力肯定跟得上。"

宋安如皱眉，说出来的话一点也不留情面："壮和性别从来不是赢得比赛的优势。"

方教官被怼了也没有生气，反而笑着直接定下来："行。就冲你这架势，最后一棒交给你。"

注意事项都讲好后，教官给了二十分钟让参赛的人熟悉场地。

宋安如花了差不多十分钟，就掌握了比赛场地的情况。她回到起点，肚子有些饿。包里带的糖果已经没有了，她准备去找秦知意要点，看了一圈，发现秦知意躲在角落里。

秦知意将两只手都伸到江喻白面前："猜哪只手里有吃的。猜对了，请你吃。"

江喻白盯着她的手看了几秒，随后谨慎地指了一下秦知意的右手。

秦知意摊开右手，掌心里放着一颗特浓牛奶糖。江喻白拿起糖拆开放进嘴里，翘着嘴角，看得出来心情很好。

秦知意："好吃吗？"

江喻白乖巧地点头。

宋安如不可思议地盯着这一幕，正要过去，就见秦知意又主动摊开了另一只手，手心里是一颗特浓草莓牛奶糖："这个味道喜欢吗？"

江喻白眼睛发亮，点点头。

秦知意将糖递给他："吃吧，给你带的。"

宋安如哑口无言。

她最喜欢的奶糖就是草莓味的，寝室几人都知道。大家一起出去玩，室友们经常会放几颗在包里，她想吃的时候就投喂她。这一刻，宋安如有一种自己被"小白脸"点了老房子的感觉。她沉着脸要去横插一脚，走了一步，却没走动。

沈南辰扯住她的衣袖："师姐要去哪儿？"

宋安如拍开他的手："关你什么事。"

不远处，江喻白把糖果放进包里，取下帽子给秦知意扇风。秦知意满意地靠在树上享受。两人的相处状态十分融洽，仿佛塞不下第三个人。

宋安如虽没谈过恋爱，但也看过爱情片，知道这种行为一般发生在情侣身上。

她很费解，秦知意究竟做了什么，让那个开学时正眼都懒得看她的人主动给她扇风。几人虽然经常一起回寝室，但也没见他和秦知意多说两句话，又或者有什么亲密行为。

"他们什么时候这么好了？你那个室友不是难相处吗？"

"难相处说不上，就是慢热。"沈南辰揉了揉被她拍红的手，"至于什么时候这么好的，就不清楚了。"

宋安如嗤之以鼻："才认识十几天就给人打扇，这叫慢热？"

"师姐这是嫉妒了？"沈南辰取下她的帽子，哄小孩似的朝她脸上扇风，"好了，别生气，我也给你扇。"

"谁要你扇。"

宋安如说着就伸手抢帽子。沈南辰长得高，举起手躲她，她根本就够不着。

沈南辰又往她脸上扇了两下，说："你的帽子是不是有点大？等会儿比赛很容易掉。有小夹子吗？"

从一个快一米九的大高个儿嘴里听到"小夹子"这种词，总觉得怪怪的。

宋安如："没有。"

沈南辰往人群中环视了一圈，道："等着。"

他走到一个女生面前，很礼貌地问："你好，请问可以借用一下夹子吗？"

女生和别人聊天聊得正起劲，突然被打断，面上有些不悦，但回过头看到沈南辰，惊讶替代了不悦："啊？借……借什么？"

沈南辰指了指她刘海上的一排彩色小夹子："夹子。"

没一会儿，沈南辰就用帽子兜着许多小夹子回来了。宋安如看着那些粉嫩的颜色，整个人是拒绝的。帽子被递到面前，她也没动。

"想让我帮忙？那行吧。"沈南辰拿起一个鹅黄色夹子，在她眼前晃了晃，他的语气有种"拿你没办法"的迁就感觉，听起来莫名带点宠溺。本来就有同学悄悄注意着他们，看到这一幕，甚至有人小声惊呼。

宋安如心一横，接过帽子，把里面的夹子拿出来。戴上帽子后，她挑了两个浅棕色的夹子固定在左右。

"这夹子太小，少了固定不稳。一会儿你过低桩网应该会掉。"沈南辰捏住她的帽檐提了下，帽子依旧很松。

宋安如问："你练过？"

"练过一点。"

宋安如不太相信。他说不会射击，结果射击成绩和她差不多，按照这个推断，"练过一点"应该是很厉害的意思。

"那你为什么不参加？"

"方教官让大二以上的举手。"沈南辰趁她不注意，捏开手上那个鹅黄色的夹子，一脸探究地往她头上夹。他的手法很生疏，夹好后，颇为满意地又拿起一个芭比粉的夹子。

"我自己夹，你离我远点。"宋安如躲开他，"你就不能毛遂自荐？"

"家里人说出门在外要学会低调。"沈南辰把手里的夹子递给她，"用这个，好看。"

宋安如问："你喜欢这个颜色？"

沈南辰用夹子在她头上比画了两下："感觉你戴这个应该会很好看。"

宋安如白了他一眼，将芭比粉夹子一个个挑出来，顺手夹在他的衣领上，说："好看你就自己留着用。"

白皙修长的手指在沈南辰眼前动作，他由着她也没管，只是惊讶道："师姐，你刚刚是朝我翻白眼了吗？"

他说这话的时候目光如炬，让宋安如生出一种在动物园里被人观摩的感觉："看什么看。"

沈南辰很感兴趣地盯着她的眼睛："我刚才没怎么看清，你再翻一个我看看。"

"你让翻我就翻？"

宋安如不想理他，又挑了几个颜色稍微淡点的夹子把帽子固定住。

没有镜子，她弄得很随意，头发被夹得乱七八糟。一排彩色小夹子与她的气质既违和又符合，配上她的表情，看起来凶凶的。

"你在笑我？"宋安如刚收拾好，就看到他想笑又似乎在憋笑的隐忍模样。

沈南辰诚实地点头："嗯。"

宋安如："你是不是……"

"有病"两个字还没说完，沈南辰弹了一下她的帽檐："一想到师姐又要大放异彩，我就忍不住开心。"

比赛开始倒计时，参赛选手都站在了起跑区域。秦知意排在十三班的第五位，宋安如排在七班最后一位，两条赛道相隔不远，以至于两人离得很近。

秦知意往侧后方看了好几次，宋安如就像是感受不到她的视线，一点回馈也不给。

沈南辰和江喻白站在树下关注着赛场。看到这一幕，江喻白冷哼一声："白长了嘴。"

沈南辰听到他的话，收回视线打量他。

"怎么了？"江喻白被沈南辰揶揄的眼神盯得不自在。

"小白，我很疑惑。"沈南辰说。

江喻白一脸不解。

"你是哪里来的优越感？"

"什么？"

"你一个可以一天一句话都不说的人，是怎么说出这句话的？"

江喻白被噎了好一会儿，反驳："每天一起走，但她没和我说过话。"

四人行有一段时间，沈南辰没记错的话，宋安如和江喻白一句话都没说过，甚至连眼神交流都极少。他甚至怀疑这两人在其他地方碰到，或许都认不出来对方。

041

"那你和她说过话吗?"

江喻白仔细想了想,没有。

"她和我话还挺多的。"

沈南辰看向宋安如所在的位置。她的脸颊鼓鼓的,似乎在生闷气,顶着脑袋上那排小夹子,看起来很可爱。

江喻白奇怪地打量了他许久,总有一种这人在炫耀的感觉:"你对她的关注是不是太多了?"

沈南辰长得好看,看上去好相处,实际上是个很冷漠的人。追他的女生很多,但江喻白认识他这么多年,没见他对哪个异性的关注这么多。

"有吗?"

比赛已经开始了,周围的学生全都紧张地注视着赛场,加油声如雷贯耳。沈南辰懒洋洋地靠着树,视线依旧落在宋安如身上,看她在原地活动脚踝。

江喻白看看沈南辰,再看看宋安如,斩钉截铁地道:"有。"

他指着沈南辰衣领上芭比粉的夹子:"你们还戴同款夹子。"

不知道是不是感受到了沈南辰的注视,宋安如蹦着蹦着,突然回过头。对上他的视线,她翻了个白眼,转回身继续热身。

"你不觉得她很可爱吗?"沈南辰笑着收回视线,落在自己衣领上,用手戳了一下小夹子,"她给我戴的。"

江喻白无语。

赛场上如火如荼,两边队伍都到了第三个人。七班原本是领先的,但是第三个同学因为紧张摔了一下,以至于整体落后了一个半项目。

加油声将整个操场渲染得闹哄哄的。双方都到了第四个人时,七班追上了一些,差不多只落后大半个项目。眼看着两边的第四个人已经过了大半,秦知意回过头,发起了挑衅:"看来今天我们班休息的可能性稍微大点。"

宋安如没有落后的紧张,淡定自若地道:"梦里什么都有。"

"这么自信?"秦知意笑着拿了一颗奶糖递给她,"给你吃颗糖,等会儿别太拼。"

"主席,你是在贿赂宋安如吗?"宋安如前排的男生打趣道,"宋安如,感谢词都说了,你可别放水!"

"不会。"宋安如瞪了那位同学一眼,拿过糖,拆开塞进嘴里,"快到你们了,等会儿加油。"

眼看第四位还有四分之一的赛程就完了,秦知意和宋安如前排的男生一起站到起跑线上做准备。

两个班的第四位结束后,依旧相差大半个项目。

秦知意先跑出去。虽然是女生,她的400米障碍在专业里算得上佼佼者。

七班的第五位男生腿长跑得快,也并没有占什么便宜。秦知意虽然没明显拉大差距,但也没让十三班的优势掉下来。

十三班最后一位收到示意跑出去,差不多跑了五六米,宋安如才接到同样的示意。开始的100米,宋安如并没有拼命冲,而是稳打稳扎,形成了自己的节奏。十三班的那位男生跑得很快,将两人的距离又拉开了些。

七班加油呐喊的声音越来越大,宋安如依旧不受影响,保持自己的节奏。

"真沉得住气。"江喻白问旁边的人,"你觉得她能追到吗?"

场上的宋安如到了矮墙的项目。她单手撑墙,一个侧越轻松过墙。明明参赛的人都是这个姿势,她看起来却格外轻松。

"她不止沉得住气。"沈南辰眼里带着明显的欣赏,"你们班那个节奏乱了,她能追上。"

江喻白愣了一下,好奇地回过头,想看他是以什么表情说出这话的。只见他目不转睛地盯着赛场上的人,江喻白伸手在他面前挥了一下,却被拍开了。

"你知道你现在这个样子像什么吗?"

沈南辰一眼都没施舍给他:"不想知道。"

江喻白想说的话被堵在嘴里,头一次觉得憋闷。

接下来,宋安如就像开挂了似的,深坑、矮墙、高低台、云梯这几个项目完成得行云流水,看起来非常轻松。原本和十三班拉开到差不多四秒的时间,也因为这几个项目追上了大概三秒。

两人前后上了独木桥,十三班那位男生似乎有些不敢相信宋安如这么快就追上来了。在看到她的时候,他心态明显崩了,本就没有形成好的节奏,这一下导致他差点从独木桥掉下去。等他稳住继续的时候,宋安如已经下了独木桥。

四周的欢呼声炸了,个别学生甚至因为喊加油喊到破嗓。这种情况下,即便已经追上了对方,宋安如的节奏还是没乱。

直到快到深坑的时候,十三班的男生已经落后了她一个项目。

深坑这个项目看起来或许很简单,下坑的时候憋的气会泄,但处在坑底想要翻上去,又需要立马提气,这对很多现役军人来说都是有难度的。由于体质的悬殊,大部分男生的爆发力都要比女生好一些。宋安如在这个项目上可以说不占优势。

江喻白:"就看深坑了。"

"这还需要看吗?"秦知意出现在他们旁边。

江喻白看见她问:"什么时候过来的?"

"刚刚。"

她的头发被汗湿透了,因为剧烈运动,呼吸还有些不稳。江喻白自觉地拿着帽子朝她扇风。

"为什么说不需要看了?"沈南辰的目光一直在赛场上,显得他这句话有些没头没脑的。

秦知意享受着身边人带来的凉意,眼看着宋安如跳下深坑,又在众人担心的呐喊声中一鼓作气,从坑底一跃而起。她缓缓道:"三三的强从来都不分性别。"

那个男生也下坑了。仿佛为了印证这句话,那男生在第一次出坑的时候并没有成功,反而是第二次才成功。

此刻宋安如已经完成了最后一个障碍项目,朝着终点百米冲刺。她的速度比起开头快了许多,将那男生远远地甩在身后。

宋安如理所当然地帮班级拿到了冠军。全场都在呼喊她的名字,七班的学生兴奋得仿佛疯了一般,一群人冲向她,将她抬起来就抛。

她似乎很不习惯这种行为,被一群人抛起来时,比赛全程都能维持的冷静表情消失,整个人看起来有些木讷,却很可爱。

沈南辰第一次对一个人产生了好奇心:"她为什么选这个专业?"

秦知意笑道:"这不该问她吗?"

第一场比赛以宋安如力挽狂澜告终。

她本来就是学校的名人,长得漂亮,连续两届被评为校花,即便大三了,校花投票榜上,她依然高居榜首。专业成绩过硬,是京公大禁毒学专业有史以来第一个综合成绩蝉联第一的女生。学校里很多人都崇拜她,因为这场比赛,在场三个班的大一新生几乎全成了她的"迷弟迷妹"。

了解她的高年级学生识趣地不去打搅她,不了解她的新生倒是成群结队地想和她认识。

宋安如被一群学生围着问东问西。她不善言辞,却挺有礼貌,别人问什么,只要是她答得上的都会回答。即便她说话简洁,偶尔给出的答案堪比"话题终结大师",也不影响大家的热情。

秦知意在第二次接收到她的视线后,没忍住笑了起来:"我估摸着她今天说的话比一周说的还多。"

"她在寝室话也少?"沈南辰回想了一下,还真没见过宋安如这么频繁地说话。

"她一般都听别人说。"

宋安如再次投来了视线,秦知意刚准备去将她带出来,就见沈南辰朝着人群过去了。秦知意活动了一下手腕,问:"你这室友平时也爱多管闲事?"

江喻白:"不。"

秦知意:"那就好。"

"师姐，你这么优秀，有男朋友了吗？"

一个男生面红耳赤地挤到宋安如面前，因为紧张，声音听起来不仅大，还有颤音。

周围的同学因为这个提问一阵起哄。

"你问师姐这个问题是想干吗？"

"师姐是大家的，你可别想着独占。"

"师姐有男朋友！我看到了！她还帮他搬行李箱了！"

"如果我没认错的话，那个男妖精就是咱们七班的沈南辰。"

…………

宋安如看着越发不受控制的场面，就连开学那件乌龙事都引出来了。她正要严肃地告诉大家不要误传谣言，面前的男生就被人拨开了点。

"请让一下。"

沈南辰从人群中走出来，站在她面前。他比她高出许多，遮住了洒在她脸上的阳光。他朝她伸出手："给我吧。"

"什么？"宋安如有些没反应过来。

沈南辰伸出一根手指，在她脑袋上五花八门的小夹子上点了点："夹子给我，我去还。"

"哦。"

宋安如默默地开始取夹子。

两人一起站在人群中，莫名地给人一种压力。周围本来叽叽喳喳的学生顿时都不说话了。

夹子的主人也在场，两个女生看到这一幕，想说不用还，就迎上了沈南辰的视线。两人默默闭上嘴巴。

"这里还有，你轻点，头发都弄乱了……还有这儿，这里也有……"

宋安如在沈南辰的指引下，将脑袋上的夹子取下来放在他掌心，两人站在一起十分合拍。围观的众人融入不了这种氛围，渐渐地也散开了。

沈南辰掌心里放了好几个夹子，依旧耐心地指点："后脑勺上还有。"

宋安如不想干了，语气不善："你能不能别光说不动？"

"是要我帮你取？"沈南辰说，"也不是不可以。这可是师姐你主动要求的，到时候可别像上次一样冤枉我。"

听到他含着笑意的话，宋安如才反应过来自己说了什么。她企图以沉默应对，却架不住沈南辰语言纠缠。余光瞥到他的手指朝她的头发探来，宋安如躲了一下。

沈南辰脸上带着疑惑："一会儿让帮忙，一会儿又不让，女孩子的心思都变得这么快吗？还是说害羞了？"

宋安如果断否认："我没有。"

沈南辰："那躲什么？"

迎着他眸子里的调侃，宋安如拉不下脸承认自己反悔了，她走到旁边的椅子上坐下："站累了，没躲。"

两人坐在一张长椅上。宋安如靠着椅背，眼睛没什么焦距地盯着前方，沈南辰漫不经心地取夹子。明明离得不近，也没有那种暧昧的氛围，看到这一幕的人却不由得生出一种两人很相配的感觉。

短暂的休息时间后，第二个项目三人四足也开始了。为了提高游戏的看点，以及考验大家的配合能力，每一组的三个人不由教官按能力分配，也不自由组合，而是抽签决定。

宋安如随便抓了一张签后，就避到角落里休息，悠闲地展开签看一眼。

8号，挺好的数字。

"8号，8号！我的伙伴们，你们在哪里？"

"这里。"宋安如答应了一声。

那个女孩回过头看见是她，眼睛都亮了，小跑到她的身边："宋大神，你好！我叫张萌！我超喜欢你的！"

宋安如盯着张萌看了两秒："叫我宋安如。"

"宋……宋安如。"张萌脸有些红，笑得很灿烂。一起在七班训练了这么久，知道宋安如为人不热络，她主动挑起了任务，"还有一个伙伴没凑齐，我去找找，等找到了，我们先练习一下怎么样？"

宋安如点了点头。张萌十分有活力地开始嚷嚷："8号在哪里？快点过来集合！"

沈南辰刚抽了签，还没来得及展开，就被人拿走了，手里还被塞了一张写着数字"8"的字条。

那女生朝某个方向指了一下："师弟，你女朋友是8号。"

沈南辰正疑惑自己什么时候多了个女朋友，不远处传来满是活力找8号的声音。他看了一眼，视线里，一个女生嚷嚷得很起劲，那个女生旁边，宋安如皱眉靠在树上，左手食指在耳朵上掏了掏，一看就很不耐烦。

"谢谢。"沈南辰和女生道谢后，走到宋安如面前。

一看到他，宋安如就不自觉防备起来："你又来做什么？"

沈南辰忽略了她的问题，靠在她的旁边，语气里满是调侃："今天这一天值得载入史册。"

宋安如以为他是在说自己400米障碍跑的表现，表情稍微缓和了点："还好。"

沈南辰轻声反驳："是很好。"

宋安如看了他一眼，觉得他奇奇怪怪的，却没多想。正打算在心里跟他和解的时候,就听他又说道:"这还是第一次师姐你看见我,主动关心我要做什么,我受宠若惊。"

狗嘴里吐不出象牙,说的大概就是这个人了。宋安如从靠着的树干上起来,离他远了些。

两个班的学生几乎都找到了自己的队友,已经开始培养默契了,旁边的张萌依旧在生龙活虎地嚷嚷。

宋安如顿时有了不太好的预感:"你多少号?"

沈南辰晃了晃手里的字条。看到上面的"8",宋安如垮着脸夺了过来:"去换一张。"

"师姐不想和我一个组吗?"

"不想。"

"我抽到字条,知道要和你一组的时候很开心。"沈南辰叹了口气,眉眼微微垂着,看起来可怜兮兮的,"没想到,你不想和我一组。我好难过。"

一个超过一米八五的男性,做这种表情竟然不违和。他的睫毛很长还卷翘,看起来十分惹眼。

宋安如愣了一下,对上他又抬起的眸子。她收回视线,尴尬地转过脑袋。

沈南辰一副任由她观赏的模样:"想看随便看,不用偷偷的。"

"谁看你了。"

"师姐这是学会害羞了?"

"我害羞?"

"你以前都正大光明地看我,今天却偷偷地看。"他的身体微微前倾,与她四目相对,声调慢悠悠的,"我听说,从不害羞的人突然害羞,很大可能是因为……"

宋安如按住他的帽檐:"闭嘴。"

沈南辰的肩膀微微抖动着,嘴唇轻扬:"恼羞成怒了。"

宋安如的声音里难得带上了火气:"你去换个队。"

"行吧。"沈南辰将帽子戴回去,他无奈地耸了耸肩,"我听你的。"

宋安如正疑惑他怎么这么听话了,就见他朝着教官道:"方教官,宋同学让我换……"

教官在说抽签规则的时候,明确提过不能私自换签。这一嗓子喊出去,她挨一顿骂跑不了。

宋安如捂住他的嘴:"你闭嘴。"

掌心温热的气息莫名烫手,仅仅一瞬,她就收回手背在身后。

方教官走过来:"怎么了?为什么还不开始练习?"

宋安如瞪了沈南辰一眼,示意他别说话。她解释道:"他想问有没有什么技巧。"

"协调能力好的走中间喊口令。你们两个应该是没什么问题。"方教官疑惑,"你们还有个队员呢?"

宋安如指了一下远处的张萌。

"你们就看着她在那里嚷嚷?"方教官无语了一瞬,把张萌叫了过来,"你们抓紧时间练习,争取连胜两局,不用比第三项。"

张萌惊讶地围着两人打转:"我错过了什么吗?沈师弟是我们队友?"

沈南辰抱歉道:"不好意思,师姐,我刚才没留意你在叫我。"

张萌豁达地摆手:"没事儿。肯定是我声音太小,没引起你的注意。"

方教官:"行了,你们三个快点练习吧,争取把十三班送走。"

"保证完成任务。"张萌朝着方教官敬了个礼。

目送走教官后,面对队里还在大眼瞪小眼的两位,张萌局促地当了个电灯泡,打断他们:"宋师姐,沈师弟,要不我们先练练?"

"好。"沈南辰笑眯眯地起身,走到宋安如面前,"下午不是想休息?"

宋安如问:"绳子呢?"

张萌从包里拿出两条红绳:"在这儿!我们三个怎么绑啊?"

宋安如沉吟几秒,指了指沈南辰,表情很是勉强:"你走中间。"

沈南辰为难地道:"我之前尝试过三人四足,每次走中间都会带倒两边的人。"

宋安如一脸不信:"你展示一下。"

"还有一会儿就要比赛了。师姐确定要让我展示?要是把你们都摔伤了,也不知道这场比赛会不会输。"

宋安如哼了一下,转头看向张萌:"那你走中间。"

张萌本想答应下来,正要点头,就对上了沈南辰的视线。

那双狐狸眼微眯,明明带着笑意,却让人如鲠在喉。她的脑袋像是被闪电劈了一下,智商立马在线:"我可能也不行。我以前和别人玩过,我只要走中间就没赢过。我的两条腿有自己的想法,它们一走中间就罢工。"

"既然这样就别为难。"沈南辰叹了口气,"师姐,只能麻烦你走中间。你的协调性最好,我和这位同学会好好配合你的。"

张萌点头:"师姐放心,三人四足走边上我就没输过。我们组肯定能成为最靓的风景线。"

会不会成为最靓的风景线,宋安如不知道,站在中间等两人绑腿的时候,她整个人像只强扭的瓜。

张萌很快就将自己的右腿和她的左腿绑在了一起。沈南辰站在她的右边,手上缠着红丝带,食指还不停转着,一副不着急的模样。

"快点。"宋安如催促道,"你还在等什么?"

"总觉得你不太愿意和我绑在一起,我不喜欢做强人所难的事情。"

某人的通情达理来得很不是时候。宋安如扯过他手上的丝带："腿靠过来。"

等了两秒都没等到沈南辰的腿伸过来，她索性一把抓住他的小腿，直接扯到了自己的右腿旁边，将两人的腿绑住。

宋安如自认为是个腿很长的人，和沈南辰比起来，却还是差了很多。

好不容易绑好了腿，要开始训练配合度。大部分男生的身高会比女生高出很多，其他队伍里但凡是男女组合，都是男生搭住女生的肩膀以此来维持稳定。

宋安如一想到被沈南辰用类似于半抱的姿势揽着，就浑身都不自在。好在他和她的运动能力都不错，即便采用其他姿势，也不至于影响结果。宋安如将胳膊递到他面前，说："你抓这个。"

片刻后，她不放心地又补了一句："只准抓衣服。"

"好。"

沈南辰没有异议，很绅士地抓住她的衣袖。

三人刚开始有些不合拍，好在练了没几分钟，就能跟着节奏跑得很快了。

沈南辰的身高一米八八，宋安如一米七，张萌一米六的样子，三个人展示出了一个标准的阶梯状，跑起来的时候，在人群中十分显眼。许多视线集中在他们身上。看热闹的十班同学一个劲地起哄，有几个男生甚至还吹口哨。

三人节奏已经练得很好，商量着去休息区等待比赛。

宋安如无意间看到有个军训采集摄影师在拍他们，她嘀咕了一句："以后混不动了，应该还能卖点肖像权。"

沈南辰一个不稳，往前踉跄了一步，宋安如被他拽着腿差点摔了。左边的张萌想拉住她，下意识地往后扯，这就造成了一个很尴尬的局面。宋安如两条腿被两个人扯着，差点劈成了个竖叉。她运动能力很好，却不代表她柔韧性也好，此刻只觉得大腿内侧的肌肉绷得特别紧，甚至有种不是自己的腿的感觉。

"沈南辰！"宋安如后槽牙都咬紧了，"你在干什么？"

沈南辰迅速扶住她，说："我刚抓着你的衣服，没有受力点，重心不稳就踉跄了一下，真不是故意的。"

"你走边上还能重心不稳！"

见她还有精神骂自己，沈南辰捏了一下她的大腿肌肉，感觉到肌肉的紧绷程度还行后，松了口气。解开捆住两人的红绳，他蹲在地上，没急着把她扶起来，朝张萌道："把绳子松一下。"

"好。"张萌很快松开了绳子，蹲在宋安如另一边，"师姐，我扶你起来啊。"

沈南辰："不用，你先去休息区。"

张萌识趣地给两人腾地方，又因为担心没走几步。

沈南辰架住宋安如的胳膊："腿自己收得回去吗？"

宋安如想将腿收回来，然而右腿肌肉处于很紧张的状态，动一下都疼。

沈南辰捏住她左腿接近膝盖的地方，缓缓将她的小腿收回了些，问："好点没？"

宋安如这才感觉腿是自己的了，她揉着腿，实在气不过，顺脚就往沈南辰的腿踹了过去，还没碰着他，腿又抽了一下。

"都怪你！"她悻悻地收回腿，按摩着腿上的肌肉。

"别生气了。等你缓过来了，我随你踢好不好？"沈南辰帮她捏着另一条腿，"师姐，我们讲点道理，你也不能全怪我啊，当然，我承认我的责任更大。"

"你出的岔子，不怪你还怪我？"他捏得很舒服，也很有章法，宋安如没有推开他，只是瞪着他。

"你知道你面无表情地说那种话的时候像什么吗？"沈南辰想到刚才的情形就想笑，迫于某人虎视眈眈，倒也没表现出来。

宋安如挑眉："我说什么了？"

沈南辰学着她的模样，眼皮微微掀起，冷漠道："以后混不动了应该还能卖点肖像权。"

话落，他绷不住嘴角翘了起来："有什么感想？"

宋安如很不想承认，沈南辰学她，可以说把精髓都展示出来了。以前她发生这类情况时，寝室里的几位笑话她，她都没放在心上。直到有一次，陈舒偷偷给她录影，她才知道自己没表情小声吐槽是什么模样。

她撇开脸，不打算和他继续探讨下去。不远处的张萌却没有这个自觉，她想了想，好一会儿后，双眼发光地拍了一下手："给人一种不去德云社屈才的感觉！其实军训第一天，师姐表演节目时我就想说了！"

沈南辰抬手挡在鼻尖前，即便这样，也遮掩不住笑意。

宋安如看了张萌一眼，张萌立马不笑了，转过身假装看天。

这处的动静不大，奈何关注的人太多。刚才那么惊险的一幕，好多人都在讨论，几位教官全给惊动过来了。

方教官看起来很担心："宋安如，你的腿还好吗？"

"还行，能比赛。"

此刻宋安如很庆幸，小时候被妈妈送去学了几年舞蹈，不然这个竖叉劈下去，腿是没法要了。

想到这里，她捏住沈南辰的胳膊暗暗掐他。沈南辰索性扣住她的手腕，在她的指尖轻轻捏了一下。两人背后偷偷摸摸的动作谁也没发现。

宋安如僵了片刻，火烧屁股一样收回手。

"没事就好。"方教官明显松了一口气，在沈南辰的肩膀上拍了拍，"你怎么回事？三人四足一个人不稳，就容易拖倒三个人。我刚才看你们训练的时候，你一直拽着宋同学的衣袖，你长得高，重心本来就不稳，搭一下她的肩膀怎么了？再不济，你俩挽下胳膊又怎么了？平时关系不是挺好的嘛，怎么一到比赛，就整得像个'贞洁烈夫'一样。"

不少人听到这番调侃，都笑了起来。沈南辰没有身为舆论中心的自觉，他摸了摸鼻子，朝宋安如抛了一个"你看我给你背的锅"的眼神。

宋安如冷哼，本以为他会向教官揭发她，没想到他认错态度十分良好："方教官，是我的错，等会儿我一定好好的……"

他说"好好的"的时候声音很轻，又带了点揶揄，一听就是要恶作剧。

果不其然，下一句就是："不当'贞洁烈夫'了。"

方教官没眼看，不耐烦地挥挥手："行了，别出幺蛾子。我下午的时间都安排好了，可不想看见你们这群兔崽子。"

第二场三人四足比赛，最后以七班微弱的优势取胜。于是七班以 2-0 的成绩获得了下午休息的机会。

结果一出来，七班的好些同学开心地跑到十三班去跳舞惹人嫌。魏教官气不过，领着怨声载道的十三班同学回场地负荷训练。

方教官心情极好："大家就地解散，回寝室好好休息！"

七班的同学们在各种起哄声中散开了，宋安如在走神，被人不小心撞到都没反应。

"对不起啊，我不是故意的。"撞到她的男生向她道歉，发现她的表情怪怪的，关心地问，"宋师姐，你怎么了？"

宋安如反应慢了半拍："你说什么？"

那男生局促地递了一瓶水给她："是因为刚才 400 米障碍跑太激烈了吗？你看起来不太舒服，脸色不是很好，要不要喝点水缓缓？"

宋安如的确有些不舒服，心跳稍微快了点。三人四足只跑了 100 米，即便是全力冲刺，已经结束有一会儿了，照理说，心跳早该恢复正常了。

方才比赛的时候，沈南辰是揽她的肩膀跑的。他比她高了不少，那样揽着她的时候，就像是单手把她抱在了怀里。属于他的气息好比夏天一样无孔不入，令人忽略不了。

那男生又将水往她面前递了点。他是方教官选的班长，宋安如和他接触过几次，算是熟悉，准备接过水道谢，两人中间插进来一个人。

沈南辰很随意地接过水，将手肘搭在宋安如的肩膀上："谢谢。"

"不用谢。"那男生对上他的视线，加快脚步走了。

沈南辰感受到胳膊下的肩膀有些僵硬，他收回视线："紧张什么？"

"谁紧张了？"宋安如像只被人踩了尾巴的猫。她拽开他的手肘，一脸嫌弃地拍了拍肩膀。

沈南辰拧开水喝了口，感叹："水不错，班长挺有心的。"

"是给我的。"

宋安如脑子里乱糟糟的,见他喝了自己的水还带评价,没多想,抢过来就喝了一口。对上他笑盈盈的视线,她才反应过来自己做了什么。

沈南辰惊讶地指着她手里的瓶子,说:"师姐,这样就是间接接吻吗?"

宋安如甩烫手山芋般把水塞进他手里,拉开了两人的距离。

沈南辰跟在她身后一步远,她走得又急又快,他个高腿长,给人一种悠闲的模样。

见她耳朵都红了,沈南辰心里痒痒的:"我还是第一次和女孩子喝同一瓶水。没想到对象是师姐,我很荣幸。"

宋安如知道他是故意的,她假装没听到他说话。

"第一次和师姐合作比赛,我挺紧张的。"

听到沈南辰这样说,宋安如回想起他的样子,还真看不出哪里紧张。不提比赛还好,一提起来,又想到了被他半抱着跑的经历,还喝了同一瓶水……宋安如脚下的步子更快了。

沈南辰声音里含着浓浓的笑意:"真不理我了?"

林荫道上,阳光透不进来,微风吹过十分凉爽。照理说,这种状态应该很惬意,宋安如却如临大敌。

沈南辰像是找到了乐趣,凑到她身边,小声喊她:"师姐。"

宋安如被他喊得一个激灵,深知他的个性,忍住没搭理他。

沈南辰:"宋安如。"

宋安如拳头硬了,依旧忍住了。

沈南辰:"安如。"

宋安如感觉自己的鸡皮疙瘩都出来了,终于忍不住了:"你到底想做什么?"

"其实也没什么。"沈南辰的拇指轻轻拨弄着矿泉水瓶盖,"就是想和师姐分享一下我紧张的情绪。"

这动作很难不让人联想到他在暗示喝同一瓶水的事情。

"哪里紧张,展开说说。"

宋安如满脸怒气。她没戴帽子,头发有些乱,头顶上翘着一簇乱发,配上她火冒三丈的表情,看起来可爱极了。

"哪里都紧张。"他戳了一下她那簇头发,"非要探究的话,最紧张的时候应该是抱着师姐的时候,毕竟我也没经验。"

"你干什么?"宋安如拍开他的手,防备地看着他。

"你对我总是这么凶。"沈南辰垂下眸子,看起来颇为委屈。

"谁让你乱摸了。"

"你头发翘起来了。"沈南辰伸出手,又迟疑地收回,就像受了天大的委屈。

有之前毛毛虫的经历在,宋安如半信半疑地摸了摸自己的头发,头顶处果然翘着。

她干脆将后脑勺绑着的头发拽开,随意地顺了顺:"你说一声就行了,非得上手摸?"

她的头发齐肩,很黑也很亮,散下来后,衬得那张脸更小。

沈南辰:"下午休息时间准备做什么?"

宋安如和临时寝室里的人都不熟,加上她慢热,也就玩不到一路。秦知意她们几个要军训,她还真没想好怎么过。

"不关你的事。"

"说一下都不行吗?"沈南辰感慨,"我还想着你可以找我玩。"

"梦里什么都有。"

"不找就不找吧。"沈南辰无奈地叹了口气,"反正我也习惯了你的无情无义、过河拆桥、卸磨杀驴……"

谴责的意味越来越浓,宋安如打断他:"我什么时候过河拆桥了?"

沈南辰缓缓道:"还说要请我吃饭,结果办完事就把我拉黑了。"

宋安如一噎。

沈南辰请她们全寝室吃了饭,还帮她买了鞋子后,她的确礼尚往来,发消息说过请他吃饭。只是还没来得及请,就来军训了。军训期间,她被他得罪得死死的,有几天甚至都不和他说话。某天回寝室后,看到他给她发了某博主总结的"说话的艺术",她想都没想,直接送他进黑名单。

"我为什么拉黑你,你心里没数吗?"

"别人都说你话少,不太会表达。"沈南辰强忍着笑,"我担心你想和我说话,却不知道说什么,所以才给你分享的。"

宋安如不理他了,越和他说话就越生气。

两人已经走到了男生寝室大门。沈南辰将一瓶矿泉水塞进她的衣服口袋:"师姐明天见,我会想你的。"

宋安如反应过来的时候,他已经走进男寝大门了。她拿出包里的水,是一瓶还没开的。

这人自己有水不喝,非得抢别人给她的,肯定是在找碴儿。

第三章 /
悸动

宋安如回寝室后，几个室友正在兴奋地聊天，见到她，很开心地和她打招呼。

平日里因为她不爱说话，这些室友似乎怕打搅她，都很安静。大概是今天比赛取得胜利，引发了蝴蝶效应。大家将她围在中间有说有笑，甚至还拉着她一起去澡堂洗了个澡。

从澡堂回来的路上，室友苏芽给大家讲军训期间的八卦。她是很擅长活跃气氛的女孩，就连宋安如都听得津津有味。

讲得正起劲的时候，苏芽突然凑到宋安如耳边："师姐，你男朋友。"

"什么？"宋安如对突然多出来的"男朋友"非常吃惊，顺着苏芽的视线看过去。

林荫路旁边的小道上，走出来几个有说有笑的男生，沈南辰站在其中最为瞩目。不仅因为他是其中最高的，还因为那张脸无论放在哪里都让人忽略不了。

似乎感受到了她的注视，原本正在和伙伴说话的沈南辰抬起眸子，两人视线交汇。他愣了一瞬，嘴角牵起笑意："好巧。"

和沈南辰一起的男生全都八卦地看过来。宋安如感觉他们眼里的八卦要是有实质，她可能会被盯穿。

不知道从什么时候开始，七班的人包括教官在内，都以为她和沈南辰是一对。即便她否认过，大家似乎也只以为她在害羞。

宋安如点了点头继续走，企图用态度再次澄清两人的绯闻。苏芽凑到她耳边小声道："师姐，你这是害羞了吗？别害羞啊，我们马上走，绝对不打搅你和宋师弟。"

她说着，看了看沈南辰身边的几个男生："那几个碍眼，我们等会儿走的时候一块带走，你别……"

宋安如打断她的话："我和他不是你们想的那种关系。"

"我们都知道,你别害羞。大家都认为你们在一起很养眼!"

宋安如索性什么也不说了,加快回寝室的步子。

眼看着女生们走远,沈南辰的室友萧文用肩膀碰了碰他,问:"你不去追吗?"

沈南辰好笑地摇头解释:"我们不是你想的那样。"

"别否认,大家都看在眼里的。宋师姐对你不一样。"

沈南辰来了兴致:"哪里不一样?"

"我也不知道怎么说,总觉得她对着你的时候,情绪更丰富,你们两个休息时间经常蹲在一个地方,不知道在说什么。"萧文酸溜溜又道,"而且你们每天解散,都是一起走的。这不是小情侣是什么?"

解散一起走最初完全是因为秦知意和江喻白的缘故。宋安如面对自己的时候情绪更丰富……沈南辰回想了一会儿,这个说法没毛病。

他听着几个室友聊他和宋安如,作为当事人之一,自己都听出了那么回事儿。

八卦正起劲的萧文忽然搭上他的肩:"话说回来,宋师姐看起来这么冷,私下对你凶吗?我看到过几次她瞪你。"

陈远踹了萧文一脚:"你懂个什么,打是亲骂是爱。"

萧文笑道:"就宋师姐这种实力,要和南辰亲起来,不得断几根骨头?"

刘博宇不赞同道:"瞎说什么。宋安如只是看起来冷,实际上很有礼貌,个人素质很高,去食堂打饭都会认真地对阿姨说谢谢,我就问你们做不做得到吧。虽然……我的确听他们专业的人说过,格斗课上,她把很多男生揍得很惨……"

沈南辰不太能想得出那个场景:"她在学校里应该很受欢迎?"

刘博宇眼神奇怪,一副"你问的都是什么废话"的模样:"宋安如可是在大一刚入学时讨论度就爆了校园网的存在。"

萧文惊讶:"刚入学就爆了?"

刘博宇点点头,陷入回忆:"她是我们那届考进京公大分数最高的,又长成那个样子,不爆才说不过去吧。"

陈远附和:"宋师姐那张脸是真的很绝。我还没来京公大的时候,在网上搜了搜,想了解一下学校,官网有一条视频就是拍的她,网上很多人讨论她的颜值。"

刘博宇:"毫不夸张地告诉你,当年学校里追她的男生能绕操场三圈。"

萧文疑惑:"为什么要说当年?现在追她的不多吗?"

"喜欢她的应该不少,追她的的确不多了。"刘博宇像是想到了什么不堪的事情,一脸尴尬。

"为什么这样说?"

刘博宇耸耸肩，郁闷道："还能为什么？宋安如是我见过最不解风情的。"

"怎么不解风情？"

"就这样说吧，我见过一次别人跟她告白。那个男生抱着花站在她面前，估计是有点紧张，支支吾吾半天说不清话。宋安如盯着他看了一分钟，拿出手机一阵点，然后严肃又认真地说了句让我记忆犹新的话。"

沈南辰："什么话？"

刘博宇清了清嗓子，压低声音冷冷道："你说话有点大舌头，网上说云京市第一人民医院的戴老师治疗这个很有经验。"

几人听到这个回答，都憋不住笑了。沈南辰揉了揉额头，声音里带着点自己都没察觉的温柔："她确实能做出这样的事情。"

宋安如和室友回到寝室后，准备睡个午觉。平时军训本来就累，晚上十二点还紧急集合，训练了一个小时。睡眠时间都不够，寝室几人没一会儿都睡着了。宋安如平时就有睡午觉的习惯，但每次最多睡两个小时。等她醒的时候，室友都还在睡觉。

她在床上躺不住，干脆起床，准备出去玩会儿。

来的时候怕无聊，她偷偷带了个滑板，此刻也算能派上用场。寝室大楼外面是一条平坦的林荫路，安安静静的，这个时间也没人路过，很适合玩滑板。

宋安如简单地做了几个热身运动，将睡意驱散干净后，开始找感觉。在部队里大半个月了，白天要军训没时间玩，晚上倒是有些时间，但到处是人，也不太适合。此刻站在滑板上感受着凉风，十分惬意，长时间军训的疲惫都被驱散了不少。

她越玩越得心应手，心情更加好了。

包里的手机响动了一下，宋安如游刃有余地滑着滑板摸出手机，是毕韵初女士发来的语音消息。

母上大人："军训怎么样？给你买的防晒记得涂，要是黑成炭就别回来了。"

宋安如调开前置摄像头，对着脸拍了张照片发过去："用了，白着。"

母上大人："你白是因为我基因好，你会遗传，好好感谢我吧。"

宋安如被呛，一个重心不稳，脚下打滑。她跟跄了两下，整个人趴在地上，手机摔到她前面几米远，滑板在她身后几米远。仅仅看一眼，就知道摔得不轻。

宋安如脑子嗡鸣，在地上趴了好几秒才回过神。她抬起头来的第一件事不是找手机，也不是找滑板，而是一脸凝重地看了看四周。直到确定没人看到这一幕，她忍着腿上的疼痛站起来，装得像个没事儿人一样拍拍衣服，再淡定地捡起手机和滑板，满脑子想的都是还好没人看见。

额头上摔到的地方火辣辣地疼，头甚至还有点晕。腿也疼得每走一步都宛如在刀尖上行走。宋安如索性到路边坐下，打开手机前置摄像头，想看看额头到底摔成什么样了。

"流血了。"

脸颊边感觉到一阵热意，手机镜头里多出了一张脸。宋安如吓了一跳，身体控制不住地往后弹，一只手揽住她的腰，将她给揽了回来。

"吓到了？"沈南辰松开手，视线落在她的额头上，"伤口有点大。"

两人离得很近，宋安如甚至能清晰地闻到他身上的沐浴露香，淡淡的薄荷和青草交融的味道。

明明刚才四周一个人都没有，也不知道这人打哪儿来的。心跳声一下一下清晰可闻，宋安如往旁边挪了点，咬着牙，声音听起来很不友好："你从哪里冒出来的？不知道人吓人会吓死人？"

沈南辰指了指男生寝室楼大门："那里。"

男生寝室楼和女生寝室楼的大门只隔了十几米远，宋安如摔倒的地方离男寝楼的门更近。对于他的突然出现，她有了不好的想法："你什么时候出来的？"

"刚刚。"

那就是没看到她摔倒的那一幕。宋安如稍稍松了口气，只是被他看到这副倒霉样，也很不自在。

"别人都在寝室休息，你出来干什么？"

话落她才发现，这话说得很不讲理。管天管地，还管人家为什么不在寝室。平时她也不这样，但每次面对沈南辰，都控制不住脾气。

"我住这一栋，房间窗户正对林荫路这里。"沈南辰用眼神示意离两人最近的那栋寝室楼。

宋安如在心里计算了一下事发时间到沈南辰出现的时间，搞不好她摔倒的全过程被他围观了。

想到这里，她整个人都不好了，盯着身后的寝室楼发愣。

仿佛知道她在想什么似的，沈南辰煞有介事地点点头，说："我看到你飞出去，打了个滚，还是脸着地。"

宋安如噎住。

沈南辰在寝室连续玩了两个小时的游戏，脑袋有些晕，刚打开窗户透气，就看到楼下林荫路上有人在滑滑板。多看了两眼，这才发现是宋安如，于是目睹了她摔倒的全过程。看到她趴在地上好一会儿没起来，他连睡衣都没换就下楼了。

"你……"宋安如的脸色变了又变，依旧不敢置信，"真看到了？"

沈南辰回忆道："你看手机的时候脚滑了一下，然后人摔飞了，手机和滑板也飞了。很重的几声，实不相瞒，我们寝室里靠窗的那位还被吓醒了。"

057

白皙膝盖上的红色伤口看起来很扎眼。沈南辰握住她的小腿,问:"膝盖磕破了,不疼吗?"

"还好。"

宋安如现在只觉得丢人,甚至没注意到他此刻正握着她的腿。

沈南辰拿出纸巾,将她流到小腿上的血迹擦干净,问:"要我背你去医务室吗?"

"用不着你背。"宋安如夺过他手上的纸巾,自己擦了起来。

"不要背,是要我抱你去?"沈南辰蹲在她身边,比她高出了许多,说话的时候给人一种压迫感。他伸出手比画了一下,"也不是不可以。医务室不远,我应该能把你抱过去。"

他看起来有些勉强和不确定,宋安如不满:"你这是什么表情?"

沈南辰忍笑:"不自信的表情。"

"不自信什么?"

"不确定能不能把你抱过去。"沈南辰顿了顿,表情更勉强了,"毕竟你看起来,还是有些重量的。"

"只要具备了正常男人的能力,我这个体重根本不是问题。"本来脑子就晕乎乎,宋安如被他几句话激得上头了,她攀住他的肩膀,语气强硬,"你抱我过去。"

"既然师姐这样要求了,我没有不帮忙的理由。"

沈南辰眸底藏着笑意,一手揽住她的背,一手勾住她的腿,将她横抱起来。

"自己拿着滑板。"

沈南辰的步子很稳,即便宋安如身高有一米七,他抱着看起来也十分轻松,丝毫没有嘴上说的勉强,眼底还带着若有似无的笑意。

被他抱着走了好一会儿,宋安如才回过味,自己又被他三言两语激得上当了。

她抬眸打量沈南辰,对于别人而言堪称死亡视角的角度,对他而言并不,反而脸部轮廓更加精致。

正当她看得出神,沈南辰忽地垂下眸子,对上她的视线,嘴角微翘:"师姐又在偷看我?"

宋安如的视线立马转到别处,整个人越绷越直,看起来十分僵硬。

感受到她的变化,沈南辰贴心建议:"没多远了,需要我把你放下来,扶着你走过去吗?"

宋安如第一次觉得他这么懂事。正当她要跳下去的时候,又听他道:"我就知道师姐你脸皮薄,会后悔让我抱。"

宋安如噎住。

沈南辰疑惑地研究她的脸,问:"师姐的耳朵有点红,是因为我抱你害羞吗？"

沈南辰抱着她的手掂了掂："还有点僵硬，是因为不敢贴着我，故意绷直身体的吗？"

宋安如哑口无言，决定收回刚才觉得他懂事的想法。她绷着脸，硬着头皮道："我体谅你羸弱，抱我吃力。"

沈南辰受宠若惊："真的吗？"

"那不然？"宋安如冷静下来，面对厚脸皮，只能比他还厚。

"师姐真好。"沈南辰收紧胳膊，将她抱得更稳了些。宋安如被吓了一跳，猝不及防，脸颊贴到他的脖子上，甚至能感受到他的颈动脉跳动。一下，两下，三下……不知道是不是错觉，似乎越来越快。

宋安如脑袋有些泛晕，没办法思考。

两人很快到了医务室，里面有个中年医生，戴着眼镜在工作台写毛笔字。听到声响，医生抬头看了一眼。

看到人被抱进来，额头上还有不少血迹，他搁下毛笔，上前道："小姑娘这是摔了？摔得挺惨啊。小伙子，你把她放病床上吧。"

沈南辰将宋安如放在了离门口最近的病床上，拿过她怀里的滑板，简单讲了一下情况："她玩滑板摔的，额头、手心和膝盖都破了。膝盖摔得有些严重，走路都跛脚了。"

宋安如听到"跛脚"，下意识地反驳："谁说我跛脚了？"

沈南辰失笑："嗯，没跛脚，就是走路有点瘸。"

宋安如正要反驳，脑袋就被他用手拍了一下："先让医生看看情况再说。"

话落，他自言自语道："也不知道骨头有没有事。"

他的声音很低，夹杂着明显的关心。宋安如想反驳的话被堵在嘴里，她看了眼沈南辰，此刻他正盯着她膝盖的伤口，眉头微蹙。

吴医生戴了副手套过来："我先给你检查一下骨头有没有问题，有点疼，忍着点啊。"

宋安如往床边挪了许多，方便他检查："麻烦了。"

吴医生检查她受伤最严重的膝盖，敲敲打打了好一会儿，松了口气："骨头没事，皮外伤，不过伤口有点深。你们是这届来军训的大学生吧？这个点应该在军训，怎么穿着常服在外面玩滑板，还摔成这样了？"

检查骨头的时候，吴医生带着宋安如的腿做了几个腿部动作，她穿的及膝短裤，原本因为受伤挽起来的裤子又滑了下来，堪堪触到伤口。沈南辰伸手将她裤边折起来两圈。

"教官给我们放了半天假。"

吴医生从架子上拿了一瓶生理盐水准备清理伤口："你们教官是方淮？"

"您怎么知道？"

宋安如担心床单弄脏，干脆把两条腿悬空到床外边。

沈南辰见状，端了凳子挪到她的面前："放这上面。"

宋安如抬起腿，将小腿搁在凳子上。

"中午吃饭的时候说的。"吴医生看着两人的互动，笑得更慈祥了，他打趣道，"你小子挺贴心的啊。"

如果是平时，遇到这种情况，宋安如只会沉默，然后在旁边听沈南辰和吴医生聊天。然而刚刚经历了沈南辰抱自己来的事，还帮自己挽了裤腿，她整个人处于一种很不自在的感觉里。

她企图打破这种奇怪的氛围，打算主动和吴医生搭话，不料吴医生这话她更搭不上了——承认的话，总觉得哪里不对，否认好像也哪里不对。

宋安如头一次后悔平时没多研究一下说话的艺术。她心想这个时候应该跳过吴医生的打趣。沈南辰在她的手背上弹了一下："床单都要被你抓坏了，手心的伤口不疼？"

宋安如触电般松开床单，又因为松得太快，觉得有点没面子。很奇怪自己有这些情绪，她抿着唇，看起来很困惑。

吴医生感受到她的局促，主动扯开话题："你们不知道，你们那个方教官，就差拿个喇叭在部队里宣传了。逢人就说自己带的七班和魏教官带的十三班比赛2-0赢了。还说自己班上有个好苗子，是个厉害的小姑娘，部队里好些人都打算趁着你们军训的时候去看看那个小姑娘有多厉害。"

此刻膝盖上的伤口已经清理干净了。吴医生拿了药膏准备上药。沈南辰接过药膏打趣："短时间估计看不了。您继续帮她清理其他的伤口吧，我来给她上药。"

"行。"吴医生又开始清理宋安如的手，"为什么说短时间看不了？"

沈南辰用棉签取了些药膏，轻轻往她伤口上擦。伤口接触到稍显刺激的药，宋安如条件反射地缩了一下腿。沈南辰顿了顿，将脸凑近她的膝盖，轻轻吹了两下，又放轻了力量上药："那小姑娘刚摔了一身伤，估计几天内都活动不了。"

"摔了？"吴医生惊讶地抬起头，看着宋安如，"方教官说的是你？"

宋安如："不是。"

沈南辰："不像吗？"

两人的答案不一致，吴医生看看宋安如，又看看沈南辰："方淮说那小姑娘心理素质贼好，能力也强，是个文能表演快板，武能400米障碍跑赶超男生的宝藏。"

吴医生停顿了一下，视线又落在宋安如的脸上："心理素质好这一点，和你还挺符合。不过你这孩子话少不说,来医务室这么久,就一直是这个表情,我想不出你说快板的样子,应该不是你。"

宋安如哑口。

沈南辰没忍住笑了起来:"师姐,看来你的快板火了。你说军训结束的告别会,方教官会不会举荐你去说一段?"

"还真是你啊?"说话间,吴医生已经把最后一处伤口清理干净了。有沈南辰上药,他反而闲下来了,"说实话,我还真有点好奇,你说快板是什么样的?要不来一段?"

宋安如以前一直觉得自己在表演界是有些地位的,毕竟从小被家里的长辈夸到大。可军训表演了一次快板后,她后知后觉,发现自己在这上面可能存在一定的误解。她不想就这个话题讨论下去,下意识地看向沈南辰。

接收到她的信号,沈南辰很意外。两人认识虽然只有大半个月,但他发现她只会对秦知意格外亲近一点,这种行为,对他还是第一次。

"这里没有快板,她发挥不出正常水平。"沈南辰正好给她的伤口上完药。他将棉签扔进垃圾桶,思索了片刻,"至于说快板是什么样的……嗯,口齿清晰,令人叹为观止。"

两人听了他的话都有点疑惑。吴医生把药膏收起来放进药车里:"怎么个叹为观止?"

"像在听霸道高冷女总裁的汇报总结,有种不顾他人死活的流畅感。"

"哈哈哈哈哈哈哈……"

吴医生笑得直不起腰。宋安如一脸问号,反应过来后,拿起身边的枕头就往他身上砸。

"刚擦了药。"沈南辰握住她的手腕,将枕头取下来。他看了看她的手心,药已经掉了不少,伤口上还粘上了一些棉絮,"吴医生,再用一下生理盐水和药膏。"

"怎么就恼羞成怒了?"

吴医生笑着把东西递过去,见沈南辰处理伤口的动作是少见的细致,他感叹道:"你男朋友对你真好。"

沈南辰轻笑出声,也不说话。

宋安如否认:"我们不是。"

吴医生推了推眼镜,调侃:"大学生可以谈恋爱,藏着掖着干吗呢。"

背着这个大概率洗不掉的"女朋友"之名,宋安如不想多费口舌。她用手背打了一下沈南辰让他解释,然而他也不说话,只是笑。

她索性看着他给自己处理伤口,凉意拂过掌心,带走了火辣辣的疼,也带快了心跳:"你不准吹。"

沈南辰的视线没离开她的手心,不吹了,动作却依旧很轻:"行,都听你的。"

两人坐在一起特别养眼。一个没什么表情却莫名有点局促，一个温柔好说话行事异常沉稳。吴医生笑着摇了摇头，自觉走开，将空间留给他们。

伤口处理好后，沈南辰随手拿过病床边柜子上的笔，迅速在她膝盖的纱布上写了几个字："轻拿轻放。"

宋安如极度无语："你是小学生？"

沈南辰见她没发脾气，又补了"易碎"两个字："师姐想怎么回去？"

宋安如脑袋里冒出他抱自己过来的画面，耳朵一热，当机立断："我自己走。"

办公桌前又开始写字的吴医生扬声道："你膝盖的伤口有点深，最好别动。我给你写张请假条，这两天先不要去军训，按时上药。"

膝盖不动的走路方法，光是想想都很滑稽。只是无论如何，也不能再让沈南辰抱她了。这个点正好是下午军训结束的点，学生们要么在回寝室的路上，要么在去澡堂的路上。医务室都要经过这两个地点，让沈南辰把她背出去或者抱出去……根本不敢细想。

宋安如皱了皱眉，将问题抛给吴医生："老师，那我怎么回去？"

吴医生将写好的证明递给沈南辰："让他背你回去，我看他抱你过来的时候挺稳的，不成问题。"

宋安如："我不要他背。"

吴医生："那就抱着回去。"

沈南辰在医务室找了一圈，最后在治疗室角落发现了轮椅："吴医生，可以借一下轮椅吗？明天开始大家都要训练，她一个人在寝室不方便。"

吴医生挥了挥手："拿去用吧，好了之后还回来就行。"

宋安如是坐着轮椅出的医务室。为了维持最后的尊严，她不让沈南辰推，用没受伤的左手转着轮子。原本她是打算将沈南辰甩掉，奈何对方拿着她的滑板，始终不紧不慢地跟在她身后。

路上碰到的人都会多看他们两眼。偶尔遇到熟人，还会八卦又惊讶地赶来慰问两句。宋安如没什么兴致地回一句"不小心摔的"，大家都很识趣，也不会再多问。

沈南辰再次看见她用一句话打发走了一个大三的女生，寻思着女生离开前，看他的眼神不对。他伸手按住轮椅把手："师姐。"

"干什么？"宋安如被迫停下来，语气不善。

沈南辰："你有没有觉得别人看你的眼神很奇怪？"

宋安如指着轮椅："我这样，别人能不奇怪？"

"这倒是。"沈南辰点点头，握住轮椅把手，"一只手滑了那么久不疼吗？我帮你推一会儿吧。大家都看到你坐轮椅了，不差我推这一下。"

宋安如心想反正这牛皮糖也甩不掉,她的手也确实有点酸,就由着他推了。

即将到女生寝室楼时,沈南辰提醒道:"你给室友打个电话,让她们下来接你吧。"

宋安如拿出手机给苏芽打了个电话,刚问了句"可以下来接我吗",那头原因都没听,立马答应了。

两人停在女生寝室楼大门外,来往的人越来越多,看他们的也越来越多,两人皆没受影响,一个玩手机,一个打量着手里的滑板。

沈南辰的视线从滑板上移开,突然道:"抱师姐的时候太紧张了,胳膊有点僵。"

宋安如假装没听见。

沈南辰揉了揉额头,继续说:"还想着下午睡会儿的。这个点,寝室的人应该醒了,热闹起来也睡不着。"

这暗示过于明显,宋安如想不理他都不行:"谢谢。"

沈南辰盯着她的手机页面:"我是自愿的,不用和我客气。"

宋安如腹诽:不让人说,就不该提。

沈南辰盯着她的眼睛眨了一下:"我有一个小心愿。"

宋安如耐着性子:"你说。"

"希望师姐能把我放出黑名单。"

宋安如继续埋头看手机,无情地拒绝:"不可以。"

沈南辰叹了口气:"那怎么样才可以呢?"

宋安如依然无情:"怎么样都不可以。"

"行吧。那师姐继续等室友,我先走了。"沈南辰头也不回地走了。

宋安如奇怪他怎么突然这么好说话了,过了几秒,抬眸看一眼,发现那人抱着她最喜欢的定制滑板走的。

"站住。"

宋安如喊了一声,他一副没听见的样子。

她黑着脸又喊道:"沈南辰。"

沈南辰回过头,语气无辜:"怎么了?"

"滑板还我。"

沈南辰沉默了一会儿,垂着眼帘:"所以你是打算白占我便宜?"

他说这话的语气,就像是遭受了多大的委屈一般。

宋安如瞳孔地震:"我什么时候占你便宜了?"

周围好多同学因为她这一嗓子放慢了脚步,似乎很好奇,又不太敢明目张胆地看。

"去那边说。"宋安如指了指角落里,不想被人围观。她推着轮椅先过去,

063

沈南辰乖巧地跟在她的身后,像个小媳妇。

两人刚停下,宋安如就趁着沈南辰不注意,伸手去抢自己的滑板。奈何他反应很快,让她抢了个空。

她气得牙痒痒:"我占过你便宜?"

"我打算睡午觉,却被师姐吵到,也没生气。看见你摔倒了,热心肠地把你抱去医务室,帮你上药,最后还把你推回来了。"沈南辰脸上没了大庭广众下的委屈,是与她相反的散漫,"我帮了师姐这么多,滑板都不愿意借我玩一下吗?"

被他这样一说,宋安如有点理亏:"滑板按个人数据定制的,我的不适合你。"

沈南辰蹲下,将脑袋搁在轮椅扶手上,笑眯眯地盯着她:"这样啊,那我希望刚才的愿望实现。"

言下之意,就是把他放出黑名单。

要是其他东西,宋安如就直接不要了,可这块滑板她很喜欢,即便家里有很多滑板,这块一直是她最钟爱的。

宋安如在他的注视下十分不情愿地打开微信,从黑名单里面把他放了出来,心想着等滑板拿回来再把他拉黑。

"可以了。"

沈南辰仿佛猜透了她的想法,漫不经心地道:"我觉得师姐应该不是那种等我还了滑板就把我拉黑的人,对吧?"

他看了看不远处关注他们的路人:"我没被人占过便宜,也不确定发生这种事情,会不会说错话。"

就差没直接说,把他拉黑,他就造谣。

宋安如赌气似的将手机揣进兜里:"滑板。"

"宋师姐!"苏芽风风火火地从远处跑过来,看到宋安如坐轮椅,满脸震惊,她下意识地问旁边的人,"师弟,宋师姐怎么了?"

"玩这个摔的。"沈南辰将滑板递给她,交代道,"膝盖处伤口深,医生说最近几天不宜运动,在寝室里看着点她。"

"啊?"苏芽愣愣地接过滑板,忙不迭点头,还拍胸脯保证道,"我会好好照顾师姐的,你放心!"

"嗯,谢谢。"

沈南辰表情没什么变化,伸手在宋安如的头上揉了一把,又趁她没反应过来收回手。

宋安如被他这份熟稔弄得有点不好意思,移开视线,磨牙道:"她照顾我,你谢什么?"

沈南辰起身,眼睛带着笑意,望着她的头顶,没忍住又揉了一把:"安分点养伤,有事随时可以找我。"

他说完就离开了。

宋安如长这么大,第一次被除了父亲以外的人接二连三地摸头,脸都麻了。

苏芽目送沈南辰走远,一脸羡慕:"师姐,你男朋友对你真好啊。你不知道他刚才的眼神,还有他拍你脑袋的时候简直太宠溺了。"

宋安如自暴自弃地摸了摸脑袋:"眼神?"

"就是交代我的时候,眼睛里什么情绪都没有,就单纯地交代事情。和你说话的时候,眼睛里就像有光一样。"

宋安如回想了一下沈南辰刚才的模样,只对他那欠扁的笑印象深刻。她将夏桐常用的表情包往沈南辰脸上代入了一下,整个人不禁恶寒,就连鸡皮疙瘩都起了不少。

"眼睛有光,他是奥特曼吗?"

苏芽自觉肩负起了宋安如的康复重担,她打电话叫来了寝室里所有的人,几个女生轮流出力,硬生生将宋安如连带着轮椅抬上了八楼。

大家一阵嘘寒问暖,宋安如压根招架不住。好不容易打发了室友们泛滥的爱心,她想睡一觉安抚自己时,寝室门被人敲响了。

离门口最近的李欢打开门,门外就窜进来一个人。

宋安如刚把轮椅滑到床边,还没来得及刹车,就被夏桐扑了个满怀。

"我的三三啊,你好惨,年纪轻轻连轮椅都坐上了!"

伴随着夏桐不走心的号叫,陈舒和秦知意也出现在了门口。

宋安如被按着腿动不了,一时间推不开夏桐。她朝门口的两人道:"把她拉走。"

秦知意笑着走进来,拍了拍夏桐,说:"行了,她身上有伤呢,你也不看着点。"

夏桐这才叹息着松手,谴责道:"宋安如你没有心。我听说你摔得坐轮椅后,就一直很担心你,你看看你这是什么表情。"

确定身上没有她的鼻涕,宋安如松了一口气:"你如果表现得不那么像哭丧的话。"

夏桐被宋安如的话逗笑了,转过头问其他人:"我刚才像哭丧?"

苏芽几个女生表情怪异,明显是在憋笑。陈舒点点头:"实不相瞒,看见你冲进寝室的那一刻,我脑海里全是我妈看过的晚间九点档泡沫剧,还是《蓝色生死恋》那种类型的。"

夏桐自责道:"看来演过了点。"

宋安如忍住想踹她的心情:"所以你是来演的?"

"刚听说你受伤的时候，我是真担心你。后来我听知情人说，你和大一那个男妖精玩双人滑板，摔破膝盖了，我就知道没什么大事。"夏桐语气酸溜溜，"还玩双人滑板呢。"

宋安如反应了好一会儿："双人滑板是什么鬼？"

秦知意忍着笑："我们寝室的知情人说，你发现男妖精劈腿后黯然神伤，摔成了重伤。男妖精自知理亏，求你原谅，你不原谅，他就跟了你一路。奈何你经不住美色诱惑，最后收下他用来讨好你的滑板，原谅了他。他走的时候，你还深情不舍地盯着他的背影看了许久。"

宋安如觉得离谱，看来军训的任务还是太少。她一时间不知道该先说什么，索性将床边靠着的滑板拿过来，指着板底"song"四个字母："我的，有名字。"

这解释了和没解释差不多。夏桐拿过她的滑板放回原位："当然这些都不重要，我现在就迫切地去看一眼传闻中的男妖精本人。"

"我也很好奇这位素未谋面的妹婿。"陈舒难以理解，"你也不是没和别人传过绯闻，可这一段传得天花乱坠，我都不敢不信。"

宋安如也想知道为什么。

其实开学时，校园网上的帖子大家讨论过后，很多是不信的。后来军训的班里莫名其妙就有很多人觉得她和沈南辰有什么，解释过没人听，她就懒得解释了，心想时间久了，大家就知道实情，没想到这个绯闻越演越烈。

现在想来，绯闻经久不衰的导火索就是秦知意换班级，如果不是和沈南辰同班，这绯闻早就成老新闻了。

宋安如给秦知意使了个眼色："你解释。"

"解释什么？"秦知意捂着嘴笑个不停，"你和沈师弟的事我可不清楚。"

宋安如沉默半晌，简单地总结道："这是谣言。"

"你这绯闻传这么大，我估计部队里的军犬都知道了，瞒着我们就不厚道了，再怎么说，我们也是你实打实的家属。"陈舒看向苏芽她们几个，"你们都在七班，照理说是最清楚的，给我们讲讲呗。"

苏芽她们跃跃欲试想讲八卦，却又因为宋安如说的谣言，没敢乱开口。

夏桐无奈地拽过秦知意："你来说。"

"行吧。"秦知意清了清嗓子，解围道，"先说今天的事情我是真不知道，就不做评价了。我只知道，今天之前，三三和男妖精的确不是情侣关系。"

宋安如严肃地补充道："今天也不是。"

秦知意意味深长地看了她一眼："要我说实话吗？"

八卦的视线全部集中在了秦知意身上。

宋安如觉得事实就是两人什么关系都没有，非要扯上关系，那就是同一个军训班的关系。她毫不心虚地点头。

秦知意不确定地又问了一遍："真的可以说实话吗？"

宋安如："你说。"

秦知意温温柔柔地丢出一枚"炸弹"："七班十次休息，有七次他俩都是在一处的，嘀嘀咕咕不知道在说什么。"

陈舒和夏桐本来是带着开玩笑的意图调侃宋安如，这句话却让她们两人表情都错愕了。

夏桐激动地戳了一下宋安如的脑门："刚认识的时候，我和你同寝室一个月，都不见你跟我多说两句话。那个男妖精就这么好看？一休息你就去和他聊人生聊理想？"

"同学之间说几句话挺正常的。"秦知意火上浇油，"我一点也不酸，和三三同寝室这么久，她和我的话都没这么多。"

陈舒酸溜溜地问苏芽："那男妖精真有那么好看？"

苏芽一个劲儿点头："好看！我觉得电视上当红的小鲜肉都没他好看。最主要还长得高，身材好，特别有气质！"

陈舒啧啧称奇，围着宋安如打量了一圈，朝她比了个大拇指："可以啊宋安如，闷声干大事。"

宋安如怎么也没想到秦知意说的实话是这种。要说是假的吧，休息时间，她和沈南辰好像真的经常坐在一处；要说是真的吧，他俩明明很少聊天。

她沉默了一会儿："没有你们想的那样聊人生理想。"

"我不想知道你们聊了什么。"夏桐坐在轮椅扶手上戳她，"你就说老大刚才说的是不是真的，你们是不是经常处一块？"

宋安如沉默。

"沉默就代表默认了。"夏桐说，"你之前夸他好看的时候，我就该发现这之间的猫腻。"

宋安如插嘴道："别人好看我还不能说一句？"

"老大也是学校里出了名的好看，系里那么多追你的人，也有几个特别好看，怎么没见你夸过？"

秦知意赞同："确实没有。"

宋安如回过头盯着她："你真好看。"

陈舒嗤笑："这夸奖太假了。我不管，三分钟之内我要见到那个妖精。你把他叫出来。"

宋安如又沉默了。

夏桐目光里带点隐秘的心疼："你又是夸人家好看，又是黏着人家，却连联系方式都没要到？"

"我黏着他？"宋安如挑眉，很不赞同，本来还想反驳一句，可仔细一想，最初还真是她主动找沈南辰要的微信。要是被这几人知道了，更不得了，

067

她直接选择忽略这个问题。

几个吃瓜群众见她没否认，看她的眼神顿时更奇怪。

陈舒和夏桐拍拍她的肩膀："倒也不是什么大事。"

宋安如就这样莫名其妙地得到了安慰。

因为受伤的缘故，宋安如被迫开启了窝在寝室的日子。在寝室的第一天上午，她一觉就睡过去了。下午室友去军训后，她无聊地抱着手机玩。正当她打游戏打得最激烈的时候，手机弹出来一条消息提示。

打完一局游戏，她才打开微信，只见一个昵称叫"s"的人发来了一条消息。

游戏关键时刻被打搅，宋安如本来还有些生气，却在看到这人的头像时熄灭了火气。

一只戴着粉色花朵，正在微笑的萨摩耶，任谁看了都会忍不住喜欢。

s：伤口好些了吗？

宋安如盯着这句话看了一会儿，一时间没想起是谁。直到点开消息，看到这句话上面仅有的几句聊天记录，才意识到是沈南辰。

她直接退出了消息界面，没打算回复，正准备再开一把游戏，又弹出了消息提示。

s：需要我帮忙吗？

宋安如再次退出游戏，打开微信，把消息提示关了。

回到聊天界面，她忽然像是被猪油蒙了心一样，点开了和沈南辰的对话框，并且进了他的朋友圈。

和她想的一样，沈南辰并不是一个会分享生活的人。比起她空空荡荡的朋友圈，他的也好不到哪里去。

就三条。

第一条是两年前发的一张狗狗幼崽的照片，配文一个句号。

第二条去年前发的，萨摩耶已经长成大狗了，叼着一只红色的球，依旧笑得很灿烂，配文一个"傻"字。

第三条是开学前不久发的，正是头像那张图片。

不难看出沈南辰对这条狗的喜爱。

狗狗很可爱，连带着宋安如觉得他好像也没那么烦人了。她返回消息界面，看了一会儿后，回了一条消息。

宋：不用。

那边几乎是秒回。

s：居然被翻牌了。

宋安如顿时后悔自己的举动，打算无视这条消息时，沈南辰又发来一条。

s：宋安如，你造我谣。

有关两人的谣言，宋安如仔细回忆了一下，从最初大家只当个玩笑，到后来大家真的认为她和沈南辰在交往。虽然这个过渡少不了秦知意的"推波助澜"，但是更少不了沈南辰。如果不是他总来招惹她，这些谣言早就偃旗息鼓了。

这个点军训已经开始，训练时不能带手机，也不知道这人怎么给她发的消息。宋安如有疑惑却没问，潇洒地打下一个字发了过去。

宋：滚。

s：早上有两个其他班的女生，休息时间来我们班闲逛。江喻白说那是你的"家属"，特意来看我的。

所谓的其他班两个女生，除了陈舒和夏桐还能有谁。宋安如不清楚秦知意到底给江喻白说了什么，但可以肯定，绝对不是她想听到的那种话。

难怪中午休息时间，618寝室的小群疯了一样响动个不停。

昨天那件事后，群里没安静过，以至于中午消息提示爆发，宋安如也只当大家还在讨论，没去看。

她打开寝室群快速浏览一遍，脸都黑了。总结一下，就是陈舒和夏桐趁着军训中场休息时间，跑去七班看沈南辰，然后集合迟到被罚。

当然，这不是重点。重点是几人都在夸她眼光好，还理解她为什么铁树开花，甚至安慰她失败是成功之母。最无法理解的是，她们还买了《沟通艺术》《说话之道》以及《学会表达，懂得沟通》三本书的电子版发给她，嘱咐她好好学习，要到沈南辰的联系方式是迟早的事情。

夏桐和陈舒不知情就算了，秦知意这个什么都知道的人，居然也在起哄。

宋安如眼不见为净，退出群聊。她给沈南辰回复道：室友行为，不要上升本人。

s：已经上升了，怎么办？

s：这样说来，师姐也见过我的"家属"了。

宋安如本还有些困意，在看到这句话后，整个人都精神了。

宋：我什么时候见你"家属"了！

s：你帮我搬行李那天中午，和进部队前一天晚上见过。

宋安如回想了一下，开学吃火锅那天确实碰到过沈南辰和他的室友，军训前一天跑步的时候也碰见了，这样看来的确见过"家属"。

意识到自己被带偏了，她拍了一下脑门，制止住了发散的思维，扯开话题回复道：这么闲，不军训？

s：这不是你受伤了，我担心所以还没去嘛。

宋安如盯着这句话，耳朵热了，反手把手机扣在床上，盯着窗户看。

手机又响了。

s：我去训练了，你好好养伤，早点归队。

069

猝不及防地，宋安如玩游戏的心情都没了。她将手机丢在一边，掀过被子盖住脑袋准备睡觉。没几分钟，被子又掀开，她起身从柜子上拿起药膏，掀开睡裤，认真地给膝盖上的伤口上药。好好睡了一晚加一个早上，她的伤口恢复得挺好的。只要不剧烈运动，再养两天应该可以归队。

再养两天，睡觉好得更快。

宋安如想到这里，拿起眼罩戴上，将被子一盖继续睡觉。

在寝室里躺了三天，经过吴医生的检查，宋安如总算是归队了。

早上和室友们一起去集合时，队列已经站好了一半。

大概都听说了这两天流传出来的奇怪传闻，同学们眼神里的八卦如有实质，让宋安如都有点不适应。好在迫于教官的威压，大家的好奇心只能从眼里发泄。

宋安如在一众关注的目光中进队。绕过倒数第二排后面的过道时，不可避免地从沈南辰面前路过。

她压低帽子，目不斜视地走，两人的身影即将错过时，左侧的衣摆被人拽了一下。

不用看也知道是谁拽的。

宋安如步子微僵，回眸看他一眼，焦点不受控制地落在他鼻侧那颗极小的痣上。他的鼻梁很挺，却又不显得锋利，是她看过最好看的。

衣摆又被晃动了一下，宋安如抬眸对上他的视线。

沈南辰笑眯眯地冲着她眨了一下眼睛，他没开口，宋安如好像也感受到这是在欢迎她归队。

她哼了一声，拍开他的手，回到了自己的位置上。

因为伤口还没完全康复，方教官比较照顾她，有剧烈的训练项目都会让她帮忙指导。

不知道是不是她的错觉，以前做训练几乎没看到过方教官去纠正沈南辰，今天她做指导，发现这人不规范的训练动作还挺多。

方教官让做爆发性垫步跳练习，大家做好准备姿势，即将开始的时候，宋安如的视线扫过最后一排，停在沈南辰身上。

她环着胳膊走过去："双脚与肩同宽。"

沈南辰将双脚分开了一些，只是和他的肩宽还差许多。这么简单的指令，但凡长了耳朵都不会错。宋安如很怀疑他是在演戏，没什么耐心地踢了踢他的鞋子："还要开点。"

方教官绕到后排，正好看到了这一幕。这已经是他不下五次看到宋安如在纠正沈南辰了。

"宋安如，其他同学你也看看，别光顾着沈南辰。"

这话一脱口,班里许多人都忍不住笑出了声。

沈南辰旁边的男生起哄道:"方教官,我觉得我们的动作还蛮标准的,宋师姐可以不管。但沈南辰那个动作就太不规范了,确实需要人精心指导。"

宋安如收回腿,面无表情地站在后面,仿佛被大家调侃的人不是她一样。

沈南辰看着她微微发红的耳朵尖,很想上手去揉一把。他的拇指不自觉地在食指上搓了下:"教官,是我犯错太多,师姐只是很认真地听您安排来纠正我。"

起哄的笑声更加肆无忌惮。

"安静,都想被罚是吧?"

场地瞬间安静下来了。方教官训斥完,走到最先起哄的男生旁边,往他屁股上踹了一脚。

"标准个屁,腿收拢一点,让你与肩同宽,没让你与天同宽。"

他话锋一转,看向沈南辰,声音里带着点调侃:"平时我怎么不见你犯错?还有宋安如,你是看不见旁边这位的动作吗?"

宋安如很想回一句"没注意到",可这话要是说出来,教官指不定还得说她眼里只看得见沈南辰。她不太善于撒谎,下意识地看了眼沈南辰。

沈南辰瞎话张口就来:"师姐看到了。她打算从最边上开始纠正,我只是占了地理优势。"

方教官:"行吧。宋安如你把后面看紧点,不然我就惩罚你这师弟了。"

她不认真和沈南辰有什么关系?

宋安如生出很多想法,全是怎么让教官惩罚沈南辰的。然而一天的军训下来,她没有执行过一个。

好不容易到了期盼的解散时间,方教官总结了今天的情况后,忽然道:"宋安如、沈南辰留一下。"

他俩同时被留下,七班的同学们不像往常那样一解散就跑,好多人都八卦地想要围观。

方教官警告:"一分钟内还没走的继续军训,先跑个五公里。"

同学们一哄而散,方教官这才围着宋安如转了一圈,"啧啧"两声:"你脑门上这个伤……好不容易放半天假,给摔成这个样子了。我听说你俩一起玩滑板摔的?怎么就你摔了,沈南辰好好的?这保护女生的意识太差了啊。"

沈南辰眉眼含笑,没做解释。

也不知道方教官打哪里听来的八卦,好在这个版本是相对来说正常点的。宋安如主动纠正道:"我自己玩滑板摔的。"

方教官恨铁不成钢:"我还没说什么,这就护上了。"

宋安如:"您误会了。"

"算了,先不说这个,我有事和你说。"方教官抓了抓脑袋,一脸疑惑,

"军训结束那天会验兵，有升旗仪式。我前两天把沈南辰报上去通过了。然后我们刘营长碰到我的时候，让我把你也报上去，说是承诺了要给你圆梦，让你当升旗手。你有这种梦想，为什么不告诉我啊？"

沈南辰若有所思地看着她，眼里多少有些惊讶。

"圆梦？"

宋安如自己也一脸不可思议。且不说她幼儿园时期才把梦想挂在嘴边，长大后就没和别人提过这个词，刘营长她也不认识，更不知道自己什么时候有这个梦想。

方教官点头："刘营长是这样说的。"

宋安如茫然："我没见过部队里的营长。"

沈南辰想了想道："我听说刘营长是今年刚升的营长。或许是你大一大二来军训的时候认识的？"

"他前年带过军训班，叫刘康。"方教官朝宋安如道，"刘营长是我们部队里面最不苟言笑的。现在想起来，上次我和战友说跟十三班比赛的事情，他就在一旁。听到你名字的时候，他好像还夸了你。"

宋安如回想了一下，大一的时候，那个寡言少语的教官好像真的姓刘，但是……她什么时候希望他帮自己圆梦了？

就在她百思不得其解的时候，方教官拍拍她的肩膀，看起来似乎还有点伤感："以后有什么愿望可以告诉我，不用不好意思。"

这一幕让宋安如不自觉地回忆起了一个场景。

大一验兵时，第一次在现场看到由三十六人组成的国旗护卫队升旗，她看得很认真。也因为太认真，发现那名升旗手的手一直在抖，便多看了几眼。

升旗仪式结束后，刘教官突然拍了拍她的肩膀，说："以后会有机会的。"当时她不知道刘教官在说什么，也没去想过。现在看来，他应该是误会了。

方教官离开后，两人一起往寝室的方向走，秦知意和江喻白早就先走了。

大概是经常一起回寝室，单独在一起，谁也没觉得有问题。沈南辰鞋带松了，蹲下去绑鞋带时，宋安如甚至还在旁边等了一会儿。

对于她这种潜移默化的转变，沈南辰有种滴水穿石的感悟。他有意逗她，将她的帽檐抬高，一脸认真道："我会好好陪师姐圆梦的。"

四目相对，他的眼睛微微上挑，整张脸莫名增加了一丝痞气。

宋安如想到早上起床时，镜子里的自己那张脸。额头上的伤口虽然消炎了，却还有很大一块褐色的疤。她的皮肤很白，那块疤十分显眼，不仅丑，还有点吓人。

她把帽子压了回去，将额头遮住："你干什么？"

沈南辰直接将她的帽子拿走了："刚训练完，头发和帽子都还是湿的，捂着伤口会恶化。"

宋安如伸手抢了两次都没够到，恼火道："关你什么事？还给我。"

"吴医生说这个程度不会留疤。可要是捂坏了，也不知道会不会留疤。"沈南辰像转篮球一样，将她的帽子顶在食指上转，"师姐长得那么好看，留疤了怎么办？"

宋安如冷笑一声，加快步伐，将他甩在身后。

沈南辰跟上她，拉住她的衣摆晃了晃："生气了？"

宋安如不想被他看到脸，躲开他的手加快步伐，奈何他腿长，压根就甩不掉。

"你额头上有汗水，戴着帽子的话，伤口会滋生大量细菌，不利于恢复。"

宋安如还有些婴儿肥，平日里冷着脸不太惹眼，生闷气的时候，脸颊鼓鼓的极为可爱。沈南辰每次见她这样都想伸手捏。以往还能按捺住这种想法，今天却没忍住，上手捏了一下。

"你捏我的脸？"宋安如整个人都是蒙的。

"没有。刚才你脸上有只蚊子，我怕它咬你。"沈南辰一脸真诚，丝毫看不出心虚。

宋安如使劲用手背擦了一下脸，咬牙："蚊子在哪儿？给我看。"

沈南辰煞有介事地甩了一下手，还用纸巾擦了下："死得不太好看。给死者一个体面吧，让它有尊严地去。"

宋安如都要气冒烟了，奈何没他能说会道，她翻了个白眼，不理他了。

沈南辰叹了口气，声音里满是乐在其中的笑意："师姐又冷暴力我。"

两人认识有些时间了，他只看到她对他翻过白眼。他心情颇好，就更想逗她了。

沈南辰："今天一整天，你都将帽子压得很低，是不想被看到额头上的伤疤，对吧？没想到你的偶像包袱这么重。"

宋安如不是一个在意别人看法的人。早上路过沈南辰的时候，被他拽了一下衣摆，她归队后，莫名其妙地就把帽子压低了。具体为什么要这么做，她也说不上来。可能是被这人不厌其烦地骚扰多了，脑子不怎么好了吧。

此刻颇有种被人戳穿心事的感觉，她当即反驳："谁说我是因为不想被你看到了？"

沈南辰愣了片刻："我也没说你是不想被我看到啊。师姐反应这么大，是……心虚？"

宋安如失语。

沈南辰挡住她的路，盯着她的眼睛，靠近问："被戳中了心思，恼羞成怒？"

刻意放轻的声音里，带着两人都没察觉到的暧昧。宋安如心跳加快，因为不善于说谎，一时间竟然不知道该说什么。

073

他的脸就在面前，让她脑子乱糟糟的，硬着头皮否定："没有。"

沈南辰忍着笑："没有？这倒是。你从来不会因为这些事情烦恼。"

宋安如不想说话。沈南辰的视线微微上移，落在她额头的伤口上："既然这样，我再看看好不好？"

话说到这里，宋安如有种上当的感觉。这种时候要是给他看，心里是很不情愿的；要是不给他看，倒显得自己在意了。

微凉的手指轻轻地触了一下她的额头，被汗水浸疼的伤口似乎都好受了几分。

"结痂的地方泛白了，等会儿洗完澡，记得去医务室让吴医生处理一下。"

他的声线很温柔，让人不由得放松了许多。

宋安如所在的专业，体能相关的训练多，班里大多男生在训练中，都会用力发出声音，以至于她觉得男生很吵，而且声音大多很粗，不好听。

可是她从来没有听到沈南辰大呼小叫。军训的时候，他总是安安静静的，安静到如果不是因为能力太突出以及长得好看，估计会被人遗忘的存在。很像陈舒以前说过的从漫画里走出来的安静美少年。

"听到没？"见她发呆，沈南辰戳了一下她伤口旁边完好的皮肤，"不好好处理额头，要是留个大疤，是想威慑谁呢？"

宋安如瞥了他一眼，点头："你话太多。"

沈南辰诧异，以为她不会理人，没想到她答应了。

他手指又有些发痒，想捏她的脸。他将手伸进包里，触到里面的东西，像是想到了什么，拿出来，将手放到她面前："给你。"

宋安如防备地盯着他握起来的手："干什么？"

沈南辰："伸手。"

她怀疑地看了他两眼，伸出手。

沈南辰松开手指，一颗特浓草莓牛奶糖以及一个小瓶子落在她的掌心。

宋安如撕开包装袋，将奶糖塞进嘴里。她捏住瓶子看了看，很精致的陶瓷小瓶子，外面没有标签，是那种繁杂的复古花纹，不像是吃的。

"这是什么？"

"祛疤的。一天两次，效果应该不错。"

"哪儿来的？"

"家里的医生帮忙做的。"

沈南辰压根就不像是会随身携带祛疤药的人，这瓶药大概是她摔伤后，他才让家里做的。只是封闭军训期间，不能出去也不能探望。她问："怎么带进来的？"

"托人带进来的。"沈南辰嘴角微微勾起，嘱咐道，"药是一周的量，医生说用完就差不多了。"

"哦。"宋安如在瓶口的位置摩挲了一会儿后,将瓶子揣进包里。

在女生寝室楼门口分开时,沈南辰又提醒了一次记得处理伤口的事情。宋安如走进大楼后,回过头见他已经走远了,她又将包里的小瓶子摸出来把玩,视线一直停留在瓶子上,脑袋里却一片空白。

"看什么这么入神?也不看路,就不怕再摔一次?"夏桐不知道从哪里冒出来,一把揽住宋安如的肩膀。

这个点大家几乎都去澡堂了。两人住的寝室楼隔得很远,宋安如有些意外她的出现:"你怎么在这里?"

寝室里的几人住得都比较远,军训期间自由时间很少,大家也都很累,唯有几次串门还是她刚摔伤那两天,大家来看她,给她送东西。见她没什么大碍后,这种慰问就变成了微信文字上的,更别说夏桐这个无事不登三宝殿的懒人了。

"来看你的伤口啊。"夏桐打量着宋安如手里的东西,"哪里来的瓶子?还挺好看的。"

她伸手想接过去看看,宋安如躲开她,直接把东西装进口袋里。

夏桐认识宋安如这么久,还是第一次见宋安如这样遮遮掩掩地藏东西,她很疑惑:"有什么是我不能看的?才军训多久,以前你当我面输银行卡密码都不带遮掩的,现在一个小瓶子都不给看了?"

宋安如:"你好奇心太重了。"

夏桐打趣道:"这就是古人常说的'嫁出去的女儿泼出去的水'?这东西该不会是沈南辰给你的吧?"

宋安如无语:"行了,说事。"

夏桐一把揽过她的肩膀,做贼似的小声道:"哎,我今天才知道一件事。"

宋安如扒开夏桐的手:"什么事?"

夏桐局促地戳了戳手指,说:"你军训的七班是不是有个叫年玉的大一新生?"

宋安如对班里的同学不是特别了解,"年玉"这个名字她却有印象。大一和夏桐住在一个寝室后,经常听她提起一个叫年斯霖的人。"年"这个姓氏很少见,军训开始那天的自我介绍中,她听到"年玉"这个名字就下意识记住了。

"这个年玉和你常提的那个人有关系?"

夏桐点头:"年玉是年斯霖的亲妹妹。"

宋安如兴致缺缺:"哦。"

夏桐:"你就不问问我想做什么?"

宋安如:"你想做什么?"

夏桐搓了搓手："你可能不知道，你在这届新生眼里都快成神了。我其实不认识年玉，只知道年斯霖有个妹妹叫这名字，也在我们学校读书。那天在饭堂，她正好坐我隔壁，她伙伴叫她，我才知道。"

宋安如漫不经心地道："或许碰巧同名同姓。"

"不可能，他们长得就像兄妹。我吃饭的时候听她们聊天，年玉快生日了，家里会给她举办生日宴会。你在大一新生里这么受欢迎……"夏桐说着，朝她露出一个谄媚的笑。

宋安如只当没看见："不，不受欢迎。"

"反正都在一个班，你跟她说说你也要去嘛。"夏桐可怜兮兮地抱着她的胳膊晃。

宋安如抽出手，无情地道："想都不要想。"

"年玉生日宴会，年斯霖肯定会参加，他都躲我一个月了。三三，你行行好嘛。"

从大一到大三，618寝室里的人对夏桐这段倒追史可以说能倒背如流。

夏桐高中毕业后，暑假时被父母送去了对家公司年氏去历练。当时的年斯霖大学刚毕业，回国后也在自家公司基层磨炼。两人同一个部门，都隐瞒了自己的身份，一起过了一段不太轻松的日子。

那个时候的夏桐做事毛毛糙糙，年斯霖帮她摆平了不少事情。他长得还好看，相处时间一久，夏桐就喜欢上了他。倒追的事情做过不少，可惜一直没追上。

认识夏桐以来，宋安如第一次见她这样坚持不懈地做一件事，顿时对这个只闻其名不见其人的年斯霖产生了好奇。

如果夏桐和他修成正果，应该不会三天两头地在寝室诉苦吧。

这样想着，她考虑了一会儿道："行，她请我我就去。"

"三三，我最爱你了。"夏桐抱着她原地跳了几下，"但是就你平时那副不理人的嘴脸，人家就算有心想请你也不敢吧。"

"那怎么办？"

宋安如和年玉一句话都没说过，总不能主动找到别人，在没有被邀请的情况下，告诉别人她要带个人去参加她的生日宴会吧？

"不是给你买了书嘛，你看完没？主动出击啊。先搭讪处成朋友，顺理成章，人家邀请你去她的生日宴会。到时候你再提一句，想带个朋友一起，她不会拒绝。"

宋安如一言难尽："你倒是计划得很好。"

"我相信你会做得很好。"夏桐拍拍她的胳膊，"室友在等我洗澡，先走了。"

转天军训中场休息时,宋安如询问苏芽后锁定了目标。她不是一个善于"曲线救国"的人,看年玉和几个女生聊得开心,她走过去,十分直接地问:"年玉,你要生日了?"

年玉闻声回过头,看见是她,整个人有些反应不过来,条件反射地点头。

宋安如平时话少,更别说主动和人家聊天了。几个女生都因为她凑过来搭讪而兴奋起来。

宋安如盯着她们,在"你的生日宴会可以邀请我吗"和"听说你想邀请我"两句话里面犹豫了片刻,选择了前者:"你的生日宴……"

她的话还没说完,年玉就红着脸打断了她:"宋师姐,我有这个荣幸请你参加吗?"

"好。"宋安如没想到任务进行得这么顺利,她心情颇好,用手背挡住太阳问,"我可以带一个朋友去吗?"

宋安如突然要去自己的生日宴会,年玉只觉得喜从天降,点头:"可以的,师姐!别说一个人,你带一个班来我都会好好招待的!"

沈南辰的视线一直在宋安如身上,很好奇她为什么突然想去参加一个算是陌生人的生日宴会。

他走上前,停在她的旁边:"师姐是要带我去吗?"

耳旁一阵热意,宋安如侧过头,就看到沈南辰离自己很近。早习惯了这人的突然靠近,她没什么反应:"不是。"

"不是?"沈南辰若有所思地打量了她一会儿,"那你要带谁?"

宋安如反问:"你家住海边?"

两人的对话虽然没有一丝暧昧,但仅仅是站在一起,就让人忍不住浮想联翩。

年玉主动道:"沈南辰,你也和师姐一起来吧!"

"好,谢谢邀请。"沈南辰倒也不推辞,应下来后,捏着宋安如的帽檐,"太晒了,去树荫下面吧。"

"拿开你的手。"宋安如拧眉看了他一眼,沈南辰识趣地松开手。

宋安如明明满脸写着"我不好惹",却还是跟着走了。

年玉和身边的女孩看得满脸笑容,又开始小声讨论起来。

"他们两个感情真好!"

"别看沈南辰看起来笑眯眯,很好相处的样子,其实只有对上宋师姐时才不一样。"

"我也发现了!"

"年玉,我可以去参加你的生日宴会吗?我也好想去。"

…………

直到完全听不见身后隐隐的议论声,宋安如才觉得自在许多。原本走在她前面的沈南辰不知道什么时候已经在她旁边，她偏头看一眼，他正盯着前方，一副若有所思的模样。

不知道有没有听到别人的议论。

似乎感觉到了她的注视，沈南辰侧过头，迎上她的视线，嘴角不受控地挑起："话说回来，她们的眼神还不错，看出我和师姐关系好了。"

原来是听见了。只是听到了，为什么一点反应都没有？

宋安如瞪了他一眼："好什么好。"

她冷着脸瞪人的时候，很像小孩耍性子，唇微微翘起，脸颊看起来很好捏。

沈南辰努力忍住笑："师姐以后别这样瞪别人。"

"关你什么事。"宋安如又瞪了他一眼，甚至还翻了个白眼。

"因为师姐冷着脸瞪人的时候……"沈南辰终究没忍住，伸手在她脸上捏了一下，"就像在撒娇一样。"

话落，他像是预判了宋安如的动作，松开手往旁边躲了下，恰好躲开了她挥过来的手。

宋安如炸毛了："沈南辰！"

"在。"沈南辰懒洋洋地应声，扬起的嘴角代表着他心情很好。他将手伸到她的面前，"没打着也生气？现在不仅冷暴力我，还要家暴我？"

宋安如被他的话呛了一下，暗暗收回原本要落在他手背上的手。

"你不知道意思就不要乱用词。"

沈南辰的眼珠很黑，总是亮晶晶的，盯着人看的时候，会给人一种很深情的感觉，笑起来时，狭长的眼尾微微眯着，又多了丝痞意。两种感觉在他身上，却一点也不违和。

宋安如撇开脸，走到常去的一棵树下坐着。沈南辰习惯性地坐在她旁边的位置："刚才一直想问你一个问题。"

宋安如："你闭嘴。"

沈南辰伸手拽了一片树叶，叶尖在她后颈处戳了戳："怎么办，问不出答案，我心情就不会很好，心情不好，我就会……"

深谙这人品行，宋安如耐着性子，拽过树叶一把丢掉，打断他："你问。"

沈南辰撑着脸盯着她，问："你都不认识年玉，怎么想去参加她的生日宴会？"

"见个人。"

"见谁？"

宋安如觉得这也不是什么不能说的，脱口而出："年斯霖。"

作为本地人，还是沈家的继承人，沈南辰并不陌生这个名字。

"年斯霖？"他眯了眯眼，声音略沉，"你认识他？找他有什么事？"

宋安如没注意到他微变的语气，不走心道："不认识，没事。"

"哦。"他的语气恢复了往常的漫不经心，"那为什么要去见他？"

"夏桐想……"宋安如止住了话，搞不懂自己为什么要给他解释这么多，"不该问的不要问。"

沈南辰大概猜出了内幕，说："你的朋友喜欢年斯霖？要我帮忙制造机会吗？"

宋安如一脸不信："你能？"

"应该吧。"

沈南辰并没说得很肯定。来学校前，一家人吃饭的时候，他听哥哥沈铭提过，集团下的公司有一个项目正在招标，来竞标的几个公司里，沈铭最看重的便是年氏。到时候让沈铭知会一声年斯霖，就说他代表沈氏，要和年斯霖初步聊一聊，也不是不可以。

"你有多大把握，能把他约到四下无人的地方？"

沈南辰撑着左手，朝她靠近了一些，了然道："你打算把人打晕带走，送给你的朋友？"

宋安如在脑海里衡量了许久把人打晕带走的后果，不赞同道："犯法的事我从来不做。"

"那怎么办呢？我猜年斯霖应该不是很想见到你朋友对吧？就算约在没人的地方，也没用。"他的声音里带着惋惜，面上却丝毫看不出，反而一副"等着你来问我"的模样。

宋安如摸准了他的个性，知道他有办法："有什么办法就说。"

沈南辰干脆坐到了她的身边，两人隔着不到一个手掌的位置。

"如果师姐愿意答应我一个要求的话，我有百分之百的把握，给他们创造一个好好说话的机会。"

宋安如有点茫然，明明是夏桐的事情，怎么就成她答应要求了？想到夏桐对她那么好，她忍着暴脾气问："什么要求？"

"年玉生日宴会那天，我和你一起出席？"

宋安如家里是做生意的，她从小到大被迫参加了不少宴会。男女一起出席，要么是很好的朋友，要么是一对，总之都是关系比较亲密。两人才认识不到一个月，也没熟悉到这个地步。

宋安如："你不能自己去，没长腿？"

沈南辰盯着她看了几秒，缓缓道："我这不是一个人害羞嘛。"

"你害羞？"

她都没见过脸皮这么厚的。他如果害羞，宋安如都找不出不害羞的案例。

沈南辰指了下她的脸和耳朵："实不相瞒，如果不是我天生不显色，现在和师姐说话，我应该面红耳赤、心跳加速。"

他顿了顿,视线落在自己的胸口:"不信的话你摸摸。"

宋安如哑口无言。

活了二十年,第一次见到有人能一脸温柔大度地说出这种话。不知道为什么,她有种被调戏的感觉。

沈南辰再次邀请道:"真不摸摸?"

"你到时候打算怎么做?"宋安如几乎是咬着牙发出的声音。

"这种小事情到时候再说。我们现在该讨论的是,师姐对我的衣着有什么要求吗?"他一脸"你有什么要求我都能满足"的模样。

宋安如知道他既然这样说,就是有百分之百把握,也就不纠结追问。

年玉的生日宴会,年家不仅会请商场上的朋友,也会请很多同学。

宋安如:"不能丢人,最高配置,还得好看。"

"好。"沈南辰想也没想便同意。

宋安如忽然有点后悔。一想到他"穿金戴银",像只花孔雀一样站她旁边,被同校学生一起围观……指不定传些什么乱七八糟的八卦出来。

画面不敢细想,她道:"算了,你还是随便穿吧。"

沈南辰莞尔:"肯定不给你丢人。"

看他似乎有些坚持的样子,宋安如想了想,反正也没穿在她身上,便说:"随便你。"

离返校还有几天的时候,每天军训完后,升旗手还会集合训练升旗仪式。

这一次的军训结束阅兵,京公大以及所在部队所有领导都会出席。总指挥高度重视,对旗手的要求也很高。国旗护卫队一共有三十六名选手,除了宋安如以外,身高都超过了一米八。

培训第一天,到场地集合的时候,宋安如的视线范围内全是比自己高的,这种局面让她很不舒服。

她是营长钦点的擎旗手。这个位置的人需要擎旗、撒旗、收旗。可以说所有人的视线跟随国旗的时候,都会落在擎旗手身上。因此这个位置对身高的要求也会比其他位置严格一些。

宋安如作为人群中最矮的一个,让训练升旗仪式的陈教官有点为难。

好在擎旗手出场时扛着国旗走中间,只要两边的护旗手身高一样,看起来还是比较和谐的。

"有没有自荐当护旗手的?"

陈教官问出这句话,没有人举手,好几个男生的视线都朝着沈南辰的方向看去,并伴随着隐隐的笑意。

陈教官跟着看过去,在看到沈南辰时,眼睛微微发亮。身高接近一米九,长相还是难得一见的好看,简直是为了当门面而生的。

陈教官收回视线，随手指了下沈南辰："既然没有人自荐的话，我就随便点，就你吧。"

话落，他扫视了一圈，又选了一个身高和沈南辰差不多的："你们两个出列。"

一个擎旗手和两个护旗手就这样定好了。宋安如看到沈南辰的那一刻，有一种这人怎么无处不在的感觉。

她的眼神过于直白，沈南辰想看不懂都难。他站到她的身边，低下头，压低声音道："师姐你也看到了，这可不是我主动的。"

不是主动的意思，是不想和她一起升旗？宋安如刚有这个想法，还什么都没说，沈南辰就像是猜到了一样，又道："不过能和你一起升旗，我很荣幸。"

特训开始后，宋安如遇到了来部队后最大的难题。她没什么音乐细胞，也从来没有当过升旗手，更别说非常重要的擎旗手。

她扬旗的时候，角度和姿势以及对音乐的卡点总是不对，陈教官在她耳边反复讲了很多次理论，她都领悟不彻底。扬旗时好几次扬在自己身上，又或者是沈南辰身上。整个队伍也因为她的失误，进度一直停滞。

她平时不常犯错，在学校里也算得上个"传说中"的人。

同学们很稀奇地围观她难得一见的不顺，没有不耐烦，好几个人甚至还跃跃欲试地指导她的动作。

"师姐，你卡点没对，好几次都扬早了。"

"你扬完旗后，手臂应该略停会儿，再迅速恢复立正姿势。"

"宋安如你要看准时机啊，沈师弟升到适当高度的时候，你就利落地抓住旗角往斜上方使劲扬就行了。"

到这里，讨论声都还很正经，人群中不知道谁扯着嗓门喊了句："沈南辰，这就是你的不对了。你就不能卡住节奏，给你的师姐一点示意吗？"

吃瓜群众起哄的笑声四起。

宋安如难得遇到一件事情一直做不好，还是在被别人围观的状态下，她有点暴躁，脸上的表情越来越冷。

沈南辰不急不缓地笑道："都是我的不对。你等会儿看我的提示，多几次就掌握节奏了。"

宋安如第一次掌握不住节奏的时候就看过他，企图用眼神求助，却并没有从他那里得到帮助，她有点脾气地质问道："你刚才怎么不提示？"

"师姐你得讲道理，不是我不帮忙，我也是第一次参加升旗仪式。"

宋安如有些惊讶："你是第一次？"

沈南辰整理着手套，白色的布料包裹着细长的手指，给人一种高不可攀的感觉。他的表情放松，穿着旗手衣服，整个人看起来严谨中夹杂着一丝散漫。

"对啊。第一次就是和你一起。"

这话怎么听怎么怪，又找不出毛病。

周围的人越说越起劲，陈教官有点看不下去了，朝说得最起劲的那个男生道："我看你很懂啊？纸上谈兵。"

"陈教官，我可不是纸上谈兵！"那男生愤愤道，"您不记得我了吗？我是去年的擎旗手李鳌啊！您还夸过我扬旗扬得好来着！"

陈教官盯着他看了好一会儿："我就说看着有点面熟。我记得去年光是教你扬旗，都教了半个小时。你来给宋同学做个示范，再讲讲你的心路历程。"

伴随着同学们的爆笑，李鳌抓着脑袋，走到了升旗台上。面对旗杆旁两人的共同注视，他的腿忽然就有点重。

沈南辰好笑地拍了下目光炯炯盯着人家的宋安如："让他示范吧。"

"哦。"

宋安如双手把国旗递给李鳌，站到沈南辰的旁边，看他和李鳌配合。

不得不说，有经验的就是不一样。李鳌各方面都做得很好，一曲结束，得到了教官由衷的表扬。

宋安如回想着刚才李鳌扬旗的动作。

她不说话沉思的时候看起来更冷，教官以为她因为做不好郁闷，安抚道："你就照着他刚才那个角度扬旗就行。别紧张，这小子去年学的时候，还同手同脚闹出不少笑话，你至少没有同手同脚过，比他好多了。"

护旗队里有去年参加过的学生，有个人附和："对啊，李鳌去年扬国旗的时候同手同脚就算了，还紧张得两只手一起扬。"

"学校贴吧里现在都还有他双手双脚一起扬国旗的视频。"

"实不相瞒，我每次心情不好就看他的视频，能乐死人。"

宋安如盯着李鳌一脸沉思，沈南辰偏着头，挡住她的视线，问："在想什么？"

宋安如一脸疑惑："双手双脚怎么同时扬？"

"所以你就好奇到一直盯着他看？"

"不能看？"

"倒是可以看。不过再看下去，我估计李鳌会觉得你喜欢上他了。"见她一脸不以为然，沈南辰用肩膀碰了她一下，"从你刚才盯着他开始，他耳朵可见地变红，现在连脖子都是红的。"

宋安如虽然盯着李鳌看了许久，却真没发现一丁点异常。听他这样说，她朝李鳌耳朵和脖子的位置看过去，和煮熟的虾有的一拼。

李鳌被她炯炯有神的视线盯得有些扭捏，走到她面前："师姐，你来试一试？"

"嗯。"宋安如拿回国旗，又看了眼他的红耳朵，"不要多想，我看你不是喜欢你。"

李鳌被她突如其来的话打了个措手不及。

宋安如指着他越来越红的耳朵，很严肃地解释："我只是好奇。"

李鳌愣住了，不知道她好奇什么。

沈南辰忍着笑拉住宋安如，捂住她的嘴："她就是好奇你同手同脚扬国旗的画面是什么样的，没有恶意。"

"啊，我知道的，我知道的。"李鳌连忙尴尬地离开现场。

宋安如长这么大，第一次被异性捂嘴，反应过来，把沈南辰的手甩开，呸了几下："你做什么！你今天上厕所洗手了吗？"

"放心，洗得干干净净。"沈南辰笑了好一会儿才缓缓道，"师姐，你平时说话都这样吗？"

宋安如盯着他的手看了好几眼，仿佛在确认干不干净。她语气不善："你有意见？"

"没意见。就是觉得你很厉害。"

不弯弯绕绕，直白得像根棒槌，能平安长这么大也是不容易。

宋安如对上他脸上的笑，觉得这话是在讽刺她。场合不对，她挑了挑眉，不理会他。

再一次练习，沈南辰掌握了正确节奏，应该扬旗的前一秒，给了宋安如一个眼神提示。宋安如这一次扬得很好，两人配合默契，总算是没有任何失误地把国旗升起来了。

接下来的练习中，沈南辰都帮她卡点，没练几次，宋安如就能完全掌握住节奏。

解散后，大伙儿都很有眼色，没有人凑到宋安如和沈南辰跟前，两人理所当然地又一起回寝室。

沈南辰拧开了一瓶水，递给宋安如，等她接过开始喝后，他才喝自己的。两人相处的氛围格外和谐。

直到即将在寝室楼大门口分开，沈南辰拉了一下她反扣的帽檐："等等。"

宋安如停下，转头疑惑地盯着他。

沈南辰将她的帽子揭下来，仔细打量她额头上的伤口："看来这个药有些效果，你多擦点，明天我再让人送些进来。"

宋安如想说他两句，奈何他给的药是真的有效："药够用，你以后别随便揭我的帽子。"

"为什么不能揭？"沈南辰拿着她的帽子扇了扇，淡淡的洗发水香气浮动，给炎热的天气增添了几分躁动。他停住动作，"难道放在古代，揭了就得八抬大轿娶你回家？"

宋安如磨牙:"放在古代,你会被浸猪笼。"

"这么严重吗?"沈南辰又开始用她的帽子扇风,"我只揭过你的帽子,也要浸猪笼吗?"

宋安如故意板着脸,拿回帽子:"管住你的手。"

"师姐可真凶。"沈南辰叹口气,取下自己的帽子。

两人像是心有灵犀般一起扇,动作出奇一致,就连挥动帽子的频率都一样,随后心有灵犀似的各回各寝。

军训最后几天,大家已经完全适应了训练强度。

宋安如每天过得很充实,训练完后不仅要去排练升旗仪式,还要排练颁奖仪式。京公大历年来军训完都有个流程,每个班需要选一个大一新晋的优秀标兵,然后让往届优秀标兵给其颁奖,以示传承。

沈南辰凭着最高呼声当选了七班新晋优秀标兵,宋安如当即被全班同学推上了颁奖者的位置。

原本只有训练时才能见到的人,休息时间既要一起排练升旗仪式,还要一起排练颁奖仪式。宋安如有种沈南辰无处不在的感觉。

好在时间过得很快,一眨眼,就到了军训结束验兵的日子。

验兵仪式上,每个班进场后,升旗手去更衣室换衣服。

宋安如换好衣服,往外看了一眼。操场上全是人,伴随着整理队伍时的吼声,心理素质过硬的她忽然有一点紧张。

她对音乐一向不擅长,因此扬旗的时候,稍微一个不注意就会踩错节奏。昨天最后一天排练,总共练了十次,她就错了两次,五分之一的犯错概率,还真的不小。这辈子第一次在几千人面前升国旗,饶是她心理素质再硬,也有些担心。

旗手们几乎都到位了,教官在挨个儿检查大家的着装。

沈南辰正在和其他同学聊天,宋安如见他几乎都在听别人说,偶尔漫不经心地回应一下,和跟她在一起的时候大不相同。

升旗手中除了她,全是一米八以上的大高个儿,礼兵服穿在大家身上,都很好看,沈南辰却凭着那张脸"杀出重围",让人轻易移不开视线。

宋安如揣着心事到集合地点,刚走到人群的视野范围内,明明在听别人说话的沈南辰像是心有灵犀似的,抬头看了过来。

四目相对,他原本兴致缺缺的脸上忽然扬起浅笑:"师姐穿这身真好看。"

周围几个男生在看到她的一瞬间,也不禁赞扬。

"哇,帅死了。"

"宋师姐不愧是咱京公大的校花啊!又美又飒,和普通的校花就是不一样。"

"宋安如来笑一个,校花竞选榜上,你那张偷拍的照片太糊了,我代表京公大全体同学给你拍张新的。"

…………

宋安如没理会大家的调侃,走到了自己的位置上。

沈南辰研究了下她的表情:"不开心?"

宋安如深知越不理会他,他越来事的性格,敷衍道:"没有。"

沈南辰失笑:"有没有人说过你的脸藏不住事情?"

"没有。"

沈南辰递了一颗糖给她:"别担心,你已经做得很好了。"

是她最喜欢的同款草莓奶糖。

"你怎么有这个糖?"宋安如接过,拆开塞进嘴里咬碎,"昨天错了两次。"

"秦知意说你会紧张,让我给你的。"沈南辰安抚道,"不怪你,是我节奏错了,连累你也错的,等会儿给你提示。"

宋安如无语:"几千人盯着,你怎么提示?"

"我眨眼睛的时候,师姐就扬旗?"沈南辰指了下她的银色绶带,低声道,"有点歪了。"

宋安如调整着绶带的位置:"你要是眨眼很频繁,我不得照样错。"

"那能怎么办呢?"沈南辰帮她将绶带归正,似笑非笑道,"为了你,我只能忍着不眨眼睛。"

宋安如觉得一股气血直冲头顶,头皮发麻。没等她反应,身后传来一阵憋着笑的咋呼声。

"对对对,就是刚才那个笑,妥妥的新一届校草照出炉。"李鳌举起手机,朝着两人拍个没完,"沈南辰,你再靠宋师姐近点,眼睛看看我好吗?别一直盯着她,我给你俩拍个正面同框照。"

沈南辰难得有求必应,不仅靠到宋安如身边,还将脑袋微微朝她的方向偏了一些,看起来十分亲密。

宋安如冷冷地盯着李鳌,倒也没有要走开的意思。

李鳌自发解释成她默认了,于是拍得更起劲。他不太敢指挥宋安如,只得朝沈南辰道:"你现在这个一看就是假笑,要刚刚那样的笑。"

沈南辰对着他不太笑得出来,倒也配合地勾了勾嘴角。

李鳌摆手:"不是这样笑的。刚刚你盯着宋安如三分宠溺七分温柔的那个笑太绝了。可惜我刚才焦距没调好,拍糊了。"

沈南辰若有所思地收回视线看向旁边,颇为用心地揣摩了一下所谓的"三分宠溺七分温柔"。大家的视线也被这处的动静吸引过来,男生们调侃的话一句接一句。

"沈南辰你不行啊，没看过'霸道总裁爱上我'这种剧吗？"

"你俩太生疏了，一起军训这么久了，搂个肩不过分吧？"

"大学了，男女保持距离已经是过去的事情了，好，现在允许你们'友好'地抱一下。"

....

大概是这一个月里关于他们的绯闻一出接一出，大家嘴上越来越没把控，说的话也渐渐越界，宋安如难得感到有些尴尬。

有人解围道："我们都知道是拍照片所需要的，你们是被迫的。"

"对，被迫合照。特别是宋师姐，她是极度不愿意，都是我们强迫的。"

宋安如稍稍抬起手，准备制止李鳌拍照的行为。沈南辰刻意压低的声音在耳畔响起："刚才怎么笑的我忘记了。师姐给我讲讲'三分宠溺七分温柔'是怎样的？"

宋安如脑袋宕机了一瞬间，手下意识地转了个方向，抵在他的脸颊上将他推开："我不知道。"

她的声音不像平时那般冷静。

沈南辰看着她故作淡定的样子，没忍住笑了出来。

李鳌笑得合不拢嘴："对对对，就是这样笑的！宋师姐的表情也到位，像极了恋爱中恼羞成怒的女主角！"

手掌下的皮肤细腻，还冰冰凉凉的，手感十分好。宋安如没顾及这感受，转头死死地盯着李鳌："你再说一遍，像什么？"

李鳌立马将手机装进包里，生怕慢一秒就被没收："像……像……"

"像什么像？没听见马上要进场了吗？滚回你的位置站好。"陈教官骂骂咧咧地走过来，视线扫了扫第一排三人的着装，最后停在中间，"宋安如，你耳朵怎么这么红？按照平时训练那样来就行，没问题的。"

旁边传来含着愉悦的轻笑，宋安如按住下意识就要去捂耳朵的手。总觉得这人什么都知道，要是捂上去，就此地无银三百两了。她板着脸生硬道："第一次当升旗手，紧张。"

后排的男生又开始发出一阵笑声。

陈教官训斥："笑什么笑？"

李鳌表情贱兮兮地道："教官，第一次当旗手，我想笑一笑，缓解紧张！"

国旗护卫队的同学们异口同声地附和："我也是！"

"你去年不是来过吗？"陈教官丝毫没领悟到大家的笑点，"行了，准备出场。"

"立正——"

"稍息——"

"向右看齐——"

"向前看——"

所有的人都收敛了笑意,严肃且安静地听指令调整队伍。宋安如松了一口气的同时,又悬了一口气。

队伍要出场的时候,她的衣袖被轻轻碰了下,一道低沉的声音传来:"我们师姐就是太显色了。"

阳光划破云层,光渐渐洒在操场上,带起一阵暖意。宋安如忽然觉得礼兵服穿在身上好热,是被沈南辰气得血气上涌导致的发热。

不过因为他这一打岔,她倒是不怎么忐忑了。

陈教官的声音铿锵有力,宋安如深呼吸了一下,调整好状态,抱着国旗,领着所有人朝着升旗台走去。

这一次,她的节奏把握得特别好,扬起国旗的那一瞬间,她也收到了沈南辰的眼神示意。在这样庄严的氛围中,明明都很严肃,她似乎能从他格外亮的眼睛中看到惊艳。

升旗仪式结束后要走其他流程,升旗手需要换衣服归队。宋安如有些亢奋,靠在更衣室走廊的墙上,大脑呈放空状态。

沈南辰换好衣服出来,就看到她在走廊尽头的女更衣室门口,面无表情地盯着对面的墙看。他朝她走去,直到走到她的身边都没被发现。这对于一个禁毒学专业的人来说十分稀奇,更别说在这个专业中数一数二的宋安如。

沈南辰抬手在她眼前晃了晃:"在想什么?"

宋安如条件反射地捉住他的手往肩上一扛,准备来个过肩摔。

"是我。"沈南辰抓住门把手才避免被她摔出去。她的劲是真的很大,他在心里暗暗惊讶,长着这样一张无害且漂亮过头的脸,武力值却这么高。难怪大三同专业的学生一提到宋安如,都说她格斗课上将很多人揍着玩。

"你在这里做什么?"

眼前的人已经在她脑袋里盘旋好一会儿,突然出现在面前,宋安如有种被人抓包的心虚。

"方教官说十分钟内必须赶回七班。"沈南辰打量了下被她盯了许久的墙,"或许这面墙有什么玄机?你已经盯着看了好一会儿,眼睛都没眨一下。"

军训期间,很多人调侃过她和沈南辰的关系,之前宋安如都不放在心上,更别说因此害羞。刚才被李鳌拍照,再被同学们起哄的时候,想到今天过后,和沈南辰就不会在一个班了,她有了一种奇怪的感觉。

沈南辰已经换回了作战服,此刻侧着脸,疑惑地观察她,过分优越的五官将造物主的偏爱展示得淋漓尽致。

"少管闲事。"宋安如看了他两眼,那种奇怪的感觉更甚,她拧开更衣室门把,进去后直接拍上了门。

沈南辰摸了摸鼻子,好一会儿后,无声地笑了。

验兵流程差不多花了一个小时，所有的领导讲完话后，就该轮到最后的颁奖仪式。

上一届优秀标兵给新一届优秀标兵颁奖的时候，有一个小环节，是用一句话鼓励传承。

彩排的时候，宋安如给沈南辰的传承语录，是她听太多人说过后记住的"愿你心无旁骛，光荣启程"。就她所了解，大家几乎都是这样说的，不会考虑你的专业，也不会考虑你实际的理想。

"陈兆和。"

"方延。"

....

"沈南辰。"

总指挥照着名单点名，被点到的人在讲台上依次排好。

宋安如看着讲台上的沈南辰，第一天来部队的时候，他那句"想帮离开的人找真相"，她一直都记得。

他的性子并不如长相那般亲切，宋安如自认为是一个表里如一淡漠的人，但她觉得沈南辰实际上比她更淡漠。可就是这样一个人，他说那句话的时候，眼神很不一样。

对法医系的学生留传承语，应该留什么更好呢？宋安如绞尽脑汁，想得很认真。眼看着新一届的优秀标兵全都站到讲台上了，她却还没想到好的说辞，不由得急躁起来。

主持人比了个上台的手势。宋安如朝着沈南辰看了一眼，刚好对上他的视线，依旧像以往一样，他的眼睛里带着让人舒心的笑意。纠结了许久的情绪散去，脑海里忽然就有了想说的话。

走到沈南辰的面前停下，随着口令，转身面对他。宋安如拿起托盘上面的绶带，正要踮脚给他戴上，他就弯下了腰，她把绶带的上端绕过他的肩膀。沈南辰偏过脸，视线所及范围内，是她认真给他整理绶带和衣领的模样，依旧有一种不知道该怎么形容的可爱。

宋安如成功地帮他戴好绶带，对上他目不转睛的视线，她"呵呵"两声，企图压住内心的不平静："看什么？"

"当然是看你。"

低沉的声音压着闷闷的笑，萦绕在耳畔，宋安如把托盘里的奖状递给他，朝着他敬了个礼，后退一步站好。

音响里传来主持人引出传承环节的话，话筒从最左边的颁奖者开始传递。第一个说话的往届标兵明显有点紧张，气息十分不稳，还有些破音："闻师弟，师兄在此告诫你，道阻且长，行则将至！行而不辍，未来可期！"

台下隐隐传来一些压不住的笑声，身边其他学生的表情也都怪怪的，明显憋着笑。宋安如想着自己新想出来的传承话，掂量着到底行不行，压根没注意。

她明目张胆地走神，话筒离两人还有十几个人的位置。沈南辰发出一声轻响，企图引起她的注意。奈何她眼皮都没动一下，依旧沉浸在自己的思绪里。

沈南辰好奇她究竟在想什么，那么入神。他思索了下，压低声音问："师姐是因为我害羞了？"

听到这句话，宋安如原本微垂的眼皮掀开，盯着他，眼神很凶，像被人点燃的炮仗，却依旧没理会他。

沈南辰好奇道："这样看着我，是因为被我说中，恼羞成怒了？"

不得不说，他深知惹毛她的步骤。

"谁恼羞成怒了？"

沈南辰："那为什么都不敢看我？"

宋安如扬起下巴："我什么时候不敢看你了！"

沈南辰："刚刚，一直低着头。"

"我刚刚是在想……"宋安如停住话，心想凭什么向他解释，随即理直气壮，"专注自身，少管闲事。"

"哦。"沈南辰了然地点头，"又恼羞成怒了。"

此刻话筒已经传递到离两人只有四个人的位置。所有人的视线都集中在台上，有点小动作很容易就会被发现。

宋安如抿唇，任由他如何眼神挑衅也不理会。她心里想着就用以前彩排的话不换了，可话筒传递到她手上的时候，看着沈南辰的眼睛，脱口的传承语依旧变成了她思来想去的那句简单得没什么新意的话。

"沈南辰，我宋安如在此希望，你往后能平安地寻得每一个任务的真相。"

那么多传承语，有鼓励的，有展望未来的，有祝福的……唯独没有谁在这种场合说"我希望你平安"。

沈南辰怔了一下，见她握着话筒的手紧紧的，心口像被人撞了一下，悸动不已。

他忽然就笑了，是宋安如没有见过的那种舒心笑容——眼睛很亮，轻易就能看出来心情是真的很好。

第四章 /
暧昧

颁奖仪式结束，这一次军训算是画上了完整的句号。

解散后，各班自行安排，方教官领着七班的同学找了处角落集合，给大家道别。大三的学生第三次经历这种场面，除了偶有几个多愁善感的红了眼眶，其他的都还好。大二的与之相比起来要激动一些。大一的学生情绪最饱满，许多人哭了，不停地说着不舍。

沈南辰嘴角带笑地站在里面，依旧像个异类。

他身边的男生忍住情绪，擦了把眼泪，见他一点难过没有，忍不住吐槽："沈南辰，你有没有心啊？一起同甘共苦了一个月，咱七班要散了，你还笑得挺开心的。"

沈南辰不怎么走心地道："不都在一个学校？"

"这能一样吗？军训班的学生都是大一到大三所有的班级抽调组成的，能在一起这是多大的缘分啊。况且学校那么大，每个系隔得老远，平时要碰个头得靠运气好。这一分别，很多人可能大学几年都碰不见。"

"确实是很大的缘分，这样也能在一个班。"沈南辰若有所思地朝左上角方向瞥去。宋安如正顶着冷脸，看着教官情绪低落地说不舍。

周围的女生情绪都很低落，她一脸认真的模样，和他一样像个异类。

"对吧，你也觉得这是缘分。这都要分开了，你是怎么笑出来的？"

那男生没等到回答，吸了下鼻子，撇过头。沈南辰盯着左前方，就连眼里也都染上了笑意。他跟着看过去，看到了宋安如，顿时有种吃了两百斤狗粮的感觉。

"你还笑得出来？今天咱这个班解散，你俩以后见面都不方便。"

沈南辰收回视线："怎么说？"

那男生忍不住嘟囔道："你们法医系离师姐他们系隔着四栋教学楼，远着呢。"

沈南辰想了想，微微皱眉，确实有点远。

那男生沉思片刻后,突然道:"宋师姐没课的时候,经常去学生会找秦主席。学生会的办公楼和你们教学楼挨着的。"

沈南辰诧异:"经常去?"

那男生点头:"嗯。我们部门离主席办公室很近,一周五个工作日,宋安如起码有三天都要去。"

沈南辰倒是不觉得宋安如是为了找秦知意才去的。能让她这么积极,应该是学生会有什么她喜欢的。他问:"她去学生会一般做什么?"

"不清楚,每次都窝在主席办公室,有时候主席不在她也去。就这么说吧,比我这个正儿八经的成员都去得勤。"

沈南辰了然,肯定是办公室里有什么吸引她。

两人有一句没一句地聊着天,没一会儿,七班就解散了,许多同学眼睛都是红的。沈南辰准备找宋安如一起离开,发现她被临时寝室里几个女生以及年玉拉着。

几人一边走,一边说着什么。被簇拥在中间的宋安如忽然往后看,沈南辰对上她的视线,朝她眨了下眼睛,她板着脸,将头转回去。

沈南辰觉得特别可爱。

刘博宇难得见他一个人,立马凑上前:"给我也眨个眼呗。"

沈南辰似笑非笑地看了他一眼,没搭理。

刘博宇的调侃并未停下:"刚才的传承语,我们可都听清楚了,我听说宋安如要给你的话不是这句吧?"

沈南辰:"哦?听谁说的?"

"彩排的又不止你们两个,都在讨论宋安如彩排的传承语,是历届学生中出现率高达90%、文绉绉且毫无新意的话。可今天她颁奖时明显在走心。"刘博宇说着,语气越来越酸,"她大二也颁奖,据传承语和比她先颁奖的那个人差不多,明显就是现场照搬。你说她一个脑子都不想动的人,又是祝你平安,又是祝你每个任务都寻得真相。我也是第三年看军训颁奖了,还是第一次听到祝愿对方平安的。"

沈南辰给宋安如发了一条消息过去。远远看她翻了会儿手机,回过头,目光精准地落在他身上,并且狠狠地瞪了一眼。

他忍着笑:"第一次?"

"对啊。"刘博宇凑到他面前,看了眼他的手机屏幕,只见上面的对话框正巧是宋安如的。

S:听说师姐今天的传承语用心又独特,是特意为我想的。

宋:滚。

刘博宇感觉被塞了口狗粮。是谁说的宋安如高冷,但从不骂人……

沈南辰收起手机,徐徐道:"别人应该也有的,只是你们没注意。"

"你把嘴角压下去再说这话可能更具有说服性。"刘博宇无语又羡慕地戳戳他的肩膀，"其实我有点好奇，宋安如话那么少，你们平时聊些什么。我看她回你消息，也不是很友好。"

"确实不太友好，总是翻我白眼。"

"你是在炫耀，你在她那里的待遇和别人不一样？既会骂你，还会翻你白眼？"

"还打过我，非正式场合。冷暴力也经常，不是高冷的那种。"沈南辰仔细想了想，又道，"也嘲讽过我。"

"你还挺以此为傲？"

"其实她还把我拉过黑名单。我听说，她连一天几十条朋友圈的广告贩子都没拉黑过，却拉黑了我。"

"所以你做了什么？"

"做了什么，"沈南辰勾了勾嘴角，"不太方便说。你见过她对别人这样吗？"

"行了，我知道你在宋安如心里与众不同了。"刘博宇无语地看了眼他，"别再散发你的魅力了，她又看不到。"

一个小时后，学生们都收拾好行李，按照专业排队，在校门口上车。

宋安如将行李箱放到车上后，给辅导员打了个招呼，准备离开。

辅导员袁庆将她喊到角落里，担心地问："你要去办什么事？这附近很难打到车，要不还是坐大巴车吧？我让师傅送你一程。"

宋安如将鸭舌帽压低一些，摆手："谢谢袁老师，不用。"

"那行吧。"袁庆见她的确不像在客气，只得说，"你办好事，快点回学校。"

"好。"

车上的秦知意支着下巴，若有所思地看着宋安如消失在一条小路上。

夏桐挽着她的胳膊，眉头拧得紧紧的："三三每年军训结束都请假去哪儿啊？"

秦知意将夏桐的脸推开："不知道，她不说你就别好奇。"

"哪有好奇，我就是担心她。"夏桐撇嘴，"不知道是不是错觉，我总觉得她每次背着我们出去，回来的时候心情都不是特别好。"

秦知意沉默了两秒，扯开话题："话说回来，她一会儿忙完事，应该会直接去年玉生日宴会。我听说沈南辰也要陪她去。"

夏桐："什么？她还带沈南辰去？我求她好久她才带我去的，沈南辰凭什么啊？"

秦知意继续扎刀："沈南辰还要和她一起出席哦。"

宋安如走了一个小时的路,才到云京市烈士陵园。她熟练地穿梭在陵园里的小道上,最后停在了一片无名碑的区域。

一大片无名碑密密麻麻、整整齐齐,墓碑上红色的五角星格外闪耀,上面刻着一句话:你的名字无人知晓,你的功绩与世长存。

宋安如先在公共祭奠区祭拜,将买的花放了一大束在那里后,抱着一束小的,敬畏地穿过一排排墓碑,停在某处。她将花从其中一个墓碑开始放,放了十三个墓碑,又用毛巾将每个墓碑擦了一遍。

"明天又是您生日了,生日快乐。我也不知道具体哪个是您,只知道您在这十三位里面。拿不了那么多花,就买了一束小的,给您和其他叔叔阿姨一人分一朵。"

宋安如在烈士陵园待了两个小时才离开。她打车回了妈妈在云京市给她买的房子,洗个澡,换身衣服,准备睡觉的时候,看了眼手机。沈南辰和夏桐都发了消息过来。

烦人精:一会儿我来接你?

夏桐:老大说你要和男妖精一起出场?行吧,你个重色轻友的。我不管,我下午七点钟在酒店大门等你们,别想抛下我。

宋安如给夏桐回了个"好",她搜了下酒店,离她住的地方开车需要四十分钟,索性就把小区定位发给沈南辰。

她睡了一觉,醒来的时候是六点,离和沈南辰约好的时间还有十五分钟。她从衣柜里随便拿了套黑色连帽卫衣套装,又拿了个黑色鸭舌帽戴着出门。

到小区大门的时候是六点十分,门口不远处停了一辆眼熟的豪车,是开学时沈南辰坐的那辆。

她朝着车子走过去,还没走近后排,车门就打开了。沈南辰朝她招了招手,说:"过来。"

宋安如怎么也没想到,这人也穿着一身黑色连帽卫衣套装,重点是也戴了个黑色鸭舌帽。

她愣了一瞬间,这要说不是故意穿的情侣装,宋安如自己都不信。

沈南辰笑眯眯地打量她的穿着,满意地点头:"不愧是师姐,轻易就能猜到我要穿什么。"

宋安如冷哼一声,质问:"你为什么穿成这样?"

她的神情还有些恹恹的,明显是没睡够。沈南辰看了下手表:"两个小时前我就换好衣服了。师姐应该刚睡醒换好衣服下来的吧?"

撞衫不可怕,谁后穿谁尴尬。

宋安如停在车门外,顿时就想回去换一套。要是穿成这样一起去年玉生日宴会,有关两人的流言还不知道会传成什么样。虽说她也不是很在意,但流言这种东西,能少一点总归是好的。

就在她估算回去换衣服需要多久时,沈南辰的手指在车窗处轻轻叩了两下:"我都不怕,师姐是在怕什么?"

这话怎么听上去像在挑衅?

宋安如直接上车关门,在他身边坐下后,余光看到他那身衣服又有点不自在,主动解释了一句:"我出门随便穿的。"

"是吗?"沈南辰的语调故意上扬,"我还以为你让秦知意问了小白。"

他的脸上就差写着"我知道你想和我穿一样,但我看破不说破"这句话。

实际上中午返校的时候,沈南辰无意间往禁毒学班级聚集地看了眼,大家都穿着军训服上了返校的大巴车,唯独宋安如一身黑衣脱离大部队,让人想不注意都难。于是下午换衣服的时候,他也挑了一身黑。以防万一,又放了一套礼服在车上备用。没想到再次见到宋安如,她虽换了衣服,却还是一身黑。

宋安如很无语:"胡思乱想是一种病,得治。"

"噗——"驾驶座传出一声压低的轻笑。

宋安如看过去,开车的男人是开学那天送沈南辰去学校的那位。他依旧西装革履,一丝不苟,脸上的表情很严肃,以至于宋安如都怀疑刚才的笑声不是他发出来的。

沈霄恭敬地打招呼:"宋小姐您好。"

宋安如礼貌地道:"叔叔叫我宋安如就好,麻烦您跑一趟接我。"

"这是我应该做的。"沈霄按开中央扶手箱,里面放着一个十分精致的粉色小盒子,"宋小姐饿了吧?先吃块蛋糕吧。"

被一个比妈妈还年长的人恭敬对待,还叫自己小姐,这一刻淡定如宋安如都有点坐不住,摆手道:"不用,谢谢叔叔。"

沈霄低声解释:"是少爷特意让人给您准备的蛋糕。"

宋安如斜了某少爷一眼,对方似笑非笑地托腮看着她:"宋小姐需要我提供喂食服务?"

宋安如很想呛他两句,想着车里还有其他人,便忍了下来。她拿起盒子,在沈南辰的注视下打开。盒子里面装着一块小小的草莓蛋糕,上面点缀了三颗草莓,很新鲜,惹人垂涎。

中午回家到现在,宋安如什么也没吃,忍不住咽了咽口水。她叉了一颗草莓,整个放进嘴里。本就不大的脸,此刻被撑得鼓鼓的。

草莓的甜香弥漫开来,沈南辰见她微微眯着眼,一副很满足的样子,不爱吃甜食的他忽然就想尝尝。见她吃完一块,他悠悠地问:"好吃吗?"

宋安如诚实地点头:"好吃。"

他凑近她:"给我尝尝?"

宋安如看了眼蛋糕上仅剩的两颗草莓,不是很情愿。想到这是他给的,她憋着那股子不乐意,叉了一颗递到他唇边。

沈南辰微愣,只是想逗逗她,却没想到真给他吃,还亲自叉给他。他不由得失笑:"今天这么大方?"

宋安如在寝室里和秦知意她们分享习惯了,他说要吃,她下意识就用自己的叉子喂给他。盒子里没有多余的叉子,她犹豫两秒,收回手,准备塞自己嘴里。

"那你别吃了。"

"你难得请我吃东西,我还是很识趣的。"沈南辰握住她的手腕,将草莓送到唇边,微微歪头咬下,薄唇上沾染了浅浅的果汁,像极了晨时花瓣上的露珠,不自觉就能吸引人的注意。

宋安如盯着他,耳朵悄悄爬上一抹红色。

他又咬了一口才将草莓吃完,舌尖扫过唇上的汁液,似是意犹未尽:"的确好吃。"

"你……"

"你继续吃吧。"沈南辰松开她的手。

宋安如没动。

"害羞?"他眼底笑意很浓,慵懒的嗓音里满是调侃,"之前你要和我喝同一瓶水,也没见你害羞。"

他若有所思:"我听说突然变害羞可能是……"

宋安如眼疾手快,将最后一颗草莓叉起来塞进他嘴里,堵住他的话,而后端起蛋糕吃了一口。

驾驶座又传出一声压低的轻笑。

宋安如目不斜视地吃蛋糕。

沈南辰慢条斯理地吃完草莓,把玩着叉子:"真害羞了?"

宋安如朝他翻个白眼,斩钉截铁地道:"没有。"

"好吧,没有。"他拿出手机,对着她的脸照了两下,"来,再翻一个白眼,我拍照留念。"

"你是不是脑子有问题?"

宋安如抢他的手机,被他轻易躲开。莫名斗志点燃,她将最后一口蛋糕塞进嘴里,擦了擦唇,一个利落翻身,把沈南辰锁在了座位上,轻易地夺过他的手机。

此刻屏幕已经黑了,需要指纹解锁。她抓过沈南辰的手,将他的拇指按上去,锁屏解开,屏幕上刚好是她的照片,嘴唇周围沾了许多奶油,表情看起来颇为不耐烦。最让人在意的是……左边耳朵离镜头很近,耳根很红。配上那不耐烦的表情,真有点恼羞成怒的味道。

宋安如删除了照片,将手机丢给他,起身要回座位,发现他的手扶在她

095

的腰上。

四目相对,沈南辰带着放松的笑意,颠了颠压在他腿上的她:"太轻了,早知道多给你带个蛋糕。"

宋安如咬牙:"手松开。"

"哦。"沈南辰听话地松开手,表情看起来莫名有些委屈。

宋安如迅速坐回位置,满脑子都是懊恼,怎么就让他来接自己了,打个车不好吗?

"噗!"驾驶座又传出一声压低的轻笑。

宋安如偏过头看着车窗外,耳热的同时,百思不得其解。哪里好笑了?那个大叔明明看起来严肃得不行,怎么就那么喜欢偷笑。

"师姐。"沈南辰戳了她一下。

宋安如盯着窗外的车流,头都没回:"干什么?"

"以前军训颁奖的时候,别人给你的传承语是什么?"

宋安如一听到"传承语"三个字,心跳都快了,面上却冷冷道:"关你什么事?"

"我好奇。"沈南辰又戳了她一下,"一直偏着头看外面,脖子不酸吗?"

宋安如回过头,冷声威胁:"不是你该好奇的事情。"

"好吧。"

沈南辰打开手机,将刚刚删除的两张照片恢复,随后开始编辑其中一张。

车内安静了好一会儿,宋安如有点坐不住了,往旁边看了看,沈南辰正在玩手机,脸上的笑很微妙。她又往他手机看过去,顿时气血上涌。

沈南辰将刚才删除又恢复的照片做成了动态表情包,还配了一句特别中二的话,"什么档次,也配让我翻白眼"。

感觉到她的视线,沈南辰悠闲地将手机从领口塞进衣服里,随后靠在椅背上。

"你把手机拿出来。"

"要就自己拿。"

宋安如隔着衣服,大概能看到手机停在他的胸口处,要真伸手进去掏,这人铁定给她安一个"非礼良家男性"的罪名。

她将手伸到他面前摊开:"给我。"

"要我拿出来也可以。"沈南辰笑眯眯地看着她,一副有话要说的模样。

宋安如挑眉,示意他接着说。

沈南辰托着脸凑到她面前:"别人给你的传承语是什么?"

宋安如稍稍往旁边退了些,拉开两人的距离:"忘了。"

"真忘了?"

沈南辰仔细打量她的表情。今天颁奖后,他本来很开心,下来后却听说她大一的时候,当时大三的师兄给她留的传承语用心良苦。别人都是一句话的事情,那位学长对着她说了至少一分钟,言辞可谓十分恳切,把宋安如眼睛都说红了。

能把宋安如眼睛说红的励志语言?沈南辰本来不太相信,可别人说得多了,也就有这个疑惑:"我听说你都感动哭了。"

"我哭?"宋安如自己都愣了,回想了一下,忍不住皱眉。

"想起来了?"沈南辰道,"说来听听,我倒是十分好奇,什么样的话都把你打动哭了。"

"我没哭。"宋安如质问,"谁造的谣?"

"那么多人都看见了,总不会别人都在撒谎吧。他们说你当时眼睛都红了。"

听到"眼睛都红了"这几个字,宋安如有印象了。她大一那年,颁奖仪式持续了很久,站在台上的时候,不知道打哪儿来的蚊子在她眼皮上咬了一口,以至于她的眼皮又肿又红。当时很痒,她在颁奖台第一排中间,又不能伸手去抓,只得忍着。眼睛的确流了些泪,但真不是因为感动,而是因为太痒太难受。

宋安如咬牙道:"我那时眼睛被蚊子咬了个包。"

沈南辰又问:"那传承语说了什么?"

他一直盯着她的眼睛,宋安如有种不说清楚他会一直烦她的感觉。

"那位师兄说话的时候,我眼睛太难受,没注意听。"

虽说早就料到这流言有水分,但亲耳听她说了原因,沈南辰心情还是好了不少:"所以哭也是因为眼睛难受?"

宋安如怒道:"那是生理性落泪,我没哭!"

沈南辰最喜欢看她气鼓鼓的样子,没忍住在她脸上捏了一下:"嗯,你没哭,你很棒。"

宋安如捂着脸,瞪着他的手。

沈南辰好笑道:"更生气了?觉得我不该捏你的脸?"

"知道你还乱捏?再有下次……"宋安如语气凉飕飕,"我把你折了。"

"就这么生气?"沈南辰出其不意地拿起她的手,贴在自己脸上,"那你捏回来?"

掌心下的肌肤细腻又温热,触感极好,宋安如只感觉头皮都麻了,心脏像刚跑了个八百米,亢奋得不行。

她下意识就想收回手,又觉得这样太不自然,于是硬着头皮,揪住他的脸颊拽了两下,要松开的时候,还有些舍不得。手感是真的好,好到宋安如都嫉妒。

"摸也摸了,捏也捏了,别生气了好不好?"

宋安如义正严词地纠正："是捏，不是摸。你不会说话可以闭嘴。"

伴随着前排压低的笑声，沈南辰也忍不住笑出声："行吧，你说什么就是什么。"

也不知道是不是耳朵不好，宋安如总觉得他声音里带着些许宠溺。

车子到了酒店大门，宋安如准备开门下车，沈南辰拉了一下她的手腕，说："等一下。"

夏桐十分钟前就发消息，说在酒店大堂等着了，不知道他又要搞什么幺蛾子。宋安如不耐烦："还要等什么？"

沈南辰笑了笑没说话，此刻沈霄帮他打开车门，他下车从车后绕走了。

宋安如很无语，伸手去拉车门，却发现上锁了。她看向沈霄："叔叔，请帮我开一下锁。"

沈霄礼貌地朝她道："小姐请等等。"

宋安如沉默片刻，就见沈霄按了一下开锁键。车门被打开，沈南辰站在门外，微微弯腰，朝她比了个请的手势："宋小姐请下车。"

"你有病？"

"看来是不满意这个称呼。"沈南辰自言自语一句，随后又道，"公主请下车。"

年玉的生日宴会本来就请了很多同校学生，此刻大门口有两个女生正好看到了这一幕，其中一个捂着嘴激动道："你看车里面是不是宋安如师姐啊？"

另一个也很激动："是她和沈南辰！"

宋安如突然就觉得这个车也不是非下不可。

眼看沈南辰一副"你不下来我就继续请"的架势，宋安如把鸭舌帽往下压了许多，又将卫衣的帽子戴好，利落地跳下车。她埋头往酒店大堂快步走，沈南辰不急不缓地跟在她后面。先天的腿长差距摆在那儿，他像块牛皮糖一样，甩都甩不掉。

夏桐坐在大堂等候区往外张望，视线落在宋安如身上时，不确定地多看了两眼，才朝她走过去："你这套夜行衣还不错，捂得我差点都没认出你。"

宋安如回敬道："你这条花裙子也不错，我外婆有条差不多的。"

沈南辰听到两人的对话，忍不住笑出了声。

夏桐这才发现他。她拨开宋安如，一脸好奇地围着沈南辰打量了一圈："之前来你们班离得太远没看清，这会儿近看，你长得的确帅。"

她"啧啧"两声："不错不错，这腿真不错，又细又长。这腰窄得哟，看起来真要命。气质也好，哎！这泼天的富贵，怎么就落在我们三三……"

宋安如立马将她的嘴巴捏住："你不说话没人当你哑巴。"

夏桐挣了挣，一脸不服。

"你再瞎说我走了。"宋安如松开她。

夏桐控诉道："三三，你太专横了，我说两句实话怎么了？妹婿都没介意，你这么凶做什么。"

她转过头，看向沈南辰："妹婿，你……"

宋安如转身就走，夏桐一把将她拉回来，立马改口："沈南辰你好，我叫夏桐，是三三的室友兼闺蜜。刚才同你开玩笑的，希望你不要介意。"

沈南辰好脾气地笑了笑："你好。"

夏桐八卦的视线在两人身上转来转去："你和三三今天是约好了穿一身黑吗？"

宋安如皱眉否认："没有。"

"没有？"夏桐眼睛都亮了，"那你们真是心有灵犀！不约而同地穿了一身黑，连帽子都是一个牌子的情侣款。"

沈南辰点头："是挺巧的。"

宋安如面色一紧，往他头上看了看，帽檐左下角有一个很小的"f"标志，她的帽子同位置有个"l"。

帽子是X家的，买的时候她只是觉得款式简单并没多想。现在回想起来，X家的确出了一款情侣帽"初恋"，也就是"firstlove"，两顶帽子男款取了"f"，女款取了"l"。深受小情侣们喜欢，网上甚至掀起过一阵热潮。

难怪沈南辰来接她时笑得不怀好意，他肯定早就知道了。

这要命的孽缘。

宋安如："你把帽子取了。"

"好吧。"沈南辰笑眯眯地应下，却没动。

夏桐对这个"未来妹婿"非常满意，替他打抱不平："三三，你至于这么霸道？不就撞个衫吗？行得正坐得端，怕什么啊？你这么刻意地让人家不戴帽子，和那些掩耳盗铃、心虚的人一模一样。"

她凑近打量宋安如的神色："你该不会真的在心虚吧？"

宋安如还真有那么点心虚，面上却不显露："没有。"

夏桐怀疑地看着她："这款帽子挺火的，学校也有其他男生戴。之前你戴的时候，也没去管别人戴不戴。"

两人正对峙时，年玉像只花蝴蝶一样跑了过来："宋师姐，师姐，沈南辰，你们来了呀。"

"年玉小师妹生日快乐！"夏桐将一个很大的礼品袋递给她，"我是宋安如的闺蜜夏桐。"

年玉开心地收下礼物："谢谢夏师姐，你太客气了！"

"生日快乐。"宋安如也从包里掏出一个小盒子递给她。

年玉受宠若惊："谢谢宋师姐！我会好好保存的！"

几人的视线不由得落在两手空空的沈南辰身上。宋安如和他一起来的，没见他拿什么礼品，有点幸灾乐祸。

沈南辰站到她的身边，一点也不见外地把手肘搭在她肩膀上，对年玉道："我的礼物是和宋师姐一起的。"

宋安如无语，还不好当场揭穿。

夏桐见她吃瘪，捂嘴偷笑。

年玉依旧很开心："我知道的，知道的。"

这时酒店又进来了一批同学，年玉上前接待。她走后，宋安如指责道："我什么时候和你一起送礼了？"

沈南辰失笑："这不是一时情急嘛。你都同意和我一起出席，我们一起送礼物，也没关系吧？"

实际上他来这里前，他哥就让秘书给年家送了份贺礼。

"有关系。你这行为和空着手来吃白食有什么差别？"

"我没给女孩子送过东西。"沈南辰看着她的眼睛，促狭的话语中带着些许认真，"第一次亲自挑选的礼物，要是送给年玉了，我怕以后我女朋友因为这件事给我穿小鞋。"

……说女朋友就说女朋友，看着她是什么意思？

夏桐在旁边笑得不行，鼓掌表扬："好样的。妹婿，哦不，师弟你有这个觉悟，很难得。"

"行了，你别说话。"宋安如把她往会场推，"不是要找那个谁吗？快去找。"

"差点忘了正事。"夏桐整理了一下头发，"那我先去找年斯霖。"

"你知道他在哪里吗？"

"他不喜欢热闹，这会儿十有八九在酒店的后花园里。"夏桐踩着高跟鞋摇曳生姿地走了，和平日的形象截然不同。

宋安如看得愣神，沈南辰伸手在她眼前晃了晃："先进去吃点东西？"

"嗯。"

两人并肩往会场里走。宋安如看着他那帽子就别扭，索性给他摘了，塞进他的卫衣帽子里。

一路上遇到好几个同校的学生，都主动和宋安如打招呼，还遇到很多一看就是成功人士的人给沈南辰打招呼。

宋安如和谁话都不多，也没人不识趣，非要拉着她说话。沈南辰就不一样了，那些西装革履的商人见到他眼睛都是亮的，每一个都要上来和他攀谈两句。

宋安如猜到沈南辰家世极好，却没想过随便参加一个宴会，认识他的人都一大把。她不胜其烦,每次想走都被沈南辰拽着。眼看着沈南辰又送走了一个人,她将他卫衣帽子里的鸭舌帽拿出来给他戴上,并将帽檐压低。

沈南辰明知故问:"不是不和我戴情侣帽吗?"

宋安如轻哼一声,将自己的帽子取下来,塞进他的卫衣帽子里。

为了避免再被打搅,两人默契地往酒店后花园方向走。刚绕到人少的地方,就看到夏桐红着眼睛站在一张凉椅面前,凉椅上坐着一个戴着眼镜、由内向外都散发着儒雅气质的男人。

男人此刻满脸都写着不耐烦,语气冰冷:"夏桐,不要再烦我,可以吗?"

"我想知道你对我的态度为什么突然变了。"夏桐认真道,"这个对我来说很重要。"

"你的纠缠让我觉得很烦,这个理由满意了吗?"

年斯霖起身就走。夏桐拉了一下他的衣袖,明显有很多话想问,却被他甩开。她失落地揉了揉脸,蹲到地上,肩膀微微耸动。

宋安如的拳头硬了,黑着脸往年斯霖离开的方向走去。

沈南辰将她扯回来,压低声音问:"你要去做什么?"

"不打他一顿,我这个月都睡不好觉。"

她说这话的时候,眼睛还冷冷地盯着年斯霖,沈南辰有种自己松手她就会咬上去的错觉。他安抚地在她背上拍了拍:"冷静点,别生气。"

宋安如更火大了:"你在帮他?"

沈南辰指着旁边几盏路灯:"有监控。等会儿保安来了,说不定会把你送去警局,给毕业多年的师姐师兄们送业绩。"

宋安如好一阵都黑着脸。

夏桐一直是个外向的人,寝室里就她最有活力、最能带动气氛。这样的她其实心思很敏感,总能发现别人细微的情绪变化,在第一时间送上关心。作为被她投喂最多的室友,宋安如亲眼看到她的心意被别人践踏,自己也难受。

"先别生气。"沈南辰靠近她的耳边,小声道,"不让她弄清楚她想知道的事情,今天就算是把年斯霖打一顿,这件事在她心里依旧过不去。据我所知,年斯霖并不是一个刻薄无情的人,这里面说不定有什么内情。"

宋安如听夏桐说过她和年斯霖认识的事情。年斯霖对她一直很好,每天给她带早饭、送她回家,甚至帮忙处理捅出来的娄子。可以说夏桐打暑假工那段时间几乎都是年斯霖保驾护航。

这样的一个人说变就变了。宋安如换位思考,假如哪天夏桐产生这样的变化,她也接受不了。

"夏桐问他原因,他不说。"

"制造机会,让她有更多时间问。"沈南辰道,"我一会儿把年斯霖带到休息室,你再将夏桐带过来。"

宋安如不太看好:"万一他看到夏桐又走了怎么办?"

沈南辰耸耸肩,很平静地提了个很不道德的建议:"把他们锁在里面不就行了,让年斯霖叫天天不应。"

"他不会打电话求助吗?"

"我想办法让他不带手机进休息室。"

"这也行?"

虽然不知道沈南辰能用什么借口说服年斯霖放下手机,和他去休息室,但就凭他那若有似无的缺德气质,她莫名觉得能办到。

"要是把他们关在一起,他还是不说怎么办?或者是又说不好听的话。"

沈南辰耸耸肩:"要么说清楚解除误会,要么让夏桐彻底死心。刮骨疗伤,总得痛一阵。"

宋安如沉默了好一会儿:"等会儿我问她,如果她愿意,我就带她来。"

"别担心。"沈南辰揉了揉她的脑袋。

宋安如烦躁地警告道:"下次再乱摸,这手你就别想要了。"

"这么凶?"沈南辰笑着又在她头上摸了一下,随后把手递到她面前,"任你处置。"

宋安如原本只是心情不好,随口说的威胁话,看着面前骨节细长漂亮的手,她更无法付诸行动。

她没动,沈南辰将手往她面前又递近了些,离她的唇很近。

"你离我远点。"宋安如皱眉避开他的手。

沈南辰道:"你不是想要处置吗?"

"闭嘴。"宋安如拍开他。远处的年斯霖已经快走出视线范围了,她提醒道,"走远了。"

"等我发消息给你,如果夏桐愿意来的话就带她过来。"

"知道,你快点。"宋安如推了他一把,就要去找夏桐。

"在这里待会儿。"沈南辰拉住她,"最好别让她知道你看见刚才那一幕,等她情绪好了,你再出去假装偶遇。"

"为什么?"

"我觉得她应该不太想让你看到刚才那一幕,更不想被安慰。"

宋安如很不理解:"你又不是她,你为什么觉得她不想被我安慰?"

"我要是她,我就想让你安慰。"沈南辰趁机又在她头上揉了一把,"乖,等她自己待会儿。"

"早晚把你的手给折了。"

宋安如捂着被他摸过几次的地方喃喃自语,看他跟着年斯霖走出视线,她蹲在花坛后面观察夏桐。

虽然很不赞同沈南辰的话,这一刻她却听话地没出去。眼看着夏桐红着眼睛，深呼吸了好几次调整情绪，她似乎又有点明白。

十几分钟后，宋安如就收到了沈南辰的消息。此刻夏桐的情绪已经调整好了，坐在躺椅上发呆，不知道在想什么。

宋安如想到沈南辰的话，走远了给夏桐打电话："你在哪儿？"

夏桐的声音听起来还有些哑："后花园。"

"我在后花园入口。你不是要找年斯霖吗？沈南辰把他骗到休息室了，你要去和他聊聊天吗？"

"我马上过来。"

一分钟不到，夏桐就踩着高跟鞋走过来了，脸上笑意盈盈，除了眼睛有点红，丝毫也看不出刚才哭过。

"他们在哪个休息室？"

"8号。"宋安如不太放心，"你确定要去？你不是说他总是躲着你吗？"

"三三，你很可疑。"夏桐疑惑地打量她两眼。

宋安如板着脸问："我怎么了？"

"就这么一会儿，你提的问题比平时一天都多。"

宋安如哑然。

"我有事要问他，问不清楚我很不爽。"夏桐拍拍她的肩膀，"一会儿你帮我看着点门，别让他跑出去了。我今天非得问个清楚。"

宋安如看着眼前元气满满的夏桐，都怀疑自己眼睛出问题了。那个可怜无助、躲着哭的人，和面前这人到底哪里有共同点。

两人到了8号休息室门口。宋安如本来打算跟着一起进去，夏桐让她守门，把她留在外面。

没一会儿，沈南辰也出来了。

宋安如百思不得其解，究竟是什么内情，能让一个温润如玉的人说变就变，还是说男人都比较善变？

想到这里，她看向沈南辰的眼神都有些微妙。

沈南辰琢磨了一下她这个眼神，说："我就不会这样。"

宋安如没反应过来："什么？"

沈南辰侧过头看向她，语气里没有往日里的懒散，多了几分认真："我说，我就不会这样。"

宋安如看着他的眼睛，压下莫名的情绪："看我做什么，关我什么事。"

沈南辰勾唇，没有对这个问题作出回答。

宴会厅里有许多京公大的学生，大家一边聊天、一边吃东西，十分热闹，没有人发现寿星的哥哥和夏桐不见这件事。

从部队出来后，宋安如除了在车上吃了个蛋糕外什么也没吃。展台上的食物都很精致，她越来越饿，想去吃，又不放心锁在房间里的两个人。

沈南辰见她眼神直勾勾地盯着食物，觉得她更可爱了："我们去吃点东西吧？"

宋安如犹豫了两秒，摇头："你去。"

"隔音效果这么好，你站门口也听不见。"沈南辰指了指最近的食物展台，"去那里吃，就算这边有什么事，也能第一时间过来。"

年斯霖看见夏桐进房间的时候，表情不怎么好，出门在外被欺负了，没个朋友帮忙岂不显得夏桐更惨。

宋安如依旧摇头："他要是欺负夏桐，我得在。"

"夏桐的格斗术学得怎么样？"

"还行，但是比不上我。"

她说这话时微仰着下巴，表情虽然和平时一样冷冷的，细微的小动作却极其可爱。

沈南辰按捺住捏她的冲动："我听说年斯霖从小身体就不太好，而且他看起来斯斯文文的。"

"也是，就他那斯斯文文的模样，真要有摩擦，只有夏桐打他的份。"

被他一提点，宋安如放心地给夏桐发了条消息，让她不要吃亏，然后朝着食物展台走去，动作利落得根本看不出来前一刻还在担心朋友。

沈南辰跟在她的身后，见她拿着托盘，在食物展区挑了几样吃的，找了处面朝8号休息室的位置坐下。她没有直接用餐，脸上带着些嫌弃的表情，把辣子鸡里面的芦笋挑出来，放在餐盘的边缘。

沈南辰饶有兴致地打量着她的行为。军训期间吃饭是以班级为单位在食堂解决的，两人餐位离得比较近，每次见她吃饭都很香，不论当天是什么菜系，都不会剩饭剩菜，这还是第一次见她这么明显地挑食。

"不吃芦笋？"

宋安如眼尖地把切得很小块的芦笋一一挑出来："嗯。"

沈南辰试探道："我以为你不挑食。"

"除了这个，我不挑食。"

"那是因为什么？"沈南辰将她托盘里另一小碟辣子鸡拿到面前，用筷子把芦笋挑出来。

宋安如冷哼："我为什么要告诉你？"

南苏市盛产芦笋，本地人每到芦笋季，都会兴起一波花样烹饪的浪潮。

宋安如父亲的老家是种植芦笋的大基地，爷爷奶奶每年都会送很多新鲜芦笋到她家。妈妈不想辜负老人家的心意，送多少都不会浪费，以至于一家人每年会有一段时间成天吃芦笋。

芦笋完全成了宋安如的噩梦，如果不是云京当地人口味清淡，年玉这场生日宴会的菜品唯一见辣的便是这道放了芦笋的辣子鸡丁，宋安如根本就不会碰这个菜。太久没吃辣，又的确吃不下芦笋，这才挑出来。

沈南辰还是头一次见她露出往事不堪回首的表情，瞬间起了好奇心："我想知道，和我说说？"

"不要。"

宋安如总算是把芦笋都挑出去了。她夹了一块青椒放进嘴里，辣味刺激着味蕾，她开心地眯了眯眼。

沈南辰将那盘辣子鸡挑好后推到中间："我都主动给你挑芦笋了，你就大发慈悲告诉我一下嘛。"

他的声线本来就比较低，说话带上语气词，像在撒娇一样。

宋安如头皮都麻了，搓了下胳膊："你正常点。"

沈南辰单手托腮看着她，又故意用那种声音道："我好奇嘛。"

"你太八卦了。"宋安如不客气地把他挑好的辣子鸡端到自己面前，打算大快朵颐。可在他这种盯视下，她这辈子难得有了点偶像包袱，"不要看着我。"

沈南辰憋着笑："看看都不行吗？我都随便让你看的。"

他这是在说军训时宋安如肆无忌惮地盯着他看的事。也不知为什么，当时宋安如看他看得心安理得、毫无负担，现在就没有那种心态了。

沈南辰语气欠揍地道："你满足一下我的好奇心，我就不看了。"

宋安如无情道："我为什么要满足你的好奇心？"

沈南辰哄她："我再去给你拿一份，还把芦笋挑出来。"

宋安如十分硬气地拒绝："我是三岁小孩子？一盘辣子鸡就能打发？"

"也对。"沈南辰漫不经心地加了筹码，"刚才的蛋糕，一会儿我让人送几份过来。"

宋安如像变脸一般，眼睛都亮了："我想要个大的，就十寸吧。"

"行。"沈南辰往家里打了个电话让阿姨做蛋糕，挂断电话后，笑盈盈地看着她。

宋安如将事情的起因经过给沈南辰简单说了一遍，说到家里一年至少有几十次饭桌上都有芦笋时，她的眼睛里有少见的惊恐。平日里没什么表情的脸上，突然出现这种情绪，很是鲜活可爱。

沈南辰没忍住笑了出来。

宋安如见他笑话自己，瞬间就没了倾诉欲："很好笑？"

"很可爱。"

宋安如实在品不出可爱在哪里："你笑话我？"

"你可能不知道。"沈南辰收住笑意，朝她凑近了一些，"我们认识这么久，这是你第一次和我说这么多话。"

他的眼睛本来就很好看，餐桌上方的小灯偏蓝色，让他以往黢黑的眼瞳

105

倒映着淡淡的蓝光，多了几分神秘，也漂亮得让人移不开眼睛。

一个男生，为什么长得这么精致？宋安如的恼怒轻而易举地被驱散了。

秦知意总说，长得好看的人更容易得到别人的宽容，她一直嗤之以鼻，没想到忽然间自己就成了这种肤浅的人。

见她愣神不理自己，沈南辰伸手在她眼前晃了晃。宋安如回过神，有点不耐烦："干什么？"

"就是想告诉你，我还挺开心的。"

蓝光晕开在他带着笑意的眸子里，眼尾轻挑，像只勾人的狐狸。

宋安如的脑袋有一瞬的空白，听他又说："我很期待你以后也和我说这么多话。"

心跳似乎漏了一拍，宋安如垂下眸子，继续吃饭，也不理他，耳朵红得厉害。

"慢点吃，我去给你拿菜。"

沈南辰朝食物展台走去，路过她的时候，手背不知是有意还是无意，擦过了她的耳朵。等他走远后，宋安如默默放下筷子，抬手捂住耳朵，心里五味杂陈。

年玉逛了一圈才看到她，兴奋地凑过来："师姐，你怎么在这里呀？要不要到那边去一起玩？"

宋安如拒绝："不用。"

年玉直接坐在了她的身边："那我在这里陪你！"

两人身后的女生插了句嘴："可别，男妖精和师姐在一起的，我刚才看见他去拿菜了。"

"啊？沈南辰还在啊。"年玉俏皮地朝宋安如眨了眨眼睛，"我本来想介绍你和我哥哥认识的，不知道他跑哪儿去了。不过，沈南辰也在的话就算了，真可惜。"

宋安如看了眼锁着年斯霖和夏桐的房间，一本正经地点头："嗯，可惜。"

两人没说几句话，年玉就瞥见沈南辰朝着这边走来。

"那我先过去啦，师姐你好好玩呀！"

年玉刚走，沈南辰就端着托盘过来了："我看见那边有小布丁，记得秦知意说你喜欢吃，就拿了些。"

宋安如甚至都想不起秦知意什么时候和他说过这事，看着托盘里摆着四个不同颜色的布丁，她无比郁闷。

宋安如："拿这么多做什么？"

沈南辰挨个报名："焦糖、草莓、椰奶、抹茶，不知道你喜欢什么味道的，就一样拿了一个，你挑喜欢的。"

他说完就用筷子开始挑辣子鸡里面的芦笋。宋安如拿了焦糖味和椰奶味的布丁，舀了一勺放进嘴里，软软滑滑的口感，十分清爽。

见她没拿草莓味的，沈南辰问："你喜欢吃草莓味的牛奶糖，我以为也会喜欢草莓布丁。"

军训期间，每天都能看到她吃那款糖，偶尔四个人一起回寝室时，秦知意还会给她。每次给她，她都很高兴，看得出来非常喜欢。

"不好吃。"

"不都是草莓味？"

宋安如将草莓布丁推到他面前，用眼神示意他尝尝。

沈南辰没吃过草莓布丁，舀了一勺放嘴里。对比起她之前给的草莓味奶糖，这个明显是香精合成的。

"的确不好吃。"他放下勺子，"下次让阿姨用真的草莓给你做。"

宋安如后知后觉地反应过来，这句话亲近过了头。蛋糕姑且算意外，还特意让家里的阿姨给她做草莓布丁？

没等她多想，沈南辰又问："平时吃这么多糖，会不会不太健康？"

"不会。"宋安如从包里掏出一颗糖，指着后面的成分表，认真道，"是纯草莓汁和牛奶做的，零添加剂。"

沈南辰没想到她会回答得这么认真，一瞬间有种受宠若惊的感觉。

"那挺好的。"他将挑好的辣子鸡递到她面前，自己也开始吃东西。

宋安如吃完饭后，无聊地盯着他看。沈南辰吃东西的样子十分优雅，很是赏心悦目，一看家教就特别好。

见他将最后一勺布丁吃完，宋安如收回视线。

沈南辰擦了擦手："好看吗？"

宋安如有些蒙："什么？"

"刚才不是一直看我吃东西吗？"

沈南辰每次想到军训时她目不转睛地看他，还理直气壮地说他长得好看的时候，就忍不住想笑："和军训时比起，现在还好看吗？"

沈南辰倒是很大方："想看可以随便看，我没关系的。"

他神情向往："我还挺怀念你以前盯着我看、夸我好看的时候，其实现在也可以的，我不介意。"

宋安如自认为是一个对尴尬场面并不敏感的人，毕竟从小就很少有人或事物让她产生这类情绪。而现在，她不仅感到尴尬，还有一点心虚。

沈南辰笑吟吟地看着她紧闭着唇不说话的样子，正要再惹一惹她的时候，有个梳着双马尾辫的女孩亲昵地坐在宋安如的身边，熟练地挽住她："安如姐姐！"

宋安如有种被解救的感觉，看向来人："你怎么在这里？"

白涵将脸搁在她的肩膀上,晃了晃她的胳膊:"你猜猜。"

女孩娇俏可爱的模样,惹得周围好几个人看过来。宋安如却提不起一丝兴趣:"不猜。"

"好吧。"白涵不开心地嘟嘴,"年玉姐姐是我们店里的常客,我和她很投缘,就交了朋友。我刚听她说你在这边,就过来找你啦。"

"哦。"宋安如语气平淡,一点好奇的意思都没有。

白涵的兴致未减,眼睛滴溜溜地往沈南辰身上瞄,对上视线后,也一点不见害羞,露出一个灿烂的笑容:"姐姐,这个就是你的男朋友沈南辰吧?"

"什么?"

宋安如怎么也没想到,谣言已经传到白涵这里了,嘴角抽了抽,否认道:"不是。"

她的语气难得急切,白涵在心里更加坐实了这则消息的真实性,朝沈南辰又问了一次:"你就是安如姐姐的男朋友对吧?你长得真好看!和安如姐姐郎才女貌,很般配!"

沈南辰笑了笑,没回答她的问题,只是打了个招呼:"你好。"

白涵看到他笑,呆了片刻,整个人都很兴奋,说:"姐夫,你笑起来更好看了!你鼻子旁边的痣好会长!造物主也太偏心了吧!安如姐姐也那么好看,就你俩这颜值,以后的孩子不得上天?"

宋安如没想到白涵这么自来熟,思维还跳得那么快。

沈南辰脸上带着淡淡的笑,也不否认。

宋安如浑身都不自在,从桌上拿了块面包,塞进白涵嘴里:"不是你想的那样。"

白涵咬了口面包,费力地咀嚼了几下,有些委屈:"你别骗我。年玉姐姐她们都说了,你俩一晚都在一起,她们想找你玩都不敢打搅。"

宋安如无语:"我和他没什么,你们别造谣。"

沈南辰依旧一副悠闲的模样望着她们。

白涵来回在两人身上打量了会儿,嘀咕:"你以前和别人传绯闻,也没见你这么激动。"

声音虽小,但是两个耳朵灵的人都听清楚了。

宋安如绷着脸维持镇定,沈南辰单手抵着额头笑出声。

宋安如觉得根本和白涵解释不通。事情发展到这种地步,沈南辰脱不了干系,理应善后。她朝沈南辰使个眼色,示意他解释。然而他就像是没接收到她的意思,雷打不动地看戏。

宋安如在桌下朝他踹了一脚,人没踢到,脚踝还被一只微凉的手给握住了。她挣了一下没挣开,又不敢太大力。

她抬头瞪着他:"松开。"

沈南辰不仅没松，还朝她眨了一下眼睛。在她又开始挣扎的时候，他的食指在她脚踝处摩挲了一下。

宋安如顿时有一种头皮发麻的感觉。

白涵奇怪地看着他们："松开什么？你们在打什么哑谜吗？"

"没什么。"

"是吗？"白涵无辜地眨了眨眼："你俩对视好一会儿了，我都感觉自己是个电灯泡，打算乖乖消失的。"

"你看错了。还有……"宋安如严肃地纠正，"我和他不是你想的那种关系。"

"嗯嗯，不是。"白涵抬手挡住自己的脸，朝对面的少年挤眉弄眼，小声道，"安如姐这是害羞了。她母胎单身，一上来就遇到你这种极品，难免的。你多多包涵。"

"遮住脸我就听不见？"宋安如将白涵推起来，下逐客令，"你可以走了。"

白涵被她推得连连后退，却依旧不影响那张嘴："我还以为这辈子都不可能在姐姐身上看见气急败坏这个词呢！"

宋安如的脸都黑了。

沈南辰安抚地在她小腿上拍了两下："母胎单身？"

"就我姐这情商，像开过窍的吗？"白涵被宋安如注视着，怕把她惹急了挨打，说完就跑，"你们慢慢聊啊，我还是不打搅了。"

气氛总算恢复了安静。沈南辰扫了眼白涵跑远的背影，声音里带着点表扬的意味："你妹妹挺有趣。"

宋安如不搭理他这话，又挣了挣脚："松开。"

"不要。"沈南辰懒洋洋道，"你自己送给我的。"

宋安如明显感觉到因为白涵的大嗓门，周围许多人都在关注这边。她将被他捉住的腿搭在另一条腿上，咬着牙低声道："你要怎样？"

"嗯……我想想。"

眼看她快憋不住火气了，沈南辰这才慢悠悠地开口："想问你一个问题。"

"问。"

"今天的传承语不是之前排练好的，为什么？"

宋安如自己都没想清楚是为什么。临场的时候，觉得不适合他，想换就换了，想了好久才找到最适合他的。突然被问原因，心虚的感觉又漫上来了。

沈南辰盯着她，又捏了一下她的脚踝："你说了我就松手。就算骗我，我也信。"

宋安如沉默了几秒："我想换就换了，没有为什么。"

沈南辰松开她的脚踝，脸上笑意明显，带着温柔："我很喜欢，谢谢师姐费心想那么久。"

脚总算是踩到地上了，宋安如感觉底气足了不少，反驳道："随便想的，没有费心。"

"嗯。没有费心。"

……这一副哄小孩子的口吻是什么意思？

桌上的手机忽然亮了起来，来电是夏桐。宋安如接起电话。

"三三，开门。"

她的声音听起来和往常没什么差别，带着活力，不像在花园里一个人哭的时候那样闷闷的。

宋安如松了口气："你和他谈好了？"

"嗯，开门吧。"

"好。"

前后半个小时不到，也不知道夏桐怎么处理好的。

宋安如很好奇，快步到休息室门口，打开门，刚拉开一条缝，夏桐就推门从里面出来了。她的眼眶有点发红："我先回去了。"

年斯霖坐在休息室里，面朝着窗外，不知道在看什么，两人之间的氛围很沉重。

宋安如将夏桐拉回来："他欺负你了？"

虽然是问，心里几乎是肯定了这个认知，宋安如一脚把半掩的门踢开。

夏桐看她这架势就知道她要做什么，挡在她面前："没有，你别去打搅他。我和他该说的都说开了，他也没有欺负我。"

夏桐的声音带着明显哭过的沙哑，相处这么久，平日里的训练那么苦，宋安如都没见她哭过，今天却因为年斯霖哭了两次。

宋安如拨开夏桐就要往里面冲，夏桐拉都拉不住。

沈南辰走过来看见这一幕，忙问："怎么了？"

夏桐着急道："你快把三三拉住。"

门口的争执动静说小也不小，年斯霖却连头都没回。

沈南辰将休息室的门关上，抱着宋安如往外走："这里是年家的地盘，你真把他揍了，等会儿被送去警局，岂不是越想越气，越气就越睡不着了？下次我帮你把他约到偏僻的地方，保证他叫天天不应，叫地地不灵。"

夏桐无语凝噎："你就是这样劝的？"

沈南辰："那能怎么办？总不能让师姐气得睡不着觉吧。"

夏桐觉得自己可能才是最惨的，刚和暗恋了几年的人决裂，还难过着，就被塞了一大把狗粮。

宋安如冷冷地盯着休息室，衡量半晌，赞同地点头："你别忘了。"

沈南辰："不会。"

夏桐待不下去："我先回去了。"

宋安如知道夏桐没有表现出来的那么无所谓，想陪她，便说："我和你一起。"

"我没事，别担心。今天请了假回家，不回寝室，司机在门口等我。"夏桐捏捏宋安如的手指，对沈南辰道，"等会儿就麻烦你送三三回学校。"

不等两人说什么，她就离开了。

沈南辰将宋安如拉回餐桌："还想吃什么吗？"

宋安如摇摇头。

沈南辰："那我们也回去？"

宋安如："嗯。"

酒店外面的空气好了许多，夜风吹在身上很凉快，很舒服。大概是考虑到生日宴会邀请的学生较多，酒店的位置离学校很近，不到两公里，两人一致默认散步回学校。

"师姐大四打算去哪里实习？"

"云京市局。"

"更倾向于去哪个支队呢？"

宋安如沉默了很久，晚风将她的头发吹得凌乱，她的声音夹杂在汽车的呼啸声中，不是特别清晰："想去禁毒支队。"

云京市公安局在十年前与南苏市公安局联合侦查，那次跨区域合作连根拔起了一个遍布全国各地的毒窝，缴获了一批史上最大量的毒品，轰动了全国。参与那次行动的警察活下来的并不多，且都牺牲得特别惨烈。这件事在云京市人和南苏市人心里留下了不可磨灭的印象，大部分人对毒品深恶痛绝。这两个城市的全国青少年吸毒率自那之后每年都是最低的。宋安如是南苏市的人，她想当禁毒警察，倒是很好理解。

沈南辰看到她眼神出现细微变化，抬手将她挡着面颊的一束头发拿开："怎么，不开心？你的综合成绩想去哪里应该都没问题。"

"没有。"她语气平淡。

沈南辰伸出食指，点了下自己的唇："你每次不开心都会咬着唇的右边。"

宋安如抬头盯着他，愣了好一会儿。以前她都不知道自己有这个小习惯，还是有一次，因为一些事情不开心，爸爸妈妈问了几次，她都没说原因，两人这样说过她。那之后长到现在，沈南辰是第三个这样说的人。

宋安如忽然就有了倾诉欲："最后应该会去刑事侦查支队。"

沈南辰安静地走在她的旁边，没有追问，眼睛却一直盯着她，让她有一种被人认真对待的感觉。

"我妈妈不想我再当警察，我偷偷报的京公大。她拗不过我，妥协了，

111

唯一的要求就是不要去禁毒支队。"

宋安如的声音闷闷的："她只……"

她的话停住，重新又道："她看了很多缉毒片，觉得很危险，我不想让她担心。"

她明显不是想说这个，具体为什么转了话题，沈南辰没问。

两人等到绿灯亮起，走过人行道，路边有位老爷爷推着小车在卖水果糖串。

"等一下。"沈南辰朝老爷爷的摊位走去，没一会儿就拿了两根水果糖串回来，递到宋安如面前。

"虽然很可惜不能做最想做的事情，但我觉得以后云京市刑侦支队的同事以及被帮助的受害者应该都会感谢阿姨。在我看来，师姐不管在哪里都会是一名优秀的警察。"

宋安如飞快地捏了下眉心，很快收敛好情绪。她接过糖串，沈南辰用自己的那串敲了下她的："碰一个。"

就像在干杯似的。

水果外面透明似玻璃般的糖浆裂开斑驳细纹，沈南辰咬下一颗山楂，脸颊微微鼓着，漂亮的脸部轮廓依旧好看得不像话。他的唇沾染了糖渍，在路灯的照射下亮晶晶的，格外好看。

宋安如原本不太想吃糖串，盯着他的唇看了一眼后，也张口咬了一颗。嘴里包着糖，她的声音有些含糊："你当是在喝酒吗？幼稚。"

"就是想和你一起庆祝一下。"

宋安如只觉得莫名其妙："庆祝？"

"嗯。"沈南辰舔了舔唇，唇更加晶亮，"庆祝以后能当同事，师姐可得罩着我。"

两人都要去云京市局的话，到时候说不准还真的能成为同事。毕竟据宋安如军训期间观察，沈南辰真的很优秀。

宋安如心底升起一种欢喜，点了点头："好。"

她应得干脆，沈南辰很意外。

宋安如不由得开口："怎么？"

"我还以为你会拒绝，然后批评我白日做梦。"沈南辰饶有意味道，"我都在想说服的理由了，没想到用不上。"

宋安如扬起下巴，比他矮了许多，气势却丝毫不少："那你说服吧。"

"要听？"沈南辰歪着脑袋，一副认真思考的模样。

这个时间林荫路上的人越来越少，就连车也没什么了。大树浓密，遮盖了大片路灯，道路上黑压压的，安静又阴沉。路边一条小巷子里，传出女人漫不经心的笑声，在这样的黑夜中，显得尤为突兀。

"嗯？想报警啊……是吃多了白食，给你长骨气了？"

男人乞求着，声音听起来十分害怕："没有，我没有，您误会了，夏姐，您别误会了……我给您磕头了，您再给我一次机会好不好！最后一次机会！求您了好不好……"

女人的声音很是无情："家法伺候。"

巷子里传来一阵撕心裂肺的求饶声，以及施暴者嘲笑的声音。

宋安如和沈南辰停在巷口隐蔽的地方，早在察觉事情不对劲时，宋安如就发了报警短信。

巷子里的叫声越来越惨烈，宋安如认真听了一下，施暴者两个、指挥者一个，最近的警察局出警过来差不多要十几分钟，受害者到时候不死也是重伤。

她将手机声音调到最大，放了一段警笛声后，丢给沈南辰，贴着墙走到巷子里的拐弯处，看向事发地点。

阴暗交错处，受害者浑身是血地倒在地上，两个高大男人谨慎地道："夏姐，你先走。"

光源的暗处，只看得见有道身影靠在车上，女人的声音倒是很镇定："把他带走。"

话落，她利落地拉开车门，启动车子离开了。

"是你报的警？哼，看一会儿回去打不死你。"两个男人拖着浑身是血的受害者，往另一辆车跑去。

从听到的内容分析，这几个人应该是贩毒团伙。警察还没来，如果放虎归山，不仅会错失挖掘一个毒窝的机会，那个受害者肯定也活不了。

毒贩是最穷凶极恶的。两名打手穿着背心短裤，应该没有持枪。宋安如给沈南辰使了个眼色后，从包里拿出口罩戴上，并把卫衣的帽子也戴上，直接冲上前，一脚撂翻了离得近的矮个男人。

两个男人因为她的突然出现，愣了一下。被踢倒在地的矮个男人先回过神来，擦了下嘴，恶狠狠道："哪里跑出来个多管闲事的。"

宋安如又往他脆弱的地方踩了一脚，并侧身避开另一个男人的攻击。

小巷里再次响起那矮个男人的惨叫："我一定弄死你！"

沈南辰也迅速戴好帽子遮住脸。将卫衣抽绳扯出来后，沈南辰注意着宋安如那边的情况，三两下用抽绳把疼得跳脚的矮个男人绑了起来，顺带掀起他的衣服遮住他的眼睛。

和宋安如打斗的壮汉明显是练过的，每一次攻击都充满了力量，宋安如却丝毫不落下风，躲避的同时还能击中那个男人。

一直以来听很多人说她的格斗术好，沈南辰没有见过，也想象不出她这样一个漂亮到极致的女孩子，真和人打起来是什么样的。此刻见了，只觉得很赏心悦目，连带着他的心跳速度都快了很多。

他将浑身是血、已经晕厥的受害者的外套脱下来，趁着壮汉和宋安如交缠的时候，找准时机展开衣服，兜住壮汉的头用力一勒。

壮汉收起攻势，死死扣住紧勒脖子的衣服，宋安如反剪过他的手腕，将他按倒在地。

沈南辰迅速把他绑起来。

两人的合作天衣无缝，被制伏的两个男人脸被压在地上，看不见偷袭的人，一顿狂骂。

宋安如皱着眉，随便塞了团东西进他嘴里，将污言秽语堵住。沈南辰紧跟着也将另一个男人给料理了。

两人一句话没说，谨慎地观察四周的情况。

十几分钟后，宋安如和沈南辰一起被带进了市公安局。

刑侦支队的队长陈宇看两人明显还是学生的模样，烦躁地抓了把头发。他长得很高，短袖下露出的胳膊肌肉十分发达，连续两天高强度工作，下巴上冒出的胡茬也没来得及清理，脸色发青，看起来很凶："《奥特曼》看多了？拯救世界的动画片看多了？"

"陈队，别吓着人家孩子了。"同事刘旭拽了一下他的胳膊，朝宋安如和沈南辰安抚道，"我们队长没恶意，就是担心你们的安危。"

陈宇横了他一眼："你再说一句话，今晚继续留下来加班。"

刘旭脚步飞快，立马转身出了休息室。

陈宇毕业于京公大，在校时特别出名。从业十多年，破起奇案无数，带出来的下属个个是人中龙凤，是个对自身以及下属要求特别严格的人。

学校很多老师讲课时都会提陈宇，宋安如了解了不少他的事迹，对他一直很敬仰。此刻被他教育，她一脸认真地盯着他，颇有种小学生受训的既视感，坐在她旁边的沈南辰也认真地看着他，态度十分好。

陈宇被盯得没了脾气，坐在两人对面，一人递了一瓶水过去，语重心长地道："知道今天你们打的那两个人是什么人吗？"

沈南辰："不知道。"

宋安如："贩毒分子。"

两人对视了一眼，宋安如面不改色地改了答案："不知道。"

陈宇嘴角忍不住抽搐："你们知不知道毒贩是最穷凶极恶的？他们很多身上甚至有非法获取的枪支和炸弹，你们两个不等警察来，自己就去对付他们？万一他们身上有枪呢？万一周围还有他们的同伙呢？你们就没想过自己的安危？就不怕被看到脸，遭到毒贩组织的报复？"

陈宇越想越觉得，搞不好会出现这种事情。虽说那个地段没有监控，事发后也已经有技术人员将其他监控处理了，但不排除当时有其他贩毒同伙在附近。那些毒贩的报复心都很强，如果两个小孩今天做的事情被那些人知道了,肯定会引祸上身。

他起身抓着头发来回踱步。

宋安如盯着他头顶岌岌可危的发量看了看,难得心虚:"我们做了防护措施,没有被看到脸,也没被听到声音。"

"你们……你们……"

陈宇诧异从一个女大学生这里听到这种话,很想问她怎么懂这些,又觉得有点败气势。他板着脸:"就算是看电视学到了一些东西,也不是你们瞎逞能的借口!这些毒贩不是你们能招惹的!等会儿出了警局就忘记这件事情,不要四处炫耀!不然怎么死的都不知道!听到没有?"

宋安如和沈南辰对视一眼,都虚心地点了点头。

气氛正到一点就着的时候,一道温润的声音从门口传来:"小如?你怎么在这里?"

几人齐齐看向声源处。

周夙靠在休息室门口,疑惑地看着宋安如。他穿了一件宝蓝色衬衣,西装裤下包裹的腿修长性感,给人的视觉冲击极强,鼻梁上的银边眼镜将"斯文"这个字眼展示得淋漓尽致。

宋安如诧异了一瞬:"周夙?"

"陈队。"周夙给陈宇打了个招呼,走到宋安如身边停下,打量了一眼她旁边的沈南辰后,熟稔地揉了揉她的头发,"许久不见,哥哥也不叫了?"

宋安如没什么表情,却还是听话地喊道:"周夙哥哥。"

"嗯。"周夙又在她脑袋上揉了下,"发生了什么事,你怎么在这里?又打人了?"

宋安如顺了两下被他揉乱的头发,理直气壮:"什么叫又打人了,我从不无故打人。"

周夙轻轻"啧"了一声,笑道:"那就是又打人了。"

两人的互动十分自然,从宋安如的态度里也能看出亲近之意。沈南辰原本还不太在意,此刻眉头微蹙,他打量着这个突然出现的人。

"可不止打人,你的好妹妹和她朋友今晚办了个大事。"陈宇冷笑,"捉了两个贩毒分子,这可立了个大功。"

"怎么还是这么虎?"周夙敲了一下她的头,听了陈宇的话,脸上的笑意也没了,"在京公大都读两年了,遇到这种事情也敢乱来?"

"你是京公大的?"

陈宇更气了,原本觉得是孩子不懂事,不知道其中的利害关系,才这般胆大包天,没想到是知道其中利害关系的。

直面陈宇的怒火,宋安如指了指沈南辰:"他也是。"

沈南辰歪着头看了她一眼,无辜地道:"师姐,我大一刚入学,还没上

115

过一节课。"

言下之意,便是他什么都不懂。

见两人还有甩锅的心思,陈宇更是怒火中烧:"哪个专业哪个班的?让辅导员来领人。我倒要看看,是什么样的老师,教出你们两个胆大妄为的!"

宋安如这辈子就没有被老师要求过请家长,她抗拒道:"小学生现在也不兴动不动就找家长了。"

陈宇冷哼:"因为现在的小学生都知道量力而行,你却不知道。赶紧打电话,今天你们辅导员不来,你们就别回去了。"

宋安如企图好好解释一下,跳过请"家长"的步骤:"当时警察还没来,他们要跑了,那个人也要被打死了,如果不留住他们……"

陈宇的脸色越来越不好。

周凤用手背碰了宋安如一下,她立马止住话。

周凤提议:"陈队,你今天不是要出勤吗?你先去忙吧,一会儿我等着他们的辅导员来领人,一定会严加教导。"

他说完这话,脸上没有之前的温和,很严肃地又对宋安如道:"小时候就冒冒失失的,长大还这样。我今天要让你们的辅导员好好收拾你。"

宋安如认错:"我知道错了。"

陈宇冷笑一声:"我的确还有事。"

周凤轻推了下眼镜:"你放心去忙吧,我一定好好教育。"

陈宇将椅背上的外套拿起来往身上套:"赶不上那也是我们的工作,你们报完警就该找一个安全的地方等我们来,而不是逞英雄!"

宋安如和沈南辰默契地垂下头,认错态度十分好:"不会再有下次了。"

两人都长得好看,虽说做的事情危险,但事情已经发生了。况且他们遇到这件事,能处理到这种程度可以说真的很优秀。

陈宇的火气消了些:"你们叫什么名字?"

"宋安如。"

"沈南辰。"

"宋安如?"陈宇拉衣服拉链的动作停住,走到宋安如面前,"你家是哪里的?"

"南苏市。"

"今年几岁了?"

"二十岁。"

宋安如不太明白,刚才还急吼吼准备要走的人,怎么忽然和她拉家常。被他布满血丝的眼睛一动不动地盯着,她有些心虚。

"陈队,我刚才过来的时候,看见外勤车停在门口等你。"周凤打断两人的对话,想把人支走。

陈宇没理他，目光依旧落在宋安如脸上："几月份生的？"

宋安如觉得奇怪，没有回答他的问题。休息室的氛围逐渐古怪。

沈南辰出声想将陈宇的注意力引开："陈队，我住云京市，十八岁，七月份生的。"

"嗯。"陈宇看了他一眼后，又问了宋安如一遍，"几月份生的？"

宋安如终于回答："八月。"

"八月……"

陈宇将穿了一半的外套脱下来，丢回椅背上。他一屁股坐回刚才的位置，拿出手机拨了个电话，电话被接通后，对那头的人丢下一句："你这会儿带人出去，我有点事情，处理了再过来。"

一副不打算走了、要算账的模样。

宋安如难得有些蒙，看看周凤，又看看沈南辰。

周凤给了她一个少安毋躁的眼神，等陈宇交代完，挂了电话，便上前说："陈队，你那边的事情更重要……"

陈宇瞥了他一眼："行了，既然你不想走，那你跟着李副队一起去。"

周凤喜提加班，顶着陈宇的死亡注视退出休息室。房间门被关上，陈宇收回视线，表情明显变得有些古怪。他欲言又止，看了宋安如好一会儿，语气软下来许多，带着些僵硬的关心："有没有哪里受伤？"

宋安如摇头："没有。"

陈宇仿佛确认般，又扫了两人几眼，表情恢复了严肃："联系辅导员。"

作为全系数一数二的优秀学生，宋安如企图挣扎一下，可对上陈宇的眼神，还是默默拿出手机，给辅导员袁庆打电话。

沈南辰叹了一口气后，也给辅导员房贺拨了电话。

两位辅导员一起赶到警局，看到被陈宇拘在休息室的两个人时，袁庆都还在想，宋安如在电话里是不是说错了，应该是来被表彰，而不是被批评。

直到陈宇指着四人，劈头盖脸又是一通教育，袁庆这才缓过来，宋安如是真的被请"家长"了。房贺全程一脸蒙，学生都还不熟，就先被送了个"刑警支队队长教育大礼包"。

这顿教育持续到晚上十点钟，陈宇拨打内线，找来一名手下："刘旭，把这两个孩子送到京公大，还是学生，不能睡太晚了。"

安排好后，他又告诫宋安如和沈南辰："以后遇到这样的事情，报警等警察处理。我会关注你们两个的，如果再出这样的事情，我不仅会联系你们学校，让校领导狠狠地惩罚你们，还会把你们接到公安局上思想教育课。"

陈宇看起来严肃又高冷，训斥起人来却能半个小时都不带重样的。宋安如被训了这么久，耳朵都"嗡嗡"的。听他这样说，她和沈南辰一起保证道："不会再犯了。"

两人跟在刘旭身后离开。袁庆和房贺也松了口气,准备一道离开。

陈宇喊住两人:"两位老师请等一下。这件事情很严重,我需要再和你们讨论一下。"

宋安如闻言回头看了一眼。

陈宇瞥了她一眼:"怎么,还想回来坐一会儿?"

沈南辰拉住她的衣袖将她带走:"陈队和老师们慢慢聊,快到闭寝时间,我和师姐先回学校了。"

刘旭带着两人上车后,直到将车子开出了市局,才忍不住感叹:"今天抓的那三个人,被打的那一位是云华区最大的毒品销售,这人特别滑头,禁毒支队和他纠缠许久都没捉住他。虽说今天的事情由你们来做不合规,也很危险,但不得不说,你们真的太厉害了。"

宋安如被陈宇教育了许久,现在一听到这件事情,脑袋里的弦下意识就开始紧绷。

沈南辰看她不在状态,唇角微微翘起,带着点笑意:"只是恰巧碰到他们内讧,就报了警。"

"虽然我们出警速度一直很快,但今天要不是你们,估计得跑空。他们这群人跑路的技能早就炉火纯青。"刘旭透过后视镜,看了眼宋安如,"宋师妹越来越厉害了啊!"

宋安如回过神,就听沈南辰问:"刘警官,你也是京公大的?"

刘旭:"嗯,我们市局很多京公大出来的,我在市局工作一年了。"

沈南辰感兴趣地问:"那你大三的时候,她刚大一,她那个时候就很出名了?"

车子正好遇到红灯,刘旭回过头,眼底是掩藏不住的钦佩:"宋师妹大一军训的时候,可是出尽风头,不仅在学校里出名,在那一届训练我们的教官中也很出名。"

宋安如被夸习惯了,此刻倒也没什么特别的情绪。她遵从说话的艺术,回夸了一句:"师兄也很厉害。"

刘旭兴致勃勃地问:"真的吗?你觉得我哪里厉害?"

宋安如也就是客气地说一句,被他反问,还真的不知道该怎么回,因为她的确没见过刘旭。

见她沉默,沈南辰用腿撞了她一下,等她看过来,笑眯眯地盯着她,主动解围道:"师兄刚毕业就来了市局,真的很厉害。"

"我就是运气好。"刘旭憨笑着挠了挠头。

市局离京公大不过十几分钟的路程,刘旭比较健谈,一路上也没有冷场过。

到了京公大，刘旭再次提醒："宋师妹、沈师弟，今天发生的事情，你们一定不要外传。这些毒贩子都是亡命之徒，为了报复什么都做得出来。"

沈南辰："师兄放心。"

刘旭："好了，快回学校吧，有事随时联系我们。"

下了车，两人目送刘旭离开。

宋安如进校门时，沈南辰拉了她一下："再等等。"

"干什么？"宋安如皱眉。

沈南辰看着她："十寸草莓蛋糕快到了，你不接它吗？"

宋安如没想到今晚经历了这么多事情，他还记得让人送蛋糕来。她顿时有点心虚，为了挽回一下，勾起嘴角，虚伪地笑了一下："要接。"

"你还真是……"

沈南辰自打认识她以来，没见她笑过。他想过她笑起来应该是什么样的，但绝对不是这种皮笑肉不笑，一副要吃小孩的模样，明明长得这么漂亮。

他忍住笑夸奖道："师姐笑起来真好看。"

虽然宋安如也这样觉得，但听他直接说出来，有一点不好意思。她转移话题问："是今天那个叔叔送来吗？"

"霄叔年龄大，这个点早睡了。"沈南辰垂眸，看起来若有所思。

"哦。"宋安如点头，有点好奇他在想什么，索性问出来，"你在想什么？"

沈南辰环视了一遍，确定周围没人，压低声音道："你有没有感觉陈队长好像很关心你？"

宋安如想了想："是有一点。"

明明是她和沈南辰一起犯错，陈队全程大部分时间都在批评她，似乎很怕她再做出这样的事情。

这一刻沈南辰有几个猜想，故意调侃她："难道他和那位周凤一样，看清了你爱惹事的潜力？"

宋安如白了他一眼："你可以闭嘴了。"

"又朝我翻白眼。"沈南辰微微眯眼，"你对着周凤也总翻白眼吗？"

"你问他做什么？"宋安如不解，"我为什么要对他翻白眼？"

沈南辰心里舒服了一点，可想到她那么乖地叫对方哥哥，又不舒服了："那你为什么不对他翻白眼？"

"你问题怎么这么多？"

"好奇。"

宋安如再次强调："你好奇的事真的太多了。"

沈南辰长这么大，只被她说过好奇心浓烈，也只被她嫌弃过话多，别人都是巴不得多和他多说几句话，这种感觉如果放在平时，还怪新鲜的。

越想到她乖巧地叫别人哥哥的场景，沈南辰嘴角笑意越浓："他是谁？"

119

宋安如觉得他看起来怪怪的，不由得多看了两眼。他眼里的笑意并未到达眼底，和那些宫斗的娘娘怪像的。她没忍住问了句："你也看《甄嬛传》？"

"别扯开话题，蛋糕不想吃了？"沈南辰漫不经心道，"刚才让阿姨现做的，草莓也是现摘的，味道应该不错吧？"

宋安如忍不住咽了咽口水。不是她没出息，而是沈南辰家里阿姨做的蛋糕真的很好吃，她长这么大，第一次吃到这么合心意的。

她道："小时候的邻居。"

"还是青梅竹马啊。"沈南辰低声自言自语。

宋安如很诚实地点头："算是吧。"

"你……"

宋安如盯着他的眼睛，等下文。

沈南辰不知道该问"你喜欢他吗"，又或者是"你和他经常一起玩吗"，可迎上她的注视，那双眼睛里有明显的不解和郁闷，在这一刻看起来，有那么点可爱。

感情迟钝就算了，还没开窍。

他算是想多了。

沈南辰在她脸上捏了一下："你一会儿多吃点蛋糕。"

宋安如捂着脸想发作，硬生生地憋住了，毕竟吃人嘴软。

没一会儿就有一辆车驶来了，车子停在两人面前，车窗摇下来，一张桀骜不驯的脸出现在后面。

沈铭吊儿郎当地将手肘搭在车窗，袖子卷到手臂上，肌肉线条紧实漂亮。

沈南辰有些意外："你怎么来了？"

"这不，给我不吃甜食的弟弟送蛋糕。"他话里的揶揄很明显，视线落在宋安如身上，打量两眼，扬手招呼道，"小安如，晚上好。"

他笑得恣意张扬，那张脸和沈南辰有几分像，两人的气质却完全不同。宋安如有种很神奇的感觉，虽不清楚他怎么知道自己的名字，也没问，淡定地回道："你好。"

沈铭拿过蛋糕，从窗口递出来给她："晚上玩得还开心吗？"

宋安如接过蛋糕，一板一眼地道："开心。"

被教育了两个小时，她是不开心的，但要是说不开心，她觉得对方肯定会问原因。

"开心就好，下次和南辰来家里玩。"

沈铭将脑袋枕在胳膊上，笑眯眯地看着她。

他长得很好看，但又和沈南辰的好看，给人的感觉不太一样。一个好看得攻击性很强，看起来脾气不太好的样子，实际上怎么样不清楚。一个美得"沉鱼落雁"，看起来慵懒随性，脾气很好的样子，实际上就是个"黑心汤圆"。

宋安如很好奇到底是什么样的家庭氛围，养出来的两个孩子给人的感觉天差地别。

她盯着沈铭的时间有点久，沈铭也大大方方地任由她看，嘴上调侃一句："一直盯着我，是不是也觉得我长得好看？"

宋安如正要诚实地点头称是，沈南辰往前走了一步，隔开她的视线："你刚回家？"

沈铭似笑非笑地松了松领结："嗯。"

刚到家，就看到平时早就休息的沈霄兴致勃勃地拿着蛋糕要出门，他问了两句，才知道从小就对很多人和事提不起兴致的弟弟要给女孩子送蛋糕。这种事情好比大姑娘上花轿——头一次，沈铭很好奇，打听清楚情况，就亲自拿着蛋糕来了。

沈南辰伸手进车里，按下关窗键："早点回去吧。"

黑色玻璃缓缓升起，沈铭又将窗户降下："我大老远给你送货上门，你就这么迫不及待地让我走？"

"闭寝时间要到了，你回去注意安全。"沈南辰拉着宋安如的帽子往校内走，"我们回去吧。"

看着两人离开的背影，沈铭玩世不恭地道："小安如，有空来家里玩。"

宋安如颇感好奇，想回头看一眼，却被沈南辰拽着走了。

"别理他，他最喜欢骗你这种小女生。"沈南辰接过蛋糕帮她拎着。

"你这样说你亲哥？"

"怎么，觉得他长得好看？"沈南辰拉着她帽子的手往上又提了点。

"嗯。"宋安如扯住领口，避免被衣服勒住脖子。

沈南辰眯了眯眼："那是他好看还是我好看？"

他的脸突然凑到面前，宋安如心跳都快了："都好看。"

其实她更喜欢沈南辰的长相，就像是漫画里走出来的美少年一样，好看得不像是真实存在的。

沈南辰晃了晃手里的蛋糕。

宋安如话锋一转："但是你更胜一筹。"

"嗯。"沈南辰满意地松开她的帽子，突然问，"什么时候请我吃饭？"

宋安如一脸蒙："我为什么要请你吃饭？"

"又想白嫖我？"

"我什么时候白嫖你了？"

沈南辰翻出手机，将和她的对话框打开，递到她面前："我都有空。"

宋安如接过手机，只见聊天记录上，一个月前，她主动发了一条消息：谢谢，有空请你吃饭。

是当时她收到鞋子后，特别高兴随手发的，没想到他现在都还记得。

121

宋安如："你想吃什么？"

沈南辰："明天一起吃午饭？"

军训结束后，除了周末，其他时间都不能随意出学校。虽说辅导员对她还算是有求必应，但今天刚请过假，还被市局请了"家长"，脸皮厚如宋安如，也觉得再去请假有些不妥。

她道："平时不能出校。"

"去食堂吃？"沈南辰问，想了想后，又补充道，"那不得多请我吃几顿？"

和他吃饭这件事，宋安如其实也不抗拒，毕竟军训的时候，已经一起吃一个月了。但是和他一起去学校食堂，很有可能会被人当成猴一样围观。以前她也不是很在意这种小事，现在一想到那个场景，心情就怪怪的。

仿佛看出了她的想法，沈南辰问："不想和我去食堂吃饭？是想和我去外面吃？"

虽说比起食堂，她的确更倾向于在外面吃，但从他嘴里说出来，怎么这么容易让人浮想联翩？

宋安如果断地定下时间："下周六，你想吃什么？"

"周六你要回恒水湾住吗？"

恒水湾是妈妈给她买房子的那个小区，今天沈南辰也是在那里接的她。不知道他为什么问这个，宋安如还是应道："要。"

"你喜欢吃辣的，还喜欢睡懒觉……"沈南辰捏着她脑袋后面的丸子头，"周六中午我来接你，我知道一家川菜做得很好吃的店。"

"你不是不能吃辣吗？"宋安如拍开他的手警告，"不准扯我头发。"

"没扯，我就轻轻捏了一下。"沈南辰又拉住她的帽子，跟在她身后一晃一晃的，"川菜店也有不辣的。"

"知道了。"

习惯是一件很可怕的事情，宋安如已经无力吐槽他总扯她帽子的这个行为，每次说他，他就一副包容的样子笑，弄得她这个受害者多十恶不赦一样。

快到闭寝时间，外面的学生极少。两人悠闲地溜达着往寝室楼走，先到宋安如所在的寝室楼"梧栖苑"，沈南辰松开晃悠了一路的帽子，将蛋糕递给她。

"听说你平时总去学生会？"

"关你……"手里的蛋糕沉甸甸的，宋安如咽回即将脱口而出的话，多了分耐心，点头，"嗯。"

沈南辰追问："去做什么？"

宋安如："玩。"

刘博宇说她总去秦知意的办公室玩，结合她喜欢玩游戏，以及学生会设备还不错的宣传，沈南辰大概知道她去学生会做些什么了。

成天只知道上学、吃饭和打游戏，窍都开在这些上面了。也亏得这样，要是某些方面开窍早,追她的人那么多,说不准早就被人追走了。

沈南辰不由得失笑:"这样挺好的。"

"蛋糕,谢谢。"宋安如莫名其妙,拎着蛋糕走了。

沈南辰目送她走进梧栖苑,给她发了一条消息:师姐对我好点。

不远处的宋安如拿出手机看了眼,随后回过头,很无语地白了他一眼。

沈南辰朝她挥了挥手,又发了一条消息过去:这样想吃蛋糕或者其他甜品的时候,我让阿姨给你做。

宋安如看到消息,脸上没了不耐烦,回过头,给他做了个再见的手势,还很快回了消息,以示关心:早点休息。

目的性一贯是又强又直白。

沈南辰在回寝室的路上,嘴角一直带着笑。

"哎哟,咱男妖精还知道回家的路啊。"见他满面春风地回来,苏彦酸溜溜地揶揄,"我们正在商量派人去找你。"

"商量这么久?"沈南辰脱下外套,卫衣帽子里掉了一顶帽子出来,是宋安如在公安局被教育的时候又塞进去的。他捡起帽子,拍了张照片发给她。

"你也知道久啊!"刘昱疑惑地看着他的行为,"你怎么戴两顶一样的帽子出去?"

沈南辰取下自己头上的,将两顶帽子一起收在柜子里:"有她的。"

"哇哦——"

"哇哦——"

刘昱和苏彦惊呼,就连江喻白都停下玩手机,目光炯炯地听八卦。

"这是情侣帽?"苏彦目瞪口呆,"你俩这么快的?"

"碰巧同款,她忘在我这里的。"

几人盯着沈南辰,又是一番打量。

苏彦心里猫抓一样好奇:"你晚上和宋师姐上哪儿玩了?不是说去参加年玉的生日宴会了吗?我可听说,她家八点半就让司机把咱学校的人送回来了。这会儿十点半,你才踩着闭寝时间回寝室。"

沈南辰:"走回来的。"

江喻白忽然开口:"酒店到学校的路都够你来回走几趟了。"

"看吧,连小白都明白。"苏彦"啧啧"两声,"所以到底去哪儿玩了?"

"你猜。"沈南辰看了眼,宋安如没有回消息。他朝刘昱问,"你之前是不是说要进学生会?"

"是啊,怎么了?"

"报名流程给我一个。"

"行。"刘昱将开学时拍的流程图发给了他,有点惊讶,"你要进学生会？"

　　江喻白闻声看向刘昱："给我也发一个。"

　　"校园网上说，学生会秦主席的办公室是偶遇宋师姐频率最高的地方。"苏彦嫌弃地瞅了江喻白一眼，"他是去当男妖精的，你跟着去干什么？"

　　沈南辰意味深长地看向江喻白："不错嘛。"

　　苏彦和刘昱虽然很好奇沈南辰去做什么了，但他们更好奇江喻白的动机。两人逮着江喻白一通询问。

　　沈南辰的手机总算是振动了。宋安如回了消息：周六带给我。

　　沈南辰：我以为依照师姐的性格，会直接不要了。

　　宋安如：我花钱买的，凭什么不要？你的以后不准戴了。

　　依旧不讲理，依旧霸道，不像别人口口相传的高冷却懂礼貌。

　　沈南辰摩挲着手机边框，心情十分好。

/ 第五章
约会

开学第一天,主要是老师和学生之间相互认识,以及发放一些教材。法医学专业下午三点半就没课了。

沈南辰和几个室友准备回寝室,刚到教学楼楼下,江喻白就用手肘撞了他一下:"男妖精,宋安如。"

沈南辰在江喻白提醒的时候,就已经看到远处穿着黑色作训服的少女,她满脸严肃,风驰电掣地滑着滑板往学生会冲。她的神情特别专注,从他们面前滑过,都没看到他们。齐肩的头发被风吹在后面,滑板的轮子与地面摩擦,发出响声,那阵仗看起来就像是有急事要办一样。只见她到了学生会大门,一脚将滑板踩起抱住,随后跑了进去。

"车轱辘都要给她滋出火花了。"苏彦不明所以,"这么急是赶着去投胎啊?"

"是有点急。"沈南辰将抱着的书递给江喻白,"帮我带回去,我有点事。"随后他也往学生会走去。

宋安如一路奔进学生会主席办公室,看见她的人早已见怪不怪。

她进办公室后,随手把滑板靠在门边,将角落里的一台空闲电脑打开。等待开机的时候,她把带来的耳机插上,又从秦知意的储物柜里拿了杯奶茶出来泡好,还贴心地给自己开了一包饼干。

一切准备工作做好后,电脑也开好了,她惬意地登录游戏账号。最近她最喜欢的游戏就是这款"决战荒岛",开局五十个玩家随机出现在岛上,使用冷兵器作战,最后胜出的人就是荒岛之主。她不太擅长用刀剑近战,一般情况都是选择用弓箭远攻。因为从小练枪的缘故,她射箭也特别准,能百步穿杨。

宋安如戴着耳机在游戏里杀红了眼,丝毫没察觉办公室的门被敲响。

敲门声响了三下,门被人从外面推开。

沈南辰站在门口环视了一圈,就找到了角落里手指在键盘上敲得飞快的宋安如。他关上门,走到她身后,兴致盎然地看她玩游戏。

宋安如全神贯注地盯着电脑屏幕。开局的时候人多,她用弓箭玩不尽兴,索性拿了一把唐刀,在人群中砍瓜切菜,大杀特杀。她的人物形象是个短发小女孩,深刻地演绎了什么叫"暴力萝莉"。

就在宋安如将身边近战的玩家杀得差不多时,身后一抹银光闪了一下。她反应很快地提起一用长剑的玩家,转身挡在身前,一支箭直接扎进了那名玩家的身体。宋安如将唐刀换成弓箭,对准远处一个地方,一箭射去,自信地回头。系统立马弹出击杀播报。

沈南辰眼眸微亮,表扬道:"真准。"

宋安如回过头,就看到沈南辰专注地看着电脑界面:"你怎么在这里?"

沈南辰脸不红心不跳地说谎:"秦知意找我来的。"

"哦。"

宋安如没多问,注意力继续放在电脑上。游戏已经持续了半个小时,往常这个时候早就该结束了,但是场上除了她,还有一个人不知道在哪里。她找了处隐蔽的地方,拿出弓箭寻找,决战范围圈已经缩小到了方圆二十米,还是没有找到最后那个玩家。

就在她要跳出隐蔽地,引诱别人的时候,沈南辰指了指她斜对面那栋房子的房顶:"最后一个人应该在这里趴着,小心点。"

宋安如看向他指的地方,之前留意了几次,都没察觉到有人的痕迹。

"你确定这里有人?"

"刚才那里有什么晃了一下,"沈南辰在屏幕上点了一下,"应该是个弓箭手。"

宋安如将视角放广,背对着那个人寻找活口,并且无意间退出安全范围。

刚出去的时候,那个人果然没反应。等她第二次假装背过身时,箭支划破空气的细微响声传来,她侧过身,反手一箭射出去。

游戏结束,宋安如拿到了"荒岛之主"称号。

"真厉害。"沈南辰拉开旁边的椅子,挨着她坐下,"可以带我一起玩吗?"

宋安如无情地拒绝:"不要。"

沈南辰换了个说法:"我玩这个应该还行,要比一比吗?"

"不要。"宋安如点击开始单排。

沈南辰覆上她的手,挪动鼠标,取消了单排,看着她,声音里带着点挑衅:"是不敢和我比拼,所以才拒绝我吗?"

虽然知道这人在用激将法,宋安如的战意还是被点燃了。她本就很少遇到对手,沈南辰军训的时候表现那么好,照理说,玩这种游戏应该也是不错的。

宋安如指着旁边的电脑:"这台他们也不常用,你开这台。"

沈南辰从容地打开电脑,<u>丝毫看不出几分钟前才找朋友借账号的模样</u>。

他登录好账号,宋安如就发来了好友申请:"你通过一下,我拉你。"

"好。"沈南辰研究了一下游戏页面布置,才找到好友邀请消息的位置。

"能不能快点?"

"可以了。"

宋安如准备开对战模式,沈南辰叫住她:"先双排一把?我找找感觉。"

"你事真多。"宋安如皱眉道,"这需要找什么感觉?"

"你刚才玩了一把,手感肯定比我好。"沈南辰演得明明白白,"当然,如果师姐你担心我有手感后就输给我,我还是可以直接比的。"

宋安如觉得应该给他上一课,要输的人,就算手感再好也要输。于是她点了双排。

她在前线砍瓜切菜的时候,沈南辰在后面拿着武器原地放招,问就是每一样武器都需要熟悉一下手感;她在隐蔽处埋伏敌人的时候,沈南辰打开全地图四处研究,问就是几天没看到游戏界面图,甚是想念;她在和别人殊死搏斗的时候,沈南辰在旁边逮着还有一口气的玩家,换着武器折腾别人,问就是每一件武器都需要沾点血开刃……

宋安如被六个弓箭手围殴爆头。她平时喜欢单排,最大的原因就是怕碰到猪队友。怎么也没想到,沈南辰拿着一个等级和她差不了多少的账号,操作这么一言难尽。

宋安如侧过头,阴森森地盯着他:"二十分钟,您热身热好没?"

沈南辰关掉科普页面,将手里的大刀换成弓箭:"等着,马上给你报仇。"

他操纵着人物,躲到掩体后面观察情况,随后迅速拔箭射出,拿到了这局第一个人头。

虽射中了,不难看出他切换按键的时候有些生硬。她刚开始玩游戏的时候,差不多就是这样。

宋安如吸了一口奶茶:"你没玩过这游戏。"

沈南辰抽空转头看了她一眼,一点没有被揭穿的尴尬:"被你发现了。"

"我不瞎。"

好不容易今天三点过了就没课,可以抓紧时间多玩两把游戏。宋安如后悔刚才邀请他:"不会玩逞什么能。"

游戏里的沈南辰切换长剑,又淘汰掉一名玩家。他的声音里含着笑意:"这不是想和你并肩作战,怕你不带我嘛。"

宋安如冷笑:"呵呵。"

双排必须要两个人都死掉才能退出游戏。场上还有八个人,依照沈南辰的打法,短时间应该结束不了。

宋安如拿过薯片,一边看他打,一边吃。不得不承认,他是有些天赋的。明明游戏开局还处于什么都不知道的状态,半个小时不到就已经上手了。虽说打法比较保守,但人还在场上。

"你上手还挺快的。"

"比不上师姐。"

沈南辰再次淘汰一名玩家,耳边咬薯片的声音就没停过。明明是喜欢吃零食、三餐也认真吃的一个人,却这么瘦。

他不由得有点好奇,问:"给我尝尝?"

宋安如吃得很香,嘴上却道:"味道很一般,没什么好尝的。"

"是吗?"沈南辰叹气,"我没吃过,看你吃,有点好奇是什么味道。"

"你连薯片都没吃过?"宋安如震惊。薯片这么好吃,她三天两头都会吃,这个世界上居然还有没吃过的人。

场上还有三个人,沈南辰给游戏人物找了个安全点躲着,看着宋安如,摇了摇头:"没有。"

他本就长得好看,睫毛微垂着时,给人一种可怜兮兮的感觉。宋安如同情地问:"你们这种大户人家都这样吗?"

"不清楚,我母亲对食物比较严格。"沈南辰盯着她手上的薯片,又问,"我可以吃吗?"

宋安如看他可怜,将盒子往前一递,大方地道:"吃吧。"

"吃不了那么多。"他凑近脑袋,咬住宋安如手上捏着的一片薯片。薯片从她手捏着的地方断开。

沈南辰慢条斯理地咀嚼,优雅得像在吃什么山珍海味。

宋安如捏着剩下的小半块,不知道是不是该塞他嘴里:"你没手?"

沈南辰轻声道:"只想尝一片。"

"刚好我手里捏着一片?"宋安如指尖用力,那小半片薯片立马碎成了几块,掉落在地上。

"嗯。"沈南辰扯了两张纸巾,将地板上的薯片包起来,丢进垃圾桶,"可惜了。"

宋安如挥舞着拳头,对着他的脸扬了扬:"我还有这个,你要吃吗?"

沈南辰微微偏头,似乎在思考,随后看着她的眼睛,朝她的拳头凑近。

眼看着那张唇越离越近,宋安如脸上烧得慌,推开他:"玩你的游戏,别耽误我时间。"

"哦。"

沈南辰继续拿起鼠标。其余两个玩家已经死了一个,他打开广角地图,四处寻找最后一个的踪迹,小声说了句:"一会儿要给吃,一会儿又不给。真善变。"

宋安如着实好奇他的脑回路是怎么长的,内心波涛汹涌,表面还是很平静:"我听得见。"

"嗯，听不见我就不说了。"

沈南辰很直白，宋安如很无语。眼看他将最后一个玩家杀死，宋安如果断退出组队，准备单排。

"说好的对战。"

"我不和你对战了。"

这款游戏他就玩了那么一次，宋安如觉得自己要是赢了他都不光彩。

"不愿意就算了吧"沈南辰疑惑地问，"是看我刚才太厉害，所以害怕输？"

宋安如屏气不说话。

沈南辰又道："输赢都无所谓，只是游戏而已，师姐别太放在心上。"

宋安如拿着鼠标的手动了动，单人模式切换成对战模式，她将沈南辰拉进游戏："别废话。"

两人开始对战。

游戏是五局三胜，宋安如第一把很快就用箭杀了沈南辰，第二把却被沈南辰埋伏了，本该被他一剑穿心，结果他关键时刻停手，宋安如一刀将他送走。

完事后，他皱眉嘟囔一句："我下不去手。"

赢是赢了，宋安如心里却堵得慌。

第三把两人打了半个小时，最后以宋安如一脚将他踹下十六楼告终。

赢了的同时，宋安如由衷地生出一种棋逢对手的感觉。玩这款游戏以来，对战了不下百次，没哪次超过十五分钟。

不得不说，和沈南辰玩这游戏，让她的体验感很好。他知道扬长避短，自己的操作没有她好，就尽量不和她正面硬碰，采取的那些手段，虽然让人牙痒痒，不可否认的是，都很有用。

宋安如重新开了双排，并且拉沈南辰组队。

两人在学生会主席办公室里一直双排，一个明处搏斗，一个暗处掩护，三个小时只输了两把，其余每把都拿到了最后的胜利。

宋安如胜率低到可怜的双排成绩一路飙升，游戏体验感非常好，以至于她将沈南辰都给看顺眼了。

再一局游戏结束，宋安如有点饿，又拆了一包饼干。准备吃之前，对上沈南辰的视线，她还主动将饼干递给他："要吃吗？"

沈南辰拿了一块，仔细看了看，才咬了一口，一副很新奇的模样。

宋安如不可思议地问："饼干你也没吃过？"

沈南辰咽下饼干，缓缓道："吃过，家里阿姨经常做。"

宋安如懂了："那是没吃过这种买的袋装饼干？"

沈南辰点头，随后又咬了一口饼干。

宋安如觉得自己也算是有见识的人。妈妈有一家上市公司，外婆和外公年轻时从政,她从小过的生活虽称不上衣来伸手饭来张口,那也是衣食无忧的。即便这样,她妈和外婆不仅带她吃过路边烤串,还和她抢过一毛钱一个的大刀肉。

根本想象不到,到底是什么家庭,从小不给孩子吃薯片,连饼干都得家里的阿姨烤。垃圾食品的快乐都没体会过,就算白来这个世界走一回。

"那你喝过歪歪家的奶茶吗?"

沈南辰摇头:"没有,但我知道。"

读高中的时候,他有一任同桌经常喝,他看到过。

宋安如眼里的同情更甚,起身从秦知意的柜子里拿了一杯奶茶,冲泡好递给他。

"请我吃饼干,还给我冲奶茶?"沈南辰挑眉,"你对我这么好,是有什么阴谋吗?"

宋安如难得对他产生同情心,闻言脸都黑了:"不喝拉倒。"

"当然不能辜负师姐的爱。"沈南辰接过来,尝了一口。

宋安如目光炯炯地盯着他:"怎么样?"

"又奶又茶的。"

"又奶又茶是个什么鬼?"感觉他好像喝不惯,宋安如拿过他的奶茶,揭开盖子,将奶茶倒进自己的杯子里,"喝不习惯别勉强。"

"你喜欢吃这些?"沈南辰托腮看着她,见她吃得起劲,又道,"下次我让阿姨做了给你带来。"

"好。"宋安如答应得很快。

他家阿姨的手艺是真的好,昨天带回寝室的蛋糕有十寸,夏桐不在,她和秦知意还有陈舒,三个人都给吃完了。陈舒吃完后,还嚷嚷着让她和沈南辰处好关系,没事就让他带蛋糕。

沈南辰看她眼睛亮亮的,好笑地拍了一下她的头:"还要玩吗?"

办公室的门被人推开,秦知意神情微妙,看着靠得很近的两人:"我来得……不是时候?"

宋安如看了眼她手里提着的饭盒,走上前就要接:"谢谢。"

秦知意去食堂吃了饭,想到宋安如在办公室打游戏,正好要来处理一些事情,就顺道给她带饭。可对上沈南辰似笑非笑的眼神,秦知意躲开宋安如的手:"我的晚饭,没你的份。"

宋安如疑惑:"你平时都给我带的。"

秦知意走到自己的办公位置坐下:"今天很早就没课了,我以为你玩会儿游戏会自己去吃。"

"哦。"宋安如点点头,她现在也不是很饿。

"你和沈师弟先去吃饭吧。"秦知意看她坐回电脑前,一副准备再玩的模样,又道,"三食堂今天有两道辣菜,你再不去估计就没了。"

宋安如指了指沈南辰:"你和他不是有事情谈吗?他在这儿等你很久了。"

"也不是什么重要的事情,你们先去吃了饭再说吧。"秦知意说着打开饭盒,"正好我吃了饭,马上要开个会。"

于是,宋安如带着沈南辰走了。到了学生会大门口,她将滑板搁在地上,一脚踩上去,准备滑的时候发现滑不动。

沈南辰一只脚踩在滑板上,笑盈盈地道:"搭个便车?"

"你以为这是汽车吗?"宋安如无语,"腿拿开。"

沈南辰一动不动,一副"你不让我搭便车,我就不走"的无赖模样。宋安如将脚从滑板上拿下来,环着胳膊盯着他:"你见过滑板载人?"

"好像没见过。"沈南辰拿起滑板,"我们走路过去吧。"

宋安如总算明白了:"谁要和你一起走路去。"

沈南辰看了看滑板,又看了看她:"那……情景再现一下他们说的双人滑板?"

宋安如噎住。

两人一前一后地往食堂走,路上碰到同学,都会多看他们两眼。

到的时候,食堂已经没几个人了,沈南辰排在一个窗口前,点了水煮牛肉和爆炒鸡丁。这两样菜全是红艳艳的辣椒,光是看着就很辣。

宋安如问:"你不是不吃辣?"

沈南辰:"给你点的,还要其他菜吗?"

"不要了。"他点的两个菜是食堂今天仅有的辣菜,很符合她的口味。

"那再加个汤吧。吃了辣的,喝点汤可能会舒服点。"沈南辰又给自己点了两个清淡的菜,随后刷卡付款,"找个你喜欢的位置吧,我等会儿端过来。"

"哦。"宋安如听话地抱着滑板去找位置。

沈南辰很快将两个托盘端过来,一个红红火火,一个清汤寡水。宋安如光是看着就颇为感慨:"你比一般云京人的口味还清淡。"

夏桐也是地道的云京人,但很喜欢吃辣,时常被辣得满脸通红。

想到无辣不欢的南苏人,宋安如评价道:"你这种口味,在我们南苏很难娶到老婆。"

沈南辰语气如常:"为什么?"

宋安如:"吃不到一桌。"

南苏人大多喜欢吃辣,即便不怎么能吃的,饭桌上也三天两头会见辣,口味像沈南辰这种完全清淡的,十有八九在南苏活不下去。

沈南辰将原本要动的筷子放回原位,一脸认真地看着她:"怎么吃不到一桌?我和你现在不就在一桌吗?"

131

宋安如："你这种搁我们那儿谁家都是个累赘，做饭还得特意为你准备两个清淡的菜。"

沈南辰："可以请阿姨。"

宋安如口直心快地道："请阿姨也浪费，有时候明明两个菜解决的事情，有你得四个菜解决。"

沈南辰微眯着眼："别担心，我有钱，请一百个阿姨，每天做一百个菜也不会破产。"

宋安如被他不愉悦的眼神看得莫名其妙："我为什么要担心？"

沈南辰朝她弯了弯唇，情绪似乎又恢复了："嗯，你不担心就好。"

两人安静地吃饭，沈南辰看她的唇被辣得很红，将汤递给她："真有这么好吃？"

部队里伙食清淡，年玉生日宴会那个辣子鸡也不够味，宋安如很久没吃得这么开心了，她多了几分兴致问："你好奇？"

沈南辰："嗯。"

宋安如将还没动过的爆炒鸡丁往他面前推了推："尝尝？"

"不了。"沈南辰光是看就知道自己吃不了，并没有以身犯险的精神。

宋安如："那你好奇什么？"

沈南辰将爆炒鸡丁给她放回去："先适应一下。"

宋安如不理解："你又不吃，适应什么？"

沈南辰慢条斯理地擦了擦嘴唇，片刻后道："如果未来另一半喜欢吃辣的话，我得适应这个场景。"

宋安如一家人都喜欢吃辣，她根本想不出来，家里如果有一位沈南辰这样的，一丁点辣椒都不能吃，那样不管一起吃什么，都得照顾他，就连吃个火锅，还得点个鸳鸯的，想想就麻烦。

"喜欢吃辣的人应该不会轻易和你在一起，吃不到一块，少了很多乐趣。"

沈南辰笑盈盈地盯着她。

宋安如被盯得很不自在，没等她说什么，他又道："吃不到一块，我也保证她乐趣少不了。"

温柔的语气中，夹杂着若有似无的阴森，宋安如忽然觉得背脊都麻了一下。

开学第一周，课业不会特别重，学生们的心思也比较活泛。校园网上又开始了一年一度的校花校草评选活动。活动开始前两天，校花人选中宋安如的人气依旧一骑绝尘，校草支持度最高的也是上一届的林子横。

直到好事者发了一张合照，冲上了热帖第一。

帖子：我有一个不成熟的、大胆的想法。

帖子里放了一张照片，照片中，宋安如和沈南辰都穿着升旗服，不难看出是部队验兵那天升旗前被人拍的。两人靠在一起，宋安如的表情很臭，看起来又冷又飒。沈南辰嘴角带着笑意，十分温柔好相处的模样。两人都特别好看，以至于一眼看上去很相配。

帖子内容：宋安如这一脸杀气，真的，我觉得比林校草散发的荷尔蒙都足。而这位新生，说实话，我长这么大还没见过哪个男的长这么好看。或许我们可以开拓一下思路？不要墨守成规？

这个帖子被评论淹没，其中一条点赞最多的：楼主，我只能说不只是你，我们寝室都在嗑这一对。实不相瞒，私下都称呼沈师弟为妖精或者校花。

有人在这条下面问：你们这是把宋安如置于何地？

好事者踊跃回复：宋师姐也很美，但太飒了啊，你说她是校草我都觉得不违和。沈师弟嘛，嘿嘿嘿……不瞒大家，我这里有一张照片，大家看看再做评判。

于是这个帖子里面又多了一张图片。宋安如踩着滑板，身后，沈南辰一只脚也在滑板上。

图片上面还有一排字，"我的滑板后座只有你能上"。

于是仅仅一天时间，校花、校草的宝座皆易主了。

沈南辰荣获校花第一名，甩第二名的宋安如一个大境界。

宋安如荣获校草第一名，甩第二名的林子横三条街。

因为榜单票数第一名和第二名差距太大，评选活动发起人直接敲定了结果，云京公安大学的校花、校草新鲜出炉。

这天，宋安如回寝室时被三个室友热情接待。

"哟哟哟，咱们校草回来了。"陈舒背着手，围着她一顿打量。

宋安如被陈舒神神道道的模样看得皱眉："你哪根神经又搭错了？"

陈舒把她往椅子上推，朝另外两人喊道："来人，上服务。"

夏桐拿着一张湿巾纸，恭敬地上前："校草请擦擦手。"

秦知意递了一杯水给她："校草请喝杯茶暖暖胃。"

陈舒掀开被子，拍了拍床铺："校草请躺下，技师007为您提供全身按摩服务。"

宋安如擦擦手，端着杯子喝了一口水，嫌弃地扫视她们一圈："有病？吃错药了？"

夏桐在她头发上摸了一把："都当上校草了，你得注意你的一言一行。"

"你们又在闹什么？什么校草？"

宋安如今天下午被辅导员叫走，讨论竞赛的事情，半天不见，几个室友精神看起来都不太正常的样子。

夏桐不敢置信："你不知道今天发生了什么事？"

陈舒笑道:"就她两耳不闻窗外事的德行,你希望她知道什么。"

"发生什么了?"

"今年的校花、校草评选区,有人发了两张你和沈南辰的照片,然后大家觉得你适合当校草,沈南辰比你更适合当校花。"

"然后今年的校草位置就落你头上了,你家男妖精成了校花。"

"哦,我还以为什么事。"宋安如平静地拿出手机开始玩手游,一副无所谓的模样。

见她平静过头,夏桐忍不住问:"你对这件事情就没有一点感想?"

宋安如想了想,诚实地道:"他确实比我更适合当校花。"

陈舒翻出在校园网下载的照片,凑到她面前,问:"那这个呢?你有没有什么要说的?"

宋安如:"升旗前别人硬要拍的。"

陈舒不信邪地又翻出另外一张:"那这张呢?"

宋安如手速很快地玩着游戏,好一会儿才抽空瞥了一眼。

"他找秦知意办事,碰上的。"

陈舒阴阳怪气道:"你为什么让他上你的滑板?三三你没有心。去年我让你教我玩的时候,想用你的滑板,你明明就说那是你结义兄弟,摸都不让我摸的。怎么,是我站得不够高,不配踩你兄弟?"

宋安如怔了两秒,才想起她说的事情。当时她带来学校的那个滑板是妈妈送的,没舍得让别人踩过,今天这个是自己买的,踩了就踩了。为了安抚一下夏桐的情绪,她道:"他偷踩的。"

陈舒冷笑:"他踩你滑板,也没见你打他一顿。"

宋安如看傻子一样看她:"打人犯校规。"

陈舒哑口。

"别气了,孩子长大了,有自己的处事方法。"秦知意拍拍陈舒的肩膀,不嫌事大地补充道,"前两天,三三还和男妖精在我办公室双排。"

陈舒再次哑口。

秦知意朝她眨眨眼:"对,就是她嫌弃你菜,然后坚决不带你玩。"

"好啊,宋安如。你不带我玩游戏,背着我带别人玩。"

宋安如张嘴就是一句大实话:"你那么菜,心里就没有一点数吗?"

陈舒气笑了:"好,我菜,那他呢?他能有多好?"

宋安如看了她一眼:"你要听实话吗?"

"得了,你闭嘴吧。"陈舒只是看着她,就知道她要说什么。陈舒气不过,将她的笔记本和自己的笔记本打开,"我不管,你今天不和我双排,我明天非得去撕烂那个妖精的脸。"

宋安如无所谓地道:"那你去吧,小心点被反杀,他可能比你能打。"

陈舒无语了，直接将她拉到电脑前："赶紧的。"

秦知意笑着起哄："加我一个。"

夏桐举手："也加我一个。"

这一晚，宋安如被三个室友拉着，用寝室的垃圾网速四排了十几把游戏，没有一把拿到"荒岛之主"。

被别人组团花式杀了几个小时，躺在床上的时候，她破天荒地拿出手机，翻到沈南辰的对话框，给他发了条消息过去。

宋安如：惹事精。

退出聊天框的时候，又看到陈舒给她发的消息，是校园网那两张图片。她盯着图片看了两秒，也不知是个什么心态，随手点了保存。

恰好这个时候，手机振动了一下，弹出一条消息。

烦人精：这么晚找我聊天，是想我了？

宋安如冷笑着关掉对话框，没打算回复。

烦人精：两天没见，我挺想师姐。

宋安如盯着这条消息，心情怪怪的。想她也没见他来找她打游戏，就只是嘴上说说而已。很想回复一个"滚"，手指都戳到键盘上了，又删了。

两天前，在秦知意办公室和沈南辰一起打了几局游戏，玩得很尽兴。第二天没课后，她也去打了游戏，那期间她总分神，时不时会看一眼办公室门口，脑海里总会浮现出某人站在她身后的画面。

宋安如把这种反常归结于她难得遇见配合好的队友。要是沈南辰打游戏和陈舒她们一样烂，她就不会有这种情绪。

就在她思维发散的时候，沈南辰又发消息来了。

烦人精：这两天有点事情忙，都没时间来找你玩游戏。

烦人精：以后有时间就来和你双排好不好？

烦人精：距你正在输入已经过两分钟了。是因为想说的话太多，还没写完吗？

宋安如有点后悔给他发消息了，更后悔刚才打字。她如临大敌地盯着他发来的几条消息，就在她犹豫着回什么的时候，看到沈南辰新发过来的消息，她猛地从床上坐起来。

烦人精：还是害羞，不敢回消息？

宋安如飞快地打字回复：不要给自己加戏，我在想怎么骂你。

烦人精：还以为你又要冷暴力我。看到校园网的事了？

宋安如：和那个无关。

烦人精：那是发生了什么？让师姐大半夜想起我？

宋安如：秦知意看到我们双排，然后她们拉着我四排了一晚上。

烦人精：这是连输一晚上，想起我的好了。

宋安如看到这段话的第一感受是赞同。晚上玩游戏的时候，她不止一次想到沈南辰在游戏里的那些手段，他总能轻易地猜出她想做什么，然后自觉铺路断后。总结来说，和他一起玩游戏体验特别好，她还是蛮期待的。

沈南辰像是知道她的心思一样，又发来了消息。

烦人精：这两天应该没时间，周末我们吃了午饭，我再陪你玩游戏？

宋安如很想问，一个大一新生有什么可忙的，可又想起来，法医学专业的学生的确很忙，便只回了一个"哦"字。

周六中午，宋安如摸到手机关掉闹钟，就收到沈南辰已经到小区门口的消息。

她很快洗漱好跑出去。

小区大门口，沈南辰坐在一辆黑白相间的山地车上，一条腿踩在地面，懒洋洋地朝她挥手："这里。"

宋安如向他走过去，短短的时间，就发现小区门口来往的人几乎都会多看他两眼。

他今天穿得很休闲清爽，灰色裤子，白色上衣，脚上踩了一双白底红标的板鞋，一举一动间都不自觉地散发着魅力。

该说不说，这人的审美真的很好。

鞋子款式是她喜欢的，衣服款式也直戳她的喜好，就连山地车都是她特别喜欢的牌子里很钟爱的一款。

她眼神直勾勾地盯着山地车，颇有点跃跃欲试。在家的时候，因为住在郊外别墅区，四周能骑车的地方很多。来了云京后，妈妈买的这套房位处市中心，人多建筑多，不能很舒畅地骑车玩，于是她这边的家里并没有备着山地车。

沈南辰看到她垂涎的眼神，嘴角不自觉也带上了笑："上车。"

宋安如很干脆地拒绝："不要。"

"不上？"他故意道，"吃饭的地方有点远，那我骑慢点，你跟着跑？"

"我从不坐自行车后座。"宋安如伸手握住手柄，眼神示意后车座，"你坐。"

沈南辰挑眉看了她一瞬："宋安如。"

他极少连名带姓地叫她，慵懒随性的嗓音叫出这三个字的时候极其好听。宋安如心尖像是被人挠了挠，面上依旧维持着冷静："干什么？"

他抬手在她手背上敲了敲，声音里满是揶揄的笑意："这是我的车，你让我坐后面，会不会太霸道了？"

宋安如理直气壮："我请吃饭，我载你去，哪里不对？"

其实她也不是个不讲道理的人，但是遇上沈南辰，她就不想讲道理，颇有种随心所欲的态度。

"行吧。"沈南辰无奈又宠溺道,"我还挺想坐一下自行车后座的。"

他说着起身,侧坐在山地车后面。后座比起车座矮了许多,他本就长得人高腿长,此刻那双长腿搭在地上,看起来有那么些憋屈。

宋安如越看越奇怪,她问:"这款车不是没有后车座吗?"

他也不掩饰:"这不,为了来接你,昨晚特意让人装上去的。"

"暴殄天物。"

山地车有后座都不帅了。

宋安如嘴里吐槽着,坐了上去。她的脚踩上踏板,蹬着山地车就往外冲。猝不及防,腰上被一双有力的胳膊环住,她触电般差点从位置上弹起来,停下车回头瞪着他:"你干什么?"

"你骑太快了,我怕摔下去。"沈南辰表情很无辜,抱着她的手没松。

宋安如从来没有骑自行车载过人,更没有被异性这样抱过腰,她一点也不习惯:"不准抱我。"

"腿抬起来重心不稳。"沈南辰指了指自己的腿,小声道,"要我坐后座,又骑那么快,还不准我预防摔倒抱一下。"

声音虽小,却是宋安如能听到的范畴。她看了一眼,他的腿确实有些长,而且那个姿势也的确容易摔。

自知理亏,宋安如扯住自己的衣服一角:"只准揪衣服,不准抱我。"

"你确定?"

沈南辰轻轻拉了一下她的衣角。她今天穿了一件薄款针织衫,针织衫的纽扣松松垮垮,他这样轻轻拉着,纽扣给人一种要崩开的感觉。

宋安如嫌热,里面只穿了一件运动内衣,如果来个急刹车什么的,衣服很容易被扯开。

"我来骑吧?"他笑吟吟道,"师姐随便抱,我不会不好意思的。"

宋安如继续蹬着车往前跑:"你别抱我那么紧。"

沈南辰:"我害怕。"

宋安如抽空在他手臂上掐了一把:"你勒得我喘不上气。"

"行吧。"他稍微松了些手劲,看着她往目的地的反方向骑,什么也没说。等他心安理得地抱了好一会儿后,状似迷茫地问,"这边是上合大道吗?"

宋安如有种不好的预感:"不是。"

沈南辰:"我们吃饭是在上合大道。"

"吱——"

一声刹车声响,宋安如回过头,眯着眼危险地盯着他:"你故意的?"

"你没问我在哪里吃饭,我就忘了说。"沈南辰说,"那家川菜很出名,我看你胸有成竹地往这边走,以为你知道在哪儿。"

"在上合大道哪个位置？"

宋安如调转车头，又一个劲狂蹬。两人的组合异常怪异，引来不少人关注，然而两人都不在意。

"168号铺面。"

二十分钟后，总算是到了吃饭地点。

这是一家古香古色的私房菜馆，不是很大，但店铺摆件都很精致古朴，大门两边点着红灯笼，挂着一串又一串红艳艳的辣椒，还有两个正在表演变脸的人像，满是川渝地区的特色。站在门口，还能闻到店内飘出来的属于川菜的辣香，光是闻起来就很正宗。

宋安如的馋虫一下子就被勾起来了。她住的小区附近也有川菜馆，只是不光看起来不正宗，就连味道闻起来也不正宗。

没想到不远处藏着这么一家好店，宋安如很满意。

两人被服务员带进了一个包间，宋安如把菜单递给沈南辰："你先点你能吃的。"

沈南辰将菜单推给她："你一起点吧，我清淡点就行。"

宋安如也不客气，拿着菜单问了一下服务员哪些菜不辣，选了三个名字好听、价格贵的，随后又给自己点了三个爆炒的江湖菜。

沈南辰看着她在菜单上勾勾画画，神情是从未见过的认真。

明明是个一丝不苟的学霸，从平时的接触来看，也是个严肃自律的小呆板。没想到爱好反差那么大，喜欢挑战极限，喜欢山地车，喜欢滑板，喜欢射击，喜欢玩游戏，喜欢睡觉，还喜欢吃美食……让人忍不住想多了解她，多和她接触。

"吃完饭一起玩游戏？"

宋安如正在选汤，没多想就回了句："我家只有一台电脑。"

沈南辰愣了一下，轻笑出声："想请我去你家？"

宋安如反应过来自己说了什么，平时这个时候，她都在家里打游戏，沈南辰一提到这个，她自觉就想到了家里。她随即否认道："不是，你别总给自己加戏。"

沈南辰又问了一遍："那吃完饭一起玩游戏好不好？"

宋安如选好了最后一个汤，将菜单递给服务员："去哪儿玩？我不喜欢网吧。"

服务员见两人看起来气度不凡，私房菜馆的菜很贵，他们点起来眼也不眨，便出声推荐道："这附近有一家高级会所，里面有游戏室，两位吃完饭如果想玩游戏，可以去那里。"

沈南辰一点也不见客气地对宋安如问："赛胜会所在这附近，都请我吃饭了，再请我玩会儿游戏？"

赛胜会所是云京一个很出名也很正规的会所。宋安如和夏桐她们去那里聚会过，里面的游乐设施很齐全，服务也特别好，最主要是环境真的没得挑。

自从和沈南辰玩了双排后，宋安如像是打开了新世界的大门，突然就觉得单排没那么好玩了。她直接应下："行。"

见她这么干脆，沈南辰心情很好的同时也有些意外："这么大方？"

宋安如拿出手机，准备玩一把游戏："不去算了。"

"师姐这么好，我一向识趣。"沈南辰起身走到她旁边的位置坐下，"这个是什么游戏？"

"'逐鹿天下'。"宋安如点击开始游戏。

沈南辰撑着脑袋，眼眸轻垂，视线在手机上扫了一眼，看到宋安如的人物角色拿了把枪，就知道这是射击类游戏。他收回视线，落在她的身上。

她的眼睛又黑又亮，很漂亮，专注地盯着某样东西的时候，会微微眯着，眼尾狭长，看起来有些许不自知的妩媚。睫毛很浓密，眨眼睛时，像两把小扇子。沈南辰盯着看，闹得他手痒想揪两下。

他的喉结动了动，将视线从她脸上挪开："这个游戏可以组队吗？"

宋安如看了他一眼，想到他学游戏速度很快，技术还那么好，她点点头："可以。"

沈南辰又朝她靠近了些，含笑问："我挺感兴趣的，能教我玩一下吗？"

趁着宋安如还没回答，他又道："等我会了，有空就陪你组队。"

宋安如将手机往他的方向靠了些，一边打，一边简单地给他讲了一下游戏规则。

这把游戏是顺风局，开始不过十分钟，赢面就很大了。说再多，终是比不了上手，宋安如干脆将手机塞到他手上："你按照刚才我说的试一下。"

"就不担心我给你输了？"

宋安如斩钉截铁道："不会输。"

面对她这种意外的信任，沈南辰还是很高兴的，又问："万一输了，会骂我吗？"

"顺风局，对手那么菜，你又那么阴险，输不了。"

这一把游戏就两个对手实力强，都被宋安如解决了，剩下的菜鸟让她提不起战意，也正是因为如此，她才让他接着玩。

沈南辰挑眉："阴险？"

"嗯。"宋安如左右活动了一下脖子，大实话脱口而出，"你是我见过的打游戏最阴险的。"

"我殚精竭虑地在暗处保护你，你就是这样评价我的？"沈南辰轻声道，"真无情。"

两人每次一起玩游戏，分工都很明确，阴险的活他做，出风头的事她做。

139

虽然她的确没有碰到过玩游戏比他还阴险的，但那都是为了配合她。

宋安如突然觉得自己说话有点过分，拧着眉想了好一会儿，换了个好听的说法："你思虑周全，善于从背后把敌人一箭刺穿，他们比不上你。"

"行了，我知道你想夸我。"沈南辰忍着笑，将自己的手机递给她，"帮我下载一下这个游戏吧。这局快收尾了，我们双排一局，菜差不多就上齐了。"

宋安如拿着他的手机，屏幕是锁住的。她将手机对着他的脸扫了一下，屏幕解锁后，她拿过手机准备下载游戏。

然而看到他的手机墙纸，她差点把手机砸他脸上。

沈南辰的手机墙纸是一张偷拍的她翻白眼的照片，最气的是上面还写了一句话——"辟邪，我是最专业的"。

宋安如长这么大，除了毕韵初女士，就没有人像他一样这么气她。

想到前几天陈舒说的校草事件，她用他的手机登录校园网，下载了一张两人的合照。

她很生疏地把沈南辰单独截图，给他画了个粗糙的大浓妆和大波浪，心情很好地配了一句"校花，舍我其谁"。

随后她将图片发到自己微信，忽然发现沈南辰给她的微信备注居然是很没礼貌的"宋"，她顺手给自己改了个"尊敬的宋师姐"。

沈南辰游戏结束，拿到了预想中的胜利。他将手机递给她，看她正盯着自己，心情似乎还很好，他问："下载游戏，怎么还开心上了？"

宋安如将手机抛给他："少管闲事。"

"你的事情怎么能叫闲事。"沈南辰接过手机扫了一眼，"换我壁纸了啊。"

宋安如朝他挥了挥拳头："你以后再侵犯我的肖像权，我会让你知道花儿为什么那么红。"

"所以花儿为什么那么红？"沈南辰点开微信，看到两人聊天记录里多出来的照片，以及被更改的昵称，眼中闪过笑意，"师姐的微信给我备注的什么？"

宋安如："你的名字。"

沈南辰漫不经心地把壁纸又切换成了原本的："我的名字什么时候改叫'烦人精'了？"

宋安如眼睛里带着少许惊讶。

沈南辰又点开了她的备注栏，想了想改成了"最可爱的"："打游戏的时候弹出来消息了。"

宋安如平时打游戏都会关消息提示，今天忘了。

"真失落。"沈南辰落寞地叹了口气，"给师姐当了这么久的'三陪'，师姐居然这样看我。"

宋安如眼睛都瞪大了："什么'三陪'，你陪我什么了？"

沈南辰:"陪吃、陪玩、陪训练。"

宋安如极其无语,将秦知意之前给她买的电子版《说话的艺术》发了份给他,冷着脸嘱咐:"不会说话就好好学。"

"《说话的艺术》。"沈南辰悠闲地喝了口茶,托着脑袋盯着她,"你那几位'家属'给你买的?让你学着好好说话?"

宋安如:"坐回你的位置。"

沈南辰将脑袋凑近她,仔细观察:"被说中,恼羞成怒了?"

宋安如深吸一口气,为了避免暴力事件发生,她起身坐到了对面的位置。

两人还算是"和谐"地吃了一顿饭。饭后,宋安如骑山地车把沈南辰载到了赛胜会所。

刚到门口就有服务员迎上来,帮他们把山地车安置好,其中一个还恭敬地喊沈南辰"少爷",脸上带着得体的笑,把他俩迎进会所。

两人被带到了一个很豪华的包间,里面有两台电脑,桌子上有好几个精致的点心盒子,最重要的是其中还有一个蛋糕,和沈南辰家里阿姨用来装蛋糕的盒子一样。

宋安如眼睛微微发亮:"你什么时候让人准备的?"

"早上让人准备的,零食也都是家里阿姨做的,一会儿尝尝喜不喜欢。"

宋安如一时间不知道该说什么。两人约在中午见面,他早上就让人将这些东西准备好了。在饭店的时候什么也没说,还假装和她商定地方。

"师姐比较想用哪台?"沈南辰走到两台并排的电脑前,回过头见她杵在门口,眸色微动,打趣,"看到满桌零食,感动得要哭了?"

宋安如感动的情绪被他的话一扫而空,选了离蛋糕近的左边那台电脑:"我用这个。"

两人在包间里打了一下午游戏,宋安如有些乐不思蜀。饿了有好吃的零食,游戏胜率还奇高,美好的周六不过如此,比她往常一个人在家打游戏还快乐,快乐到她甚至想约沈南辰明天再打。

就在玩游戏的时候,包间外面传来一阵吵闹声,还夹杂着惊恐的尖叫和类似于瓷器摔碎的声音。

两人都停下了手上的动作,对视一眼后,宋安如起身走到门边,沈南辰跟在她身后。

包间门被推开了一条缝隙,两人谨慎地往外看去,走廊上几个穿着便服的人,正在和三个头发染得花花绿绿的小混混搏斗,里面还有一个宋安如熟悉的人,周凤。

那几个穿便服的人应该是警察。有两个小混混已经被制伏,并且戴上了手铐,警方完全处于上风。

141

沈南辰贴近她的耳朵，小声道："是你那个邻居家的哥哥啊。"

"嗯。"宋安如应了一声，热意引得耳朵有些痒，她抬手想揉一下，指尖却不知道触到了什么，热热软软的。

她回过头，沈南辰那张堪称妖异的脸近在咫尺，他的唇甚至都要贴她脸上了。

四目相对，沈南辰眯了眯眼，视线往下，定格在她的唇上。他性感的喉结上下滚动了一下，薄唇轻启："师姐，我想……"

宋安如条件反射地抬手捂在他脸上："闭嘴。"

眼睛被她的手心盖住，沈南辰低笑出声，声音喑哑，没了往日的慵懒，却依旧招人："你知道我想做什么？"

宋安如心跳加快，说话甚至有点结巴："我……我不知道。"

不知道是不是她的错觉，刚才他盯着她的唇看的时候，有一种电视剧里男主角要亲女主角的感觉。

"有蛋糕。"沈南辰抬手，即便眼睛被她捂住，也精准地落在她的唇角。指尖轻刮，"闻着很香。"

白色的奶油沾在修长的手指上，引得人生出食欲。

宋安如的唇角被他擦过的地方像是着了火，她吓一跳，习惯性地往后弹一步。

走廊里三个混混已经全被制伏住了。包间门突然打开，发出声响，在场许多人看过来。

宋安如干脆也不躲着了，光明正大地围观。

周凤看见她，皱了皱眉，因为在工作，也没打招呼。他朝制伏住混混的警察眼神示意了下，两名警察立马将混混带走。

周凤和剩下的警察走向事发包间的隔壁，包间门口站了三个西装革履的中年男人。

周凤停在最中间那位气质温润的男人面前："金先生请跟我们走一趟。"

金域文没有被警察找上门的惊讶，十分淡定且温和有礼地问："有什么事吗？周警官？"

周凤平日里温柔的脸上尽是冷意："警方需要你配合一下调查。"

"配合调查啊。"金域文垂眸整理了一下腕表，"不知需要我配合什么？"

他扫了眼周围好几个包间出来看热闹的人，轻笑道："我们也是听见外面吵，出来看个热闹，怎么就摊上事了？"

金域文身边那两个人闻言立马质问："其他人看热闹没事，怎么，我们不能看？"

周凤不想和他们废话："金域文，监控里拍到了你和他们其中一位一起进来的。"

金域文神情里满是漫不经心:"我不认识他们,而且一起进来多正常,并不能证明什么。只能说明我们有缘,刚好在那个时间点碰到了。"

"这些话留到警局再说吧。"周夙看向另外两人,"你们也一起。"

周夙的态度很强硬,在场的警察也都盯着他们。金域文叹了口气,似乎是有些无奈:"行吧。配合人民警察的工作,是我这个老百姓该有的觉悟。"

金域文三人跟着警察走了。路过宋安如他们包间门口的时候,他的视线无意间在宋安如的脸上扫了一眼。

金域文微微拧眉,停下脚步。

宋安如和他对上视线,神情防备。这人看起来温润无害,但从几名警察对他的态度就知道不是个好的。

周夙眉头紧蹙,没等他做出反应,沈南辰走上前,朝金域文问候道:"金叔叔您好。"

他站在宋安如前面,刚好能将金域文的视线隔开。

"沈家小少爷啊。"金域文看到他,扬起一抹笑,"和女朋友出来玩呢?"

沈南辰露出不好意思的神情:"嗯。"

"你这小女朋友叫什么名字?"金域文思索片刻道,"我看着总觉得有点眼熟。"

"她上次也去了年家的宴会。"沈南辰背在身后的手轻轻拉了一下宋安如的衣服,"我记得您也去了。"

宋安如微微低着头,也没说话,看起来就像是在害羞一样。

金域文又看了两眼点头:"可能是在宴会上无意间看到过。"

"您看谁不眼熟?"周夙的声音带着些嘲讽,"走吧金先生,我们先去处理正事。"

金域文包容地朝他微微一笑,整理了下领带,跟着警察离开。

周夙跟在几个警察后面,一众人消失在拐角处后,围观的人也散了。

宋安如看了沈南辰两眼,见他神色淡淡的,似乎在思考什么,不似平日里对着她时那般放松。从刚才他和周夙的态度就能看出,那个人不是什么好人。只是在这里围观的人那么多,姓金的为什么独独盯着她看?

宋安如百思不得其解:"刚才那个人怎么回事?"

"进去说。"沈南辰抬手按了一下她的脑袋。

两人正要进包间的时候,周夙去而复返。他看了看周围,确定没人,直接跟着进了包间。

房间门关上,周夙表情严肃地盯着宋安如,一副要说教的模样:"你在这里干什么?"

"打游戏。"宋安如指了指沙发,示意他坐下,"刚才那个人是谁?"

周夙摆手,没坐:"不是什么好玩意儿,你以后见到他躲远点。"

"哦。"宋安如没太放在心上,"这不都被你们带走了。"

周凤看她表情就知道她没回事,在她脑袋上拍了一下,说:"那人滑得很,没证据待会儿还是得放出来。"

沈南辰也道:"据我所知,金域文已经不是第一次被警方传唤了。"

云京市公安局刑侦支队办事能力是出了名的高,宋安如也没见过周凤这样无奈,她很好奇:"他犯什么事了?你们居然找不到证据,还拿他没办法。"

"这不是你该关心的事情。"

周凤看了沈南辰一眼,包里的手机响了,他刚接通,里面就传来了一道疑惑的询问:"周凤,你上哪儿去了?怎么转个头就不见人?"

"卫生间。门口等我一下,马上来。"

周凤挂断电话。周凤也不明白金域文为什么盯着宋安如看,只知道被他盯上绝对不是什么好事。

宋安如被周凤打量得很不自在,往沈南辰身后站了些:"干什么?我出来打个游戏怎么了?"

沈南辰很满意她这个举动,又主动将她挡严实了些。

"都让你多读点书,少打游戏。"周凤无语地看着面前的少年,警告宋安如,"金域文这个人很危险,他对你感兴趣可不是什么好事。你记住他那张脸,看到了就躲远点。要知道你还是一个学生。"

宋安如百思不得其解:"他为什么对我感兴趣?他都一把年纪了,还图我漂亮?"

"呵呵。"周凤不和她扯了,看到桌上有零食,他挑了盒薯片,吃着往外走,"反正你把他当病毒,遇见躲着走就行了。"

宋安如见他拿走的是她除了蛋糕外最喜欢吃的薯片,从沈南辰身后绕出来,就要去拿回来:"周凤,你换个吃的。"

"吃你点东西,哥哥都不叫了?"周凤关上门,赞许的声音从门外传进来,"这薯片还挺好吃的。"

沈南辰不想让她跟出去,拉住她的帽子将她捉回来,压低嗓音哄道:"一会儿我让阿姨又给你做。"

看她一脸愤愤,他又道:"再加一个大蛋糕。"

宋安如不动了。虽然他家阿姨做的薯片是真的比外面买的好吃,但诱惑力还是比不上蛋糕。她抬起头,眼睛亮晶晶的:"那我要两盒薯片。"

沈南辰别过脸,轻咳一声:"五盒吧,你还有三个'家属',免得她们抢你吃的。"

"周到。"宋安如满意地拍拍他的肩。

被这么一打搅,已经晚上七点过了。两人都没了玩游戏的兴致,准备去吃晚饭。

因为下午吃了不少零食,都不是很饿。离会所不远处有一条夜市,宋安如和室友们去玩过,那里有几家小吃铺味道挺不错的。她提议去吃,本来以为沈南辰这样的大少爷不会感兴趣,没想到他很高兴地跟着她去了。

这条夜市地处云京市的繁华地带,被整顿得干净又整洁,每一家的店面装修风格都不一样,从街头一眼看进去极具特色。

一阵又一阵香味扑鼻而来,引得宋安如胃口大开。她看向身边的人:"你有什么想吃的吗?"

"吃了那么多零食,我以为你会吃不下。"沈南辰好笑地问,"怎么这么喜欢吃?"

"你不觉得很香?"宋安如见他眼里满是新奇,却没有馋的感觉,问道,"你是不是都没来过这种夜市?"

"小时候姑姑带我和我哥来过一次。"沈南辰想了想道,"不过现在看起来,和我印象中不太一样了。"

宋安如有些好奇:"你小时候这里是什么样的?"

"没这么规范,摊贩也都推着售卖车,人比现在还多。"沈南辰说着,环视了一遍周围,那双好看的眼睛定格在某处,"姑姑还给我买了那个吃。"

宋安如看过去,那家店铺叫"里氏章鱼小丸子",招牌上还有几个烫金大字——"二十年老字号",沈南辰不到十九岁,小时候吃过也还算合理。

"我请你吃。"

她说着就往店铺走去,来往的人很多,沈南辰拉住她的手腕:"一起。"

宋安如盯着被他握住的地方,想到在包间里的时候他盯她的唇,还有伸手帮她擦奶油的事情,总觉得今天穿的卫衣领口有些高,脖子勒得慌,呼吸有点不畅,唇还……有点烫。

见她发呆,沈南辰晃了晃她的手:"人多,容易挤丢。"

"你八岁?"宋安如无语地挣了挣手,耳朵渐渐染上粉色。

沈南辰依旧握着她,带着笑意的眼睛直勾勾地盯着她:"我怕把你弄丢。"

"丢不了,你松开。"

两人的手分开后,他抿了抿唇,一副不太高兴的样子。

宋安如将手伸到背后,抓起帽子递给他,语速很快地丢下一句:"只准拉这个。"

沈南辰眼里的笑意更甚。明明不久前他抓她的帽子,她都要对着他翻白眼,现在却主动给他。

他心情很好地拉住她的帽子,跟在她身后,去了那家卖章鱼小丸子的店。

看她买了一份大份，想说自己吃不了那么多，又见她拿了两个小叉子。

沈南辰嘴角控制不住地上翘，从她手里拿过盒子："我端着，你还想吃什么，我们去买。"

"前面有家店的金丝饼很脆，还有一家店的凉面香香的，还有一家……"宋安如如数家珍般，报出一串吃的，还带点评。那张小嘴说个没停，左边脸颊隐隐有一个小梨涡，能看出心情极好。

她极少有兴致勃勃说这么多话的时候，沈南辰甚至想给她录下来。他没忍住抬手，在她脸上捏了一下。

"街尾有一家……"宋安如的分享欲被打断，她捂住脸，"你捏我做什么？"

沈南辰敷衍地搓了搓手指："你脸上有蚊子。"

宋安如："你是觉得我傻？"

"师姐很聪明。"沈南辰清了清嗓子，夸得真诚。

宋安如拿过他手里的章鱼小丸子，把他的叉子也夺了过来："你骗我能不能换个理由？你上次捏我的脸就说有蚊子。"

她叉了一颗小丸子塞进嘴里，腮帮子鼓鼓的，十分可爱。

"行吧。"沈南辰又捏了一下她的脸，"你脸上沾了灰，我给你擦擦。"

宋安如盯着他，嘴里狠狠地咬着东西。

沈南辰失笑："你是在把丸子当成我咬？"

宋安如咬得更起劲，那个梨涡更明显了。

真可爱。沈南辰心想。他把手凑到她的唇边。

他的手指又细又长，很好看。

宋安如不自觉咽下嘴里的章鱼小丸子，心底升起一股冲动，想咬他一口，好在理智止住了这种冲动："你有病？"

"师姐总是想咬，那就咬一口吧。"

沈南辰又将手往她的唇边凑近了些，食指的指关节刚好触在她的下唇，他的眼睛里带着些许蛊惑，盯着她："嗯？"

从他的手指上传过来的凉意仿佛烙进了心里，宋安如有种从心口麻到头皮的感觉。

沈南辰莞尔："张嘴。"

宋安如维持着冷静，撇开头："你没洗手。"

"那我下次为了师姐……"沈南辰憋笑，"好好洗洗？"

宋安如全当没听见，转头就走。

沈南辰继续拉着她的帽子跟在后面，看着她一路不停买不停吃。即便别扭着，每次买了新的小吃，还会分给他一点。

下午打游戏的时候，她的嘴就没怎么休息过，本来以为吃了那么多，晚上肯定吃不下,没想到一点不影响。

宋安如胃口很好,买的东西都没浪费。

沈南辰不知道第几次打量她逐渐凸显的肚子,发现宋安如吃东西好像没什么节制:"吃这么多,晚上会不会消化不良?"

"不会。"宋安如吃完最后一口金丝脆饼,目光落到了不远处一家凉面小店上。

沈南辰扯住她的帽子,将她往反方向拉走:"我们去消消食吧。"

宋安如不满:"你松开,我要去买凉面。"

"再吃下去,胃会不舒服。"沈南辰哄着把她拉远,"胃不舒服的话,明天肯定连蛋糕和薯片都吃不下了。"

听到蛋糕和薯片,宋安如语气软和了许多:"我没有不舒服。"

沈南辰点了下她圆滚滚的肚子:"像身怀三甲,再吃碗凉面,不知道会不会像身怀四甲。"

宋安如看了眼自己的肚子,还别说,真的有点像。想了想凉面的分量,她瞬间没胃口了。

其实也不是饿,就是太久没有吃这种小吃,有些馋嘴。

沈南辰拉着她,尽量避开卖食物的店铺,往人流少的地方走。两人路过一家射击店,是那种买子弹,然后用枪打气球换礼物的店铺。

里面有一对小情侣,女人抱着男人的胳膊晃了晃,撒娇道:"我要最大的那只熊。"

男人宠溺地摸了摸她的头:"等着,看我给你打回来。"

随后向老板买了些子弹,朝墙上的气球开枪。男人自信满满地连发三枪,结果一枪都没中。

沈南辰停在店铺门口,看着里面几排精致的玩偶礼品,若有所思。

见他突然停下来,宋安如疑惑地朝他看的地方看过去:"你又要干吗?"

"我也要那个熊。"沈南辰指了下那只女人指过的熊。

宋安如目测那熊足有1.5米高,她表情怪异地看着他,说:"你是小女生吗?"

"男的就不可以要?"沈南辰也拉着她的胳膊,轻轻晃了晃,压低的声音里满是蛊惑,"师姐,我陪你玩了一下午游戏,要一只熊不过分吧?"

宋安如头皮又开始发麻了。

沈南辰继续拉她的胳膊晃:"宋安如。"

"打住。"宋安如赶紧制止他,无奈地要往店里走,手忽然被握住。

沈南辰牵着她的手,在自己头上摸了两下:"我等着你给我打回来。"

宋安如抽回手,嫌弃地看着自己的手心:"你有病吧?你洗头没?"

"出来见你特意洗过。"沈南辰低头凑到她面前,"你闻闻,应该还是香的。"

淡淡的马鞭草香味传来，他的头发清爽又黑亮，十分好看。宋安如咽了咽口水，推开他的脑袋："出门在外，你最好矜持点。"

沈南辰闻言笑着问："没有在外面就可以摸吗？"

宋安如觉得和他说不清，抬脚跨进店里。

店铺老板看到两人进来，笑着迎上前："两位要打气球？"

宋安如指着那只巨大的熊，问："老板，我要打那个需要中多少发？"

老板："连中四十个气球就可以抱走。"

宋安如研究了一下，气球和枪的位置不到六米，还没有平时枪击训练的难度大："五十发子弹，需要多少钱？"

"二十块。"

宋安如扫码付款。老板拿了一把枪，装了一包子弹递给她："你打左边那面墙的吧。"

"好。"宋安如抱着枪走到左边那面墙，路过那对小情侣的时候，发现那个男的第一排气球只中了一半，但他的女朋友一点不见失望，还兴奋地在原地一边拍手一边助威："宝宝真棒！又中了一个气球！"

宋安如调整好位置，隔壁的小情侣活力四射，女人娇俏的声音直击耳膜，她又看了一眼。

沈南辰的声音在她耳边响起："你也想要呐喊助威？"

宋安如头皮再次麻了，警告道："你要敢乱喊，我一会儿直接崩你脑门儿上。"

沈南辰戳戳她的肩膀："加油都不准喊吗？宋安如，你真霸道。"

"我没开玩笑。"宋安如威胁地抬了抬枪口。

沈南辰叹息："行吧，都听你的。"

宋安如玩过很多射击游戏，还从没玩过打气球。这个距离很近，对她而言算小儿科，她本来只想随便打打，结果第一枪子弹过去，直接擦着气球打在墙上。

墙上的气球用胶带粘着，风吹过还会晃来晃去。她明明是瞄准气球打的，结果子弹刚飞近，气球就弹开了一些位置，导致没有打中。

宋安如原本不多的兴致提起来了，她观察了两眼舞动的气球，随后架起枪准备再来。

沈南辰从她肩膀上探出头，往瞄准镜看了眼，夸奖道："真厉害。"

宋安如瞟他一眼："你在内涵我菜？"

沈南辰十分真诚地盯着她："瞄得很准，是风吹跑的，都是风的错。"

"呵。"宋安如冷哼，往斜上方瞄准，再次打了一枪，这一次气球爆了。

她大概掌握住了诀窍，后面的子弹无一虚发。

原本在柜台后面的老板和那对小情侣不知道什么时候也站在了她后面,见她子弹打完了,一个劲鼓掌。

"小姑娘,你太厉害了吧!"

"你是不是练过啊?太帅了!"

"真厉害,辛苦了。"沈南辰笑着抬手,给她捏了捏肩膀。

他看向身后三个人,简单地回复道:"是很厉害。她没练过。"

"没练过居然还能这么准!"

为了保护自身安全,像宋安如所学的专业都是不能随意对外人说的。沈南辰解释道:"她小时候喜欢玩弹弓,所以准头好。"

老板不怎么相信:"打气球可不只需要准头好。我这店这个月都没遇到过四十发连中的。刚刚还吹着风,难度那么大,没个几年射击类经验,还真不一定能做到。"

宋安如一本正经:"我玩了十几年弹弓。"

老板一言难尽:"还真是……看不出来。"

"嗯,人不可貌相。"宋安如指着大熊,"可以带走了吗?"

"可以可以。"老板走进柜台,将大熊抱出来。

宋安如朝沈南辰点了点下巴:"拿着。"

她的脸看起来本就冷冷的,给人一种十分霸气的感觉,惹得旁边的女人看得眼睛发直。

"真厉害。"

沈南辰又夸了她一句,抬手在她头上揉了揉。接过熊,两人一前一后离开店铺。

宋安如看沈南辰抱着只巨大的熊在夜市走,想想都滑稽。结果刚出店铺,不知打哪儿出来两个西装革履的人,上前接过沈南辰怀里的熊:"少爷、宋小姐,祝你们玩得开心。"

这速度快到宋安如都忍不住在心里吐槽两句,万能的资本家。

不能吃东西,宋安如没了逛夜市的兴致。

沈南辰和她相反,总是拉着她到一些玩游戏赢奖品的店铺,哄着她给他赢奖品。

这一晚上,宋安如玩遍了夜市街的飞镖、射箭、套圈、沙包、保龄球……最奇葩的一项是涂色娃娃。

若说前面几项宋安如处于尚能接受的程度,最后一项……拿枪的手怎么可以在夜市摊上和小学生一起涂娃娃。

当沈南辰将她拉进店里,按在一群可能还没读小学的小孩子中时,她宁死不从:"别想,不可能,我就没玩过这种幼稚的东西。"

旁边的小孩闻言看向她:"姐姐,你是不是不会涂?"

宋安如虽没玩过这种涂色娃娃,但幼儿园的时候,画画也是经常被美术老师夸奖的。她拿着小孩涂的娃娃看了看,很简单:"谁说我不会。"

小孩天真烂漫的声音里,满是看破了事情本质的睿智:"我不会做数学作业,每次妈妈让我做,我也说'不做,这么幼稚的题只有小孩子才做'。"

其他小孩也一脸赞同道:"姐姐,你就是不行。"

"一会儿看到我的作品别被气哭。"宋安如扫了一圈抨击她的小萝卜头们,将沈南辰捏在手中打量的娃娃拿过来,拆了一盒颜料,也没看参照图,就开始涂涂画画。

旁边的小孩一脸不信地指着她手里的娃娃,想提醒她参照样图涂色,沈南辰朝小孩比了个嘘的手势:"姐姐什么都会,不信你等着,她涂得很好的。"

沈南辰又挑了个女孩的瓷娃娃,坐在她旁边。眼看着宋安如拿出白色颜料,往娃娃上衣的位置涂,他想了想,拿出米色颜料也开始涂。

宋安如神情专注,涂得特别认真。

身边的小孩完成手里娃娃的涂色后看她一眼,此刻她正在给娃娃的鞋子涂色。

白色T恤,灰色裤子,军绿色混合白色的鞋子。除了鞋子颜色不同外,其他的和旁边的沈南辰身上穿的颜色一样。小孩好奇地问:"姐姐,你是在画你男朋友吗?"

宋安如淡淡地否认:"我没有男朋友。"

"那你是在画你旁边的哥哥。"小孩盯着她的娃娃,"你这个娃娃原本是金色的头发,穿蓝色上衣、黑色裤子,现在看起来和哥哥一模一样。哦,不对。"

小孩指了指沈南辰的鞋子,说:"鞋子不一样。"

"这双鞋我有。"沈南辰朝小孩道,随后凑近宋安如,低声自言自语,"早知道师姐喜欢,我就穿这双鞋出门了。"

宋安如被他俩一说,顿时也觉得像极了沈南辰。她是随心所欲涂的,大概今天沈南辰这一身着实符合她的喜好,下意识就把娃娃涂成这种。

"我随便画的。"

"我知道,师姐肯定没有特意关注我。"沈南辰指着娃娃衣服袖口上和自己袖口上同款的标志,"这种细节,肯定都是无意间画出来的。"

宋安如只恨自己那诡异的下意识。

"姐姐,哥哥的娃娃画的是你!"旁边的小孩跑到沈南辰座位前,指着他涂的娃娃,拍了一下手掌,"你们就是小情侣。"

沈南辰那个娃娃原本没有五官。此刻身上穿着米色上衣,衣服上还有手绘的纹路,和她针织衫的纹路一样,黑色的牛仔裤前面两个口袋,后面两个口袋，连位置都一样，最重要的是五官。

宋安如看着他画出来的，只觉得和自己的眉眼有八九分神似。

其余几个小孩也是一副看破真相地附和。其中一个小男孩扬声道："他们就是情侣！我和妈妈刚才碰到过,他们一起吃一盒章鱼小丸子！一男一女,只有情侣才吃一盒东西！"

小孩子们你一言我一语吵得很，都在围绕着宋安如和沈南辰。

宋安如的脑仁都疼了，反观沈南辰，神色悠闲地还在给娃娃画鞋子。她明明穿的是白色板鞋，沈南辰画的是他给她代购的那双"情侣款女鞋"。

围观他们的小孩又发言了："你们看！连鞋子都是情侣鞋！"

宋安如坐不住，起身就走。没走出两步，听到那个话多的小孩对沈南辰道："哥哥，你女朋友害羞了。"

她又回过头，把沈南辰一起拽走。

"你们慢慢玩，想画多少画多少，哥哥请你们。"沈南辰拿着两个娃娃，笑眯眯地向一群小孩道别。

小孩们十分开心："哥哥姐姐你们慢走！祝你们幸福！"

这个夜市宋安如逛不下去了，出了陶瓷填色铺，就要回家。

"不要再逛逛吗？前面好像还有更好玩的。"

宋安如松开他的胳膊："我不玩了。"

沈南辰提议："玩了这么久，消化了吧？我们去吃你想吃的那个凉面？"

"不去，我要回家。"宋安如不为所动。

"生气了？"沈南辰拉住她的帽子晃来晃去。

宋安如脖子被勒，她拉住衣领把帽子扯回来："没有。"

她无意间画了沈南辰，人家涂回来也无可厚非。至于那群小孩瞎起哄，她倒是不生气，就是有点形容不出来的感觉，类似于心慌那种。

宋安如从小就是一个情绪很稳定的人，毕韵女士甚至经常说她心理素质好，年纪小小就很稳重，但认识沈南辰后，她的情绪经常处于不稳定的边缘，起初都还好，现在越来越明显。

"刚才还主动让我扯帽子，现在就不让了？"沈南辰看着前面走得很快的某人，很轻松地追上去，用两人能听见的声音道，"别生气了好不好？真要气不过，我陪你去把那群小孩揍一顿。"

"你哪只眼睛看到我生气了？你几岁，他们几岁，你好意思揍？"

"我陪你去。"沈南辰说，"在旁边给你加油。"

"我谢谢你了。"宋安如脸色不好地瞥了他一眼。

沈南辰拿着她涂色的娃娃晃了晃："这个送给我好吗？"

宋安如拨开眼前的娃娃："随便你。"

"谢谢师姐的礼物。"沈南辰把玩着娃娃，看起来似乎很喜欢。他将两

151

个娃娃并在一起，夸奖道，"涂得真好看。"

宋安如不太自在，凭良心说，她上的色看起来明显很粗糙，和他上的一对比，像个失败品。亏得他能满意地夸出口。

她自发解释道："我今天就和你一起玩了，对你印象深一点，涂的时候没多想，单纯就是找个模特。"

"嗯。"沈南辰摩挲着娃娃的鞋子，"师姐。"

宋安如戒备地问："干什么？"

"也没什么，就是……"沈南辰声音懒懒的，"你听过一句话吗？"

宋安如直觉不是什么好话，没问。

沈南辰就像丝毫看不懂眼色一样，笑吟吟地道："解释是心虚。我本来都没多想，你这一解释，很难不让我怀疑你画我的动机。"

宋安如反问道："你为什么画我？"

"那当然是因为……"

宋安如感觉自己的心都随着他突然的停顿而悬起来了。

沈南辰吊足了胃口，故意咬字清晰，缓慢道："师姐好看，师姐可爱。"

宋安如悬起的心落下，心情甚至都好了许多，说："我不可爱，我长得好看。"

"好吧，都听你的。你说不可爱就不可爱吧，谁让你是师姐呢。"沈南辰语气宠溺，表情若有所思，又道，"喜欢我今天穿的衣服和裤子？"

宋安如没说话。的确喜欢，但看到他的表情，就不想说实话。

"哎。"沈南辰强忍住笑意，假装叹口气，"还是怀念以前那个喜欢就是喜欢、不喜欢就是不喜欢，还能直言的师姐。"

宋安如后知后觉，也意识到这个问题。仿佛是为了证明自己没有变，她理直气壮地直视他："喜欢。怎么，不行？"

"行。"沈南辰手肘搭上她的肩膀，"喜欢就好，我争取每次都穿成你喜欢的样子。"

宋安如总觉得他有点不对劲，像只逮着游客，强行拦在人家面前开屏的孔雀。而她，就是那个倒霉催的游客。

沈南辰一只手拿着一个娃娃，时不时并在一起，时不时用男娃娃戳一下女娃娃的脸，或是拍一下头什么的，小动作就没停过。

他的画技明显不错，以至于宋安如看到那个女娃娃，有一种自己在被骚扰的感觉："你把那个女娃娃给我。"

"我重新给师姐画一对吧。"

这话相当于委婉的拒绝。

宋安如很是诧异，两人认识这么久，他还是第一次拒绝她这种要求。本来没多想要，这一刻还就非要不可："我就要这个。"

沈南辰一脸不赞同："师姐你薄情寡义，没有心。"

宋安如："什么？"

就要个娃娃而已，直接上升到这种程度了吗？

沈南辰将两个娃娃收进袋子里，西装革履的男人不知道又从哪里出现，接过袋子无声地带走。

"你就那么想把它们分开，让这两个娃娃各自孤单寂寞吗？"

宋安如哑口无言。

两人一起出了夜市街。沈南辰家里的车已经等在外面了，开车的依旧是他口中年龄大了，晚上下班比较早的霄叔。

宋安如一坐进车，沈霄就主动给她打招呼："宋安如小姐，晚上好。"

那张脸严肃又正经，怎么也看不出是个喜欢偷着乐的大叔。

宋安如依旧不适应被叫"小姐"，但还是礼貌地问候回去："叔叔晚上好。"

沈霄问："今天和少爷一起玩得开心吗？"

顶着沈南辰揶揄的视线，宋安如诚实地道："开心。"

"开心就好。"沈霄回过头，指了指后排座椅，"少爷让人给您准备了很多零食，我帮您放在了后排。"

宋安如往后排座位看去，只见一只大熊横躺在座椅上，大熊的身上有个纸袋子，里面装的全是她在夜市各种游戏摊给沈南辰打下的战利品。

熊脑袋挨着的座位上，还有个精致的大手提袋，里面装满了各种各样的手工零食。从分装的纸袋子能辨认出，都是她下午吃得比较多的种类。

宋安如抿了抿唇，诚恳道："谢谢叔叔。"

沈霄依旧一本正经："和少爷说吧，都是他提前让人给您准备的。"

即便知道，被别人说出来，宋安如还是愣了下。

沈南辰压低声音说："你说喜欢吃，我特意打电话回家让人准备的，打算怎么谢我？"

……这人怎么就不知道有一种美德，叫做好事不留名？

她觉得吃人家这么多零食，是该表示感谢，但怎么感谢是个问题。

沈南辰仿佛看出她在犹豫什么："不知道该怎么感谢？"

宋安如想不出来，索性直接问："你想怎么感谢？"

"下周请我去玩怎么样？"沈南辰提议，"明衡山上新建了一个马场，我们去骑马？"

"什么时候开始营业的，我怎么不知道？"

宋安如眼睛都亮了。她喜欢的运动里面有骑马，在云京市，她的家以及学校附近一直没有比较大、接近大自然的生态马场，全是俱乐部那种商业性

153

质强、占地不大、跑道整齐划一的，跑起来一点也不尽兴。

明衡山是云京最大的一座山脉，她刚入学那年，就听说山上要就地建造一个马场。那座马场号称是全国最大的人工马场，所有设施都以八星级标准配备。

宋安如馋了许久，就等着开业去玩一趟，却一直没听说营业的消息。

沈南辰漫不经心地道："还没营业。"

宋安如立马从积极状态转换到兴致缺缺："那你说去玩。"

沈南辰点头："还没营业，但我可以先带你去玩。"

宋安如仔细回想了一下，那个马场好像是沈氏集团投建的，沈南辰的沈。

宋安如自认为是被富养长大的，这一刻，还是被他这种不经意的露财折服了："那马场是你家的？"

沈南辰没有回答她这个问题。他凑到她面前，慵懒随性的声音带着点邀功的意思："让师姐去当第一个体验的人，你说她以后对我会不会稍微温柔点？"

宋安如哽住。

所以，明明就是对她说的话，为什么非得这样问。

她将车窗按开些，夜里微凉的风透进来吹在脸上，带走了一丝燥意。

前路红灯亮起，车子缓缓停下，驾驶位又传来了熟悉且压低的笑声。

宋安如硬着头皮点了点头，很小声地应道："哦。"

"这是会的意思吗？"沈南辰盯着她追问。

前排的沈霄也回过头盯着她。

宋安如很不情愿，声音更小了："嗯。"

"拉钩。"他朝她伸出小拇指。

她很不解地瞪他一眼："你幼儿园大班？"

"刚说了会对我温柔，一分钟都还没有就又瞪我，连拉钩哄我一下都不愿意。"沈南辰微垂眼帘，"我可真惨。"

看起来一副被欺负狠了的模样。

沈霄强忍着笑意，附和道："少爷别难过，宋小姐不是那样的人。"

这一唱一和，不知道的还以为她做了什么天理难容的事情呢。

宋安如直接钩住沈南辰的小拇指，飞速地晃了两下就要松开。

他钩着她不放："你心不诚，就是在糊弄我。"

宋安如幼儿园就不玩这套了，见他钩着她的手指，她只觉得幼稚，说："你来。"

沈南辰晃着她的小拇指："拉钩许愿……"

说了四个字他就没说了，而是目不转睛地盯着她笑。

宋安如被他笑得很不自在："你为什么不说了？"

"在心里说了。"沈南辰用拇指对上她的,盖了个章,"师姐想知道?"
宋安如抽回自己的手:"不想。"
"好吧,其实我还挺想告诉你的。"
宋安如看向窗外,又把窗户打开了些:"闭嘴,我不想知道。"
车子行驶很慢,却也很快就到了恒水湾小区外面,沈南辰拿着家里阿姨打包好的零食,和宋安如一起下车,将她送到大门口:"回家早点睡。"
宋安如接过零食,无情地赶人:"你快回去。"
"陪你玩一天,不请我上去喝杯茶就算了,这么着急赶我走?"沈南辰感叹道,"真没良心。"
"我没陪你玩?"夜市里那些游戏,如果不是沈南辰拉着她去,她根本都不会光顾。赢了那么多战利品,也全被他的保镖拿走了。她冷哼,"我家没有茶。"
沈南辰意有所指地建议:"改天买点?下次就可以请我上去喝茶了。"
"不要。"她拒绝得非常干脆。
"真无情。"沈南辰笑道,"明天我有事情,不能陪你玩游戏。"
宋安如听他这样说,不免有些失望:"哦。"
见她微微抿着唇,明显是不高兴了,沈南辰心都软了:"下次陪你玩。你一个人住这里,害不害怕?"
"你问我?"宋安如指了指自己,"我害怕?"
"三三再虎,也是女孩子。"沈南辰在她头上拍了一下。眼见宋安如脸色一变,他提醒道,"刚拉了钩,就要食言吗?"
宋安如收回要打在他胳膊上的手,说:"你别老是动手动脚。"
沈南辰将脸凑近她,一副予取予求的模样:"我就不一样,你随时可以对我动手动脚。"
"谁要对你动手动脚了。"宋安如拉开两人的距离,拎着吃的,头也不回地进了小区。
直到她的背影消失在视野内,沈南辰才转身离开。

沈家,往日里很早就睡美容觉的林烟,此刻正端庄地坐在大厅里,面露不豫地喝着茶。
沈铭毫无形象地躺在她旁边的沙发上玩手机。一只白色的萨摩耶蹲在他旁边,他时不时用手去摸摸萨摩耶的头。
林烟看得眼皮直跳:"你能不能坐好?"
沈铭回着消息,语气桀骜不驯:"我就想躺着。"
林烟厉声道:"回你房间去躺。"
"不想动。"

155

沈铭说着在沙发上翻了个身,背对着她,继续回消息,一副无赖模样。

萨摩耶没人摸头,"汪汪"叫了两声。沈铭打发似的挥了挥手:"花花,去门口等你二哥。"

白色大狗像是听懂了,乖巧地跑到大门口蹲下。

林烟见他躺得越来越没形象,索性撇开视线,眼不见为净。

大门处传来声响,萨摩耶兴奋得一边摇尾巴一边叫唤。

林烟回过头,看到沈南辰进来,她脸上的表情缓和了不少:"怎么回来这么晚?今天出去办什么事……"

话没说完,见到后面保镖抱着的一堆东西,她的脸色怪异。

那个一米多高的玩偶,一看就是女孩子喜欢的款式。儿子从小就不喜欢这些东西,却突然抱回家。

林烟放下茶杯:"这些东西哪里来的?"

"有人送的。"

沈南辰在围着自己打转的萨摩耶头上揉了揉,毛茸茸的触感让他想到了宋安如,他连眼睛里都带着笑意。

林烟看他这表情,只觉得脑袋"嗡嗡"得更疼了。自家这个小儿子,看着很好相处,其实对外人很冷漠,能露出这种表情,并不是什么好征兆。

他从小就听话,智商很高,比圈子里所有的同龄人都优秀,是她最引以为傲的存在,然而高中毕业突然就来了叛逆期,背着家里人,报了一个法医学专业。以前从来没有超过晚上十点钟回家,今天快十一点回家就算了,还抱着一堆五花八门的东西。

不好的预感油然而生,林烟说:"你过来。"

沈南辰走到她身边坐下,拿起茶杯,掺了些水进去递给她:"怎么了?"

他的举止优雅,赏心悦目,挑剔如林烟,也不得不承认儿子很完美。

面对这样的儿子,她根本发不出火。调节好情绪,喝了一口茶后,她问:"你知道你才十八岁对吧?"

"嗯。"

"你是不是和沈铭一样,在外面交往不三不四的异性了?"

"没有。"沈南辰脸上依旧带着笑,"对她而言,或许我才是那个不三不四的人。"

林烟没想到他会这样说。挖空心思养这么大的儿子,自己都引以为傲,却为了别人这样贬低自己。

"沈南辰,你知道自己在说什么吗?"

"嗯。"沈南辰放松地靠在沙发上,语气里带着不赞同,"她特别优秀,希望妈妈以后不要这样说她。"

林烟还从来没被他用这种语气说过,她瞬间连端庄都顾不上,指着他道:

156

"她是谁？我怎么说她了？我都还没开始说！"

"早点休息。"沈南辰没回答她的问题，自顾自抱了她一下，"别生气，眼角这里又要长皱纹了。"

话落，他领着保镖就回房间了，白色萨摩耶也一路跟着他离开。

大厅里只剩下一脸震惊的林烟和趴在沙发上的沈铭。

林烟被丢在原地，一副想生气又怕长皱纹的模样，如果不是骨子里的教养作怪，她或许还会原地跳脚。

沈铭憋着笑从沙发上起来，搭住林烟的肩膀，将她往她的卧室带："他都成年了，您就少操点心行吗？"

"他才十八岁，就在外面交往不三不四的女人了，还这么晚回家！我不管他管谁！难道真要等他像你一样？"

林烟突然停住。她好不容易接受二儿子违背全家人意愿，报了法医学专业，今天撞见家里的阿姨在做零食，一问是沈南辰点的，还点了几次，连包装都是特意要求要女孩子一眼就能喜欢的。

想到这里，她脑袋直抽。

不爱吃零食的人，突然要吃了，能是因为什么。

林烟怀疑地看向沈铭："你是不是早知道这件事情了？"

沈铭回想了一下那天看到的那一幕，中肯地评价道："那女孩也是京公大的，人家根正苗红，确实挺好的。您也别担心太早，要我说，弟弟还不一定被看得上。"

"看不上？"林烟更生气了，"我儿子这么优秀，谁会看不上？"

"这就是您的不对了，您这儿子也不是金子，人见人爱。"

"南辰哪里比金子差了？"

"行，您小儿子全天下最优秀，只要是个人都该喜欢他，行了吧？"沈铭无奈地道，"您以后别在他面前说人家小姑娘不好。"

林烟不服："读大学才一个多月，就开始晚归和女孩玩了。我是他妈，我说两句怎么了，而且他从小就听我的话。"

"他能听的都是他觉得无所谓的事情。"沈铭淡淡道，"就近的来说吧，您和爸让他学金融，他听了吗？"

林烟哽住。

沈铭从小就叛逆，沈南辰恰恰相反，从小便听话，她安排什么，他都会照做。他很聪明，学什么都快，在做生意上还有着惊人的天赋。家里很早就把他的人生规划好了，他也一直没有提出过任何意见，以至于看到大学录取通知书的那一刻，林烟整个人都不敢相信，向来听话的儿子阳奉阴违地报了一个让全家人意外的专业。

林烟冷笑："我倒是要看看他看上的是谁，还看不上我儿子。"

沈铭拍拍她的背:"您可别捣乱。他要是不高兴了,肯定会搬出去住,留您和爸爸两个孤寡老人在家。"

"快去睡美容觉。"沈铭将她推进房间,"听话啊,别管他。"

沈南辰回房间,将玩偶摆在沙发上拍了张照,又将两人的瓷娃娃挨在一起,摆在床边的柜子上拍了张照。

为了能一眼认出来瓷娃娃是放在床上睁眼可见的地方,他还特意找了个角度,连床一起拍下来,然后将两张照片发给宋安如。

沈南辰甚至能想到宋安如看到消息时的表情,肯定是一副很生气、脸颊气鼓鼓的模样,说不定耳朵还是红的。

然而等了好一会儿,对方都没回消息。

他将两个娃娃拿起来,仔细琢磨了一会儿,随后让阿姨送了一盒颜料来。

在夜市的时候,时间不够充裕,很多细节都没有处理好。宋安如画的他,除了鼻侧那颗痣,还有一身穿着很像之外,其余的都不像。但凡他换一套衣服,都没人能认出来娃娃是他。

他先认真地将自己画的宋安如完善了一下,才很随意地把代表他的娃娃改了改,直到成品从五官就能一眼看出是自己才满意。

房间门被敲了一下,然后推开。

沈铭单手插兜,颇为嚣张地走进来:"听说你和小安如去逛夜市了?还去赛胜玩了?"

沈南辰勾了勾唇:"她请我去的。"

"看样子,你也玩得挺开心嘛。"沈铭坐到他身边,伸展胳膊,吊儿郎当地靠在沙发上。

看着他两只手各捏着一个娃娃,且一眼就能看出来是他和宋安如。只不过左边像他的那个颜色涂得乱糟糟。

沈铭啧啧称奇:"这个该不会是小安如画的你吧?还真丑。"

"嗯,她画来送我的。"沈南辰仔细观察了一下娃娃,十分满意,"我觉得挺好的。"

"啧。"看着他眼里真心实意的笑意,沈铭牙疼。他又指了下他右手边画得精致漂亮的娃娃,"别告诉我这个是你画的。妈花那么多钱,找画家给你培养才艺,就给你养出了这种大作?"

"确实不太精致。"这种陶瓷娃娃很容易褪色,沈南辰想了想,自言自语道,"再上一层釉,应该就能一直保存了。"

沈铭戳了一下旁边巨大的玩偶,这些玩偶旁边还有一些小玩意:"你这堆东西?"

"她去夜市赢来送我的。"

"关系好到这一步了？"沈铭怀疑地打量着他，"小安如前几天不都还像强扭的瓜？突然对你这么好，你做什么威胁人家了？"

"你不懂，她脸皮薄。"

"我怎么就不懂了？"沈铭伸手想将娃娃拿过来研究一下，"我那天看她对你爱搭不理的。这才几天，就这么宠你了，我能不怀疑？"

"年轻人的事情你少管。"沈南辰避开他的手，将娃娃放回床边的柜子上，又拍了张照片发给宋安如。

"看一下怎么了。"沈铭一脸不爽，"我是你哥，我不管你谁管你。"

"别讨嫌。"沈南辰换了套衣服，往卫生间走，"年龄大有代沟。"

"砰"的一声，沈铭看着紧闭的卫生间门，不可思议地道："我年龄大？我二十五岁，还是一枝花，哪里大了？"

宋安如回家后第一件事情就是将零食一样样摆出来。果然都是她喜欢的，袋子下面还摆放了一排草莓布丁，每一个布丁面上都铺了些新鲜草莓。蛋糕也是，上面的草莓水灵灵的，看起来让人垂涎欲滴。

宋安如纠结了许久，很想吃，但晚上吃了太多东西，再吃下去可能会消化不良。她想了想，换了身运动服，到楼下围着小区跑了两圈。回来后，她心安理得地吃了两块布丁和一块蛋糕。

不得不感叹，沈南辰家里的阿姨手艺是真好，就连她不喜欢的草莓布丁都做得那么好吃。心心念念的东西吃下肚后，她躺在沙发上，准备玩会儿游戏。

手机里有很多未读消息，主要来自寝室群和沈南辰。

宋安如想也没想，先点开了沈南辰的消息。

烦人精：每天睁开眼睛就能看到师姐，很开心。

他发了三张照片，宋安如先看到最后一张。

照片里两个娃娃紧挨在一起，她画的四不像娃娃此刻眉眼间的神韵和沈南辰本人起码有八分像，而沈南辰画的那个本来就和她很像。两个娃娃的身后是一张床，深灰色的床上用品整整齐齐，充满了禁欲氛围，很难不让人想歪。

第一张图里，白色玩偶被摆成了坐姿，占了一个沙发的位置，玩偶旁边整齐摆放着其他在夜市里赢到的奖品。尽管每去一个摊位，她挑战的都是最好的一款奖品，可在照片里，这些奖品在他家依旧显得格格不入，就连玩偶脚边那个LV的垃圾桶的价格，都够把夜市一条街所有摊位的奖品买下来了。

宋安如本以为他就是给她找碴儿，让她不停地帮他赢奖品。可看到他把这些东西都带回家，看样子还好好收着了，心里很满意。

只是，为什么要把像他和她的娃娃摆在床边？

宋安如：你把那两个娃娃放远点。

烦人精：它们在聊天，站远了听不见。

宋安如：放！远！点！

烦人精：真狠心，让它们站一起聊聊天都不行吗？

宋安如气血上涌，又拆了个小布丁压火气。

宋安如：不行，周一把我的娃娃带给我。

烦人精：师姐也想把你画的我摆在床边？

宋安如：女娃娃带给我。

烦人精：不要，这是我自己画的，师姐想要就自己去画一个吧。

宋安如觉得火气就连草莓布丁都压不住了，她又给自己切了块蛋糕。

文字根本就表现不出她的情绪，她发了条语音消息威胁道："沈南辰，星期一带给我，不然见你一次打你一次。"

沈南辰很快也回了语音消息："别人都说，打是亲骂是爱，师姐考虑好了？我还挺期待的。"

缓慢悠哉的嗓音里夹杂着一丝笑意，透着股身心愉悦的感觉，把不要脸发挥到了极致。

宋安如将手机反扣在桌子上，化怒气为食欲，又拿了盒薯片出来。

手机不停来消息，她吃了几片薯片，才重新拿起来看。

沈南辰又发了消息过来。

宋安如盯着那段八秒的语音，深吸一口气，调节好情绪才放开。

沈南辰："忘了你吃东西没节制，阿姨准备的零食很多。你今天吃了不少东西，晚上不要吃零食，要是把肚子吃坏，以后就没有那么多零食了。"

妥妥的威胁。

宋安如心想反正沈南辰也看不到她吃没吃。阿姨做的零食味道是真的很好吃，为了以后还能吃到，她难得阳奉阴违地回复道：没吃。

沈南辰发来语音："哦？那你把零食都摆出来，拍张照片给我，我让阿姨确认一下有没有少。"

宋安如震惊了，怎么也没想到，他能提出这种丧心病狂的要求。

看了眼被吃空的三个布丁、小半盒薯片，以及四分之一的蛋糕。她琢磨了好一会儿，才回复消息。

宋安如：拍不了，我已经躺床上准备睡了。而且送给我的东西就是我的，你让拍照，会不会太过分了。

沈南辰的声音里满是了然："犹豫三分钟，回了这么多字，看来是心虚。吃了多少？师姐要是老实交代，以后还让阿姨给你做。"

宋安如：你管太多了，像我妈一样。

烦人精：倒计时一分钟。

宋安如：[省略号.jpg]

烦人精：还有十秒。

宋安如瞪大了眼。

烦人精：五，四……

宋安如立马将桌子上那一堆拍了一张照片发过去。

过了差不多五分钟，沈南辰大概去问了阿姨，给她打了个语音电话过来。

看到语音邀请的时候，宋安如手都抖了一下，内心有那么些忐忑，她还是淡定地接起来："干吗？"

沈南辰："现在肚子估计像孕期四个月了吧？"

宋安如看了眼自己的肚子，别说……还挺像的。

她没吱声，沈南辰又道："家里有消食片吗？"

"没有。我消化能力好着。"

"晚上吃那么多，回家的时候，肚子还像三个月的孕肚。就一会儿，十寸的蛋糕，你给吃了四分之一，布丁阿姨做的加大版，你吃了三个，还吃了半盒薯片。"

宋安如不太理直气壮地解释道："我跑步后吃的。"

"我是不是该夸师姐一句有先见之明？"

声音好听是好听，可怎么听都有点阴阳怪气。

宋安如很心虚，毕竟她跑了两圈下来，虽然不撑了，但也一点都不饿。那些东西吃下去，对身体来说的确是负担。

沈南辰叹了口气："门牌号多少？给你点了消食片。"

宋安如不想说，可因为理亏，还是老实说了："7栋1单元1601。"

沈南辰："肚子现在有没有不舒服？"

吃的时候没注意，现在仔细感受一下，肚子的确撑得难受。

"嗯？"沈南辰问，声音很轻，却有那么些压迫感。

宋安如老实地道："有点撑。"

"吃了这么多，能不撑吗？"电话那头，沈南辰低声自言自语了一句，"难怪秦知意说你总乱吃东西。早知道等明天再让霄叔给你少送点过去的。等会儿吃了消食片，做点帮助消化的运动再睡，知道吗？"

宋安如："知道了。"

沈南辰："一会儿拍照打卡。"

宋安如完全不能接受，火冒三丈道："沈南辰，你过分了。"

"哦。"沈南辰的声音听起来有些自责，"是我给你东西吃了不消化的，本来都让阿姨研究你喜欢喝的奶茶了，还是算了吧。"

看到桌上好吃的零食，宋安如被迫屈服，后槽牙都要咬碎了："打卡是吧？我知道了。"

这天晚上，宋安如做梦都梦到沈南辰在她耳边监督她消食。

第六章 / 惊变

大三开学,禁毒学一班第一堂实战演练,班长抽中了"解救人质"。

每次抽到这个演练,为了保证两方竞争力相当,班里二十名学生,两名演人质,九名演匪徒,九名演警察。

警察与匪徒周旋是整个演练中最让人肾上腺素飙升的,演人质的一般就几句台词,外加各种被绑、被塞嘴。班里的学生都不想扮演人质,以至于次次都要靠运气来抉择。

"你们先自己把人质选出来,再猜拳,分成两组演练。"

指导员萧禹一声令下,一群学生叫嚷着各路神仙保佑,开始抽签,很快分好了阵营,也选出了人质。

中签的两名男生哀号不已。

训练场外面走过几个穿白大褂的学生。一名"中奖学生"眼睛一亮,提议道:"萧老师,那边有一群'人质',我们去借两个人行吗?我真不想当人质啊!"

萧禹无所谓地挥挥手:"你要能把人借来也可以。"

班里的学生都往那群白大褂看去。

宋安如扫了一眼,眉心一跳,虽说距离有点远,看不清那些人的长相,但走最中间的那个人,是真的眼熟。

"那我去了啊!"

"我也去!"

两名中签男生往那边冲过去,大家远远看着他们,几句交涉下来,似乎没谈妥。

秦知意半眯着眼,盯着那处好一会儿,举手示意道:"老师,我去吧。"

萧禹意外地扫她一眼,点了点头。

宋安如眼看着秦知意跑过去,似乎就说了一句话,那边的人就跟着她过来了。

她身边的男生由衷地赞扬道:"今天的主席依旧光芒万丈,一句话就把人质搞定了。"

一行五人返回来,越走越近,宋安如看清了。

那两个被请来的"人质",不是沈南辰和江喻白又是谁。

她就说秦知意这么主动地去帮别人找替身,原来是去找那个江喻白,只是为什么把沈南辰也给领来了。

宋安如和沈南辰一起在夜市玩了之后,已经几天没见过了。人虽未见到,每天的"问候"倒是没少过。从他发的那些消息来看,宋安如知道他们法医学专业很忙。

这会儿突然看到他,宋安如心底隐隐有些高兴。

沈南辰慢悠悠地走在秦知意和江喻白的后面,双手插在白大褂口袋里,好看的眸子微眯着,似乎在人群中寻找着什么。

直到和宋安如四目相对,他的脸上扬起一抹笑意,迎着光,那张精致的脸璀璨夺目。

因为是实战演习,大家都穿的作战服,蒙面、帽子、护目镜一戴,扎堆时,外人几乎都分不清谁是谁。宋安如很好奇,沈南辰的视力究竟有多好,能在人群中准确地找到她。

陈舒回过头,兴奋地戳了戳宋安如:"老大会找啊,一下子就把我们班编外成员领来了。"

托两人绯闻满天飞的福,班里好些同学也认出了那张脸。

"哎哟!"有个男生嗓门很大,"不得了,这不是我们学校新鲜出炉的校花吗!"

他旁边的男生笑嘻嘻地反驳道:"什么我们不我们,人家校花是宋安如的。"

立马就有几个男生跟着起哄:"就是,校花是宋安如的,其他人别想。"

"原来是我们班编外人员啊。"听到学生们的话,萧禹背着手,好奇地打量了两眼沈南辰,又看向宋安如,见她和平时一样没什么表情,也跟着调侃了两句,"宋安如,你的家属,一会儿你得主要负责营救。"

一句话就把宋安如扮演的角色定好了。

班里的男生本来就多,都很皮实,也很喜欢起哄,一听指导老师这样说,大家笑开了。

匪徒组的同学起哄道:"宋安如,等会儿把你那校花保护好啊,我们可不懂怜香惜玉。"

警察组的同学不甘示弱:"宋安如,你放心,我们掩护你英雄救美,不带害怕的!"

宋安如在一众调侃中耳朵发热,好在戴着帽子,看不出来红了。

此刻秦知意几人已经走过来了。沈南辰听到大家起哄的声音，什么也没说，眼睛一直带着笑意，看着宋安如。

大家调侃得越来越有劲。萧禹见人齐了，让大家安静下来，开始做简单安排。

没了调侃声，宋安如感觉自在了不少，然而没轻松一会儿，老师讲规则的时候，她发现沈南辰还盯着她看，看得她不自在。

"各组把任务分配好，十分钟后开始。"萧禹安排好后宣布解散。

警方组和匪徒组很快就将任务和计划安排好了，就等十分钟后的演练。

沈南辰穿过一众学生，走到宋安如面前停下。

黑色作战服包裹严实，配备05式冲锋枪样枪，看起来英姿飒爽。那张脸上只有透过护目镜的眼睛，尚能看见一些情绪，没有平日里的冷静，反而夹杂着开心和不自在。

沈南辰没说话，又打量了她好一会儿，才夸奖道："师姐真酷。"

陈舒听到他的话，没忍住插了一嘴："师弟，你先别急着夸，一会儿咱三三火力全开救你的时候，能帅到你腿软。"

"现在就有点软。"沈南辰朝着宋安如眨了下眼睛，给陈舒打了个招呼，"陈舒师姐你好。"

陈舒见过沈南辰一面，还是军训的时候跑去偷偷看的，见他认出自己，有些意外："对对对，我就是陈舒！师弟，你怎么知道我啊？"

"师姐经常提起你。"沈南辰从白大褂口袋里摸出一块巧克力，拿给宋安如。后者接过，拉开面罩，就将巧克力吃了。

这熟稔的模样就很难不让人多想。

陈舒看着两人的小互动，眼睛亮晶晶的。

618寝室里几人的感情很好，宋安如却不是一个喜欢和人分享这些的人。

"你在师弟面前居然还念叨过我？"陈舒拍了拍她的肩膀，感慨道，"我太感动了，真没想到你当面一套，背后一套啊。"

宋安如指了下沈南辰："你们可以组队，找个语言老师学习说话。"

"你一个话都憋不出几句的人让我去学说话？三三，真不是我贬低你啊，我巧舌如簧的时候，我估计你还只会吃手指。"陈舒勾住她的脖子，"而且我哪里说错了？你平时当着我的面话那么少，谁能想到你背着我还老提我啊。"

宋安如很确定自己没有在沈南辰面前说过陈舒。她回忆了一遍军训那段时间的四人行，秦知意也没说过。她不由得疑惑地看了眼他。

"这个味道的巧克力好吃吗？"沈南辰没解释，反而转开了话题。

至于为什么他了解宋安如寝室几人的情况，是因为知道她和室友关系好，特意让江喻白找秦知意了解的。

"好吃。"

宋安如咽下嘴里的巧克力。她喜欢黑巧克力，也喜欢脆脆的坚果，这款刚好是加了巴旦木的黑巧，完全满足了她的喜好。

她的视线落在他白大褂口袋的位置，问："还有吗？"

沈南辰拍了下口袋："没有了。"

"哦。"宋安如失望地收回视线。

沈南辰没忍住笑了："几天没见了，招呼都不打吗？"

陈舒围观得心花怒放，眼见人家要说体己话了，她识趣地悄悄退场。

沈南辰凑到宋安如身边，压低声音问："这就是别人说的吃了不认账？"

还没走远的陈舒刚好听到这句，眼睛瞪得很大，来回看了看两人，震惊地问："什么吃了不认账？你们都发展到这一步了吗？"

接收到周围好奇的视线，宋安如无语："你要拿个喇叭再宣传一下吗？"

"我的错我的错，这种机密事情，也不知道小声点。"陈舒在自己嘴巴上象征性抽了两下，"快给我讲讲，怎么个吃了不认账？"

"刚才的巧克力，还有之前给你吃的蛋糕，都是他给的。"宋安如挑眉，"你以为是什么？"

"论说话的艺术，还是得师弟啊。"陈舒给沈南辰点了个赞，自言自语地走了。

见她走远后，宋安如瞪着身边的人："你故意的。"

沈南辰在她胳膊上戳了戳："几天没见，我看到你很高兴，还给你吃巧克力。你看见我就凶我，也不打招呼。"

宋安如建议道："你没事可以多看看《说话的艺术》。"

沈南辰忍着笑："都听你的。"

"准备，各就各位！"萧禹的声音响起，所有人都开始找位置。

这一次的人质解救演练，脚本内容是几个走投无路的瘾君子，为了凑齐买毒品的钱，捉了两名家庭富裕的小孩，在废弃大楼等待家属送钱。家属报了警，警方需要在瘾君子配备了枪支的情况下解救出人质。

遇到这种情况，除了要有警察上前营救，还会有警察在远处狙击。宋安如的枪法很准，一般抽到这类实战演练，只要在警方阵营，她都扮演狙击手。

开放性模拟实战，需要警方和匪徒方的同学自我发挥，但这场演练，大家都知道是匪徒方的同学赢面更大。

废弃大楼有很多视线受阻的地方，这些地方往往都会有匪徒隐藏。在这种地方解救人质，警察本身会很危险。如果是面对真正的匪徒，解救人质说不定还更容易点。但面对的是扮演匪徒的学生，大家平日里学的东西都一样，相互对上，还占了地理位置先机，双方人数相当的情况下，简直是地狱级难度。

"校花走着，去你该去的地方了。"负责盯着沈南辰的匪徒组同学走到两人旁边。

被人打趣着叫校花,沈南辰脸上也没有不悦,他跟着那男生走了两步,突然停下,回过头小声问宋安如:"等会儿要靠师姐解救了,需要我做什么吗?"他笑盈盈的模样不像是要去当人质的,反而有点像去旅游的。

宋安如警告道:"不要作妖,安分点就行。"

"我会乖乖等你。"沈南辰朝她挥了挥手,离开了。

所有的学生就位后,随着萧禹一声令下,解救行动正式开始。

大楼里很多视线受阻的地方,指不定就有人躲在哪个犄角旮旯埋伏。

宋安如和冯浩、戴泽两个同学一起打头阵,三人相互掩护着,一层楼一层楼地搜索。第一层楼没有异动,三人贴着墙上了二层。

楼梯口,冯浩打了个手势,准备探头往外观察是否有匪徒,宋安如拉了他一把,从包里掏出软镜展开,一楼和二楼的布局一样。她悄悄探出手,将软镜贴在能照出遮挡物比较少的那边情况的地方。

仔细从镜子里观察,确定遮挡较少的那边没危险后,她打了个手势,三人对视一眼,进去的时候,视线都假装朝着没危险的那边看,随后虚晃一枪,立马退回原位。

几乎是瞬间,他们刚才站的位置几发子弹扫过来,炸开了一坨黄色墨水。

三人立马锁定了持枪者的位置。

宋安如打开对讲机小声道:"狙击手,二楼 8 点钟方向,给我射出去。"

狙击手一号立马回道:"掩体挡住了,我这边是视线死角,视线范围内没有人质。"

狙击手二号紧随其后也道:"我这边也是视线死角,视线范围内没有人质。"

戴泽子弹上膛:"真阴险,把我们可能的狙击点都预料到了,一楼放空,特意让我们降低防备心,在这里狙我们呢。要猜得没错,三楼、四楼应该也有埋伏,就是不知道人质藏在哪里了。"

"这楼没有人质。"

宋安如出来之前,随手在里面对着有狙击手的那面墙贴了张软镜,此刻根据镜子折射的原理,从她现在的角度能看到大概情况。那名匪徒躲在所有能埋伏狙击手窗口的视线死角,周围站立了一圈掩体。

对讲机里传来了其他队友的声音:"你们先上楼,我们来一个人,把那崽子堵在二楼。"

三人继续上了三楼,用同样的方法粗略观察了一下三楼的情况。只见镜子里,狙击手视线死角处依旧有一圈掩体,不用想,里面肯定躲着匪徒。但掩体前面放了一个凳子,穿着白大褂的男人双手被反剪在身后,嘴上缠着黑色布条。即便被绳子绑得严严实实,依旧表情闲适,无聊地盯着楼梯口,丝毫不像个任人鱼肉的人质。

是沈南辰。

宋安如透过镜子，多看了他两眼，离他最近的那扇窗户，正好透过一道光落在他的脸上。他侧头看了一眼，眉眼弯弯地笑了。

宋安如这才意识到，玻璃窗上能看见倒影。

忽然，心跳不分场合地加快了。

三楼最少有三个匪徒埋伏，从镜子里只能推测出沈南辰身后有个人。

对讲机里，狙击手忍不住吐槽道："这些人全躲在死角。三楼和四楼布局差不多，从我们两个的位置中和看过来，除了8点钟方向有埋伏，4点钟方向和11点钟方向应该也有。你们自求多福，要把人引出来，不然这场狙击算是废了。"

"三角包射，直接冲进去救人不太可能啊，人头一出现就成筛子了。"

指挥的学生道："留一个在原地干扰他们判断，其余分成两组，从楼顶吊下去。同时gank三楼、四楼。宋安如、戴泽、冯浩分别负责三楼8点、11点、4点位置；时安、王裕宁、李琦分别负责四楼8点、11点、4点位置。迅速把埋伏的人给突突掉，打他们个措手不及。尽量一发中，避免他们反应过来先解决人质。狙击手注意着点，一旦露头立马收割。"

众人悄悄离开现场，贴着楼道无声地往楼顶挪。

到了顶楼，大家利落地将吊绳挂在墙壁上，绑好后，往各自的任务位置站好，往下跳。

宋安如贴着墙，停在了8点位置埋伏的那人最近的窗边。

对讲机里传来了指挥的指令："我数三声，同时下手。三，二，一。"

宋安如翻进房间，跳进8点位置掩体，趁着对方都还没反应过来时，一枪就解决了里面的匪徒。

戴泽和冯浩在同一时间把其余两个也解决了。

完事后，大家都没动，仔细观察了许久，确定没有埋伏的人，这才从掩体后跳出来。

戴泽和冯浩击掌，原地庆祝地碰了一下："漂亮。"

被狙掉的三个人哀号不已。

"你们速度太快了吧！我都还没反应过来，就被宋安如爆头了。"

"我看外面一直有人影，还以为你们准备和我们硬碰硬呢！"

"这招声东击西过分了啊！"

宋安如蹲在沈南辰面前，用刀将绳子割开，把他解救出来。

沈南辰被解救出来后，扯开唇上的布条，皱眉一把握住她的手。

"不疼吗？"

宋安如手背上青了一大块，还有一条正往外渗血的口子。她一直处于肾

167

上腺素飙升的状态，根本没注意。现在回想起来，从窗户跳进来的时候，好像在掩体上面撞了一下。

看着自己的手被那双修长漂亮的手小心翼翼地捧着，宋安如突然就感觉到了痛意。平日里从不喊苦喊累的她，鬼使神差地点点头："痛。"

"我给师姐吹一吹。"

沈南辰说着，拉过她的手，凑到唇边轻轻吹气。

周围几个人牙酸到没眼看，在旁边"啧啧"个不停。

几人放松警惕的时候，从外面摸进来一个匪徒，直接朝着宋安如和沈南辰的位置开枪。

宋安如来不及躲，她准备挡住沈南辰。只要人质活着，他们就没输。却怎么也没想到，沈南辰直接将她扑倒在地，抱着她滚了两圈。

眼角似有温软的触感，少年的怀抱十分炙热，烫得宋安如脑袋空白了一瞬间。

那人连开几枪，没射中宋安如，反而射中了沈南辰。

戴泽和冯浩反应过来，立马对着那人开枪。

那匪徒浑身都是颜料弹染上的污渍，可见"死"得有多惨。

沈南辰的白大褂背后也有两处被击中后留下的颜料弹污渍，无声宣告着救援失败的讯息。

与此同时，对讲机里传来了播报："演练结束，匪方全被击毙，人质存活1，警方获胜。"

戴泽和冯浩气得冒烟，原本人质可以全存活的，他们气呼呼地按住最后冲进来的匪徒同学就是一顿揍。

"好样的李明德，我们努力半天，人质直接给你干没了，你不是在一楼和王坤玩捉迷藏吗？"

李明德嘚瑟道："很明显，我把王坤干没了。"

演练结束，几个男生你一句我一句地说个不停。

宋安如躺在地上，抬手摸了摸眼角。

沈南辰正呈一种保护姿态，压在她身上，将她挡得严严实实。听到对讲机里代表演练结束的总结后，他才撑起身体，在宋安如身上扫了一圈："有没有事？"

她看着他，心情复杂，没说话。

"一直盯着我干什么？"沈南辰在她眼角轻轻戳了一下，"傻了？"

"你刚才……"宋安如将他的手拿开。

脑海里来回模拟着刚才的情况。他抱着她滚的时候，把她的脑袋按在脖子处，她中途想挣开，抬了一下头，眼睛正巧对着他嘴唇的位置，那温热柔软的触感，很容易猜到是什么。

168

沈南辰笑着："嗯？"

"起来。"

身上压着的重量不容忽视，宋安如推了他一把。沈南辰起身，朝她伸手："不是要问我问题吗？怎么不问了？"

宋安如腹诽，这种问题要怎么问，这么多人在场，她不要脸的吗？

虽然这样想着，看着他伸过来的手，她犹豫了一下，还是搭了上去。

沈南辰一把将她从地上拉起来，就是用力过度，她直接撞进了他的怀里。少年身上就像是还有着阳光留下的余热，交织着马鞭草味道，干爽又好闻。

宋安如面罩下的脸烧得慌，她假装淡然地拍了拍自己的衣服："托你的福，原本只用我挨个颜色弹淘汰，现在任务就完成了一半。"

沈南辰帮她一起拍衣服上的灰尘，头也不抬："虽然知道这是演练，但是看到他们拿枪对准你的时候，我只想救你。"

宋安如看他白大褂上全是灰尘，却不在意，只注意到她身上的。

她放软了声音："遇到这种情况，我保护你是应该的。"

沈南辰抬眸对上她的眼睛，嘴角微翘，露出一个温柔的笑："那怎么办呢，无论什么情况，我就是见不得师姐有危险。"

宋安如觉得自己的心跳完全控制不住，如果不是每年体检身体都倍儿棒，她都要怀疑，自己是不是心脏病犯了。

两人对视间，对讲机里传来了指导员萧禹的声音："三楼那个人质，你好好演小学生行不行？谁家小学生和你一样厉害？都给警察挡枪子儿了？你戏怎么这么多啊？

"还有四楼的秦知意，我觉得云京大佛的位置该让给你来坐坐。我以前怎么没发现你拥有一颗圣母心？扮演一个歹徒，你能不能有点歹徒的样子？你同伙要干掉人质，你还去给人质挡枪子儿？歹徒要有这爱心，干吗还搞绑架？要不你和三楼那个一起组团，创建个圣公圣母俱乐部？"

萧禹的声音很大，可见有多生气。

所有的学生都被召集到了一楼，沈南辰和江喻白两人没了来时的整洁干净，像是在灰地里滚过一圈似的，白大褂上很脏。

"你们还在这儿站着干吗呢？"如果不是这两个学生友情出演了人质，萧禹很想开口撵人来着。

江喻白："等人。"

沈南辰笑了笑："老师，您训您的，不用在意我。"

两人一副赖着不走的模样。

萧禹不好过河拆桥，只得继续训话："王坤，让你在一楼守着，你当在养生呢？李明德枪都抵你腰上了，你才知道怕。要不是你，三楼那个人质倒也不至于上赶着祭天。

169

"王裕年,四楼窗户打开那么多,你是生怕敌方提不起警惕心对吧?非得撞破玻璃出场?怎么,普通出场没把你的帅展示出来?"

"宋安如,被一个人质给扑倒救了,你不错嘛,警惕心全吃到肚子里去了是吧?"

"秦知意,匪徒方出了你,也算是出了个猪队友,不知道的还以为你是警方卧底。实话说,你分组的时候抽到的是警方吧?"

…………

萧禹把班里二十个学生骂了个遍才收嘴。

大家被批评得灰头土脸、自我怀疑。

宋安如人在受训,心思却不知道飘到哪里去了。

眼角总感觉那种软软的触感还在,心跳也一直静不下来。她忍不住往旁边看了眼,沈南辰已经将白大褂脱了,搭在手腕上,里面穿着黑色T恤和黑色休闲裤,脚上穿的是一双以黑白色为主调的板鞋,依旧是宋安如看上了却还未得到的鞋子。

人本来就像行走的衣架子,衣品还那么好,真是一点也没愧对"校花"或者"男妖精"这种称号。

然而被大家有意无意地打量着,这一刻,宋安如说不出来心底具体是什么感觉,似乎有隐秘的兴奋,似乎还有一些别扭。

好不容易等到解散,宋安如习惯性地往沈南辰身边走去:"你等在这儿做什么?"

沈南辰:"快到午饭时间了,想和师姐一起吃个午饭。"

秦知意也找上了旁边的江喻白,后者贴心地接过她抱着的作战服设备。

"小白,来都来了,一起去吃饭吧?"

"嗯,我在等你吃饭。"

"走吧。"

两人相处自然,班里一些同学看到了就开始打趣:"我就说,主席无事不登三宝殿,她都没抽到人质,还主动去请人,我就说有问题。"

"秦主席,你有情况啊?"

"你就是看到这小师弟了,才主动去找人当人质的吧?"

秦知意好心情地朝大家挥了挥手:"那肯定的,不是他我还就不去了。"

她的神情十分大方,丝毫不在意别人会说什么。

"这一届新生厉害了啊!咱班最难搞定的宋安如和秦知意都搞定了。"王坤吊儿郎当地问,"喂,那位校花,有什么经验,传授一下呗?"

沈南辰回过头看了王坤一眼,想了想,准备回答这个问题。

宋安如总觉得他一开口就是惊世骇俗的话,索性拉着他的胳膊走了。

王坤嚷嚷道:"宋安如你至于吗,我取个经怎么了?"

还有人附和:"对啊,王坤取个经怎么了?"

陈舒和夏桐一脸蒙地走在两位室友后面,小声交谈。

陈舒:"那个男妖精就算了,老大怎么回事?什么时候从哪儿找来的小白脸?"

夏桐:"男妖精和小白脸都是法医学专业的,咋回事儿?"

陈舒:"话说,你有没有觉得三三跟那个男妖精太亲近了?我第一次看她拉人家男生的手。"

宋安如全程都听到了她俩的讨论,低头看到自己还握着沈南辰的胳膊,立马松开。

旁边的秦知意意味深长地朝着江喻白,没头没尾地说了句:"害羞了。"

宋安如反驳道:"我没有害羞!"

"没说你,不要随便对号入座。"秦知意晃了晃江喻白的手,"我说他呢。"

江喻白很配合地点头:"嗯,说我。"

宋安如无语地冲在前面。沈南辰看着她越发红的耳朵,凑过去低声道:"你说你'家属'说的是什么意思?"

宋安如顿了下,只觉得耳朵越来越烫,她回过头,看着陈舒和夏桐。

两人被她面无表情地盯着,笑得开心:"干吗?"

"我刚才,"宋安如指了一下沈南辰的胳膊,"只是拉了他的胳膊。"

"这是没牵手委屈上了?"夏桐看着沈南辰,"快点牵手,一会儿她要生气了。"

秦知意憋着笑,伸手到江喻白面前:"小白,来,手拉手一起走。好朋友之间行得正坐得端,咱不怕这个。"

江喻白看了看宋安如和沈南辰,嘴角微勾,握上了秦知意的手。

"师姐的话有道理。"

沈南辰探过手指,刚碰到宋安如的手腕,就被她躲开了。

"你不要起哄。"宋安如教育了他一句,回过头教育陈舒和夏桐,"背后说别人能不能离远点,小声点?"

"我要离远点说,还有什么意思啊?"陈舒拉起夏桐的手,"桐桐,来,手拉手一起走。"

夏桐一脸享受:"好朋友都这样,走起来更安全,那种心虚的例外。"

宋安如从来没发现,她的室友一个比一个阴阳怪气。眼角仿佛还残留着那抹温软,她本来就有点心虚,六个人里面,就她和他没牵手,更心虚了。

眼见着宋安如要炸毛了,沈南辰难得好心地转开话题:"两位师姐待会儿一起吃饭吧?"

"好啊,正好还没吃过见面饭。"陈舒期待道,"我听说,这种情况都是要两家人聚在一起吃顿饭的。"

171

宋安如看着陈舒，语气凶凶的："什么见面饭？"

"就是普通的见面饭啊，你胡思乱想到哪里去了？这样看着我干吗？今天难得和两位师弟对面，难道就不能一起吃顿饭？"陈舒故作委屈。

夏桐装模作样地谴责道："宋安如，你别太过分了啊，都是认识的人，一起吃顿饭怎么了？"

秦知意点头赞同："我和小白没问题，反正大家都认识，一起吃顿饭挺好的。"

江喻白跟着点头。

沈南辰也点头附和："是挺好的。"

合着六个人里，就她不合群。

宋安如听不下去了，然而那几人依旧在说个没停。

"说句实话，我曾经以为三三的脸皮起码有城墙那么厚。今天我要反思一下自己，我误会了。"

"怎么说？"

"你看三三的耳朵，和蒸熟的螃蟹有什么差别。"

"有差别的，螃蟹是橙色的，她那个都要红得滴出血了。"

宋安如加快脚步，沈南辰跟在她身后，低声笑了笑："走那么快干吗？"

"你别管。"

沈南辰自发解释道："她们乱说的，我知道，师姐是刚才戴了面罩和帽子捂红的。"

如果这话没有带着笑意，还稍微可信一些。

几人去了最近的食堂，寻了处六人桌。

饭桌上，陈舒和夏桐两人对坐在中间，左边是江喻白、秦知意，右边是宋安如、沈南辰。

两边的画风奇奇怪怪。秦知意贴心又知心，江喻白冷着脸，但很乖巧。沈南辰违和地欠揍，宋安如红着耳朵，又凶又恶。

不远处，有个穿着白大褂的男生朝着沈南辰走来。

"师姐们好。"苏彦对着桌上几人挥了挥手后，将一个小袋子递给沈南辰，"少爷，您到底哪儿受伤了？我刚回寝室躺好，就被您给传唤出来了。我看您胳膊腿儿都好好的，就不能回寝室再擦药？"

"不是我。"沈南辰拆开棉签，打开一瓶消毒水蘸了蘸后，将宋安如拿着手机的手拉过来。

将她手机取下来，放在桌子上，沈南辰握住宋安如的手腕抬起来，手背上那道几厘米的伤口已经没有渗血了，被撞的青紫色却比刚才更深，落在她白皙的肌肤上十分醒目。

宋安如被他突如其来的动作吓了一跳，条件反射地要收回手，就被他按住："别动，要消毒。"

"哦。"宋安如不动了，任由他擦药。

苏彦变脸惊呼："是宋师姐受伤了啊！你怎么不早点告诉我，要是早点告诉我，我给你们送到师姐的训练场。"

宋安如看向他，点点头："谢谢你。"

"应该的。"苏彦傻笑着，抓了抓头发，"各位师姐慢慢吃啊，刘昱知道我要来食堂，让我帮忙带饭，我先去给他买饭了。"

沈南辰全程注意力都在宋安如的伤口上。沈家旁支也有几个十几岁的小姑娘，娇生惯养，就算是不小心磕碰一下，都会大惊小怪许久。然而宋安如受这种伤像是习以为常，眉毛都没皱一下。

说不清楚心里是什么感受，除了心疼，似乎还有些别的。

"不知道割伤你的东西有没有生锈，等会儿还得去打一针破伤风。"

宋安如摇头："不是铁的，实训楼的掩体除了木质品就是沙袋，应该是在木制品边角刮伤的。"

沈南辰："别人从窗户跳进来，还缓冲一下才去救人，就你最虎，从窗户直接跳到掩体后面，受伤了也不怕疼吗？"

旁边的陈舒插了一句嘴："她做什么都虎。以前大一刚来的时候，我们都还没怎么训练过，有一次模拟演练，四层楼，她从顶楼跳下去，翻到三楼破窗，把指导员腿都吓软了。事后问她胆子怎么那么大，她说她有经验。指导员问清楚她所谓的经验后，把她拖去骂了两个小时。"

陈舒问沈南辰："你猜她哪儿来的经验？"

沈南辰敛眸盯着她青紫的那块，语气淡淡的："游戏里面学的？"

"是的。"陈舒比了个赞的手势，怪声怪气，"我们三三技高人胆大。"

宋安如看着手上青紫的地方，被沈南辰用拇指来回轻抚着，不知为什么，总感觉他心情不是很好，她解释了一句："我觉得我可以。"

"你可以，"陈舒阴阳怪气地说，"今天都知道擦药了，是挺可以的。"

宋安如反驳："我受伤，擦点药怎么了。"

"某人以前训练翻指甲盖的时候，我们几个吓得不行，要带她去医院，她把指甲贴回去继续训练完了才去。"陈舒感叹，"三三，铁血女汉子非你莫属了。"

沈南辰翻着她的手指看了看，没有发现左手哪根手指的指甲有异常，便问："是伤到右手的？"

陈舒拉起她的右手递给沈南辰，说："无名指，现在不怎么看得出来了，刚伤着那会儿，流了好多血，还很长时间都不能沾水。"

沈南辰握住她的右手，挑起无名指。指甲较其余几根手指头，短了一些，也没有其余几根手指头漂亮。

宋安如见他一直摩挲着她的无名指,眼角被触碰过的地方又开始发烫,心跳也在加快。

她收回手,对上沈南辰不像平日那样含着笑的眼睛,莫名其妙地说了句:"不痛了。"

沈南辰有些无奈地道:"以后别这么虎了,也不知道怕。"

"哦。"

宋安如应了一声,眼看着几个室友一脸憋笑,她指着饭菜,主动岔开话题:"吃饭,食不言寝不语。"

一顿饭安静地吃完。

"喝点汤,嘴唇都辣红了。"沈南辰将汤递到宋安如面前,"周六早上八点起得来吗?要是起不来,我就下午来接你。"

宋安如端着汤一口闷,放下碗,擦了擦嘴:"下午双排。"

其实下午去骑马是最合适的,但半天就没了。一想到上周六和沈南辰一起打游戏的情形,她甚至不太想睡懒觉。早上骑马,下午打游戏,晚上时间合适的话,可以去夜市吃一圈。

"好。"收到她的主动邀请,沈南辰心情十分好,提议道,"中午带你去吃一家私房火锅,很正宗的川味。"

宋安如在云京读了两年多的书,还没有吃到过正宗的川味火锅。很多店打着正宗的旗号,实际都不正宗。她好奇地问:"在哪儿?"

"明衡山附近,刚开不久的。"

骑了马会很饿,立马就能吃上正宗川味火锅,想想都特别开心。

旁边几人听着两人的话,见宋安如一脸餍足的表情,好奇得不行。

陈舒来回看了看两人,终是没忍住当了代表。她用胳膊捅了捅宋安如:"周六八点,你起来干吗?你周末不都要睡到中午十二点才起吗?"

宋安如假装没听见,不是很想说,总觉得说了后,她们又要调侃。

陈舒看向沈南辰,他笑了笑,帮她回答:"我和她去骑马。"

"骑马啊。"618寝室几人都忍不住在心里吐槽宋安如见色忘义。

以前寝室集体出去玩,从来没有在早上出发过,因为宋安如早上起不来,所以没有哪次不是到了中午才出门的。

几人试过威逼利诱,但都没用。

宋安如被吵烦了,为杜绝后患,甚至还在校外买了房子,周末直接回去睡,就图个睡懒觉没人打搅。

现在人家有男妖精,才认识一个多月,早上八点就能起了。陈舒和夏桐酸得不行,就连秦知意听到都有点酸。

陈舒问:"你们要去哪儿骑?"

沈南辰："明衡山。"

陈舒想了想，疑惑道："明衡山？是听说上面要建一个规模很大的马场，只是还没听说营业啊。"

夏桐是云京本地人，她家在云京有些小生意。年玉生日宴上见到沈南辰，也不可避免地看到了年家很多生意上的伙伴谄媚地给他打招呼。她回家问了问才知道，沈南辰是沈家的小少爷。

她擦了擦手："那家马场姓沈，沈师弟的沈。"

陈舒拱手："失敬失敬。我听说那家马场是云京最大的？"

秦知意来了兴致："我也听说了。"

几人看向宋安如的目光都颇为热切，其中含着明晃晃的"暗示"。

她们专业的女生，很多都喜欢骑马射箭一类的项目，最初听闻明衡山生态马场的时候，寝室四人就已经约好开业后一起去玩。

宋安如觉得自己单独去是有点不好，可马场又不是她的。她盯着沈南辰，眉头微蹙，还没想好怎么说，沈南辰就道："陈师姐你们想去的时候可以告诉我。"

"那多不好意思。"陈舒嘴上说着推拒的话，和秦知意还有夏桐视线交汇了一瞬后，故意道，"你和三三周六去的话，我们能周日去玩玩吗？不打搅你们两个。"

宋安如冷笑："我就去骑个马，打搅什么了。"

陈舒揽着她的肩膀拍了拍："我这不是担心惊了你和沈师弟的马。"

宋安如按捺住心底的那一丁点心虚："周六一起去，我倒要看看你怎么惊马。"

陈舒眨了眨眼，一脸无辜："嗯……还是不了吧？这样会不会不太好？"

"那你说说哪里不好？"

"既然这样，那就一起去吧？反正那个马场规模那么大，我们几个离远点玩就是了。"陈舒丝毫不怕地继续点火，"真开心，和三三同寝两年多了，终于要一起看看周末早上八点的太阳了。"

宋安如哽住。

"谁说不是呢。"夏桐感叹，"我都打算骑完马，顺便去明衡山上的寺庙拜一拜，感谢佛祖实现了我这个许了两年的愿望。"

秦知意憋着笑，打个响指："加我一个，是该好好还愿。"

几人明里暗里说的全是大实话，宋安如只当没听见。

沈南辰听到，心情舒畅，压低声音问："没有周末早上出去玩过？"

宋安如瞪了他一眼，他的旁边就是夏桐，再小声也听得见。而且这种时候，提这种问题，只会让她的室友们讨论得更热烈。

果不其然，听到他的话，夏桐接腔道："准确点来说，只要是假期，她就没有起过早床。去年毕阿姨来看她,还向我们吐槽过,说她在家也这样,要是吵她睡觉,她就出去住酒店。"

夏桐叹气:"这不,恒水湾那套房,就是嫌我们周末起太早吵着她了才买的。辅导员知道的时候,一度怀疑我们三个孤立她,实际上谁也想不到,三三才是抛弃我们的人。"

"我没有。"宋安如理直气壮道,"你周末也经常回家,我回家就不行?"

陈舒揭穿她:"人家夏桐的家就在云京,你就是嫌我们吵着你睡懒觉了。"

宋安如索性认了:"你周末早上七点就起来跑步,还非得拖上我。"

两人开始相互控诉。

秦知意意味深长地做了个总结:"咱们三三可有脾气了,受不了一点委屈的。"

沈南辰知道她是在暗示自己,不要委屈宋安如。他向她颔首后,拿出手机给宋安如发了条消息过去。

烦人精:真荣幸,能和师姐一起看周末八点的太阳。

宋安如正在和陈舒、夏桐斗嘴,根本就没听到消息提示。沈南辰见她嘴笨,说不过那两人,气得板着一张脸。

桌下的手碰了碰她的膝盖。

宋安如看向他,他的下巴朝放在桌上的手机扬了扬。

她疑惑地打开手机,就看到他发来的消息。

对上他嘴角压不下去的笑意,宋安如的怒火转移了,气势汹汹地按着手机键盘。

宋安如:我想骑马也想打游戏,所以才早上起来。怎么,不行?

烦人精:怎么都行,我什么都听师姐的。

宋安如有种一拳砸在棉花上的感觉。

很快就到了周五。

宋安如上完课准备回家,出了学校就看到沈南辰站在校门口,身边停着他家的车。

"你在这里站着干什么?"

沈南辰拉开车门:"等你。"

宋安如没有要上车的意思:"你等我干吗?"

他神情自然:"一起吃饭。"

宋安如反而有些不自在:"谁要和你一起吃饭了。"

"我在那家川菜馆订了位置。"沈南辰指了指中央扶手上的袋子,"还让阿姨给你做了些零食。现在要一起吃饭了吗?"

"要。"宋安如犹豫不过一秒，熟门熟路地上车，"我请你吃。"

沈霄见她坐好后，回过头给她问好："宋小姐，下午好。"

"叔叔下午好。"

"一周不见，宋小姐又长漂亮了。"

"嗯。"宋安如赞同地点头，"上周刚军训完黑了些，这周白回来了，确实更好看。"

驾驶座又传来了压低的笑声："宋小姐真可爱。"

对此，宋安如已经麻木了。她是真的不太懂，这个叔叔明明长得很凶，不爱笑的样子，为什么笑点那么奇怪。

"我也觉得，师姐又漂亮又可爱。"沈南辰将零食袋子递给她，"吃点东西垫一下肚子，这个点会有些堵车。"

宋安如接过袋子就想拿蛋糕。袋子里面装了一个蛋糕，看起来很精致，就是过分小了些，小到草莓都只能放一个。她觉得自己努点力，说不定两口就能吃完。

她捧着蛋糕，眼神幽怨地看着旁边的人。

沈南辰接过来，帮她打开盒子，把勺子放上去，明知故问："怎么了？今天的蛋糕不合口味？"

宋安如拿勺子戳了戳蛋糕："你有没有觉得今天的蛋糕有点小？"

沈南辰："我想着一会儿吃川菜，你肯定又要吃三碗饭，晚上不能吃太多，就让阿姨做的小蛋糕。"

"那也太小了！"她舀了一勺，蛋糕瞬间就少了三分之一，"你自己看，都见底了。"

"是你挖太多了。"沈南辰忍着笑，"快吃吧，不是还有其他的吗？"

"哪有挖很多，我一口都不够吃。"宋安如将蛋糕塞进嘴里。奶油的香味夹杂着草莓的清香，十分诱人。

看着剩下的不多，她有点心疼第一口吃多了，于是第二勺就只舀了一小块。平日里两三口就能吃完的量，她硬是细嚼慢咽了七八口。

吃完蛋糕，宋安如意犹未尽，本来今天的格斗课就消耗了不少体力，肚子正饿着。她的目光放到袋子里其他几样吃食上面。

打开薯片盒子，里面只有六片；打开饼干盒子，里面只有两片；打开布丁盒子，里面只有两个很小的；奶茶目测连一百毫升都没有。

宋安如深吸了一口气，将迷你奶茶举到沈南辰面前："你搁这儿养老鼠？"

沈南辰靠在座椅上，懒洋洋地看着她："养老鼠可不用费这么多心思。"

宋安如："可是这个奶茶都不够我喝一口。"

沈南辰仔细看了看她的唇，认真地道："师姐嘴巴很小，我觉得喝几口

177

都不是问题。"

宋安如无语："你这种行为简直是在折磨阿姨。"

前排的沈霄一本正经地接了句话："刘姨挺乐在其中的。她说宋小姐喜欢吃她做的零食，她很开心。"

宋安如语塞。

沈南辰好笑地摸了下她的脑袋："你觉得怪谁？"

宋安如撇开脑袋不让他摸。

沈南辰解释道："师姐要是吃东西有节制，我都让阿姨给你做大份了。"

想到上周六晚上打卡做了许久的消食运动，宋安如有点心虚，面上却不显："我有节制。"

"好吧，知道你有节制了。"沈南辰点头，"这些吃完也有很多，待会儿还要不要吃川菜？听说那家店新上了几个品种的辣菜，应该都是你喜欢的。"

"都上新了什么菜？"宋安如打开薯片盒子慢慢吃着。

沈南辰将手机递到她面前："看吧。"

宋安如看了一会儿，还真的全是她爱吃的，郁闷的心情瞬间被治愈了。

沈南辰趁机又摸了一下她的头："明天再让阿姨给你做新鲜的，早饭就吃蛋糕，起这么早应该得到奖励。"

宋安如吃完一个布丁，拿着另一个晃了晃："这个布丁也香香的。"

沈南辰很上道："让阿姨做多点布丁。"

宋安如："要上次那种大一点的。"

沈南辰："行。"

宋安如："奶茶、薯片、饼干也好吃。"

沈南辰宠溺道："知道了，春游的零食都让阿姨给你准备大份的。"

宋安如很想批评他乱用词，除了幼儿园谁还去春游，但她忍住了，衣食父母大过天。

她想了想，总被沈南辰拿捏也不是个办法，便问："你家阿姨有跳槽的打算吗？"

"这就要挖墙脚了？"沈南辰挑眉，漫不经心道，"或许你的思路可以打开点？"

宋安如："什么？"

沈南辰十分体贴地提议道："你跳槽到我家来，不就能经常看到阿姨了。"

宋安如义正严词地拒绝："不可能。"

"怎么就不可能了？"

"你家再有钱，我毕业后也不可能去你家当保安的，你死了这条心吧。"

宋安如吃了一顿很开心的饭,吃得有点撑。饭后,沈南辰跟她一起散步,送她回小区。两人一路上有一搭没一搭地聊天,晚风吹在身上,十分惬意。

道路的前方,有个年轻漂亮的女人推着轮椅,走得很慢。

宋安如看了两眼,忽然上前:"白婆婆。"

"咦?"白英回过头见到是她,笑得一脸慈祥,"是小安如啊。今天周五,又放假了吧?"

"嗯。"宋安如接过轮椅,"我来推您吧。"

那位年轻女人立马让开了位置。

"好。"白英点头,瞧着她身边的沈南辰,"这位小帅哥是谁?"

宋安如:"我朋友。"

沈南辰也向白英打了个招呼:"婆婆您好。"

白英笑着夸奖:"长得真好看。"

年轻女人也看向沈南辰,目光落在他脸上的时候,表情惊讶。她掏出手机想要联系方式,可看到他满眼都是推轮椅的女孩,甚至都没有发现她这个人。两人都长得特别好看,站在一起,甚至让人生出一种不想破坏的美感。

年轻女人将手机放回包里,有些许惋惜:"婆婆,我先走了啊。"

"好的,谢谢你了,姑娘。"白英目送女孩走远,"这姑娘真乖,刚才看我过马路慢,还帮我推轮椅来着。"

沈南辰伸手想要接过轮椅,宋安如朝他摇了摇头,依旧自己推着:"您这么晚一个人出来干吗呢?"

"小涵想吃汤圆,我出来买一包,明天早上煮给她吃。"白英说着指了指腿上放着的口袋,里面装着一袋冷冻过的黄米汤圆。

"您的腿本来就不好,这个很冷。"宋安如蹙眉将汤圆口袋提起来,挂在轮椅的扶手上,"白涵呢?这条路的路灯本来就不太亮,行人又少,您要是有个事都找不到人帮忙。"

老太太笑呵呵的:"她还没回家呢。"

"这么晚还没回家?"

"说是去同学家玩。"老太太指了指斜前方,"哎,小安如等等,那里有个瓶子。"

宋安如走过去,也不嫌脏,捡起瓶子,塞进轮椅下面的筐里,动作十分娴熟。

沈南辰看着她,只觉得心里软软的。她平日里虽然总是一副不爱搭理人的模样,实际上比谁都善良。

宋安如不知道沈南辰的内心大戏,问老太太:"回店里还是回家?"

"回店里,一会儿小涵要来店里接我。"

179

宋安如推着轮椅，熟门熟路地往一条小巷子走，沿途贴了很多暗黑系列海报，气氛有些诡异，三人没走多远，就到了一家剧本杀店门口。来来回回经过许多年轻人，有些被吓得脸色苍白地出来，有些兴致勃勃地进去，还有些甚至双腿发软地坐在大厅哀号。

前台探了个脑袋出来，那人手里拿着一瓶水，热情地招呼："小美女，谢谢你将我们老板……"

李祈年抬眸，看清来人，打住话，也收回了手里的水："咦，小安如来了啊？"

宋安如疑惑，明明刚才他都没看到来的人是谁，为什么会直接喊出小美女，更疑惑为什么他要给她喝的水收回去了。

白英握着宋安如的手开心道："去帮小安如和她朋友买两杯奶茶。"

"好。"李祈年笑呵呵地往外走。

白英在宋安如的手背上拍了拍："路上的时候他给我打电话，问我到哪儿了。那姑娘当时推着我，我就和他说了，估计他以为是那姑娘送我上来的。"

"哦。"宋安如喊住还没走远的李祈年，"李叔，不用麻烦，我刚才喝过奶茶了。"

李祈年依旧很热情："我给你打包，你一会儿带回去晚上喝。"

一旁的沈南辰开口道："不用了叔叔，她晚上吃了很多东西。"

李祈年看了看他，指着店铺入口，笑眯眯地问宋安如："要和你朋友进去玩会儿吗？"

"不了，我们明天有事，就先走了。"宋安如朝两人挥了挥手，拉着沈南辰的胳膊就走，"白婆婆再见，李叔再见。"

"有空的时候记得带朋友来玩啊！"

"好。"

离开小巷子后，沈南辰忽然问："你和那个婆婆怎么认识的？"

两人怎么看也不像是应该相熟的关系。

宋安如其实也不确定从什么时候开始和白婆婆还有白涵变熟悉的。她想了想道："这家剧本杀很有名，经常和室友来玩。"

她并不是那种容易和人处熟的性格，沈南辰好奇："玩过几次就和老板这么熟了？你们说的白涵是谁？"

"你看到过。"

"嗯？"

"年玉生日。"

沈南辰想了好一会儿，问："是那个说你母胎单身，还说你气急败坏的那个人？"

宋安如很无语，很不想理他。

"看起来不大，怎么感觉她和我们学校很多人都认识。"

宋安如解释道："她放假都会在店里帮忙，我们学校很多人喜欢来这家店玩。"

"这家店离学校也不近。"沈南辰不太理解，"你也喜欢来？"

"嗯。"宋安如点头，"这家店的剧本很新颖，难度也比较大。"

能从她嘴里听到"难度大"，沈南辰就真的有些好奇了："下次我们一起来玩？"

宋安如干脆地答应："嗯。"

沈南辰打量着她的神情："师姐，你有没有发现一个问题？"

"什么？"

"你最近拒绝我的次数变少了。"

宋安如哽住。

沈南辰强忍着笑："要是放在以前，我说和你来玩剧本杀，你肯定会拒绝我。最近怎么这么好说话了？难道……"

"没有难道。"宋安如打断他，揉着耳朵气呼呼地走在前面，"有病治病，别整天在这儿想些有的没的。"

沈南辰看着她又变红的耳朵，意味深长地"哦"了一声。

两人没一会儿就到了小区门口。

眼见宋安如要进小区，他旧事重提："不请我上去喝杯茶吗？"

宋安如扫了眼离大门不远处他家的车，也不知道停了多久。吃完饭沈南辰就让人将车开走了，非拉着她散步回家，结果让车子等在她家小区门口。

知道他是想让自己散步消化，宋安如心情复杂，犹豫了片刻，拿门禁卡刷开小区入口："我家没有茶叶，你只能喝水。"

"真让我去啊？"沈南辰没动，"你这一脸不情愿，我都担心我有去无回。"

宋安如"呵呵"假笑两声："我情愿的。"

"回去吧。"他在她头上揉了揉，"明天八点钟，我在楼下等你。"

"哦。"宋安如将手插进兜里，看他一眼，面无表情地吐槽，"一会儿要去，让你去又不敢去，真不好伺候。"

沈南辰突然道："过阵子吧。"

"什么？"

宋安如不太理解过阵子去和现在去有什么差别，不都是要去。

沈南辰像是想到了什么有趣的事，勾着嘴角："过阵子，我自己带茶叶去坐。"

"过时不候。"

宋安如来了脾气，冷哼一声走了。

181

到家时，邻居家的门大开着，里面空无一物，还有保洁在打扫卫生。

她没多想准备开门，一个中年女人拎着包出来，正巧看到她。

"安如，你回来了啊。"

宋安如只得停下开门的动作，礼貌地关心了一句："阿姨您要搬家？"

女人有些不好意思地道："我老公公司最近资金周转不开，刚好有人要买这套房，价格出得很高，我就找人来打扫一下。以后不能和你当邻居了。"

邻居这位阿姨，宋安如其实也只见过几次，好像是因为她家挺多套房的，这套不常住。

宋安如生不出悲欢离合的感觉，也装不出来，只得僵硬地说了句："希望叔叔的公司生意蒸蒸日上。"

"快回去休息吧，这么晚了。"邻居阿姨笑道，"听说到时候搬来的也是个你这么大的小孩，预祝你们相处愉快。"

"谢谢阿姨。"宋安如没多想，回了家。

第二天早上，宋安如被三个闹钟轮番轰炸才勉强起床。周末的生物钟好像不允许她早起，从洗漱好到上车的途中，整个人都像在梦游。

沈南辰看她戴着顶帽子，眼神都没怎么聚焦，不由得失笑："怎么一副站不稳的样子？"

"早上好。"宋安如机械地对着他打了个招呼，又看向驾驶位，给沈霄打了个招呼，"叔叔，早上好。"

随后她靠在座位上，眼睛眨巴眨巴几下就睡着了。

沈南辰把蛋糕盒子打开凑到她鼻端，她依旧没反应。他收起盒子，有了一个新的认知。

睡觉大于室友。

睡觉大于蛋糕。

他大于睡觉。

有了这个结论，他心情特别好，将蛋糕盖上放回原位，从后排拿了张毛毯，轻手轻脚给她盖上。

帽子下，往日偏冷的五官，睡着后倒是十分柔和。唇微微嘟着，睫毛又长又密，脸颊上的婴儿肥可爱得让人想捏。

沈南辰不是一个喜欢委屈自己的人，这样想着，也就伸手捏了下她的脸颊。手感很好，甚至比起第一次捏的时候好像还更好了。

"长胖了？"沈南辰疑惑地又捏了一下，低喃了一句，"难道是最近蛋糕零食吃多了？"

自从知道宋安如喜欢吃家里阿姨做的蛋糕，他基本上隔天就会让人送一个蛋糕进来。最近忙，就让人拿去学生会，想着她玩游戏的时候可以吃。

沈南辰又拨了下她的睫毛，宋安如皱了皱眉，依旧没有要醒的意思。

"睡眠质量真好。"

昨晚给她发消息的时候，十点半就说要睡了。今早七点起床，接近九个小时，居然还不够。

"能吃能睡，宋小姐是个有福气的人。"沈霄压低的声音里带着些许笑意，"不过这还是第一次看到宋小姐连蛋糕都不吃了，以前上车就惦记着的。"

"她放假要睡到中午才起床。"沈南辰爱不释手地又在她脸颊上捏了捏，"她室友说第一次见她放假起这么早。"

"看来宋小姐是很想和您一起出游的。"

"还让我下午陪她打游戏。"沈南辰拿出手机，对着她的脸拍了好几张照片，"说不定晚上还要让我陪她去夜市吃小吃。"

他满意地看着拍好的照片："真黏人。"

车子到明衡山脚的时候，秦知意和江喻白几个已经到了一会儿了。

"师姐，起床了，你的家属团等着你。"

连续两声都没有动静，沈南辰轻轻拍了拍她的脸，她依旧纹丝不动。

看她睡得这么香，他其实也不是很想把她叫起来，便准备下车和她的室友说一下，让她们先去玩，自己陪她再睡一会儿。

秦知意看见只有他一个人下车，好笑地问："睡着了？"

沈南辰眉眼柔和，不难看出宠溺："一路上都在睡。"

一个多小时的车程，就和他打了个招呼，途中怎么都不醒。

"不喊她能睡到中午，我说你也别太惯着她。"陈舒上前，透过半掩的车门，往里看了眼，"不然太对不起她破天荒起的这个早床。"

沈南辰无奈："我叫不醒她。"

"那是你方法没用对。"陈舒和夏桐一起走到车旁，敲敲车窗，"三三，起来了，再不起来我要用强的了啊。"

宋安如转了个身继续睡。

两人对视一眼，一人拽了只胳膊，将她从车里拉了出来。

宋安如整个人都是蒙的，好不容易站稳，看看周边陌生的环境，没反应过来："这是哪儿？"

陈舒："马场里的马都吃饱了，等着你去骑。你在车里睡觉就不觉得浪费时间？"

宋安如好一会儿才反应过来今天要做什么，说："你们都来了啊。"

夏桐使劲儿在她胳膊上戳了两下："九点就到了，等了你二十分钟，沈南辰担心快车影响你睡觉，一个小时的车程硬是延迟了二十分钟。"

宋安如看了沈南辰一眼，见他一副笑眯眯的表情没反驳，顿时有点心虚："你们吃早饭没？"

陈舒道:"出门太早没吃,上山路上有早餐店,一会儿再吃。"

宋安如十分懂事:"我请。"

"我们三三就是上道,迟到了还知道请客。"陈舒拍着她的肩膀,"走吧。"

几人刚走了几步,宋安如忽然停下:"等等。"

她回到车上,将沈南辰给她准备的那袋零食拿上。

陈舒探头看了一眼:"这么客气的吗?还给我们带蛋糕了?"

宋安如将袋子往怀里抱了些:"我的早饭。"

"你早饭吃这个,然后让我们去吃店铺里的?"

"不够分。"大概是昨天说好用蛋糕当早饭吃,她看了一眼,沈南辰准备的蛋糕并不大,其他的零食倒是挺多的,"你们吃零食吧。"

陈舒打趣:"你迟到了,不该把自己的那份让出来吗?"

宋安如一本正经地科普:"早上吃奶油不好。"

"没吃的才不好,三三你个抠门鬼。"夏桐忍不住吐槽。

618寝室四人吵闹着走在前面,沈南辰和江喻白跟在后面,氛围十分好。

明衡山景色宜人,景观石路修葺得很好,两旁种满了枫树,这个季节叶子红了,看起来十分漂亮。

几人没走一会儿就到了休息驿站,驿站里有几家饭店,四人选了最近的一家。

店铺老板是位怀孕的妇女,肚子很大,看起来就像是要生了一样。她热情地招呼着几人进店:"几位想吃点什么呢?"

秦知意问:"老板,有什么推荐的早餐吗?"

隔壁一位老大爷笑呵呵道:"他们店的麻酱面很好吃。"

"那就要麻酱面吧。"秦知意几人都点了麻酱面,只有宋安如和沈南辰没点。

宋安如是因为要吃蛋糕,而且本身对云京本地的这种麻酱面不感兴趣,想到开学那天在火锅店遇到沈南辰时他碗里的佐料,她用胳膊肘捅了他一下:"你要吃吗?"

沈南辰低声道:"早上吃了点,不太饿。不过师姐要请我的话,还是能吃一些,只是吃不下一碗。"

"你胃口不好。"宋安如皱眉,一个男的,还没她能吃。看了眼蛋糕,是自己能吃八分饱的程度,再吃一碗面应该也是可以的。

"老板,再要一碗麻酱面,多给我一个空碗。"

其余几人在聊天。听到她的话,夏桐好奇地问了一句:"你拿空碗做什么?"

宋安如嫌弃地指了下沈南辰:"他吃不下一碗。"

几人愣了一瞬。

夏桐："哟。"

陈舒："哟。"

秦知意："哟。"

江喻白看了看几人，也很合群："哟。"

宋安如翻出蛋糕："干吗？有病早治。"

"这么体贴？你还是不是宋安如？说！到底是被哪个小鬼上身了。"夏桐在宋安如的腰上掐了一把，"想当年一起出去玩时，遇到美食我也有过吃不下但又想尝尝的经历，当时让你和我分着吃，你还记得你说过什么吗？"

宋安如想不起来，感觉到沈南辰含着笑意的视线，心跳就开始不正常。她道："你别杜撰我。"

"这道题我会。"陈舒清了清嗓子，佯装推开旁边的秦知意，冷漠地道，"少一口我吃不饱。"

夏桐伸出食指，戳了她两下："吃不饱会饿死你吗？"

陈舒一脸凝重："会。"

几人又笑开了。

沈南辰眸色微动，笑了下："学得还挺像的。"

宋安如坚决不承认陈舒模仿的是自己："我不是那样的。"

"嗯……"沈南辰沉吟片刻，问，"你是想听实话还是假话？"

宋安如皱眉："你闭嘴。"

老板很快就端着托盘来上面了。见她挺着个大肚子端那么多碗，秦知意上前接过托盘，将面条分给大家。

宋安如把面条拌好后，把筷子和空碗递给沈南辰："自己分。"

沈南辰接过筷子夸奖道："师姐真好，真大方。"

一旁的夏桐几人看不下去了："严重怀疑你是在对我们炫耀。"

"没有。"沈南辰忍着笑，估摸着她的食量，将面条挑了一半出来，"这样应该不会吃撑？"

"不会。"

宋安如将剩下的半碗面条吃完，开始吃蛋糕。

明衡山空气很好，即便是坐在山上随便一家饭店里，也能感觉到呼吸间氧气充足，毛孔舒张的微妙感。

简单的面条，大家吃起来都很满足，心情也很好。

店内氛围其乐融融，店外突然响起一阵喧闹声，店铺老板扶着孕肚出去看，没一会儿就传来了女人的尖叫声。

"闭嘴，叫什么叫。"

"大……大哥，我不叫，您别动手。"

大部分客人停下了吃饭的动作，有些人要出去当和事佬，有些人看戏。

随即一声枪响，大家脸上的情绪被惊愕和害怕取代，最先反应过来的女人带着小孩想往外冲，其他人也蠢蠢欲动。

沈南辰一把握住了宋安如的手，将她挡在身后，警惕地看着外面。

宋安如想去看一眼情况，可看他呈保护姿态站在她前面，她犹豫了一瞬没动。

秦知意几人立马上前拦住大家："直接冲出去可能会有危险，先别冲动，看看情况再说。"

她的话音刚落，店铺门口涌进来四个戴着头套的男人，中间那个挟持着怀孕的老板。

"都别动。"

宋安如和沈南辰视线交汇，乖乖举起手，店内其他人也跟着举起了手。

一位中年大叔还算镇定地挡在一个大婶面前："你们想要什么？要钱财好说，能不能放过我们。"

一个戴着头套的男人不耐地指着一块区域："闭嘴，废话少说，全到这里来。"

众人不说话了，瑟缩着往他指的位置走去。

宋安如几人对视一眼，也听招呼地走了过去。

店外传来了扩音器的声音："里面的人，不要伤害人质，只要不伤害人质，有什么要求都可以谈。"

宋安如往外张望了一眼，警察在外面。

歹徒头子扬声朝外喊："一千万现金，再准备四辆车，给你们半个小时。"

警察厉声道："别伤害人质，我们马上就去准备！"

歹徒头子眼神示意了一下，两名手下立马贴在墙边，谨慎地观察外面的情况。

歹徒头子安排道："等会儿你们一人去抓一个人质，拿到钱后，我们一个一个地离开，只要每个人手上都有人质，就能把警察牵制住，他们的狙击手不会轻易动手。"

"知道了。"

几人一看就很团结。

歹徒头子拖着怀孕的老板往里走。

孕妇老板红着眼睛祈求道："大哥，您能放过我吗？我是难受孕体质，这个孩子是我们一家人盼了八年才有的。"

"少废话！"歹徒头子再次拖着她往里面走了几步。

门外的警察听到他们的对话，立即道："只要人质安全，什么都好说，不要伤害人质。我们的人已经去准备钱和车了，如果可以的话，希望你们把孕妇先送出来。"

歹徒头子冷笑道："想都别想。"

孕妇老板一脸害怕，又不敢出声，十分无助。

宋安如和秦知意等人眼神交流了一下，夏桐发出一声惊呼，将几名歹徒的注意力吸引了过来。

"叫什么叫！"守着他们的那个歹徒骂道，"谁再叫，一会儿先收拾谁。"

"各位叔叔……这位姐姐怀着孕，你放她出去，抓我吧。"

宋安如抢在夏桐之前，举起双手发言，用尽了这辈子的演技，瑟瑟发抖地说："我妈妈很有钱，别说一千万，只要你们不伤害我，让她给一个亿，她都愿意的。"

几个歹徒同时转过视线盯着她。

年龄不大的女孩，白得发光，长得非常漂亮，一副涉世未深的小可怜模样。

可即便是在这种情况下，浑身的气质也依旧很好，一看就是在富裕家庭中娇生惯养出来的女孩，弱小又没有攻击力。

歹徒头子忽然就来了兴趣："哦？你这么好心，要做人质？"

宋安如哆嗦着道："我……我也害怕。但看到这个姐姐，就想到了妈妈生我的时候，我想帮这个姐姐。"

歹徒头子露出的眼睛里闪着凶狠的光："关你妈什么事？"

宋安如说："我妈妈怀我的时候，一个人在外面散心，羊水破了，手机也没带。她肚子疼得厉害，却没有一个路人愿意帮助她，生了我之后就元气大伤了。"

她垂着眼帘，看不清情绪，声音有些僵硬，在外人看来，像是想到了什么伤心事一样，情真意切。

就连沈南辰看着都觉得陌生，原来师姐还能是这样的师姐。

真是……过分优秀。

歹徒头子的神情微微松动。

"警察给不了你们太多钱的，但对我家来说，拿钱消灾是最常用的处理方式。"宋安如声音发抖，却强撑着胆子，"用孕妇当人质，你们也很拖累吧？"

几个歹徒对视了一眼，歹徒头子仅仅犹豫了片刻，便说："你过来。"

真要过去了，宋安如反而假装退缩，结巴道："你、你们不会伤害我的，对吧？我妈妈真的有很多钱，我一会儿就叫她让人把钱给你们。"

歹徒头子挑眉，听到这话，倒是多了几分耐心："你听话就不会。"

宋安如正要走出去，沈南辰拉住她："绑我吧，我女朋友胆子小。"

"你能跟她一样？"有个歹徒嗤笑道，"她家能给一个亿。"

"沈铭是我亲哥。"沈南辰指着自己，"我叫沈南辰。"

只要是云京人，就没有不知道沈氏集团的，云京的龙头企业。而沈氏集

187

团现在的当家人就是沈铭。"

歹徒头子沉默了半响："沈氏集团是你家的？"

"嗯。"沈南辰漫不经心道，"别说一个亿，我在你们手上，一百个亿我哥也得给。"

宋安如语塞。

这种情况下，真的还能攀比吗？

沈南辰又补充道："我家里人比起我哥哥更疼爱我，你们随便开价，他们都会照做。"

歹徒头子打量了沈南辰几眼，最终还是朝宋安如道："你过来。"

他的几名手下目光贪婪，企图动摇他的决定："老大，沈氏啊，黄金窝子，挟持他不是更来钱吗？"

歹徒头子横了说话的手下一眼："你懂什么。"

沈家的钱是想要就能要的吗？一个在云京百年屹立不倒的家族，背后的关系网盘根错节，不是谁都能轻易招惹的。

宋安如警告地看了眼沈南辰，朝歹徒头子走过去。

秦知意小心翼翼地拉了一下她的衣角，结结巴巴道："你、你要听叔叔的话，千万别惹他们生气。"

夏桐也拉了拉她，恐惧地看向歹徒头子："要不换我来吧，我家也有钱。"

陈舒红着眼睛道："我家虽然没有一个亿，但我爸爸妈妈也会倾尽所有的。"

三人说着说着，抱在一起哭了起来，弱小无助又可怜。

"闭嘴。"歹徒头子不耐烦地喊了一句，几人立马安静。他看向走近的宋安如，"你们认识？"

宋安如哽咽道："她们是我的朋友。"

歹徒头子看了看，三个女生都是一脸害怕的模样，甚至还在瑟瑟发抖，简直就是人质的最佳选择。

他想了想道："既然你们这么姐妹情深，那就一起来。"

他朝另外的同伙使了个眼色，大家一人抓一个，将秦知意三人分配好。

宋安如瑟缩地停在歹徒头子面前，乖巧地让他挟持："叔叔，您能让这个孕妇姐姐出去吗？我让妈妈给您加价。"

手里换了新人质，店里也还有那么多人质，他也不想将警察得罪得太死，对孕妇老板道："出去。"

孕妇老板感激地看了宋安如一眼，扶着墙跌跌撞撞地往外走。走出了店门口，她就被警察送去了医院。

宋安如主动拿出手机："我给我妈妈打电话，让她找人送钱。"

"打。"歹徒头子盯着宋安如。

电话接通后,宋安如哭着对那头喊道:"妈妈,拿钱来赎我,歹徒叔叔说他要两个亿,不然就让你再也没有女儿了。"

一个亿瞬间翻倍,歹徒头子都愣了一瞬,凶恶的眼神里多了几分欢喜。他语气很凶地配合说了一句:"拿钱赎人。"

电话那头沉默了一会儿,毕韵初的声音听起来镇定中带着慌乱,有些六神无主的样子:"对面的人听着,我给你两个亿定金,只有一个要求,我的女儿必须安全。只要她安全了,我再给你两个亿。"

宋安如语塞。

会不会演过头了,她妈妈是把冥币当钱的吗?

歹徒头子哈哈大笑:"我就喜欢你们这种上道的人。"

电话那头的毕韵初似乎很担心宋安如,急着送钱:"钱送到哪里?我没在云京,只能让人帮忙取。四个亿现金,去银行也需要一些时间才取得出来,而且四个亿现金目标很大,在哪儿交易?"

"先把两个亿送去我发给你的地址,你的女儿就不会有事。"歹徒头子警告道,"后面两亿的尾款如果不到位,你就小心点你女儿以后的人身安全。"

毕韵初:"我只求我女儿平安,钱财都只是身外物。希望你说到做到,不要伤害我女儿。"

电话挂断后,歹徒头子小声朝身边的小弟道:"这里不能久待,警方把钱和车送来后,扬子你先检查一下车子再走。警方给的车不安全,你找机会换车,去我发给你的地方拿钱,弄去老地方。"

"知道了,老大。"

歹徒大概觉得都是小姑娘,翻不出什么浪花。他们注意着外面的情况,看起来警惕性不是很强。

挟持宋安如的歹徒头子却一直很警惕。

宋安如和秦知意对视了一眼,硬着头皮,颤声委屈地喊道:"叔叔。"

歹徒头子:"怎么?"

宋安如僵着身体:"您的枪能不能换个地方指着,我害怕。万一走火了,打在我脑袋上,我就死定了。"

歹徒头子将枪抵在她腰上:"你要求真多。"

宋安如扭了一下。

歹徒头子按住她:"别乱动。"

宋安如委屈:"我,我怕痒。"

歹徒头子斜了她一眼,将枪挪到她背上。

宋安如又开始不自在地扭:"背,背上也痒。"

"你到底哪里不痒?"

"我……我……我……"

189

第三个"我"字一出口,宋安如迅速握住枪使劲一扯,趁着对方放松警惕,直接把枪抢过来。

歹徒头子块头很大,力气也很大,明显就是练家子。宋安如没什么把握能制伏他,为了防止枪被抢回去,她直接抛给了旁边冲上来的沈南辰。

"先处理枪,再让警察进来!"

沈南辰接住枪,把子弹卸出来后抛到店铺外面。

多亏平日在学校各种演习活动和训练课上培养出来的默契,宋安如一行动,秦知意、夏桐、陈舒也同时动手把枪夺过来,一起扔给了江喻白和沈南辰。

两人快速处理了枪丢出店铺,朝外面的警察喊道:"枪已经处理了!"

歹徒头子气得面目狰狞,拳头直接朝宋安如的头砸去。他的力气很大,宋安如虽然躲开了,脸颊却能感受到劲风,可见力量是极其恐怖的。

这种力量正面应对根本就没有胜算。宋安如当机立断,借力翻上他的肩膀,腿锁住他的脖子,用尽全力勒住他的脖子。

歹徒头子窒息,使劲拽了两下,都没把她拽下来。

宋安如整个人朝后仰着。歹徒头子红着眼,手背青筋暴起,伤敌一千自损八百地带着宋安如往墙上撞。

"砰砰"两声,宋安如的脑袋在墙上砸了两下,当即脑袋一片空白。

歹徒头子已经被勒得面部发紫,伸手朝腰间摸出一把短刀,就要朝宋安如身上扎去。

沈南辰刚跟江喻白处理完最后一把枪,回过头就看到滴落到地上的血,以及歹徒手里明晃晃的刀。

"三三小心!"

沈南辰一只手握住歹徒头子的手腕,一只手挡在她的腿前。刀尖扎在他的手背上,鲜血一股股往外流。

宋安如看着这一幕,心跳仿佛都停了瞬间。她也不知道打哪儿来的爆发力,伸脚蹬在墙上,直接把歹徒头子连带着自己一起摔在了地上。

与此同时,门外的警察也冲了进来:"举起手来,不许动。"

和秦知意三人周旋的歹徒见大势已去,已经举起手投降了。

"三三,你伤得怎么样?"

秦知意几人看到宋安如脑袋在流血,沈南辰手背上还插着一把刀,歹徒头子被按着还在挣扎,几人离得近,赶紧冲过去帮忙按住歹徒头子。

陈宇在看到宋安如的时候,眉心狠狠一跳,用手铐铐住歹徒头子,并使劲踹了一脚:"老实点!"

警局一大早就接到举报,有人称在明衡山看到了在逃犯原江和他的同伙,陈宇原本带着队员在明衡山埋伏,打了个出其不意,抓住了原江,没想到他挣脱了警方控制,带着同伙冲进店里挟持了人质。

原江这人早年一直混迹在东南亚地带，手段阴狠，武力值特别高。后来偷渡回国，在国内无恶不作，但这人很滑头，一直没有落网。

陈宇拉住宋安如的胳膊，将她扯起来："剩下的交给我们，先去医院检查一下，看脑袋有没有问题。"

宋安如甩开他，拉起沈南辰的手，脑袋晕乎着，半天才憋出一句："刀扎进去了，医生的手最重要了。"

沈南辰感觉捧着他手的那只手微颤，他抬起没受伤的那只胳膊，将她揽进怀里。

"没事了。"

宋安如喃喃重复着："刀扎进去了。"

"没事，没有扎穿，也没有扎中要害。"

沈南辰安抚地拍拍她的背，手探到她的脑袋后，拨开头发，看到她头皮上一条很长的口子。

"头怎么样，晕不晕？"

宋安如挣开他，又捧着他的手重复了一遍："刀扎进去了，老师说，法医的手很重要。"

她的声音很小，眼眶发红，滚落一滴泪挂在脸颊上。

平时在学校里训练再苦再累，就连指甲盖翻了，承受十指连心疼痛的时候都没哭过的小姑娘，看到他受伤，哭了。

沈南辰的心就像是被人狠狠地捏了一把，再也忍不住。

他用没受伤的那只手托住她的脸，低下头，虔诚又心疼地在她的脸颊上吻了一下："不哭，就是看着吓人，我没事。"

宋安如脑袋里一片空白，呆呆地看着他。

沈南辰又在她眼睛上吻了一下，压抑着波涛汹涌的情绪，小声安抚："但你要是再哭，我就有事了。"

沈南辰扶住她的脖子："脑袋是不是很痛、是不是很晕，还想吐？我们先去医院好不好？"

宋安如木讷地点了一下头，闭上眼，直接晕过去了。

秦知意、夏桐还有陈舒焦急地上前帮忙扶着。

"去医院！她的头撞得有点狠，不知道有没有颅内出血。"陈宇说着就要去将宋安如抱起来。

"我来。"沈南辰顾不上手上的伤，抱着她往外面跑。

沈家的车已经候着了，见他们出来，沈霄立马打开车门。沈南辰朝身后跟来的人道："你们留下来处理后事，我会照顾好她的。"

话落，他抱着宋安如上车。

秦知意三人只得留在原地。

"呜呜呜……"陈舒眼泪止不住,捂着脸就开始哭。

夏桐也直流泪,哽咽道:"我都打眼色说我去对付那个大块头了!"

就连平日里最为淡定的秦知意眼睛都红红的:"脑袋流那么多血,也不知道以后会不会更傻。"

陈舒担忧道:"会不会颅内出血啊?"

夏桐越想越害怕:"我听说颅内出血可能会偏瘫。"

秦知意摸了摸两人的头,不知道是在安慰自己还是她们:"不会的,沈南辰会找最好的医疗团队给她看,不会有后遗症的。"

"不会有事的。"江喻白握住她的手,"他们去沈家旗下一家私人医院了。一会儿这边的事情处理完,我们就过去吧。"

四个歹徒全部押送了回去。

在场少不得有好奇且胆子大的人质,趁着歹徒被制伏后,悄悄拍了照片,又或者是录了视频。这些照片、视频如果被发到网上,勇敢站出来的几位学生说不定会被一些不法分子盯上。

陈宇让两个警察留下来,处理偷拍的照片和视频,随后亲自带着秦知意几人去警局做笔录。

做完笔录后,他又主动开车送几人去医院,路上闲聊了两句:"那个歹徒头子是原江。今天真的要多谢你们了,如果不是你们反应迅速,那名孕妇就危险了,在场的人质说不定也保不全。"

几人心里担心宋安如,都不太想搭话。秦知意迫于礼貌,说道:"这是我们该做的。"

陈宇:"宋安如的检查结果出来了吗?"

事发现场,大家都很谨慎没有叫过彼此的名字,做笔录时,虽然告知了身份,但陈宇当时不在场。做完笔录后,他突然出现,要送他们去医院,根本没有时间去看笔录。秦知意盯着他看了会儿:"您怎么知道她名字的?"

陈宇很随意地解释道:"不久前来过你们学校一次,碰巧在优秀学生墙看到过照片。"

宋安如学习成绩很好,代表学校去参加过不少竞赛,也拿过不少奖项,学校公告栏的确有她的照片。秦知意打消了怀疑,说:"结果出来了,中重度脑震荡,后脑勺缝了三十七针。"

"幸好没有颅内出血。"陈宇表情凝重,却也松了一口气,握紧方向盘的手都放松了不少。

他将人送到医院门口,从后备厢提了许多补品递给几人:"麻烦帮我把这些送给宋同学吧。"

几人接过各种中老年人才买的养生保健品,总觉得违和。

/ 第七章
告白

宋安如当天晚上醒了一次,醒来的时候,只感觉恶心想吐,脑袋里一片空白,又疼又晕,整个人都是飘的。

看着眼前的输液管,她缓了许久,才意识到自己可能在医院里。朦朦胧胧间,脑子混乱,怎么也记不起来发生了什么事情。

输液的手没有该有的凉意,手心反而暖洋洋的,像被什么东西捂着,甚至都有些许出汗。她忍着想吐的冲动,缓缓转动目光,落在手上。

少年趴在床边睡着了,侧脸正对着她,好看的眉头即便在睡梦中也微蹙着,似乎梦到了什么不开心的事情。

宋安如盯着他看了许久,才意识到这是沈南辰。

他的一只手放在她输液的手下面,一只手缠着绷带搁在被子上面。白色的绷带中间隐隐透着丝丝血迹。宋安如看着那血迹,大脑像是被刺激到了一样,浮现出一些画面。

她忍着头晕眼花,撑着身体坐起来。缓了许久,她将那种想吐的欲望暂时压下去后,另一只手缓缓伸到他的眉间,食指轻轻抚了抚。

他的脸色是那种病态的苍白,明显是失血过多引起的。

脑海里反复回放着刀尖刺进他手背的画面,她好不容易压制了一些不适感,因为情绪的翻腾又开始往上涌。

宋安如捂着头干呕了一下,沈南辰睡得很浅,听到声音,睁开了眼睛。

"什么时候醒的,怎么坐起来了?"他起身端起桌上的水杯,递到她的唇边,"喝点水缓一缓。医生说你脑震荡了,这大半个月都需要好好静养。"

宋安如慢慢喝了两口。沈南辰喂她喝水是用左手端的杯子,他的左手不是惯用手,动作有些生硬。视线再次落在他的右手上,宋安如鼻子一酸,又干呕了一声。

沈南辰将右手挪去身后,左手轻轻拍着她的背,声音里带着柔和的安抚:"我没事。你先深呼吸,放松情绪,不要激动。你现在情绪太激动了,对恢复不利。"

宋安如将他背在身后的手拉到面前，干呕的反应怎么也止不住，浑身的不适感仿佛到了极致，想说话也说不出来。

沈南辰不停地拍着她的背："先冷静下来，我真没事。医生给我看过了，刀子没有扎中神经，只是单纯地扎破了点皮肉，一点也不影响我以后的医学生涯。其实就算影响也没事，我还能回去继承家业。"

他轻言细语地安抚了许久，宋安如情绪一点都没平静。她的脑震荡是中重度，脑后的伤口甚至看得见头骨，缝了三十多针，医生交代过，她现在最切忌的就是情绪激动。眼看着她脸上因为干呕毛细血管破裂，导致脸越来越红，沈南辰没办法，按铃叫来了医生。

宋安如被注射了一针镇静剂，医生给她挂上了氧气瓶，又换了一瓶吊水，她才缓缓静下来。

看着她眼眶红红，挂着眼泪的模样，脸上充血的症状也还没退下去，往日里白净的脸蛋红得瘆人。沈南辰心疼地给她擦掉眼泪，叹了口气抱住她。

从来没见过她这样，沈南辰是真的被吓到了。

"宋安如，你这个状态比我挨一刀还难受，别折腾我了行吗？"

镇静剂的药效越来越大，情绪平静下来后，宋安如又想睡觉了，看着沈南辰，却怎么也不肯闭上眼睛。

她躺在床上一动不动，半眯着眸子。

沈南辰将右手凑到她眼前，每个手指头的指尖都轻微动了动："看吧，都还能动，真的没伤着神经。主治医师说运气很好，扎得虽然深了些，却避开了所有的要害。以后就算想去给人做手术都没问题。"

宋安如依旧没有闭眼。

沈南辰打开床头柜，从里面拿出一份检查报告，翻到最后一页诊断结论，凑到她面前，指着那排字，一字一句道："普通刀伤，未见神经损伤。"

宋安如此刻在药物的作用下有些神志不清，嘴唇却一直在动，唇齿间发出细微的声音，似乎在说着什么。

沈南辰凑近仔细听，她气若游丝地呢喃："气……死……我……了。"

沈南辰问："你气什么？"

宋安如看着他透血的纱布，反应了好一会儿，又喃喃："没……打……"

这是打架没打赢，过后气得睡不着？

"师姐，咱讲道理啊。"沈南辰将她脸上的头发拨开，"那个歹徒被送走的时候，脸肿得像猪头一样，牙齿还被你打掉了四颗，满脸是血，就连警察都认不出他了。"

宋安如困倦的眼里满是不甘。

沈南辰不由得失笑："所以你刚才是觉得没打够那人，气得情绪激动？"

茫然间,宋安如听进去了他的问话,大脑转了许久,得出一个答案,不是。她刚醒来的时候,身体极度不舒服,看到他守在自己床边,又看到他手上的伤。想到刀扎进他的手,鲜血喷到她脸上的画面,那个时候她的第一想法就是沈南辰的手可能废了。这个想法让她很暴躁、不理智。

宋安如一字一句,艰难道:"我……腿……没……事……"

她的眼皮很重,却强撑着精神,继续道:"你……手……重……要……"

她说话很费力,不专注甚至听不清她在说什么。话落没一会儿,终究还是没能抵抗住药效,闭上了眼睛。

等她呼吸渐渐平缓下来,沈南辰将她的手放进被子里,先用毛巾擦拭着她额头上冒出的冷汗,又拿冰袋给她脸上退肿。

他凝视了她许久:"受伤了都不安生。"

话落,他将唇凑到她额头上轻轻地吻了一下,声音里是掩饰不住的心疼:"睡吧。"

宋安如再一次醒来已经是第二天了,是被后脑勺火辣辣的疼给疼醒的。

忽略后脑勺的话,身上倒是暖意融融,很舒服。

眼睛上似乎遮着什么东西,她抬手抓了一把扯开,阳光刺眼,她适应不了,又闭紧了眼睛。

"醒了?"

沈南辰的声音在耳边响起,她想睁眼看,眼睛又接受不了强光。

他带着暖意的手指在她眼皮上轻轻点了点:"别急着睁眼,刚才是想让你晒会儿太阳,既然醒了,我就去把窗帘拉上。"

一阵脚步声响起后,拉窗帘的声音也响起了。刺眼的光感不见,宋安如眨了眨眼,睁开。

窗帘只合上了一部分,她的头在阴影中,其余部位都在阳光下。

窗外的阳光明媚灿烂,她整个人仿佛都染上了阳光的味道。

沈南辰坐到她身边,检查了一下她的后脑勺:"是不是伤口疼醒的?"

宋安如盯着他没说话。沈南辰在她眼前晃了晃:"肚子饿了没?都睡一天半了。脑袋还晕不晕?"

她缓了一会儿才回过神,声音沙哑:"疼,饿了,晕。"

"喝点水。"沈南辰将她扶起来,把杯子凑到她唇边慢慢喂。等她不喝了,他又将杯子放回去,"吃点东西好不好?你都几顿没吃东西了。"

宋安如很不舒服,没什么胃口。她摆了下手,表示不吃。

平日里提到吃东西眼睛都会更亮,这会儿没精神,还不想吃东西,沈南辰特别心疼。

"阿姨给你做了很多拿手的食物。"他像是没看到她的动作似的,按了一下床头的铃。

没一会儿,病房被人敲响,从外面进来一个提着保温箱的保镖。

保镖安静地将床尾的移动桌子推到床上,把食物一样一样摆出来,打开盖子,又安静地出去。

桌上有十几样吃食,水果、零食、蛋糕、煲汤、炒菜、粥。

应有尽有,但看起来都很清淡。

宋安如本来就没胃口,看着清一色的清淡菜品,就更没有胃口了。沈南辰端了一小碗汤放在她面前:"阿姨说这个喝了有利于伤口恢复。"

浓郁的汤里不知道搁了些什么,闻起来很香。宋安如依旧没食欲,偏过头,说:"我不想吃。"

后脑勺不仅疼,还凉飕飕的,她伸手就要往疼的位置摸去。

沈南辰眼疾手快地抓住她的手:"别摸,缝了针,还没长好。"

"哦。"

"缝了三十多针,你就轻描淡写地'哦'一下?"沈南辰摸了下她的额头,宋安如:"那不然呢?"

"就不担心吗?"

"担心什么?"

沈南辰想了想,还是决定不告诉她被剃了头发的事情。不太确定她知道后脑勺缺了块头发,会不会情绪激动,毕竟医生说过要静养。

"没什么。"沈南辰问,"吃点东西好不好?"

沈南辰垂眸,看起来有点可怜兮兮的味道:"我也一直没吃。"

宋安如:"你为什么不吃?"

"担心你,所以吃不下。"

"我醒了,你吃吧。"

"我也没胃口。"沈南辰一副"你不吃我也不吃"的模样。

"你事儿怎么这么多?"宋安如瞪了他一眼,很勉强地端着面前的汤喝了一口。

汤入腹,胃里暖烘烘的,她舔了舔唇,又将碗凑到唇边,直到一碗汤喝完,她满意地放下碗。

沈南辰看她眼睛亮晶晶的,和平日里嘴馋的时候一个样,他的心情也好了许多。

"好喝吗?"

"好喝。"宋安如拿起勺子,准备再给自己舀一碗。

"不喝了,先吃点饭和菜。"沈南辰往她碗里夹菜,他的左手握筷子不太熟练,第二下的时候,掉了一片蘑菇在桌子上。他皱眉用卫生纸包起来,丢进垃圾桶。

宋安如拿过筷子,每样菜夹了些,放在他的碗里:"手给我看看。"

"先吃饭。"

宋安如坚持道:"快点。"

沈南辰将右手递到她面前,手上的纱布换成了一层很薄的伤口快速愈合贴布,看起来没那么吓人了。

"还疼吗?"

"不疼了。"

"缝了多少针?"

"七针。"

"没事,别担心。"沈南辰看她脸色不好,语气轻松道,"你看我只缝了你的个位数,真不疼。"

"你再把报告给我看看。"

"行。"沈南辰找到诊断报告递给她。

宋安如从第一页开始看,逐字逐句,十分认真。直到再次确认没有大问题后,她才将报告还给他。

"腿上神经没那么多,那个位置扎一下没事。手不一样,如果刀再偏一些,你想过后果吗?手不想要了?"

沈南辰见她情绪又激动起来了,立马走到她旁边坐下,左手一下又一下给她顺着背,说:"别生气,先深呼吸,忘了昨天的事情了?"

宋安如刚喝了汤,这会儿情绪波动,的确生出了一些想吐的感觉。她深吸了一口气,将那种感觉压下去。

好一会儿,等情绪平复了,她才道:"以后遇到这种事情,你就把自己照看好就行了,别瞎逞能。"

沈南辰也不和她理论,不管心里具体是怎么想的,嘴上还是很配合地赞同道:"好,以后都听师姐的,不逞能,明哲保身。"

宋安如拉过他的手,又仔细看了看:"是不是很疼?"

沈南辰不怎么在意地道:"其实就一点,和别人切菜切到手的程度差不多。"

"你当我瞎?流那么多血。你的唇都还是白的,一看就失血过多。"宋安如朝他的唇伸出食指,想要戳他两下,又担心给人戳痛了。她收回手,却被他握住,凑到唇边碰了碰。

指尖下的触感十分柔软,宋安如突然就想到了一件事情。昨天在现场的时候,沈南辰好像亲她了。

当时她神志不清,也不是很确定。食指主动在他唇上按了一下,这种触感真的很熟悉,也像演练那次一样。

宋安如盯着他的唇,脑袋一麻,心跳突然加快,干呕了一声。

沈南辰叹了口气，松开她的手，低声呢喃："差点忘了你情绪不能激动。"

她死鸭子嘴硬："我没激动。"

"嗯，没激动。"沈南辰顺着她的背，"深呼吸，再吐一次，刚才喝的汤可就白喝了。"

宋安如放空脑袋，强迫自己别去想有的没的，好一会儿情绪才缓下来。

他给她盛了些粥："好点没？好点继续吃饭。"

"哦。"

宋安如又往他唇上看了眼，又有点想吐。她赶紧收回视线，盯着面前的菜，那种感觉才算消了些下去。

沈南辰时不时给她夹菜，直到她把一碗粥喝完了，他才随便喝了一碗粥，把她夹的菜吃掉。

看他吃的和她差不多，宋安如拿过他的碗，又给他盛了粥："你又没伤着脑子，你也没想吐。吃这点不够。"

沈南辰看着她的手，说："用不惯左手。"

"我不可能喂你吃饭的，你想都别想。"宋安如板着脸这样说着，手却主动拿起公筷帮他夹菜。每夹一筷子，等他一勺饭吃下后，又夹，十分有耐心。

沈南辰颇有些受宠若惊。

他吃得差不多后，宋安如看着桌上的蛋糕。

她刚干呕过，胃口不佳。饭都是强忍着吃下去的，但还是舍不得浪费。她把蛋糕切成两半，给沈南辰分了半个，自己也磨磨蹭蹭地吃起来。两人吃完，沈南辰叫人进来收拾。等人离开后，看着外面的太阳，他指着落地窗前的沙发问："要去晒会儿吗？"

"嗯。"

最近的太阳都不是很晒，暖洋洋的，很舒服。宋安如应了一声，翻身下床，刚一动，脑袋就抽痛。

"慢点，别着急。"沈南辰扶着她缓缓站起来，等她适应了，再将她牵到阳光最好的位置。

两个大沙发看起来就很软很舒服。宋安如特别想躺在上面晒太阳，但是后脑勺不允许。

"趴着吧？都侧着睡一天了。"沈南辰提议。

"好。"

他扶着她在沙发上趴好。

宋安如总觉得不得劲："你帮我拿个枕头。"

"不要，扶你过来我累了。"沈南辰懒洋洋地靠在沙发上。阳光照在他身上，看起来就很舒服，是她最理想的晒太阳姿势。

宋安如扒着他的腿，往上拱了拱，很不客气地将脑袋直接搁在他腿上。

有点硬,但比没有枕头强。

两人享受着这一瞬间的宁静,十分温馨。

宋安如没趴一会儿就睡着了。沈南辰拿毯子给她盖好,昨晚守着她一直没睡,这会儿低头就能看到她后脑勺的伤,睡意就更没有了。

他轻轻梳理着她伤口周围的头发,垂眸也不知道在想什么。

宋安如这一觉睡得很舒服。醒来的时候,沈南辰正在用她的头发编辫子。她从沙发上坐起来,从柜子的金属边缘倒影看到自己满脑袋小辫子,有些无语。

"你没事儿做吗?"

"睡不着,又不敢动,担心吵醒你。"沈南辰揉了揉腿,"麻了。"

墙上的挂钟已经下午两点了,她睡觉那会儿才早上十点,他的腿被她压着睡了差不多四个小时。宋安如理亏,主动伸手在他腿上捏捏按按:"那也不能给我编那么多辫子。"

沈南辰享受地由着她捏腿,心里的感情忽然就按捺不住。他观察了她一会儿,发现她的状态是真的好了许多,没忍住问:"脑袋还疼不疼?"

"没那么疼了。"

"还晕吗?"

"有一点。"

脑震荡过后,有的人会晕好几天,更别说她这次不仅脑震荡,脑袋还开瓢了。

沈南辰又问:"那还想吐吗?"

宋安如如实道:"不想吐。"

"看来情绪很稳定。"沈南辰自言自语地说了句,随后笑盈盈地看向她,"既然不怎么晕,也不想吐了,我们就聊点事情吧。"

"什么事?"宋安如直觉不是什么好事。

她刚这样想着,沈南辰就丢下一句让人震惊的话。

"你要对我负责。"

"什么?"宋安如以为自己幻听,皱眉又问了一遍。

沈南辰盯着她的唇:"你那天亲我了。"

这简直就是无中生有,不对,或许该叫倒打一耙。虽然宋安如那天意识不是很清楚,谁亲谁还是搞得清。

"我只是脑震荡,不是老年痴呆。"

"居然记得啊。"沈南辰表情有些惋惜,随后又道,"那你也要对我负责。"

所以为什么被亲的是她,还得她来负责?宋安如觉得自己被碰瓷了:"明明就是你亲我!"

"哦?"沈南辰漫不经心地捏着她的手,来回摩挲着她的右手无名指,"还

199

记得我亲的哪儿吗？"

宋安如被他摸得心里痒痒的，又不想把手抽回去，索性等他玩。

她心跳很快，表面看起来依旧淡定，指着自己的脸颊："这里。"顿了顿后，又指着眼角，"你还亲过我这儿。"

"原来都记得啊。"沈南辰轻笑出声。

宋安如第一次离这么近看他笑，有种被美颜冲击的感觉。心跳更快了，连带着呼吸都急促了些，很兴奋，以至于她又有点想吐。宋安如绷着脸不说话，努力缓和自己的情绪。

沈南辰抬起她的手，唇在她不是很好看的无名指上轻轻蹭了蹭，说："我想对你负责，要给我这个机会吗？"

宋安如没说话。不是她不愿意说话，而是全部的力气都用来压制因为情绪不稳引起的呕吐感。这种时候要因为情绪激动吐出来，那就真的记忆犹新了。

沈南辰笑盈盈地盯着她，眼里满是温柔："你要是不愿意的话，那就你对我负责吧。"

宋安如心想：这两者有什么差别？

她冷着脸，还是不说话。

沈南辰捏捏她的脸，继续哄："你愿意让我负责，或者愿意对我负责的话，以后我家的阿姨就是你的阿姨，明衡山的马场说不定还得改个宋姓，你还能收获一个随叫随到的游戏陪玩，不论想做什么，我都会陪你。"

宋安如听他不停诱惑她的话，在心里吐槽，什么叫随叫随到？他们专业那么忙，经常一星期都不陪她玩游戏。

但是……她却不讨厌他说这话，甚至是喜欢。只是，听着他这些话，身体里叫嚣着直往上涌的情绪一点也控制不住，特别直观的表现就是她想吐，特别想吐。

"怎么样？"沈南辰将她的手贴在自己脸上，"再不说话，我可就当你默认了。"

掌心下的皮肤手感依旧。宋安如以前没喜欢过别人，也不知道喜欢应该是怎么样的。之前亲眼看到刀插进沈南辰手的时候，她特别绝望、特别心疼。昨晚醒来后，明明神志不清，都还不清楚发生了什么事。可看到他趴在自己旁边，看到纱布上渗出的血，脑海里循环播放他受伤的画面，她特别难过。

平日里习惯了和他相处，宋安如自己都没发现，两人不知道在什么时候，早就跨过了友情的界限。虽然有些不自在，但她不是个矫情的人，更勇于面对自己的想法。

宋安如反握住他的手。

"是我……呕……"

她从沙发上弹起来，冲向卫生间。

卫生间里传出一阵又一阵呕吐声。沈南辰放了杯热水跟进去，看她趴在马桶上一边擦眼泪，一边干呕。他默默地给她拍背、递水。

宋安如好不容易缓下来一些，回过头看到他，又干呕起来："不行……你出去，我要静静。"

沈南辰反应过来："这是……能对我负责，太激动了？"

宋安如脸上的毛细血管又破了不少，整张脸甚至比昨天还红。

沈南辰怎么也没想到，她平日里那么冷淡的一个人，会因为他说了喜欢，控制不住情绪。他后悔自己没忍住，在这种时候说这种事情。

眼看着宋安如静不下来，沈南辰只得叫来了医生。

医生再次给她注射了一针镇静剂，宋安如的情绪才缓下来。

"看不出来，你这小姑娘情绪起伏这么大，果真是年轻气盛的缘故？"医生疑惑不已。明明早上查房都还好好的，看起来也是个情绪稳定的孩子。

他离开之前告诫道："都说了要静养啊，镇静剂打多了也不好。你可千万要调节好情绪，现在就好好养伤，什么也别多想。"

宋安如只觉得自己像是被人吸干了精血，一下子就扑腾不起来了，同时也觉得丢人。她该不会是这个世界上第一个因为别人告白，所以兴奋到打镇静剂的人吧？

她趴在病床上，埋怨地看着沈南辰，后者心疼地拍着她的肩膀："都是我的错。"

她冷哼一声。

沈南辰一看到她气鼓鼓的样子，就忍不住捏住她的脸。知道她这种反应是能接受自己的意思，他还是问了一句："刚刚想和我说什么？"

宋安如原本是侧着脸盯着他，听他这样问，转过头，把脸压在被子上，含糊不清的声音从枕头里传出来："是我对你负责。"

"嗯？说什么呢？"沈南辰用手指在她的红耳朵上一戳一戳，没戳够，拿手机对着一顿拍，还故意把声音打开，"拍照留个纪念，毕竟难得一见。"

宋安如听到拍照的声音，又侧过脸瞪他。

沈南辰依旧继续拍："这个表情可爱，奶凶奶凶的。再翻个白眼，我拍一个呢，壁纸都好久没换了。"

宋安如默默收敛了下来，摆了个标准表情，盯着镜头："把你那壁纸换了，以后不准再换些奇奇怪怪的。"

沈南辰在手机上翻了两下，调到其中一张照片递给她："我觉得这张就挺好的。"

是她刚才转过头瞪他的模样。

"你重新拍。"

沈南辰退回照相模式，在她手指上捏了捏："那……我们一起拍？"

201

宋安如没回答，按捺住想睡的冲动，撑起身体从床上坐起来，凑到他旁边。沈南辰抱住她的肩膀，打开前置摄像头。

镜头里，她板着脸死死地盯着摄像头，看得出来有点不自在。

"三三。"沈南辰揉揉她的脸。

"干吗？"宋安如依旧如临大敌地盯着镜头，"你到底拍不拍？"

"拍。"沈南辰凑近她低声问，"现在情绪怎么样？"

"刚打了针，你说呢。"宋安如现在就觉得困，以及心静如水。就连他离得这么近，近到能清晰地感受到他的呼吸，也只是不太习惯。

"我想……"沈南辰盯着她的唇，蛊惑道，"亲一下，能受得住吗？"

这问题对宋安如而言伤害性不大，侮辱性极强。什么叫作受得住吗？亲一下怎么就受不住了？侮辱谁呢？

她伸手托住沈南辰的脸，将自己的唇凑了上去。

沈南辰愣了一瞬，按下快门。担心她情绪起伏太大，他任由她亲，也不敢动。

宋安如好奇地舔了舔他的唇，只觉得好软，还有淡淡的奶油香味。幸亏刚才打了镇静剂，要不然这会儿她肯定又在亢奋了。

沈南辰强行压抑着想抢夺主动权的冲动，捧着她的脸，退开了些："亲也亲了，这算是同意在一起了？"

他的唇亮晶晶的，比起刚才有了些血色，看起来十分诱人。一想到这是自己弄的，宋安如莫名就有点成就感，她郑重地点头："嗯。"

"终于。"沈南辰揽过她，把她的脸埋在自己脖子处，感叹道，"师姐终于是我的了。"

宋安如不甘示弱，十分霸道："你也是我的。"

"嗯。"沈南辰忍着笑，侧过头，唇在她耳朵上蹭了蹭，"是你的，别人抢不走。"

"你为什么说终于？"

还连说了两个，就像是等了很久似的。

宋安如问："你惦记我很久了？"

沈南辰大方地承认："是惦记挺久的。"

宋安如好奇地问："什么时候？"

"从第一次见面，或许你对我而言就是特殊的。至于什么时候惦记的，也说不上来。"

沈南辰环住她的腰，比起上次搭自行车的时候，好像真的胖了一点点。他不太确定地捏了两下。

"除了你，军训的时候，你还见我招惹过谁了？"

刚进部队那段时间，宋安如觉得全世界最烦的人就是沈南辰，可真没感觉到什么甜甜的爱意。她奇怪地看了他一眼。

沈南辰挑了挑眉:"怎么了?"

宋安如:"我以为你想挑衅我,天天找我碴儿。"

沈南辰觉得,当时整个军训班可能都看得出来他喜欢她吧。

"我长这么大就喜欢过你,当时不懂怎么表达,可能惹你生气了。"他摸了摸她的头,"以后保持这份警惕心。除了我,别人肯定都不安好心,往后不管是谁这样对你,都记得先打一顿再说。"

"哦。"

宋安如怀疑地打量着他,心里想的却是其他的事情。电视剧里像他这种人,不应该都是左一个未婚妻,右一个白月光,后面还有个朱砂痣。

她的眼神越来越凉,沈南辰问:"这是什么眼神?"

宋安如眯了眯眼:"你是不是有个未婚妻?"

"你又看什么电视剧了?没有未婚妻,更没有什么远在异国他乡的白月光、朱砂痣。初吻都是刚刚才没的。"

宋安如傲娇道:"要是有,我肯定宰了你。"

沈南辰声音里带着淡淡的笑:"我要是小时候就认识你,那现在应该就有白月光、朱砂痣了,可惜和我们三三认识晚了。"

宋安如很满意他这个回答,任由他抱着,靠在他肩膀上,眼皮又开始重了。

沈南辰的手机响动一下,他看了眼,忽然道:"那天你给阿姨打了电话,后来晕倒了,没有再回过去。"

宋安如僵住,陡然抬起头,找手机,镇静剂带来的睡意都被驱散了不少。

居然忘了这么重要的事情。毕韵初女士陪她演完戏,她后面晕了就忘记报平安了。她刚找到手机,准备拨电话的时候,沈南辰按住她的手:"阿姨把电话打到秦知意那儿去了。听说你受伤,她来云京了,你睡觉的时候,我已经让霄叔去机场接她了。"

宋安如瞪大眼睛:"你说什么?"

沈南辰重复了一遍:"刚刚霄叔发消息,说她上来了。"

宋安如捂着晕晕沉沉的脑袋下床,说:"你怎么不早说。"

"刚才太激动,忘了。"沈南辰扶住她,"别着急,阿姨马上就到了。"

宋安如有点忐忑。她从小也算个天不怕地不怕的人,父亲去世后,有一次她生病,反复高热了两天,半夜渴醒,她起来喝水,看到平日里坚强又可靠的毕韵初女士抱着父亲的照片偷偷哭。那之后,她最怕的就是自己生病或者受伤被妈妈知道。

宋安如扒拉了两下头发:"有没有镜子?"

沈南辰打开手机前置摄像头,递给她。

她照了照,看着相机里的脸很红,有血色,但唇色特别苍白。她用手指用力戳了戳唇，直到唇也红红的，才松了口气。

沈南辰有点心疼："轻点，你真不当这是自己的？"

"不疼。"宋安如将手机还给他，又整理了一下衣服。

高跟鞋的声音由远到近，即便只听声音，也能感觉到走路的人很急。宋安如需要静养，病房这两天特别安静，不难想到是因为沈南辰特意安排过的。此刻突然来人，是谁就很明显。

宋安如正襟危坐。与此同时，门外响起一道清冷不近人情的女人声音："宋安如是不是在这里？"

病房门口有沈南辰安排的保镖守着，事先知道宋母要来，他给保镖交代过放行。

只听保镖恭谨地问："您是？"

"宋安如的妈妈。"

"夫人您请进，宋小姐在里面。"

宋安如立马打起精神。

门被打开，毕韵初从外面走进来，气质清冷，长得又高又瘦，身材很好。一头大波浪鬈发知性又优雅，脸庞精致，能看得出几分宋安如的模样。她穿着一套职业西装，外面套了件很不搭的风衣，风尘仆仆，一看就是直接从工作的地方赶来的。

"妈妈。"宋安如看了她一眼，淡定地喊了声。

"嗯。"毕韵初的视线在宋安如身上扫了扫，见她精神不错后，松了口气，坐在床边，"伤口还痛不痛？"

"不痛，我觉得都没必要住院。"宋安如指着沈南辰，"是他非让我住院。"

沈南辰知道宋安如是害怕母亲担忧才这样说的，也没揭穿。

毕韵初打量着沈南辰，看到了他手上的伤。她从秦知意那里已经了解过详细情况，也知道沈南辰帮女儿挡刀的事情。

她有不少合作商是云京的，也因为女儿在这里读书以及想在云京市公安局工作，而有了在这边开分公司的想法。为此，她仔细了解过云京的情况。宋安如住的医院是沈氏集团下一家高端私立医院，受众都是有钱又或是有些身份地位的人。这家医院医疗水平很好，人流量也大。脑震荡需要静养，女儿住的这一层楼却只安排了她一个人，一路走来，这层楼十分安静，楼层里甚至还有保镖，可见沈家这小子是很上心也很谨慎的。

毕韵初心底对他升起一些好感："你好。"

"伯母您好。"沈南辰十分有礼貌地递了一杯温水给她，"您辛苦了，先喝点水吧。"

"谢谢。"

毕韵初接过水，很给面子地喝了一口，随后从旁边的果盘里拿了块切好的苹果。

"脑袋开瓢,缝了三十七针还不住院?再伤重点颅内出血,你年纪轻轻偏瘫在床,我就得给你请个护工,照顾你吃喝拉撒了。"

连多少针都知道,肯定是沈南辰说出去的。宋安如瞪着他,龇了龇牙。

他在她掌心挠了两下,宋安如无情地甩开,还哼了一声。

毕韵初看着两人的小互动,总觉得女儿活泼了一些。吃完一块苹果,她擦擦手:"转过去,我看看你后脑勺。"

宋安如乖巧地转过身。其实她也只知道自己脑震荡,后脑勺疼,还缝了针,不是很清楚脑袋后面具体是个什么情况。但她觉得只要还活着,手脚都能动,应该就不是什么大事。

毕韵初看着宋安如的后脑勺,被剃了很大一块头发,白色纱布边缘的头皮看起来乌青,明显伤得不轻。

她的眼眶一下就红了,眼里满是心疼。

见她没出声,宋安如就要转回来。

毕韵初按住宋安如的肩膀,冷声道:"别动,太丑了,我再看看习惯一下。"

沈南辰很理解毕韵初的情绪,悄悄递了张卫生纸给她。

初时宋安如做完缝合手术,麻药后还在昏迷的时候,她无意识间一直疼得冷汗直流。他陪着她,没办法缓解她的痛苦,心疼得巴不得自己代她受罪。

毕韵初朝他点头示意感谢,接过纸迅速擦了擦眼睛,将用过的纸巾藏进包里,吸了一口气,调节好自己的情绪。

她掏出手机,对着宋安如的后脑勺照了一张:"好了。"

宋安如回过头。

毕韵初将手机递给她:"你自己看看你这脑袋。"

看到照片的第一眼,宋安如的眉心狠狠跳了跳。她的脑袋本来就小,后脑勺受伤的地方头发都被剃了,大概是为了做手术方便,还剃得有些多,目测起码有三四厘米宽、八九厘米长。是个很标准的长方形,从她后脑勺的左上方斜跨到右下方。她几乎能想到拆线后,脑袋秃一块的情形。

毕韵初又拿了块苹果,漫不经心地道:"伤这么深,也不知道还能不能长头发。"

宋安如感觉缝合的地方应该长不了头发了,周围的能长,但要长到齐肩,再怎么也得一年吧。

毕韵初戳她心窝子:"所以我现在是要花钱先给你买两箱生发水?"

宋安如从小头发就多,也没有过这方面的烦恼,不由得有些担心:"能有效果?"

"不清楚。要是生发水都不能长头发,也不知道种植毛囊能不能活。"

宋安如不太懂,自言自语道:"毛囊大概也不能在缝合的地方种植吧?"

"伤口要是不宽的话,扒点其他位置的头发,也不知道能不能遮住。"

毕韵初一脸严肃地眯了眯眼,似乎陷入了什么回忆。好一会儿后,她"啧"了一声:"你还记得你高中时秃顶的数学老师吗?"

"嗯。"宋安如点头,脸色很差。

沈南辰听着母女两人过分严肃的对话,握住宋安如的手,轻拍着安抚。

毕韵初一本正经地道:"你那老师,总是把左侧的头发梳到右侧,企图掩饰地中海的事实。有一次我去给你开家长会,你们老师讲得正起劲的时候,一阵风把他头发吹回去了,露出锃亮的头顶。那件事我记忆犹新。"

宋安如心情复杂,因为她也看过。代入一下自己……算了,还是别代入了。

"真可怜。"毕韵初继续戳她肺管子,"才二十岁,就要开始担心秃头事宜了,我女儿真不容易。"

看着宋安如有些悲壮的神情,沈南辰心里啧啧称奇,这种说话氛围,不知道的还以为母女俩是在说什么商业机密。

宋母阴阳怪气的时候,表情一直都冷冷的,和平日里的宋安如简直一模一样。这一刻沈南辰确定了,她完全就是遗传了她母亲。

看她咬着唇一脸纠结,沈南辰心疼地晃晃她的手,安慰道:"不会秃,别害怕。"

"真不会秃?"宋安如像是抓到了救星,毕竟沈南辰的话比她妈妈的靠谱多了,她妈妈从小就喜欢吓她。

"嗯。"沈南辰保证道,"不会秃,我让医生用的能吸收的线缝合的,缝合后又让皮肤科医生看了。等伤口长好祛了疤后,医生开点药,擦一段时间就能长头发出来。"

"他哄你的。"毕韵初瞥了两人一眼,"长头发也得有毛囊才行,你觉得能长出来?再说,你小时候奶奶住院,你不是看了很多脑袋动过手术的病人吗?你当时还指着别人说,伤口的地方没长头发。恭喜了,以后你也是其中一员。"

"我还小,我还有机会。"宋安如听毕韵初这样说,心里其实直打鼓,她拉住沈南辰的衣袖,就像拉住了最后一根稻草,"对不对?"

沈南辰把玩着她的手指头,一点也不避讳毕韵初:"对,能长,就算真长不出来,我也找专家想办法帮你长出来。"

手机振动了好几次,毕韵初一边处理消息,一边不紧不慢道:"你也别太惯着她了,从小家里人就特别宠她,养成了现在这种天不怕地不怕的性子。"

"他是我男朋友,他为什么不能惯着我?"宋安如硬气地道,"而且,都是我惯着他!"

毕韵初嘴上说的是不要太惯着，但沈南辰明白，她实际上是在警示自己，自家女儿从小宠到大。他凝思片刻才道："师姐很善良，性子特别好，一看就是被养得很好的女孩，再惯着也不会歪。"

宋安如赞同地点头："对。"

毕韵初冷哼，好一会儿后，状似无意地问："你俩什么时候在一起的？"

"刚才。我二十岁了，他也成年了，可以交朋友。"

毕韵初的视线从手机上抬起，有些诧异："'也成年了'是什么意思？"

"他十八岁。"宋安如毫无表情的脸上看起来有些小得意，"是不是长得很好看？"

"一个多月不见就开窍了。"毕韵初难得见她这样，好笑地敲了一下她的额头，"我以为你会孤独终老的。"

"我不开窍，但又不瞎。"宋安如不屑。

毕韵初捏了捏她的脸："行了，我知道你厉害，找了个比自己小两岁，还比自己好看的对象了。"

话落，毕韵初问沈南辰："你怎么办到的？她从小被人追到大，都没红鸾星动过。"

宋安如其实也好奇。最初她是真的不喜欢沈南辰，觉得他心眼子多，还爱作妖。不知道什么时候开始，那种不喜欢慢慢地就被习惯取代了，再然后就变成了喜欢。喜欢和他一起吃饭，喜欢和他一起玩，喜欢和他聊天，甚至还喜欢和他一起散步……

被两张相似的脸盯着，沈南辰想了想，大概就是厚着脸皮，隐瞒自己的目的，慢慢让她习惯自己的靠近，也就是所谓的温水煮青蛙。

他总结道："心诚则灵。"

毕韵初问："怎么个心诚？"

"就是我指哪儿他打哪儿。"

宋安如打断两人即将展开的对话，鬼知道沈南辰会说什么。她扯开话题："外公外婆还有爷爷奶奶最近怎么样？"

毕韵初："没敢让他们知道你受伤，要知道估计得睡不着，还会马上飞过来照顾你。"

"妈，你什么时候回去？"

自家妈妈一个人掌管着公司有多忙，宋安如还是深有体会的。自从她来云京读书后，妈妈来云京出差过无数次，很多时候两人面都见不着，她就匆匆走了。

毕韵初："晚上，最近公司事情很多，走不开。"

公司接了个大项目，这个项目做好了，是个能把分公司开到云京市的契机。

毕韵初的两边父母都已经退休了，成天在家不是担忧宋安如吃不好，就是担忧她受欺负。要是以后宋安如在云京工作以及定居，两边老人还不得抑郁。于是她计划着先过来发展，再将一家人全部迁到云京。昨天她本来已经联系好了云京这边的陪护以及医疗团队，今天来的时候也带了个做事靠谱的秘书过来，想着照顾宋安如。没想到沈家小少爷这般上心，给宋安如安排了最好的看护和医疗。对比起来，她这个当母亲的安排反而用不着。

毕韵初上来的时候，先去和医生聊过，从医生那里知道女儿后续的所有护理，沈南辰让人安排好了，就连伤口不长头发的事情都考虑到了，无微不至，挑不出一点毛病。

宋安如习惯了她的忙碌，点点头：“妈妈回家注意安全。”

毕韵初在宋安如的脸上捏了一把：“好好养伤，听话点。我回去睡一觉，晚点再来看你。”

"嗯。"宋安如捂着脸，默默吐槽，"你怎么和沈南辰一样喜欢捏我脸。"

毕韵初："你的脸长胖了，捏着软。"

宋安如不承认："我没有。"

"起码重了四斤。"毕韵初看了眼沈南辰，"别把她给我养得太胖了。"

"不胖。"沈南辰轻声道，"师姐这样很健康，很好看。"

"行了，我走了。"毕韵初挥了挥手，朝沈南辰邀请，"放假来南苏玩。"

"好，谢谢伯母。"

沈南辰要送毕韵初，毕韵初让他留在病房陪宋安如，潇洒地走了。

病房里安静下来，又只剩下两人。

沈南辰脸上带着淡淡的笑意，环着宋安如的腰，附在她耳旁说："伯母这是同意了？"

耳朵上喷洒着他呼吸的热气，有些痒。宋安如抓了抓耳朵："能不同意吗？"

沈南辰握住她的手，又用鼻尖蹭了蹭她的耳朵："怎么说？"

宋安如很诚实地道："你又是给我挡刀子，又把我安排得这么好，我妈也不是个傻的。你别蹭我，痒。"

"嗯，这倒是。"沈南辰不蹭她的耳朵了，挪了个位置，蹭着她的脸颊。

"你别看她好说话，她精着呢，指不定觉得我捡着大便宜了。"宋安如的脸又开始痒，推了他一把，"你别这么黏人。"

"放假要带我回家吗？"沈南辰忍住想咬她的冲动，将下巴搁在她的肩膀上，"刚在一起就不准我黏你了吗？你可真无情。"

"可以黏，别总蹭我，我怕痒。"宋安如反问，"你想去吗？"

沈南辰眸子里盛满了笑意："想，要带吗？"

温热的气息喷洒在脖子上，更痒了，还有些让人心猿意马。宋安如拨开他的脸:"带。"

"我们师姐真好。"沈南辰好心情地低头,与她面对面,声音有些哑,"现在情绪怎么样?"

宋安如看他眼神幽幽的,也不矫情,抱住他的脑袋,在他脸上亲了一口。

沈南辰又点点自己的唇,凝视着她时,像极了诱惑人的妖精。

宋安如咽了咽口水,没忍住诱惑,抱着他的脸,缓缓凑到他唇边,还没来得及亲吻,就被他主动含住了唇。

很软,很舒服,还有牙膏以及他身上沐浴露的味道。

舌头被吸得发麻,宋安如不甘示弱地抱住他,一口咬住他的唇,没什么章法地吸了两下。

正意乱情迷得紧,就被沈南辰给松开了。她不满地抱住他凑了上去,沈南辰伸手捏住她的唇。

宋安如不太乐意地扯开他的手,问:"你干吗?"

沈南辰又在她唇上啄了一下,声音依旧沙哑性感:"你的情绪不能太激动,今天先亲一下,等好了再亲。"

被他一提醒,宋安如觉得自己的脑袋是有些晕乎乎的。

她抿了抿唇:"矫情。"

"早上也不知道是谁。"沈南辰提醒道,"情绪激动得一边干呕一边哭。"

宋安如反驳地拍开他的手:"我没哭,是生理性落泪。"

"嗯。"沈南辰附和,"师姐说什么就是什么。"

宋安如捏住他的脸:"你这是什么表情?"

"指哪儿打哪儿的表情。好了,再睡会儿,要多睡。"沈南辰扶着她躺下。

"你呢?"

宋安如刚才就很想问,他的眼睛为什么有很多红血丝。

她有些肯定地问:"你从昨天进来后就守着我了?"

"缝了针,你睡得不安稳,我担心你无意间翻身压着,所以昨晚就守着你的。"沈南辰好笑地看着她,"怎么,心疼我了?"

不止心疼,那么漂亮的手,现在都肿了,没有平日里的纤细骨感。

宋安如缓了缓:"这种情况搁在电视剧里,男主角一般都会骗女主角说自己睡了的。"

沈南辰帮她把被子盖好:"做好事不留名,你是想要我和秦知意抢云京大佛的位置?"

病房的病床是两米宽的大床,但陪护床连一米宽都没有,就沈南辰那身高,睡着肯定不舒服。

宋安如往旁边挪了些,拍了拍身边的位置:"上来。"

"你邀请我睡一张床?"沈南辰眯了眯眼。

以为他不愿意，宋安如很不高兴："就躺一下，你这么矫情做什么？"

"行。"沈南辰深吸一口气，拉开被子，在她旁边躺下。

两人面对面侧卧着，离得很近，近到甚至能感受到对方的呼吸。

宋安如盯着他的唇，唇形很漂亮，除了有些苍白，连唇纹都没有，泛着淡淡的光泽。

她戳了他一下："你再给我亲一下。"

沈南辰给她盖好被子，好笑道："还睡不睡了？"

宋安如不满意他这个态度："我亲一下就睡。"

"师姐，你就趁着现在不能激动可劲地造作吧。"沈南辰捏了一下她的鼻子，又笑着凑近，亲昵地用自己的鼻尖蹭了蹭。

"你是我男朋友，我亲一下怎么了？"宋安如理直气壮地咬住他的唇，亲了两口，"你背着我吃糖了？"

"怎么说？"

"甜甜的。"

沈南辰听着她直白的话，怔了下："你有没有听过一句话？"

"什么话？"

宋安如捧着他的脸，伸手摸了下他鼻侧那颗小小的痣，好奇地将唇凑上去，轻轻碰了一下。

沈南辰被她扰得心绪不宁，按住她的手，声音里带着点警告："床上的男人别招惹。"

"怎么，威胁我？"宋安如挑衅地抓住他的衣领，凑上唇，又在他眼睛上亲了一口，随后得意地看着他。

沈南辰忽然觉得自家师姐可能真的缺了一根叫"害羞"的筋。虽然他也没交往过其他女朋友，但看了不少。他家这个很不同，坦率又直接，但是他很喜欢。

"不怎么，我就是有个愿望。"

宋安如哼了一声，不理会他，闭上眼就准备睡觉。

沈南辰摸着眼睛被她亲过的位置，嘴角的笑意很浓："希望你以后无论什么时候，都能保持这种正确良好的心态。"

晚上，毕韵初来医院待了半个小时就回南苏了，她离开后不久，陈宇带着宋安如和沈南辰的辅导员以及秦知意几人一起来探病。

夏桐和陈舒一来就抱着宋安如默默地流眼泪，秦知意如果忽略眼睛红的话，看起来还算理智。

"我觉得有必要提醒一下你们。"宋安如很不适应她们这种哭哭啼啼的样子，"我还没死，你们现在哭丧，会不会太早了点？"

陈舒扬起巴掌就想给她脑袋一下，想到她的伤，生生忍住了："你这段时间要是没事，就多跟着妹婿学习一下说话。"

夏桐拿出手机，立马开始翻找："我再给你挑几本书，你这段时间好好看！"

"我需要静养。"眼看着两人又要开始教育，宋安如假装揉了下额头，比了个安静的手势。

夏桐和陈舒纵使有很多话想说，但想到她现在的确不能被吵，便忍住了。

秦知意了然道："这就开始拿着鸡毛当令箭了？"

宋安如看了沈南辰一眼。他很会来事地握住她的手："刚刚才吐过，医生的确说需要静养。"

秦知意几人看到宋安如任由他握着手，当下便知道两人经过这件事情，可能已经在一起的事实。

边上还有辅导员和陈宇在，现在这种情况也不容讨论这些，她们便都压住了疑问。

"既然需要静养，我就长话短说了。"

陈宇将手里的慰问品放在桌上，自己寻了位置坐下，房贺和袁庆拘谨地坐在离他较远的地方。

三人先是对宋安如和沈南辰进行了一遍简单的问候，大概是因为那句需要静养的话，声线都压得很低。

寒暄的话说完后，陈宇脸色严肃了许多："现在要说的话，你们几个作为参与者，都得认真听着。"

几人都认真地盯着他。

陈宇："现场有个人质，拍了你们的视频发在网上。我们处理视频照片的时候，她发布的内容浏览量已经超过五万，转发上千次了。"

这种事情以前发生的并不少。很多见义勇为的人，被人把见义勇为的过程发在网上，引来一片赞叹的同时，也会引来很多灾祸。恶人的亲属朋友，或者利益相关体只会觉得那个见义勇为的人才是罪魁祸首，以至于恶意打击报复。

袁庆顿时冒出一阵火气："我们的学生岂不是会有危险？"

房贺也质问："你们警方难道就没有提前提醒那些拍视频和照片的人吗？"

陈宇烦恼地抽出一根烟，咬在嘴里也不点："事情刚解决，我们就及时处理了视频和照片。在场有两个人拍了，其中一人是个网红博主，为了用这个吸引流量，在我们营救还未成功的时候，就悄悄发出去了。"

也就是说还在被挟持的时候，满脑子想的就是怎么吸引流量。

宋安如知道这种事情的严重性，她抓着沈南辰的手，看了看秦知意她们几个,几人也都皱着眉,一副沉思的样子。

沈南辰在她的手心轻轻捏着,示意她别担心。

袁庆着急地来回踱步,他们禁毒学专业的学生,从业后的危险系数本来就极高。协助警方救了十几个人质,还被救的人质反手插了一刀,他是真的想不通。

"那两个人到底是怎么回事?我们的学生冒着生命危险救他们,他们就这样报答的?不知道这些歹徒都是穷凶极恶的人吗?"

"警方已经通知相关平台下架了视频,只是很多人看过,难免会保存备份在手机里。"陈宇脸上的表情越来越严肃,"这些歹徒都有自己的利益网或者是亲属。他们这次落网,有感谢你们的,也有恨你们的。那些恨你们的,难保不会报复。最近你们几个就不要随便离开学校,如果真有事要离开,必须向我们报备,我们会派人跟着你们。"

沈南辰目光寒凉:"什么利益网?"

"原江他们来明衡山,是为了谈一笔交易。500kg 新品,量比较大,对方当场给了定金,并带走了 100kg 现货。原江落网,定金不翼而飞,就连现货也没了。"

500kg 的新品,光是定金就是一串天文数字。

几人都沉默了。

就连宋安如都皱着眉:"原江被捉拿归案,这笔定金也没有审出来怎么没的?"

"我们把原江和他的手下全部分开审的,没人知道钱什么时候没的,或者去哪儿了,和原江交易的那批人也在找钱和货。而且……"

大家的视线都落在陈宇身上,只见他沉默了好一会儿,说:"原江现在的模样和通缉令上差别很大,一般人不一定能认出来,早上警局接到的报案电话,对方却很肯定是他,我们追踪回去,那个电话是公用电话,附近也没有监控。"

秦知意幽幽道:"所以,原江和跟他交易的人一起被设计了?连带着警方一起?"

"嗯。"陈宇说,"如果没猜错的话,我们捉拿原江的时候,正好给了背后人转移东西的机会。"

病房里的气氛陡然变得沉默。好一会儿后,夏桐打破了这种氛围:"这招空手套白狼还真是玩得厉害。"

"好好养伤。"因为这件事情牵扯大,陈宇还有很多问题要处理。他盯着宋安如道,"我们会派人保护你们,这件事也会尽可能在短时间内侦破。"

陈宇和几个警察一起将秦知意几人送回学校,还留了警察在宋安如的病房外面保护。

原本以为只是协助警方救了人质，没想到这件事会被人发布在网上，引来无穷的后患。

沈南辰收起手机的时候，看到宋安如盯着窗外发呆。

他揉了揉她的脑袋："别害怕。"

宋安如摇了摇头。

他叹了口气，从背后抱着她，将脑袋搁在她的肩膀上："那怎么黑着一张脸？"

宋安如："没什么。"

"是后悔了？"

沈南辰打量着她的表情，小脸微微皱着，看得出来很不开心。

"没有。"宋安如答得干脆。

当时不站出来，歹徒挟持人质出逃后，那个孕妇姐姐以及其他被挟持的人很可能会死，那些人都是无辜的。作为一名公安大学的学生，遇到这种情况，她有义务站出来。

沈南辰垂眸，掩盖了眸子里的情绪，他在她脸上轻轻吻了一下："不难过吗？你们救了他们，他们却把你们拍下来发在网上曝光。近的可能会招来杀身之祸，远的说不定会影响将来的职业规划。"

"没有后悔。"宋安如说，"听说被我们救了的人，很多都找警察局，想了解我们的信息，想感谢我们，为了流量曝光的人只是个例。"

沈南辰见她一脸认真，忍不住又在她脸上轻轻吻了一下："刚才在想什么？"

宋安如一直在想视频可能会给沈南辰还有秦知意她们带来哪些危险。想到这个，她很无措，也不知道和原江案有关的那些人什么时候能落网。

她偏过头，沈南辰的脸映入眼帘，依旧精致漂亮，只是眼里的红血丝一点不见少："你下午没睡觉。"

下午两人一起睡的，她因为脑袋受伤，很快就睡着了。晚上醒来的时候，妈妈正在和沈南辰聊天。妈妈走后，刚吃完饭，秦知一行人又来了。

此刻闲下来，才发现他似乎没睡。

沈南辰睁眼说瞎话："睡了。"

宋安如冷哼："红血丝更多了。"

"心疼我了？"沈南辰捏着她的脸，爱不释手。

"嗯。"

"脑袋是不是不晕了？"

挨了两针镇静剂，这两天也几乎都在睡觉，宋安如休息得很好。除了伤口的位置很疼外，是真的不怎么晕。她指着自己的脑袋："睡了几觉，再晕未免也太不识相。"

沈南辰忍住笑意："这会儿能亲吗？"

"你不要总是质疑我。"宋安如愤愤地说着，捧起他的脸吻了上去。

两人都不是那种害羞脸皮薄的人，唇齿碰触间，暧昧四溢。

没亲一会儿，担心宋安如情绪波动太大，沈南辰就将她推开了。

宋安如舔了舔唇，一而再再而三地被推开，真的很扫兴："你又怎么了？"

"我喘不上气。"

宋安如质疑道："平时也不见你肺活量这么差。"

"还不是我们三三太厉害了。"沈南辰拉着她的手，在她无名指上亲了一下，夸奖道。

宋安如自我怀疑："我真这么厉害？"

"嗯，继续保持，等伤好了，还可以再厉害点，我就喜欢你这样。"沈南辰憋着笑，又加了一句，"不要怜惜我。"

"那行吧。"

宋安如想了想，自己现在的伤确实有点限制发挥，等伤好了也行。

"睡了一天，还睡得着吗？"

"睡不着。"

不仅睡不着，宋安如精神还更好了。她拿过手机，就要点开游戏。

"你打游戏容易上瘾，我们不玩游戏。"沈南辰关掉游戏，提议道，"看会儿电视行吗？"

"可以看会儿。"

沈南辰打开电视，将遥控器递给她，看着她直接点进惊悚电影区，眼皮不由得一跳："你现在看这种太刺激的，会不会不太好？"

宋安如将遥控器丢回给他："那你选。"

沈南辰选了一部温和的纪录片，宋安如看了一眼，提不起兴趣："你喜欢看这种？"

"不喜欢，但是这个不会有什么刺激的剧情。"

"算了，不看电视了。"宋安如抢过遥控器，关掉电视。

看纪录片还不如看沈南辰，至少后者养眼。她趴在床上，头搁在沈南辰腿上，揪他针织衫上的毛。

"无聊了？"沈南辰看着她面无表情地做这种幼稚的事情，忍不住抚摸她的耳朵，"那想做点什么？"

"能出院吗？"病房虽然很好，宋安如还是住不太习惯，"我想回家。"

眼看着她的耳朵在自己手下越来越红，沈南辰感到十分有趣："也不是不行，但是你得有人在身边看着。"

宋安如停住动作，半仰起头望着他："那你和我一起回去吧。"

她说这话也没多想，就是单纯地想回家，秦知意她们最近不能出学校，妈妈又不在家，他作为男朋友，看护她也十分正常。

　　沈南辰明显不这么想，眼神幽幽的："这是在邀请我去你家？"

　　宋安如被他的眼神盯得浑身都不自在："你在想什么？"

　　"在想去你家后，应该先伺候你洗漱，还是先给你把被窝暖好。"沈南辰的食指抚过她渐渐变红的脸，"嗯？你怎么想？"

　　宋安如将他的手指握住："我自己有手有脚，不需要你伺候。"

　　沈南辰自我肯定地点头："那就是想让我暖被窝。"

　　"有电热毯，也有地暖，不需要你暖被窝。"宋安如强调，"我家有六个卧室，你自己睡其他的。"

　　"下午还让我睡你旁边，一直要亲我。"沈南辰有些失落，"这么快就腻了吗？"

　　宋安如觉得自己脸皮算厚的，没想到和沈南辰比起来，还是差一些。她扯住沈南辰的衣领，将他拉到面前，在他脸上敷衍地亲了一口。

　　"闭嘴。"

　　沈南辰摸了一下脸上被她亲的地方，失笑不已。

第八章 /
同居

两人打闹了一会儿，沈南辰又请医生来检查了一遍，确定没什么问题，才让人收拾东西回家。

就回趟家，两人身边跟了几个五大三粗的保镖，还有两个警察。

宋安如长这么大，还是头一次被这么多人护送，很不自在。

浩浩荡荡地回家后，家门口有两个工人正搭着梯子干活。

宋安如挡在沈南辰前面，防备地盯着那两人："你们是做什么的？"

"没事，别紧张。"沈南辰拉住她的手，"是我找的人装监控。"

"你怎么……"宋安如本来想问他怎么知道自己家楼牌号，又想到自己给他说过，"你在我家门口装监控干吗？你怎么把人弄进来的？"

她住的这栋楼算是私密性比较高的，一层两户，电梯到每一户的时候，必须刷卡或者输入密码才行，不是想来就来的。

"原江的事情还没完，这个小区的治安虽说不错，但也还是有不少漏洞。门口和有窗户的地方装上监控好一点。"沈南辰笑着捏她的手指，"至于怎么把人弄进来的，你猜猜。"

脑海里浮现出邻居阿姨和她说过的话，宋安如指了下隔壁不知道什么时候换的纯黑色大门，问："你把对面买下来了？"

"这么聪明？"

"你看我像是很蠢的样子？"

那个时候，她都还没意识到自己喜欢他，他就已经把她家对面买下来了，这是打算长期跟她耗？

这一栋的房子全是大户型，她家有四百平方米，隔壁稍微小一点，这一层加起来七百五十平方米，就他们两个人。

宋安如没忍住吐槽道："浪费。"

沈南辰不怎么在意："买下来也挺好的。"

宋安如斜了他一眼："哪里好了？"

沈南辰想了想，认真地道："以后你和我吵架了，要赶我走，我还能在对面睡，不至于流落街头。"

说得就像是除了这儿，他就没地方去一样。如果没记错的话，恒水湾的开发商就是沈氏集团。

"我是不是该夸你目光长远？"

她都还没和他交往的时候，他就已经把交往后吵架冷战的地方选好了。

"但我觉得我们三三不会。"沈南辰笑吟吟道。

"哦？"宋安如挑眉，"你就知道我不会了？"

"你对我这么好，总是有求必应。"

宋安如有点心虚，毕竟她以前对他是真的没有一点耐心。

沈南辰神情很温柔地盯着她，继续道："让亲就亲，让摸就摸……"

宋安如一把捂住他的嘴："行了，闭嘴。"

没一会儿，工人就装好了监控。等他们离开后，宋安如指了指身后几个保镖："他们怎么办？"

虽说是特殊时期，但她也不习惯家里多出来的陌生人。

"住隔壁。"沈南辰给为首的保镖使了个眼色，几个保镖立马打开隔壁的门，消失在原地。

宋安如见状，在大门上按了几下，拽过沈南辰的手，将他的食指指纹存进去，又把他拉到大门前的摄像头下。

"你看镜头。"

"还给我采集指纹和人像？"沈南辰故意问，"不怕我随便进你家？"

"你以后来找我，我懒得给你开门。"宋安如说着也录好了。她掰着沈南辰的脸试了一下，把门打开，自己先进去。

在柜子里面翻了许久，都没翻出一双沈南辰能穿的拖鞋。

"我下去给你买拖鞋。"

"不用。"沈南辰拉着她。

"那你穿什么？"

家里的拖鞋全是女士的码，就算他想将就都挤不进去。

两人说话间，门铃响了，沈南辰拉开门，保镖递了个很大的行李箱以及一个袋子给他。

宋安如看着他从袋子里拿出一双新拖鞋，拆开穿上，颇有一种这人蓄谋已久的感觉。

"你什么时候准备的？"

"你说回家的时候，我让阿姨收拾的。"

宋安如一听到"阿姨"两个字，就来了兴致，问："哪个阿姨？"

沈南辰好笑地捏捏她的脸："把你最喜欢的阿姨一起带出来了，住隔壁。"

以后想吃什么都可以让她做。"

宋安如很开心，踮脚在他唇上亲了一下。

"亲一下就打发我了？"他舔了舔被她亲过的位置。

宋安如勾住他的脖子，又亲了一下。

沈南辰故意道："家里人都喜欢这位阿姨做饭的手艺，把她带走，我可是顶着不小压力，但是为了我们三三心情能好点，我还是带走了。"

宋安如盯着他："你想怎样？"

沈南辰把玩着她帽子上面的抽绳，附到她耳边，诱惑道："晚上想给你暖床。"

"你就非得给我暖床？"宋安如忍住不去抓发痒的耳朵，匪夷所思。

"你睡觉不老实，昨晚刚缝完针，平均十分钟换一个姿势，脑袋上的伤口本来也还没长好。"

沈南辰打量着室内装修，简洁又大气。进门后，两边各有一个很大的玻璃展览橱窗，左边放着各式各样的滑板，右边放着鞋子，每一样的右下角都写了购买时间和鞋子的款式。每一格橱窗里还有灯带，玄关的灯一开，灯带全亮了，展示着橱窗内的东西。明显花了心思，可见宋安如有多喜欢。

沈南辰一边看，一边在心里夸奖她的审美。

"晚点医生还要来给你吊水。"

宋安如从小就讨厌打针吊水，一提到这个，脸都皱成了一团："怎么还要吊水？"

"要吊三天，伤口很深，需要消炎。而且你脑震荡有些严重，也需要镇静。"沈南辰停在一双鞋面前。

是他给她买的那双鞋子，放在橱窗的中央位置。而且这双鞋的旁边是空的，右下角写了鞋子的型号，没写购买时间，应该是给想买的鞋子留的位置。

这个型号……沈南辰想了想，好像是两人第一次约会的时候，他穿的那双。那天她画的娃娃，除了鞋子都是他当天的穿着，他还以为她不喜欢那双鞋子。

"喜欢这双鞋？"沈南辰指了指型号标签。

宋安如看了眼，点头："嗯。"

"既然喜欢，那次怎么给娃娃画的这双？"沈南辰又指了指他给她买的那双鞋子。

两双鞋子宋安如都很喜欢，至于为什么当时不画他穿的那双……

这个问题把宋安如难住了。

沈南辰拥着她晃了晃，问："因为是情侣鞋才画的吗？"

宋安如画的时候真没多想，可现在回想起来，似乎……有那么点意思在里面。

她没说话，看她一副有点心虚的模样，沈南辰就知道了。他指了下空的橱柜，又指了下自己的脸，说："那……晚上让我暖床，明天你醒的时候，不仅能看见你喜欢的脸，这个柜子里还能多出一双你喜欢的鞋。"

明明就是要照顾她，还给她许好处。宋安如也不是不知好歹的人，她牵住他的手，把他和他的行李箱拖进了主卧。

沈南辰跟着走进去，看到卧室和客厅风格迥异的装修，没忍住笑出了声。

他以为宋安如的卧室应该也是客厅那种装修风格，是真没想到四处都摆着玩偶，房间主色调是鹅黄色、淡蓝色、粉色和白色，家具全都粉粉嫩嫩，充满了公主风。床上四件套甚至还有蕾丝花边和蝴蝶结，要多少女有多少女，和她平日里的深色系穿搭格格不入。

"你笑什么？"宋安如松开他的手，拐进旁边的更衣室，将某一格的衣服推在一起，空出一片区域，"你的衣服放这儿。"

更衣室里有一面全是深色系衣服，其余几面都是一些粉粉嫩嫩又极为精致的款式，一看就知道是宋母给她买的。

这些衣服沈南辰虽然没看宋安如穿过，可光是看着，就知道她穿上肯定很漂亮。

"阿姨眼光很好。"沈南辰忍着笑，打开行李箱，将里面的衣服拿出来，挂在衣橱里。

"我妈精挑细选的。"宋安如起初很不喜欢这些粉粉嫩嫩的东西，妈妈买了房子布置好后，她第一次进来，眼睛差点看瞎。

好在看了快两年，也算是看习惯了。偶尔心情好，会把妈妈买的衣服挑来穿一下。每次阿姨打扫了卫生，她发现有玩偶被单独摆在一个位置的时候，还会顺手在网上买一只凑对，于是卧室里的娃娃也越来越多。

她随手拿了身家居服，习惯性就想脱了换。手刚撩起衣摆，对上沈南辰含笑的眸子，她又放下，拿着衣服往洗漱间走。

"你自便。"

沈南辰可惜地叹了口气："三三一点也不当我自己人。"

回答他的是"砰"的一声关门声。

宋安如出来的时候，沈南辰在更衣室换家居服。他已经穿好了裤子，一只手拿着衣服往头上套，好几下都没穿进去，似乎不太方便。

宋安如怎么也没想到，他看起来漂亮得像个女孩子，皮肤比她还白，居然还有腹肌，腰那么细，为什么看起来那么有力量感？

沈南辰仿佛感受到了她的注视，回过头，迎上她直勾勾的视线，嘴角勾起一抹笑："还满意吗？"

宋安如点头："嗯。"

他的手指划过腰间线条漂亮的肌肉，邀请道："要摸一下吗？"

宋安如伸手往他腹肌上摸去，还捏了捏。手感很好，还怪有弹性的。

沈南辰捏着她的下巴，把她的脸转过来，看着她红扑扑的脸和耳朵，忍着笑："光摸，不看看吗？"

宋安如诚实地道："我头晕。"

"这脑震荡什么时候能好？"沈南辰松开她的下巴，把她的手拉开。

他瞬间就把衣服穿好了，说："吃点好的就开始晕，很限制我发挥。"

宋安如："你还想怎么发挥？"

"现在不方便说。"沈南辰推着她往更衣室外面走，"等你好了再聊这个话题。"

宋安如带着沈南辰简单地逛了逛房子，逛完后，两人在客厅坐下。

茶几上有个果盘，里面放着几样新鲜水果，还有一些包装花花绿绿的零食，都是宋安如平日里爱吃的。上面还放了一个精美的茶叶手提袋，里面的礼盒未开封，沈南辰拿起袋子看了看："茶叶是给我买的？"

"嗯。"

"什么时候买的？"

"前天晚上。"

前天晚上沈南辰说要上来喝茶，又没上来。

宋安如回家后，窝在沙发上打游戏的时候，脑袋一热，在网上找了一家茶铺，送了一盒上门。因为不会挑茶叶，就选了那家茶铺最贵的。

商家把茶叶送到后，她盯着看了很久，觉得自己脑子有坑，就给扔茶几上没管了。没想到时隔两天，人来了，不仅住在自己家了，身份还转变了。

沈南辰将茶叶放回茶几上，回过头抱住宋安如，在她脸上蹭，说："我们三三真好。"

宋安如忍着让他蹭了一会儿才推开，说："你太黏人了。"

沈南辰顺势躺在她的腿上，微微偏着脑袋，望着她问："不好吗？"

她本想脱口而出的"不好"咽了回去，说："随你。"

话落，她为了转移注意力，开始刷短视频。沈南辰在她下巴上挠了几下，她都没理。

好一会儿，直到他没动静了，宋安如才垂眸看了一眼。

沈南辰侧过头，脸贴着她的肚子，呼吸平稳，一看就是睡着了。

她将手机关到静音，扯过沙发上的毛毯给他盖上。

这两天他几乎都没睡，眼睛里的红血丝越来越多。

她盯着他睡着的样子看了好一会儿。不得不说，沈南辰在颜值这一块，真的把她拿捏得死死的。

宋安如生平头一次有了想偷拍别人的冲动。

她是个行动派，有这个想法后，立马就打开摄像头，对着他的侧脸拍了几张,随后还满意地把手机墙纸换成了新鲜出炉的照片。

做完这一切,她继续刷短视频,突然刷到一条以前关注的滑板博主告白的视频。

视频里,那位博主滑着滑板的时候,拿着一枝玫瑰花在轮胎那里挨了一下,随后玫瑰浴火,他停在一位女生面前,将花送给了她。女生接过玫瑰,音乐一响,感觉立刻就来了。

这个视频点赞几百万,评论也有几十万。

宋安如打开评论,清一色都是说浪漫以及讨教怎么做的。

问的人太多,博主还回复说下条出教程。

她沉思片刻,进了这名博主的主页,最新的那条正好是教程。

宋安如点开那条视频看了一会儿,又看了看沈南辰熟睡的侧脸。琢磨了一会儿后,她打开网购软件,买了几样东西。

沈南辰这一觉睡了一个小时,被手机吵醒了。

宋安如听到他手机响的第一时间就关掉了声音,没想到还是把他吵醒了。

他伸手要拿手机,宋安如将他按了回去,说:"你继续睡。"

"家庭医生来了,在门口等着的。"沈南辰拉住她的手亲了一下,坐起来。

宋安如又把他按回沙发上,还塞了个小枕头在他脑袋下,说:"你继续睡,我去开门。"

李易进来给两人打了个招呼,很有眼色地将带来的吊水架子搁在沈南辰旁边。

宋安如坐过去,李易给她绑上压脉带,在她手背拍了两下,找血管,消毒,取针。

沈南辰见她目不转睛盯着输液针,将她的脸拨到自己面前,问:"不怕扎针?"

宋安如不怕,可看他一副要安慰她的模样,有点好奇他会怎么安慰,硬着头皮道:"有点。"

李易已经消了第二次毒,准备扎针。

感觉到针尖刺进皮肤的同时,沈南辰在她另外一只手腕上咬了一口。

宋安如:"你干什么?"

李易把医用胶布贴好,调好流速,沈南辰才松开她的手腕。白皙纤细的手腕上多了一小圈浅浅的牙印。

"你属狗的?"宋安如收回手,盯着那圈牙印看了看,"你咬我做什么?"

"疼痛转移。"沈南辰凑过去,又在牙印上亲了一下,随后,将她扎上输液管的手搁在自己的手心上。

李易安静地做好这一切,收拾好东西要离开的时候,像是想到了什么,说:"少爷,有件事想和您讲一下。"

"怎么了?"

李易犹豫了两秒,问:"您和宋小姐刚才点过外卖吗?"

"没有。"

宋安如和沈南辰对视了一眼,两人表情都严肃了起来。

"我刚才上来的时候,电梯里有个外卖员。他一直在按您和宋小姐居住的十六楼,似乎不知道这一栋的电梯每一层楼都需要刷卡或者输入临时密码才能上。"李易顿了顿,继续道,"我担心他跟着我上来,就假装有东西忘记买,出了电梯。我找了处隐蔽的地方,等他离开后才上来的。"

这一刻,宋安如脑海里想了很多。十六楼只有她和沈南辰,沈南辰还没有搬来,那个要上来的人十有八九是来找她的。

她今天压根就没有点过外卖,回家也是临时做的决定,就连寝室里的几人都不知情,不知道是什么人在找她。

沈南辰轻轻地搓着她的指尖,神色晦暗不明,问:"看清那个人了吗?"

李易摇头:"戴了帽子和口罩,捂得很严实,按电梯的时候有些急躁,不太像是外卖员。"

"应该和原江那些人有关。"宋安如攥紧拳头,想到原江这个人,火气就"噌噌"地往上冒。

"现在还不确定。"沈南辰掰开她的手,"乖点,别用力,一会儿跑针了又得扎一下。"

他对李易说:"我知道了,你先回去吧。"

"少爷注意安全。"

李易收拾好东西离开了,沈南辰翻出手机,先拨了陈宇的电话,简单给他讲了这件事,怕打草惊蛇,又找人去恒水湾物业内部查这一栋电梯里的监控。

宋安如心里五味杂陈,也不是害怕,就是很担心。

只有她自己都罢了,那个被发出去的视频将他们几个人都拍清楚了,沈南辰甚至还有个长达五秒钟的高清特写。

既然找上她了,那肯定也会想方设法找其他几个。

想到这里,她抓住沈南辰的手,说:"你这几天不要乱跑。"

"别担心。"沈南辰一下又一下地给她顺着头发,"陈警官他们可不是吃素的,这件事会很快解决的。"

宋安如没说话,只是抓着他的手更紧了,以至于输液管里流出了血。

"手别用力,回血了。"沈南辰托起她的手,谨慎地调试了一下针头,直到血慢慢回去,他松了一口气,"再出血就不给亲了。"

宋安如本来就生气,现在更生气了:"你是我男朋友,凭什么不给亲?"

"你输液不乖,我难受,没心情亲了。"

宋安如无语,眼看他一副情绪低落的样子,小声吐槽:"你事儿怎么这么多。"

"那你注意点,乖乖输液好不好?"沈南辰凑上去,在她唇上啄了一口。

蜻蜓点水一样的吻,宋安如都没尝到滋味,心里痒痒的。视线落到他的脸上,依旧诱人。她很不满意地哼了一声,倒是放松了手臂,靠在他身上输液。

"知道了。"

原江的事情也不知道什么时候是个头,宋安如提议道:"我们明天回学校吧。"

沈南辰一边回复手机消息,一边道:"不着急,等伤养好了再回去。"

"可是……"

相比起来,云京公安大学完全是铜墙铁壁的存在,只要在学校,就不可能出事。宋安如现在只想把沈南辰拖回学校。

"没可是。"沈南辰放下手机,"好好养伤,等亲半个小时都不会头晕才算是好了。"

输完液后,沈南辰帮她把针拔了。

两人靠在沙发上,他忽然把手机递给她,说:"我让人找物业把监控拷了一份发给陈队长,他们正在查这个人的身份,你看看见过没有。"

云京晚上的气温有二十摄氏度左右,大多数人身着短袖。视频里的人穿着厚款外卖服,将立领完全拉上,帽子压得极低,口罩还拉得很高。他一路都很小心,四个角落的视频只有一个拍到了他的脸。虽然拍到了,却仅有一双眼睛露出来。

宋安如截图,将他的眼睛放大,下三眼白。但比起普通的下三眼白,这人的眼白区域还要宽,仅仅是眼睛,就给人一种凶恶的感觉。

"没见过。"

这样一双眼睛,但凡看过一眼,她都不会忘。

沈南辰拿回手机:"陈队长他们比对了所有的在逃犯,还没找到。我们决定不打草惊蛇。他应该会想办法上来,到时候来个瓮中捉鳖。"

"好。"

她倒要看看到底是谁。

沈南辰从桌子上拿了个橘子开始剥:"你的住处除了秦知意她们知道,还有谁知道?"

宋安如在云京的房子本来就是周末睡的,她甚至都没和其他人提过,便说:"除了她们,就你和我妈知道。"

"有进什么小区群吗?在小区认识的人多吗?"他将剥好的橘子喂了一瓣给她吃。

酸酸甜甜的味道弥漫在嘴里,宋安如眯了眯眼,说:"没进过。打过招呼的只有之前的邻居，但她也只听我妈叫过我的名字，不知道我姓什么。"

"我让人查过了，物业那边只能看到伯母的信息。视频里面虽然也能看到你，但如果不是认识你的人，很难将视频里的你联想到你本人身上。公安局让人下架了视频，技术人员筛查过，你的个人信息没有在网上暴露出来。同栋楼的居民看到视频再联想到你身上的可能性本就不大，这么短的时间暴露给歹徒的可能性就更小了。"

沈南辰很费解。像宋安如这样每周回家两天，一回家还大门不出，不喜欢社交的人，照理说个人信息是很隐蔽的，不该这么快就被人找到住哪一层。

他的目光落在茶几上，忽然看到茶叶口袋旁边的外送小票。

宋安如，恒水湾7-1-1601。

沈南辰将小票撕下来。

宋安如好奇地问："怎么了？"

"手机给我看看。"

宋安如不解，却还是把手机递给他了。

沈南辰打开她各大网购软件，将地址翻来覆去看了一遍。无一例外，全部写得很详细，详细到门牌号。

"小区快递站平时会将快递送上门？"

"可以自己去拿，也可以送上门。"

"你平时都是让人给你送上来？"

"嗯，快递站在西门，太远了。"

她住在东门这边，西门和东门隔了几百米，以至于她有快递都是让送上门。

"你怀疑那个人是从我的快递或者外卖单上了解到我的详细住处？"

"外卖的可能要小一点，快递的可能倒是很大。"沈南辰将她手机上的地址信息名字全改成了"小可爱"，电话改成了他的，门牌号也全删了。

"这两天在网上买东西了吗？"

宋安如："买了，明天应该能到。"

她刚在某个网站买了能第二日到的塑料玫瑰和打火石，准备伤好后试试那个几百万点赞的浴火玫瑰的操作。

"以后我帮你拿快递，不要在快递单上写真名和详细门牌号。"沈南辰将手机还给她，"小区的快递站几点关门？"

宋安如看了眼时间，已经十点了，便说："晚上九点。"

"让保镖今晚守在这边好不好？你和我去对面睡。如果那个人是从快递上面知道你的详细信息，那明天肯定会来。"

"我也要守在这边。"宋安如现在只想亲手把这个人抓住。

"你的伤口还没好，情绪起伏不能太大，更不适合剧烈运动。"

沈南辰在她脸上和唇上各亲了一下，哄道："乖。"

宋安如撇了撇嘴，指着自己的唇："你再亲一下。"

沈南辰笑着又亲了一下，说："要带什么？我去给你收拾。"

"不用，我洗个澡换身睡衣就行。"

"头上有伤，要不过两天再洗？"

"身上很脏，不洗睡不着。"

前天和原江搏斗的时候，身上弄得又是血又是灰的。

宋安如回想了一下，当时那血应该顺着后颈流了很多在背上，卫生间里有镜子，刚回来换衣服的时候，她也没在背上看到血迹，身上干干净净的。

"你悄悄给我洗澡了？"

沈南辰正在观察点滴的速度，闻言笑了一下："你愿意的话，我倒是很乐意伺候的。"

那就是没帮她洗的意思，宋安如说："我记得流了很多血在身上。"

这句话勾起了沈南辰一些回忆，他怔了片刻道："昨天缝合完后擦过。"

"你不显色的脸红了。"宋安如指着他的脸，一副看稀罕物的表情，"该不会是你帮我擦的吧？"

想到这个可能，她的脸和耳朵也红了。

"咳。"沈南辰不怎么自在地道，"不然你想让谁擦？"

"医院里那么多护士，你就不能找个护士给我擦？"宋安如质疑道，"还有，你一只手怎么拧毛巾的？"

她说着掀起病号服的一角："衣服呢？也是你换的？"

她的眼睛不含杂质，黑白分明特别漂亮，直直盯着人看的时候，纯粹得想让人给她染上其他的东西。

沈南辰抬手捂住她的眼睛："别这样盯着我。"

"继不能亲后，我现在还不能看了？"宋安如语气里全是不满，"你又是给我擦澡，又是给我换衣服的，我说什么了？"

"护士换的衣服。"

宋安如拉开他的手，继续盯着他："都让护士给我换衣服了，那怎么不让护士给我擦？"

沈南辰被她这样专注地盯着，把她的头按在自己怀里："别这样看着我，我受不了。"

宋安如从手术室出来时脸色苍白，浑身没有一点生气。他担心她出事，就一直守着她，看到她身上到处都是血，找了一位护工阿姨，想让阿姨给她擦洗一下。

她当时晕着，护工阿姨给她擦洗的时候，她的眉头却一直蹙着，似乎很不舒服。以为是阿姨把她弄疼了，他就让阿姨帮忙洗毛巾，自己给她擦的。

昨天情绪很紧绷，根本就生不出一丝旖旎的心思，这会儿回想一下……血液有些上涌。

"受不了什么？想让我给你暖床？"宋安如挣脱不开他，继续道，"我告诉你，不可能。我们两个必须有一个人暖床的话，那个人只能是你。"

沈南辰咬了咬牙："三三。"

"干吗？"宋安如想看他此刻是什么表情，又挣了一下，还是没挣开，"你先把我松开，你这样勒着我，也不怕勒死我。"

沈南辰在她背上轻抚着："乖点，让我抱一会儿。"

"不抱，我想玩会儿手机。"

宋安如拒绝得很干脆，却架不住他压低声音说了句："我头晕。"

想到他这两天明明失血过多，为了照顾她，就睡了刚才那一会儿，宋安如安静了，任由他抱着。

源源不断的热意从他的掌心传到她扎针的那只手上，驱走了点滴带来的凉意。

许久后，沈南辰才松开她。

他懒洋洋地靠在沙发上，手指轻轻从她的耳朵滑到脸颊，说："我其实一直很好奇。"

宋安如："好奇什么？"

沈南辰忍住笑意："你是怎么做到红着耳朵和脸，一本正经跟我讨论谁暖床这种事情的？"

宋安如："那我应该怎么说？"

她没经验，耳朵和脸也不听招呼，每次和他亲近，自己就红了。自从认识沈南辰后，她发现自己可能真的如他说的那样，显色。

"这样挺好的，我很喜欢你有事不藏着这点。"沈南辰奖励似的摸摸她的头，"晚上你没吃多少，这会儿有没有想吃的？我让阿姨给你做。"

宋安如盯着他的唇，想到了香香软软还滑滑的布丁。虽然没什么胃口，但她就是想吃。

"我想吃布丁。"

"行，我让阿姨先做好，我们过去吃。"

沈南辰一看她表情就知道她在想什么，主动将唇凑到她唇边，等她啄了两下后，给阿姨打了电话。

两人简单收拾了一下，换上睡衣就去了隔壁。

短短两天，隔壁已经布置妥帖了，装修是极简主义风格，看起来虽然简单，屋里那些摆件和家具一看就不便宜。

"汪汪——"

一只白色萨摩耶从客厅冲出来，停在沈南辰面前，前爪搭在他身上，兴奋地吐着舌头哈气。

"花花，过来给姐姐打个招呼。"沈南辰拍拍它的脑袋。

白色萨摩耶像是听懂了，立马又开始围着宋安如打转，尾巴摇得像螺旋桨一样。

宋安如伸手在它头上摸了一下，它就冲着她笑。宋安如小时候就很想养一只狗，但毕韵初女士有过敏性哮喘，接受不了小动物掉毛。

这会儿看到花花，她几乎是瞬间就喜欢上它了。

她又握着狗爪晃了几下，蹲在它面前，眸子亮亮的："你好。"

宋安如摸了它一下，它就一直用脑袋拱她的手。

"去玩吧。"沈南辰在花花头上揉了揉，花花一蹦一蹦地又跑到客厅，用嘴叼起地上一个蓝色的球，开始玩。

宋安如目不转睛地盯着它，换好拖鞋，就要过去陪狗玩，完全忽略了旁边的人。

沈南辰看了眼空空的臂弯，心里有些酸，拉着她绕过客厅，直接去了餐厅。

"你做什么？"宋安如不乐意被他拽走。

"不是想吃布丁吗？阿姨做好放在餐厅的。"

"不着急。"宋安如心心念念地想去和狗玩。

沈南辰却揽着她往餐厅带，声音有些低："三三。"

"怎么了？"

沈南辰轻描淡写道："你第一次见我都没这么友善。"

这就是别人说的秋后算账？宋安如下意识就提了戒备心："我帮你拿行李了。"

"嗯。"沈南辰补充，"是一脸不耐烦地被迫帮我拿行李。"

"没有。"她仔细回想了一下，虽然是被迫去接待新生的，但没有不耐烦。

沈南辰又道："还吃独食，不和我分享。"

宋安如没话说，就一块巧克力，至于记那么久？早知道当时全给他吃。

"我那天没吃早饭来着。"沈南辰牵着她坐到餐桌前，将一个精致的盘子推到她面前，"想吃一块你的巧克力，你都不愿意。"

盘子里的草莓布丁被做成了樱花的形状，因为推动的原因，轻轻晃着，十分诱人。

这一刻宋安如突然想到，没交往的时候，他就很大方地给自己投喂了那么多零食，还都很好吃，很符合她的胃口，明显就是很用心。这样一对比，她连个巧克力都不给他，真的就挺过分。

宋安如绞尽脑汁地找补，艰难地说了句谎话："我想着空腹吃巧克力不健康，就没给你吃。"

"是吗？"沈南辰托腮看着她，"别人骂我小白脸，你还一脸赞同。"

227

"没有的事。"宋安如舀了一大勺布丁，凑到他唇边，"吃。"

沈南辰含住布丁，见她丝毫不犹豫地拿起他吃过的勺子，又舀了一勺喂进自己嘴里。粉色的舌尖舔了舔勺子，他的眸色越来越深。

"你对花花都比对我热情，交往的第一天，你看见花花就把我忘了。"

难道这就是电视剧里说的后院失火？宋安如挑眉看着他："你这是在无理取闹？"

"我是在难过。"沈南辰眼帘低垂，看不清眸子里的情绪，"我在师姐心里比不上吃的，比不上滑板，比不上鞋子，比不上游戏，还比不上花花。"

宋安如拿不准他是来真的还是逗她的，凭着二十年来看过的电视剧经验，她放下勺子，抬手环住他的脖子，说："我最喜欢你了。"

"是吗？就说说而已？你心不诚。"

宋安如一本正经地在他脸上胡乱亲了好几下，态度诚恳："真的最喜欢你了，你别不信。"

"你真是……"沈南辰没忍住笑了出来。

"我心诚的。"

"知道了，你心诚。"沈南辰的食指在桌上叩了两下，"赶紧吃吧，这么晚该睡了。"

宋安如几口吃完布丁，洗漱好后，沈南辰已经在床上躺好等她了。他穿着一件深灰色睡袍，床上用品和之前他拍给她的照片里一样，也是深灰色成套的。

睡袍腰带松松地系着，大片白皙的胸口露出来。胸肌和锁骨迷人眼，长腿随意支着，整个人从骨子里透着一股慵懒随性的气质。

沈南辰侧躺在床的左边，轻轻拍了拍右边的位置："快来。"

宋安如看直了眼。

他的肤色和床单的颜色形成了极大的色差，露出来的地方除了白，肌肉线条还特别漂亮。特别是那双长腿，在睡袍的遮掩下若隐若现。

宋安如只觉得血气上涌，久违地又有了一点想吐的冲动，美色真的是太伤身了。

她上前伸手捏了一下他的胸肌，又捏了一把那双长腿，随后两只手一扯，把睡袍合拢，给他遮了个严严实实，还用被子将他盖了起来。

沈南辰一把将她拉到床上，握住她的手，放在睡袍领口边缘，笑问："不多捏两下吗？"

指尖的触感极好，宋安如又捏了两下，声音有些僵硬："你别总诱惑我，我这会儿有点想吐。"

沈南辰立马松开她的手，再次感叹："还真是一点好的都不能吃。"

"你不说话没人当你是哑巴。"宋安如移开视线，目光落到了床边的柜子上。

两个眼熟的陶瓷娃娃亲密无间地靠在一起,就像在说悄悄话一样。

"你怎么把它们也带来了。"宋安如拿起男娃娃,表面光滑,比起之前精致了许多,"还给上釉了?"

"嗯,不上釉可能会掉色。"沈南辰靠在床头,看着她盘膝坐在自己的床上,依旧有种不真实感。

宋安如把玩着娃娃,看着娃娃眉眼间像极了沈南辰,心里有一种难以描述的感觉。这一刻,忽然就有点理解他为什么非得把两个娃娃带回家摆在床边。

"下次去夜市,你也给我画一对。"

"好。"沈南辰神色温柔,"过来,抱一下。"

宋安如将娃娃放好,跪坐在他旁边,乖乖地伸手环住他。

沈南辰检查了一下她后脑勺的伤,抱着她躺下。

"睡觉。"

"不要抱着睡。"

怕压着他,宋安如将他的胳膊从脑袋下拿开,侧躺在他的身边。

沈南辰用受伤的那只手揽住她的腰,说:"不抱着,你晚上睡觉会乱动。"

宋安如不以为然:"白天也没乱动。"

"下午睡那一会儿,你有八次想翻身平躺。"他的嗓音轻缓,染上了些许睡意。

"你一直不睡就是因为这个?"

沈南辰将左手从她脖子下面穿过去,抱住她按在怀里,下巴抵在她的头顶,说:"你受伤了,我心疼。"

心跳又快了,宋安如缓了缓情绪,确定不会压到他后,学着他每次安抚自己时做的那样,在他背上轻轻拍着:"快点睡。"

"还没听你唱过歌,要不……"

宋安如抬头在他下巴上亲了一口,随后将脸埋在他脖子间,说:"再不睡就不要你暖床了。"

第二天早上,宋安如是被电话吵醒的。

她原本打算忽视,沈南辰却将手机凑到她面前,说:"三三,没备注的本地号码,或许是快递站的人打来的。"

宋安如的瞌睡虫一下子就没了,她从床上坐起来,看了眼号码。

沈南辰简单地给她讲了下事情发展:"昨天我将猜想的情况给陈警官讲了,他们连夜暗访,确认你们小区的快递站在前天下午招聘了一名工作人员。经过照片对比,正好是那个外卖员。你假装只有一个人在家,陈警官他们从昨晚开始陆续埋伏在你家了。"

宋安如没想到就睡了一觉，事情已经发展到了这个地步。她点点头，接通电话："你好。"

对面的人极有礼貌道："您好，请问是宋安如小姐吗？您的快递备注是送上门，我现在已经在电梯里了，需要您提供临时密码才能上十六楼。"

"好，等一下。"

宋安如看着沈南辰正在和陈队长发消息，对方也回复了。她打开安保软件，获取了一个临时密码。

"253886。"

"收到。"那人迟疑了片刻，"请问家里有人吗？"

沈南辰冲她点点头。

宋安如对着电话那头道："我在家，你直接上来就行。"

"好的，请您稍等几分钟。"

电话挂断，宋安如"噌"地从床上爬起来，就要往外跑。

沈南辰一把拉住她："陈警官他们都在，你伤还没好，不要去。"

"我不去，我就隔着门听一下声音。"她的确不适合出现，可她现在就想见证那人落网的一幕。

"不用特意出去听墙角。"沈南辰将她翻起的衣摆抚平，又将她领口处松开的纽扣系好，牵着她去了客厅。

保镖拿了一台笔记本电脑上前，沈南辰接过，递到宋安如面前。

电脑屏幕上有四格画面，正是两家门口的监控传递的画面。从监控里能看到，楼梯间很安静，电梯已经到了十二楼。

几秒过后，"叮咚"一声，电梯里走出来一个戴着口罩、鸭舌帽，抱了两个纸箱的男人。

男人两只手都戴着黑色手套，鸭舌帽压得特别低，即便上来的时候谨慎地张望了一圈，四个视角的监控也没有拍到他的脸。

他从包里摸出一把枪，上膛，右手拿着枪藏在纸箱下面，随后按响了门铃。

沈南辰也连了一份监控画面给陈宇他们。看到这里的时候，陈宇的电话打了过来："宋安如，我看你这门好像是智能的，有没有手机远程开锁通话的功能？"

"有。"

妈妈当时给她装的智能门锁，她本来没连手机。周末秦知意她们经常来找她玩，书房离大门挺远的，有时候她打游戏正在关键时刻，不想去开门，就把这个功能利用起来了。

陈宇："你先和他说两句话，降低他的防备心。"

宋安如："知道了。"

沈南辰抱着她，两人的手一直紧紧扣着。

宋安如打开手机端和大门的通话功能："是快递吗？"

"是的，宋安如小姐。"

门口的男人低着头，声音却很有礼貌。

宋安如有点着急地道："放门口吧。家里没其他人，我在煎蛋走不开，等会儿出来拿。"

那人顿了顿，声音听起来似乎更有耐心了："宋小姐，您有一个快递箱子破损得有点严重，需要当面拆箱，看看里面的东西是否有损坏。如果有的话，您可以退货，我顺便帮您把快递带下去。"

"破了？那你等几分钟，我的鸡蛋快熟了。"

"您慢慢忙，我这会儿正好没事。"

"谢谢。"宋安如拿起桌上一个铁盒子，刻意制造出一种大小姐下厨兵荒马乱的声响，焦急道，"我先不和你说了，要翻面儿了。"

她说着挂断了通话。

门口的男人在听到要等几分钟的时候，明显松懈了一些，没有刚才紧绷。

他空出右手，压了压帽子。

与此同时，大门忽然被打开，三名警察直接将男人按倒在地，收缴手枪，并且戴上手铐。

男人一脸愤怒地狂吼。

陈宇一把扯掉他的口罩，狠狠地踢了他一脚。

"闭嘴。"

男人视线恶狠狠地往门内张望，似乎在寻找着什么。那张脸瘦削苍白，左边颧骨到鼻子上有一道褐色的疤痕，配上他此刻的表情，狰狞又阴狠。

"看什么看！"陈宇又踹了他一脚，和另外两名警察一起将人带走了。

宋安如的手机进来了一条短信。

陈警官：审完后再和你们联系。

宋安如有一种自己碰到大麻烦的预感。

这人能在原江那件事发生当天就查到她所住的小区，然后混进恒水湾快递站，通过她的快递包裹查到她的详细楼层，并且通过送包裹混上来。如果不是因为医生来的时候恰巧碰到他，并且发现异常，今天根本就不会这么简单就处理了。

早上她起不来，假如不是医生发现了异常，现在沈南辰和她应该住在她家。这种情况下，假如开门拿快递的人是沈南辰……一想到这个可能，宋安如后怕不已。

她忽然抱住沈南辰："我们回学校。"

感觉到她的手紧紧地抓着他的衣服，沈南辰大概猜到了她的心思，说："即便昨晚李医生没发现，门口的监控保镖也一直盯着，不会出事。先别

231

想那么多，人已经抓到了，其他的等陈警官他们审完再说。"

"嗯。"宋安如点了点头，声音闷闷的。

等她自我平复了一会儿，沈南辰伸手环到她腰上挠了挠，问："你背着我上表演课了？"

宋安如还未从自己的想象中抽离出来，突然被他抓痒痒肉，痒得一个激灵，没反应过来他的意思："什么？"

沈南辰一脸佩服道："那天演给原江看的时候特别厉害，我都当真了。"

"你说那个啊。"宋安如摇头，"平时实战演练要角色扮演，演多了就会了。"

"我还以为你特意去学过。"

"我不太行，夏桐才是演技最好的。"宋安如对自己演技这方面倒是很有自知之明，"我要特意学过还演成这样，我估计指导员能把我家祖坟骂得冒烟。"

她顿了一下，说："但我觉得夏桐比不上你。"

"在你眼里，我这么厉害？"沈南辰有些惊讶，随后笑盈盈地凑上去就要亲她。

"我不是夸你。"牙膏的薄荷味萦绕在鼻息间，宋安如捂住他的嘴，"不准亲。"

"昨天一直要亲我的，今天就不让了？"沈南辰就着她的手心轻轻地啄，目光深邃，"你对我的保鲜期就一天？"

宋安如起身往卫生间走，说："你等着，我去刷个牙。"

宋安如脸上挂着水珠出来的时候，一位面目慈祥的阿姨正好端着份甜品往客厅的方向走。

看到宋安如，马玉笑着打招呼："宋小姐，早上好。"

"阿姨您好。"宋安如盯着她手上的盘子，主动伸手，"是要给我的？我来端吧。"

"宋小姐先过去吧，我来端。"马玉笑道，"我尝试着做了一下草莓慕斯，等会儿您可以试试喜不喜欢。"

"喜欢！"宋安如今天的状态已经很好了，此刻光是看着慕斯蛋糕就很有食欲，想挖墙脚的心又开始蠢蠢欲动，"阿姨，你有跳槽的打算吗？五险一金，事情少，我平时都在学校，只有周末回家。"

担心阿姨不同意，她又道："我就一个人，好打发，工资肯定比沈南辰给的多。"

沈南辰看两人一起走过来，听着宋安如的话，嘴角不由得抽了下。

马玉捂着嘴直乐："宋小姐真会说笑。"

宋安如一本正经："我没有说笑。"

马玉:"您和少爷都是一家人。"

宋安如:"还不是。"

马玉看看两人:"您和少爷不是男女朋友吗?"

宋安如想了想,很是坦率地说了一句:"结婚都有离婚风险,交往也有分手风险。"

她的话刚说完,马玉敏锐地感觉到客厅的气温都变低了,赶紧转开话题:"宋小姐,您早餐想吃点什么?"

"随便做一份阿姨您拿手的早餐吧。"宋安如拿起小叉子,叉了一块慕斯就要放嘴里,对上沈南辰的视线,她顿了顿,手转了个方向,凑到他的唇边,"吃。"

马玉明显感觉到自家少爷情绪缓和了许多,不由得在心里念叨一句:真好哄。

沈南辰含住叉子,慢慢吃完蛋糕,说:"玉姨,给她做三鲜小馄饨吧。"

"好嘞。"马玉匆匆离开现场。

喂完沈南辰后,宋安如端着蛋糕盘腿坐到他旁边,自己一勺他一勺,两个人很快就将蛋糕吃完了。

香甜的味道在味蕾中绽开,宋安如心情特别好。看到他嘴角沾了点慕斯,她还凑到他跟前,用纸巾帮他擦掉。

被服务的沈南辰靠在沙发上,微微眯着眸子盯着她笑。

这笑就连没眼色的宋安如都感觉到了不对劲,她直接问道:"你又想做什么?"

沈南辰嘴角的笑意更温柔了:"就这么喜欢阿姨?"

"嗯,喜欢。"宋安如被他笑得背脊发凉,伸手拨开他的脸,"别盯着我这样笑。"

"喜欢花花,喜欢阿姨。"他按住她的手,贴在脸上,"还想挖墙脚,把阿姨弄去你家?是不是只要有机会,你也想把花花带回家养?"

宋安如仔细想了想,妈妈不在这里住,没有人对狗毛过敏,这代表着她能养狗。要是沈南辰愿意把花花给她养,也不是不可以。

"阿姨在我家,我心里踏实点。周一到周五我住校,陪不了花花,阿姨也能陪。"

沈南辰忽然抱起她朝卧室走去:"哦?怎么个踏实法?"

"你抱我做什么?"宋安如环住他的脖子,稳住身体。

"先回答问题。"他在她的腰上威胁似的挠了一下。

"万一哪天我俩分手了,我岂不是美色和阿姨两空?"宋安如想了想那个场景,更加理直气壮,"那时候我心情本来就不好了,阿姨也不是我的阿姨,我想吃点好吃的,缓解一下情绪都不行。"

"很有道理。"沈南辰踢上卧室门，将她放在床上，"考虑得这么远？"

宋安如戳了一下他的脸，说："美色和阿姨，我总得死死抓着一样吧？不然我多亏。"

沈南辰检查着她的后脑勺，这两天休息得很好，用药也好，以至于伤口愈合得很好。

"那你就没想过死死抓着我？"

宋安如脱口而出："如果你父母不喜欢我，强迫我们分手，那还不是得分。不被祝福的感情不长远。"

沈南辰忽略她这句话，抬手摸了摸她的头，问："今天起来后怎么样？脑袋还晕吗？"

"一点也不晕了。"宋安如再次提出回学校的建议，"我们下午回学校吧。"

"可以。"沈南辰抱着她躺在床上，怕她压着伤口，就让她趴在自己身上，"昨天我说的什么，还记得吗？"

"我觉得你在挑事儿。"自信如宋安如，都觉得亲半个小时不晕这事在她健康的时候都不太可能，"你当我是两栖动物？"

"我对你有信心。"沈南辰受伤的右手缓缓滑到她的腰间，用手肘按住她。

"这不是有信心就能成的事情好不好。"宋安如被他大力按在身上，不太舒服，又担心碰到他的手，也不敢乱动，"你松开点，我要喘不上气了。"

沈南辰左手搭在她的脖子上，与她的唇近在咫尺，薄荷夹杂着奶油的香甜萦绕在两人的呼吸间，他的声音低沉诱人："听说，喘不上气的时候……更快乐。我们试试？"

宋安如心思一动，对上他的眼睛，仿佛要被里面的情绪吸进去了似的。她不自觉地舔舔唇，脖子被人一按，她的唇就被他含住了。

呼吸交缠，他的唇舌攻城略地，不似之前的浅尝即止，而是又凶又急。

宋安如大脑一片空白，像只被人恶作剧丢在岸上的鱼，又红又烫，任人摆布。

沈南辰的唇流连在她的锁骨上，感觉到她过分欢快的心跳，他愣了一瞬，找回了理智。

伤还没好，太刺激了不健康。

他的吻逐渐温柔下来，像安抚她情绪似的，变成了一下又一下的轻啄。

宋安如整个人依旧是蒙的。

见她眸光潋滟，小脸通红，沈南辰故意凑到她耳边，暧昧地问："还要分手吗？"

他的声音沙哑性感，宋安如只觉得魂都要被勾走了。

"还要带着阿姨和花花离家出走吗？"

他的指尖在她的小腹上轻轻按了一下。

宋安如回过神，半晌才找回自己的声音："我、我……"

沈南辰又问了一遍："嗯？还要和我分手吗？"

"我、我什么时候要分手了？"宋安如结巴着。

沈南辰在她耳朵上咬了一口，控诉："有长辈不同意我俩的事，你就要和我分手。"

宋安如总算明白他怎么这么反常了，虽说两人认识的时间不长，在一起也才第二天，可不知道为什么，她真的很喜欢沈南辰。

什么程度她不清楚，只知道那种喜欢甚至超越了兴趣爱好以及个人安危。如果在一个月前，有人和她说，你将来会喜欢一个异性，以至于玩游戏、玩滑板、吃美食都没他重要，她肯定会给那人贴上一个神经病的标签。现在看着沈南辰，她是由衷地觉得这些事的吸引力甚至没有和他独处聊天大。

"电视里都那样演的，我乱说的。"宋安如拉着他的衣角扯了扯，"我妈妈很喜欢你，刚才还给我发消息说你很好。如果你爸妈不喜欢我的话……我觉得我已经是最优秀的，没有进步空间了。"她顿了顿，诚恳建议道，"真出现这种情况，我欢迎你入赘我家。"

沈南辰看她没有开玩笑的意思，从刚才开始阴郁的心情这才好了许多。

被她自信豁达的情绪感染，他没忍住，又开始在她脸上啄吻，说："真这样想？不带阿姨和花花分家了？"

宋安如小心翼翼地看了他一会儿，纠结道："要不你和阿姨还有花花一起搬到我那边去住？就我们两个人住着太冷清了。"

沈南辰语塞。

住了两年的房子都不觉得冷清，现在多了个他，反而开始觉得冷清？所以从头到尾，阿姨才是她最坚定的选择是吧？

两人打闹了许久，最后宋安如是被沈南辰扶着去的餐厅。

"你真只交往过我一个女朋友？"

沈南辰将她扶到位置上坐好，把保温板上的小馄饨端了一碗放她面前，笑着说："三三，你这是过河拆桥？"

"我怎么过河拆桥了？"

宋安如拿着勺子搅了搅。碗里白白胖胖的馄饨看起来十分可爱，她舀了一个放进嘴里，皮薄馅儿鲜，颇有种回到了南苏吃刚捞起来的海鲜包馄饨的感觉，很鲜美。

看她吃得开心，沈南辰也拿起了勺子，漫不经心地问："被伺候舒服了，现在就开始来质疑我的纯情？"

"咳咳……"

宋安如捂着嘴一阵咳嗽，没一会儿就咳得脸红脖子红。

沈南辰给她拍拍背，又给她递了一杯水，说："别着急，不够吃又让阿姨做。"

宋安如好不容易缓下来，瞪着他："吃饭就吃饭，你能不能别胡说？还有，你是不是对纯情有什么误解？你给我说，你刚才那种叫纯情？"

"不然呢？"沈南辰拿纸巾给她擦了擦嘴角，"你的伤还没好，我也做不了不纯情的事情。"宋安如默默地拿起勺子继续吃。一碗馄饨下肚，整个人都舒服了，懒洋洋的，不想动。她往客厅张望了一下，阿姨、保镖不在，花花也不在，家里安静不已。

宋安如趴在餐桌上看他。一碗简单的馄饨，都给他吃出了贵气逼人的氛围感。等他吃完后，她问："花花呢？"

沈南辰慢条斯理地擦了擦唇，说："沈铭想它，一大早就让人接回去了。"

"是吗？"宋安如回忆了一下沈铭的模样，总觉得他不太像是能做出这事儿的人。

沈南辰端着茶喝了两口，脸不红气不喘地撒谎："他从小就喜欢小动物，很有爱心。"

"哦。"宋安如还是将"有爱心"三个字和沈铭那张桀骜不驯的脸结合不起来。

"不管他了。"沈南辰递了一杯茶给她，点了点她的唇，暗示道，"你让我等着，我都等好久了。"

不太"健康"的画面再次涌入脑海。宋安如红着耳朵，目瞪口呆："刚才不是都……"

神出鬼没的阿姨突然出现，宋安如止住了想说的话。她喝了一口茶，只觉得清香扑鼻，和每次亲沈南辰的时候从他身上闻到的味道一样。

她打量了几眼，翠绿的茶叶半沉在水里。她从不喝茶，不知道怎么形容，反正比餐厅里吃饭送的看起来高级很多。宋安如多喝了两口。

阿姨放了一份草莓布丁在餐桌上，将桌上的残局收拾干净后又消失了。

沈南辰继续挑起没完的话题："刚才是我主动，你享受的，和你让我等着所代表的含义有悖。"

宋安如想到这两天自己没事就逮着他亲，突然觉得那点小儿科拿不出手。她沉默着喝茶，不理他。

"在这里限制三三你发挥？"沈南辰故意曲解她的沉默，笑眯眯地牵着她起身，"那我们回卧室。"

"我这会儿不亲了。"任凭他怎么拉，宋安如就是不走。

沈南辰打量着她的神色，将脸凑近她。她也不像之前那样捧着他就亲，甚至还撇开脸不看他。

"真厌倦了？"沈南辰沉思片刻，低声喃喃，"刚刚不是很享受的吗？"

宋安如一把推开他："我病着，你离我远点。"

她拿起勺子，开始舀布丁吃。

"噗——"沈南辰笑出声，"这就是……风水轮流转？"

中午的时候，周凤来了。

宋安如的事情他一直很担心，陈宇便派他来给宋安如讲一下审讯的结果。

看到宋安如和沈南辰穿着家居服站在一起的时候，他皱了皱眉："你朋友怎么还在？"

两人是在沈南辰的家门口，宋安如诚实地道："这是他家。"

周凤："我记得毕阿姨在这个小区给你买了房子？"

宋安如指了下对面："我家在那儿。"

"嗯。"周凤抬步往对面走，停在宋安如家门口，"一直在别人家不太好，回你家说吧。"

"哦。"

宋安如要跟上去，沈南辰挑了挑眉，牵住她的手，走到对面，故意将脸在摄像头上扫了一下，大门的锁就开了。

他推开门，像个主人家一样邀请道："周警官请进。"

早上歹徒被捕后，沈南辰便让人将房子的卫生打扫了。想到警察会上门说后续的事情，他还让人准备了几双男士拖鞋。

"周警官，拖鞋在这个柜子里。"

"嗯。"周凤打开柜子，取了一双拖鞋出来。他看向宋安如，无意间看到她脖子上露出来的红痕。

他怔了好一会儿，狭长的眸子微眯，笑意不达眼底，问："你们……在一起了？"

"嗯。"宋安如拉住沈南辰的胳膊，大方地介绍道，"周凤哥哥，忘了和你说，他叫沈南辰，现在是我男朋友。"

沈南辰很满意她这个行为，钩住她的小拇指，亲昵地晃了晃，也跟着喊了一声："周凤哥哥。"

周凤摘下眼镜，有些闷地松开一颗纽扣，假装没听见。他揉了揉宋安如的头发，意有所指："要是有人欺负你，就告诉我。"

沈南辰像是没听懂他话里的意思，对宋安如道："哥哥对你可真好。"

从周凤哥哥到哥哥，周凤嘴角的笑意都要挂不住了，他垂眸换鞋。

"走吧，里面坐。"宋安如领着两人往里走，路过自己的收藏柜时，忽然发现原本空着的橱柜里面放着对应型号的鞋子，时间标签上也多了排日期，正好是今天的。

那排龙飞凤舞的字，一看就是沈南辰写的。

昨天他说早上起来就能看到鞋,因为早上发生了那样的事情,她早忘了,没想到他说过的真做到了。

"你帮我买到了!"宋安如开心地将鞋子拿出来。

"都说了你早上起来就能看到,我什么时候骗过你。"沈南辰接过鞋子放回去,"是你的,跑不了,待会儿再看吧,周夙哥哥很忙,还等着聊完正事回警局。"

周夙语塞。

他什么时候说自己很忙急着走了?

"好。"

宋安如心情特别好。如果不是周夙在场,她都想抱着沈南辰使劲亲两口。她预约了好久都没约到的鞋子,他一晚上就给她带回来了。

三人坐到了客厅里。

周夙没了闲聊的兴致,开门见山道:"那个人叫刘黔名。"

宋安如没听过这个名字,问:"查到是谁的人了吗?"

"嘴巴很硬,刚开始什么都不说。"

周夙推了下眼镜,还没来得及说后面的话,沈南辰淡淡地道:"是年氏集团的一名保安。"

宋安如诧异地看了他一眼,倒也没多问他怎么知道的。

年氏集团里,她只认识年玉和年斯霖。前者一副很喜欢她的样子,后者……总不会是年斯霖感觉到了她的恶意,所以特意来找她麻烦吧?

"确定吗?"

"嗯。"周夙点头,"他刚去年氏不久,我们本来打算通过他的社保查询他的工作经历,发现这个刘黔名初中毕业就没读书了,辍学后虽然到处打工,现在三十八岁了还没有任何购买社保、医保等可以证明工作的记录,也没有亲朋好友。"

云京市从十年前开始就强制要求企业给员工买社保了,在这种情形下依旧没有社保记录的人,只有一种可能,就是自己不愿意让公司买。

听说了不少,宋安如还是第一次遇到,问:"那你们是怎么查到他在年氏工作的?"

她看了看周夙,又看了看沈南辰。警方能查到不意外,人家就是干这行的。她不懂,沈南辰是怎么知道的。

"沈铭的秘书不久前去过一次年氏,看到过这个人。"

阿姨端着一套茶具上前,给周夙倒好一杯茶递过去。沈南辰接过茶壶,亲自给宋安如倒了一杯递给她。

"所以刘黔名和年氏到底有没有关系?"宋安如乖巧地接过杯子,是早上喝过的那款茶,喝起来很舒服。

"刘黔名一口咬定和年氏集团没有关系,他要直接说是受了年氏的人指示,反而不那么惹人怀疑。都要吃牢饭了,还特意'维护'一下年氏,就有点祸水东引的感觉。"周夙整理了一下领带,轻呷一口茶,看起来颇有点贵公子的味道。

想到那个和夏桐剪不断理还乱的年斯霖,宋安如皱着眉,心里有些烦躁:"年氏不是做房地产开发的大公司吗?前景那么好,我看那个年斯霖也不像个蠢货,应该不会想不开和毒品交易产生联系吧。"

"目前没查出直接联系。"周夙推了下眼镜,一副等着她问的模样,"但暗访的人倒是打听出来了一些有意思的事情。"

宋安如正要问,沈南辰一脸淡然地把玩着她的手指,说:"我们出事的那天,年斯霖和金域文刚好都在明衡山社会福利院慰问孤儿。"

周夙瞥了他一眼,放下茶杯。

宋安如的注意力又落到了沈南辰身上:"是碰巧还是他们有什么联系?"

年玉生日宴会后,夏桐比起以前,明显心事重重。她内心希望那两人是碰巧一起慰问,毕竟那个年斯霖有问题的话,夏桐和他就真的永远都没可能了。以前她不太懂喜欢一个人的感觉,总觉得世界那么大,男人那么多,一个不行换一个总行。可自打明白了对沈南辰的那种喜欢,她才知道感情不是说换人就能换人的。

"这两家人表面上目前也查不出任何联系。"周夙嘴角勾起一抹嘲讽的笑,"年家和原江这件事情有没有联系不能确定,但根据已有的线索,推断金域文十有八九是原江这次交易背后的买主。"

"或许你们可以顺带查一下年氏。"沈南辰说,"年氏这几年发展迅速,年斯霖眼光独到,投资的项目几乎每一个都大赚,在业内引起了不少关注,以至于谁也想不起六年前年氏也曾面临破产危机。"

他顿了顿,补充道:"那次危机具体是怎么度过的,没人知道。"

周夙轻抿着唇,似乎在思考这件事。

宋安如想到年玉生日宴见到的那个斯斯文文的男人,说:"那年斯霖没多大吧?就这么厉害?"

难怪夏桐喜欢那么久,长得好看,能力在业内还很强。

"二十八岁,有点老了。"沈南辰的食指轻轻地在她无名指腹摩挲,"比不上我年轻,有钱,前景好。"

宋安如被他刮得心痒痒的,赞同地点头:"的确,也没你长得好看。"

她想了想,还特别严谨地补充道:"身材也没你好,一看就不经打。"

两人谈论这种话都是一副坦然的态度,周夙嘴角忍不住抽了抽。什么叫一个锅配一个盖,他今天算是明白了。他们的相处氛围给人一种别人插不进去的感觉,宋安如和沈南辰在一起的时候,表情和平时一样冷冷的,但就是有种很乖的感觉。最重要的是,每次沈南辰说话,她都听得很认真。

周凤也算看着她长大,还是第一次见她对一个异性这么有耐心,事事有回应。这样的宋安如是周凤怎么也想不到的。他打断两人的互动:"只是,有一点我不太明白。"

"什么?"

"如果这次的交易背后真的是金域文的话,不翼而飞的这笔钱,对他而言并不算大。"周凤眉眼冷淡,没了平日里笑面虎的感觉,"金域文从不出面进行地下交易,这些年把自己打造成慈善家就算了,他的公司也打造成了慈善公司。如果他是幕后买家,原江事件牵扯进来了你们六个人,也引起了社会关注,他这么谨慎,照理说不会轻易动你们才对。"

周凤说着,看向了宋安如:"而且你们六个人,就我们监测来看,只有刘黔名找上了你,其他的都没动静。当然,也不排除有其他四人在校的原因,云京公安大学毕竟不是这些人想进就能进的。"

宋安如有一个很不舒服的猜想,她的父亲十年前就是在云京殉职的。她长得像母亲,性格也像母亲,唯一和父亲像的大概就是眼睛。

还记得金域文第一次见到她的时候,就直勾勾地盯着她的眼睛,说眼熟。或许金域文真正眼熟的不是她,而是她的父亲。可知道她父亲的人少之又少,父母明面上没有办过婚礼,她和母亲甚至都没和父亲在一个户口本上。

气氛沉默了好一会儿,周凤打破了沉寂:"安如,要不你回学校住吧。或是回南苏住一段时间。我不久前回去了一趟,毕爷爷和宋奶奶特别想你。"

"金域文……"宋安如有些艰难地开口,"和十年前南苏、云京联合缉毒那次的案件有什么联系?"

"在他身边卧底的人都死得无声无息。"

周凤掏出打火机点燃,目不转睛地盯着赤红的火苗,眼里有着浓浓的恨意。

"那个案子所有的证据都指向金域文的弟弟金翰,可据我们的卧底传出来的最后一个消息,金翰是背锅的。当时云京大清查了一遍,却没有证据指明那件案子和金域文有关。金域文这些年在云京的慈善事业搞得风生水起,即便他有个弟弟走上歧途,民众支持度依旧特别高,没有证据,根本就拿他没办法。"

周凤的父亲和她父亲一样,死于十年前那场行动。

宋安如见他沉浸在自己的世界里,打断他:"周凤哥哥,所以警方是觉得,刘黔名单独找上我,可能是出自金域文的授意?原因是我父亲?"

周凤:"只是猜测。"

宋安如:"我父亲和金域文之间有什么仇恨?值得金域文在我父亲死后还惦记着。"

"那场缉毒行动,警方参与的核心人员都死了,行动中具体发生了什么,没人清楚。"周夙收起打火机,微微垂着头,额发遮住了眼睛,看不清情绪,"但是那场行动后,金域文的儿子很巧地病逝了。"

宋安如握紧沈南辰的手,指尖在他的手背留下了几个清晰的痕迹。好一会儿后,她才问道:"所以金域文找上我,可能是因为我父亲和他儿子的死有关系?可是我不认为金域文知道我和我父亲的关系。"

"你的眼睛……"周夙抬起视线盯着她,回忆起记忆中的那个人,"和叔叔很像,同样来自南苏,同样是京公大的。根据金域文多疑且心狠手辣的性子,肯定会调查你。尽快回学校。金域文的手伸不进京公大。"

"如果金域文真的和我父亲有仇,刘黔名也是出自他的授意,据你们的意思,他这辈子都不落网,我就该在学校待一辈子?"宋安如有些无力,只恨自己还是个什么都做不了的学生。

"不会的。"周夙将杯子里的茶饮尽,"什么时候回学校?陈队说派人送你。"

沈南辰揽住她的肩膀,轻轻拍着,安抚她的情绪:"不用,过几天她的伤好得差不多后,我会和她一起回去的。"

金域文的势力虽不容小觑,但和沈家比起来,还是不够看的。周夙将手搭在沈南辰的肩上,郑重地拍了一下,说:"安如就拜托你了。"

沈南辰眯了眯眼,脸上虽然带着笑,声音却有些冷:"周夙哥哥,她是我女朋友,该怎么做我知道。"

周夙再次被这声"哥哥"喊出了鸡皮疙瘩。他触电般收回手,说:"我先回局里了,你们注意安全。"

周夙离开后,偌大的客厅里便只有两人了。

宋安如心情复杂,主动抱着沈南辰的腰,将脸埋在他的小腹上。

知道她心情不好,沈南辰也没说话,只是用手指梳理着她的头发。

也不知道过了多久,她的声音闷闷地传出来,很小声,却刚好是他能听见的程度:"我爸爸是南苏市公安局缉毒支队的队长,十年前,死在了云京和南苏那场联合缉毒行动中。"

沈南辰虽早有心理准备,听着她主动开口谈这件事,内心还是像针扎一样疼。他的手指顿了顿,没打断她,继续给她梳头。

"爸爸年轻有为,缉拿了很多毒品和毒贩,一直被那些人视为眼中钉。为了保护我和妈妈,他们没有办过婚礼,在外人面前也不是夫妻,我甚至不跟他姓。

"我小时候特别想在爸爸妈妈的陪同下出去玩,也想让爸爸给我开家长会,和妈妈一起陪我参加亲子活动。但是他都做不到。"宋安如说着,声音越来越冷,"别人笑我没有爸爸的时候,我却不能自豪地说我有,我的爸爸

241

是一名缉毒警察。"

沈南辰给她梳头的动作停住,捧起她的脸,看着她眼睛红红的,他心疼地将她抱在怀里,轻轻地拍着她的背。

"但是我和妈妈都以他为荣。"宋安如坚定道,"我的爸爸是个顶天立地的人,我也要成为像他一样的人。"

沈南辰托起她的脸,表情认真地盯着她的眼睛:"想不想知道我见到你第一面是什么感觉。"

宋安如微怔:"什么感觉?"

"很耀眼,仿佛生来就是一个会被所有人当作荣耀的存在。"沈南辰虔诚地吻了一下她的眼睛,"我也是所有人中的一个。"

他直视她的眼睛,一字一句道:"我们三三将来肯定会成为一名像叔叔一样优秀的警察。我会亲眼见证这一切,也会陪着你走这条路。"

家里所有人因为爸爸的死,都不愿意她走上同样的路,这是宋安如第一次在他人眼里看到前所未有的认真支持,突然就有了被认可,以及心意相通的感觉。她压住沈南辰,情绪有些复杂:"沈南辰。"

沈南辰:"嗯?"

宋安如:"等你毕业后,我们结婚吧。"

面对天上掉馅饼的事情,沈南辰愣了好一会儿才反应过来:"你这算是在求婚吗?"

宋安如盯着他,一脸认真地点头:"嗯。"

"不行。"沈南辰的拇指轻轻按在她的唇角上,压抑着想吻上去的冲动。

宋安如的脸一下子垮下来了,神色危险地瞪着他:"你不想和我结婚?"

"先别生气。"沈南辰戳了一下她气鼓鼓的脸颊,"三三,你知道我这个专业得读几年吗?"

宋安如想了想,法医学光是本科都要读五年,再考个研什么的……光阴似箭,岁月如梭。

见她眼神越来越奇怪,沈南辰忍着笑:"你这是什么眼神?"

宋安如撇嘴:"有点嫌弃你的眼神。"

"我有一个想法,你要不要听?"沈南辰牵着她的手,放到自己的腹肌上。

宋安无语地问:"什么想法?"

"抽空和我回一趟家见家长,下次我再和你一起回南苏见家长。"沈南辰眸色幽深,"然后先订婚好不好?"

订完婚,还是要等他七八年才能结婚。一想到这个,宋安如依旧什么兴致都没有,敷衍道:"到时候再说吧。"

"你是不是忘了,我在学校只要过了法定年龄,是可以结婚的。"沈南辰抱着她,"再等我三年两个月,我到了法定年龄,我们就领证好不好?"

作为一个已经到了法定年龄的人,宋安如觉得他太拖后腿了。男性法定年龄本来就晚两岁,他还比她小两岁。

她哼了一声,傲娇道:"我再考虑考虑。"

沈南辰又将她的手拉到腰上,说:"三三,我要是你,我就不考虑了。"

宋安如摸着他的腰,依旧不吃他那套:"现在拖后腿的是你,你肯定说是我就不考虑啊。"

沈南辰顶着那张绝色的脸,凑近到她面前,用鼻尖轻轻蹭她,诱哄道:"以后你出门在外,人家一问结婚没,你说结了,老公是个大学生,多厉害。"

宋安如觉得这场面……居然有那么点爽,怎么回事。

沈南辰观察到她的表情变化,趁热打铁:"怎么样?"

"刚交往就要订婚吗?"毕业就结婚,她觉得已经很快了。

宋安如没吃过猪肉也是见过猪跑的,大学里谈恋爱的情侣很多,最后成的却特别少,没听说过谁刚交往就要订婚的。

"你觉得我是那种会花闲时间和别人交往试试的人吗?"沈南辰捏着她的婴儿肥,"我和你谈恋爱是奔着结婚去的,难道你不是?"

宋安如刚才说和他结婚,也是脑子一热、突如其来的想法,以前真没想过这种问题。但此刻对上他真诚的眼神,她想了想,觉得和他结婚,未来有他一直陪着,也是一件开心的事情,随即点头:"行吧。"

"真愿意?"

沈南辰没想到她不仅平时做事不拖泥带水,连人生大事都不带犹豫的,后知后觉有一种危机感。如果不是遇到他,如果别人哄一哄,她也就嫁给别人了。他的心情顿时又有些不美妙了。

"要是别的长得好看的人哄你,你也这么干脆地答应嫁给人家?"

宋安如不明白他怎么突然不开心,白了他一眼:"我是这么随便的人?"

沈南辰的心情刚舒服点,又听她自言自语道:"别人能有你长得好看?"

所以还是图他长得好看?

沈南辰又问:"万一有个比我好看的人,哄你嫁给他呢?"

宋安如想不出比沈南辰还要好看的人应该是什么样的,摇头:"不知道,没遇到过。"

见她是认真思考过给出的回答,沈南辰一时间不知道是该先庆幸自己的外表符合她的审美,还是先庆幸在对的时间遇到她了。

见他沉默,宋安如反应过来他在想什么了,冷笑一声:"你是不是对你自己有什么误解?"

沈南辰:"嗯?"

宋安如十分不留情面地提醒他:"你虽然长得好看,但我以前是真的不待见你。"

沈南辰的心情反而因为她这句话又回暖了，笑着问："所以你是被我的人格魅力征服的？"

"你在想什么有的没的。"宋安如奇怪地看他一眼，"可能是因为从小到大没人把我往死里得罪过吧，激发了我的叛逆心理。"

沈南辰该怎么形容现在的心情呢，感谢自己的技高人胆大？引起了小公主的注意？

又在家里休养了几天，伤口拆线后，宋安如开始发愁后脑勺上秃掉的那一块该怎么办了。她的发量很多，上面的头发垂下来，也能遮住伤口，但是动作大一点，又或者风一吹，那一块就原形毕露了。

想到高中时候的数学老师，她反而宁愿自己是个光头。

就在宋安如琢磨着剃个光头的可行性时，沈南辰找人给她定制了假发。比着剃头发的位置一比一做的，戴上之后，和她自身的头发完全贴合，透气还轻便，宋安如瞬间就把缺块头发的烦恼抛到脑后了。

这天两人一起打单机小游戏，沈南辰突然道："晚上一起出去吃饭吧。"

宋安如一听能出去，整个人仿佛都活过来了，问："怎么突然想出去了？"

自从发生了刘黔名的事情，沈南辰都没让她出过门。在家不能玩她喜欢的竞技游戏，宋安如无聊得发霉，想下楼逛逛都不行。

家里靠窗户的位置都装了监控，有保镖二十四小时盯着，门口也有保镖全天守着。沈南辰还让物业加强了安保管理。别说歹徒了，她家连只别有用心的苍蝇都飞不进来。

沈南辰："我让沈铭约了金域文。"

"你想做什么？"宋安如说，"杀人是犯法的。"

"你在想什么？"沈南辰敲了一下她的额头，"这样下去也不是办法，总不能成天把你关家里或者关学校。"

"沈氏集团算云京的地头蛇，在云京的势力比金域文大多了。"宋安如好奇道，"你是想让你哥哥用沈家的名义敲打他？"

沈南辰拿起一块饼干塞她嘴里，说："三三，你要实在不想玩游戏的话，把秦知意她们给你买的书翻出来看看吧。"

宋安如吃完嘴里的饼干，试探道："地头龙？"

"别皮。"沈南辰又给她塞了一块饼干，"调动沈家的势力都查不出来你父亲的信息，他更不可能查得到。晚上不管他怎么试探，你不要露出丁点马脚就行了。"

宋安如瞪圆了眼："你还调查我？"

沈南辰解释道："因为不确定金域文会查出什么，就让人先去查了。想着如果有会泄露你身份的信息，及时处理掉。"

宋安如："不可能查到的。"

"这么有自信？"沈南辰问。

宋安如："外公外婆一直很介意这个，只要是关系到我的事情都很小心。"

想到查出来的她外公外婆的身份，沈南辰倒也不意外，说："小心一点总归没坏处。"

有沈家和她外公外婆这两层关系在，即便金域文和宋安如的父亲真的有什么化解不了的仇恨，在没有肯定宋安如身份的情况下，他是不敢乱来的。

两人又玩了一会儿游戏，准备出门前，宋安如想着要见沈铭，特意拉着沈南辰去更衣室，想挑一套适合的衣服。

沈南辰围着更衣室走了一圈，最后挑中了一条鹅黄色的裙子："穿这条好不好？"

"你喜欢这种？"

宋安如嫌弃地拎着他一眼相中的带蕾丝边的裙子。这种类型的裙子除了小时候被妈妈当洋娃娃打扮的那段黑暗时光外，她是真没再穿过。

"没见你穿过，很想看看。"沈南辰将裙子取下来，又把防尘袋拆开。

宋安如一想到这样的裙子要穿在自己身上就头皮发麻："别想，这辈子你注定看不到。"

沈南辰笑盈盈地盯着她，在她唇上吻了一下。

宋安如态度坚定："你亲我也没用，说不穿就是不穿。"

"那这样呢？"

沈南辰抱着她来了个深吻，然而持续不到几秒钟就松开她了。

宋安如有些意犹未尽地舔了舔唇，稍微松了些口："我最多试穿给你看看，穿出去是不可能的。"

"是吗？"

沈南辰将唇贴近她，就是不亲上去。宋安如被他撩得心痒痒的，要凑上去亲他，反被他推远了。就有一种阿姨摆了十个草莓蛋糕在她面前，却一口都不让她吃的感觉。

诱惑力太大了，她心一横："行了，知道了，我穿。"

"师姐真好。"沈南辰抱着她，将她放到柜子上，在她唇上吻了好一会儿，直到她喘不上气才松开，"我出去等你换衣服。"

宋安如拉了拉身上凌乱的衣服，耳朵红透了，说："把门给我带上，别偷看。"

两人换好衣服后，沈南辰拉着宋安如，像是打扮洋娃娃似的，给她挑选发饰和衣服配饰，硬是把她打扮得像个小公主一样。

宋安如很少见他有这种兴致勃勃的模样，这让她想起了小时候妈妈打扮她的经历，不由得背后发凉，问："你有什么奇怪的癖好？"

"以前没有。"沈南辰围着她看了一圈，她的皮肤特别白，穿上粉粉嫩嫩的公主裙，表情虽然很冷，但因为裙子可爱，会让人下意识忽略，配上脸颊上的婴儿肥，特别乖。

"现在可能有了。"沈南辰笑眯眯地盯着她。

"你收敛一下。"宋安如被他看得不自在，"要是你有特殊癖好，就自己去下载一个换装游戏玩，别指望我。"

"可我就想和三三玩，怎么办？"沈南辰说着还蹭了一下她的耳朵。

宋安如将他推远了些，说："你最好停止这个危险的想法。"

沈南辰环着她，熟门熟路地把她的手拉到自己腰上，说："你也可以玩我，我保证百分之百配合。"

两人收拾好到小区门口，不远处停着一辆劳斯莱斯，车窗降了下来，沈铭的脸出现在车窗后面。

看着两人交握的手，他"啧啧"两声，朝宋安如懒洋洋地打了个招呼："小安如，好久不见，今天穿得很不一样哦。"

他的声音比起沈南辰的更低一些，和她打招呼的时候，听起来有种熟稔感。

"您好。"

宋安如走到车旁，沈南辰帮她拉开车门，她坐进去，莫名有一点紧张，她觉得可能这就是见家长的感觉。

沈铭见她一张脸绷得紧紧的，察觉她比起第一次见面的时候似乎要拘谨一些，没忍住笑道："小安如，都是一家人了，你可以随沈南辰直接叫我哥哥。"

宋安如礼貌地喊了一声："哥哥。"

"还是弟妹懂事。"沈铭将副驾驶一个精致的礼品袋拿起来递给她，"来，这哥哥也不能白叫，见面礼。我也第一次有弟妹，没个给弟妹买东西的经验，随便挑了一样，希望你喜欢。"

宋安如往旁边瞟了一眼，见沈南辰一副似笑非笑的样子，也不矫情，接过了袋子，说："谢谢哥哥。"

袋子轻飘飘的，她好奇地往里面瞥了一眼，是一本别墅购买合同。

宋安如手一抖："太贵重了，我不能收。"

她没经验，即便家里从小就富养她，她也没见过谁刚交往了长辈就送别墅的，还是寸土寸金的云京的别墅。

"我找老二要的你的资料，用你的名义购买的。"即便是送出一栋别墅，沈铭也不怎么在意，"只是个小礼物，小安如不收，是因为不喜欢我这个哥哥？"

"不是同意了要和我订婚吗？一套房子你都不愿意收？"沈南辰轻声质问道，"你哄我的？"

沈铭吊儿郎当地帮腔："小安如，要订婚了，一栋房子你都不收，是担心以后你俩闹崩了麻烦？"

宋安如震惊话题是怎么变成要和沈南辰分手的，被沈南辰谴责的眼神盯着，她默默收下袋子。

车子启动，沈铭掉了个头，驶出恒水湾小区后，他突然问："伤口好些没有？"

沈南辰受伤的事情原本是瞒着家里的。沈家的产业目前是沈铭在打理，要知道很容易。这件事情发生后，他就让人查了明衡山的事情，意外了解到年氏和金域文或许有牵连。沈氏集团之前有个重要的项目，原本都决定和年氏合作了，现在只能另寻他人，毕竟金域文这样的人沾上了就是一个污点。

宋安如不自觉地摸了一下后脑勺，回答："差不多好了。"

这几天在家吃得好睡得好，无聊的时候还可以和沈南辰玩，日子过得简直不要太舒服，以至于她时常忘记自己是个受伤的人。

"不要总是去摸。"沈南辰抓住她的手。

"那就好。"

沈铭从后视镜里看到自家弟弟把玩着宋安如的手指，不免有些惊奇。如果不是亲眼所见，他真的想象不出这个画面，毕竟弟弟从小薄情寡义得很，他就没见弟弟和女生走近过。现在有了女朋友不回家就算了，还直接搬出来住了。

"妈很担心你，抽空回去看一下，别有了媳妇忘了娘。"

沈南辰依旧低头玩着宋安如的手指，头也不抬地答："过段时间就回去。"

沈铭的手机振动了一下，他看了一眼，说："小安如，明衡山的来龙去脉我差不多清楚了，一会儿见着金域文别怕，哥哥给你撑腰。"

宋安如很想说她不怕，可对上沈铭一副信誓旦旦的模样，她难得懂事地点了点头："好。"

"这个金域文我不爽他很久了，整天装出一副大慈善家的样子，背地里尽做些见不得人的勾当。"

沈铭说话很随意，宋安如却看到他提到金域文的时候，眉眼间一副嫌弃的模样。

"哥哥，你怎么约他的？"

"他一直想和我们沈家合作，我随便露出要考虑一下的意思，他就主动请我吃饭了。"沈铭提醒道，"金域文这人沾上容易不干净，以后你见着他离远点。"

三人到酒店的时候，金域文已经在包间里等着了，依旧是一副斯文有礼的模样，穿着改良的中山服，左手戴着一串佛珠，身上没有一点商人的特质。

看到沈铭身后的宋安如和沈南辰，他愣了一瞬，立马笑脸相迎，看起来温和又慈祥："沈二少爷也来了啊。"

沈铭直接坐在了主位，淡淡地道："路上碰到老二他们了，金总不介意我多带两个人吧？"

"能和三位一起吃饭，是我的荣幸。"金域文取下左手腕的佛珠轻轻拨弄着，一脸长辈看晚辈关心的模样，盯着宋安如，"这位是……我记得是沈二少的女朋友对吧？"

"嗯。"沈南辰脸上扬起一抹幸福的笑，"马上要订婚了。"

他的话刚落，门口有序地走进十几个保镖，整齐地站到沈铭三人身后。

金域文旁边的秘书原本在给沈铭斟茶，见状动作一顿。直到金域文比了个少安毋躁的手势，他才继续斟茶。

沈铭略过他斟好的茶，取出杯子，悠然自得地给自己和沈南辰他们倒了杯茶，说："金总别见怪，我弟妹不久前差点遭遇枪击，我们就谨慎了点。毕竟我家这位弟弟，头一次这么喜欢一个人，还是得小心为上。"

"到底是谁那么大的胆子！"

金域文震惊了片刻后，斯文的脸上多了一抹怒气。宋安如看着他的表情，如果不是知道他是什么人，还会觉得对方真的是在担心她。

沈铭喝了口茶，很是随意地靠在椅背上，说："对啊，到底是谁胆子这么大。金总知道的，我这人是个不婚主义，以后家里的产业，迟早会交到老二手上，这些人连沈家未来的老板娘也敢动。"

金域文依旧一脸愤慨："这些人是要好好整治一下了，小姑娘别担心，叔叔会派人帮忙查清楚到底是谁的。"

宋安如想到沈南辰出门时的叮嘱，低着头柔弱又谦卑地道："谢谢金叔叔，您真是个好人。"

"难得聚在一起，我们就不说那些不开心的事情了，私下叔叔会帮你解决的。"

金域文转开话题："两位郎才女貌，真般配。不知道这位小姐贵姓？"

"我姓宋，叫安如。"

宋安如露出一副不好意思的模样，迎上他的注视。

"宋小姐长得真漂亮，也不知道是哪方水土养出来的。"

"南苏的。"

据沈南辰的意思，这人已经查到了她的资料，坦然说出来，反而还不会引起他的怀疑。

金域文拨弄着手里的佛珠，神色有些许向往："南苏是个好地方，景色很漂亮，生活节奏很慢，很悠闲。"

一大一小短暂的聊天，给人一种亲切的感觉。

沈南辰放下杯子，笑问："金叔叔对我女朋友很感兴趣？"

金域文怔了一下，说："看到沈二少和宋小姐这般相配，忍不住多问了两句。"

"哦。"沈南辰点头，好奇地问道，"我也有件事想问金叔叔，不知道方便吗？"

金域文："沈二少爷有什么尽管问，我能解答的一定不瞒着。"

沈南辰："金叔叔，听说您对城南那块地志在必得，我有些好奇，那块地您打算用来做什么？"

金域文没想到他会问这个，含蓄地说了句："准备做点小本买卖。"

"小本买卖啊？"沈南辰神情无辜，"那金叔叔，您能把那块地让给我吗？"

说是让，沈家如果真的要那块地，也就是多花点钱的事情，这对于沈家来说轻而易举。

金域文在桌下掐着佛珠的手指收紧，脸上依旧带着和煦的笑："不知道沈二少爷想要那块地来做什么？"

"砰"的一声，沈铭将手中的茶杯搁在桌子上，因为力气有些大，溅出了不少茶水，保镖立马上前清理。他沉了声音道："老二，我不是说过，这件事情不准再提吗？那块地人家金总计划了几年，眼看要到手了，你搅和什么？"

沈南辰："哥，你太敏感了，我只是问问。"

沈铭扫了他一眼："你这样问，金总可不一定这样想。"

"小孩子好奇一点也没什么。"金域文打圆场。

"小孩子？"沈铭别有深意地道，"的确，孩子年龄小，不懂不夺人所好这种简单的道理。不过金总放心，我回去一定好好教育他，他要是再起这样的念头，我就家法伺候。"

金域文讪讪地笑："真没事，沈总也别太上纲上线了。"

沈南辰垂眸不说话，一副有些憋屈的模样。

宋安如在心里啧啧称奇，在桌子下面拉着他的手晃了晃，立马被他十指紧扣，指腹还在她的手腕内侧摩挲着。明明很正常的小动作，他做出来莫名就有点奇怪的感觉。

"真不好意思，金总。"沈铭说着抱歉，脸上却没有一丝一毫的歉意，"弟妹胆子小，在明衡山帮警察捉住在逃犯后，前几天还被那些人的同伙报

249

复。我弟弟心疼坏了，亲家那边意见也很大。正好亲家要把分公司开到云京，还没选好位置，我弟就想把那块地拍下来送给弟妹压压惊，顺便当聘礼，不过被我给制止了，毕竟我知道，金总为那块地付出很多。"

金域文叹了一口气，拨动佛珠的速度慢了许多，一副无能为力的语气道："二少爷，真的不好意思，如果那块地单单是我想要，我肯定就让给您了，可那块地过了董事会，百分之九十的董事都赞成拍下来，我的股份虽然是最多的，但也没过半，依旧有所受制。您要有其他看上的地，需要帮忙的话，尽管和我说。"

"行吧。"沈南辰惋惜，好一会儿，又像是想起什么，提起了兴趣，"金叔叔，听说你最近要进军护肤品行业？还为此投入了不少心血和钱？"

"嗯。"金域文十分谦虚，"我这些生意都是小打小闹的，上不了台面。"

"是吗？"沈南辰笑，"金叔叔眼光一向独到，我还挺感兴趣的。"

"老二，这就是你的不对了。"沈铭用茶盖拨弄着茶，漫不经心，"金总要做什么你就好奇什么，不知道的还以为我们沈家想和金总分一杯羹，是吧金总？"

"怎么会？"金域文将佛珠戴回手腕，"我这点小本生意，如果二少爷看得上，我很乐意给二少爷详细说说的。"

"算了。"沈南辰望着宋安如，"我最近所有的心思都围着我女朋友，没空，等有空的时候，再找金叔叔探讨吧。"

宋安如感觉自己鸡皮疙瘩都起来了，她强忍着吐槽的冲动，害羞地将脸埋在沈南辰的肩膀上。

金域文看着两人丝毫不见外的亲密模样，问："二少爷什么时候和宋小姐订婚？"

"要等我们一家去南苏谈过之后再定日子。"沈南辰亲昵地揽着宋安如，"到时候欢迎金叔叔来观礼。"

"这是肯定的。"金域文端起茶杯，嘴角带着一抹真诚的笑，"我以茶代酒，祝你们幸福。"

"弟妹，以后你就是我们沈家的人了。"沈铭也端起茶杯，朝他俩的方向扬了一下，"出门在外，要是有谁欺负你，都不要怕，你要记住，整个沈家都是你的后盾。"

宋安如全程看着沈南辰装出一副不知人情世故的纨绔大少爷的模样，和沈铭一唱一和，跟金域文那只老狐狸句句过招，再次刷新了对沈南辰的认知。

就这种演技，进了演艺圈不拿个奖都有黑幕。

一顿饭吃得和乐融融，至少表面上是这样的。沈铭和金域文后面开始聊一些商业上的事情，每次金域文有想合作的意图，沈铭就打太极似的安抚，两人十句话得过八百个心眼子。

宋安如第一次见到沈铭的时候，觉得两兄弟不太像，现在看来，血缘真的很奇妙，这两人不愧是两兄弟。

饭后，金域文亲自将他们三个送上了车，全程带着大方得体的笑意。

车子开远后，宋安如往后面看了一眼，金域文依旧笑着朝他们挥手。她由衷地感叹道："这人心态真好。"

"心态好？"沈南辰随意地交叠着双腿，"我估摸着他手里那串佛珠都要捏碎了。"

"有吗？"宋安如回想了一下，金域文脸上似乎一直都带着笑，整个人也很随和，"我看他笑得挺开心的。"

沈铭透过后视镜看了她一眼，意味深长地道："能不笑吗？你男朋友看上了他的地，还看上了他的生意，这两样都是金域文这几年的重心，争不过沈家，他只能赔笑，这会儿指不定找个犄角旮旯发火去了。"

宋安如幻想了一下金域文蹲在角落里发火的模样，心里舒服了，感叹道："当地头蛇的感觉真好。"

一路上三人有一句没一句地闲聊，很快便到了恒水湾大门口。

想到家里闹了几天脾气的母亲，沈铭邀请道："小安如，虽说你目前是安全了，但也不是绝对的，要不你和老二搬回家住吧。"

宋安如其实挺想去沈南辰长大的地方看看，但已经和辅导员说好了明天回学校。再说第一次去他家还得挑点礼品什么的，这会儿肯定也来不及了，她摆手："我们准备回学校了。"

"那放假来玩？"

宋安如本来就答应了沈南辰要去他家，便应了下来："好。"

沈铭就喜欢她这种不扭捏做作的性格，笑开了："我可等着你了。"

"好，哥哥再见。"宋安如朝他挥挥手，拉开车门下车。

"哥，我们先走了。"沈南辰也跟着她下了车。

沈铭原本准备将车开走，无意间从后视镜看到沈南辰的手机在座位上。他挑了挑眉，往窗外看去。

两人刚走了几步，沈南辰就停了下来，说："三三，等我一下，手机掉车上了。"

"嗯，去拿吧。"宋安如等在原地，打开微信群，想看室友们在群里说什么。

沈南辰回到车上，将座椅上的手机拿起来，朝沈铭道："我下个月带她回家。"

"怎么，有求于我？"沈铭打开车窗，点了一根烟，似笑非笑地看着他。

"妈就拜托你了。"沈南辰心不在焉，敷衍道，"她胆子小，心思敏感。"

沈铭吐出一口烟，目光玩味："你再说一遍，小安如什么来着？"

251

"她要是见了家长就和我分手。"沈南辰想了想,笑得无害,"我就去支援非洲,然后告诉妈,是你想继承沈家所有财产才逼我去的。"

沈铭气笑了:"得,你搁这儿威胁我是吧?"

沈南辰耸耸肩,关上车门走了。

沈铭看着两人走远,"啧"了一声。他每天这么忙,当了半天工具人还被威胁,上哪儿说理去。

沈南辰一行人离开后,金域文回了包间,一进去就将餐桌上的杯子、茶壶全砸了。等他发完气,秘书才上前给他递毛巾擦手。

金域文:"宋安如的身份查清楚没?和顾承哲到底有没有关系?"

"没有查到任何两人有关系的证据。"秘书问,"还要继续派人找她吗?"

"你没听出来沈家那两兄弟话里的意思吗!"金域文平日里的斯文全然不在,目光狠戾道,"她要是出一点毛病,他们就拿我的生意和地开刀。你觉得那块地,沈家要真和我抢,我能守住吗?今天这顿饭明着是谈生意,实际上就是来给我下马威的。"

金域文憋着一肚子火:"只要宋安如出问题了,我的嫌疑就是最大的!"

秘书小心翼翼地道:"那我们什么都不做了?"

"先给我查清楚,她到底是不是顾承哲的种。"

即便过了十年,那双眼睛金域文仍是记忆犹新,甚至反复梦到。如果宋安如真的是顾承哲的种,不做点什么,他怨恨难消。

"把派出去的人先召回来。"

"好。"秘书又道,"老板,二小姐来电话说想见您。"

"她又有什么事?"金域文烦躁地挥挥手,"说我没空,让她有事电话联系。"

"二小姐说是关于新一批进人的事情,需要您指示。"

"这么快她就把新一批要进的人弄齐了?"金域文的神情好了许多,"行了,我知道了。见面的事情你安排吧。"

"好的,老板。"

/ 第九章
风暴

第二天一大早,宋安如就被沈南辰叫起来了。这段时间在家休养,她每天都睡到中午才起来,沈南辰从不喊她,甚至很多时候还陪着她睡。

宋安如成天除了和沈南辰一起玩,还喜欢端个板凳去厨房看阿姨给她做甜品。

阿姨在这里照顾宋安如饮食的十几天,似乎特别喜欢她。宋安如要吃什么,她就火力全开给做什么,不会做的就抱着手机研究食谱。半个月不到,宋安如脸上的婴儿肥都更肥了。

今天要去学校,阿姨给宋安如做了两大袋零食。沈南辰看着两人依依不舍的模样,总觉得自己才是那个拆散她俩的恶人。

返校后,沈南辰将她送到梧栖苑楼下,担心她吃太多零食吃坏肚子,顶着她极其不满的注视,拿走了一大袋零食,说:"这袋给我室友当喜糖了,你的也和室友分,不要吃太多,知道吗?"

宋安如撇撇嘴,并不正面回答他这个问题。想到回了学校,就不能经常待在一起了,她指着自己的唇,面无表情道:"亲一下。"

沈南辰笑着在她唇上亲一下,说:"你要是吃坏肚子,那就是阿姨失职,我就让她回老宅。"

宋安如生气了:"我吃坏肚子,关阿姨什么事?"

"谁叫我舍不得找你麻烦呢?"沈南辰不容拒绝地道,"那就只能找阿姨麻烦。"

宋安如语塞。

沈南辰又揉了揉她的头发:"知道没?"

宋安如拎着自己那袋零食头也不回地走了。

沈南辰自言自语,却是故意让她听见的音量:"阿姨都影响夫妻和谐了,看来还是让她回老宅吧。"

宋安如回头瞪了他一眼,"我知道了,你别找阿姨麻烦。"

"那过来抱一下。"沈南辰不舍道,"这段时间落了很多课,最近几天,我不确定有没有时间陪你玩。"

宋安如走回他身边,伸手抱住他,很不满:"你们专业怎么这么忙。"

"这段时间落下的进度打算在这周补上,所以会忙点。"

宋安如想了想自己落下的课,不由得皱眉:"你最近哪天有空提前跟我说。"

"怎么了?"

"你别问,到时候你就知道了。"

沈南辰很好奇:"我这会儿空,你说来我听听。"

"这会儿不行,你记得提前跟我说。"宋安如挥挥手走了。

沈南辰盯着她的背影,想到她返校时把那天刘黔名拿上门的包裹打开,鬼鬼祟祟地将里面的东西塞进她那个斜挎包里,问她也不说是什么,就让他别管。他原本还不好奇,见她百年难得一见的遮遮掩掩,就很好奇。

他想了想,给她发消息过去:明天下午四点半,上完实验课要路过学生会,能空出来一个小时,够吗?

小可爱媳妇:好。

沈南辰估摸着应该是什么惊喜,对于自家女朋友知道给惊喜这件事情,他很期待。

宋安如回到学校第一天,被老师同学从头到脚地关心了一遍,甚至连神龙见首不见尾的校长都亲自到班上来关心了她。

回寝室后,她又被三个室友再次从头到脚地检查并关心了一遍。好不容易歇下来,她惦记着年斯霖那事儿,琢磨了很久,还是决定跟夏桐讲一下。明衡山的事情,寝室里四个人全参与了,来龙去脉最好是大家心里都有个底。

"明衡山交易,原江的买家可能是金域文。我在家养伤的第二天,有人伪装成快递员持枪上我家。"

寝室几人都是一脸震惊。

陈舒拉着她上下翻看:"人抓到没?你没事吧?"

"我没事,警察把那人抓住了。"

陈舒松了一口气:"没事就好。所以那人是金域文派来的?"

"应该是。"宋安如犹豫了片刻,盯着夏桐,"还有一件事情,你心里要有个数。"

夏桐一看她的眼神,心跳都漏了一拍,不好的预感油然而生:"什么事?"

宋安如一字一句道:"我们遇事的那天,金域文和年斯霖一起在明衡山社会福利院慰问孤儿。"

如果是其他时候，可能还没人觉得有什么，但那个时间节点，很难不让人怀疑。

气氛诡异地沉默。

夏桐的眼睛可见地红了。好一会儿后，她收敛好情绪，打破沉默："所以年斯霖有嫌疑？"

宋安如扯了张卫生纸递给她："沈南辰提了一件事情。六年前，年氏面临破产危机，资金来源不明。"

秦知意轻轻拍着夏桐的背："意思是年氏可能成为了金域文的帮凶？"

"仅仅是猜测，并没有证据。"

虽说没有定论，但宋安如不想让夏桐因为喜欢一个人，被牵扯进这种事情里。她朝着夏桐，又强调了一遍："你得把这件事情放在心上。"

作为公安大学的一名学生，夏桐知道事情的严重性。回想起来，年斯霖对她态度的转变，这件事情更毛骨悚然了。

"他接手公司前，有一次和他父亲在办公室里大吵了一架。那次之后，他对我的态度就开始转变了。"

夏桐捂着脸哭了一会儿，好不容易收住眼泪，哽咽道："后面知道我考上京公大，便单方面断绝了和我的联系。"

秦知意将夏桐抱进怀里，轻抚着她的后脑勺，安慰道："桐桐，照你这样说，他的嫌疑更大了，你要记住你自己的梦想以及你的身份。"

"孰轻孰重我还是知道的。"夏桐眼神坚定，"或许我之前还是放不下，但现在我是真放下了。我和他有没有将来都是其次，我的使命不容玷污。"

寝室里的气氛低迷。宋安如将阿姨准备的零食提到大家面前，说："今天新做的，有蛋糕。"

她把零食都倒到桌子上，又把蛋糕盒子打开。铺满新鲜草莓的蛋糕出现在大家面前，就连空气里都弥漫着淡淡的草莓香，将寝室里严肃的氛围冲淡了不少。

几人都没动，暗暗担忧着夏桐的情况。

夏桐吸了吸鼻子，红着眼睛，一脸满足地拍拍宋安如的肩膀，假装什么都没发生："我三三嫁得好，连带着鸡犬升天啊。"

"谁是鸡，谁是犬啊？"陈舒也像往常一样，掐着她的胳膊使劲晃，好一会儿后，看向宋安如，"话说回来，你和沈南辰怎么成的？其实我就是好奇，他是怎么说动你这榆木脑袋的？"

夏桐拿刀把蛋糕切成了四份，说："我也要好奇死了！要不是那天来探病时机不对，我真的很想审一审你啊！"

宋安如总结道："精诚所至，金石为开。"

秦知意一巴掌打在她胳膊上："说人话。"

255

宋安如接过一份蛋糕，微仰着下巴道："没办法，他太喜欢我了。我琢磨着他长得不错，还那么喜欢我，就同意了。"

陈舒一脸问号："以前喜欢你的人也多，不，现在也多。"

宋安如自信道："他最喜欢我。"

夏桐："追你的人中，长得不错的少了？"

宋安如得意："他最好看。"

那模样怎么看怎么嘚瑟，让人想抽她。

"好了好了，快吃你的蛋糕，别虐狗了。"陈舒忍不住吐槽，"我是真的想不到，我们寝室最先找到男朋友的人是你。"

夏桐附和："我也想不到，我都安排好几十年后让我孙子照拂一下孤苦伶仃的她了。"

秦知意优雅地吃完一口蛋糕，说："其实我也没想到这么快，我原本以为，沈南辰起码要追个五六年，三三才会开窍的。"

…………

第二天下午上完最后一节课，宋安如火速奔回寝室，将自己的道具带上。看到一回来就往床上躺的几个室友，她看了眼时间，将三人都拉了起来，说："帮我录像。"

"你要做什么？录什么像？"陈舒怀疑地打量着她，"你平时下课早就去学生会打游戏了，今天兴致勃勃地跑回来，还要让我们去录像，是要闹哪样？"

"少打听。"宋安如严肃道，"你们跟着去就行了。"

"我们？"秦知意很感兴趣地问，"还要我们三个人都给你录？"

"嗯。"宋安如点头，"都录，我听说角度不同，感觉不同。"

看她一副蓄势待发的模样，夏桐意识到了什么，兴奋地问："三三，你该不会是想给你家男妖精什么惊喜？"

"什么惊喜，要三个摄影师？"陈舒插嘴道，"你该不会在短视频上学那种点蜡烛告白的桥段吧？要是这样的话，我可不去，这个脸我丢不起。"

宋安如无语地将陈舒往外面推，说："谁学那个了。快点，一会儿赶不上了。"

夏桐看她一身作训服，道："你不换身衣服？这作训服穿着帅是帅，会不会抢了沈校花的风头？"

学校能穿的衣服就那么几套，换来换去也差不多。宋安如可不觉得沈南辰会在意这些，说："都是校花了，还要什么风头。"

几人都很好奇她要做什么，便也收拾得很快。毕竟平时除了打游戏，很难得见到宋安如这么积极。

"你要给你家男妖精什么惊喜?你还是我认识的那个三三吗?"夏桐翻出自己几百年没用过的单反,"受一次伤,脑袋都开窍了,知道主动拱白菜。"

宋安如不乐意她这个形容,指着自己:"我和沈南辰比起来,难道不应该我是白菜、他是猪?"

三人笑喷了。夏桐把单反挂在身上,笑道:"行了,宋白菜,走吧。"

宋安如顺手从床底下拿出了自己最喜欢的滑板。

大家疑惑地看着她:"你拿滑板做什么?"

宋安如精心地擦了擦板子,说:"等会儿要用。"

陈舒打量着她,背了个斜挎包,看起来瘪瘪的,不像是能装下什么惊喜的样子。除此之外就拿了个滑板,总不会是真要给她们上演双人滑板吧?

几人到学生会大门口的时候,已经四点二十分了。

宋安如看了看法医学专业的实验大楼到学生会大门口的那条路,在脑海里规划了一下路线,给秦知意三人选了个最佳摄像地点。

将她们安排得明明白白后,她才给沈南辰发消息:到哪儿了?

烦人精:马上出实验大楼。

宋安如将滑板搁在地上,从包里掏出玫瑰,淋上火油,又给滑板装上打火石后,目不转睛地望着实验大楼的方向。

沈南辰和室友几人一起走出实验大楼,迎面就看到宋安如背着一只手,气势汹汹地滑着滑板朝他飞奔过来,最主要是滑板下面还有些许火花。

"没想到她真把滑板给磨出火花了?"苏彦看得那叫一个目瞪口呆,"她这一脸杀气腾腾,是终于看不惯你,要干掉你了?"

原本和沈南辰走在一起的三人不由得离他远了些。

对于自家女友的投怀送抱,沈南辰还是很欢喜的,以为她冲过来可能是要抱抱,他笑眯眯地朝她抬起双臂。

眼看离沈南辰还有十几米,宋安如背在背后的手拿出来,娇艳的玫瑰花出现在众人视线里,沈南辰硬是愣了好一会儿,他是真没想到她居然给他买花了。

"哎哟,是送花啊。宋师姐一脸严肃的模样,我还以为她来送炸药包的呢。"苏彦松了口气,拍拍胸脯,"宋师姐这种性子,居然知道要给你送花,我的记忆还停留在她对浪漫过敏的阶段。没想到开窍这么快,对你这么上心的吗?"

听到他的话,沈南辰心情更好了。

宋安如越来越近,正当他准备上前几步接住她的时候,就见她弯腰将玫瑰花凑到滑板的轮胎处。

瞬间,玫瑰花浴火。

与此同时,黑色作训服的裤腿也被点燃了。

257

宋安如看着不在计划内燃起来的裤脚,有点蒙。

离她最近的夏桐目瞪口呆,扛着单反,随手将路过同学正在喝的水夺下来:"同学,江湖救急,借用一下。"

一瓶水冲灭了宋安如裤腿上的火以及玫瑰花上的火,黑色作训服裤脚的位置被烧了一个很大的洞。

沈南辰几步上前掀起她的裤脚,直到看到皮肤没有被灼伤,松了一口气:"宝贝,你这为数不多的兴趣已经往杂技方面发展了?"

秦知意和陈舒也过来了,见她没事,陈舒恍然大悟地拍了下脑袋,说:"三三,你该不会想学别人用滑板点玫瑰花送给情人吧?"

夏桐:"什么滑板点玫瑰?"

陈舒在手机上戳戳点点了好一会儿,将找到的视频递到几人面前。看完视频,所有人都明白宋安如这是想做什么了。

夏桐笑得眼泪都要出来了:"三三,几岁了还玩火?裤子烧破了就算了,当心晚上尿床啊。"

"说是要给你惊喜,把我们三个人都拉出来见证,顺带给你们录像。"秦知意看了眼沈南辰,"就是玩脱了,惊喜惨变惊吓。"

夏桐爱不释手地摆弄着单反,说:"没事儿,等会儿我找技术人员,把你点燃裤子的那部分给剪辑掉,视频还是能用的。"

几人一边说一边笑。

作为当事人的宋安如很不想理她们,掉头就走。沈南辰拿起她的滑板跟在她身后,说:"浴火玫瑰送情人?"

耍帅不成反被烧了裤子的宋安如不想理这个问题。

沈南辰拉住她的手:"你的情人收到了,他很开心。"

宋安如甩开他,指责道:"你刚才说我要杂技。"

"那不是因为我见识少,没认出来你前卫的惊喜嘛。"沈南辰压着笑,又牵住了她的手,"师姐,别和我一般见识,好不好?"

"哼。"

宋安如再次甩开他,直愣愣地往前面冲。沈南辰懒洋洋地跟在她身后一步远的位置,看着她气鼓鼓的脸颊喊道:"三三。"

宋安如目不斜视,就是不理会他。

沈南辰在她腰上戳了一下:"真不理我了?"

宋安如不说话。

"唉!"沈南辰装模作样地叹了口气,"某人是个小气鬼。"

宋安如气得血压都飙升:"谁是小气鬼?"

"我是。"沈南辰笑眯眯地走到她身边,在她手背上蹭了蹭,"我是小气鬼,大人有大量的宋安如同学,原谅我一次好不好?"

宋安如盯着他没动作。

沈南辰牵着她的手,放到自己的胸口处,隔着白大褂,她感觉到他比起平时快了很多的心跳。

周围路过的人时不时打量两人,宋安如担心他鬼话连篇,抽回了自己的手:"大庭广众之下,你矜持点。"

"没在大庭广众之下就可以不矜持了?"沈南辰点点头,"我知道了。"

他拉着她往旁边的小树林走去。学生会附近的这个小树林是学校里出名的情侣打卡胜地,晚上经常会有情侣在里面散步。

宋安如站着不动,说:"我不去小树林。"

沈南辰牵着她的手,放在白大褂外面的袋子里:"可是我想和你一起去。"

"不要。"宋安如态度坚决,指了一下学生会大楼,"你要是有时间,我们去打游戏吧。"

"想和你抱一会儿,聊聊天。"沈南辰继续诱哄,"等会儿我又要去忙,到周五之前,可能只有晚上出来陪你吃顿饭。"

宋安如这段时间也落下了不少课业,但她规划了一下,每天晚上回寝室后学习两个小时,五天就能追上进度,不至于连玩的时间都没有。

"你们专业已经忙到这个地步了?"

"原本没有这么忙的,下周要去参加一个省级竞赛。"

宋安如想了想周一到周五的时间,没了刚才的心不甘情不愿,主动拉着沈南辰去了小树林。

后面的陈舒看到这一幕不由得感叹:"这开了窍的就是不一样,都知道领着男朋友去小树林谈情说爱了。"

夏桐翻着刚才拍的视频,笑得花枝乱颤:"可不是,还知道送惊喜,虽说惊喜没送成。"

陈舒由衷地道:"沈南辰真厉害。"

小树林里,沈南辰找了处偏僻的椅子坐下,说:"过来,抱抱。"

宋安如坐到他身边,抱住他的腰。

沈南辰:"再亲亲?"

宋安如:"不要。"

"交往才多久,就到倦怠期了吗?世态炎凉啊。"

宋安如不理他。

沈南辰拉下她的手,一脸神伤:"以色侍人,果然不能长久。"

宋安如无语地在他唇角亲了一下,说:"闭嘴。"

沈南辰抱着她笑,直到笑得宋安如快要发脾气了,才收敛笑容,问道:

"回学校习惯吗?"

宋安如声音有些闷:"不习惯。"

"怎么不习惯了?"沈南辰一语道破,"是因为没我陪着吗?"

看他一脸欣慰,宋安如哼了声:"我想阿姨了。"

"那有没有想我?"

"没有。"

沈南辰目光探究:"宝贝,你这样会让我生出让阿姨离开的念头。"

两人住在一起十几天,无聊的时候,宋安如都会提议让他吩咐人把花花领来玩,结果每次都不了了之,为了打发时间,她又经常去看阿姨做甜品,后来阿姨不到餐点也不会出现在家里。现在想来,搞不好就是这人在作怪。

"你占有欲太强了。"

"嗯。"沈南辰笑眯眯的,承认得很爽快。

宋安如皱眉看了他好一会儿:"你这样不行。"

"我只是想三三也能时时刻刻都想着我。"沈南辰轻轻叹息,"昨晚没抱着你睡,我都失眠了。"

宋安如听他这样说,心情很好,却还是忍不住吐槽了句:"你太黏人了。"

"那你呢?"沈南辰将脸凑近她,"真没想我?"

宋安如傲娇道:"想。"

"怎么想的?"沈南辰唇角微扬,"是想我亲你呢?还是想我……"

宋安如再次捂住他的嘴巴:"算了,你还是不要说话比较好。"

两人聊了一会儿天,一起去食堂吃晚餐。一路上,听到不少人在讨论学校即将举办第72届穿越丛林的比赛。

作为一个大一新生,沈南辰没怎么听明白,从食堂出来的路上,问宋安如:"穿越丛林是什么?"

学校官网公布比赛信息后,宋安如的寝室群也在聊这个事情,她正好在回复室友的消息,顺嘴答了一句:"比赛。"

沈南辰好奇地凑近看她的手机,问:"什么类型的比赛?"

消息界面里,她的室友在商量备战事宜。

宋安如想了想,说:"算竞技类的吧。"

京公大每年都会举办一次野外生存作战能力比拼,地点定在学校附近那座深山老林里。

游戏参赛人数限制在八十人,随机分成二十个小组,每四人一组,每组相互呈竞争关系,抢夺彩旗,抢夺期间,用标记枪打中他人就能让他人出局,时间不限,只要最后留下的人是一个组的,游戏就算结束。

这个比赛不仅会考察学生的作战能力,还会考察野外生存能力。

宋安如和室友大一大二的时候都参加了,大一打了个酱油,进去没多久就被师兄师姐们淘汰了。到大二时，个人作战能力好了很多，但生存能力不行，寝室四个人都不会野外烧火做饭，饿了一天半，最后还是被生龙活虎的师兄师姐们给送走了。

沈南辰点开她群消息里面的一张图，问："这就是胜利奖品？"

图上是四把不同型号的模型枪。

宋安如点头："嗯，最后胜利的团队人员一人一把。"

沈南辰仔细看了看，评价道："还不错，收藏等级的，看来学校出了大价钱。"

宋安如琢磨了一下他这句话，问："你喜欢？"

沈南辰盯着她的眼睛，笑问："怎么，想要帮我赢回来？"

宋安如摇头："不一定能赢。"

沈南辰很惊讶，在专业相关的事情上，这还是第一次宋安如这般保守。

"这么没自信，可不像我们三三了。"

一想到去年被饿了一天的事情，宋安如客观评价道："这个挺难的。"

"难得听你说什么事情很难。"沈南辰来了兴致，"你觉得难在哪里？"

宋安如简单给他讲了下比赛规则以及去年参赛的情况，最后还吐槽道："特别是晚上，又冷又饿，还要防着别的组夜袭，吃不了就算了，还睡不好。"

沈南辰："不能带吃的进去吗？"

宋安如："不能。"

"那确实挺难的。"

宋安如爱好不多，吃和睡绝对是其中占比很大的两项。这个比赛狠狠拿捏了她这两项，也难怪一提到，她就眉头紧锁。

"你们寝室今年又报名了？"

"嗯，报名链接一出来，夏桐就去报了。"

"把链接发一个给我呢。"

"你也想去？"宋安如知道他能力是不错的，但团队作战，看的不是一个人，"你们寝室的人经得住？我都没听说过有法医学专业的学生报这个。"

沈南辰耸耸肩："本来想和你一起的，但你已经报名了。"

"没报名也不行，我们寝室刚好四个人。"

听她没得商量的口吻，沈南辰问："这么绝情？"

宋安如微微鼓起脸："我要是脱离队伍和你组队，我怕她们趁我睡着暗杀我。"

沈南辰知道，她们寝室几人的感情很好，也只是随口一说，没真想过拆散她们。可见她一边说，一边瞥他，偷偷观察他有没有生气的表情，又被可爱到了。

他没忍住，低头在她脸上亲了一下："比赛的时候，师姐要是碰到我，

261

会手下留情吗?"

宋安如:"像你们这种没经验的新生都是最先淘汰的。"

沈南辰:"所以呢?"

"我不打你,别人也得打你。"宋安如振振有词道,"还不如我先把你送走。"

别说,还挺有道理的。

宋安如又补充:"但你们报名也不一定选得上,这个都会优先考虑战斗力比较强的专业学生。"

沈南辰想到军训时的那几个室友,印象中,有两位应该是够格的。

沈南辰将宋安如送回寝室后就去了图书馆。这一周,就如他预测的那样,宋安如每天只有晚饭的时候能看见他。吃完晚饭,两人最多一起逛半个小时,沈南辰就要去忙了。宋安如很不适应这样的生活,甚至很怀念在家养病时的那些日子。

好不容易等到周五上完课放假,她心情特别好,和沈南辰一起回家。时隔一周,再次吃到阿姨做的饭,都有一种如隔三秋的感觉。

晚上,她洗漱完回卧室,沈南辰正靠在床头看书。

她走到床边,戳了他一下:"睡觉。"

"好。"

沈南辰将书放到床头,关掉顶灯,又打开一盏小夜灯,靠着她躺下,胳膊被她主动拉过去,放在脖子下面。

宋安如在他怀里拱了拱,闻到他身上熟悉的马鞭草清香,整个人都放松不少。以前她一个人从来没觉得睡觉不香,自从和沈南辰睡后,她一个人怎么睡都觉得不太踏实。宋安如觉得这可能就是由奢入俭难的道理。再次拱在他的怀里,总算是有了强烈的睡意。

"这就睡了?不要亲了吗?"沈南辰见她一副安稳入睡的模样,在她鼻子上捏了一下。

宋安如一下子睡意都没了,翻身直接将他压在身下,说:"你不准动,我自己来。"

夜深人静,也不知道过了多久,亲吻才渐渐缓下来。沈南辰呼吸急促,松开她的唇,撇开头,将脸埋在她的颈窝。

宋安如喘着气,眼里蒙着雾气,呆呆地盯着天花板,什么时候换的位置也不知道。

他呼吸缓下来后,侧过脸看着她。白皙的脸颊和耳朵早就呈现出了不正常的红,唇色艳丽,泛着水光。他忍不住,又在她脸上和耳朵上亲了亲。

"天花板上也没我照片,就那么好看?"

宋安如依旧一动不动地盯着。

"完了,被亲傻了。"沈南辰轻笑着,抱着她翻身,让她趴在自己身上。

宋安如整张脸被迫埋在他的胸口,耳朵更红了。她回过神来,想从他身上下去,却被他牢牢按着。

"三三。"他的声音缱绻又勾人,"真想马上和你结婚。合法了,我就可以想做什么就做什么了。"

宋安如捂住他的唇:"再不闭嘴不让你睡了。"

沈南辰不说话了,只是那双明亮的眸子一直含着笑意盯着她,看得她哪儿都不对劲。

宋安如:"眼睛也闭着!"

沈南辰听话地闭上了眼睛,浓密卷翘的睫毛轻轻晃动着,无形中撩拨着她的心。她索性环住他的脖子,眼不见为净地将脸埋在他怀里。

"你不准说话,我要睡了。"

"真要睡了?"

宋安如不理他,却像只八爪鱼一样抱着他。

感受着她剧烈的心跳,沈南辰盯着她的侧脸,一下一下地拍着她的背,直到两人的心跳都归于平静,感受到她的呼吸绵长,才将她从身上抱下来放在身边。

宋安如皱了下眉,睡梦中熟练地滚到他怀里。

"真乖。"

沈南辰低笑出声,没忍住在她额头上又吻了一下,才抱着她入睡。

因为计划了下个月要去沈南辰家里,宋安如想着拉上他一起去逛商场,买点见家长的东西。虽然沈南辰早就给她准备了上门礼,但她觉得诚意不够,还是决定自己花钱买。

沈南辰陪着她逛了半个小时,觉得难得周末,两人不能独处有些可惜。他哄道:"我选的礼物,虽然是我给的钱,但这都是日后的夫妻共同财产,花我的和花你的不都一样吗?"

宋安如挑东西正挑得眼花缭乱,听他这一说,突然觉得很有道理。

见她态度松动,沈南辰又道:"我好久没陪你玩游戏了,今天玩个开心怎么样?"

"好。"宋安如为数不多的犹豫被游戏说服了。

两人达成共识,一起乘坐扶梯下楼。

商场一楼和二楼上下的电梯并排着,左边上,右边下。宋安如的视线无聊地落在旁边上行的电梯,刚到中间,就上来了两个女孩子,是白涵和一个看起来有些眼熟的年轻女人。那年轻女人挽着她的胳膊,兴奋地和她说着话,

263

手还不停地比画着。

两边电梯即将交汇,宋安如正犹豫着是假装没看到,还是打个招呼的时候,无意间对上了白涵的眼睛。

白涵兴奋地朝她挥手:"安如姐姐!"

宋安如点点头:"你怎么在这里?"

"我和朋友出来逛街。"白涵指了下身边的同伴,"你和帅哥是出来约会的吗?"

同伴看到他们,惊讶了一瞬,也笑得很开心:"是你们呀!"

宋安如这才想起她是谁,容不得多问,丢下一句:"嗯,你们玩得开心。"

此时电梯已经错开,宋安如没有在公共场合大声说话的习惯,朝两人挥了一下手,继续抱着沈南辰的胳膊。下了电梯后,她的脸上还带着些许疑惑。

沈南辰问:"是那个白婆婆的孙女?"

"嗯。"宋安如自言自语了一句,"她们怎么会在一起?"

很少见她对别人这么感兴趣,沈南辰看着她:"怎么了?"

"你没觉得白涵旁边那个人很熟悉?"

沈南辰刚才全部的注意力都在她的身上,即便猜出白涵,也只是因为觉得声音耳熟看了一眼,根本没注意和她一起的人。

"你觉得她哪里熟悉?"

"之前我们散步碰到白婆婆的时候,那个帮白婆婆推轮椅的姑娘。"

回忆起当时的情况,宋安如可以肯定,白婆婆不认识那姑娘。就是单纯在路边碰到的。那姑娘却亲密地和白涵在一起逛街。两人一个十几岁,一个二十几岁,这么短的时间就产生了一起逛街玩乐的友谊。

沈南辰:"你觉得这两人是朋友有问题?"

"也不是。"宋安如摇头,"只是觉得她们的年龄照理说玩不到一起,这么短的时间就认识了,还熟到一起逛街,很奇怪。"

"是有点奇怪。"沈南辰懒懒道,"这个白涵才读高中,社交能力就已经这么强了。"

宋安如莫名想到了之前他提出的疑问。白涵一个高中女孩,怎么就认识了那么多她们学校的人,甚至连年玉这种刚入学的新生都和她熟到请她参加生日宴会……宋安如摇了摇头,又觉得自己想多了。白涵本来就活泼,喜欢交朋友。

穿越丛林的比赛在半个月后举行,宋安如只要一想到去年在山里挨饿受冻的情景就不开心。

虽然这次比赛沈南辰也会和别人组队参加,但他从小是个没进过厨房的镶金少爷,能不能分清盐和味精都是个问题,根本靠不住。

618寝室几人打着一雪前耻的决心,为预防再次出现生存问题,几人分配了任务。

夏桐学习烧火,陈舒学习搭帐篷,秦知意学习处理食材,宋安如学习怎样做好一锅大乱炖。

宋安如长这么大,没自己做过饭。一锅大乱炖听起来简单,她还是一头雾水。备战的半个月,回了家两趟。每次回家她都会找马玉学习做乱炖,出师后,立马端给沈南辰试吃。

在宋安如那种"我第一次做饭,你必须吃完"的眼神注视下,沈南辰浅尝了一口,挑了一根青菜喂给她。

"你也尝尝。"

青菜入口,没什么味道,连食堂的大锅菜都赶不上。宋安如最近吃习惯了阿姨堪称一绝的手艺,突然吃到这种清汤寡水的菜,很不适应,勉强咽下,就不想再吃第二口了。

沈南辰笑眯眯地问:"好吃吗?"

"不好吃。"宋安如撇嘴,提出了自己的疑惑,"我第一次做饭,就算不好吃,你不应该把它吃完,然后求着我以后煮饭给你吃吗?"

沈南辰摸摸她的头:"假如我现在去煮碗面,很不好吃,我端给你吃,你会把它吃完吗?"

宋安如看智障一样看他:"不好吃我为什么要吃?家里有阿姨,我明明有更好的选择。"

沈南辰忍着笑又道:"如果我非得天天煮给你吃,因为下厨还烫伤了手,说这碗面里包含了我浓烈的感情,你不吃就是不爱我呢?"

"你不至于有病到这个地步吧?"

宋安如把自己煮的大乱炖推远了些。

沈南辰在她手背上亲了一口,说:"家里请的阿姨都是专业的营养师,做的吃食很健康。我们三三的手这么漂亮,这辈子好好享受就行了,用不着担心一日三餐的事情。以后少看这种误导性强的脑残剧。"

"哦。"

宋安如坐到他旁边。中午她起来的时候,他就一直抱着电脑不知道在做什么。吃了午饭,她去和阿姨学做饭的时候,他也一直在忙。

"你们作业这么多吗?"

"不是。"沈南辰伸手抱住她,将电脑挪到她面前,"看年氏这些年的财经报表。"

宋安如盯着电脑上密密麻麻的数字表,脑袋抽抽的,问:"你看他们的财经报表做什么?"

沈南辰在电脑上点了几下,指着几处标红的地方,说:"你看这几处。"

标红的几处盈利每年递增，宋安如看了看它们所代表的产业，都是她去玩过的几处景点，人满为患，盈利倒也正常。

但是正常的话，沈南辰就不会特意点出来给她看了。

宋安如问："这几处产业怎么了？"

"表面上看确实没问题，但沈氏旗下有差不多的产业，盈利数额不应该是这样的。"

"所以你怀疑他们洗钱？"宋安如问，"你怎么突然想到查年氏了？"

沈南辰的声音有些闷："金域文的漏洞太少，警方一直抓不到他的把柄。如果他和年氏真的有合作，那从年氏入手应该会更容易点。"

"你对金域文这么上心？你哥不是都警告他了吗？一大早就起来研究年氏财务报表，你才大一，去公安局早着呢。"宋安如觉得他操心太多，"就算你以后去了，也是法医，这些事情用不着你管。"

沈南辰在她头发上蹭了蹭，没回答这个问题。金域文一天不落网，他总觉得宋安如不安全。虽然不知道十年前，宋安如的父亲和金域文究竟发生了什么，凭着金域文一开始就下杀手的情况来看，应该是恨透了。那样一个睚眦必报的人，并不会因为沈氏的威胁就善罢甘休。

他转开话题："三三，明天的比赛你们都做好准备了？"

"嗯。"

宋安如最近放假回家，一有空就会研究一下能吃的野果野菜，就怕再次出现去年那种两眼一抹黑的情况。反观沈南辰，就没见他做过和比赛相关的准备。

"你怎么不做准备？"

沈南辰将电脑合上，把她抱起来，让她坐在自己腿上，说："我们组有人会做饭。"

宋安如好奇："谁？"

沈南辰："之前军训班里的同学刘博宇，你应该认识。"

宋安如想了好一会儿，总算把这个名字和所代表的脸对应上："他啊，看不出来，他还挺厉害，等我碰上你们就先把他干掉。"

沈南辰亲了亲她的无名指，笑着说："这么厉害？还知道要先烧粮草？"

宋安如瞥了他一眼："然后把你们剩下的人圈禁起来，看我们吃东西。"

沈南辰莞尔："这么狠心？都不给我开点后门吗？悄悄给我点吃的？"

在比赛中给别队队员开后门，和吃里爬外没什么差别，宋安如很有原则道："不行。"

沈南辰压低声音凑到她耳边："真不行？"

"又来这一套，你没事别总想着色诱我。"宋安如说着不要诱惑自己，手却在他身上乱捏。

266

沈南辰抱着她回了卧室:"那我成功了吗?"

宋安如环住他的脖子:"到时候要是碰到你们,我就最后把你送出来。"

穿越丛林的比赛在周一的早上正式开始。进山前,给每位学生都发了急救药品以及求救信号弹。为了保证学生的生命安全,比赛期间,会有直升机在空中巡视。遇到危险的学生以及被淘汰的学生只要拉开信号弹,就有直升机前来接应。

人员按抽签顺序分组进入。比赛开始的前四个小时属于安全时间段,这个时间段所有的人都不能战斗,需要先安营扎寨,以及熟悉周围环境。

沈南辰进山前,特意找到宋安如,拉着她言语告诫了一番:"小心点,别那么虎,不论做什么事,都得记住安全第一。"

"我知道,你怎么比我妈操心的还多。"宋安如看向他身后的其他三名队友,"你们保护好他。"

刘博宇"嘶"了一声,说:"宋安如,你摸着良心说,沈南辰需要我们保护吗?"

他们这一组的四个人都是军训期间住一个寝室的。还记得军训的时候,每次训练,沈南辰的综合成绩都是男生里面的第一名,不让沈南辰保护他们就不错了。

宋安如理直气壮:"他是法医学的,没你们那么皮糙肉厚。"

"嘿,他学法医也不耽误他强啊。"萧文不敢直接反驳她,碎碎念道,"我觉得两个我都没他强,他哪里需要保护了?"

夏桐好笑地趴在宋安如的肩上,调侃道:"我们校花哪里不需要保护了?看看那脸,不论放哪里都是一级保护级别的。"

"嗯。"宋安如赞同地点头,对刘博宇道,"你煮饭的时候把菜弄干净点、煮熟点,别让他吃坏肚子了。"

刘博宇感觉自己吃了一吨狗粮。到底是谁说宋安如不开窍的?这不是对男朋友关怀备至吗?

"姑奶奶,在山里有的吃就不错了,你还挑三拣四的。"

宋安如越看他那几个队友,越觉得不靠谱。山里的生存环境有多差,她很清楚,根本就不是沈南辰那种衣来伸手饭来张口的大少爷能适应的。

她心里琢磨着等安全时段过了,要不先去把他送出去算了,免得在山里过夜。这样想着,她问刘博宇:"你们进去后会在哪里扎营?"

刘博宇:"你要亲自来照顾你家校花?"

"她要亲自来送我上路。"沈南辰很轻易就猜到了她的心思,将一管外伤药塞进她的包里,"是不是?"

宋安如点头。

267

刘博宇很不理解："你们又在玩什么新的情趣？"

"这你就不懂了。"夏桐道，"我们三三是怕你们待太久吃苦，想第一批送你们出大山，过上幸福美满的生活。"

远处，裁判老师已经叫到沈南辰这组进山。

"小心点，不要受伤。"沈南辰摸摸宋安如的头，和队友一起离开了。

宋安如看着他们离开的背影，琢磨着他们大概会去哪里。陈舒戳了戳她："怎么，舍不得？"

宋安如："没有。"

陈舒："那你一直盯着妹婿看干吗？"

宋安如收回视线："我在想一会儿上哪儿堵他们。"

陈舒诧异："你还真打算去把妹婿干掉？"

宋安如理直气壮，说："新生被别人杀，还不如被我杀，还能给我挣个人头分。"

陈舒由衷地感叹："好一个肥水不流外人田，狠还是我们三三狠。"

时隔一年再次进山，看到周围茂密的林子，夏桐兴致勃勃地问："我们去哪儿安营扎寨啊？"

陈舒提议道："我记得山里面有条溪，要不去那儿？"

秦知意谨慎地想了想："往常溪边来往的人最多，去那里会不会不太安生？"

这座山脉占地很大，一共有四条溪。因为水质好，进山比赛的人饮水基本上都是从溪里取，以至于溪边光顾的人最多、最危险，一般人都不会选在溪边扎寨。

陈舒悠闲地拔了一根狗尾草玩，说："太安生了我还不想去，比赛玩的就是一个刺激。"

"赞成。"夏桐摩拳擦掌。

两人都是一副要上天的气劲儿，旁边的宋安如安安静静地打量着周围。

秦知意问她："三三觉得呢？"

宋安如点点头："埋伏在溪边，把来取水的人都解决掉。"

"哎呀，还是你善良。"陈舒笑着挽住她的胳膊，"就这么决定了，帮扶他人走出大山行动正式开始。"

四人进山的时候直奔溪边。到溪边后，寻了一处视野极佳还不容易被人发现的角落安营扎寨。所有的准备工作都做好后，几人开始分头行动，勘察附近的情况。

宋安如发现沿着小溪上游走，两百米开外有处山洞，形成了天然的防护，躲在里面只要防守得当，基本上不会有危险。

她提议道："我们搬去那个山洞吧,晚上能睡个好觉。"

陈舒疑惑:"你不是说洞里已经有人了吗?"

"去蹲着,等安全时间结束,趁他们还没防备。"宋安如比了个抹脖子的动作。

夏桐双眼放光:"哎呀,石洞好,防风又防偷袭,晚上还能围在一起吃一顿咱们三三做的大乱炖。"

就连秦知意都赞同道:"这个建议不错。"

四人这么一合计,就把刚扎好的营撤了,悄悄搬到石洞外一处隐秘的地方。随后子弹上膛,开始埋伏山洞里热火朝天安营扎寨的队伍。

天空中炸开一枚红色烟雾信号弹,代表着安全时间结束。没多久,山洞里出来两个提着水桶的人,先是鬼鬼祟祟地四处看了看,确定四周没有动静,就警惕地出洞了,那生疏的步伐一看就是大一新生。

宋安如朝秦知意三人打了个手势,尾随那两个人离开。

两人一路朝着溪边走,最后一个人望风,一个人停在溪边取水。宋安如掏出标记枪,趁着望风的人背过去的时候,瞄准他的脑袋,毫不犹豫地一枪下去,随后趁着取水的人没反应过来,又是一枪过去。

耳机里响起某队两人淘汰的提示音,宋安如蹲在原地,默默等直升机将那两人拖走后,去溪边将留在岸边的桶装满水。也就在这时,耳机里又传来了刚才那支队伍另外两个人的淘汰提示音,明显是秦知意她们也成事了。

宋安如提起桶,满意地准备回山洞看看,刚起身,后脑勺被人用枪口抵住。

毫无预兆,她甚至没察觉到还有人在周围。

游戏才刚开局,她要是在这里被淘汰,以后提起这件事都得被人嘲笑。宋安如缓慢地放下水桶,举起手说:"谈个合作?"

对方没说话,宋安如又道:"我还没找到彩旗,你现在淘汰我,只能获得三个人头,没用。"

"砰!"身后的人缓缓靠近了些,低沉性感的声音响起。

"沈南辰?"

宋安如松了一口气,就要回头。枪从她的后脑勺缓缓滑到腰间,灼热的呼吸靠近她的耳畔:"别动,小心走火。"

宋安如不动了。沈南辰的反应不比她差,这种距离下,她就算反杀也机会不大。她很直接地问:"你要淘汰我?"

沈南辰拿着枪,慢条斯理地滑到她小腹上:"那得看看我女朋友的意思。"

宋安如忍着痒,咬牙道:"你女朋友让你把我放了。"

"我跟了这么久,总不能让我白放吧?"沈南辰柔声细语道,"如果我女朋友愿意答应我一个要求,我就把你放了。"

"什么要求?"宋安如耐住性子问他。

他一只手从后面抱住她,将她扣在怀里,幽幽道:"让我做我想做的。"

他的声线慵懒随性,听起来酥酥麻麻的,十分勾人。宋安如被他蛊惑得多了几分耐心,问:"你想做什么?"

"见完家长订婚后……"沈南辰的唇贴近她的耳朵,小声说了一句仅限两人能听到的话。

宋安如的耳朵和脸一下子全红了。

他在她耳朵上亲了一口,笑问:"怎么样,宝贝?"

宋安如不动声色道:"你先把枪拿开。"

"宝贝,我还不知道你?我的枪一拿开,你就得送走我。"

沈南辰将她的枪收走,又检查了一下她身上,确定没藏武器,才将她松开。

宋安如回过身扫了他一腿,想要抢枪。沈南辰避开她的腿,调戏似的飞快在她脸上亲了一口:"你是打算家暴我吗?"

"你闭嘴。"

宋安如恼羞成怒。倒不是因为他没羞没臊,而是她居然在这么小心的情况下,被他螳螂捕蝉黄雀在后了。但凡换个其他人,她就成了这场比赛不满十分钟第五个被淘汰的人。八十个人,为期几天的比赛,以后八十岁想起来都得无地自容。

"昨晚对我都还很热情,还让我亲,今天这么凶。"沈南辰笑着说,"我刚才看到你很开心,特意等在这儿,想给你一个惊喜,还被蚊子咬了好几个包。"

他的声音听起来有些委屈。

宋安如板着脸拉过他两只手,手腕露出来的地方,确实被蚊子咬了。山里的蚊子毒性大,他的皮肤本来就白,几个包尤为刺眼。

"该。"宋安如从包里摸出一管药,皱着眉,小心翼翼地给他涂上,"你什么时候开始跟着我的?"

"我在这儿熟悉环境,听到有人过来的动静,就躲在那棵树后。"沈南辰指了指两人身后那棵差不多四人合抱的树,"看到刚才那两个人取水,本来打算埋伏一下,结果你抢先了一步,你射他们的时候,我看到你的手了。"

宋安如不怎么相信,不过看了眼他站的位置,正好是自己的视线死角,没发现也说得过去,毕竟他先蹲在那里。

"看到我的手,你就认出来了?"

"握枪的姿势很帅,第一次看到就记在脑海里了。"

帅都是其次,两人独处时,沈南辰没事的时候就会玩一玩抑或是亲一亲她的手,怎么可能认不出来。

"把枪给我。"宋安如被他简单一句话哄得十分开心,可即便是开心,抢回枪的第一件事依旧是对准他。

"你先回去吧,在山里吃不好睡不好的。"

沈南辰别开她的枪，说："我想和你一起作战，回去会担心你。"

宋安如依旧铁石心肠，继续指着他："没什么好担心的。"

沈南辰："一担心我就会吃不下饭，睡不好觉。"

或许是他说这话的时候语气过于可怜，宋安如对上他的眼睛，终究没下得去手，问："你们队在哪里？"

"那边。"沈南辰指了指溪边不远处一个偏僻茂盛的竹林。

宋安如皱眉："溪边比较危险，你是新手，他们怎么把你带到这儿来？"

沈南辰丝毫不提这个想法是他自己提出来的这件事，表情无辜道："说是来狩猎。"

这到底是谁的意见，居然和她不谋而合。

宋安如说："带我过去看看。"

"好。"沈南辰走前面探路，宋安如跟在他后面，没一会儿，就到了他们的根据地。

帐篷外面能清楚地听到里面人讨论的声音，但凡路过其他队伍的人，这几人的老巢直接被端。

"我记得去年的彩旗大部分都在中心点附近。"

"前年的大部分在后山。"

"盲猜今年的该在前山，轮也轮到了。"

"要是猜错了怎么办？"

"那只能等别人收集彩旗，我们收割人头了。反正只要收割了人头，他们获得的彩旗也会转记在我们名下。"

…………

两人放轻脚步，走到帐篷口，里面的人没有一个意识到有人来了。

宋安如看了一眼，三个男生蹲在角落里，正在热火朝天地做规划，一张白纸写得密密麻麻。典型的纸上谈兵，就这警惕心，还不得带着沈南辰葬送在别人手上。

宋安如打算眼不见为净给收了，子弹刚上膛，沈南辰叫住她："三三。"

讨论得正激烈的三个人这才察觉到有人来了。

刘博宇回过头就对上了黑漆漆的枪口，他吓得往后弹了一下："哎呀，沈南辰你干吗啊，亲自带着你女朋友来团灭我们，给她加人头分啊？"

萧文拍了拍胸口："你俩神出鬼没的，吓死个人。沈南辰你不是说去溪边勘察地形吗，怎么把你女朋友带来了？"

陈远看着两人交握的手，"啧啧"两声："你不是去看地形的，是去找女朋友的吧？"

"溪边碰上的。"沈南辰解释了一句，将宋安如手里的枪取下来，装回她的腰间。

271

宋安如看向那三人问："你们要在溪边狩猎？"

刘博宇倒吸一口气："沈南辰，你怎么什么都给你女朋友说，生怕她等会儿灭不了我们吗？"

"你们自己说的。"宋安如冷哼，"就这警惕心，还狩猎。"

"这不是刚过了安全时间嘛。一般情况下，也没人这个时间到处去端人家老巢啊。"刘博宇讨好道，"宋安如，合作呗，都是一家人。"

宋安如："谁和你一家人。"

"你和沈南辰是一家人，我们是他队友，约等于我们是一家人啊！一家人就该相亲相爱，携手共进，反正前期都要联手才好打。"

"喊。"宋安如转身就走。

刘博宇扒着帐篷朝沈南辰道："说服你女朋友和我们联手的事情交给你了啊！"

宋安如都快走到山洞口了，身后的人还一直跟着。她回过头警告道："你别跟着我。"

"我不跟着你跟着谁呢。"沈南辰示意了一下左手提着的装满水的水桶，"而且这个也要帮你送回去。"

"给我。"宋安如伸手，"我们不是一个队的，再跟着我别怪我打你了。"

沈南辰避开她的手，继续提着水，说："我听说刚开始别的队都会组队，彩旗全部找到后才会分家。"

宋安如："那又怎么样？"

她们队前两年没和别人组队，不也照样过了。

"所以我们队派我来和你联姻。"沈南辰俯身在她脸上亲了一下，"你将会有一个任意使用的联姻对象，你让做什么就做什么。"

"不要。"

"真不要？"沈南辰叹息，"我一个大一新生，人微言轻，要是被你退货了，也不知道他们会不会把我送去和其他队联姻。"

"他们敢。"

"有什么不敢的？我女朋友都不要我，我还是给自己一枪算了。"沈南辰说着，拿出枪对准自己。那神态悲怆得不像是在参加比赛，反而像生离死别。

宋安如满头黑线地拍开他的手："合作不是我一个人说了算。"

"只要你愿意，其他人都不是问题。"沈南辰变脸似的牵住她的手，指了指不远处的洞穴，"你们在那里驻扎？这地方不错，晚上能休息好。"

两人一起走进洞穴，陈舒惊讶地给沈南辰打了个招呼："哟，妹婿怎么也来了，不是说见面就要收割吗？三三，你这是特意带回来让我收人头的？"

她用枪指着沈南辰。

"陈舒师姐，早上好。"沈南辰挥了挥手，趁着陈舒一个没注意，就要把她手里的枪夺过来。

宋安如拉住他："你不要欺负她。"

陈舒指着自己，气呼呼道："三三你这个白眼狼！我拖家带口照顾了你两年多，你居然维护他不维护我！所以爱真的会消失对吧？我做什么了就欺负他了？"

"我是让他不要欺负你。"宋安如掏掏耳朵。

听到对话，秦知意和夏桐也出来了。

宋安如指着沈南辰："他来谈合作的。"

几人坐在一起，沈南辰说了自己的来意。秦知意等人都同意了合作，最主要还是前两年单枪匹马死得太惨。

决定合作后，时间还早，陈舒提议道："我们出去找旗子吧？顺带狩猎。"

夏桐双手赞同："我早就想出去了！刚才那两个人头都没我的份，我手痒着呢。"

秦知意："行，但得留个人在营地里，不然等会儿回来家被偷了。"

最后四人猜拳，将陈舒留在营地看家。

三人带好装备要出去的时候，宋安如有点犯难地盯着沈南辰："我送你回去？或者你在这里玩一会儿？"

"你们三个人出去，目标太大了，两两分组吧。"沈南辰说，"我和你组队狩猎，夏桐和秦知意师姐组队。"

"我看可以。"夏桐指了指小溪的位置，"下面人少点，一会儿我和老大往下。你俩反正都能打，去上面得了，两个小时后原地会合。"

宋安如只得和沈南辰一起走，两人相互掩护着，往山的中心地带走。大概走了几分钟，就见上山的必经之路，路口中间插了一面彩旗。山风轻抚，旗帜迎风摇曳。

宋安如指了指那面旗，无声道：钓鱼？

沈南辰点点头。两人都没动，对视了一眼，缩回一棵大树后面，仔细在四周寻找着能藏人且容易看到彩旗位置的地方。

经过排除，有两个位置是最佳隐蔽狙击点。想要这面彩旗，得先解决暗处的人。

宋安如比了个手势，让身边的沈南辰出去当诱饵，准备趁着对方动手的时候解决掉。

沈南辰小声叹了口气："刚才还说怕我受苦，要送我出山，现在就让我出去挨枪子儿。我这心狠手辣的女朋友啊。"

宋安如面无表情道："挨不了，我盯着的。"

沈南辰："要是挨了怎么办？"

宋安如："正好走出大山。"

沈南辰："不是说肥水不流外人田吗？"

宋安如大概估算了一下对方狙击手的几个露头点位，举着枪试了一下，冷静又无情道："能压榨出点价值，流就流吧。"

沈南辰忽然觉得自家女友又多了一个精打细算的优点。他认命地去当诱饵，假装不知道有人埋伏，往四处看了一圈，就朝着彩旗走过去。

宋安如见他刚蹲下，他背后左边的石头就冒出来了一个脑袋，她立马扣动扳机收了人头。

沈南辰拿着彩旗慢悠悠地回来时，她也全程盯着周围的情况，就怕那人还有同伙。

"给。"沈南辰将彩旗递给她。

宋安如丝毫不客气地装进口袋。

两人继续沿着小溪上山，两个小时内，拿下了八个人头以及五面彩旗。

以往打游戏时，都是宋安如吸引火力，沈南辰埋伏人。实战里却是反过来，沈南辰出去当诱饵，宋安如在隐蔽处狙击。虽然换了个位置，两人的默契度依旧很高。

到了约定时间，两人回到和秦知意夏桐分开的地方，却没见到她们的踪影。等了半个小时，依旧没有回来。

宋安如拨通秦知意的对讲机，没人接通，拨通夏桐的，也没人接。她想了想，给陈舒拨过去，立马接通了，那边问："怎么了？"

"秦知意她们回来了吗？"

"还没呢，你们收获怎么样？"

"等会儿回来再说。"宋安如挂断对讲机，神色有些凝重。

沈南辰接过对讲机，放在自己身上，说："别担心，语音播报没有提示过她们出局的消息，应该没事。"

"秦知意向来守时，可能是遇到什么麻烦了。"宋安如越想越觉得不对劲，"你先回去，我去找她们。"

"我和你一起，你一个人我不放心。"

"嗯。"

两人一起沿着小溪往下游走，一直到比赛区域的边缘，都没看到秦知意两人。

比赛进山是从南面进的，这一面是西面入口。

规则里明确要求参赛人员尽量不往山的各个入口走，也明确表示过，入口方圆两百米都不会有彩旗，因此几乎不会有参赛人员来到各个入山口，就连直升机都不会在这附近徘徊待命。

两人躲在一个大石头后面，宋安如再次尝试联系秦知意和夏桐，依旧无果。她心里莫名涌起一丝不安。正当她拿出信号弹，准备向直升机上的导师们求助的时候，隐约听到了枪声。

大山里虽然总能听到枪声，但这道声音很不一样，可能是离得比较近的缘故，宋安如觉得有点像真枪的声音。

秦知意她们身上带着信号弹却没有用，那应该就是不能用。

担心打草惊蛇，又或者是让秦知意和夏桐的处境更危险，宋安如收起了信号弹。和沈南辰对视一眼，两人同时拉上面罩，将脸遮起来，一起朝着枪声传来的地方转移。借着丛林里植物的掩盖，没一会儿就到了枪声附近。

还没走近，就听到里面传来刻意压低的打骂声："让你跑！信不信打断你的腿！"

两人探头看过去，只见一个花臂壮汉揪着一个女人的头发，不停地踹骂她。女人满脸是血，已经奄奄一息了，即便被这样打骂，除了本能的呜咽声，连叫都叫不出来。

秦知意和夏桐正抱头蹲在他们的对面。

夏桐不忍心道："大哥，这位姐姐已经认识到自己的错了，您就别打她了吧。"

花臂壮汉恶狠狠地斜了她一眼："闭嘴，你俩不准说话，不准动！"

夏桐不说话了，目光炯炯地盯着他。

花臂壮汉不耐烦地拿出手机拨了一个电话："夏姐，人找到了，跑到山上来了！学生也在山上训练，碰到了两个。"

不知道电话对面的人说了什么，花臂壮汉恭敬地答应了几声，随后将电话凑到被打的女人耳旁。

被打的女人听了两句，原本的愤恨突然变成了惊慌，伸手就要抓电话，却被壮汉一脚踢倒在地。

没一会儿，花臂壮汉挂断电话，揪住那女人的头发。

沈南辰以为宋安如会不管不顾地冲出去，都准备抱她了，就见她冷静地从怀里掏出一把弹弓，瞄准那壮汉的眼睛打了过去。

"啊！"

一声惨叫响起，花臂壮汉的眼睛被打中，他捂着脸嘶吼起来，枪也落在了地上。千钧一发之间，秦知意和夏桐扑上前捡起枪，扔得老远后按住壮汉。

花臂壮汉力气极大，一旦挣扎起来，她们两个人甚至按不住。

"拉信号弹。"宋安如丢下话，冲了上去。

三人很快就和壮汉扭打了起来。

沈南辰扣动扳机，信号弹在空中炸开。

直升机的声音由远到近。飞机上的导师全是退役特种兵，赶来的速度极快，三两下就将花臂壮汉给制伏了。

"我记住你们了，你们给我等着。"花臂壮汉一只手捂着眼睛，满脸痛苦，另一只眼却像是淬了毒一样盯着他们。

秦知意和夏桐因为被俘，脸上没有戴面罩，两人对上他的眼神，心跳都不由得快了些。

花臂壮汉嘴里不断吐着恶毒的话，一副恨不得将几人活剐的模样。

宋安如挡在秦知意两人面前，下意识地皱眉。

几名导师制住花臂壮汉的力气更大了，一边说："你们先离开，这里的事情我们会处理。"

他们就要离开，宋安如总觉得那个被打的女人眼熟，她走到躺在担架上的女人面前，扒开她遮住面容的头发。

虽然全是血，还是能认出来，是和白涵一起逛街的那个同伴。

宋安如不自觉地退了一步。那女人没有看她，满眼惊恐地晃着脑袋。

旁边的医生问："这人你认识？"

宋安如摇头："只是见过。"

指导老师开始驱赶他们："你们先离开，这场比赛肯定不能暂停。学校会向武装部请求支援，守住各个能进山的入口，更进一步保护大家的安全。"

宋安如又回头看了那女人一眼，才离开。

沈南辰拉起她的手仔细检查，问："怎么了？"

她迟疑了片刻才道："那个姐姐是那天和白涵逛街的那位。"

沈南辰也回头看了看，只见女人已经被抬上了直升机，说："你确定认清楚了？"

"嗯。"

她心事重重，侧过头，看到夏桐脸色有些白，想到刚才那个花臂壮汉的眼神，忽然就有一种后背发凉的感觉。

"你们有没有哪里受伤？"

"天啊，三三，好在你来了。"夏桐仿佛才回过神，"你要不来，我和老大今天就交待在这里了。"

秦知意摇头，在鬼门关前走了一趟，她的手脚都是凉的，问："你们怎么找来的？"

"等了半个小时，感觉应该出事了，就找过来了。"宋安如表面镇定，这会儿手却微颤。她看着沈南辰轻轻搓着她的手，"你们怎么碰上这两人的？"

夏桐抱住秦知意的胳膊："我们下来狩猎的时候，碰到那个姐姐被追，就帮了她。没想到追她的人持枪，我们就被挟持了。我本来想着实在不行就拉信号弹，但他明显是个行家，一直和我们保持着安全距离，手里还拽着人质。"

不远处有标记枪发出的声音，沈南辰比了个噤声手势，压低声音道："回去再说吧，先把这场比赛完成。"

照理说，发生了这样的事件，比赛应该终止。但这是京公大，专门培养警察的地方，而这场比赛所代表的含义也是如此。

学校报了警，也向武装部请求了支援。用不了多久，山的各个入口将会被把守起来，半空巡视的直升机也会增加不少，保证学生的安全不是问题。

夏桐依旧心不在焉，闷闷地想着刚才的事情。

"好了，没事了。以后毕业要面临的许多险恶场面，可比刚才那个严峻多了，总不能每次都心绪不宁吧？"秦知意笑了笑，安抚似的揉揉她的脑袋，"那还不如直接退学回家得了。"

她们入这一行，早就做好了将生死置之度外的打算，刚才那种场景，比起未来可能会遇到的，还真不算什么。

夏桐深呼吸，尝试着放松情绪。

秦知意看着旁边一脸严肃的宋安如，也拍了下她的肩膀，试图将大家从这种情绪中拖出来，问："你们这一趟找到了多少彩旗？"

"八个人头，五面彩旗。"宋安如反问，"你们呢？"

"两面，淘汰了一个人，下面的人太少了。"夏桐调整好情绪，像往常一样打趣道，"三三，你和妹婿配合是真的默契啊！你们也没一起训练过配合度？总不会是周末在家背着我们悄悄练的吧？"

秦知意不知道想起了什么，突然就笑了："说出来你可能不信，他们打游戏练的。"

"打游戏还能训练这个？"夏桐兴奋道，"三三，回去后晚上带我们也开黑啊！"

宋安如无情地拒绝："不要，你们太菜了。"

几人打闹着回了山洞。发生了这种事情，谁也没心情一直待在山里。为了加快比赛进程，傍晚吃了一顿饭后，宋安如和沈南辰两个组的人会合，随后两两组队去偷袭，打了许多队伍一个措手不及。

比赛第一天结束的时候，八十名参赛选手就剩下不到一半。

宋安如和沈南辰将平日里打游戏的默契度发挥到了极致，两人一有时间就组队出门埋伏，顺带找彩旗。

比赛第三天，参赛选手还剩十位。

两个组里，夏桐和萧文以及陈舒、陈远四人在狩猎的时候被人反杀了，还有四个人活着，其他队伍还剩六个人。

虽然不知道剩下的人是什么专业，但从侦察与反侦察能力来看，都是强劲的对手。对讲机里指导员提示，山里所有的彩旗都已经寻到了，现在就看哪个队能活到最后。

四人合计了一下，打算请君入瓮。至于谁去当诱饵这个问题，四人都不乐意。

宋安如觉得只有她和沈南辰在的时候，让沈南辰去无可厚非，但是刘博宇也在。她指了指刘博宇,提议道:"你去。"

刘博宇抗议:"我才不要去。好不容易熬走了七十个人,我要出局了,一会儿沈南辰指定把朕打下的江山双手送给你。"

秦知意看他包里露出来的旗帜,拎了起来,一共两面,反问:"你打下的江山?"

刘博宇理直气壮道:"旗虽然少了点,但不可否认,我在团队中的作用很大啊。"

"的确很大,出去卖这种活儿一般人干不了。"沈南辰指了指宋安如和秦知意,"要是她俩去,别人还不一定能上钩。"

"投票吧。"秦知意提议道,"同意刘博宇去的举手。"

除了刘博宇,其余三人都举起了手。

刘博宇吐槽:"沈南辰你个吃里爬外的,有了媳妇忘了队友,谁这种时候让自己队友去卖的。"

沈南辰不怎么在意道:"你要不去,就得让我去。"

刘博宇诧异地看向宋安如:"他还是不是你最爱的校花了?"

宋安如眉梢微挑:"是就不可以吗?"

刘博宇无言以对,碎碎念着,认命地准备当诱饵。

四人找了一处依山傍水的好地方生火搭灶,刘博宇将早上抓的兔子洗干净,就地开始烤。

入山的第三天,大家每天都是能找着点什么吃什么的状态,可以说,很多人三天没吃过肉。

没一会儿,烤肉的香味便四散开来,留下刘博宇在原地吸溜着口水继续烤,三人分散开来埋伏。

宋安如选了正东方,刚埋伏好,就见一人鬼鬼祟祟地过来。等那人走到狙击范围,她直接收走了人头。

不出半个小时,通讯器里传来了五个人被收割的提示音。

三人又埋伏了半个小时,没等来最后那个人,倒是等到了语音播报里刘博宇出局的提示。

宋安如立马往回赶。

他们三人呈三角形守着路口,照理说,有人往刘博宇待的地方去,他们应该能察觉到才对。没有看到人进去,还淘汰了刘博宇,只能说明在他们之前,就有人已经埋伏在刘博宇烤肉的位置附近,因为他们人多,那人打不过才没出来。

到了根据点附近,宋安如找了处草丛隐藏自己,还没来得及观察周围情况,语音播报秦知意也出局了。

宋安如在原地等了一会儿,还把沈南辰给等来了。两人往根据地再次靠近,只见他们根据地里,刘博宇用石头给自己堆砌的掩体里,有人不停往外丢着兔子骨头。

铜墙铁壁的掩体中间有个小孔,伸出来一个枪头。

对方还是个有脑子的。在掩体周围铺满了干枯的树叶,如果这样贸然过去,一脚踩上树叶,发出响声,那人一枪过来,直接就能给人送走。

宋安如三天没吃肉,早上好不容易抓到一只兔子,刚埋伏的时候,被烤肉的香味诱惑了那么久,结果家被人偷了,兔子也被偷了。

她多少带了点个人情绪,如果不是理智还在,她是真想冲上去先将那人打一顿。

"别生气。"

沈南辰刚想说自己去当诱饵,屁股上就被踹了一脚。他毫无防备地扑出去,人压在枯叶上,发出了不小的动静。

借着这动静的掩盖,宋安如飞速绕到后面,几乎是同时,伸出掩体的枪口转了个方向,对准沈南辰。

宋安如趁机跳到了掩体后面,举起枪抵住里面人的脑袋。

两声枪响后,语音播报响起。

"沈南辰出局。"

"徐方林出局。"

"比赛结束。请剩下的同学拉开信号弹,直升机将来接你们出去。"

"哎哟,吓死我了。宋安如,你也太黑了吧?打哪儿不行,非得打我脑袋。"游戏结束,徐方林满嘴是油地抱着兔子,指着不远处趴在地上一身标记弹颜料的沈南辰,"这校花不是你对象吗?你还真舍得啊。"

"他自愿的。"宋安如眼神不善地盯着他手上的兔子,"你偷我们的兔子。"

"哎哎哎,我可不是偷的,是你们队友不给力,被我狙掉了,这是战利品。"徐方林赶紧转移话题,又指了下沈南辰,"你当我瞎,看不见他屁股上那么大个鞋印吗?你就这样对咱班编外成员?你要是不疼惜,有的是一大把人疼惜他。"

宋安如上前拉起沈南辰,给他拍掉身上的脚印。

沈南辰对上她毫无表情的脸,忍不住摇头:"你对我可真狠啊。"

将他身上的脚印拍干净后,宋安如的心虚也跟着少了许多,说:"形势所迫。"

沈南辰指指自己的腿:"我痛。"

宋安如:"我又没踢你的腿。"

沈南辰眉头紧锁,一副很痛的表情:"真的痛。"

宋安如看了看周围,直升机还没到,徐方林背着他们在吃烤兔子。她凑近沈南辰,在他脸上亲了一口。

279

"不痛了。"

"亲一口就不痛了?"沈南辰很不好打发,"哪有那么便宜的事情。"

宋安如抿了抿唇,直接问道:"怎么样你才不痛?"

"你知道的。"沈南辰笑盈盈地看着她。

宋安如一下子就想到了在大山里碰到时他提的事情。她的耳朵眼看着变红,转身就要走。

他拉住她,碰了一下她的耳垂,像那天一样,故意压低声音道:"让我做我想做的事。"

徐方林抱着兔子回头,一脸问号:"啊?什么?你想做什么?"

宋安如咬牙道:"不关你的事,吃你的兔子。"

"哦。"徐方林转回去,继续背着他们吃兔子。

"嗯?"沈南辰摩挲着她的无名指指尖。

直升机已经过来了,悬空在三人头顶,卷起一阵狂风。

噪音中,宋安如面红耳赤,点点头,小声道:"知道了。"

沈南辰听到了她的回答,眸子里的温柔像是要溢出来一样。他拉着直升机放下来的吊梯,趁宋安如刚爬了一梯,附在她耳旁道:"这周末就去我家,寒假去你家。"

宋安如回过头瞪他一眼。明明说好的下个月才去他家,暑假去自己家。

沈南辰无辜道:"谁让我女朋友太乖,为数不多的自制力都要没了。"

穿越丛林的比赛宣告结束,宋安如和沈南辰以及秦知意夏桐四个人立马被请去警局做笔录。

到了警局,几人才知道,那个花臂壮汉叫隆齐,警方押送他回警局的时候,有人故意制造了一场车祸,趁混乱将他救走了,那场车祸导致警方一死一伤。

宋安如还记得隆齐当时的眼神。

她在危急关头,为了救秦知意下了狠手,隆齐的眼睛大概被她打瞎了,如果隆齐入狱还好说,现在被救走了……

宋安如担心道:"隆齐看到秦知意和夏桐的脸了,肯定会报复。"

"警方已经下了逮捕令,正在全力寻找隆齐,你们几个没事别出学校。"

陈宇看着眼前的几个学生,不知道该说点什么。明衡山的事情都还没结束,这几人参加学校的比赛也能碰上这种事情。

气氛有些沉重,秦知意脸上反而没多少担忧,问:"那个夏姐是谁?"

"这位'夏姐'的个人资料,目前没有任何人查到。从线人提供的消息来看,她是两年前凭空出现在毒品交易市场,因心狠手辣迅速掌管了云京地下毒品交易的人。道上的人都称呼她'夏姐',她身边也算铜墙铁壁,我们的人曾试图打入内部,无一成功。"

"被救的那个女人呢？"秦知意想到宋安如当时的行为，问道，"三三，你是不是认识？"

"不认识，那天之前看到过两次。"

宋安如简单地讲了一下白家祖孙两人和那女人的事情，几人的眉头越皱越紧。

夏桐小心翼翼地问了一句："白涵和白婆婆……该不会跟这件事情有关系吧？"

"那天我和三三送白婆婆回店铺，店里有位大叔，没看到人的时候就递了一瓶水出来，等看到是三三，他又将水收回去了。当时白婆婆解释说想请三三喝奶茶。"沈南辰微微蹙眉，"三三平日里很喜欢喝奶茶，那位白婆婆看起来和她很熟悉，这个解释说得过去，我也就没多关注这件事情。"

秦知意越想越觉得后背发凉："我们寝室的人和她都很熟，或许不止我们。学校里喜欢去他们店的学生很多，大家都很喜欢白婆婆，还有她的孙女，因为她们总能从很多小事上照顾大家的喜好。"

"很难让人不喜欢。"夏桐接着道，"有一次，我们寝室四个去玩……进去的时候，白涵递了一杯红糖水给我。那天我正好是生理期来的第二天，我生理期不疼，没哪里有异常。她给我红糖水的时候，我震惊她怎么知道我生理期。"

秦知意点头："这件事情我有印象。我记得白涵说，是因为无意间听你提过一句你生理期很准时，每个月的2号开始，雷打不动，那天刚好是3号。"

夏桐声音微颤："我那个时候，只觉得她们太细心了。现在想来……如果她们和那个女人的事情有关系的话，那也太可怕了吧！从我们根上开始了解我们，以后我们毕业了，不得随意被她们拿捏？"

所有人的脸色都更不好了。

陈宇招来一名警员，走到角落，附耳吩咐了几句话。几人大概猜到他在让人调查白家的事情，乖巧地等着。

直到警员离开后，秦知意又问了一遍最初的问题："陈队，那个被救的女人呢？"

陈宇："已经回家了。"

"什么？"

几人很惊讶，就连宋安如都皱着眉头，不知道在想什么。

沈南辰一直握着她的手，轻轻挠着她的手心。

陈宇眉头紧锁，无奈地道："无论我们问什么，她都说不认识隆齐，也不知道隆齐为什么打她。一直闹着要离开，说我们非法拘禁。没办法，只能放她走了。"

"她之前一直有反抗，后来隆齐让她听了一通'夏姐'的电话，她才不反抗的。"秦知意回忆道,"她应该是被威胁了。那个夏姐为什么会找上她?"

陈宇:"她叫林红,是海市的人,去年大学毕业来云京工作,背景干净,也没有过吸毒史。"

秦知意突然来了一句:"林红长得挺好看的。"

虽然那天林红被打得很惨,但从眉眼轮廓看得出来,是个美人坯子。

在场几人也意识到了这句话的含义。

陈宇点头:"黄赌毒一向不分家,我们的人暗中跟着她,确保她生命安全的同时,也会寻找她的家人,顺着她这条线继续往下扒,应该能扒出一些东西。"

宋安如沉默了许久后问:"这些事情和金域文有关系吗?"

陈宇点头,说:"'夏姐'应该算是金域文新晋的左膀右臂,她的身份这么神秘,还能坐稳现在的位置,背后肯定有金域文的助力。至于白家的事情,我已经让人着手调查了,你们不要和别人提,避免打草惊蛇。多的不说了,你们还没毕业,这种事情不要管,我先派人送你们回学校。"

一周时间眨眼就过完了,周五放学后,依旧是沈霄来接两人。

宋安如坐在车里,吃着沈霄给她带来的小蛋糕,心事重重。平日里她吃蛋糕的时候,眼睛里都带着光,今天却像被腌过似的,整个人都没什么精神。

"怎么了?"沈南辰好笑地摸摸她的头。

"在想去你家的事情。"

宋安如在南苏的时候,很少去别人家拜访。因为母亲生意做得较大,外公外婆早年从政,一般都是别人上她家拜访。这方面的经验缺乏,就有点担心在沈南辰家的长辈面前有什么做得不好。

"紧张?"沈南辰安抚道,"别担心,我家里人都很和善,特别好说话,你这么好,他们都会很喜欢你的。"

"我去你家,你当然这样说。就算你家人不喜欢我,你肯定也要说喜欢。"宋安如连蛋糕都吃不下了,"我觉得我今天晚上会失眠。"

沈南辰捏捏她的脸,说:"不会失眠。"

"你肯定不会失眠,又不是你去我家。"宋安如白他一眼,"明天要去你家,我心再大也没大到睡眠质量依旧的程度。"

沈南辰接过勺子,挖了勺蛋糕凑到她嘴边,说:"谁说明天去的?"

"明天不去吗?"

宋安如松了一口气,觉得自己又有胃口了,她含住蛋糕,觉得蛋糕的香味也回来了。

沈南辰笑眯眯地看着她,也不回答她这个问题。

"你盯着我做什么?"

"小事。"沈南辰在她的蛋糕上点了一下,"你先把蛋糕吃完再说。"

"哦。"宋安如继续吃蛋糕,等吃完后,无意间往窗外看了一眼,发现不是往常回家的路。她顿时觉得如鲠在喉,"我们要去哪里?"

沈南辰用湿巾纸帮她擦手,漫不经心道:"回我家。"

宋安如震惊了:"不是明天吗?"

"什么时候说明天了?"

宋安如回忆了一遍,他当时说的这周末。周末不该是周六和周日两天吗?她控诉道:"你说的周末。"

沈南辰忍着笑,又捏了一下她气鼓鼓的脸,说:"周五放学就是周末了,没问题。"

"有你这样算的吗?"

沈南辰原本是打算周六去的,只是比赛时发生了那样的事情,他还是觉得把宋安如带回沈家最安全,就改了主意。

"宝贝,我这不是担心你晚上睡不着嘛。一会儿见了家长,晚上就好睡了。"

宋安如都不知道该怎么吐槽他了,担心她睡不着,所以突然提前一天见家长?

她咬了咬唇道:"东西没带。"

沈南辰明显做足了准备工作,说:"上门的礼物全放在后备厢。"

宋安如指了指身上成套的黑色衣裤,说:"我要换衣服。"

沈南辰说道:"我希望你去我家的时候像回自己家一样,不需要特意换衣服。"

宋安如不理他。

沈南辰:"这套衣服就很好看,你就算穿麻布都好看。"

宋安如板着脸瞪他:"我不要今天去。"

"好吧。"沈南辰点头,小声道,"那我打电话让爷爷奶奶还有爸爸妈妈和沈铭都别等了。就是有点可惜,阿姨一大早就回老宅帮忙准备吃食了。听说爷爷奶奶昨晚选衣服都选了几个小时。"

宋安如语塞。

十几分钟后,宋安如来到了沈家。车子开进大门后,一路都是堪比5A级风景区。远远望去,一幢别墅坐落其间,外观非常漂亮。

宋安如知道他家富裕,却不知道已经富裕到这种程度了。在寸土寸金的云京,他家居然占地这么宽广,从大门到住人的地方开车都需要几分钟。

下车的时候,看到两位老年人、两位中年人以及沈铭穿着得体,整齐地站在大门。

其中一位身着中山装，站在最中间的老爷爷，脸上带着和煦的笑容："小宋来了啊。"

宋安如被这庄重过头的欢迎仪式弄蒙了。沈南辰牵着她，上前给大家打招呼。他介绍一个人，她就跟着问好。

介绍到父母的时候，沈南辰说了句："这是我父亲和母亲。"

"父亲……"因为爷爷奶奶都是跟着喊的，宋安如习惯性地重复了称呼，反应过来后，局促地改口，"叔叔阿姨好。"

沈铭在一旁打趣道："我就说随意点就行了，看你们把小安如吓的。"

沈老爷子横了他一眼，一家人热情地将宋安如迎进了家门。

家里两位老人知道沈南辰有了女朋友后都很高兴，在他们看来，沈南辰从小就不让人操心，特别优秀，眼光也好。

林烟原本听大儿子说宋安如看不上沈南辰，一直不太满意。架不住沈南辰和她交代的话，生怕自家儿子真去入赘了，她耐着性子，摆出自己最高冷的姿态来面对宋安如，却没想到宋安如是真的礼貌、优秀、漂亮，挑不出一点毛病，就是那张脸看起来冷冰冰的。即便这样，看一眼还是会让人忍不住喜欢。

几人聊着天进了客厅。沈老爷子脸上的笑意就没有淡下来过，说："小宋啊，我看着你总觉得你和我一个朋友长得特别像。我听沈铭说，你家是南苏的？你认识宋姚吗？"

"那是我外婆。您认识她？"

"你是宋姚的外孙女啊！"沈老爷子有些激动，拉着自家老伴方雯的手，又说了一句，"她是宋姚的外孙女！"

"宋姚有个女儿，我见到过几次，我记得叫毕韵初对吧？这孩子和她长得太像了。"方雯看着沈南辰，笑呵呵道，"你小时候去南苏玩，爷爷带你去见过朋友，你还记得吗？你爷爷的朋友里面就有宋姚。"

"不记得了。"

小时候的事情，沈南辰的确不记得了。前段时间查到宋安如外公外婆的身份时，怀疑过自家爷爷奶奶可能认识，但他也没提过。

宋安如怎么也没想到，她和沈南辰会有这层缘分。小时候，外婆每次去见朋友都要带她，她不乐意见外人就没去过。要是她那时候愿意去，说不定早就认识沈南辰了。现在想来，莫名觉得有些可惜。

"我和你外婆以前都在云京工作。我就说，看你第一眼就觉得亲切。去年我去南苏的时候，和几个老朋友聚会，你外婆也在。提到小一辈的事情，她还说外孙女在云京读书。"沈老爷子感叹道，"我问过几次你的事情，想着你人生地不熟照顾一下，她说你不喜欢社交，这件事情就搁置了。没想到，缘分这个东西真说不准啊！"

宋安如原本还很紧张，因为沈老爷子认识自己的外婆，和她说话的时候还很慈祥，慢慢地，她也不怎么紧张了。

沈家准备了一桌特别丰盛的菜，桌上有很多辣菜，少有几样清淡的。宋安如听沈南辰说过，他家里人都不吃辣，明显这一桌菜是给她准备的。

她有些受宠若惊，对待沈南辰家人的时候，不自觉地就更亲切了。一顿饭下来，一家人对宋安如满意得不行。饭后，沈老爷子还拉着她下棋。

宋安如小时候喜欢陪外婆和外公下棋，也经常参加相关的比赛，她的爱好少，以至于每一个都很精通。

下棋对她而言，和射击也差不了多少。她性子直愣愣的，不知道让棋，在棋桌上和沈老爷子下得有来有回。沈老爷子输了几把后，好胜心都给激发出来了，愣是拉着她下到了晚上十点。他们下多久，其他人也就围观了多久，就连含蓄的沈承霖都手痒想玩几把，奈何抢不过自己的父亲，最后还是沈南辰说她平时十点半就要睡觉，沈老爷子才不舍地放人。方雯拉着沈老爷子走的时候，他还一直说明天再战。

晚上，宋安如被送去卧室，没想到见家长这么容易。她话不多，容易冷场，沈南辰的家人却一直关照着她，不让她觉得尴尬，以至于她洗完澡，躺在床上的时候，都还没怎么回过神，直到沈南辰给她发消息。

烦人精：睡了没？

宋安如飞快打出"还没"两个字，点击发送的时候，犹豫了一下。

两人分开时，他的眼神太过直白，在她的家里就算了，这是在他的家里，那么多长辈，宋安如觉得哪儿都不对劲。她将打出来的字删掉，假装睡着，没看到消息。

烦人精：看到你"正在输入……"了。

宋安如还是假装没见。

烦人精：想你了，睡不着。

烦人精：给我留个门？

烦人精：不回消息就是默认的意思，我知道。

烦人精：等我几分钟。

宋安如无语。

深知不管回什么他都要过来，她也不矫情，索性起来将门打开，留了一条缝。

沈南辰出了卧室就看到沈铭靠在走廊窗口处抽烟，月光洒在他身上，看起来颇有点孤寂的味道。

"你去哪儿？"沈铭咬着烟，有些嫌弃道，"要去找小安如？"

"嗯。"沈南辰应了一声，往宋安如的卧室走。

"啧。"沈铭感叹道,"半个小时不回来,我就告诉爸妈,让他们去请你回来。"

沈南辰停住步子,回头看了他一眼,说:"哥,你有没有听过一句话?"

沈铭挑眉。

沈南辰似笑非笑道:"多管闲事,老无所依。"

沈铭语塞。

林烟前几天还对素未谋面的宋安如没有好感,就让人把房间安排在离沈南辰最远的地方,沈南辰第一次觉得家太大也是一种负担。

走了好一会儿,等到了宋安如住的房间外面,他打算敲门的时候,发现房门留着一条缝隙。他轻轻推门进去。

床上的宋安如背对他侧卧着,安安静静的,看起来就像是睡着了一样。她身上的浴袍似乎有些大,松松散散地挂在肩膀上,露出脖子到肩膀漂亮的线条。夜灯照在上面,光洁的肌肤散发着淡淡的暖光,像极了暗夜里勾人而不自知的妖精。

沈南辰的喉结上下滑动了一下,声音发哑:"三三?"

宋安如没理他,卧室里安安静静。直到锁落下的声音响起,她的心跳都快了,不由得抓紧手里的东西。

沈南辰走到床边坐下,盯着床上人漂亮的肩颈线条,轻垂着眸子,看不清神色。性感的喉结上下滑动了一下,他蛊惑道:"宝贝。"

宋安如依旧不理他,只是微微颤动的睫毛暴露了她醒着的事实。

"不说话的意思,是默认我为所欲为?"沈南辰低沉的声音里带着些许笑意,"那我可不客气了?"

他说着翻身上床,从后面将她搂进怀里,才发现她身上的浴袍没有系带子。绸缎的袍子散乱地合在身前,经不住一点拉扯。

他的声音更哑了:"今晚是要给我发福利?"

他的手刚贴到她的小腹上,整个人就被按平躺在了床上。宋安如拿着睡袍带子,坐在他的腰上,眼疾手快地将他的手绑了起来。确定绑结实后,她拍拍他的脸,哼了一声:"大福利,满不满意?"

沈南辰看了看手上的绳子,有些诧异地问:"原来你喜欢这个?我们的爱好不谋而合。"

"谁和你不谋而合了,你脑子里一天到晚都在想些什么?"

"我在想什么,你不是应该最清楚吗?"沈南辰望着她身上的睡袍,有些失落,"都没系腰带,怎么没散开?"

睡袍没散开是因为宋安如取了腰带后,在里侧打了个结。她在他额头上拍了一下,说:"安分点,睡觉。"

"睡不着。"沈南辰盯着她,"你把我绑着,不打算做点什么吗?"

宋安如随手将被子拉起来，盖到他胸口处，把他遮了个严严实实。

"睡觉。"

"这样真睡不着。"他的目光深邃，像藏匿着风雨欲来的汹涌情绪。

宋安如对上他这种视线，强行镇静道："你先冷静下来，自然就睡着了。"

"不要亲亲吗？"沈南辰又凑近她，性感的唇轻轻咬住她的睡袍，拽了几下。

宋安如拍开他，使劲打了两个结。她在他唇上、脸上、额头上都亲了一下，一脸正气道："把眼睛闭上，一会儿就睡着了。"

"松开我好不好？"沈南辰继续蹭她的睡袍，"我想抱抱你。"

宋安如态度坚定："不行。"

他叹气，似乎妥协了："那再亲一下好不好？"

宋安如又将唇凑了上去，两人的呼吸渐渐乱了。大脑越来越迷糊，宋安如完全没意识到腰上多了一双手。等她回过神想要推开他，才发现自己的手被睡袍腰带给绑了起来。

"你……"宋安如一脸蒙，不知道从哪一刻开始，被绑的人从他变成了自己。

"我得谢谢妈妈给你准备的睡袍。"沈南辰将她的手圈在自己脖子上，"材质很好，很滑，以后我都给你买这样的，好不好？"

宋安如甚至没来得及吐槽两句，唇就被他封住了。

卧室里有一面巨大的落地窗，从窗户看出去，楼下正对着一汪湖泊。月光下，湖面像是一面镜子，澄澈美丽。

宋安如喘息间，倔强地指了一下落地窗："窗帘。"

"外面看不见里面。"他的唇沿着她的肩颈线轻吻，最后停在通红的耳畔，"这间卧室是湖景最美的一间。知道妈妈将你的卧室安排在这里的时候，我就很想做一件事情。"

他含住她的耳垂，问："不问是什么事吗？"

宋安如贴在他胸口上，喘着气："不知道。"

话落，整个人就悬空而起。

沈南辰抱着她，走到落地窗前，说："湖水很干净，夜晚有月亮的时候，倒影特别漂亮。夜色安静，景色也很不错，晚上可以肆无忌惮地做想做的事情。"

宋安如趴在落地窗上，脑袋里一片空白，完全没有兴致欣赏楼下美丽的湖景。

沈南辰从后面抱着她，亲吻虔诚地落在她的后颈，说："我当时就在想，以后有月亮的时候，我们就来这间睡。"

因为在沈家的缘故，宋安如睡觉前特意调了几个闹钟，想着第一次来他家，睡到中午起床不好，结果一觉醒来，已经中午十二点过了。

沈南辰趁她睡着的时候，将她的闹钟都关了，美名其曰："都是在你的家里，像平时一样就行了。"

好在对于她睡到大中午起床这件事情，沈家的长辈都没有说什么，依旧热情地招待她。

宋安如下午陪沈老爷子还有沈父下了会儿棋，又陪沈南辰的妈妈和奶奶聊了会儿天，傍晚的时候，带沈南辰去了云京市烈士陵园。

她牵着沈南辰，穿梭在烈士陵园的小道上。

比起上次来的光景，园区里面的大树树叶基本上都黄了，石板路上只零星看得见一些落叶，明显每天都有人来打扫。

两人走了许久，停在无名碑的区域。

宋安如照旧将买的花放了一束在公共祭奠区，随后带着沈南辰敬畏地穿过一排排墓碑，停在某处。

她从沈南辰怀里接过被包成小束的花，熟练地从其中一个墓碑开始放。沈南辰跟着她一起，用毛巾挨个擦掉墓碑上的灰尘。

两人配合默契，很快就做好了这一切，又挨个祭奠了一遍。

"爸，这是您未来女婿。"宋安如牵着沈南辰，朝着那十三个墓碑道。

沈南辰看她比平时沉沉默默的样子，莫名地很难受。他从袋子里拿出一瓶酒和十几个杯子，从第一座放了鲜花的墓碑开始斟酒，说："伯父您好，我叫沈南辰。第一次来看您，带了您最喜欢的酒，您和叔叔阿姨们喝开心，酒管够，以后我会经常来看您的。"

等他给每个墓碑前都斟好了酒，宋安如拿了一颗糖给他，自己剥了一颗含在嘴里。

沈南辰看着掌心里的糖，是她最喜欢吃的那款草莓牛奶糖。他拆开放进嘴里，草莓的香味充斥在唇舌间。他本来不喜欢吃糖，因为宋安如的缘故，也喜欢上了这款糖。

宋安如眼神有些茫然地盯着天空，说："我小时候喜欢吃糖，牙齿还坏过，家里的人就不准我吃了。我馋嘴的时候，让我爸下班给我带糖回家。我爸平时陪伴我的时间少，加上我话少，很少给家里人提要求，他很难拒绝我。最开始，他悄悄给我买，背着家里所有人给我吃，吃完又监督我刷牙，但牙齿还是越坏越厉害，妈妈察觉不对，发现了。"

宋安如想到当时的场景，嘴角微微翘着，心情很好："我爸跪了三小时键盘。"

沈南辰甚至能身临其境地体会到那种感觉。换位思考，如果宋安如对他提出什么要求，他也拒绝不了。

"那之后，我还是让他买糖。他既舍不得拒绝我，又不敢挑战我妈，就学着自己做。在网上找了很多教程,我不能吃糖,他就用草莓牛奶和健康的代糖做,自学了很久才出成品。但是我吃坏肚子了,我妈又罚他跪了三小时键盘。

"架不住我老欺负他给我买糖,爸爸就找了一个开零食加工厂的熟人朋友,专门帮我做了一款糖。"宋安如又掏出了一颗草莓牛奶糖,"这款糖就是那个工厂产的。"

沈南辰接过糖,想起以前她告诉自己,这款糖是纯草莓汁和牛奶做的,零添加剂这话。她说的时候,表情特别认真。

每次两人相处时,沈南辰都能看到她吃那款糖,比赛前或者情绪低落的时候也会吃。现在想来,每当她吃糖的时候,可能都在想她的父亲。

沈南辰心疼地抱住她,朝着面前的墓碑低声道:"伯父请放心。"

没有允诺,又或者是誓言。宋安如却清晰地感受到,这简单的几个字,他说的时候,眼里是前所未有的认真。

两人从烈士陵园出来已经很晚了,准备上车时,突然一辆出租车停在了旁边。车上下来几个年轻的女生,每人怀里抱着一束鲜花。

女生们聊着天,其中一个回过头,看到宋安如,惊讶了一下,瞬间朝她跑了过来。

保镖见状防备地拦住她。她看着宋安如,委屈地喊了一声:"安如姐姐。"

对方正是白涵。

隆齐和林红的事情发生后,宋安如对白涵和白婆婆的感情变得很微妙。虽然警方还没调查出什么,但她直觉是有问题的。

因为不能打草惊蛇,她和平时一样冷着脸问:"白涵?你怎么在这里?"

沈南辰冲保镖点了一下头,保镖撤开了阻拦。

白涵嘟着嘴,上前抱住宋安如,说:"我和朋友一起来祭拜。安如姐姐,你也是来祭拜的吗?"

离几人最远的保镖悄悄又回了烈士陵园。

沈南辰道:"我和她路过这里,我突然想来,她陪我来的。"

"这样啊!"白涵恍然大悟,十分亲昵地在宋安如胳膊上蹭了蹭,"安如姐姐,你和姐夫等下要去哪儿啊?没事的话,要不一会儿去我家店里玩吧?"

"不了。"宋安如无情地扒开白涵,"你不要当电灯泡。"

话落,她指了指一旁神情怯生生的几个女生,说:"有点晚了,你们快去祭拜吧,我们要回家了。"

白涵一步三回头地走了。

宋安如拽着沈南辰上车,直接关上了车门。

车子驶出烈士陵园区域,她靠在他的肩膀上,漫无目地盯着窗外络绎不绝的车流,说:"她出现在这里,是巧合吗?"

因为担心被人碰到，两人出门的时间比较晚，到烈士陵园的时候，里面已经没人了。天又黑了许多，阴沉沉的，走在街上或许都看不清迎面走来的人的模样。这种时候，几个女生跑到空无一人的烈士陵园去祭拜，实在是有些诡异。

"我让保镖将我们留下的祭品清走了，下次再给伯父补上。"沈南辰的眼神罕见地有些凌厉，"如果不是巧合，我会让人查清楚她怎么知道我们来这里的。"

他摸摸她的头，在她脸上亲了一下，说："别担心。"

警方全力逮捕隆齐的时候，也在重点调查白家。

不知道是不是对方有了防备，线人假装好心人偶遇白英，把她送回家；又或是假装顾客光临她家的店，都没发现有什么问题。

暗中保护林红的人也没发现任何不对劲。她正常上班回家，正常交友，和白涵的交往也正常，甚至连她在海市的家人生活也很平静。

这对于一个遭遇了持枪绑架和殴打的人来说，正常得有点诡异。警方尝试过几次暗中接触林红，想套出她的难处，她都绝口不提，一直称自己很好，并且强烈要求警方不要再打搅她的生活。

一切都很平静，像所有的事情都没有发生过一样，又像是暴风雨前的宁静。

/ 第十章
寒假

很快到了寒假,宋安如、秦知意、夏桐和陈舒都要回家过年。警方联系了她们家附近的公安局派人保护,就怕她们出校后,遭到隆齐或是原江事件的相关人员报复。

沈南辰带了十几个保镖,领着宋安如坐沈家的私人飞机回南苏。

飞机上,宋安如看着堆满角落的高档礼盒,有些失神。

"看什么?"沈南辰将她的脑袋拨回自己面前。

宋安如指了一下那堆礼物,说:"有必要买那么多东西?"

"多吗?"沈南辰不以为然,"第一次见长辈,应该的。"

宋安如想起第一次见沈家长辈时,礼物都不是自己买的,而且那些礼品连这一堆的十分之一都没有。

她靠在他的肩膀上,打了个哈欠。

"要不要睡一会儿?"沈南辰翻出隔音耳塞和眼罩给她。

宋安如摇头:"不睡。"

"早上起床就一直打哈欠,真不睡?"他又倒了一杯热水递给她,看起来十分贴心。

宋安如接过水喝了一口,白他一眼:"你这么贴心,昨晚我叫你早点睡的时候,也没见你听。"

"很久没一起睡,我昨天太想你了。"沈南辰轻轻捏着她的无名指,眸底带着明显的笑意,"爷爷他们年后上门提亲,要是你家里人不同意订婚怎么办?"

宋安如背书似的不知道第几次说:"只要我愿意,他们都会同意。"

沈南辰又问:"万一他们就是舍不得你嫁给我呢?"

宋安如熟练地脱口而出:"会舍不得,但只要我要求,他们会同意。"

为了防止他继续问下去,宋安如又道:"我妈要把公司开到云京去,到时候爷爷奶奶还有外公外婆会搬过去,都在云京,经常能看到,没什么舍不得的。"

"真的?"

"嗯,别担心,这婚能定。"

宋安如在他脸上胡乱亲了两下,说:"前段时间跟我妈说的时候,她说我觉得好就行。而且,你爷爷不是已经在我外婆那里铺垫很久了嘛。"

她见了家长后不久,沈老爷子就带着沈老夫人一起去南苏小住了一段时间。虽不知道去做了什么,但明显不是去玩的。

"也是。"沈南辰嘴角的笑意压不住,捧着她的脸亲了一下。

云京到南苏坐飞机三个多小时就到了。一路上,两人聊着天,时间很快就过去了。

两人到家后,宋安如的外婆宋姚和外公毕正国在家。

看到宋安如的时候,原本还清冷严肃的宋姚脸上绽放出一抹温柔的笑,上前抱住她:"宝贝回来了。外婆看看,是不是又长漂亮了?"

"的确又长漂亮了。"宋安如肯定地点头,随后介绍身后的沈南辰,"外婆,外公,他就是沈南辰,我男朋友。"

沈南辰十分有礼貌地朝着两位老人打招呼:"外婆好,外公好。"

毕正国笑呵呵道:"是个好孩子。"

宋姚目光中带着些许审视的意味。阳光下,少年身形修长挺拔,生得好看,眼眸清澈温柔,举手投足间,无不透露着良好的教养与他人模仿不来的贵气。

宋姚看过他的照片,本以为照片就很好看了,没想到本人更甚。她笑了笑,说:"总听你爷爷提起你,真是个好看的孩子。"

宋安如赞同道:"我也觉得他长得好看。"

"你呀。"宋姚宠溺地刮了刮她的鼻子。

几人到客厅坐下,家里的阿姨送来热茶和点心,还给宋安如拿了个椰子。

宋安如给椰子插上吸管,递给沈南辰:"你喝这个,我家花园里的椰子树结的。"

沈南辰接过椰子,她又道:"是我小时候植树节种的椰子树。"

沈南辰喝了一口,椰子的清香弥漫在嘴里,大概是她亲手种的缘故,他总觉得喝起来比其他椰子味道更好。

"怎么样?"宋安如一脸期待地盯着他。

沈南辰摸摸她的头,毫不吝啬地夸奖:"是我喝过的最好喝的椰子。"

"那当然。"宋安如得意道,"我种的肯定好喝。"

宋姚和毕正国看着两人的小互动,对视了一眼,都有些惊讶。宋安如从小和谁话都少,两人还是第一次见她像普通小姑娘一样娇娇俏俏的。

等沈南辰又喝了两口,宋安如接过椰子,自己也喝了一口。她往四周张望了一圈,没看到毕韵初的身影,便问:"我妈呢?"

"公司有事走不开,说是晚上回来吃饭。"宋姚拍了拍自己左边的位置,朝沈南辰道,"孩子过来坐。"

"好的,外婆。"

沈南辰依言走到她左边坐下。

宋姚打量着他:"听你爷爷说,你十九岁了?"

沈南辰点头:"嗯。"

"十九岁真年轻。"宋姚转过身,看向坐在她右边的宋安如,抬手捏了捏她的脸,声音十分温柔,"我记得我家宝贝十九岁的时候,特别喜欢赛车,现在快二十一岁,反而没见她玩过了。年轻小孩的喜好总是变得很快。"

宋安如疑惑地看她一眼,恍然大悟地探出头,朝着沈南辰保证道:"你不用担心,我不会对你始乱终弃的。"

毕正国刚喝了一口茶,听她这样说,差点把茶喷出来。

宋姚嘴角抽了抽:"别调皮。"

沈南辰忍住笑意,片刻后,朝着宋姚认真道:"外婆,口头上的保证最是无用。我知道她什么都不缺,但我们领证后,我会将我所有的资产都和她共享。"

宋安如很满意:"以后我也是云京地头蛇之一了。"

"你这孩子……"

宋安如不清楚沈家的财富,宋姚却是十分清楚的。云京首富,背后的财力可想而知。

沈家直系的年轻一辈只有沈铭和沈南辰,沈氏集团将来也是这两兄弟的。像他们这样的家庭,很多都会公证婚前财产。

宋姚最爱的就是唯一的外孙女,原本听到女儿说她想订婚,她是很反对的,没想到沈家的这个孩子能有这样的诚意。

"钱财都是身外之物,生不带来,死不带去。我唯一的愿望便是我家宝贝幸福。"宋姚拉起两人的手叠在一起,"订婚的事情等年后你爷爷来了再细谈吧。"

宋安如和沈南辰对视了一眼,只见他眼底带着明显的笑意,她忽然也觉得心情格外好,朝他勾了勾唇。

毕韵初晚饭时间才回来。一家人和乐融融地吃了一顿饭,沈南辰提议想去她经常去的地方看看,宋安如就带着他去了南苏一中附近的学苑街。

南苏一中包含了初高中,宋安如在那里读了六年。时隔两年多再来,热闹的街道并没有因为送走一届又一届的学生而沉寂。宋安如拉着沈南辰去了一家小吃店。

"小份热糍粑,多加红糖。"

"好嘞。"摊位前有一对母女,女儿速度很快地切糍粑,母亲接过加红糖,两人配合熟练,很快就做好了一份。

老板娘将红糖糍粑递过来,视线也落在了摊位前的两人身上。她愣了一瞬,开心笑道:"小安如!好久没看到你了!"

宋安如扫码付钱后接过碗,说:"刘阿姨晚上好。"

老板娘见她还认识自己,脸上的笑容更大了:"我听说你去云京读大学了啊!"

"嗯。"宋安如叉起一块热糍粑喂给沈南辰,自己也吃了一块。

"好久没见,真是越长越漂亮了。"老板娘在她和沈南辰身上来回扫了扫,声音里有些不敢相信,"这个是你的……"

宋安如又给沈南辰喂了块糍粑,说:"我男朋友。"

老板娘顺手就在身边女儿的头上拍了两巴掌,笑骂:"连小安如都找到男朋友了,你比人家大几岁,还是单身,明年找不到男朋友别回来。"

宋安如满脸问号,什么叫作连她都找到男朋友了,忽然觉得被这句话冒犯到。

年轻女人捂着脑袋问:"这位妹妹是谁?"

老板娘神气地道:"小安如可是以前南苏一中的风云人物,人家成绩可好了。"

话落,她像是想到了什么似的,看了看周围,确定没人后,对着宋安如招了招手:"小安如,你过来,阿姨有件事想和你说。"

宋安如有些疑惑地凑过去。

老板娘拉着她小声道:"去年十一月份的时候,有个男的拿着你的照片来问我认不认识,随后又拿了一张男人的照片,问我有没有见过。"

宋安如和沈南辰对视了一眼,问:"然后呢?"

"那人看起来鬼鬼祟祟的,我就说都不认识。从我店里出去后,我看他又找过其他人问。别人怎么说的,我就不清楚了。"

宋安如:"您还记得那张男人的照片有什么特征吗?"

"穿警服的警察,而且那照片一看就是偷拍的。"老板娘忧心忡忡地道,"你一定要注意安全啊!"

沈南辰扣住宋安如的手,脸色不是很好:"阿姨,来问您的那个人,您记得长什么样吗?"

"那个男的长得很壮实,声音听起来特别凶,十一月份,咱们南苏还那么热,他穿长袖就算了,大晚上的戴了顶鸭舌帽,还戴墨镜。"老板娘有些嫌弃道,"他袖口露出来了一些文身,一看就是个混社会的。还有,他眼神可能不是很好,离开的时候,还撞我摊位上了。我那么大个摊位,他就像是看不到一样。"

宋安如和沈南辰都想到了左眼被弹弓打瞎的隆齐,问:"他撞的哪里?"

老板娘指了指摊位的某处:"这里。"

隆齐被通缉,晚上戴帽子和墨镜说得通。他的左眼瞎了,左边的视线受阻,撞到也说得过去。难怪云京的警方怎么都找不到他,原来他在南苏。

"谢谢阿姨,我知道了。"

两人沉默了一会儿,和老板娘告别,沈南辰迅速给陈宇发了消息过去。汇报完后,一时间两人逛街的兴致都没了。

一路上,许多店家老板看到宋安如都会亲热地打招呼,两人在靠近学校的时候,又有一位商家老板拉着宋安如,说了有人拿照片问她的事情,言语间全是对她的担心。

沈南辰知道宋安如受欢迎,却不知道这么受欢迎,就连学校附近的商家老板都很喜欢她,路上甚至有几个老板要请她吃东西。

见她一直不说话,沈南辰塞了一块糖进她嘴里,说:"别担心,陈警官已经通知南苏这边的警方了。"

宋安如几乎可以肯定,隆齐手上的另一张照片是她父亲。这件事情完全确认了夏姐和金域文的关系,就是不知道白家在这里面扮演了什么样的角色。

来来往往的学生很多,沈南辰带出来的保镖都穿着便装,不近不远地跟着她们。

事情已经汇报给了警方,他们操心也没用,宋安如不想第一次带沈南辰回家,就闹得这么不开心。

两人已经到了南苏一中后门,宋安如指了指,问:"要进去看看吗?"

沈南辰挑眉:"能进?"

校门口装了面部识别系统,还有几个安保人员驻守,外人基本上进不了。

宋安如没说话,拉着他走到校门口,朝着安保喊了一声:"陈叔叔。"

被叫作陈叔叔的安保人员原本脸上还是严肃的表情,回过头看到她,笑了:"哎呀,这不是宋安如吗?怎么,回来探望母校啦?"

"陈叔叔,我带我男朋友回学校看看,可以吗?"

"那肯定是很欢迎的!周一的校会上,刘主任还在提你,你一会儿悄悄去看他,他又能吹一年了。"安保人员用员工卡刷开校门,随后朝着身边几人道,"哎,两年多不见,连宋安如都交男朋友了。"

几个安保人员笑呵呵地说了起来。

宋安如和沈南辰进了学校,中学还没开始放寒假,学校里满是学生。他们两人都穿着短袖、人字拖,与校内身着校服的学生们简直是两个画风。

来往的学生时不时偷偷打量他们,宋安如很放松地领着沈南辰顶着这些视线到处逛。

南苏一年四季都很暖和,即便是在云京已经下雪的季节,这里依旧只需要着单衣即可。学校靠海近,走在林荫道上,咸咸的海风阵阵袭来,卷走身上的热意,十分舒适惬意。

"为什么大家都觉得你交男朋友不可思议?"

沈南辰和她一路走过来,不仅碰到的很多店家老板对宋安如交男朋友的事情感到惊讶,就连学校的安保人员也惊讶。虽然大概能猜到原因,他还是想听她说。

他笑盈盈地看着她,那双漂亮的眼睛里仿佛只有她。

在这个对宋安如而言熟悉的地方,看到这样的沈南辰,她的心跳忽然就快了,一股难以言喻的幸福感充盈澎湃。

"我在这里读了六年,喜欢我的人不计其数,但我一心只读圣贤书。"宋安如拉着他,转进了旁边的小树林。

小树林里没有路灯,只有从林荫道上透进来的些许微光,看起来黑压压的。

宋安如拉着他往深处走,安静的林子里,两人停在一处角落,宋安如牵着沈南辰,按着他坐在一张休息椅上,随后很不客气地坐他腿上。

沈南辰好笑地扶住她的腰,问:"这是你们学校的小树林?"

"嗯。"

"你怎么知道这里的?"

"无意间知道的。"宋安如圈住他的脖子,吻了他一下。

沈南辰的唇动了动,似乎还想说什么,宋安如瞪了他一眼:"不准说话。"

沈南辰笑着勾住她的腿,说:"拉我来小树林做坏事?"

"你别得了便宜还卖乖。"

"我很开心,我家三三都知道带我来小树林了。"他低头含住她的唇啄了两下,"外婆给我安排的卧室挨着你的?"

宋安如点头:"嗯。"

他继续问:"晚上要来找我吗?"

宋安如现在已经不习惯自己一个人睡了,她点头:"要。"

"那……"沈南辰凑到她耳旁,轻轻吹了一口气,压低声音道,"欢迎晚上来找我。"

忽然,手电筒的光胡乱地朝着小树林扫来,一道中气十足的声音响彻四周:"我数到三,全部给我站过来!谁要是跑了,被我抓住记过!"

一瞬间,小树林里像是平静的水面被人扔了石头,四面八方冒出许多人,风一样地分散跑开。

那道中气十足的声音狂怒:"不准跑,谁再跑我肯定记过!"

那些人像是没听见似的,作鸟兽散。唯独两人还气定神闲地坐在原位。

沈南辰询问:"要不要跑?"

"为什么要跑?我现在是大学生,谈恋爱合法合规。"

宋安如老神在在地坐在原位,还在他唇上亲了一口。沈南辰宠溺地揉着她的头发,很是赞同她的说法。

直到那道手电筒光精准地落在两人身上,一个精神抖擞的小老头从远处跑过来,气喘吁吁地吼道:"给我站住,我看到你们了!不准跑。"

宋安如淡定地道:"我没跑。"

这对于刘伟来说完全就是挑衅,没好气道:"好样的,我从教几十年,还第一次遇到个头铁的。"

他迅速跑到两人跟前,冷笑道:"你们两个胆子是真的大!我一路过来,别人都知道跑,你俩直接不跑了?我倒要看看是哪个班的,胆子这么肥。"

刘伟说着将手电筒照到两人的脸上,看清宋安如时,他怔了一下,惊讶得电筒差点掉地上。

"宋安如?"

"刘主任,好久不见。"

宋安如朝他挥了挥手,心里有些奇怪的感觉。两年多不见,刘伟原本半黑半白的头发差不多全白了。

"哎呀!你怎么回来了?"刘伟脸上的怒气几乎是瞬间就被和蔼可亲的笑意取代,"走走走,去办公室坐会儿。"

"来学校逛逛,顺便探望您。"

宋安如拉着沈南辰,跟着他往小树林外面走。

"你怎么跑这小树林里来了?"刘伟打量了一眼她身后的沈南辰,"这位是?"

"我男朋友。"

刘伟怪异地看她两眼:"你真是宋安如?该不会是被谁夺舍了吧?"

宋安如神态很是放松:"刘主任,少看点没收的小说。"

"我不了解一下年轻人喜欢的东西,脱节了怎么办?"刘伟又看了沈南辰一眼,"真是你男朋友?"

沈南辰感兴趣道:"刘老师为什么这样问?"

"那会儿那么多人喜欢她,我一直害怕她被影响早恋来着,结果她油盐不进,我是又庆幸又担心。"

宋安如无语:"我不早恋不好吗?"

刘伟想到往事,叹了口气:"青春期的同学不是喜欢追星,就是爱看小说,你当时对这些都不感兴趣,我都怀疑你毕业后要修道,你这种在小说里,一般是修无情道有所大成的人物。"

沈南辰想到刚认识她那会儿,一点不开窍就算了,成天只知道读书、打

297

游戏，情商还特别低，他没忍住笑出声。

刘伟见他这样，有种找到同盟的感觉："小伙子，你们是在大学认识的吧？刚认识的时候，你是不是也这样认为的？"

"没有，她一直都很好，不谈恋爱完全是因为没遇到合适的。"沈南辰忍住笑，晃了晃她的手，"对吧？"

宋安如觉得这话如果不是笑着说的，可信度还高一些。

几人往教师办公楼走的时候，路过了南苏一中的公告栏。

偌大的公告栏上，有很大一面是优秀毕业生张贴处。沈南辰停下来看了一眼，只见他家女朋友被贴在第一位。

宋安如，2020届理科毕业生，高考成绩728分，市理科状元，就读云京公安大学。

照片上的宋安如留着一头乌黑柔顺的长发，五官看起来比现在要稚嫩一些，婴儿肥也更明显。面无表情的样子，与两人刚认识时简直是等比例缩小版的。

沈南辰拿出手机拍了好几张。

宋安如见他没跟上，回过头就见他在拍照，问："有什么好拍的？"

沈南辰看着手机里刚拍的照片，直接设置成了锁屏，笑道："很可爱。"

"那个时候，班里的老师都喜欢她，好多人私下里说，她小小年纪，整天冷着一张脸特可爱，很想捏她脸来着。"刘伟笑呵呵道，"那边的公告栏还有很多她在校期间获奖的照片。管理公告栏的老师是她以前的生物老师，她毕业后，照片照理说该撤掉的，但那老师一直没舍得。"

三人又往刘伟说的公告栏走去，沈南辰拿着手机拍了很多照片，直到几人去办公室聊完天离开学校的时候，他都带着淡淡的笑意。

宋安如能感觉到他今天的心情比平时要好，不由得问："有这么开心？"

沈南辰点头，有些感叹道："如果小时候认识就好了。"

如果宋安如小时候跟她外婆一起参加沈老爷子的聚会，沈南辰见过她的话，肯定会很喜欢她，会想办法和她一起玩。如果开窍早的话，说不定他会来南苏和她一起读书。

宋安如也觉得有点可惜："早知道，我就和外婆一起参加聚会了。"

沈南辰在她额头上吻了一下，说："能认识你很开心，谢谢你走进我的生活。"

晚上回家后，宋安如洗完澡，坐在梳妆台前擦着头发，看着镜子里因为刚洗完澡，脸颊红彤彤的自己，她鬼使神差地去更衣室，翻了一套最衬自己肤色的睡袍换上。看着长出来一些的指甲，她又给自己剪了指甲，剪完后还磨了一会儿，直到不会划伤人了才停。

宋安如收拾完就要去找沈南辰，结果刚出门，就碰到路过的母亲。她很冷静地打了个招呼："妈。"

"哟。"毕韵初盯着她看了几眼，"这大半夜的不睡觉，是要来找我谈心？"

宋安如摇头："不是。"

毕韵初抱着胳膊，明知故问道："怎么，要去找你男朋友？"

宋安如点头："嗯。"

毕韵初打量着她身上的大红色睡袍，"啧啧"两声："长大了，都知道主动去拱白菜了。"

宋安如纠正道："我才是白菜。"

毕韵初往她脑门上拍了一巴掌："不害臊。"

"我找他怎么就不害臊了？"宋安如不服气，"他是我男朋友，而且我们都要订婚了。"

或许是一手养大的女儿要谈婚论嫁的缘故，毕韵初看着她，突然就有些感慨："我就你这么一个女儿，你爸死了，我一个人也生不出第二个了。"

毕韵初顿了顿，抬手帮她整理了一下衣领，眸子轻垂，看不清情绪："你一意孤行要走你爸的路，我对你只有一个要求。你俩领证后，早点生个孩子。你这一行很危险，你自己也知道，如果哪天你和你爸爸一样……"

毕韵初说着，声音哽咽了一瞬，但她很快就调整好了情绪："你得给爱你的人留下一个活下去的念想。"

"妈妈。"宋安如怔怔地喊了她一声。

家里所有的人都特别溺爱她，从小到大，不论她喜欢什么，大人都会满足她。唯一一次家里人反驳她，是在收到京公大通知书的时候。那天，在外雷厉风行的外婆和妈妈甚至哭了一场。

一家人劝她无果后，还是接受了这个结果。

只是那之后，妈妈总是失眠，安眠药都吃了不知道多少。外婆一个无神论者，变得特别迷信，只要听别人说哪家寺庙的平安符好，第二天立马就去帮她求，每年还会花大价钱去寺庙给她敲头钟，祈祷她平安。

外公话少，虽然从来不说什么，宋安如却在无意间发现，他每日必写的毛笔字，内容早换成了佛经。

宋安如一时间不知道应该说什么，突然就想哭。

"好了。"毕韵初摸摸她的头，"就当这是妈妈的自私吧。"

毕韵初离开后，宋安如在原地站了不知道多久，直到手机响起消息提示。

烦人精：三三？

宋安如吸了吸鼻子，往沈南辰房间走去。推开门进去的时候，沈南辰正站在窗边，若有所思地盯着旁边的布艺秋千。

见她进来，他招了招手："宝贝，过来。"

"怎么了?"宋安如疑惑地走过去,就被他抱起来放在了秋千上。

房间里只开了一盏小灯,光线昏暗,小灯正好在秋千上面。借着光线,沈南辰这才发现她的眼睛有些红。他凑近看了看,发现她的睫毛还有些湿漉漉的,顿时皱了皱眉:"眼睛怎么红的?"

宋安如圈住他的脖子,依赖地靠在他身上,说:"来找你的时候,碰到妈妈了。"

"妈妈说什么了?"

沈南辰听说过很多人家提到嫁女儿都会很不舍,今天外婆将她交给他的时候,眼睛就红红的。以为妈妈也是舍不得她,说了什么话导致她感伤。他道:"如果舍不得家的话,以后结了婚,我们可以和外公外婆还有妈妈住一起。"

"不是。"宋安如摇头,"妈妈让我和你结婚后早点生个孩子。"她说着,将脸埋到他的脖子上。

"不想和我生孩子?"感觉到脖子处凉凉的,沈南辰心疼道,"怎么就哭了?"

"不是。"宋安如又摇了摇头。

沈南辰捧起她的脸,看她眼睛越来越红,心疼道:"到底怎么了?"

宋安如将刚才的事情一五一十地和他讲了,沈南辰听完后,将她抱得更紧了,手轻轻地梳理着她的头发。

她的家人担心害怕的事情,他也很害怕。可因为爱她,他舍不得提出这些可能来绊住她的梦想。

沈南辰沉默了许久才道:"爱你的人会担心你,这是无可厚非的。想做什么就去做,我永远是你最坚强的后盾。我对你唯一的要求便是,无论做什么,都要顾好自己的安全。"他说着,在她额头上吻了一下,"好了,不哭。看你哭我心疼死了。"

宋安如吸了吸鼻子。

沈南辰帮她擦了擦眼睛,故意道:"还是第一次见你穿红色,特意穿给我看的?"

宋安如声音还有些闷闷的:"不好看吗?"

"好看。"沈南辰搂着她的腰,让她更贴近自己,"刚才就想说了,你穿红色特别好看。"

她的皮肤本来就很白,红色的丝绸映衬着雪白的肌肤,看起来性感又撩人。

沈南辰在她身上蹭了蹭,鼻尖萦绕着淡淡的沐浴露的香味,他疑惑地问:"没擦身体乳?"

他又凑到她脸颊边,蹭了蹭,问:"也没擦护肤品?"

宋安如点头:"嗯。"

沈南辰深吸了一口气，笑道："这么贴心吗？"

"那玩意儿吃多了不好。"宋安如撇撇嘴，"你老是乱亲。"

第二天，两人准备出海玩。宋安如许久没开快艇，在近沙滩的海面上跑了一圈后，才朝着一望无际的大海开去。她开得特别快，所过之处溅起一串串水花。

沈南辰看着她认真开快艇的模样，虽然冷着脸，却能感觉到她很有兴致。明明是个特别漂亮的小姑娘，偏偏就喜欢玩刺激的东西。

快艇没开太远，停在离沙滩几公里的地方。

宋安如领着沈南辰出了船舱，两人站在甲板上，蔚蓝色的大海一望无际，在阳光下波光粼粼，海与天被一条湛蓝的交际线划分开来，十分美丽壮阔。海面上偶尔蹦起一条鱼，海鸥飞掠捕食，充满了生机。

她深吸了一口气，感受着熟悉的咸湿味，心情格外好。指挥沈南辰从船舱里搬出两个躺椅和遮阳伞，两人将鱼竿固定在护栏上，就躺在椅子上等鱼上钩，不到两分钟，宋安如鱼竿上的铃铛就响了。

她按下自动收线，鱼竿被鱼拉扯出了很大的弧度，明显是大家伙。

没一会儿，鱼就被拉出水面了，一条大石斑，目测有二十斤。

宋安如开心地想着家里有位阿姨做石斑鱼做得特别好吃，正好可以让沈南辰尝尝。

她一只脚蹬在护栏上，探出半个身子开始扯鱼。

沈南辰上前帮她，两人没两下就将鱼弄起来放进鱼箱里了。

沈南辰从小到大来南苏玩过几十次，却还是第一次自驾出海钓鱼。看着她开游艇那熟练的架势，他觉得没个几年是真的练不出来。

海风将宋安如的头发吹得凌乱，露出那张小巧精致的脸。她开心地又将鱼钩抛了出去，沈南辰靠在护栏上盯着她，眼睛都舍不得挪开，问："经常出海？"

"没有，成年后才能驾驶游艇出海。"

宋安如成年后没多久就去云京读大学了，这两年寒暑假在家，没事儿的时候才会自己来钓鱼。

"喜欢大海？"

沈南辰总感觉回南苏后，她整个人比在云京更自由，多了一种让人说不上来的魅力。

"你问的是什么废话。"宋安如从小在南苏长大，很爱这片养育着她长大的大海。

沈南辰："这么喜欢，以后舍得去云京定居？"

宋安如："最初是打算了解清楚爸爸的死因，然后亲手捉拿那些坏人，

301

就回南苏工作的。"

沈南辰:"现在呢?"

她看了他一眼,不说话。

他大概知道她的想法,笑着戳她:"嗯?"

宋安如一脸冷酷道:"你在云京,也不是不能待。"

"我这么重要啊?"沈南辰抱住她,奖励似的在她额头上亲了下,"以后你想回南苏了,我们就回南苏。"

对于他说出这种话,宋安如是有些惊讶的。她问:"你家那么大个集团,你能来南苏定居?"

沈南辰:"不是有沈铭吗?"

宋安如看了他半晌,感叹:"哥哥还挺累的。"

沈南辰:"他喜欢赚钱。"

宋安如是真没看出来沈铭喜欢赚钱,毕竟每次看到他,看上去他都有一种不想上班的感觉。

又钓了一会儿鱼,宋安如再次钓到了一条金枪鱼后,就不钓了。太多了,家里人吃不完,反而浪费。

两人躺在躺椅上,感受着海风的吹拂,特别舒服。

遮阳伞原本是一人大小的,此刻遮着两个人,有些勉强,两人的脚都暴露在阳光下。

宋安如的脚搭在扶手上,阔腿裤滑至膝盖,露出小腿。

沈南辰看得口干舌燥,他拿起旁边的矿泉水喝了一口,侧身躺在椅子上,朝她招了招手:"过来,我抱抱。"

宋安如瞥了他一眼,就觉得他不安好心,说:"不要抱。"

沈南辰又拍了拍自己身边的位置:"宝贝。"

宋安如扛住了诱惑,将帽子压低盖在了脸上,十分无情道:"叫爷爷都没用。"

他笑吟吟地盯着她看了好一会儿,轻声道:"过来嘛。"

宋安如头皮麻了。

沈南辰:"我想抱抱你,你能大发慈悲地满足我一下吗?"

前一刻还铁石心肠的宋安如,起身把遮阳伞全挪到他的位置,随后走到他身边,毫不客气地躺下,将他的手放到自己脖子下面。

沈南辰抱着她,鼻尖轻轻地在她的脸上蹭,叹息道:"真乖。"

宋安如被他蹭得心乱如麻,翻身把他压在身下吻他。

伴随着潮汐的声音,一望无际的海面上,两人肆无忌惮地拥抱接吻。躺椅发出"吱嘎"响声,惊飞了停在甲板上的海鸥。

最后,宋安如趴在他身上,等他给自己按摩。就在她舒服得快要睡着的时候，忽然听到快艇在海上跑动的声音。

她抬起头看了一眼，那艘快艇是从离别墅区大概两公里远的酒店开过来的。

沈南辰见她一脸警惕，问道："怎么了？"

"那个船不是这边别墅区的。"

她家住的这个别墅区，这一片沙滩和海域都是私人的，外面的船只禁止入内。酒店里有快艇，很多顾客会出海，但酒店一般会告知顾客不要把船开到这边来。

总感觉那只快艇是朝着他们的方向来的。宋安如起身跑到船舱里，拿了个望远镜出来，朝那只快艇的方向看了一眼。

是一只小型快艇，没有驾驶舱，一眼就能看到驾驶的人。

正是隆齐。

宋安如："隆齐怎么会在这里？"

沈南辰拿过望远镜看了一眼，皱眉拿出手机。然而海面上，手机一格信号都没有。

他拉着宋安如回船舱，说："我们回去。"

"回去做什么，他该落网了。"宋安如看起来兴致勃勃的，"他一个云京人也想来海上埋伏我？多大脸。"

看着她自信满满的模样，沈南辰宠溺地摸摸她的头，说："想捉他？"

"其他地方我或许捉不了他，这可是大海，我从小在这儿长大。"

"行。"沈南辰很是放纵道，"想做什么做吧。"

"你看着，他今天不落网，我明天就改姓沈。"宋安如在他脸上亲了一口，随后在小仓库里翻找出一个自动捕鱼网和一根棒球棍。

两人窝在船舱里，直到隆齐的那艘快艇要到了，宋安如才假装刚发现他，驾驶着快艇就往远处跑。

隆齐紧跟不舍，一副要撞翻他们的架势。然而不管他怎么追，始终都差一步，就像是被戏耍着一样。

快艇来到靠近礁石的位置，宋安如兴奋地拍了拍身边的沈南辰，说："绑安全带。"

沈南辰迅速帮她绑上安全带，又给自己绑上，问："你打算怎么做？"

"前面有块礁石，他在我们后面追这么紧，肯定看不见。"宋安如说着，再次确认了一下那块礁石的位置，随后将快艇的速度提到了最高。

她看了眼紧追不放的隆齐，就在自己的船要撞到礁石上的时候，眼疾手快地玩了个左漂移。

"砰——"的一声巨响，几乎是宋安如的船刚移到安全位置，身后的船就撞到了礁石上。因为撞击速度过快，隆齐直接被甩飞到海里。

沈南辰忍不住夸奖："我家宝贝就是厉害。"

"我的地盘总不能让他横着走。"宋安如驾着快艇朝隆齐冲过去，沈南辰拿着自动捕鱼网走出船舱，慢条斯理地朝隆齐丢下。

隆齐被困在网里还在挣扎。宋安如拎着棒球棍跟出来，对着他的脑袋敲了几下，人直接晕了。

两人对视一眼击了个掌，合力将网挂在快艇扶手上。

开船拖着隆齐上岸。

岸上手机有信号，沈南辰立马报了警。

因为怕事情被家里人知道而担心，宋安如让沈南辰带的保镖悄悄将昏死过去的隆齐拖到别墅区外几百米远的地方，交接给警方。隆齐的案件牵连甚广，又是云京市公安局侦办，人必须得送回云京。

因为他是被捉过一次后被人劫走的，怎么把他押送回云京又是一个问题。

沈南辰和宋安如都想隆齐早点受审，他刚被抓，背后的人目前应该不知道。两人和陈宇商量过后，决定将沈家的私人飞机借给警方，用最快的速度将隆齐押送回京。于是，在隆齐落网三个多小时后，他就被送到陈宇手上。

晚上，宋安如趁着外公外婆还有母亲都回房间后，把沈南辰接到了自己卧室。

两人靠在床上玩游戏，陈宇打电话来了。

宋安如接通了他的电话："陈警官。"

陈宇关心的声音从电话那头传来："你怎么样？有没有哪里受伤？"

宋安如："我没事。"

陈宇松了一口气："没事就好，是怎么把他抓住的？"

宋安如的手机开着免提，沈南辰也听到了陈宇的问题，他回答道："他追我们的时候，撞到礁石了，我们就用捕鱼网救了他一命。"

"你们出海有哪些人知道？"

宋安如摇了摇头。

沈南辰会意："今天出海是临时起意，只有我和她知道。隆齐应该是不知道从哪儿打听到她喜欢出海，这两天一直在那片海域附近埋伏。"

"虽然隆齐落网了，你们出门还是得小心点，防着点金域文。"

宋安如接过手机，表情有些严肃："陈警官，你认识我爸爸，对吗？"

陈宇沉默了好一会儿："嗯。"

宋安如："金域文和我爸有什么仇怨？他儿子的死和我爸有关系？"

陈宇的声音有些沉重："金域文很爱他妻子，奈何他妻子死得早，留下的儿子就成了他感情的寄托。根据我们的推断，他儿子可能被他弟弟金翰带去了那次交易现场，双方火拼，你父亲大概在那场缉毒行动中击毙了他儿子。"

电话挂断后，宋安如想着父亲的事情出神。

"在想什么？"

沈南辰怕她难过，挠了挠她，企图引开她的注意。

"别闹。"宋安如抓住他的手，"我记得那场行动警方的人几乎都死了，毒贩也一个没跑掉。金域文又不在场，他是怎么肯定他儿子是我父亲击毙的？"

"这个问题我之前也想过，很大可能是毒贩那边有漏网之鱼。不过具体是怎么样的，之后金域文落网就知道了。"

"'之后'也不知道是多久。"

宋安如翻了个身，片刻后像是想到了什么，忽然坐起来。

沈南辰："怎么了？"

"忘记给秦知意她们说这件事情了。"

宋安如打开群聊，在群里发了一张她和沈南辰将隆齐吊在渔网里在海上拖行的照片。

很快就收到了消息回复。

夏桐：你又出海了？钓了这么大一条鱼吗？

宋安如：你放大照片，看清楚点。

夏桐：隆齐？你钓鱼把隆齐给钓起来了？

夏桐：这人给我带来了不小的阴影，这几个月被限制出行就算了，好不容易放寒假，我这两天都没敢串门，所以我现在可以自由出行了吗？

秦知意：你怎么捉住他的？

宋安如又躺回沈南辰腿上，兴致勃勃地给她们发了一遍捉隆齐的细节。

夏桐：他居然想在海上埋伏你？他脑子里装的什么？

秦知意：不愧是南苏小公主。

陈舒：不愧是南苏小公主。

…………

群里几人开始就这件事情展开了激烈的讨论，好一会儿后，陈舒发了一条消息，转移了话题。

陈舒：照片上天气看起来真好！小公主，我们家这边太冷了，快点邀请我去你家玩！我也想跟你出海了！

夏桐：附议！正好隆齐被捉了，我可以解禁了！想和你去冲浪去潜水！云京太冷了！

秦知意：我也附议一个，我这边也冷。

夏桐是云京本地人，云京现在零下，的确冷。秦知意和陈舒虽不是云京的，但家离云京也不远，气温也低。以往每年寒假，三人都会跟着宋安如一起回南苏，趁着年前玩一段时间。今年因为明衡山和隆齐事件，就取消了这个惯例。

宋安如看了看沈南辰，毫无心理负担地回复：来可以，包吃包住不陪玩。

305

夏桐：你不带我们，我们怎么玩？
秦知意：嗯……想起一件事情。小白告诉我，沈南辰跟着去南苏了。
陈舒：重色轻友。
夏桐：重色轻友。
宋安如：我要订婚了。
秦知意：什么？
…………

群里又展开了一场讨伐。

宋安如看着她们的话，莫名有点得意。以前她们都说她要孤独终老，现在她要订婚了，是寝室里第一个找到对象要订婚的。

见她抱着手机一副嘚瑟劲儿，沈南辰忍不住问道："在聊什么呢，这么高兴？"

宋安如将手机递到他面前。

沈南辰很快看完消息，在看到她打算重色轻友陪自己，以及大方地和室友说要订婚的事情，他心情很好地低头在她唇上吻了一下，说："要不让她们过来玩吧，正好参加我们的订婚宴。"

宋安如摇头，说："等你家人过来了，再让她们来。她们这会儿来，我得陪着。"

沈南辰明白她的想法，朝她眨了眨眼："想陪我玩？"

宋安如："平时一周陪她们五天，放假多陪陪你怎么了？"

"真乖。"

沈南辰又有了那种守得云开见明月的感觉。对于宋安如这种不懂浪漫的脑子，能想到这些，他心情特别好。

宋安如带着沈南辰在南苏疯玩了十几天。海钓、潜水、冲浪、跳伞、蹦极……什么刺激玩什么，还教会了他玩滑板、开快艇，以及各种游戏。

沈南辰学什么都快，还学得很好，能给宋安如带来极好的游玩体验。

相处时间越来越多，宋安如渐渐发现，沈南辰对她特别好，比她的家人还没原则。他总能在第一时间感知她所有的情绪，并且默默地解决掉，甚至喜欢她所有的爱好，能跟上她的节奏陪伴她。

越是在一起，她越有一种和他灵魂上都很契合的感觉，并且越发喜欢沈南辰。

宋安如自己都没发现，她从一个话少冷漠的性格，渐渐变成会发脾气，偶尔还会调侃别人两句的小姑娘。

她的外公外婆和母亲看着她越来越开朗，也由衷地开心。

两家人见面讨论订婚的事情水到渠成，双方都很满意。订婚宴最后定下来在南苏和云京各举办一场。

因为用于准备的时间不多,两家人都开始忙碌起来,宋安如反而成了最闲的人。以往沈南辰都会陪着她睡到中午起床,这段时间也总是神龙见首不见尾,一问就是帮忙准备订婚宴现场去了。怕她没人陪着玩,沈南辰还让人把她的室友都接来了。

这天,四人打算一起出门逛商场,自从明衡山的事情发生后,每次宋安如要出门,沈南辰都会跟着。这次因为秦知意几人在的缘故,他不方便跟着,便让沈家的车接送,还让几名保镖随行。

几人去的是毕韵初名下的一家商场,开在南苏最繁华的地段,人特别多,安保也不错。

宋安如担心有保镖跟着,秦知意她们不习惯,便让保镖都在商场外面等她们。

四人走进商场后,陈舒没忍住感叹了一句:"这就是公主的生活吗?专车接送,还有保镖随行?这几天上哪儿玩都有人跟着,我真的是憋坏了。"

夏桐也道:"沈南辰未免也太小心了吧?逛个商场,让六个身强体壮的保镖跟着。"

宋安如:"他的确比较小心。"

隆齐被抓后,沈南辰对她的保护却丝毫没减,这几个月她和他走到哪里都有保镖跟着,已经习惯了。

秦知意反而赞成:"三三都被人埋伏两次了,这两次也亏得运气好。沈南辰会这么谨慎,也说得过去。"

陈舒"啧啧"两声:"不得不说,沈南辰长得好看,个子高,最重要的是还是个恋爱脑,三三这个对象是真找得好。"

宋安如露出"的确如此"的表情:"那是,沈南辰就是最好的。"

"可再好也不是你突然订婚的理由啊。"陈舒到现在都还没从她要订婚的消息里缓过来,"我是真的想不到,大三刚过了半学期,我就要参加你的订婚宴了。明明大三刚开学那会儿,你还是个成天只知道读书打游戏的人呢!"

"谁不是呢。"夏桐道,"我记得沈南辰刚满十九吧?我真的很怀疑,要是他二十二岁了,你们会给我表演个原地结婚。"

宋安如勾了勾唇,肯定了她的猜想:"等他满二十二岁,的确要领证,结婚宴留着他毕业后。"

几人相顾无言。好一会儿后,陈舒再一次感叹道:"我居然不知道你这么恨嫁。"

宋安如:"我本来想着毕业再结婚的。可是法医学专业要读的时间长,沈南辰就说先领证,以后我工作了,说起老公还是个大学生,会很厉害。"

秦知意嘴角抽了抽:"然后你就同意了?"

宋安如点头："嗯。"

夏桐："果然有卧龙的地方就有凤雏。话说回来，我妈听说你要订婚，惊讶地找我确认了好几遍。她甚至还问我，你是不是被什么脏东西夺舍了。"

"同一个妈啊！我床头不是摆了我们四个的合照嘛。我妈拿着照片，指着她一个劲向我确认。"陈舒学着她妈震惊的语气，"你确定是宋安如要订婚？你是不是搞错了？应该是夏桐要订婚了吧？"

夏桐无语："过年过节的，你确定要戳我两刀才舒服？"

陈舒拍拍她的肩膀："没事，我和老大也陪你单着，不会抛弃你的。"

"我就不了。"秦知意嘴角露出温柔的笑，"我有个消息也想告诉你们。"

陈舒有了不好的预感："什么消息？"

秦知意："江喻白向我告白，我们在一起了。"

宋安如不太理解："为什么现在才在一起？"

印象中，这两人在她和沈南辰之前就已经很亲密了。

秦知意忍不住笑道："昨晚他不知道受了什么刺激，突然给我打电话，说要当我男朋友，还说要和我结婚。"

"除了沈南辰要订婚，还能有什么刺激。"陈舒伤感地抱住夏桐的胳膊，"合着就我俩单身呗，她们都有对象。"

"可不是。"夏桐幽怨，"说好一起当狗，结果这两人背着我们一个交往，一个订婚。"

两人对视一眼，叹了一口气。

几人打闹着走了一会儿，突然发现宋安如不见了。回过头，只见她站在一家大牌女装店门口，目光凌厉地朝里面看。

感觉到有些不对劲，三人走上前，陈舒压低声音问："你在看什么？"

宋安如指了指里面某处："林红。"

夏桐惊呼："林红？"

如果不是隆齐刚落网，大家甚至快要忘记这个人了，那个被她们共同从隆齐手上救下来的女人。

林红拒绝交代受害情况，却和隆齐一样出现在南苏，这件事情本身就透露着诡异。

四人皆是一脸凝重的模样，秦知意安排道："陈舒，林红没见过你，你进去假装买衣服，我们三个在外面盯着。"

宋安如给自家母亲打了个电话，没一会儿，服装店里就出来一名导购，配合着陈舒进去挑选衣服。

三人分散开来，混在来往的人群里。

店内，烫了头大波浪鬈发的林红试好衣服出来，妖娆妩媚地走到一个块头高大的中年男人面前，转了个圈。

"漂亮。"中年男人色眯眯地在她屁股上捏了一把，随后递了一张卡给导购员，"穿着走。"

林红见状，勾住他的脖子，凑到他的唇边亲了一口。

男人将她压在怀里："晚上再收拾你。"

林红娇笑着道："我可等着哥哥了。"

导购员将换下的衣服和卡还回后，中年男人揽着林红的肩，两人十分亲密地走出店铺。

两人一路又逛了几家服装店，中年男人手里的袋子越来越多。

就在他们似乎打算离开的时候，中年男人的手机响了，他在林红脸上亲了两口，走到这层楼靠近安全门的位置接通电话。

随着通话的时间越长，他的脸色越来越不好。

这个时候，宋安如的手机也振动了，是沈南辰打来的。她挂断电话，给他发了条微信过去：怎么了？

沈南辰给她发了条位置共享邀请过来。

宋安如点进去，发现他也在商场里，只不过在一楼。

宋安如：你怎么来了？

烦人精：怎么不让保镖跟着？

宋安如：逛个商场又没什么。

烦人精：看到林红，为什么不和我说？

看到林红后，宋安如给陈宇发了消息。没想到陈宇在第一时间通知了沈南辰。

宋安如：就林红和一个中年大叔。

烦人精：你站在原地等我，不准乱跑。

宋安如：好。

她回了消息后，又往群里发了消息，让大家都不要轻举妄动，随后从店铺门口不远处关注着那两人的情况。

突然，中年男人甩了林红一个耳光，压低声音恶狠狠地骂道："吃里爬外的东西。"

林红捂着脸，不哭也不闹。

商场靠近安全门的位置比较偏僻，离人流区域有些距离，以至于来往的行人都没发现角落里那一幕。

只见那男人突然一把拽住林红的头发，将她拖进了楼道。

宋安如知道商场里面的墙和安全门隔音效果极好，那两人进了楼道后，外面的人根本就不知道里面是个什么情况。

林红算是"夏姐"和金域文事件的线索人物，不容出事。离得最近的夏桐和陈舒对视了一眼，两人几步上前，拉开门跟出去。

莫名地，宋安如心里升起一股不祥的预感。

她立马报了警，眼看着秦知意也过去了，她顾不上沈南辰，跟着追过去，喊道："老大，等等。"

两人侧耳贴在安全门上听了一会儿，能隐隐听见里面打人的声音。

宋安如隐约觉得哪里不对劲。

秦知意也紧皱着眉头，她朝宋安如比了个手势，推开安全门。

宋安如跟了进去。

安全楼道里很黑，几乎是两人进入的一瞬，一左一右两根棒球棍直直朝着两人的脑袋砸下来，还有人堵在安全门口防止她们跑出去。

宋安如反应极快地拉着秦知意躲开，两根棒球棍如影随形，没什么章法地朝着她们一顿乱砸，随后又有四个拿着棍子的大汉上前将她们围起来。

宋安如和秦知意一人抢了一根棍子，背靠着背，和几个大汉搏斗。余光看到林红挽着刚才那位中年男人的胳膊，两人站在楼梯上，冷冷地注视着她们，而他们脚下躺着被砸晕的夏桐和陈舒。

宋安如冷静地问："你们想做什么？"

"埋伏半个月，总算是逮着你了。"中年男人下令道，"把这两个打晕一起带走。"

宋安如有些吃力地应对着面前的几个大汉，在心里祈祷沈南辰和保镖快点来。

"你埋伏我们做什么？"

"埋伏你们还需要原因？"中年男人闲闲道，"不是能打吗？今天倒要看看你们有多能打。"

"多能打倒是不至于。"宋安如一棍子敲晕面前一个大汉，躲避另外一个大汉的棍子时，随手捡起一根棍子，使劲朝着林红和中年男人的方向丢去，"打你还是绰绰有余的。"

秦知意没忍住笑出声。

棍子正中中年男人的脑袋，他痛苦地吼了一声。

林红担心地扶着他："哥哥，你怎么了？"

中年男人痛得原地跳脚，气急败坏道："打，给我往死里打，留口气回去交差就行了。"

周围的大汉还剩四个，眼看着其中一个趁着秦知意不注意往她脑袋上敲去，宋安如扫开面前的人，用棍子抵住那人，将他撞到楼梯扶手上，对着他踹了一脚，将他踹下了楼，拿着他的棍子，又使劲往中年男人脑门上丢，又是一阵嗷嗷乱叫。

敌人还剩三个，两人这才开始游刃有余，秦知意甚至开了一句玩笑："三三，你这手艺不去套圈真的可惜了。"

宋安如一本正经道："套过了。"

秦知意："你和谁去套圈了？"

宋安如随手又解决了一人："未婚夫。"

两人没注意的是，中年男人从包里掏出一把枪，林红按住他的手："哥哥，老板交代过在公共场所不能用。"

"管不了那么多了。"中年男人气急了，拿枪对准地上的夏桐，"住手。"

借着安全灯的光，隐约能看见漆黑的枪口抵在夏桐的脑门上。

宋安如和秦知意都收了手。

中年男人恶狠狠地看着宋安如，另一只手拿着棍子，说："你过来。"

"我打的你，你没必要把气撒在她身上。"宋安如举起手，朝着中年男人走去。

见她脸上一点害怕都没有，男人想到自家老板交代的事情，再次厉喝一声："你背对着走过来。"

宋安如缓缓背过身。

秦知意也举起了手，和她一前一后背对着男人走过去，说："我和她一起吧。"

"没你的事，你站在那里！"中年男人明显不是个傻的，他朝仅剩的两个壮汉使了个眼色。

那两个壮汉趁着秦知意不敢动的这会儿，往她脑袋上打了一棍子。

秦知意眼睛一闭，倒在地上。

宋安如看到她晕倒前明显僵了一下，大概猜到她是假晕。商场的楼梯每一层有十四级，此刻她已经上了八级楼梯，离中年男人还有六级。

男人脑袋像被开瓢了似的，疼得不行。他恨恨地忍着，就等宋安如上来后教训她一顿。

宋安如退到了最后一级，男人依旧蹲在地上，用枪指着夏桐，命令："你坐下。"

宋安如缓缓坐下："叔叔，我之前脑袋开瓢过，医生说不能再遭受重创，你可别两棍子把我打死了。"

"闭嘴。"男人不报复回来，实在气不过，挥起棍子就往宋安如头上招呼。

就在这时，原本闭着眼的夏桐瞬间睁开了眼睛，抢过枪用尽全力往旁边丢开。

"三三！"

宋安如几乎是听到枪落地的声音就立即转身，夺过棍子将中年男人敲晕。

楼下的两个壮汉见状冲过来，秦知意出其不意地醒来，捡起棍子也把那两人敲晕过去。

就在大家松了口气的同时，夏桐突然扑到宋安如身上，大喊："三三，

311

小心！"

一道枪声响起，夏桐和宋安如从楼梯上滚下来，两人滚过的地方留下深色血迹。

安全门被人从外面推开，光照进来的同时，沈南辰出现在门口。

他一眼就锁定了正从楼梯上滚下来的宋安如和夏桐。借着光亮，能清晰地看到两人滚过的地方留下的血迹，他瞳孔骤缩。

楼梯上的林红举着枪，还在瞄准宋安如和夏桐的方向，可能是第一次用枪的缘故，手抖着一直瞄不准。

沈南辰从地上捡起一根棍子朝着林红砸去，她痛呼了一声，枪掉到地上。沈南辰带上来的保镖立马冲上去将她按住，并将所有躺在地上的歹徒控制住。

"三三！"

沈南辰接住从楼梯滚下来的宋安如，秦知意接住夏桐。

看着宋安如一身血，他手抖着开始检查她，声音微颤："伤到哪儿了？"

她今天穿了一件白色短袖，此刻衣服上到处沾着血，看起来极为瘆人。

宋安如被夏桐扑倒的时候，脑袋撞楼梯上了，人有点晕，手背上落了一滴水。抬头一看，沈南辰红着眼睛在她身上摸索。

她抓住沈南辰的手，说："你别哭，我没事。"

"夏桐，醒醒。"

旁边传来秦知意带着哭腔的声音，宋安如这才回过神来。刚才林红朝她打了一枪，关键时刻是夏桐推开了她。

那么多血，如果她没受伤……宋安如瞬间脸色苍白，着急地起身想要去看夏桐的情况，又头晕眼花地摔回地上。

沈南辰紧张地扶住她："慢点。"

宋安如根本听不进去，朝着旁边的夏桐爬过去。

夏桐脸色苍白得不像个活人，鹅黄色的连衣裙几乎不能看了，被血染透了，地上的血迹还在不停增多。

秦知意按着她的大腿，两只手上全是血，眼泪掉不停："夏桐，醒醒。"

"夏桐。"宋安如的声音带着哭腔，一遍遍叫着她，"夏桐，夏桐……"

遍地都是刺目的鲜血，夏桐依旧没有反应，和平日里活力满满的模样比起来，像个死人一样。

宋安如再冷静淡定的一个人，第一次看到这种场景，也完全接受不了。

好在警察和医生很快就来了，陈舒被打得有点重，还没醒，好在她比较顽强，经过一系列检查，除了脑门上被砸出一个大包外，只有轻微脑震荡。

夏桐大腿上挨了一枪，失血过多，在医院里取出子弹后，输了血，情况稳定。

312

南苏市永安商场枪击事件极其恶劣，警察和医生赶到现场的时候，引起了不少人的注意。很多围观者在网上发布了这件事，没多久，该事件就在网上爆了。

南苏市公安局对此案高度重视，和云京市公安局联合展开了调查。陈宇带着队员很快赶到南苏审查这件事情。

宋安如、沈南辰、秦知意三人等夏桐和陈舒的问题处理好后才去公安局做笔录。他们到的时候，陈宇等人已经等着了，并且对今天捉到的那批人审过了一遍。

周夙看到宋安如，走到她面前，将她翻转着检查了一圈，问："有没有哪里受伤？"

"没有。"宋安如摇头，"审出来什么了吗？"

走廊上的陈宇随手推开一间空的审讯室，说："进去说吧。"

几人跟着他进去坐下，就听他道："一个好消息，一个坏消息，要先听什么？"

秦知意："先听好消息吧。"

陈宇目光冷然："今天埋伏你们的头领是金域文的人，叫江鹤川。起初他和林红不愿意交代背后主谋，我们的技术人员检查了他们的通讯设备，在江鹤川手机里查到了一段来自金域文的消息，包括金域文下令活捉宋安如的视频，以及他布局明衡山毒品交易时间的视频。"

宋安如总觉得有些不对劲："所以好消息是找到了能坐实金域文犯罪的证据？"

陈宇眉头紧锁："嗯。"

"这的确算是好消息，终于可以逮捕他了。"秦知意问，"坏消息是什么呢？"

陈宇："拿到证据后，我们立马通知云京那边的人逮捕金域文，他不知道从哪里得到消息，跑了。"

几人刚舒缓一点的情绪又开始紧绷。

沈南辰提出了自己的疑惑："十多年都没有落网，足以证明金域文做事小心谨慎，他怎么可能用自己的手机给江鹤川发消息，又怎么会被这两人弄到录像？"

"对，重点就是这个。"陈宇说，"我们和金域文纠缠十九年了，这人做事一向小心谨慎，据我们线人的消息，他出席任何私下会议都会让人先没收电子设备，参与的人还必须是他的亲信。而且很多事情都是亲信去安排，他完全不经手，和林红、江鹤川联系这一点就不太可能。"

秦知意忽然就懂了："他们内部出问题了？他被他信任的人设计了？"

陈宇目光幽幽："金域文这人的亲信并不多，据说每位亲信的家属，他都给予了富足的生活。"

秦知意："意思是他变相监视了亲信家属？"

陈宇点头："嗯。再加上他对亲信都很大方，很讲义气，所以他的亲信几乎不可能背叛他。"

宋安如听着两人的对话，脑袋一阵阵发疼，她抬手揉了揉额头。

沈南辰一直注意着她，替她揉额头，担心地问："头不舒服？是不是在楼梯上磕着了？"

几人的视线都落到宋安如身上。

"没有。"她摇头，"我在想，到底是谁在背后一步步促成这件事情。"

"你们先好好读书，这些事情目前还用不着你们操心。"陈宇将打火机收进包里，掰了掰手指，比起刚才精神好了不少，"首要的是先把金域文逮捕了。既然证据都送上门了，能先把他这只蛀虫挖了也好。"

夏桐和陈舒的情况稳定后，毕韵初将两人接回了家里。有家庭医生照看着，两人的健康状况不需要担忧。宋安如和沈南辰把家人安抚好后才去看望夏桐和陈舒。

她们挺有活力地挥手："你们来啦！"

宋安如走到床边，观察了一下，发现她们的脸色都好了不少，松了口气，问："感觉怎么样？"

夏桐拿着一个苹果边吃边说："好多了。"

陈舒跷着二郎腿，刷着短视频，说："好多了，就脑子有点晕。"

床边的柜子上摆了一盘洗干净的水果，听着夏桐咬苹果的声音，宋安如的肚子有些饿了。她盯着其中又红又大的苹果，多看了两眼。

沈南辰小声问："要吃苹果吗？"

宋安如见他一副要给自己拿的模样，故意为难道："我要吃小兔子的。"

"行。"

沈南辰洗了手，拿着苹果开始削，没一会儿，就削出一个丑兮兮的小兔子递给她。

宋安如一整块塞进嘴里，说："没马姨削的好看。"

"慢点吃。"沈南辰又削了一块递给她，"那我练练，争取比马姨削得好看一点。"

第二块明显比第一块好看许多。宋安如一口咬掉兔子头，说："不用费功夫，反正都要吃的。"

沈南辰乐在其中地削苹果，笑道："不费功夫，多给你削几个就好了。"

秦知意三人盯着他俩的互动，表情各异。

夏桐原本觉得苹果又脆又甜，看着宋安如手里一块比一块精致的小兔子，突然就觉得苹果不好吃了。

"三三，把你的兔子给我尝一块。"

陈舒跟着道："我也想尝一块！"

宋安如拿过沈南辰手上没切完的苹果，自己捏着啃，随后又拿了个苹果，和刀一起递给秦知意。

秦知意嘴角抽了抽："干什么？"

宋安如："给她们削兔子。"

秦知意："你怎么不削？"

宋安如理直气壮："我不会。"

秦知意看了眼沈南辰："你对象会。"

"不要。"宋安如拒绝，"他只能给我削。"

沈南辰宠溺道："好，只给你削。"

秦知意叹了口气，拿着刀认命地开始工作，感叹："三三，我以前真不知道你这么护食。"

"沈南辰，你是在宠女儿吗？"陈舒感觉自己被灌了一公斤狗粮，"她已经很无法无天了，你就不怕宠坏了？"

夏桐和秦知意捂着嘴偷笑，房间里的氛围十分好。

一道电话铃声突然响起。秦知意拿起柜子上的手机，递给夏桐："你的电话。"

夏桐咽下嘴里的苹果，擦了擦手接过手机。看到来电显示的那串没备注的号码，她脸上的笑意淡去。

秦知意问她："怎么不接？"

夏桐看了几人一眼："是年斯霖的号码。"

房间里的气氛沉默了半晌，宋安如坐到她床边，说："接通听听。"

夏桐接通电话，并且开了免提。

她没说话，电话那头也没说话。双方沉默了许久，年斯霖带着些许疲惫的声音传来："你去南苏了？"

夏桐盯着右手上的输液管，喉间有些哽咽，一时间开不了口。年斯霖没有挂电话，也很有耐心地没有催促她。好一会儿，她整理好情绪才道："有什么事吗？"

年斯霖："是不是受伤了？"

夏桐看了眼秦知意，虽然网上报道了永安商场枪击事件以及受伤人数，却没有任何消息透露她们的身份与照片，她甚至都没有和家里人说过。

"你怎么知道？"

年斯霖沉默了一会儿，说："金域文想绑架宋安如，你和她在一起可能会被连累。"

听到"连累"两个字，宋安如眉头紧了紧。沈南辰悄悄在她手心捏了捏。

夏桐有些生气："你是不是和金域文是一伙的？"

年斯霖又问："伤到哪里了？"

"不要转移话题！"夏桐坐起来，不小心扯到了大腿上的伤口，她疼得倒抽冷气。

年斯霖的声音明显带着焦急："桐桐，伤到哪里了？"

面对他突如其来的关怀，夏桐只觉得心如刀割："年斯霖，我再问一遍，你是不是和金域文是一伙的？"

电话那头又安静了好一会儿，年斯霖的声音也越发疲惫："不是。"

夏桐："明衡山不翼而飞的钱和毒品，是不是和你有关系？"

年斯霖没有回答她的问题，只是道："好好养伤，如果可以的话……回云京吧。"

"嘟嘟嘟……"

电话被挂断，夏桐一把将手机摔出去。

秦知意抬手接住她的手机，放在一旁的桌子上，说："因为一个男人伤心就算了，没必要伤财吧？"

夏桐深吸了几口气，心里翻江倒海，却故作冷静地问："他刚才的话你们怎么看？"

秦知意扯了一张湿巾纸递给她："结合金域文被算计的事情，他说的可能是真的，他和金域文不是一伙的。"

"嗯。"沈南辰接着道，"即便他和金域文是一伙的，根据金域文的小心谨慎，靠他一个人，要算计到可能性不大。"

宋安如猜测："所以……金域文那边应该有人和他里应外合。"

秦知意想了想道："林红这个人太古怪了，我很好奇那个夏姐当时在电话里和她说了什么，以至于她还能像个没事人一样，跟隆齐他们来南苏合作，而且她和江鹤川相当于是拉下金域文的关键人物。"

"那个夏姐！"陈舒将所有的事情串连一起，得出了自己的猜测，"林红很有可能是听命于她的！金域文有很大概率是被那个夏姐背叛的？"

几人沉默地对视了几眼，夏桐拿起手机，给陈宇拨了个电话："我先给陈警官讲一下年斯霖给我打电话的事情。"

从陈宇那里了解到，结合这几件事情，警方也怀疑"夏姐"和年斯霖。

自从明衡山事件后，对年氏的各种调查或者暗访都没停过。然而年氏就像被罩了一层铜墙铁壁，警方没有查出重要证据。即便有些值得让人怀疑的地方，也早就安排了合理的解释，就像是有人知道会出事，提前预备过一样。

所有人都在猜想，在背后推动这一切的究竟有哪些人。

因为请帖已经发出去了，宋安如和沈南辰在南苏一周后的订婚宴照常举行。

订婚仪式上，沈家送了十分贵重的彩礼。一份婚前财产共享协议，一份地契，一套收藏价值极高的钻石首饰。那块地处于云京市最繁华的商业圈，不久前才新建了一栋办公大楼。地不仅贵，还抢手，并不是有钱就能买到的。意思很明显，是给宋安如家里即将开去云京的分公司准备的。

面对这样贵重且有诚意的彩礼，毕韵初甚至不知道该说什么。沈南辰在家里住的这段时间，毕韵初观察过他，他对自家女儿非常上心，能理解女儿的每一个想法，能陪她胡闹，陪她玩乐，也能将她照料得无微不至。

到哪个程度不好形容，毕韵初自认为自己最爱的是女儿，一手把她养大，却不想没有沈南辰了解她。这样的人可遇不可求，毕韵初由衷地为女儿开心，能遇到一个完全把她放在心里的人。

订婚宴上，轮到毕韵初讲话的时候，她眼眶发红地看着站在一起十分相配的两人，说："首先感谢各位来宾参加我女儿的订婚宴。在这里，我想对我的女儿和未来女婿说几句话。"

宋安如看到她眼眶发红，下意识地有点想哭。

沈南辰察觉到她的情绪，轻轻拍着她的背，小声道："不哭，一会儿妈妈该担心了。"

毕韵初笑得很温柔，完全没有平日里冷淡疏离的模样，说："宝贝，妈妈为你找到对的人感到开心。希望你和沈南辰在接下来的日子里幸福美满，无论什么时候，你要知道，妈妈永远是你最坚实的后盾。"

台下的人掌声不停，大家都在为这份喜悦祝福。

宋安如情绪上涌，跑到毕韵初面前抱住她，声音里带着哭腔："妈妈。"

"宋安如，这么重要的日子，你敢哭一个试试。"毕韵初忍住不舍的情绪，在她脸上捏了一把，朝沈南辰道，"把你媳妇带走。"

"妈，请您放心。"沈南辰郑重地说了一句，就把宋安如牵走了。

给到场的来宾敬酒时，宋安如才发现，到场的人不止家里的亲戚和妈妈公司的合作伙伴。

以前学校里教过她的老师，以及学校周围和她关系很好的一些店家老板都在。宋安如很惊讶的同时，也打从心底觉得开心。只是有些困惑，妈妈平日里那么忙，怎么连自己关系好的店家老板都知道。

敬完酒回休息室的时候，她有些疑惑地问了妈妈。毕韵初朝沈南辰扬了扬下巴，说："你未婚夫请的。"

她有些欣慰地道："他说你在云京一中读了六年，那些人见证了你的成长，他感觉你很喜欢他们，如果订婚有他们的见证，你应该会很开心。"

宋安如想得没那么多，从小到大，人情往来的事情都是听大人安排，这方面比较迟钝。即便今天这些人没来，她也想不到。或许往后再见到的时候，别人问"什么时候结婚的？怎么没请我啊"，她可能才会后知后觉地反应过来。

但是今天来了。看到他们的时候，宋安如真的有一种那些见证自己长大的人，也在见证自己迈入人生新阶段的感觉。

宾客满座，两家人和乐融融，这一场订婚宴办得特别成功。宋安如收到了很多祝福，打心底地觉得开心。

因为很多亲人朋友从远方来，要在酒店休息一晚。晚上两家人为了陪伴客人，也都在酒店里下榻。宋安如和沈南辰陪亲戚们打麻将，打到晚上十二点才回房间，等洗漱好休息的时候，已经很晚了，她累得沾床就睡。沈南辰精神极好地抱着她，看着她的睡颜，想到两人已经订婚的事情，忍不住在她脸上一下又一下地轻啄。

"我好开心。"

宋安如依旧睡得很沉，丝毫没有反应。他又用鼻尖在她脸上轻轻蹭，声音温柔地叫她："宝贝。"

宋安如睡梦中只觉得痒，下意识地摇了摇头，却被他捧着脸，又是一阵亲昵的蹭。

"终于订婚了。"

宋安如成功被他吵醒了，把脸埋在他的颈窝，小声呢喃："别闹。"

沈南辰托起她的脸，靠在她耳畔，温柔地又叫了一声："宝贝。"

宋安如干脆不理他，继续睡。沈南辰心情和精神都特别好，很想和人分享，索性在她耳边小声说："我想和你说说话。订婚真好，以后你就是我的了。"

沈南辰看了眼手机上的时间，有些遗憾道："还要等两年零九个月又二十一天二十小时十八分四十八秒，我们才可以领证。"

宋安如迷迷糊糊听着他这段话，极度无语，他是怎么精确到秒的。

沈南辰还在说着话："以后想有一个长得像你的女儿，肯定很好看。如果是儿子的话，就长得像我吧。男孩子大多调皮，如果太像你了，我会舍不得教训他。"

宋安如的瞌睡虫完全跑光了。耳边的声音性感又温柔，然而她现在一点也不想听，只想休息。

她睁开眼，翻身压到他身上，瞪着他："不准再说话了，睡觉。"

沈南辰用下巴抵着她的脑袋，说："你是真的知道怎么扎我的心。"

宋安如再次警告道："你再不睡，我要和你分房！"

沈南辰叹了一口气："订婚第一晚，你就要和我分房睡，还有比我更惨的人吗……"

宋安如很享受地窝在他怀里，渐渐又有了睡意，说："你们寝室的刘昱和苏彦还没有女朋友。"

确实，想到这一点，沈南辰心情又好了。果然幸福这种事情，有时候还是需要靠旁人衬托。

南苏的订婚宴结束，两家人休息了一天，又去了云京。

云京的订婚宴也举办得很成功。

第十一章 /
黎明

　　隆齐、林红以及江鹤川全被转移到云京市公安局，又被审讯了几次。警方从三人那里只得到了和金域文相关的证据。有关"夏姐"的问题，审出来的都是警方早就知道的，依旧不清楚她的身份。有关年斯霖的问题，三人都一副不清楚这人是谁的模样。口径过于重合，就像是被人训练过似的。

　　这一段时间里，公安局的卧底打听到金域文逃逸后，暗处的势力都在被一股新生势力收拢。金域文明面上的公司虽然被查封，内部的账却有很大的问题。

　　几乎是在金域文被下通缉令的前一天，多个分公司账户往国外几个账户汇了巨款。

　　经过警方多方查证，那笔钱汇入了一个叫作 xiaJin 的人名下。因为账户开在国外，除了知道名字外，其余一切信息都不清楚。

　　只是，xiaJin 翻译成中文名，或许叫金夏。

　　警方在追捕金域文的同时，也有很多暗处势力在找他。经过信息推断，收拢金域文原势力的那股新势力，应该就是"夏姐"，找他的也是"夏姐"。

　　金夏，夏姐。

　　警方判断，这两人有很大可能是同一个人，只是无从查证。同时也疑惑，这个被金域文保驾护航的金夏，和他究竟是什么关系，又为什么要背叛他。

　　迷雾重重，案情一直推动不了。

　　宋安如毕业后，以优异的成绩考进了云京市公安局，成为刑警支队的一名成员。夏桐和秦知意也考进了云京市公安局，成为禁毒支队的成员。陈舒的父母是老来得女，年纪大了，身体不是很好，因为要照顾他们，她回老家考了当地的公安局。

　　金域文的通缉令下了三年，这三年间，他就像人间蒸发似的。警方将重点放在年家公司以及金夏的身上，年家依旧铜墙铁壁般，没有一丝漏洞可查。

　　金夏不仅接管了金域文所有的生意，甚至将其发展得更加壮大。警方的卧底人员不管怎么想要混入，始终都混不进能接触到金夏的层面。

难得的周末，宋安如正好不用值班，已经大四的沈南辰也回家了。

两人靠在落地窗前的沙发上晒太阳。窗外，湖面波光粼粼，岸边细柳随风飘荡，鲜花盛开，微风裹挟着花香，涌进房间里，带着春天的气息。

在这样的惬意中，宋安如趴在沈南辰的腿上，皱着脸翻看手机里的信息。

"怎么了？"

沈南辰顺着她的头发问。

订婚三年，两人一有时间就黏在一起，沈南辰对她的爱意丝毫没有减少，反而越来越浓。他宠爱地低头亲了一下她的脸，说："我就周末回家一趟，你还要玩手机，不抓紧时间好好和我玩？"

"在看秦知意发的消息。"

宋安如将手机丢到一边，伸手环住他的腰，一副闷闷不乐的样子。沈南辰安抚地拍着她的背，问："发生什么事了？"

宋安如在他腰上拱了拱，脸皱得更紧了："秦知意说接到报警，有人聚众贩毒，他们出警很快，可等赶过去时，报警的人已经被打死了。经法医鉴定，那人在报警前就已经被暴打了。"

"挑衅？"

沈南辰的手顿了顿，拿起她的手机看了会儿，眉毛微微上挑。

"嗯。"宋安如点头，又在他腰上蹭了蹭，"那人打电话的时候，语气特别害怕，似乎是正在被恐吓。"

秦知意经过调查得知，死的人也是一个贩毒分子，只是不知道为什么，被同伙杀了。

沈南辰轻轻刮着她的脸颊，说："你还记得我们去年家参加年玉生日宴那天的事情吗？"

"嗯。"那天算是两人第一次约会，宋安如印象很深刻。

沈南辰的手指穿过她的头发，停在她后脑勺淡淡的疤痕上，说："当天晚上，我们抓到的那两个人，你还记得吗？"

"记得。"

陈宇教育她的场景，她简直记忆犹新。现在成了他的下属，偶尔见他板着脸，她都会主动躲远点，就怕被逮着念个没完。

沈南辰轻触着疤痕上好不容易长出来的头发，眸色微凉："发生了明衡山的事情后，我安排了两个保镖，假扮普通居民住在他们家人的附近。"

宋安如撑起上半身，诧异地盯着他："你留意他们的家属做什么？"

"那天和他们一起在场的人就是金夏。那两人入狱后，都没有交代过有关金夏的事情。"

那两人警方提审过很多次，每次一问到有关金夏的事情，两人都讳莫如深。即便用减刑做诱饵，两人也不愿意透露。

沈南辰能提出来，就证明或许有突破点。她问："你安排的人留意到什么了？"

"其中一个叫冯建的，父母失踪半个月了。没有搬家的痕迹，也没有任何行程痕迹，突然失踪的。"

宋安如："你怀疑他们可能已经死了？"

"嗯。"沈南辰点头，"冯建一家不是云京人，他父母平时也很少外出，几乎没有朋友，失踪没人发现倒也正常。"

冯建这人十五年前赚了些钱，随后突然带父母来云京安家，没结婚，老家里的亲戚来往不多，唯一的至亲就是父母。当时一起被抓的另外一个人赖斌，和他的情况差不多，也是外地人，赚了点钱后，带着老婆和女儿搬来了云京。

如果没猜错的话，这两人的家人应该都是金夏控制他们的把柄。

沈南辰继续道："据保镖观察，那两家人在冯建、赖斌入狱后，照常打着零工，但生活质量一点也没下降。"

也就是说，背后肯定有人支援。

"现在冯建也算孑然一身了，说不定真能问出点什么。"

沈南辰："直接问，可能问不出什么。"

宋安如想了想也是。即便冯建的父母死了，他也不一定会背叛金夏。她看向沈南辰，直觉他会有办法。

"那要怎么问？"

沈南辰指了指自己的唇。宋安如把他按在沙发上，使劲地亲了好一会儿。

"离间一下就行了。"沈南辰满意地摸了下唇角，"他父母的失踪，应该和他以前的竞争对手有关系。"

"我知道了！"宋安如起身就要出门。

沈南辰喊住她："去哪儿呢？好不容易周末，不要陪我吗？"

宋安如："我去申请提审那人。"

沈南辰将她拉回怀里，从背后抱住她："先打申请吧，等上面同意了，我送你去。"

"也行。"

宋安如拿出手机开始申请。沈南辰看着她打字，闻着她身上和他一样的沐浴露香味，有些心猿意马。几天没好好抱过她了，此刻抱着，只觉得怎么都不够。

申请很快就批下来了。陈宇很重视这件事情，决定和宋安如一起去提审冯建。

在提审之前，警方试着找了一下冯建的父母，没有任何音信，反而在这几天里，警方接到一起报案，有人在云京市郊发现了两具尸体。经 DNA 检查，确定是冯建的父母。法医鉴定，两人死前被注射了过量新型毒品，死后被火烧得面目全非。

一拿到报告，公安局以防泄漏消息打草惊蛇，先压住了这件事。

陈宇立马带着宋安如去提审冯建。

父母惨死，在陈宇的刻意引导下，冯建交代了自己知道的所有事情。

冯建和赖斌是早先被金域文派去协助金夏的人。两人之所以忠诚，进监狱了也没供出金夏和金域文的原因，除了这两人把控了他们的父母妻儿，还有一点，便是两人都是在走投无路的情况下得到了金域文的帮助。

不得不说，金域文很会看人以及收买人心，冯建和赖斌都是懂感恩的人。

从冯建那里，他们得知金夏是金域文的私生女。

二十年前，金域文在妻子死后，有一次醉酒，和家中保姆发生关系，生下了金夏。

金域文原本一直不待见金夏，更不待见她的母亲。直到唯一的儿子在十三年前那场缉毒行动中死去，他迫不得已，只能开始培养当时年仅六岁的金夏。为了对金夏的身份保密，他明面上并没有认回女儿，而是继续让她和她的母亲生活在一起。

金夏也叫白涵，她的母亲是她明面上叫外婆的白英。

白涵从小心狠手辣，极其善于伪装，她和白英以及李祈年狩猎那种刚毕业不久、来云京奔波讨生活的年轻漂亮女孩，拿捏她们的弱点，用毒品控制她们，进行一系列专门培养后，再交给金域文。

白涵年龄虽小，但做事滴水不漏，金域文因此也将生意慢慢转交了一些给她，有意培养她为接班人。

冯建进狱前只知道这些。但往后推断，可以明确一件事情，白涵不满足现状，联合他人，将父亲金域文的事业给吞并了。

警方立马出警，准备捉拿白涵、白英以及相关人员。等警方赶到白家剧本杀店铺的时候，早已人去楼空。

就在警方一筹莫展的时候，宋安如收到了一条陌生号码发来的视频。

视频里，秦知意和夏桐昏迷着，被绑在一处看起来特别空旷的地方。

娇俏的女声从里面传来："唉。真麻烦。"

白涵的身影缓缓出现在镜头内，那张漂亮的脸上，带着和往常一样可爱明媚的笑容："安如姐姐，我需要你帮个小忙。地址等会儿发给你，记得一个人来，不要惊动别人，也不要抱着侥幸心理，因为周围都有我的人。"

宋安如收到视频的时候，刚洗完澡躺到床上。因为周三的缘故，沈南辰在学校也没回家。

她强迫自己冷静下来,先给秦知意和夏桐打了个电话,都处于关机状态,随后又给禁毒支队的队长打了个电话,询问她们的行踪,得知两人今天查到了几天前报警聚众贩毒后被打死的那个毒贩的信息,去核实了。

宋安如听到这里,心里"咯噔"一下,这很可能就是白涵特意设计的圈套。

金域文潜逃的这三年,警方找不到任何踪迹,宋安如身边却总会出现麻烦事情。

永安商场枪击事件后,沈南辰特别紧张她的安全问题,不仅派保镖全天贴身保护,家里的安保也做得特别好。

陈宇因为她还是个新手警察,以及金域文的关系,出警都会让有经验的人带她,从来不让她单独去接触案件。

宋安如觉得,白涵要找的人大概是她,但她身边的保护太多,不容易接触到,就从秦知意和夏桐下手了。

白涵的地址还没发过来。宋安如耐着性子等了一会儿,手机铃声响了。

黏人精:刚忙完,你是不是刚躺床上?

宋安如:嗯,躺一会儿了。

几乎是消息刚发过去,沈南辰的视频就打过来了。

宋安如接通。

手机屏幕里,沈南辰擦着头发从浴室里走出来。发梢湿漉漉的还在滴水,精致漂亮的脸上挂着几滴水珠,慵懒又性感。深灰色浴袍松松垮垮,露出线条流畅的白皙胸膛,以及若隐若现的腹肌,极具冲击力。

宋安如今天却一点欣赏的心情都没有。

沈南辰对她总是很敏锐,有时候她心情不好,即便是和平日一样的表情,他都能发现她的不对劲。

担心被他看出来。如果他知道白涵发消息的事情,肯定会回来,到时候说不定还会置身于危险中。

宋安如强迫自己冷静下来,板着脸道:"领口拉紧点。"

"怎么,担心被别人看到?"

沈南辰将脸凑近镜头一些,眼尾微微挑起,眨眼间尽显魅力。

宋安如表情严肃道:"男孩子在外面要保护好自己,苏彦和刘昱还没有对象。"

沈南辰挑眉,往旁边扫了一眼,慢条斯理地将睡袍合拢了一些。

苏彦的声音透过听筒传来,带着幽怨:"宋师姐,你说这话的时候,考虑过我和刘昱的安全吗?一会儿沈南辰当真了,我怕他晚上暗杀我们。"

宋安如一本正经:"他性格好,不会。"

"他性格好?"苏彦不敢苟同,可对上沈南辰似笑非笑的神色,点头赞同,

"对,性格可好了,对人可友善了,助人为乐简直就是他的座右铭。"

视频里的沈南辰走到床边坐下,一副要上床睡觉的架势。宋安如皱眉看着他头发上还挂着的水珠,说:"去把头发吹干。"

"等我几分钟。"

沈南辰走到柜子旁,拿出宋安如给他买的吹风机,一边吹头发,一边盯着屏幕里的宋安如。

宋安如切出微信,调到短信界面,刷新了几次。白涵还没有回消息。她冷静地想了想,就算真的按照白涵的要求去了,她们三个也不一定能全须全尾地出来。

夏桐和秦知意在这件事情上完全就是受了她的牵连,这两人要是有事,她这辈子都不能原谅自己。

金域文逃逸后,明面上很多家公司都被年氏收购了,暗处里是白涵一把抓。

虽然没有证据证明,白涵和年斯霖是合作关系,但两人肯定关系匪浅。

以夏桐在年斯霖心里的地位,应该不会见死不救。如果能有他的帮助,夏桐的安全不是问题。

宋安如这样想着,给沈铭发了一条消息过去:哥哥,能把年斯霖的私人号码发给我吗?

沈铭回复得很快:那小白脸不是什么好人,有什么事情你和我说吧。

宋安如:局里要联系他,只有他的工作号码,每次都是秘书接听。

沈铭:199×××××55,小安如,你记得离他远点。

宋安如拿到手机号,将白涵发的视频做了消音处理后,发给了年斯霖。

宋安如:能救夏桐吗?

给年斯霖发完消息后,宋安如又将这条视频转给了陈宇。

手机里传来了沈南辰的声音:"三三,在做什么?"

沈南辰此刻已经吹干了头发,拿着手机刚回到床上。

宋安如切回视频界面,他的头发凌乱,整个人看起来又多了几分少年气。宋安如想到自从去市公安局工作后,他一到周末就来接她下班,单位里的同事都很惊讶她有个这么年轻又帅气的未婚夫。

"你刚才在做什么?"沈南辰打量着她的神情,又问了一遍。

往常晚上两人视频的时候,宋安如都是一边打游戏一边和他聊天,没心没肺得紧。今天却盯着他的脸出神。

沈南辰想了想道:"脸色看起来不太好,陈队又念叨你了?"

宋安如顺着他的话:"他今天念了我半小时。"

沈南辰:"因为什么事?"

陈宇不知道是不是因为宋安如父亲的缘故,对她很好的同时,也对她特别严格。宋安如经常被陈宇念叨,只要沈南辰在家的时候,都会跟他吐槽。

宋安如闷闷不乐道:"说我给他整理的文件不行,教育我半小时,口水都喷我脸上了。"

"你这么乖,他也舍得骂。"沈南辰侧躺在床上,单手托着下巴,温柔地看着她,"以后我俩篡他位,换你天天教育他。"

宋安如觉得等她的资历混到支队长的位置,说不定陈宇都当上局长了。

宋安如:"你努力,我看好你。"

她照常和沈南辰贫嘴,担心被他看出自己心绪不宁。十几分钟后,陈宇打电话过来,她以此为借口,挂断了和沈南辰的通话。

寝室里的沈南辰挂断电话的同时,脸上笑意不再,他总感觉宋安如今天不对劲。

给家里的保镖打了个电话过去,得知宋安如今天没有遇到什么事情,下班后就回家了,一直没出门,但心里还是觉得不安。

苏彦见他本来都睡下了,突然又起来,奇怪地问:"要熄灯了,你换衣服去哪儿?"

沈南辰换好衣服,翻出一顶帽子戴上,说:"我有事要回去一趟。"

寝室另外几人都打量着他。刘昱问:"你脸色怎么这么差,刚才和宋师姐通话,不是笑得挺开心吗?"

沈南辰随口道:"我想她了。"

一直没说话的江喻白突然也跳下了床,开始换衣服。

苏彦无语:"你又怎么了?也想你家女朋友了?我琢磨着今天也不是情人节,你们就开始虐狗。"

"秦知意从中午开始联系不上了。"江喻白看向沈南辰。

沈南辰顿了一下,几乎肯定是出事了。

苏彦和刘昱听到这里,脸色变得严肃,两人也都开始收拾。

"我们一起去吧,万一需要帮忙。"

"不用,你们就在寝室,有什么情况到时候再联系。"沈南辰拒绝,和江喻白三两下收拾好出门。

陈宇打电话来,让宋安如先按兵不动。等白涵把地址发来后,大家商量一下再说。

想到白涵说一不二的性格,宋安如根本就坐不住。她找了件防弹背心穿上,随后换了一套便于行动的衣服,在不惊动保镖的情况下悄悄翻墙出了别墅。

刚出了别墅区,就收到了白涵发来的地址。

她立马将消息转发给陈宇:陈队,我不去的话,秦知意和夏桐有危险。

周围有她的人，来的时候注意点。我带了针孔摄像头，你们注意看周围情况。

白涵发来的地址距离她家开车需要二十多分钟，宋安如没敢开家里的车，索性找邻居借了一辆。

路上，她又将消息抄送了一份给年斯霖。

这一次，年斯霖很快回了消息：金夏是个疯子，什么都做得出来。我大概还需要四十分钟回云京，桐桐就先交给你了。

宋安如看着这条消息，沉默了半晌，脚下的油门一踩到底，到了白涵指定的烂尾大楼。

她刚下车，手机里就进来了消息。

白涵：挺准时，跟着上来吧，不要搞小动作。

她往烂尾大楼上看了一圈，没发现一个人影，不知道白涵躲在哪里。

安静的废弃大楼里跑出来两个人，黄毛没收了她的手机，绿毛搜了一遍她的身，确定没有武器，才领着她进入大楼。

她将头发上一个精致的水晶发卡摆正，一路上东张西望，方便针孔摄像头能将周围的情况全部录下来，传递回局里。

旁边的绿毛警告："再到处乱看，眼睛给你挖了。"

"小美女长那么漂亮，看看怎么了。咱们十几个人在周围守着，还怕她多看几眼？"黄毛色眯眯地伸手，想要在宋安如脸上摸一把。

宋安如很是嫌弃，一脚将他踹飞。

绿毛见状，掏出枪对准她。

宋安如漫不经心地擦了擦手，说："白涵，哦不，金夏请我帮忙，你开枪打我，那你也离死不远了。"

"只要不弄死，夏姐不会说什么。"绿毛手里的枪依旧对准她。

三人在四楼楼梯口，宋安如观察了一下，四楼没有埋伏的人。她趁绿毛不备，一把夺过枪，抵在他的头上，轻蔑地笑："就你？"

"你最好是……"

绿毛话都没说完，就被她用枪托敲晕了。

"呸。"地上的黄毛吐了一口带血的唾沫，爬起来说，"就喜欢你这样带劲儿的。"

宋安如冷冷地看着他："金夏在哪里？"

就在这个时候，黄毛包里的手机响了，他拿出来接通，不知道对面的人说了什么，他打开外放，递到宋安如面前。

白涵的声音依旧温温柔柔："安如姐姐，你这样不安分，我会很为难的。"

宋安如冷冷地道："他想非礼我，我是自卫。"

"那确实该打。"白涵带着笑意道，"还有五分钟到半个小时。"

电话被挂断，宋安如踹了黄毛一脚："带路！"

两人很快到了十八楼。

黄毛带着她走到了坐北朝南的那套房门口，没了刚才的吊儿郎当，恭敬地朝里面喊道："夏姐，人带来了。"

"绑上带进来。"

话音刚落，从里面出来两个拿着绳子的壮汉，三两下将宋安如绑起来后，才带着她进去。

白涵闲适地靠在一张沙发上，秦知意和夏桐还昏迷着，被绑在她触手可及的位置。

沙发面前有十几面显示屏，显示屏里全是烂尾楼周围以及楼梯的画面。

难怪那么清楚她的行动。这栋楼怕是早已经被布置过了，今天的事情应该也是蓄谋已久。

宋安如有意无意地盯着那些显示屏看，尽量保证里面的画面通过针孔摄像头传递到局里。她坐到白涵对面，即便被绑着，也丝毫没有一丝狼狈："你找我有什么事情？"

白涵慢条斯理地给自己斟了一杯茶，说："安如姐姐应该猜到了吧。"

"你想用我引出金域文？"宋安如不屑道，"他又不蠢，怎么可能在知道你布下天罗地网的情况下，因为我跑来这里。"

"我那个父亲啊……能力挺不错的，可惜是个恋爱脑。他那个废物儿子死了后，就一直恨你父亲。"白涵露出一个意味深长的笑，"其实吧，他儿子也不一定是你父亲杀的。安如姐姐，你说对吧？"

"你知道些什么？"

白涵笑了笑，没说话。她招了一下手，一个壮汉拿着一块破布走过来，就要往宋安如嘴里塞。

看着那满是灰尘的破布，宋安如十分抗拒："白涵，我以前待你还算不错吧？我不想塞这个。"

"安如姐姐，这种时候都这么讲究的吗？"白涵朝壮汉挥了一下手，"行吧，那就不塞了。既然不塞，我需要姐姐配合一下。"

宋安如疑惑她怎么这么好说话，就见壮汉走到了秦知意身边。

宋安如很无语："要怎么配合？"

"那就麻烦安如姐姐帮我把那便宜父亲骗来吧。"白涵说着指了指秦知意和夏桐，"你这么聪明，该说什么，我相信你都是知道的，只有两次说错的机会哦。"

宋安如咬牙道："我知道了。"

"安如姐姐真好。"

白涵起身走到她身边，亲昵地靠着她坐下，像往常碰到她的时候一样，抱着她的胳膊。

白涵拨出一个视频电话,电话没响两声就被挂断了,她叹息道:"不就是要了他的家产吗,至于这么生气。"

白涵拿着手机,拍了一张和宋安如的合影发过去。

那边立马回了视频电话。

宋安如看向屏幕,金域文往日里斯文有礼的模样不再,此刻看起来多了些许沧桑,明显这几年的生活不太如意。

白涵笑容甜甜地打了个招呼:"爸爸,我帮你捉到顾承哲的女儿了。"她靠在宋安如的肩膀上,将摄像头对着宋安如的脸。

视频那头的金域文脸色冰冷:"在哪里?"

"爸爸,我也不是来做孝顺事情的。"她贴近镜头继续道,"我想要什么,你知道的吧?"

金域文盯着她没说话,眉头微蹙,似乎在衡量着什么。

白涵漫不经心道:"安如姐姐,你可能不知道。十三年前……你的父亲带人捉拿我哥哥。我那苦命的哥哥啊,只不过是小小地反抗了一下,浑身上下总共挨了十八颗枪子儿,死得可惨了。"

缉毒警察在行动的时候,一般不会直接击杀目标,除非对方反抗太过了。可一般情况下,即使反抗得再过,也不会身中十八枪。

她爸爸很正直,即便是面对毒枭,也不可能蓄意报复。

宋安如更加确定了自己的猜想,金域文儿子的死有内情。

针孔摄像头是实时直播,警方应该已经在做部署了。如果能把金域文引出来,便能将这父女二人一网打尽。

这样想着,她不屑地看向金域文,语气挑衅:"捉拿毒枭是身为警察义不容辞的义务,我为我爸爸感到自豪。只可惜我生不逢时,这种社会败类,是我得把他打成筛子。"

眼看着金域文表情逐渐狰狞,宋安如再次加了一把火:"我爸爸那么大个英雄,你那毒枭儿子能死在他手上,也算死得其所了。"

白涵愣了一下,别开脸,没忍住低笑出声:"爸爸放心,看在我们父女多年的情份上,等会儿一手交人,一手交货后,我不会找您麻烦。您知道的,我从小说话算话。"

金域文目光阴狠地盯着宋安如,似乎在透过她看谁一般。好一会儿后,他下定决心道:"东西我会带来,把地址发给我。"

电话挂断后,白涵伸了个懒腰,打了个哈欠。

宋安如问:"你哥哥是怎么死的?和我爸爸有关系吗?"

白涵笑眯眯地看她一眼:"我想想啊……"

她的目光落向窗外,说:"双方火拼的时候,你父亲的确打了他一枪,只不过没打中要害。"

329

"那他是怎么死的？"

宋安如盯着面前的监控，无意间瞥到右下角倒数第二个监控画面里闪过一道人影。

她愣了片刻。

如果没看错……那个帽子，沈南辰有一顶。

宋安如心跳加速，这一刻根本静不下来，怕沈南辰被人发现。

"李叔等他们两败俱伤后，顺手拿你爸爸的枪补的啊。"白涵回过头，目光扫过监控画面，语气里带着隐隐的兴奋，"他当时有点兴奋，就没控制住。"

宋安如隐约觉得哪里不对："你怎么知道的？"

如果是李祈年后来告诉她的，也不至于连兴奋的神情都知道得一清二楚，就像是……就像是她亲眼见证了一样。

果然，白涵咯咯笑道："我当时在场。"

十三年前，她的年纪应该也不大，她不得金域文的喜爱，一个小女孩，为什么会出现在凶险万分的缉毒现场？

像是猜到宋安如心中所想，白涵笑着解释："我让李叔带我去玩。"

玩？她居然将这说成是"玩"？就好像九死一生的警匪火拼现场对她来说，不过是一个小女孩无聊时的游乐场。宋安如想象着她笑吟吟地看着自己哥哥死在李祈年枪口下的场景，不由得毛骨悚然。

"李祈年背叛金域文，也与你有关？"

"怎么会？"白涵一脸无辜的表情，耸了耸肩，"安如姐姐，你也太看得起我了，我当时不过是个小女孩，李叔怎么会肯听我的话？他早就对爸爸有不满了，还有哥哥，总是将他当条狗看，殊不知，狗着急了也会咬主人呢。"

她呵呵笑起来，一脸天真烂漫的神情。可宋安如并不信，她在这其中没有丝毫干系。

白涵再次将目光投向监视器，宋安如心中一紧，试图转移她的注意力，继续问："我爸爸……是怎么没的？"

白涵仰躺在沙发上，半眯着眼回忆道："警方当时有十几个人被包围绞杀，叔叔重伤活到最后，哥哥的人也死得只有两个了。他们气不过，就把叔叔杀了。"

宋安如绑在身后的手握得紧紧的。

"安如姐姐眼睛红红的，哭起来真好看。"白涵盯着她，"不过李叔把下手的那个人杀了，也算是为叔叔报仇了吧。"

宋安如带着哭腔问："然后呢？"

"现场留下的一个目击者……李叔找到了他藏在农村里的儿子，帮他逃出现场后，用他儿子威胁了他……"

后面的事情不用听，宋安如也知道怎么回事了。无非就是那人背叛了金域文,并且将金域文儿子的死推到了当时带队的父亲身上,挑起了金域文对父亲的仇恨。

宋安如别开脸,问:"你做这些是为了什么?"

白涵笑道:"你不觉得很好玩吗?"

宋安如:"好玩在哪里?"

白涵笑道:"你们生气的样子,看起来很好玩。"

宋安如哑口无言。

"哥哥死后,金域文每天痛不欲生的模样好玩。我抢了金域文的一切,他现在落魄的样子好玩,都好玩……"

白涵越说越兴奋,那张漂亮的脸上笑容十分诡异。

安静的烂尾大楼里,突然响起汽车引擎咆哮的声音。白涵停住话,看向监控,正中间的屏幕上出现一辆车,年斯霖从车上下来。

白涵侧过头看向宋安如:"你让他来的?"

她指了指夏桐:"想救她?"

就在她问的时候,手机响了,是年斯霖打的。

白涵接起电话,开了免提,那头传来男人压着怒火的声音:"金夏,我和你说过不准动夏桐。"

"年哥哥不要生气,我借夏桐姐姐用一下就还给你。"

宋安如强迫自己冷静,沈南辰能这么快找到这里,那应该和局里的人联系过了,既然他都到这里了,其他人应该也在布局。

她一直有意无意地留意着监控,刚才沈南辰的身影一闪而过后,再没出现过了。

年斯霖很快就被人带上来了。

他走到夏桐身边蹲下,检查她身上是否有伤。感受到她的呼吸平稳,身上没什么异常,他不悦地看向白涵:"你对她做了什么?"

白涵不怎么在意地道:"让人用了点迷药,应该快醒了。"

年斯霖:"金夏,我说过不准动她,这已经是第二次了。"

白涵朝他眨了眨眼睛:"年哥哥,你得讲道理啊。第一次是她主动给人挡枪受伤的,这次也是她为搭救同伴自己跟来的,我也很无奈啊。"

"我不管你要做什么,不准再动她。"年斯霖将夏桐抱起来,看都没看一旁的宋安如和秦知意,"人我带走了。"

楼下又响起了汽车的声音,这一次出现在监控里的是金域文和他的两个手下。

大楼里出去了一个人,对他们进行全身搜查后,领着他们走进来。

白涵看着监控,耸了耸肩,提醒年斯霖:"你收购了我父亲的公司,他应该很恨你,走另外一条路下去吧。"

年斯霖瞥了她一眼没说话，在她手下的带领下离开。

宋安如看到年斯霖抱着夏桐走出视线，松了一口气。

监控里，金域文已经走到六楼了。

白涵一直注视着他："安如姐姐，你说他会怎么处理你呢？"

宋安如冷冷地问："你就不怕我把真相告诉他？"

白涵回头笑道："不怕。"

宋安如看了眼秦知意，无话可说。白涵很了解她，知道她不会拿秦知意的安危作赌。

两人盯着屏幕里的金域文，白涵忽然问："安如姐姐，你知道我为什么选十八楼吗？"

宋安如很明白，十八楼的视野最佳，能俯瞰周围的情况，如果东窗事发，逃跑的路线不会拘泥于一种。

宋安如："我不知道。"

白涵笑了笑，没揭穿她。

此刻金域文已经上了十八层。白涵的保镖又出去对他进行了一番检查，才将他放进来。

他喘息着，看了眼周围的情况，眼神凌厉如刀锋一般，浑身都笼罩在一股低气压中。人看起来比几年前似乎老了许多，手腕上那串佛珠却依旧光滑如新。

白涵挥手给他打了个招呼："爸爸，好久不见，有没有想我？"

金域文冷着一张脸："我不是你爸，你这样叫我，我受不起。"

"虽说您不喜欢我妈妈，但也不能否定这个事实啊。"

"少废话。"金域文的脸色更黑了，将手里的箱子丢在地上，"你要的东西。"

白涵围着箱子转了一圈，说："麻烦爸爸打开一下。"

宋安如看着金域文取下手里的佛珠拨弄，指尖用力，像是要把佛珠捏碎一样。他不情不愿地蹲下开始转动密码。

周围又多出了两个壮汉挡在白涵面前，宋安如明显感觉他们都有些警惕。

"咔嚓"一声响起，金域文打开箱子。一箱钻石折射着灯光，看起来有些刺眼。即便是宋安如，看见这一箱子钻石，也忍不住诧异。

一个壮汉上前在钻石里拨弄了好一会儿，没发现异常后，朝着白涵点了一下头。

白涵这才上前查看。她捏了一颗钻石在手指尖，迎着灯光，钻石散发着璀璨夺目的光。

金域文冷冷地看着她，突然不知道在箱子哪里按了一下，侧边弹开，他从里面掏出一把枪，抵在白涵头上。

一切都只发生在转眼之间。

宋安如趁乱靠近秦知意，手腕间传来细微的摩擦感，应该是秦知意不知道什么时候醒了，在帮她弄开绳子。

"爸爸，再怎么说，我也是您的女儿，您这样做，会不会不太好？"白涵举起双手，笑容甜甜地看着他。

"我没有你这样的女儿。"金域文朝手下使了个眼色，一人把装满钻石的箱子合上，一人朝着宋安如走去。

此刻宋安如的绳子刚被秦知意松开，她还没来得及给秦知意解开绳子，金域文的人就已经走到她面前了。

宋安如站起来说："我自己走。"

那人不为所动，朝她伸出手。

"我被绑着也跑不掉，你怕什么。"

壮汉抬手暴力地将她往楼梯口推。

金域文抓着白涵的头发，说："你最好是安分点，今天我要是出不去，你也别想活着。"

白涵也没呼痛，偏着头，一脸疑惑地看向他："爸爸，您真要这么做？"

"闭嘴。"金域文用枪指着白涵，朝她身边的几个壮汉道，"把下面的人撤了。"

白涵的手下在手机上捣鼓了一通，忽然脸色惨白："夏姐，楼下埋伏的人全没了，可能是警察来了。"

白涵眯了眯眼，看向宋安如："你带来的？"

宋安如摇头："不是。"

"呵。"白涵冷笑，朝离自己最近的手下使了个眼色，趁着金域文听到消息愣神的片刻，直接把他推倒，手下两枪打中金域文。

白涵捡起枪，提起地上的箱子就朝着窗边跑去："全杀了。"

房间里一共有四个白涵的手下，三个跟着白涵跑到窗边，四人迅速地开始穿戴安全装备，宋安如这才发现外面有两根铁丝，具体连接到哪里说不清。

留下的那个壮汉将枪口对准宋安如。

宋安如松开身上的绳子，飞快地躲开，提起凳子朝着壮汉丢去。

打落的枪滚到了秦知意的脚下，宋安如刚想去给她松绑，白涵已经带着两个手下离开了。

解绳子需要一些时间，秦知意把枪踢到她面前，说："别管我，快去。"

宋安如捡起枪，往窗边冲了过去，朦胧夜色中，最后一个人也吊着滑轨走了，好在并没有走远。

她大喊了一声："金夏和三个手下在大楼西南方向，半空索道上！"

因为不确定布置的狙击手是否来得及，她举起枪，瞄准最近的那个人，开枪打中了他的腿，又接连打中其余两个。

就在宋安如瞄准白涵的同时，背后传来秦知意的声音："三三！后面！"

脸颊边一道劲风闪过，宋安如惊险避开，刚才射击索道上的人时，她的身体往外探出了许多，这一躲直接翻出了窗口。

她反应极快地紧紧抓住窗沿，那壮汉捡起枪瞄准她。

"去死吧！"

"不要！不要！"

房间里响起秦知意撕心裂肺的声音，宋安如看着头顶上漆黑的枪口，心想这次真的死定了。反正都是死，就在她准备松手的时候，壮汉被一道身影撞开。

"砰——"的一声响起后，伴随着一把枪被抛开，宋安如的手腕被人紧紧拽住。

与此同时，她的脸上被洒了许多温热的液体，带着淡淡的血腥味。

宋安如抬头看上去。

沈南辰半个身子探到窗外，单手拉着她，肩膀上多了一处血窟窿，鲜血顺着牵住她的那只手，流淌到她的身上。

因为用力，他的额头上青筋凸起，手甚至一直在发抖。

宋安如的鼻子一下子就酸了，带着哭腔喊了他一声："沈南辰。"

"别……哭。"他用着力，说话艰难，"我……来晚了……"

从他身上流下来的血越来越多，他的脸色即便在夜里看着也很苍白，握着她的手抖得越来越厉害，他的身体似乎也被她拉出窗户许多。

房间里是秦知意的哭声，以及她迫切想要挣脱绳子，时不时撞击到不明物体的声音。

眼看着沈南辰的血越流越多，整个人也越发掉出窗外，她哽咽道："松开我吧。"

沈南辰没说话，死死地咬着牙，将她握得更紧了。

他的鼻子和耳朵甚至也因为用力过度，血管破裂往外渗血。

宋安如想要挣开他，又想多看他两眼，她抽噎着道："这样下去，你会和我一起掉下去的。"

他一字一句艰难道："不要动……你要是……挣开，我也会……跟着跳下去……"

宋安如知道自己要是掉下去，他肯定二话不说跟着往下跳。

她没敢动，甚至握住他的手腕，让他安心，在心里祈祷着救援人员赶紧上来。

房间里，肚子上中了两枪的金域文忽然睁开眼睛，他痛苦地喘息着，朝地上的枪爬过去。

秦知意狂躁地一边撞柱子,一边企图挣脱绳子,看他拿到枪,瞄准沈南辰,她吼道:"金域文,你这个畜生。"

夏桐被年斯霖带到半路就醒了,随后不管不顾地悄悄返回。

上来的时候,正好看到金域文拿枪瞄准沈南辰。她的位置离金域文较远,已经无法拦截,只能以肉身挡在沈南辰的面前。

枪声响起,夏桐没有感受到子弹射入身体的痛楚,却被一个温热的怀抱拥住。

她看着抱着自己的人,瞳孔骤缩:"年斯霖!你是不是有病!你是不是有病!"

"好久不见……又长高了……"

年斯霖低头看着她,喘息着,说话的声音有些不稳。

夏桐看见他靠近心口的伤汩汩冒血,颤抖着手想要压住,可不管怎么压,血依旧止不住。她红着眼睛吼道:"你做了那么多坏事!别想这么轻松地死!"

年斯霖一把抓住她的手,吐出一口血,喘了两口气才缓缓道:"我对得起年家所有的人……唯独对不起你……"

"你先别说话,之后再说。"

夏桐摇着头,从年斯霖身上翻出他的手机,想拨120,手机却需要密码解锁。

"密码是多少,你的手机密码是多少!"

年斯霖嘴角露出一抹笑。

夏桐鬼使神差地输入自己的生日,手机解锁了,她怔了一秒,立马拨通120叫救护车。

年斯霖一直盯着她,一副要将她烙在灵魂里的模样,他的声音很轻:"如果有下辈子……"

夏桐感觉握着自己的手松开,眼泪一滴一滴落在年斯霖的脸上。

"你造了那么多孽,这辈子不还完,还想下辈子!"

年斯霖的脑袋靠在她的肩膀上,无力道:"那算……算了……"

夏桐抱住他的头,无助道:"救护车马上就来了,你再坚持一下。"

"想和你……有下辈子……可我这样的人……"他的眼睛缓缓闭上,声音很轻,"不配……"

房门口涌进来几名警察,制伏了金域文,其余人赶到窗边,帮沈南辰把宋安如给拉了起来。

宋安如:"救护车,叫救护车。"

同事朝着夏桐和宋安如道："救护车在附近待命，马上就上来了，坚持一下。"

宋安如抱住沈南辰，强迫自己冷静下来，按压住他的伤口，问："你怎么样？除了肩膀上中弹，还有没有哪里不舒服？"

沈南辰微微摇头，想要摸一下她的脸，手刚抬起来又掉了回去。

宋安如的眼泪止不住。

沈南辰低声哄道："不疼，别哭。"

她抱着他哭得说不出话，轻轻地擦着他脸上的血迹。

沈南辰的唇轻轻在她手上碰了一下，说："看你哭，我心疼。"

宋安如哽咽着道："你都这样了……我要不哭，你就可以换个老婆了。"

沈南辰到现在心里都还充满了害怕，一想到自己要是迟一秒钟就见不到她，整个人都控制不住地发抖。

宋安如担心地问："还有哪儿不舒服？"

"没事，只是吓到了。"他在她额头上吻了一下，艰难地从包里掏出一个小盒子，"我没力气，你帮我打开一下。"

宋安如打开盒子，里面是一枚淡粉色的钻戒。

"你……"

"后天我就满二十二岁了。"沈南辰深情地盯着她，"结婚好不好？"

最绝望的时候，他甚至想着和她一起死算了，可又不甘心，这辈子甚至都还没娶她。

几名医生上来，一旁的警察帮忙将沈南辰和年斯霖抬上担架。

宋安如看着他满身狼狈的模样，握住他的手，跟着担架一路小跑。对上他不曾挪开的眼睛，在他手背上吻了一下，她郑重道："好，后天一起去。"

这次救援围剿中，金夏、金域文落网，年斯霖抢救无效，死在了手术台上。

警方对三人进行了一次大规模调查，连根拔起了云京市最大的毒品交易网。年氏涉嫌洗钱，警察查封了年氏集团所有资产，年玉也因受到牵连而主动退学。

涉案人数上百，所有的恶人都得到了应有的惩罚。其中金夏、金域文、白英、李祈年、年鹏飞等人被判死刑。

阴云笼罩长达十年的云京市仿佛拨开了迷雾，迎接新的黎明。

金夏和金域文等人落网，局里所有的人都忙得焦头烂额，除了宋安如。

沈南辰中弹，外加失血过多，刚搬上担架人就晕了过去。好在子弹射中的位置并不是要害，医生说他因为用力过度导致的伤比枪伤还严重。全身肌肉拉伤，软组织损伤，毛细血管破裂，肩关节差点脱臼。

几位专家会诊后,都觉得在那样的情形下,沈南辰能把她拉住,是个奇迹。如果救援的时间再延迟一会儿,他说不定会当场心梗而死。

从手术室出来,沈南辰不省人事。

两家的人都来探望过,在得知沈南辰已经没有大碍,并且需要静养后,待了没多久便走了。

家里本来想请几个护工帮忙,宋安如拒绝了。医生说沈南辰大概需要静养半个月,她就向局里请了二十天的假。

宋安如一直守着沈南辰,等他麻药渐渐退去后,发现他浑身都在发抖。她立马找了医生,被告知是过度消耗体力的正常现象后,心疼得不行。

这个时候,她总算明白她出任务受伤时沈南辰的感受了。

沈南辰还在昏睡着,宋安如爬上床,和他躺在一起,握着他的手。

平日里沾床就睡,今天却一点睡意也没有。看着沈南辰毫无血色的脸,她轻轻蹭着他,想把他的脸蹭红,又怕把他弄疼。

凌晨四点,大概是麻药药效过了,他浑身开始冒冷汗。

宋安如打了一盆温水端到床边,从家里送来的行李箱里翻了一套新的家居服出来,打算给他换上。手探到他的领口,准备解开他衣服的扣子时,被他捏住手腕。

明明还在发烧,捏她的力气却特别大。

他的眼睛忽然睁开,眼里带着防备,可在对上宋安如的脸时,眼中的凌厉散去,瞬间变得温顺,苍白的嘴唇轻轻吐出两个字:"三三。"

随后他又闭上了眼睛,手无力地搭在她的手腕上,没有一丝防备,全然是信任。

宋安如莫名觉得眼睛发酸,将他的衣服脱下来,用热毛巾擦洗后,帮他把干净的衣服换上。

手落到裤子上的时候,她的脸微微发红,忽然有点下不去手。

"怎么不脱?"

带着睡意的低哑声音从头顶传来,宋安如看过去,沈南辰不知什么时候又睁开了眼睛,此刻眸子里没了刚才的朦胧,直勾勾地盯着她。

宋安如:"你醒了?"

"嗯。"

"继续睡吧,这样伤才能好。"

他耍无赖道:"不要,想看你怎么照顾我的。"

宋安如在他的注视下,硬着头皮脱掉他的裤子,胡乱擦了一遍,又给他换上干净的。

她将毛巾和水盆放回浴室出来后,沈南辰拍了拍床边的位置:"过来。"

宋安如乖巧地躺到他的身边。

他拉起她的左手,盯着她无名指上的粉钻,嘴角上扬,带着笑意:"终于可以领证了,等了好久。"

宋安如打量了他一会儿,问:"抬着担架去民政局,人家会给办理结婚证吗?"

她建议道:"要不等你好了再去吧?"

沈南辰盯着她不说话,脸上的笑意被一副可怜兮兮的表情取代。

宋安如:"民政局也不会跑。"

沈南辰抿着唇。

宋安如:"我也不是不和你领证。医生说,你要躺床上静养。"

沈南辰撇开头不看她,模样看起来更可怜了。

即便知道他是故意的,宋安如也不想让他委屈,于是妥协道:"去去去,你别装了。"

沈南辰脸上瞬间恢复了笑意,满意地在她无名指上亲了一下。

"真好。"

沈南辰生日那天,在咨询了医生的建议后,宋安如推着轮椅,将他带去了民政局。

他坐在轮椅上,即便心情好,看起来依旧病怏怏的,脸色苍白。两人一个站着,一个坐着,又都长得好看,出现在民政局时,吸引了不少人的目光。

宋安如想着一辈子就领一次结婚证,凌晨六点趁沈南辰还没醒的时候,回家了一趟,找人给自己化了个妆,从衣帽间里挑了套沈南辰给她买的衣服,背着一个包包,以及订婚时他家送的那套收藏价值很高的钻石,一身行头贵气逼人,配上她的冷脸,和毕韵初有些接近了,像一个霸道女总裁。

宋安如满意地把自己收拾妥当后,很随便地给沈南辰拿了白衬衣和休闲裤回到医院。

早上沈南辰醒来,看到她的时候,调侃了一句:"衬得我像个吃软饭的。"

宋安如当时没怎么在意他的话,此刻看着大多人羡慕又惋惜的表情,忽然就明白了。

她解析了一下,总觉得这些人是在说"多好一姑娘,怎么就愿意嫁给一个坐轮椅的",又或者是"小白脸就是好,残疾了都能娶这么好",别人怎么想,她倒是无所谓,可用这种眼神看沈南辰,她心里特别不是滋味。

再次看到一个中年男人毫无遮拦地打量沈南辰,她挑了挑眉,忍不住想刺他几句。

沈南辰反手握住她,轻轻拍了两下,故意说:"宝贝,你能不能把你那辆法拉利借给我看看呀?"

话落,他看了眼自己的腿,有些难过:"算了……我残疾开不了,看也没用。"

宋安如虽然不知道他又要搞什么幺蛾子,还是很配合地道:"那辆我开过了,你自己选一辆新的。"

顿了顿,在他期待的注视下,她又道:"刷我的卡,想买什么就买什么,放车库里,你天天看都行。"

一个年轻小伙子目瞪口呆,和他一起的小姑娘在他头上狠狠拍了下,骂道:"看什么看,我可没钱,我要是有钱,结婚也不找你这样的。"

小伙子委屈地捂着脑袋,说:"我也没说什么,打我做什么。"

姑娘瞪了他一眼:"你哪根脚趾头在动,我都知道。"

周围几个男人看向沈南辰的目光不屑中夹杂着羡慕。

"你对我真好。"沈南辰牵着宋安如的手,放在唇上亲了一下,眸子亮晶晶地看着她,"等我毕业后想去南苏玩,可惜没有住的地方。宝贝,你那里有房子吗?可以让我借住吗?"

那些人的目光又变成了惊愕。有些人的视线落到了宋安如身上,一副希望她不要被美色迷惑的愤慨模样。

宋安如总算反应过来沈南辰在做什么,十分淡定:"领完证再送你一栋别墅,带私人沙滩那种。"

"可是……"沈南辰将下巴轻轻搁在她的手背上,像个惑人心智的男妖精,撒娇道,"这样会不会不太好?"

"哪里不好了?"宋安如忍着鸡皮疙瘩,继续道,"你喜欢花,再配一个大花园。"

"宝贝真好。"沈南辰笑吟吟地看着她,"听说南苏有好多小岛,我在网上看过图片,都很漂亮。到时候,我们一起去岛上玩,怎么样?"

这句话宋安如有点不知道该怎么接。顶着周围人的视线,她豪气道:"我名下有一座岛,送你。"

周围人惊呆。

沈南辰:"爸爸妈妈好不容易把我养到二十二岁,他们真辛苦。"

宋安如:"每个月给他们一百万生活费,以后我养你。"

沈南辰:"你现在喜欢我的脸,当然这样说,等以后我老了不好看了,你肯定要去找其他人。"

"不是签了财产共享协议吗?"对上他的脸,宋安如主动问道,"还有什么可担心的,或者是有想要的东西?趁着领证前赶紧提出来。"

宋安如说出财产共享的时候,周围人眼睛都瞪大了。

沈南辰很享受这样的目光,笑得温柔,又在宋安如手背上亲了一口,说:"暂时没了。"

队伍正好排到两人,填写资料的时候,工作人员盯着他们看了好一会儿,带着明显的遗憾。

要盖章的时候,她甚至隐晦地问了宋安如一句:"美女,你考虑好了吗?"

宋安如毫不迟疑:"考虑好了。"

工作人员扫了眼轮椅,问:"真考虑好了?"

"嗯。"宋安如指了指沈南辰,坚定道,"他今天就算是毁容了,这个证我也要领。"

这一刻,围观的所有人心里都有一个共同的疑惑。这个小白脸究竟有什么魅力,让这个富婆死心塌地。

两人很快办好了手续,沈南辰在一众人钦佩羡慕的目光下离开民政局。

回到车上,他拿着两本结婚证翻来覆去地看。

"不准看了。"宋安如伸手就要抢他手里的证。

沈南辰避开了她。

宋安如抢了个空,抱着胳膊盯着他,一脸不悦。

沈南辰摸了摸她的头,问:"怎么了,老婆?"

她索性将自己的手塞进他的掌心里。

沈南辰愣了一下,笑着轻轻地捏她的指腹,把结婚证凑到她面前,说:"你看。"

宋安如看了一眼,有点无语。照片上的她微微昂着头,对比起旁边笑得温和的沈南辰来说,颇有种高冷的中二模样。

看起来既违和,又莫名和谐。

沈南辰夸奖道:"我老婆真漂亮。"

宋安如无语,可是……这声合法合规,光明正大的"老婆",听起来真的很舒心。

"少夫人一直都是最漂亮的。"等红绿灯的时间,沈霄回过头,笑着问,"我们是直接回医院吗?"

沈南辰:"去一趟市公安局。"

宋安如提醒道:"我不上班,请了二十天假。"

"嗯。"沈南辰摸摸她的头,"二十天不见,你同事们应该会很想你,我们路过去看看吧?"

这几天局里那么忙,谁知道去看一眼会不会被留下来。宋安如严肃地拒绝:"不要,我不想去看,也不想他们。"

"我有点事要去一趟。"沈南辰靠在她肩膀上,"上周天你值班的时候,我有本书落在你办公桌上了。这两天想趁着有时间看看。"

宋安如回忆了一下,肯定地道:"我桌子上没有你的书。"

"那可能是放在你隔壁同事的桌子上了。"

她怀疑地看着他:"有吗?"印象中,上周日她值班,沈南辰在她办公的位置上专注地做了一下午作业。

"有。"沈南辰肯定地点头,"那本书有些知识我没怎么弄明白,昨天想到了都没睡好。"

宋安如记得他上周赶作业还是因为导师临时布置的,平时周末回家,就没见他看过书,更别说做作业了。

宋安如:"我觉得你睡得挺好的。"

沈南辰:"怕影响你休息,我装的。"

于是两人去了市公安局。

宋安如原本想自己进去帮他拿书,沈南辰说什么也要跟着一起去。架不住他装可怜,她同意了。

沈霄帮着把沈南辰弄到轮椅上后,没有上车,而是打开了后备厢,抱了四个大箱子出来。

车不能在门口停太久,他将箱子放到两人脚边后,把车开走了。

宋安如一脸蒙:"这是什么?"

沈南辰在箱子上拍了拍,说:"喜糖。听说领证当天请别人吃了,会受到祝福。"

轮到宋安如惊呆。

"去年你们办公室有个人领证,都给你发喜糖了,"沈南辰提醒道,"你不要发回去吗?"

宋安如语塞,不就是同事请他吃喜糖的时候,调侃了一句"听说你没到法定年龄,你们的关系还不受法律保护?",至于记一年吗?

在宋安如的无语下,沈南辰用她的手机拨通了周夙的号码。

周夙原本语气挺温和的,听到是沈南辰的声音,不仅叫他哥哥,要请他吃喜糖,还希望他帮忙到门口搬喜糖后,直接把电话挂了。

沈南辰也不生气,又用她的手机,给他们支队刚来不久的两个单身男青年打电话,请他们到大门口帮忙搬东西。

宋安如总算明白他今天怎么非得来她的单位了,是来宣告主权的。

支队那两人刚来局里的时候,不知道她订婚了,都对她献过殷勤。

起初宋安如只是觉得这两人比较和善,也没多想,献殷勤这词还是沈南辰告诉她的,说这两人想挖他墙脚。那之后,只要他有时间,都会来局里坐会儿,未婚夫的气势摆得很足。

于是,所谓的"拿本书",就变成了沈南辰请大家吃喜糖,并且有意无意让大家看他和她无名指上的戒指。

一个中午的时间,宋安如觉得,局里的军犬都知道她今天领证了。

宋安如匪夷所思,都是坐轮椅的人了,怎么还这么能折腾?

番外 /
情敌

大概是成功领证后，人逢喜事精神爽的缘故，沈南辰的身体恢复得很快，比医生预估的时间早了好几天。摆脱轮椅后，就又是一个能蹦跶的大学生了。趁着伤假还未休完，在沈南辰的蛊惑下，宋安如带着他回南苏休养。

毕韵初将宋家隔壁的别墅送给两人，当在南苏的婚房，让两人能更舒服地过二人世界。

南苏气候适宜，生活节奏慢，特别养人。与往日里出门玩找刺激不同，这一次两人基本上就是换着地方散散步，或者出海钓鱼，一切都以修身养性为主。

在南苏的这些日子里，沈南辰趁着自己身体不好，可劲作。没事儿的时候就装柔弱，拉着宋安如玩点以往她不配合的情侣小游戏。被他逮着玩了好几天，宋安如莫名其妙就领会到了奇迹暖暖的魅力。平日里不太注重衣着搭配的她，这些天迷上了打扮沈南辰。

她拉着沈南辰去商场，打算过一把真人换衣游戏的乐趣。沈南辰特别配合她，她让换什么就换什么，很大程度上满足了她的游戏心理。

见过了西装革履、"奶狗"套装、斯文败类、运动风、嘻哈风……宋安如领着沈南辰进了一家新店，看到模特身上的那件领口开到肩膀的针织衫，来了兴趣。

宋安如让服务员拿了衣服，塞给沈南辰后，自己坐在等候区的沙发上喝茶。

沈南辰面不改色地看了眼衣服，坐到她身边，揽过她的腰："你想玩，我都百分之百配合你，也不见你配合我。"

自从两人回了南苏，宋安如觉得自己整天都被他的嗜好支配着，以至于她觉得自己都变得不怎么正经了。

一旁的导购员笑眯眯地看着两人，宋安如不自在地拍开他，翻了个白眼："我还不够配合？"

沈南辰叹了口气，凑到她耳边小声道："昨天晚上……"

"闭嘴。"宋安如眼疾手快地捂住他的嘴，耳尖微微发红，"再多说一句，我晚上回我家了。"

"哎。"沈南辰抱着衣服往试衣间走，离开前还低声喃喃一句，"一言不合就回娘家？早知道不来南苏了。"

等待的时间里，宋安如无聊地刷着短视频，沙发忽然往下沉了些。她以为是别的顾客坐下休息，自觉往旁边挪了些位置。

"宋安如。"

略带低沉的男音传来，宋安如向着声源看过去，对上一张刚毅的俊脸，就有那么些眼熟。她盯着眼前的人，看了好一会儿才想起来叫什么，打了个招呼："高阳。"

"你还记得我啊？"高阳似乎很惊喜，兴致勃勃地打趣道，"我以为你会冷漠地看我一眼，然后问我是谁的。"

他像是想起什么有趣的事情，忍着笑又道："以前你就经常这样。"

高阳曾经是京公大学生会主席，比宋安如高两届。宋安如还记得他，倒不是自己记性有多好，完全是因为他在的时候，秦知意给他当了两年副主席，时常做小伏低，想记不住都难。

宋安如看了眼周围，店内很冷清，更衣室也只有沈南辰所在的那间关着门。她问："你也来买衣服？"

这家店虽然是男装，但衣服色调都偏柔和，样式有一些中性化，有的甚至还有些性感。高阳顶着那张棱角分明的脸坐在这里，给人一种走错片场的感觉。

"我来商场买点东西，路过这家店，发现你在里面，就进来打个招呼。"高阳问她，"你在等人？"

"嗯。"宋安如点头，目光又落回手机上。

高阳顺着她的视线，看了眼手机屏幕，是和游戏相关的视频。他有些感叹："还是这么喜欢游戏啊？我记得你以前只要下课早，都会去学生会玩游戏。"

提起往事，宋安如想起了一些被遗忘的小事情。

那时秦知意还是副主席，电脑配置很一般，她玩着不尽兴，就去主席办公室借电脑玩。高阳很大方地借给她，有时候学生会发福利，高阳甚至会调侃她是编外人员，让人给她也发一份。那时候，宋安如对他印象还挺不错的。

她收起手机，有了好好叙旧的觉悟。

高阳见她这样，表情不自觉温柔了许多："毕业后怎么去了云京市局？我以为你会回南苏呢。"

"在云京有要做的事情。你来南苏是为了什么？"

"我在南苏市局上班。"

"你不是云京本地人吗?"

宋安如很疑惑。根据高阳的能力,考云京市局肯定是没问题,好好的首都不待,跑来隔了上千公里的南苏,也不知道怎么想的。

"我喜欢的人是南苏的,不过她没在南苏工作。我九月份准备去云京市局,以后我们是同事了。"

高阳眼底带着显而易见的柔和,奈何"媚眼抛给瞎子看",宋安如心里想着沈南辰怎么还不出来,压根就没看出端倪。

见她对自己的话不怎么上心,高阳按捺住心底的失望,晃了晃手机,问:"加个微信?"

宋安如调出二维码递到他面前,两人成功加上好友,在这过程中,高阳一直目不转睛地盯着她。

更衣室的门被推开,沈南辰走出来就看到自家媳妇旁边坐着个男人。那男人看她的眼神还很不清白。反观自家媳妇,没有以往被人搭讪时的冷漠,甚至还看得出来有些耐心。

他不动声色地拉了拉本就宽松的针织衫领口,走到两人中间坐下,像是没有骨头似的靠在宋安如身上,双手环着她的腰,下巴亲昵地搁在她的肩膀上,问:"三三,这件衣服怎么样?喜欢吗?"

宋安如打量了一眼,宽松的领口处,男人白皙精致的锁骨以及修长的脖子露出来,又欲又性感,旁边导购员的视线带着显而易见的惊艳。她伸手将他的领口往上拉了些许,有点后悔给他选这款套装。

沈南辰笑眯眯地握住她的手,贴在锁骨上,又问了一遍:"嗯?喜欢吗?"

不得不说,这款衣服穿在沈南辰身上真的很惊艳。宋安如像被引发了新的乐趣,很诚实地点头:"你去换回来。"

"你买下来送给我,我晚上去你家穿给你看?"沈南辰的声音很小,却刚好是旁边高阳能听见的程度。

"是我们家。"宋安如不悦地纠正了一下,将自己的卡递给一边的导购员,随后又朝着几个模特指了几下,"这几件也包起来。"

两人的互动十分亲密,高阳眼底的喜悦逐渐被失落替代,问:"宋师妹,他是谁?"

宋安如揪着沈南辰的衣服领口,避免"春光外露",介绍道:"我老公,沈南辰。"

高阳像是遭了晴天霹雳,脸上的表情都有些绷不住:"你结婚了?"

宋安如大方地点头:"嗯,刚领证。"

沈南辰脸上反而有些自责："都怪我才满二十二岁，拖了后腿，不然我和姐姐三年前就能和高师兄分享喜悦。"

宋安如看了他一眼，总觉得他今天看起来，和电视剧里那些装模作样的小白花女配没什么差别。

"都在一起这么久了啊……"高阳嘴角带着一丝苦笑。

"我十八岁的时候，姐姐和我在一起的。"沈南辰满眼爱意地看向宋安如，"不跟我介绍一下吗？"

宋安如被他这种眼神看得起了鸡皮疙瘩。碍于外人在场，她倒也没推开他，介绍道："他是高阳，以前的学生会主席。"

"高师兄你好。"沈南辰朝他伸出手，"姐姐喜欢玩游戏，主席办公室电脑配置很好，她以前是不是总去学生会麻烦你？"

高阳和他握了一下手："宋师妹游戏打得很好。"

沈南辰："感谢高师兄以前对姐姐的照顾。"

"好。"高阳起身，竭力维持着体面，"我还有点事，先走了。"

沈南辰礼数周全地目送他："高师兄再见。等我们办婚宴的时候，一定邀请你来喝一杯。"

等高阳走出视线，宋安如无语地推开沈南辰，说："去换衣服。"

沈南辰依旧抱着她："这个高阳也是南苏人？"

宋安如："云京的，在南苏市局上班。"

沈南辰若有所思地观察着她的神情："你怎么知道？"

宋安如："他刚刚自己说的。"

沈南辰："那他为什么来南苏工作？"

宋安如："说是喜欢的人是南苏的。"

"喜欢的人是南苏的啊……"

沈南辰看着自家老婆又开始看游戏视频，一副没心没肺的样子。以刚才高阳看她的那个眼神，他可以百分之百确定高阳有心思。这个喜欢的人是谁，也很容易猜到。沈南辰忍不住叹了口气，拉着宋安如的手贴在脸上。

"你知道是谁吗？"

"你问题怎么这么多。"宋安如不耐烦，"他喜欢谁我怎么知道。"

沈南辰被凶了，心情反而好起来了，在她脸上亲了一下，说："对，不管闲事。"

"去换衣服。"宋安如再次推开他，像是想起了什么似的，提了一句，"高阳下半年要回云京市局。"

沈南辰的心情又不好了。就在他计划着没事就去局里坐坐的时候，宋安如的手机屏幕亮了起来，提示有微信消息进来。他看她点进消息，一个微信名叫"高"的人发来消息。

高：怎么这么早就结婚了？

宋安如准备回的时候，沈南辰拿过手机，打下一排字：早吗？三年前就决定和他结婚了，只是他年龄一直没到。

高：他比你小几岁，相处起来会不会很累？

沈南辰再次打下一行字：我就喜欢他这种还在读大学的，年轻，长得好看。

宋安如扶额。

—全文完—